Auf Arka lastet noch immer ein tödlicher Fluch. In ihrer fernen Heimat Arkadien will sie mehr über die dunkle Magie erfahren, die ihr Leben bisher bestimmt und ihr alle geliebten Menschen genommen hat. Doch ist sie dort, im Wald der Amazonen, noch immer willkommen? Lastyanax fühlt sich von seiner Schülerin im Stich gelassen. Dabei braucht er sie jetzt dringender als je zuvor: Denn in der Stadt ohne Wind tobt ein erbitterter Kampf um die Macht. Der Plan des finsteren Meisters der Lemuren scheint aufzugehen und für ihn ist der Sieg zum Greifen nahe. Und Lastyanax weiß, dass er nur mit Arka an seiner Seite eine Chance hat, Hyperborea zu befreien. Derweil richtet sich der Blick des Meisters der Lemuren schon auf sein nächstes Ziel: Arkadien …

Eléonore Devillepoix, geboren 1991, verbrachte ihre Kindheit in der Normandie. Sie studierte Politik und Philosophie in München, Paris und London. Tagsüber arbeitet sie beim Europäischen Parlament in Brüssel, am Wochenende spielt sie Quidditch (und ist sogar Kapitänin der belgischen Nationalmannschaft) und schreibt nachts an ihren Romanen. *Die Stadt ohne Wind* ist ihr Debüt.

Eléonore Devillepoix

DIE STADT OHNE WIND

Das Mädchen des Waldes

Aus dem Französischen von
Amelie Thoma

Insel Verlag

»Deine Schwester hat also eine Widmung verdient und deine liebe Mama, die dich großgezogen und alle Versionen deines Buches gelesen hat, nicht?«

Patricia Devillepoix, 2020

Willkommen zurück in der *Stadt ohne Wind*

Sollte die Erinnerung an Band 1 schon ein wenig verblasst sein, hier eine kleine Auffrischung zu den Helden.
Eine Übersicht über die anderen Figuren und ein Glossar findet ihr am Ende des Romans.

Arka: Die Amazonenschülerin, die bei ihrer Ankunft in Hyperborea Elevin wurde, wurde wegen des Mordes am Basileus, dem Herrscher der Stadt, zum Tode verurteilt. Nachdem sie ihrer Hinrichtung knapp entrinnen konnte, floh sie aus der Stadt, um zu ihrem Volk nach Arkadien zurückzukehren.

Lastyanax: Der junge Magier, Arkas Mentor und ehemaliger Ebnungsminister, hat die Stadt verlassen, um der Spur seiner Elevin zu folgen.

Petroklos: Lastyanax' bester Freund gehört zu den Magiern, die von einer Gruppe unbekannter Amazonen im Gefängnis von Hyperborea als Geiseln festgehalten werden.

Pyrrha: Die junge Magierin ist in Hyperborea geblieben, um Petroklos und die anderen Geiseln zu befreien.

Alkander: Der geheimnisvolle Meister der Lemuren steckt hinter dem Mord am Basileus und der Geiselnahme.

PROLOG

Was am Fluss geschah

Kandri war gerade sieben geworden, als der Tag anbrach, der ihr Leben verändern sollte.

An diesem Morgen wachte sie früher auf als gewöhnlich. Die Dämmerung im Wald raschelte, zwitscherte, pfiff durch die dünne Wand ihrer Kammer – ein winziger Raum von ein mal zwei Schritt, gerade groß genug für ihre Hängematte. Ein regelmäßiges Klopfen übertönte die übrigen Geräusche. Noch ganz schlaftrunken brauchte sie einen Moment, ehe sie begriff, dass die Stute ihrer Mutter ungeduldig mit dem Huf gegen das Gatter ihrer Koppel unten am Fuß des Hausbaums schlug. Kandri hatte vergessen, ihr Futter zu geben, ehe sie zu Bett gegangen war.

Der Gedanke an die Ohrfeige, die sie riskierte, wenn ihre Mutter von dem Versäumnis erfuhr, machte sie schlagartig wach. Sofort schwang sie sich aus ihrer Hängematte und hob den Stoff an, der ihre Kammer vom Wohnraum trennte. Das enge und wunderlich geformte Zimmer, eingeklemmt zwischen den Haupttästen des Baumes, in den man die Hütte gebaut hatte, lag noch im Dunkeln. Zum Glück kannten ihre Füße den Boden besser als ihre Augen. Kein Brett quietschte, während sie um die Kampfausrüstung ihrer Mutter herumschlich und dabei auf die Geräusche aus deren Schlafkoje lauschte. Durch den Vorhang drang leises zweistimmiges Schnarchen. Weder ihre Mutter noch Themis war schon wach. Sie hatte noch mal Glück gehabt.

Der Wohnraum ging in die Terrasse über, die mit dicken Baumstümpfen möbliert war, auf denen ihre Mutter und Themis in den Mußestunden des Tages Pfeife rauchten. Die Plattform lag am Rand des Kronendachs, unter den lichten Ästen der riesigen Eukalyptusbäume mit ihren hellen Stämmen, die den Wald der Amazonen prägten. Wenn Kandri früh erwachte, liebte sie es, auf die Hütte zu klettern und zuzusehen, wie die Morgenröte langsam über dem grünen, im Wind wogenden Blättermeer aufzog, das sich endlos unter ihr erstreckte. Doch an diesem Tag musste sie schnell ihr Versäumnis vom Vorabend wiedergutmachen.

Sie glitt in das Loch, das zur Treppe führte. In regelmäßigen Abständen ins Holz getriebene Eisenpflöcke wanden sich spiralförmig um den Stamm. Der kleinste Ausrutscher versprach einen Sturz von fünfzig Schritt in die Tiefe. Rasch kletterte Kandri mit der schlafwandlerischen Sicherheit ihrer sieben Jahre hinab.

Ein paar Schritt über dem Boden nahm sie einen Beutel von einem der Pflöcke und warf Hände voll Korn in den Trog der Stute, die vorwurfsvoll schnaubte. Die letzte Handvoll landete in der schwarzen Mähne des Tieres, das sich schon über sein Futter gebeugt hatte.

Sehnsüchtig betrachtete Kandri den hellbraunen Pferderücken, über den sich ein schwarzer Aalstrich zog. Ihre Mutter hatte ihr noch nie erlaubt, sie zu reiten, weil sie meinte, ein Schlachtross sei zu gefährlich für ein kleines Mädchen. Kandri rief leise nach der Stute, doch die beachtete sie nicht und kaute weiter ihr Futter, wobei sie ab und zu mit peitschendem Schwanz die Wolken morgendlicher Mücken von ihrem Bauch verscheuchte.

Enttäuscht stieg Kandri die Treppe wieder hoch, die Nase erfüllt von der intensiven, feuchten Waldluft. Kakadus schüttelten die Zweige eines benachbarten Eukalyptus, damit die Kapselfrüchte herunterfielen. Der Hausbaum erhob sich am Rand eines kleinen Abhangs, nur ein paar Ellen von einem Fluss entfernt, der so schwarz war, dass die hineingekippten Bäume wie von der Klinge seiner Oberfläche durchtrennt wirkten. Über der spiegelglatten Wasserfläche schwebte diesiger Nebel, der mit den ersten Sonnenstrahlen verschwinden würde. Am Ufer des Flusses füllten Farne und leuchtend grünes Moos den Raum zwischen den gewaltigen Stämmen.

Kandri hatte zwei Drittel des Aufstiegs zurückgelegt, als sie über sich ein Knarren hörte. Schritte auf der Terrasse verdunkelten die hellen Ritzen des Fußbodens. Im nächsten Moment verriet ihr das raue Schaben der Baumscheiben auf den Dielen, dass Themis und ihre Mutter es sich an ihrem Lieblingsplatz bequem gemacht hatten.

Sie waren also wach.

Kandris Magen zog sich zusammen. Ihr war durchaus bewusst, in welch misslicher Lage sie sich befand. Wenn sie hochging, würde ihre Mutter sie mit Sicherheit fragen, was sie draußen gemacht hatte, wenn sie unten blieb, würde sie sich bald wundern, warum sie nicht aus ihrem Zimmer kam. Sie musste dieses unbedingt irgendwie erreichen, ohne sich dabei erwischen zu lassen.

Sie erklomm ein paar weitere Sprossen, bis sie an einen schmalen Ast gelangte, der zu ihrem Fenster aufragte. Eine Erwachsene hätte ein solches Kunststück nicht wagen können. Aber Kandri war leicht wie ein Äffchen und fast ebenso geschickt. Sie kroch also auf den Ast. Der benebelnde Geruch der Kräuter, mit denen ihre Mutter und Themis ihre Pfeifen gestopft hatten, stieg ihr in die Nase. Als sie auf allen vieren über das glatte Holz krabbelte, das sich unter ihrem Gewicht bedrohlich bog, erklang Themis' Stimme.

»Sie ist jetzt sieben Jahre alt. Du weißt, dass das nicht mehr lange so weitergehen kann.«

Verwirrt hielt Kandri inne, um zu lauschen. Zum ersten Mal hörte sie, wie in so ernstem Ton über sie gesprochen wurde. Normalerweise erwähnten die Erwachsenen sie gleichgültig oder verärgert, ehe sie schnell das Thema wechselten – man beachtete sie nicht sonderlich.

Ihre Mutter schwieg, so wie sie es immer tat, wenn Kandri zum hundertsten Mal fragte, ob sie auf ihrer Stute reiten dürfe. Themis' Stimme beharrte:

»Mit jedem Tag, der vergeht, riskierst du ein wenig mehr, entdeckt zu werden. Es ist schon ein Wunder, dass das Geheimnis bis jetzt gewahrt geblieben ist. Wenn eine Ephorin erfährt, was sie ist, dann werdet ihr beide sterben.«

Kandri verstand nicht, worum es ging. Von welchem Geheimnis sprach Themis? Und was sollte das sein, eine »Ephorin«? Reglos verharrte sie mitten auf ihrem Ast, die Glieder schmerzend von der Anstrengung, das Gleichgewicht zu halten, und wartete auf die Antwort ihrer Mutter. Es dauerte lange, ehe diese endlich kam:

»Ich weiß, dass du recht hast, aber ich schaffe es nicht, mich dazu durchzuringen. Es ist bisher gutgegangen, wir können noch ein paar Monate, sogar Jahre weitermachen. Lass mich meine Tochter noch ein wenig genießen.«

Ein Knistern war zu hören, gefolgt von dem typischen »Pouf« ausgestoßenen Pfeifenrauchs.

»Du machst einen Fehler.«

Themis' Stimme klang wie ein Axthieb. Kandri kletterte den Ast bis zu ihrem Fenster hinauf, ohne sich um den Abgrund unter sich zu scheren, so sehr beschäftigte sie die seltsame Unterhaltung, die sie gerade belauscht hatte.

Außer wenn sie die Erlaubnis bekommen wollte, auf der Stute zu reiten, hielt Kandri nie lange an einer Idee fest, denn es gab stets tausend Dinge, die sie ablenkten. Dass sie noch immer an das Gespräch zwischen Themis und ihrer Mutter dachte, als sie eine Stunde später zum Training der Schülerinnen ging, bewies, dass heute kein gewöhnlicher Tag war.

Der Pfad, der ihren Hausbaum mit der Trainingslichtung verband, führte am Bach entlang, einem Zufluss des Thermodon. Mit gerunzelten Brauen trabte Kandri über den festgestampften Humus und wich dabei unwillkürlich den Wedeln fleischiger Pflanzen aus, die am Wegrand wuchsen. Ihre Schülerinnenausrüstung – ein kurzer Bogen, ein mit Pfeilen gefüllter Goryt und ein kleiner Speer – klapperte im Rhythmus ihrer Schritte. Deswegen und weil sie so in Gedanken versunken war, überhörte sie das Hufgetrappel, das sich von hinten näherte. Erst im letzten Moment bemerkte sie das herangaloppierende Pferd.

Kandri sprang zur Seite, stolperte über einen Baumstumpf und schlug der Länge nach in ein Büschel Histamiden. Kreischend rappelte sie sich auf, während sich der Inhalt ihres Köchers mitten zwischen die juckenden Stängel ergoss.

»Du kommst zu spät, Kandri!«

Kandri hob den Blick gerade noch rechtzeitig, um die Kruppe eines Ponys und einen langen schwarzen Zopf hinter dem Stamm eines Eukalyptus verschwinden zu sehen.

Antiope ließ keine Gelegenheit aus, sie lächerlich zu machen, doch normalerweise begannen die Feindseligkeiten erst beim Training, wenn die anderen Schülerinnen an ihrem Spott teilhaben konnten. Kandri hasste die Prinzessin umso mehr, als sie ihre Fähigkeiten im Kampf und beim Reiten anerkennen musste.

»Ich wäre auch eine tolle Reiterin, wenn ich ein eigenes Pony hätte«, brummte sie und versuchte, ihre Pfeile einzusammeln, ohne die Histamiden zu berühren.

Während sie ihren Weg fortsetzte, kratzte sie sich an den Schenkeln, die bereits von dicken roten Pusteln übersät waren. Sie brannten immer schlimmer, sodass Kandri sich nur mit Mühe aufs Bogenschießen konzentrieren konnte. Barkida, ihre einzige Freundin unter den Schülerinnen, war nicht da; sie hatte sich bei einer Kampfübung das Handgelenk gebrochen. Ohne sie fand Kandri das Training noch deprimierender. Sie verlor drei Pfeile im Gestrüpp und erntete den Tadel der Übungsleiterin, die sie für den Rest des Vormittags an den Rand der Lichtung verbannte. Da hockte sie auf einem Baumstumpf, das Kinn in die Hände gestützt, und sah ihren Kameradinnen mürrisch dabei zu, wie sie eine Übung nach der anderen absolvierten. Antiope trainierte wie üblich mit Melanippe, der Einzigen, die sich mit ihr in den Disziplinen der Amazonen messen konnte. Die beiden Mädchen verstanden sich blind und zogen bewundernde Blicke auf sich.

Melanippe, deren Mutter aus einem Heloten-Dorf in der Nähe des Waldes stammte, sah aus wie eine typische Arkadierin mit ihren hohen Wangenknochen, der olivfarbenen Haut, den dünnen schwarzen Zöpfen, der etwas untersetzten Statur und den schmalen Augen, die verschlagen blitzten. Antiope war schlanker, mit braunen Mandelaugen, die ihrem

Gesicht einen katzenhaften Ausdruck verliehen. Manchmal bat Kandri ihre Mutter um Hilfe, wenn sie versuchte, die ausgeklügelten Frisuren der Prinzessin zu kopieren.

Bis zum Ende des Trainings hatte sie sich die Schenkel blutig gekratzt und träumte davon, ihre Beine in den kühlen Fluss zu tauchen, damit das Jucken endlich nachließ. Daher sah sie noch neidvoller als sonst zu, wie die anderen Schülerinnen ihre Ausrüstung einsammelten und Richtung Ufer rannten.

Ihre Mutter hatte ihr streng verboten, mit ihren Kameradinnen schwimmen zu gehen.

Normalerweise, wenn die Schülerinnen zum Wasser aufbrachen, blieb Kandri mit Barkida zurück, doch ihre Freundin saß zu Hause mit gebrochenem Handgelenk.

Wenn Kandri nicht vergessen hätte, die Stute am Abend zu füttern, wenn sie Themis' Worte nicht belauscht und Antiopes Pony nicht erst im letzten Moment gehört hätte, wenn sie nicht in die Histamiden gefallen wäre und ihre Haut nicht so sehr gejuckt hätte, wenn Barkida da gewesen wäre, um ihr Gesellschaft zu leisten, dann hätte sie die Ermahnung vielleicht nicht in den Wind geschlagen, um ihren Mitschülerinnen ans Ufer zu folgen.

Ein enormer Eukalyptus, der ein paar Monate zuvor quer über den Strom gestürzt war, diente den Mädchen als Sprungturm. Seine noch grünen Äste hatten sich in denen der Bäume auf der gegenüberliegenden Böschung verfangen, sodass der hölzerne Riese nun halb über dem Wasser hing. Die waghalsigsten Schülerinnen kletterten bis zur Hälfte des Stamms in einer Höhe von sechs oder sieben Schritt und sprangen, die Füße voraus, in die obsidianschwarzen Fluten. Bis jetzt hatte noch kein Mädchen gewagt, so weit hochzuklettern wie

Melanippe und Antiope, die sich jedes Mal aufs Neue übertrafen.

Während die anderen fröhlich ihre Sachen von sich schmissen und splitterfasernackt den Stamm hochkraxelten, raffte Kandri ihre Tunika über den Beinen, um in den Fluss zu waten. Immerhin schwamm sie nicht, gehorchte also. Im kühlen Wasser ließ der Juckreiz sofort nach. Als ihre Oberschenkel halb bedeckt waren, blieb Kandri stehen und sah ihren Mitschülerinnen zu, wie sie einen spektakulären Hopser nach dem anderen vollführten. Ihre Zehen wühlten fiebrig im Schlamm. Sie hatte schreckliche Lust, sich den anderen anzuschließen, doch sie wagte nicht, das Verbot ihrer Mutter ganz zu ignorieren. Also begnügte sie sich damit, zuzuschauen und sich vorzustellen, wie hoch sie selbst auf den Stamm klettern, was für ein großartiger Sprung ihr gelingen und welch bewundernde Blicke sie ernten würde, wenn sie nur dürfte, wenn ...

Während Kandri so vor sich hin träumte, bekam sie plötzlich einen heftigen Stoß in den Rücken, der sie bäuchlings ins Wasser beförderte. Sie ruderte mit den Armen, ehe sie prustend und spuckend wieder auf die Beine kam, mit tropfendem Gesicht und patschnassen Kleidern, vor sich Melanippe, die sich bei ihrem Anblick ausschüttete vor Lachen.

»Kandri kann nicht schwimmen!«, johlte sie und spritzte sie noch mehr voll.

»Das stimmt überhaupt nicht, ich kann schwimmen!«, verteidigte Kandri sich und hob schützend den Arm.

»Warum springst du dann nie mit uns?«, fragte Melanippe mit abschätzigem Blick.

Sie begann vor ihrer Mitschülerin, der gar nicht wohl war in ihrer Haut, bedrohliche Furchen in die Wasseroberfläche zu ziehen. Um sie herum war alles verstummt. Gut dreißig angehende Amazonen verfolgten den Schlagabtausch wie eine hungrige Meute, bereit, sich auf ihr Opfer zu stürzen.

»Weil Mama es nicht will«, nuschelte Kandri.

Sofort wurde ihr bewusst, dass das nicht die richtige Antwort an ein Rudel unbarmherziger Mädchen war, die nur darauf warteten, sie noch mehr zu verspotten.

»Aber ich mach's trotzdem«, fügte sie hinzu und spuckte herausfordernd ins Wasser.

Überrascht wich Melanippe zur Seite, um sie vorbeizulassen. Kandri watete zu den Wurzeln des Baums und zog sich aus dem Fluss. Die Kleider klebten ihr am Körper, triefend vor Wasser, das dunkle Pfützen auf dem Stamm hinterließ. Sie machte einen Schritt, glitt auf dem nassen Holz aus und wirbelte verzweifelt mit den Armen, um nicht rücklings wieder herunterzupurzeln. Die anderen prusteten voller Schadenfreude. Kandri beachtete sie nicht und begann den umgestürzten Baum auf allen vieren zu erklimmen. Ihre Hände und Füße tasteten nach der kleinsten Unebenheit, um daran Halt zu finden. Langsam, den Blick auf die Rinde geheftet, bewegte sie sich voran, fest entschlossen, höher zu klettern, als Melanippe und Antiope es je gewagt hatten. Vorbei an den letzten feuchten Spuren, die die beiden bei ihrem vorigen Anstieg hinterlassen hatten, stieg sie weiter hinauf, ganz auf die Rinde konzentriert, und vergaß alles um sich herum.

Als sie endlich den Kopf hob, wurde ihr schwindelig. Sie war beinahe auf Höhe der ersten Äste angekommen. Von hier oben glich der Fluss einer großen schwarzen, mit weißen Wolkenspiegelungen betupften Zunge, die breiter wurde, ehe sie hinter Bäumen verschwand. Ihre Kameradinnen dort unten sahen winzig aus. Sie schwenkten ihre hellen Arme über dem düsteren Strom und riefen:

»Komm runter, Kandri, das ist gefährlich …«

»Meine Mama hat gesagt, das Wasser kann hart sein wie Stein, wenn man von zu weit oben springt …«

Kandri spürte, wie ihr Herz zu rasen begann. Ihre Fingerknöchel wurden weiß. Sie konnte nicht mehr zurück. Über den Puls hinweg, der in ihren Ohren hämmerte, hörte sie Antiopes entschiedene Stimme:

»Das traut sie sich nie!«

Also sprang Kandri.

Sie zählte mehrere Sekunden, ehe ihre Füße die Oberfläche durchstießen. Wasser schoss ihr in die Nase. Abgrundtiefe Finsternis schien über sie hereinzubrechen, während ihr Köper versank.

Ein paar Augenblicke lang betrachtete sie die Luftblasenketten, die aus ihrem Mund perlten und nach oben schwebten. Dann erinnerten sich ihre Arme und Beine an die Schwimmbewegungen, die sie gelernt hatten, und Kandri stieg wieder hinauf ans Licht. Sie durchbrach den Wasserspiegel, nahm einen tiefen Atemzug, zwinkerte die Tropfen aus ihren Wimpern und sah sich um. Ein Kranz von Gesichtern umgab sie, freudeschreiend und pfeifend. Die Schülerinnen, die zu ihr geschwommen waren, bejubelten ihre Leistung.

Ein seliges Lächeln erhellte Kandris Züge. Noch nie hatte sie sich so stark und stolz gefühlt. Sie paddelte zurück zum Ufer und stieg aus dem Wasser, während ihre Kameradinnen ihr verblüfft und anerkennend auf die Schultern klopften. Alle sahen sie bewundernd an.

Nur eine nicht.

Antiope schien nicht erfreut darüber, dass man ihr den Rang abgelaufen hatte. Auf dem Baumstamm hockend, spielte sie mit ihrem langen dunklen Zopf, der plötzlich aussah wie der Schwanz einer Katze, die jeden Moment ihre Krallen ausfahren würde.

»Warum hast du nicht wie wir deine Kleider ausgezogen, Kandri?«

Ein Stein legte sich auf Kandris Brust. Sie drückte die Knie zusammen und wandte sich zu den anderen um. Mit diesen drei Worten, »nicht wie wir«, hatte Antiope ihren Status einer Außenseiterin wieder etabliert. Ihr kühner Sprung war bereits vergessen: Die Schülerinnen musterten jetzt ihre triefende Kleidung und tauschten dabei abfällige Bemerkungen, als ob die Tatsache, dass sie angezogen war, genügte, um sie aus ihrer Gruppe auszuschließen.

»Ja, genau, warum ziehst du dich nie nackig aus, Kandri?«, bohrte Melanippe nach, die auf der Böschung stand.

Auch sie schien nicht sonderlich begeistert von ihrer Heldentat. Kandri sah, wie sie auf sie zukam, und den Saum ihrer Tunika ergriff. Eine bange Vorahnung schnürte ihr die Kehle zu, als Melanippe zu skandieren begann:

»Aus-ziehen, aus-ziehen, aus-ziehen …«

»Meine Mama sagt, ich soll meine Kleider immer anbehalten«, rechtfertigte sich Kandri kläglich.

»Aus-ziehen, aus-ziehen, aus-ziehen …«, johlte Melanippe weiter und umkreiste sie dabei.

Der Saum der Tunika glitt durch ihre Finger. Der Sprechgesang griff auf die anderen Amazonenschülerinnen über, die nun ebenfalls aus dem Wasser kamen und sie umzingelten. Antiope, die auf ihrem Baumstamm sitzen geblieben war, betrachtete das Spektakel mit der Miene eines zufriedenen Katers. Die Mädchen umtanzten sie in einem aufgepeitschten Ringelreigen.

»AUS-ZIEHEN, AUS-ZIEHEN, AUS-ZIEHEN …«

Plötzlich spürte Kandri, wie irgendjemand ihre Tunika schnappte und sie ihr bis zu den Schultern hochzog. Verzweifelt versuchte sie sich von dem nassen Stoff zu befreien, der ihr im Gesicht klebte, ehe sie die seltsame Stille bemerkte, die sie mit einem Mal umgab. Ihre Peinigerinnen waren verstummt.

Hastig zerrte sie die Tunika wieder über ihre Beine. Als sie den Kopf hob, sah sie Antiopes wütendes und schockiertes Gesicht. Die Prinzessin war vom Baumstamm ins Wasser gehüpft und starrte mit zusammengekniffenen Augen auf ihren Schritt.

»Du bist nicht wie wir«, verkündete sie.

Ein paar Ellen entfernt, nickte Melanippe mit ernster Miene.

»Meine Tutorin ist eine Ephorin. Ich werde es ihr sagen.«

Als Kandri nach Hause kam, waren ihre Kleider noch immer feucht. Ihre Mutter, die gerade auf dem Terrassentisch eine Seilwinde reparierte, unterbrach ihre Arbeit, sobald sie sie mit bedröppelter Miene und nassen Haaren in der Treppenluke auftauchen sah. Sie legte das Werkzeug beiseite.

»Was ist passiert?«

»Ich bin ins Wasser gefallen«, log Kandri mit ausweichendem Blick, um nicht den bohrenden Augen ihrer Mutter zu begegnen.

Trotzdem bemerkte sie, dass diese schlagartig blass wurde.

»Du bist mit deinen Kleidern ins Wasser gefallen?«

Kandri hatte beschlossen, ihrer Mutter nicht zu erzählen, was am Fluss geschehen war, doch diese Frage ließ sie die brutale Zurückweisung noch einmal durchleben, die sie gerade erfahren hatte. Heiße Tränen begannen ihr über die Wangen zu rinnen. Bei dem Versuch, sie zurückzuhalten, verzerrte sich ihr Gesicht, ihr Kinn zitterte, und plötzlich brachen die Worte, von Schluchzern zerhackt, aus ihr hervor.

»Ich wollt nich zum Fluss gehn, aber weil mich die Histamiden gepikt haben, bin ich hingegangen, weil du mir gesagt hast, dass Wasser gut ist. Ich hab meine Kleider angelassen, aber Melanippe und Antiope wollten, dass ich mich ausziehe, und dann haben sie gesagt, ich wär nich wie die andern. Melanippe hat gemeint, dass sie es ihrer Tutorin sagt, die wär eine E… E… Ephorin.«

Als Kandri dieses letzte Wort wimmernd ausstieß, wurden Chirones Pupillen so winzig wie Pfeilspitzen im Blau ihrer Iris. Zwischen zwei Schluchzern dachte das Mädchen, dass es jetzt endlich die Riesenohrfeige bekommen würde, die es seit dem Erwachen fürchtete.

Doch ihre Mutter ließ sich nur langsam auf eine der Baumscheiben sinken. Ihre weit aufgerissenen Augen starrten ins Leere. Ein langes Schweigen folgte, unterbrochen von Kandris Schniefen, die sich nun, da sie die Katze aus dem Sack gelassen hatte, etwas besser fühlte. Schließlich presste ihre Mutter die Zähne zusammen. Ihre Knöchel wurden weiß.

»Pack deine Sachen, mein Spätzchen. Wir brechen morgen zu einer Reise auf.«

Rittlings hinter ihrer Mutter sitzend, sah Kandri am nächsten Morgen die Bäume im schnellen Passgang der Stute vorbeiziehen. Sie spürte, wie ihre Mutter sich verkrampfte, sobald sie in der Ferne den Federbusch einer Amazone auftauchen sah. Irgendwas stimmte nicht, doch sie wagte nicht zu fragen, was.

Sie waren sehr, sehr früh aufgebrochen, noch ehe die Vögel zu singen begannen. Einen Knoten im Magen, hatte Kandri die Grütze verschmäht, die ihre Mutter zubereitet hatte.

Die schien im Übrigen auch keinen Hunger zu haben. Tiefe, dunkle Ringe lagen unter ihren Augen. Themis hatte Kandri zum Abschied kurz in die Arme geschlossen und gedrückt. Das kleine Mädchen war überrascht von der Geste, da die Amazone Gefühlsbekundungen sonst verabscheute. Das war ein ganz entschieden sonderbarer Morgen.

Die Sonne stand bereits im Zenit, als ihre Mutter die Stute ins Unterholz lenkte.

»Warum verlassen wir den Weg, Mama?«, fragte Kandri, hin und her geschüttelt vom ungleichmäßigen Gang des Tieres im Gestrüpp.

»Weil der Waldrand nur noch eine halbe Stunde entfernt ist und wir die Posten meiden müssen, die ihn bewachen. Jetzt sei still!«

Kandris Aufregung wuchs, während sie einen weiten Bogen beschrieben, um die Wachen zu umgehen. Sie hatte den Wald noch nie im Leben verlassen. Nur Amazonen mit einem Gürtel war dies gestattet. In der Wahrnehmung des Mädchens war der Waldsaum eine zugleich magische und furchteinflößende Grenze, ein klarer Schnitt zwischen der vertrauten Welt der Amazonen und dem Chaos, das draußen herrschte. Gebannt blickte sie über die Schulter ihrer Mutter, um diese berühmte Grenzlinie zu entdecken. Um sie herum standen die Eukalyptusbäume nun vereinzelter, und große Lachen Sonnenlicht breiteten sich am Boden aus.

»Sag, Mama, warum dürfen wir Schülerinnen den Wald nicht verlassen?«, flüsterte Kandri ihrer Mutter ins Ohr.

»Weil ihr keine Gürtel mit Blau-Erz habt, die euch schützen.«

»Wovor schützen, Mama? Den themiskyrischen Soldaten?«

»Nicht nur.«

Kandri hörte das Zögern in der Stimme ihrer Mutter, die die Zügel straffte. Die Stute wurde langsamer und blieb schließlich stehen. Ohne das Klappern der Hufe war der Wald wieder ganz still. Chirone ließ sich vom Pferd gleiten und legte die Hand an Kandris Knie. Dann hob sie ihre blauen Augen, die mit einem Mal riesig waren und seltsam schimmerten, zu ihrer Tochter.

»Du bist zu jung, um das zu verstehen, aber ich habe keine Wahl. Es ist sehr wichtig, dass du mir etwas versprichst, mein Spätzchen.«

Kandri hielt den Atem an.

»Du darfst keine Kinder bekommen. Niemals. Versprich mir, dass du keine Kinder bekommen wirst.«

Kandri hätte beinahe laut aufgelacht, so einfach erschien es ihr, dieses Versprechen zu halten. Sie war sieben Jahre alt, und Kinder waren in ihren Augen nichts anderes als fiese Schülerinnen oder tyrannische Säuglinge. Sie hatte fest vor, niemals welche zu bekommen.

»Versprochen, Mama.«

Sie setzten ihren Weg fort. Kandri, die noch immer nach dem Waldsaum Ausschau hielt, zappelte auf der Kruppe der Stute herum, lehnte sich mal zur einen, mal zur anderen Seite und spähte in alle Richtungen. Plötzlich endete der Wald und vor ihnen tat sich ein Grasland auf, dessen grüne Wogen sich bis zum Horizont erstreckten.

Kandri riss die Augen auf. Noch nie hatte sie so weit schauen können. Ein leichter Nordwind wehte ihr ins Gesicht und ließ die Blätter hinter ihr rascheln. Ihre Mutter lenkte die Stute in ein nicht sehr tiefes Tal, das sie vor den Blicken der Wachen verbarg. Ein paar Bäume boten vereinzelt weidenden wilden Huftieren Schatten. Sie kamen an einer Herde riesiger

Laufvögel vorbei, die die hohen faserigen Gräser der Ebene fraßen. Kandri drehte den Kopf, um sie so lange wie möglich betrachten zu können.

»Sind das Aepronys, Mama?«

»Ja. Aepyornis, nicht Aepronys.«

»Weißt du noch, das Omelett, das wir mal gemacht haben, Mama? Mit dem großen Aepyornis-Ei?«

»Ja, mein Spätzchen.«

Entzückt von dieser Entdeckung, begann Kandri zu plappern und all die neuen Dinge zu kommentieren, die sie sah. Nach den Aepyornis war ein Heloten-Dorf an der Reihe, eine Ansammlung einfacher Strohhütten, die sich an die Flanke eines Hügels schmiegten. Stolz hob Kandri die Überlegenheit ihrer Baumhäuser hervor, die ihr sehr viel komfortabler und praktischer erschienen als diese auf den Boden gekauerten Behausungen. Ihre Mutter antwortete selten auf ihre Beobachtungen. Von Weitem sahen sie ein paar Heloten, die aufbrachen, um ihre Felder zu bestellen oder das Vieh zu hüten. Viele Kriegerinnen stammten aus den Dörfern. Die Töchter armer Bauern waren als Kleinkinder in den Wald gebracht worden, damit sie dort das Mündel einer Amazone wurden und anschließend Schülerin, wie Melanippe. Im Tausch gegen den Schutz der Amazonen lieferten die Heloten ihnen Nahrungs- und Futtermittel. Gegen Ende des letzten Winters – sie war erst sechs Jahre alt – hatte Kandri von einem *Aufruhr* in den Dörfern gehört. Sie wusste nicht, was die Dörfler aufrührten, doch sie mussten mit dieser rätselhaften Tätigkeit sehr beschäftigt sein, denn die Karren mit Korn und Futter kamen nicht mehr in den Wald. Zum Glück hatten die Verwalterinnen einen Trupp Amazonen losgeschickt, um das *Aufrühren* zu beenden. Sie waren mit den

Karren zurückgekehrt, und alles war wieder in Ordnung gekommen.

Kandri war todmüde, als ihre Mutter das Pferd endlich anhalten ließ. Sie hatten eine kleine, weiß gekalkte Schutzhütte zwischen zwei Haferfeldern erreicht. Kandri betrat das Gebäude und war enttäuscht, darin nur einen Stapel morsches Holz und kaputte, auf dem gestampften Lehmboden verstreute Ackergeräte zu finden. Sie drehte sich zu ihrer Mutter um, die den Beutel auspackte und ein Brot, eine Matte und eine kleine Decke daraus hervorholte.

»Was machen wir jetzt?«, fragte Kandri.

»Wir werden über Nacht hierbleiben«, antwortete ihre Mutter, während sie sich auf der Matte niederließ. »Komm, nimm dir ein Stück Brot und setz dich her.«

Sie zog sie an sich und begann ihr Zöpfe zu flechten. Während Kandri das Brot aß, spürte sie die rauen Finger ihrer Mutter, die die Haare hinter ihren Ohren zu Strähnen zusammenfassten.

»Wo gehen wir morgen hin, Mama?«, fragte sie.

»Das wirst du dann schon sehen, mein Spätzchen.«

Als die Zöpfe fertig waren, drückte sie Kandri an ihre Brust und wiegte sie, während sie leise einen Kinderreim vor sich hin murmelte. Ab und zu küsste sie sie auf die Schläfe, die Wange, die Stirn. Ihre Küsse waren nass. Erschöpft von dem langen Ritt, schlief Kandri in ihrer warmen Umarmung ein.

Als sie am nächsten Morgen erwachte, dauerte es eine ganze Weile, ehe sie sich wieder erinnerte, wo sie war. Die staubige Schutzhütte gewann langsam an Kontur. Ihre Mutter hatte sie in die Decke gewickelt und auf die Matte gebettet. Neben ihrem Kopf lag ein kleines Päckchen mit etwas zu essen. Und vor ihr lehnte jemand im Halbdunkel an der Lehmstrohwand und musterte sie schweigend. Kandri schrie überrascht auf. Hastig strampelte sie die Decke weg, während die fremde Person auf sie zutrat. Das Licht, das durch die Ritzen in der Tür hereinfiel, offenbarte ihr Gesicht.

Kandri hatte noch nie im Leben einen Mann gesehen, doch sie begriff sofort, dass dies einer war. Borstige Haare wuchsen auf seinem Kinn, wie bei den sehr alten Amazonen, nur viel mehr. Seine Arme waren dick wie junge Eukalyptusstämme. Angst schnürte ihr die Kehle zu. Die Erzählungen der Erwachsenen über die Welt außerhalb des Waldes hatten sie nie sonderlich interessiert, doch die wichtigste Information hatte sich ihr eingeprägt: Männer waren die Feinde der Amazonen.

»Wer sind Sie?«, quiekte sie. »Wo ist meine Mama?«

»Sie ist in der Nacht gegangen«, antwortete der Mann. »Sie hat dich bei mir gelassen.«

Verblüfft von seiner tiefen Stimme, brauchte sie einen Moment, bis sie die ganze Tragweite dieser Worte erfasste. Dann sickerte die Erkenntnis langsam in ihr Bewusstsein ein. Sie dachte an das ungewöhnliche Verhalten ihrer Mutter am Abend zuvor. An die Traurigkeit, die sie in ihren Zügen gelesen hatte. An die nassen Küsse, mit denen sie ihre Wangen bedeckt hatte.

Ihre Mutter war gegangen. Sie hatte sie verlassen.

Kandri fühlte, wie etwas ihre Brust aufblähte, ein Sack voller Kummer, viel zu groß, als dass ihr Körper ihn hätte fassen können. Im nächsten Moment explodierte der Sack und ihr Gesicht schien unter dem Ansturm der Verzweiflung zu zerfließen.

»Komm her«, sagte der Mann, wobei er unsanft einen ihrer Zöpfe packte.

Kandri wehrte sich schreiend. Die kaputten Ackergeräte im Raum verschwammen. Durch ihre Tränen hindurch sah sie, dass er einen Dolch in der Hand hielt. Er würde sie abstechen wie ein Schwein.

Doch anstatt ihr die Klinge über die Kehle zu ziehen, schnitt er nur einen ihrer Zöpfe ab, der mit einem dumpfen Geräusch auf dem Boden landete. Verwirrt hörte Kandri auf, um sich zu schlagen.

»Glaub mir, es ist besser, dass du nicht bei ihr geblieben bist«, sagte der Mann, während der zweite Zopf auf der Erde zerfranste. »Ihre wilden Kameradinnen werden sie umbringen, sobald sie erfahren, was sie getan hat. Sie hätte dich niemals behalten dürfen.«

»Warum?«, fragte Kandri.

Der Mann drehte sie um und hielt ihr die flache Seite der Klinge vor die Augen. Im Stahl des Dolches spiegelten sich Kandris blaue, vom Weinen gerötete Augen, ihr kantiges Gesicht, das sie noch nie besonders gemocht hatte, und ihre abgeschnittenen Locken, die sich jetzt über den Ohren kringelten.

»Weil du ein Junge bist.«

Er richtet sich auf und steckte den Dolch wieder ein.

»Mein Junge. Und von nun an heißt du Alkander.«

1

AUFBRUCH

Python

Achtundzwanzig Jahre später
Bis auf ein paar Schneeklumpen, die von toten Palmen herabfielen, hatte sich im Patio des Herrscherpalastes seit einigen Dekaden nichts mehr bewegt. Die Kälte schien selbst das Verrinnen der Zeit eingefroren zu haben, was dem Gebäude die Aura einer leeren Bühne verlieh. Und wie jede leere Bühne schien es auf eine Vorstellung zu warten.

Auf dem verschneiten Sockel brütete die Schlange Python ihre Eier aus. Plötzlich zog sich ein feiner Riss über die glatte Oberfläche einer Schale. Das Geschehen produzierte ein Geräusch ähnlich dem Knacken eines Schritts auf einem zugefrorenen See: glasklar und beunruhigend. Ein weiteres Knacken folgte. Die Schlange bewegte ihre lidlosen Augen. Der Schnee, der ihre Windungen bedeckte, rieselte herab, während sie sich knirschend, Schuppe an Schuppe, entrollte. In ihrer Mitte wurden die Risse in den beiden Schalen größer und ließen weiße Häutchen sehen, gespannt vom Zappeln kleiner, biegsamer Körper, die ans Licht und an die Luft drängten. Der Rest des Geleges rührte sich nicht: Die übrigen Eier hatten den Stillstand, den der Basileus ihnen auferlegt hatte, nicht überlebt.

Eine dreieckige Nase durchstieß eines der Häutchen, und

eine kleine Version des riesigen Reptils, das das Schlüpfen überwachte, erschien.

Dein ist die Zukunft, verkündete Python.

Die andere Membran zerriss, und eine zweite Schlange kam zum Vorschein.

Dein ist die Vergangenheit, fügte sie hinzu.

Die Schlänglein, durchscheinend wie Eis und lang wie ein ausgewachsener Mensch, glitten aus ihren Schalen. Ihre Mäuler öffneten sich zu einem Gähnen, so weit, wie nur die Kiefer von Reptilien es vermögen. Ihre weißen Giftzähne funkelten im Mondlicht, das den zu Kristall erstarrten Hof des Herrscherpalastes erhellte. Das erste Schlänglein kroch über Pythons Windungen.

Lykurg kommt.

Das zweite zischte wütend.

Er hat uns vor zwanzig Jahren geraubt, um uns dem Basileus zu schenken, antwortete es. *Wir waren ein diplomatisches Präsent.*

Seinetwegen werden eure Brüder und Schwestern nicht leben, sagte Python.

Das erste Schlänglein wandte sich seinem Bruder zu.

Wenn du hierbleibst, werden wir uns rächen können.

Nun, dann werden wir uns rächen, gab das zweite Schlänglein zurück.

Es blieb zusammengerollt auf den ungeschlüpften Eiern liegen, während sein Bruder sich Richtung Ausgang entfernte.

Python ihrerseits glitt auf den verschneiten Boden und folgte der Spur, die ihr erster bereits in den Galerien des Patios verschwundener Spross hinterlassen hatte. Wie sie es einige Dekaden zuvor getan hatte, schlängelte sie sich über die Umfriedungsmauer des Palastes und fand sich auf den windgepeitschten Kanälen der siebten Ebene wieder.

Sie kroch bis zur ersten Mautstelle. In einem Wachhäuschen, das über der Treppe aus Eis aufragte, schliefen zwei Gauner auf ihren Stühlen. Einer von ihnen erwachte, als Python vorbeikroch. Er sah die riesige Schlange, murmelte: »Ich hab's gestern echt übertrieben mit dem Honigwein«, und schlief wieder ein.

Python setzte ihren Abstieg fort. Sie passierte zwei weitere Zahlstationen, ohne die schlummernden Posten zu wecken. Bei den letzten drei genügte ein drohendes Zischen, um die Halunken von jeglicher Heldentat abzuhalten. Bevor jemand die Verfolgung aufnehmen würde, wäre sie schon weit weg.

Sie erreichte die von Schneeverwehungen gewellte Grasfläche zwischen Türmen und Stadtmauer. Ein Stück entfernt war die Bresche in der Kuppel zu erkennen, die man zur Hälfte mit grobem Mörtel verschlossen hatte. Python züngelte in Richtung des gewaltigen Baugerüstes. Auf diesem Weg würde sie nicht mehr hinauskommen. Sie schlängelte sich über das Brachland, wobei sie seltsam mäandernde Spuren im Schnee hinterließ, und glitt durchs Stadttor. Dann durchquerte sie die weite Ebene, in der Hyperborea lag, bis das Gelände hügelig zu werden begann. Erstes Zwielicht graute, während sie ins Herz des weiß verhüllten Riphäengebirges vordrang. Eine milchige Wintersonne erklomm den Himmel, als sie den gefrorenen See am Fuß des Gletschers erreichte. Ihre Schuppen furchten die glatte Oberfläche, unter der man tiefe schwarze Wasser erahnte. In der Mitte des Sees hielt sie an, rollte sich ein, legte den Kopf auf ihre Windungen und wartete. Sie musste dem Schicksal noch ein kleines Schnippchen schlagen, ehe sie in die Einsamkeit der Berge zurückkehren konnte, wo allein die Karawanen den Lauf der Zeit markierten.

Alkander

Ganz oben im Extraktor trommelten Stiefelschritte auf einem Mosaikfußboden den Rhythmus zu den Böen, die an den Fensterscheiben rüttelten. Alkander tigerte nervös durch die Wohnung des Gefängnisdirektors, der inzwischen weiter unten in einer der Zellen einquartiert war. Das Gespräch, das ihn erwartete, würde enorme Auswirkungen auf seine Zukunft haben. Er hielt einen Moment am Fenster inne, um die Landschaft draußen zu betrachten – reifbedeckte Türme, erleuchtet von der Abendsonne –, und setzte dann seinen Marsch fort. Er hätte sich ruhiger gefühlt, wenn er nicht so viele Fehler begangen hätte.

Der erste Fehler war gewesen, den Brand zu verursachen, der zur Beschädigung der Kuppel geführt hatte. Inzwischen war die Temperatur so tief gesunken, dass die Arbeiter die Bresche nicht weiter schließen konnten. Der Frost machte die Maurerarbeiten unmöglich. So hatten sie, nachdem sie sich eine Dekade lang abgemüht hatten, schließlich das Handtuch geworfen und die Baustelle verlassen. Ihr unvollendetes Werk zog sich über den Adamant wie eine dunkle, zackige, von Gerüsten geklammerte Narbe. Der noch unabgedichtete Teil der Bresche ließ in der Kuppel eine Öffnung in Form eines langgestreckten Dreiecks, durch das der Wind hereinpfiff. Die Klans hatten sich das herrschende Chaos zunutze gemacht, um die Zollposten zu besetzen. Jetzt kontrollierten sie die Zu- und Ausgänge der Stadt und ihre Versorgung. Grundnahrungsmittel wurden zu astronomischen Preisen angeboten. Hyperborea stand kurz vor einer Hungersnot.

Sein zweiter Fehler war gewesen, Arka entwischen zu lassen. Er hatte nicht erwartet, dass sie nach dem Einsturz des Turms aus Hyperborea fortgehen würde. Erst nach ein paar Tagen hatte er ihre Abreise bemerkt. Die immer größere Distanz, die sie jeden Moment zwischen ihn und sich brachte, wurde langsam besorgniserregend. Silenos konnte er nicht zur Verfolgung losschicken, da der Lemur zu seinen Lebzeiten das Riphäengebirge nie betreten hatte und außerdem noch immer nicht ganz genesen war. Um seine Regeneration zu beschleunigen, hatte Alkander ihn in dieser Wohnung, die er bezogen hatte, in eine mantimniotische Wanne gelegt. Reglos, bis aufs Gesicht in der zähen Flüssigkeit versunken, folgte seine Kreatur ihm mit den Blicken. Ihre lebenswichtigen Organe würden noch einige Tage brauchen, ehe sie ganz wiederhergestellt wären. Alkander hatte keine Wahl mehr, er musste jemand anderen schicken, um Arka zurückzuholen.

Von seinem dritten Fehler hatte er gerade erst erfahren.

»Welcher Monat?«, fragte er, ohne in seinem Lauf innezuhalten.

Aus einem düsteren Winkel des Raums erreichte ihn eine dumpfe, metallische Stimme:

»Der zweite.«

»Das lässt mir noch etwas Zeit, um eine Lösung zu finden. Ich brauche Barkida.«

»Ihre Hilfe ist vernachlässigbar im Vergleich zur Gefahr, die dieses Kind darstellen würde, sollte es zur Welt kommen, Meister.«

Alkander wandte sich der Ecke zu, aus der die Stimme kam. Eine menschliche Gestalt mit Gliedmaßen aus Metall hob sich gegen die Dunkelheit ab. Sie hielt einen abmontierten Arm in der anderen Hand und trug eine eiserne Maske mit ausdruckslosen Zügen, deren schwarze Sehschlitze ihm einen unergründlichen Blick zuwarfen. Seit er sie ihr gegeben hatte, trennte Penthesilea sich nicht mehr von der Maske. Der Nachteil daran war, dass Alkander nicht in ihrem Gesicht lesen konnte. Ganz abgesehen von dem konkreten Problem, das Barkidas Schwangerschaft aufwarf, fragte er sich, ob sie sich nicht durch dieses Kind, das geboren werden sollte, bedroht fühlte.

»Ich werde darüber nachdenken«, antwortete er nur. »Es ist dunkel genug, gehen wir.«

Penthesilea setzte den mechamagischen Arm in ihre Schulter ein, ließ die Fingergelenke spielen und folgte ihm auf die Treppe, die zum Dach führte. Kaum hatten sie die Luke zur Terrasse passiert, schlug ihnen die nach Sonnenuntergang noch beißendere Kälte entgegen. Alkander setzte seine Kapuze auf und ging zur Mitte des Dachs, das als hängender Garten angelegt war. Die gefrorenen Fontänen der Brunnen hatten seltsam bucklige Formen angenommen. Die Pflanzen glichen filigranen Eisskulpturen. Alkander blieb im Zentrum einer großen Mosaikrosette stehen und hob den Blick. Die Kuppel wölbte sich über seinem Kopf, eine kaum sichtbare Grenze zwischen dem Himmelszelt und ihm. Er steckte drei Finger in den Mund und stieß einen langen Pfiff aus.

Ein paar Minuten später glitt ein Schatten über das blasse Funkeln der ersten Sterne. Im nächsten Moment landete vor ihm ein gigantischer Raubvogel. Die von seinen pechschwarzen Flügeln aufgewirbelten eisigen Böen rissen Alkander die Kapuze herunter. Er näherte sich dem Vogel Rokh und berührte seinen Schnabel mit der Spitze seines Fausthandschuhs.

»Tut mir leid, dass ich dich vor der Stadt lassen muss, Melanephelos, aber du fällst tagsüber zu sehr auf«, sagte er.

Das Tier rieb zärtlich seinen Kopf an dem des Mannes, ehe es sich hinhockte, damit Penthesilea auf seinen Rücken klettern konnte, an dem mit Gurten ein zweisitziger Sattel befestigt war. Als Alkander ebenfalls aufgestiegen war, gab das Mädchen einen kurzen Befehl, und der Raubvogel schwang sich in die Luft.

Alkander ließ sich von ihm über Hyperborea tragen. Der Wind heulte zwischen den Türmen. Er sah die Stadt nun lieber bei Nacht, wenn die Verwüstungen, die seine Fehler angerichtet hatten, weniger ins Auge fielen. Die Farben – das Grün der Kletterpflanzen, das Blau der Wasserstraßen, die bunten Wände – waren verschwunden wie schillernder Sand, den der Wind fortgeblasen hatte. Es blieb nur eine Dekoration aus Stalaktiten und gefrorenen Kanälen, überzogen von gräulichem Schnee, der matschig wurde, wenn die Hyperboreer, unten in der ersten Ebene, darüberliefen. Alkander mochte sich noch so oft sagen, dass diese Situation nur vorübergehend war, er kam nicht umhin, beim Anblick dieser Stadt, die er schon so gut wie erobert hatte, von Schuldgefühlen geplagt zu werden.

Seine Haut brannte vom eisigen, peitschenden Wind, seine Füße baumelten im Rhythmus der kraftvollen Flügelschläge über dem Abgrund. Das war nichts Neues für ihn. Er kannte es, seit sein Vater ihm achtundzwanzig Jahre zuvor das Fliegen beigebracht hatte. Sein Vater, den er heute Abend wiedersehen würde, nach sechs Monaten in Hyperborea.

Der Rokh erreichte die Bresche in der Kuppel und glitt mit seidigem Flügelrauschen über die von den Maurern verlassenen Gerüste. Selbst wenn sie dageblieben wären, hätten sie den flüchtigen Schatten des vorbeiziehenden Raubvogels gewiss nicht bemerkt.

Außerhalb der Kuppel war es noch kälter. Alkander duckte sich hinter Penthesilea, um sich vor dem tückischen Wind zu schützen. Während sie Kurs auf das Riphäengebirge nahmen, dachte er an die Versammlung, die ihn erwartete. Nach sechs Monaten der Trennung sah er dem Moment, da er seinem Vater das Ergebnis seiner Unternehmung präsentieren würde, mit Besorgnis entgegen. Sein Plan, den dieser so oft als undurchführbar bezeichnet hatte, trat endlich in die letzte Phase ein. Er würde Hyperborea ohne Belagerung und Kampf einnehmen. Eine Leistung, gegenüber der die Eroberung Napocas wie ein sinnloses und chaotisches Gemetzel erschien.

Der Rokh erreichte die Vorläufer des vom letzten Abendrot bekränzten Riphäengebirges. Penthesilea lenkte ihn zu dem hellen Dreieck, das ein verschneites Plateau an der Flanke eines felsigen Gipfels bildete. Während sie zur Landung ansetzten, erkannte Alkander in der Dämmerung die länglichen Schemen von knapp dreihundert im Pulverschnee kauernden Rokhs sowie vier große Eishütten, die sich um eine fünfte in ihrer Mitte scharten. Die Größe der Abordnung irritierte ihn. In seinen Briefen hatte er seinem Vater geraten, mit sehr viel bescheidenerer Truppenstärke anzureisen. Und dessen Art war es nicht, so übertrieben vorzusorgen.

Melanephelos landete vor der zentralen Hütte, Alkander sprang aus dem Sattel und versank sofort bis zur Hüfte in den weichen Flocken, die das Plateau bedeckten. Tränen brannten in seinen vom Ritt durch die Lüfte gereizten Augen. Er fuhr sich mit der Hand übers Gesicht, um sie fortzuwischen und gleich noch seinen Bart von den Eiskristallen zu befreien, die sich darin gebildet hatten. Die schon halb unter Schneewehen begrabene Hütte vor ihm nahm Konturen an. Mit einer Handbewegung bahnte er sich einen Weg zu deren Eingang.

Die Tür bestand aus einer simplen Eisplatte, in die ein Siegel graviert war, welches Alkander aktivierte. Das Eis schmolz, um ihn in den Vorraum der Hütte einzulassen, und gefror hinter ihm sofort wieder. In dem Vorraum, wo auf geölten Planen die Sättel der Rokhs lagerten, empfing ihn eine weitaus angenehmere Temperatur. Alkander hob den Vorhang aus Pelz, der sich gegenüber der Eingangstür befand, und stand im Hauptraum der Unterkunft.

In den glatten, glänzenden Wänden aus Eis spiegelte sich das Licht einer Leuchtsphäre, die ein halbes Dutzend um einen Samowar versammelter Männer beschien. Keiner von ihnen erhob sich, als Alkander eintrat, doch er sah, wie sie ihre Schultern strafften in dem vergeblichen Versuch, verglichen mit ihm nicht allzu betagt und gebeugt zu wirken. Die meisten der anwesenden Oligarchen waren ehemalige Generäle der Söldnertruppen, die Napoca angeheuert hatte, um seine Südgrenze vor den Amazonen zu schützen … bis sie zwanzig Jahre zuvor beschlossen, die Stadt selbst einzunehmen, auf Betreiben eines Feldherrn namens Lykurg.

Lykurg, Alkanders Vater, dessen Abwesenheit diesen sofort beunruhigte.

»Willkommen, Alkander«, ließ sich eine tiefe und klangvolle Stimme vernehmen. »Setz dich zu uns.«

Der warmherzige Empfang kam von einem Mann, den das Alter weder kahl noch füllig hatte werden lassen. Unter schwarzen, buschigen Brauen, die einen Kontrast zum metallischen Grau seiner Haare bildeten, betrachtete General Philon den Neuankömmling aus tief umschatteten Augen, als wäre ihr Treffen die letzte Aufgabe eines anstrengenden Tages, die er nichtsdestoweniger mit der gebotenen Sorgfalt erfüllen würde. Alkander wusste, dass sein Gegenüber sich gern besonnen und fleißig gab, um seinen Ruf eines guten stellvertretenden Regenten zu untermauern.

Philon war der unangefochtene rechte Arm seines Vaters, Schlüsselfigur bei der Eroberung Napocas, der Mann hinter den Kulissen, der Themiskyra ermöglicht hatte, nach den ersten militärischen Erfolgen seine Macht zu festigen. Als Alkander ihn ansah, begriff er, dass dieser Mann schon lange auf seinen großen Moment gewartet hatte, der nun endlich gekommen war.

»Wo ist mein Vater?«, fragte er, ohne die Einladung anzunehmen.

Die Oligarchen rutschten unbehaglich auf ihren mit Fellen bedeckten Eisbänken hin und her. Nur Philon blieb ungerührt. Er hob eine kohlschwarze Braue, beugte sich vor und stützte die Ellbogen auf seine weit gespreizten Knie, ehe er in mitfühlendem Ton verkündete:

»Vor einem Monat hatte Lykurg gesundheitliche Probleme, über die er dich lieber nicht informieren wollte, aus Sorge, die Nachricht könne abgefangen werden. Er hat beschlossen, sich etwas Ruhe zu gönnen und die Alltagsgeschäfte uns zu überlassen, bis es ihm wieder besser geht.«

Alkander beherrschte jeden Muskel seines Gesichtes, um die Wirkung zu verbergen, die diese Nachricht auf ihn hatte. Er kannte die despotische Neigung seines Vaters zu gut, um auch nur einen Moment zu glauben, dieser würde freiwillig wegen einer vorübergehenden Schwäche die Zügel der

Macht einem anderen überlassen. Philon spielte Lykurgs gesundheitliche Probleme herunter. Er hätte gern Genaueres erfahren, aber er wusste, dass besorgte Fragen ihm die Verachtung der Oligarchen einbringen würden, die in ihm noch immer das Amazonen-Balg sahen, das Lykurg eines Tages angeschleppt hatte. Und genau darauf setzte Philon.

»Die Einnahme Hyperboreas bezeichnet ihr als Alltagsgeschäft?«

Der Ausdruck des Mitgefühls verschwand von Philons Zügen. Er richtete sich wieder auf, stellte seine Teeschale auf den Samowar und legte die Handflächen aneinander, um sie bedächtig zu reiben. Schwarze Haare krochen unter den Ärmeln seiner Pelzjacke hervor bis zu den Fingergliedern.

»Sie ist eine dringende Angelegenheit. Es wäre schade, wenn deine gute Arbeit umsonst gewesen wäre, Alkander. Wir beglückwünschen dich zu deiner Beharrlichkeit. Dank dir werden sich in vier Tagen die Tore Hyperboreas öffnen, ein Erfolg, der vor ein paar Monaten noch undenkbar schien.«

Alkander wartete auf das, was folgen würde. Philon machte nicht einfach so Komplimente; er trug sie auf wie eine kostbare Salbe, um den Schmerz zu lindern, der unweigerlich kommen würde.

»Allerdings ... glauben wir, dass du nicht geeignet bist, die weitere Entwicklung zu regeln.«

Alkander hatte mit dieser Übernahme gerechnet, jedoch von Seiten seines Vaters, nicht eines Laufburschen mit übertriebenem Geltungsdrang wie Philon.

»Und wie kommt ihr zu dieser Einschätzung?«, fragte er, noch immer stehend.

Philon legte seine diplomatische Miene ab und ging zum Angriff über.

»Du hattest versprochen, uns Hyperborea unversehrt zu übergeben. Wir haben viel investiert in dein Projekt. Der Brand des Amazonenwaldes hat uns beinahe unsere gesamten Vorräte an massivem Oreichalk gekostet. Wofür? Für eine halb in Trümmern liegende Stadt, eine darbende Wirtschaft und Einwohner, die sich wie Ratten in ihren Löchern …«

»Diese Situation ist nur vorübergehend«, unterbrach Alkander ihn. »Hyperborea kommt wieder auf die Beine, sobald die Kuppel repariert ist. Und ich erinnere mich nicht, dass ihr versucht hättet, ›die weitere Entwicklung zu regeln‹, nachdem mein Vater Napoca erobert hatte … Dabei war die Belagerung ein wahres Gemetzel.«

Seine Bemerkung sorgte für einige hochgezogene Augenbrauen unter den Oligarchen. Nie hatte einer von ihnen gewagt, die Eroberung Napocas zu kritisieren. Sie wandten sich Philon zu, in Erwartung seiner Reaktion. Der verzog nur die Lippen zu einem nachsichtigen Lächeln.

»Du bist nicht dein Vater, Alkander. Sicher bist du geschickt darin, hinter den Kulissen zu wirken und Ränke zu schmieden, aber die Ausübung der Macht, der wahren Macht, ist dir fremd. Hyperborea braucht einen starken Mann an seiner Spitze.«

»Einen Mann, dem es gelungen ist, mit fünfzig Kriegerinnen eine uneinnehmbare Stadt zu erobern? Der die hyperboreische Gesellschaft besser kennt als irgendwer in diesem Raum?«

»Sei vernünftig, Alkander. Deine Kriegerinnen konnten die Magier als Geiseln nehmen, weil sie ein Häufchen Zivilisten überrumpelt haben«, erklärte Philon. »Einer Kohorte Themiskyrer werden sie keinen halben Tag lang standhalten, selbst mit dem Blau-Erz.«

Er straffte die Schultern und sah den Oligarchen in die Augen, als wären seine Behauptungen das Ergebnis gemeinsamer Überlegungen, obwohl diese keinen Mucks gemacht hatten.

»Was wir im Übrigen beweisen werden«, fuhr er fort. »Uns ist aufgefallen, dass du in deinen letzten Sendschreiben einen günstigen Ausgang für die Kriegerinnen vorsiehst ... Dieser Teil deines Plans wird verworfen. Ein paar exemplarische Exekutionen werden unserer Rettungsaktion mehr Glaubwürdigkeit verleihen. Fünfzig Opfer für die Einnahme Hyperboreas, das ist noch immer ein geringer Preis, nicht wahr?«

Aschfahl dachte Alkander an Barkidas bedingungslose Loyalität und an das, was er vorhin von Penthesilea erfahren hatte. Er hatte den Drang, sich Philon entgegenzustellen, doch ein abscheulicher Gedanke schlich sich in seinen Kopf: Diese Strategieänderung passte ihm ganz gut in den Kram. Die Flug-Jäger würden sich des Problems annehmen, das in Barkidas Leib wuchs, ohne dass er sein Gewissen damit belasten müsste.

Plötzlich schmolz eine Eisplatte in der gegenüberliegenden Wand und offenbarte einen Adjutanten, dem es äußerst peinlich zu sein schien, so in die Versammlung zu platzen. Er stützte den Ellbogen eines tattrigen Greises, dessen in dicken Fellbabuschen steckende Füße über die Unebenheiten des Bodens stolperten. Es dauerte einige Augenblicke, ehe Alkander seinen Vater erkannte.

Die Hälfte seines Gesichtes war erschlafft. Sein Haar war weiß, dünn und stumpf geworden, der graue Bart mit Essensresten bekleckert. Er hielt ein Taschentuch in seiner zitternden Hand und sah sich suchend nach Philon um. Seiner Pelzkleidung entwich Kotgeruch, der bis in Alkanders Nase drang.

»Verzeihen Sie, General Philon«, beeilte sich der Adjutant zu sagen, »der Polemarch Lykurg wollte …«

»Ist schon gut, Soldat. Er sieht aus, als würde er sich gerne zu uns gesellen, führ ihn her«, erwiderte Philon in gutmütigem Ton und klopfte dabei auf den freien Platz neben sich.

Voller Entsetzen sah Alkander, wie sein Vater, Lykurg, der große Kriegsherr, den er sein ganzes Leben lang gleichermaßen bewundert wie gefürchtet hatte, mit kleinen, wackeligen Schritten zu der Eisbank schlurfte. Philon erhob sich und nahm seinen anderen Ellbogen, um ihm beim Hinsetzen behilflich zu sein.

»Schau, Lykurg, dein Sohn ist da«, sagte er sanft und aufmunternd wie eine Mutter zu ihrem Kind.

Lykurg wandte den Kopf, und sein rechtes Auge leuchtete, als er Alkander erblickte. Der wurde von Verzweiflung übermannt. Nie hatte sein Vater ihn so offen angelächelt. Hatte er überhaupt je diesen Ausdruck auf seinem Gesicht gesehen? Doch das Lächeln war da, verzerrt durch die halbseitige Lähmung, gelb und zahnlos, das überglückliche Lächeln eines senilen Greises beim Anblick seines Sohnes.

»Al…kan…der«, krächzte Lykurg. »Du bist … da.«

»Er hat dich erkannt!«, rief Philon und tätschelte dabei Lykurgs Arm. »Manchmal fällt es ihm schwer, sich an die Namen von Menschen, die er länger nicht gesehen hat, zu erinnern.«

»Warum habt ihr ihn mitgenommen?«, war alles, was Alkander herausbrachte.

»Lykurg ist ein Symbol«, antwortete Philon. »Ich denke, seine Anwesenheit kann uns dabei helfen, den politischen Wandel in Hyperborea zu vollziehen. Außerdem hat er sich gefreut, uns bei dieser neuen Eroberung zu begleiten.«

Alkander konnte sich nur zu gut vorstellen, wie sehr der General Lykurgs Schwäche auskostete, nachdem er dessen Tyrannei so lange erduldet hatte.

»Eins muss jedoch klar sein, Alkander«, fügte Philon hinzu. »Um einen endgültigen Machtwechsel zu verhindern« – er drückte freundlich Lykurgs Schulter –, »erwarten wir von dir eine bedingungslose Kooperation.«

Lykurg, der den Druck auf seiner Schulter spürte, hob die braunen Augen und lächelte ihn an. Philon erwiderte seinen strahlenden Blick. Alkander ertrug die Szene nicht eine Sekunde länger. An die Oligarchen gewandt, schlug er sich zum Zeichen des Grußes auf die Brust, ehe er die Eishütte verließ.

Konnte er dieses tattrige Etwas noch »Vater« nennen? Lykurgs rasanter Verfall erfüllte ihn mit Grauen. Ihm wäre lieber gewesen, er wäre tot. Dennoch fühlte er sich zu seiner eigenen Bestürzung außerstande, irgendetwas zu unternehmen, das ihn in Gefahr gebracht hätte.

Alkander hatte so oft die Schwächen anderer zu seinem Vorteil ausgenutzt, dass er niemals gedacht hätte, man könnte ihn auf dieselbe Weise in die Knie zwingen. Wo seine Zuneigung zu Barkida versagt hatte, wirkte der Hebel der Liebe zu seinem Vater umso mehr. Als er zu Penthesilea zurückkehrte, die ihn in der eisigen Nacht erwartete, erschienen ihm die Gipfel des Riphäengebirges noch gigantischer. Oder vielleicht war er geschrumpft.

Er blickte zu Penthesilea, die ihn vom Rücken des Rokhs aus schweigend ansah. Barkida war verloren, aber eine seiner Kriegerinnen konnte er noch retten.

»Ich bleibe hier«, sagte er. »Du behältst Melanephelos.«

»Was soll ich tun, Meister?«

»Geh Arka suchen.«

2

DAS VERMÄCHTNIS DES LEMUREN

Arka

Jeden Morgen war Arka erstaunt, wenn sie, an Zwergs warme Flanke gekuschelt, in dem Unterschlupf aus Eis erwachte, den sie am Vorabend errichtet hatte. Nach Monaten in Hyperborea gelang es ihr nicht, sich wieder an das nomadische Leben im Riphäengebirge zu gewöhnen. Den Blick verloren im funkelnden Weiß der Berghänge, spulte sie in Gedanken noch einmal die Verkettung der Ereignisse ab, die sie um ihr gemütliches Bett in dem kleinen Zimmer im Bergfried gebracht hatten.

Am Ende des vorigen Winters war sie in den Stadtstaat gekommen, auf der Flucht vor den Aufständen in Napoca und ihrer Vergangenheit als Amazonenschülerin, im Gepäck nur einen vagen Plan: ihren Vater zu finden, den sie nie kennengelernt hatte. Durch eine Reihe von Zufällen war sie Lastyanax' Elevin geworden oder, anders ausgedrückt, Sklavin eines ungenießbaren Politikers, der Papierkram über alles liebte.

Wider alle Erwartungen (und dank des außerordentlichen diplomatischen Geschicks, das sie bewies) hatten sie sich schließlich doch so gut verstanden, dass Lastyanax sie in die Nachforschungen zum Tod seines ehemaligen Mentors, des Ministers Palates, eingeweiht hatte. Und so verbrachte sie ihre Tage in der siebten Ebene mit Ermittlungen und den diversen Verpflichtungen als Laufbursche ihres Mentors. Während weitere Ministermorde das Magisterium erschütterten, hatte sie von einem uralten Fluch erfahren, mit dem der Herrscher Hyperboreas alle für das Massaker an seinen Kindern verantwortlichen Amazonen belegt hatte. Dieser Fluch verdammte jeden, der davon betroffen war, dazu, seine Eltern zu töten und von der Hand der eigenen Nachkommen zu sterben. Doch um seine Rache an den Amazonen ins Werk setzen zu können, musste der Basileus in einem sogenannten Spiegelfluch sich selbst das gleiche grausame Los auferlegen.

Da er all seine Kinder ebenso wie die Fähigkeit, weitere zu zeugen, verloren hatte, glaubte er sich unsterblich. Einem Mann war es jedoch gelungen, den ältesten Sohn des Herrschers als Lemuren wiederzuerwecken und ihn so zu seiner seelenlosen und dienstbaren Marionette zu machen. Er hatte ihm aufgetragen, mit einer Amazone ein Kind zu bekommen: Dieses Kind war Arka.

Als sie nach Hyperborea kam, war sie daher der Wirkung des Spiegelfluchs ausgesetzt, der sie dazu brachte, den Basileus in einer Notwehrsituation zu töten. Anschließend hatte der Meister des Lemuren dafür gesorgt, dass man sie zum Tode verurteilte, und gleichzeitig noch das Kunststück vollbracht, sämtliche hyperboreische Magier im Gefängnis der Stadt als Geiseln zu nehmen – wobei er sie glauben machte, ihre Entführerinnen seien Amazonen. Nach einem erbitterten Kampf, der den Sturz eines Turms in die sich schützend über Hyperborea wölbende Adamantkuppel zur Folge gehabt hatte, war Arka die Flucht gelungen. Amazonentochter, Königsmörderin, Opfer eines Fluches und Zerstörerin der Stadt: Das waren etwas zu viele Lasten, um sie als nicht mal vierzehnjähriges Mädchen allein zu tragen. Daher hatte sie beschlossen, nach Arkadien, in den Wald der Amazonen zurückzukehren, aus dem sie stammte.

Ihren Mentor Lastyanax hatte sie dabei zurückgelassen. Sie hatte ein schlechtes Gewissen, dass sie gegangen war, ohne sich von ihm zu verabschieden, zumal er sein Leben riskiert hatte, um sie aus der juristischen Falle zu retten, in die der Meister der Lemuren sie gelockt hatte. Mit diesem auf den Fersen hätte sie Lastyanax jedoch in Gefahr gebracht, wenn sie ihn aufgesucht hätte, denn der geheimnisvolle Magier hatte schon mehrmals bewiesen, dass er bereit war, jeden zu töten, der sich zwischen ihn und Arka stellte.

Aus all den Scherereien zog Arka den bitteren Schluss, dass sie nicht länger in einer Gegend leben konnte, in der Magie wirksam war. Ihre eigene Unsterblichkeit hatte nur tödliche Katastrophen um sie herum ausgelöst, als würden die Ereignisse, die durch den Fluch gezwungen waren, sie zu verschonen, sich dafür an den Menschen in ihrer Umgebung rächen. Chirone, ihre Tutorin, war genau an dem Tag, als Arka sich, zum ersten Mal seit sie auf der Welt war, in einer magischen Zone befand, umgekommen. Ihre Kameradin und Schicksalsgenossin Prinzessin Penthesilea war durch Arkas Schuld bei den Aufständen in Napoca getötet worden. Lastyanax war dem Tod im Laufe der wenigen Monate, die sie zusammen verbracht hatten, mehrmals knapp entronnen. Nach Arkas Kampf gegen den Meister der Lemuren hatten Hunderte Hyperboreer in dem einstürzenden Turm ihr Leben verloren. Wirklich, es war höchste Zeit, diesem Blutbad ein Ende zu bereiten, indem sie in den Amazonenwald zurückkehrte, wo der Fluch unwirksam war. Diese Überzeugung, zu der ihre Grübeleien allmorgendlich führten, gaben ihr die Kraft, aufzustehen und ihren Weg fortzusetzen.

Sie löste sich von Zwergs Flanke, tätschelte ihm die Kruppe und schnallte die Schneeschuhe an ihre gefütterten Stiefel. Fünf Tagesmärsche trennten sie noch von Khembala, der Stadt, in der die Riphäer überwinterten. Helligkeit schimmerte durch das Eis ihres Unterschlupfs: Der Morgen war bereits fortgeschritten. Zeit, weiterzuziehen. Sie nahm ihren Stock und begann, in den Schnee, der sich über Nacht davor angehäuft hatte, einen Durchgang zu graben. Zwerg schnaubte laut, um sie zur Eile anzutreiben.

»Schon gut, du kommst ja gleich raus. Wart noch fünf Minuten«, keuchte Arka, während sie weitergrub.

Als sie den letzten Klumpen Schnee wegstieß, ergoss sich ein Lichtstrahl in ihre Höhle. Arka schlängelte sich durch den Tunnel hinaus.

Blendendes Weiß überflutete die Hänge des Tals, in dem sie ihr Lager aufgeschlagen hatte. Der Schnee, der vollkommen gleichmäßig und so hoch war, dass sich hie und da feine Risse auf seiner Oberfläche bildeten, hatte alle Unebenheiten des Geländes geglättet. Nur ein paar fluffige, an den höchsten Gipfeln hängende Wolken widerstanden noch dem blauen Himmel. Auf den umliegenden Kämmen wehte der Wind glitzernde Schleier auf, die über die Schneedecke zu wandern schienen. Die Sonne löste Tropfen von den im Tal verstreuten Fichten.

Arka schaufelte den Ausgang weiter frei, damit auch Zwerg herauskommen konnte. Das Pferd schüttelte sich und trottete über den Schnee, ehe es sich glücklich schnaubend darin wälzte. Dann stürzte es sich auf die Ration Hafer, die Arka aus ihrem Marschgepäck geholt hatte. Während es sein Frühstück kaute, beschloss Arka, ein Feuer zu machen und sich um ihres zu kümmern.

Über die unberührte weiße Fläche steuerte sie auf die nächste Baumgruppe zu. Vollkommene Stille lag über dem Tal. Unter den Fichten angekommen, sammelte sie die kleinen Zweige, die die letzten Schneefälle noch nicht bedeckt hatten. Dann richtete sie sich wieder auf, ihr Bündel im Arm, mit dem zugleich beängstigenden und berauschenden Gefühl, allein auf der Welt zu sein.

Nur war sie es nicht.

Ein Rokh war soeben am Horizont erschienen.

Verblüfft ließ Arka das Reisig fallen und wich zurück, um sich unter den tiefhängenden Ästen der Bäume zu verstecken. Seit zwei Jahren hatte sie keinen Rokh mehr fliegen sehen. Dieser schien von Norden her zu kommen, sprich aus Hyperborea, was absurd war, denn es gab kein Fluggeschwader in der Stadt. Soweit ihr bekannt war, besaß nur noch Themiskyra diese Tiere. Das konnte nur eins bedeuten: Lykurg war zum Meister der Lemuren gestoßen, wie Lastyanax es vorausgesagt hatte.

Arka kniff die Augen zusammen, um den Lenker des Vogels auszumachen. Aus dieser Entfernung erkannte sie bloß das metallische Blitzen seines Flughelms. Und dass er nicht den typischen braunen Umhang der themiskyrischen Flug-Jäger trug. Mit etwas Glück war er nur ein simpler Bote.

Der schwarze Raubvogel glitt in geringer Höhe auf ihren Unterschlupf zu, wie um ihn in Augenschein zu nehmen. Die Nase im Hafer, hatte Zwerg ihn noch nicht bemerkt. Mit einem Knoten im Magen starrte Arka zu ihrem Gefährten – sie hatte schon gehört, dass Rokhs Pferde mit sich forttragen konnten. Doch dieser hier begnügte sich damit, darüber hinwegzufliegen.

Arka seufzte, ehe sie realisierte, dass der Rokh einen weiten Kreis beschrieb und zum Lager zurückkam. Zwerg, der seine Ration verputzt hatte, sah ihn endlich und galoppierte panisch davon.

Als das Gespann den Unterschlupf wieder erreicht hatte, beugte sich der Reiter über den Flügel seines Tieres, um hinunterzuspähen. Arka erstarrte und duckte sich noch tiefer unter die Zweige. Das war kein Bote: Er suchte sie. Gleich würde er ihre Spuren bemerken, die in dem frischen Schnee nicht zu übersehen waren. Sie ließ das Flügelarmband um ihr Handgelenk kreisen. Doch selbst angenommen, sie könnte den magischen Mechanismus trotz der Kälte auslösen, wusste sie nicht, wie sie unbemerkt hätte davonfliegen sollen …

Der Vogelreiter hatte ihre Fährte entdeckt. Sofort richteten sich die Augenschlitze seines Helms auf das Tannenwäldchen. Im nächsten Moment raste er im Sturzflug auf Arka zu. Sie sah, wie er eine glänzende Kugel von seinem Gürtel löste – eine Betäubungskugel!

Arka warf sich zur Seite, als der Vogelreiter den Ball in ihre Richtung schleuderte. Die gläserne Hülle zerbrach an den Ästen, und ihr entwich ein violetter Dunst. Arka schloss den Mund, hielt sich die Nase zu und rannte aus dem Wäldchen. Das benebelnde Gas war nicht wirkungslos geblieben: Ihre plötzlich wattigen Beine konnten die Schneeschuhe nur noch mit Mühe heben. Sie lief weiter stolpernd durch den Schnee, während der Raubvogel hinter ihr umkehrte, um erneut anzugreifen. Wenn sie nur ihren Bogen erreichen könnte, den sie vor dem Unterschlupf gelassen hatte …

Eine zweite Betäubungskugel zerbarst mit gedämpftem Klirren zu ihren Füßen. Arka hielt weiter die Luft an und rannte mit vom Sauerstoffmangel bleiernen Beinen. Nur noch zehn Schritte bis zur Schneehöhle. Benommen sah sie, wie der Rokh am gegenüberliegenden Hang eine Schleife drehte, ehe er zum dritten Angriff ansetzte. Die Sonne brach sich funkelnd in seinen schillernden schwarzen Flügeln und dem Helm des Reiters. Als sie den Unterschlupf erreichte, wagte Arka einen tiefen Atemzug, schnappte sich einen Pfeil und ihren Bogen und spannte diesen, während sie sich blitzschnell auf den Rücken rollte.

Der Vogelreiter, der gerade die dritte Betäubungskugel schleudern wollte, hielt in seiner Bewegung inne und zog an den Zügeln, um sein Tier zu bremsen. Der Raubvogel fiel aus dem Sturzflug zurück in die Waagerechte und blieb rüttelnd über dem Lager in der Luft stehen. Keuchend hielt Arka den Bogen gespannt und die Pfeilspitze auf den Angreifer gerichtet.

»Wenn du die Kugel wirfst, schieße ich auf deinen Vogel!«

Einen langen Moment musterte der Reiter sie schweigend. Jetzt erst bemerkte Arka, wie schmächtig er war. Sie dachte gerade, dass er wohl kaum älter sein dürfte als sie, da drang eine dumpfe, metallische Stimme an ihr Ohr:

»Erkennst du mich nicht, Arka?«

Eine solche Stimme hatte sie noch nie gehört, und doch war etwas an deren Tonfall ebenso wie an der Haltung ihres Gegners ihr plötzlich furchtbar vertraut. Sie erinnerte sich an die falsche Amazone, die vor ihrer Flucht aus Hyperborea auf Lastyanax geschossen hatte. Es war ein und dieselbe Person gewesen, dafür hätte sie die Hand ins Feuer gelegt. Eine wahrscheinlich sehr junge Frau, exzellente Bogenschützin, die noch dazu ihren Namen kannte …

Es dauerte eine Weile, ehe sie wagte, denjenigen auszusprechen, der in ihrem Kopf hämmerte.

»Penthea?«

»Ja.«

Eine bleierne Glocke schien Arka zu erdrücken. Ihre letzten Erinnerungen an Penthesilea stürzten auf sie ein: Sie sah die Prinzessin wieder in Napoca am Boden liegen, das Gesicht ein einziger Brei … Sie konnte nicht überlebt haben, das war unmöglich.

»Du bist in Napoca gestorben!«

»Nein, du hast mich sterben lassen. Ich verdanke mein Leben meinem Meister.«

Dieser Satz weckte erneut die monströse Angst, die Arka seit drei Dekaden in den hintersten Winkel ihres Bewusstseins verbannte. Sie betrachtete die geheimnisvolle Maske ihrer Gegnerin. Diese hielt die Betäubungskugel noch immer vollkommen reglos, unbeeindruckt von den Bewegungen des Vogels.

»Bist … bist du auch eine Lemurin?«

Die Zeit schien für einen Moment stillzustehen. Nur das Schlagen der Raubvogelschwingen, die ihr die kalte Luft um die Ohren klatschten, antwortete ihr.

Plötzlich, mit einer blitzschnellen Bewegung, warf Penthesilea die Betäubungskugel. Arka zielte sofort auf den gläsernen Ball, der in der Luft zerbarst. Ein Scherbenregen rieselte auf sie nieder, während der violette Dunst zu dem noch immer über ihr schwebenden Vogel aufstieg. Dieser schüttelte den Kopf. Seine Flügelschläge waren mit einem Mal weniger kraftvoll, und er begann an Höhe zu verlieren. Penthesilea riss an den Zügeln und pfiff einen Befehl. Der Vogel breitete träge die Schwingen aus und glitt mit baumelndem Kopf Richtung Gebirge.

Arka richtete sich auf und sah, wie er auf einen Kamm zusteuerte. Sein Flug wurde immer langsamer und schwankender, als hätte er mit starkem Gegenwind zu kämpfen. Penthesilea peitschte seinen Hals mit den Zügeln, um ihn wach zu halten. Vergebens. Plötzlich befand sich der gigantische Raubvogel im Sturzflug und krachte nur ein paar Schritte unterhalb des Grats gegen die Bergflanke, wo er zur Hälfte im Schnee versank. Penthesilea wurde zur Seite geschleudert und rollte ein Stück weit, ehe ein Fels sie aufhielt.

Arka sah noch, wie sie sich wieder aufrichtete, dann hörte sie ein seltsames, dumpfes Geräusch, eine Art »WOUUUF«, das aus dem Innern des Berges zu kommen schien.

Lange Risse brachen rund um den Rokh in der Schneedecke auf. Weiße Platten lösten sich von der Flanke und begannen mitsamt dem leblosen Tier abzurutschen. Im nächsten Moment verwandelte sich die Schneedecke in eine riesige Lawine, die sich in rasendem Tempo den Abhang hinunterwälzte.

Zu Stein erstarrt, sah Arka, wie die pudrige Woge auf sie zu stürzte und dabei Fichten wie Strohhalme mit sich fortriss. Sie befand sich mitten auf ihrer Bahn. Sie sah sich nach Zwerg um, doch der war verschwunden. Fiebrig packte sie ihr Handgelenk und drückte mit aller Kraft auf das Siegel des Flügelarmbands, das nicht reagierte.

Sie hob den Kopf. Die Lawine hatte inzwischen ihr gesamtes Sichtfeld eingenommen. Der Berg brüllte wie ein Monster, bereit, sie zu verschlingen. Arka begann zu rennen, floh, wie sie in Napoca vor Penthesileas tödlichen Wunden und im Wald der Amazonen vor Chirones Verbrennungen geflohen war.

Sie dachte noch an ihre Tutorin, als die Lawine sie umriss.

Lastyanax

Seit zwei Tagen zogen Raubvögel über den bewegten Gebirgshimmel wie kleine Anker in einem Meer aus Wolken. Sie flogen so hoch, dass ihre Spannweite nur schwer zu schätzen war: Es konnten ebenso gut Schneeadler wie sehr viel gewaltigere Greifvögel sein. Unglücksraben, sagte Sopot, Lastyanax' Führer. Allerdings sah der Karwan-Baschi überall schlechte Vorzeichen: In der Form der Wolken, die an den Bergflanken strandeten, in den Rissen der Schneedecke, im Kot der Moschusochsen. Lastyanax musste jedoch zugeben, dass man besser eine gute Portion Glück im Gepäck hatte, um die Schneestürme, die Lawinen, die Gletscherspalten, die Frostbeulen und die tausendundeine Gefahr des Riphäengebirges zu überleben.

Mit jedem Tag, der verstrich, bereute er seinen Aufbruch aus Hyperborea ein bisschen mehr. Seit drei Dekaden stapfte er nun durch den Schnee des Bergmassivs, völlig zerschlagen von der ungewohnten körperlichen Anstrengung. Das relativ freundliche Klima hatte sich verschlechtert, als der eigentliche Aufstieg begann. Seitdem folgte ein Unwetter aufs nächste. Lastyanax hatte das Gefühl, die meiste Zeit mit Sopot und seinen Viechern in den Schutzhöhlen aus Eis zu verbringen, die dieser errichtete, sobald eine Flocke aufwirbelte. Er hatte genug von den Manien des Bergbewohners, vom ranzigen Gestank der Tiere und von seinen eigenen dauerfeuchten Pelzklamotten. Doch was ihn am meisten zermürbte, war das Gefühl, dass all seine Anstrengungen umsonst waren. Keine Spur war aufgetaucht, um ihn in seinem Entschluss, Arka wiederzufinden, zu bestärken. Die riphäischen

Berge wurden um ihn herum nur immer höher und höher, während er in ihre unwirtlichen Schluchten vordrang. Jeden Tag gab es ein neues Geröllfeld herunterzukraxeln, einen neuen Steig zu erklimmen, einen neuen Pass zu überwinden. Und in dieser ganzen erdrückenden Eislandschaft nicht ein Dorf, nicht eine Schäferei ... nicht eine Arka.

Lastyanax bewegte sich blindlings voran, vollkommen abhängig von Sopot, der immer zehn Schritte vor ihm ging und regelmäßig an dem Seil zog, das sie verband, um seine Langsamkeit zu unterstreichen. Wahlweise fand der Karwan-Baschi auch ein boshaftes Vergnügen daran, den Hyperboreer zu vergessen, wenn es ihm gerade passte. Sobald Lastyanax wagte, ihn zu ihrer Route zu befragen, knurrte er irgendetwas in seinem riphäischen Kauderwelsch und gab ihm mit ausladenden, gereizten Gesten zu verstehen, dass ein Städter wie er von Grund auf außerstande sei, das Gebirge zu begreifen.

Lastyanax vermochte nicht recht zu beurteilen, ob die Entscheidungen seines Begleiters auf strategischen Überlegungen oder auf reinem Aberglauben fußten. So hatte Sopot sich geweigert, ihn über den Gletscher zu führen, wodurch sie viel Zeit gespart hätten. (»Zu groß Gefahr, zu groß Gefahr!«, hatte er lediglich erklärt und dabei aufgebracht mit seinem Wanderstab gefuchtelt.) Lastyanax' Ansicht nach verringerte dieser riesige Umweg ihre Chance, Arka einzuholen. Bei jedem Schritt rang die Hoffnung, seine Elevin hinter der nächsten Felsspitze zu entdecken, mit dem Drang, einfach umzudrehen. Nachts hielt ihn die Angst wach, er könnte unverrichteter Dinge nach Hyperborea zurückkehren, nachdem er Pyrrha dort im Stich gelassen hatte, um sich auf die Suche nach seiner Schülerin zu begeben. Und so kam er sich schon vor wie sein Vater, dieser Glücksritter, der jederzeit bereit war, noch einen Hyper im nächsten Rennen zu setzen, dem letzten diesmal, dessen Gewinn all das zuvor verspielte Gold rechtfertigen würde.

Am Vortag hatten sie beim Passieren eines schwierigen Grats einen Ochsen verloren. Der Weg war unter seinen Hufen abgerutscht und hatte das Tier mitsamt der Ware, die es transportierte, in eine tiefe Schlucht gerissen. Dieser Schaden hatte die Laune des Bergführers nicht gerade verbessert. Er hatte erst Lastyanax vorgeworfen, er habe die Zügel des Tieres nicht ordentlich gehalten, dann seinen Hund beschimpft, der ein Käuzchen angekläfft und damit seiner Meinung nach den Berg verärgert hatte. Lastyanax schlug sich insgeheim auf die Seite des Hundes – letztendlich behandelte Sopot sie beide gleich unfreundlich.

Außer dem Moschusochsen hatte dieses Unglück sie auch noch einen halben Tagesmarsch gekostet. Denn der Karwan-Baschi hatte darauf bestanden, zumindest einen Teil der über den Abhang verstreuten Waren zu bergen, indem er sich von Lastyanax abseilen ließ. Die riskante Operation hatte dessen Nerven auf eine harte Probe gestellt. Anschließend mussten sie die Güter auf die Rücken der übrigen Tiere verteilen, die bereits unter ihren Lasten schwankten. Dann war der Abend hereingebrochen und hatte sie gezwungen, in einem Erosionstal unweit der Absturzstelle hastig ein Lager aufzuschlagen. Sie konnten nicht mal ein Feuer entzünden und hatten sich in dem feuchtkalten Unterschlupf zusammengerollt, mit steinhartem Zwieback als einziger Mahlzeit.

Am nächsten Morgen war Lastyanax sehr früh erwacht, nachdem er die Nacht damit zugebracht hatte, seine eigene Lage, Arkas und die Hyperboreas immer wieder in Gedanken durchzukauen. Sopot schlief noch, was ungewöhnlich war – normalerweise stand der Karwan-Baschi als Erster auf und versäumte es nie, Lastyanax seine Bummelei vorzuhalten. Froh, seiner unangenehmen Gesellschaft für einen Moment zu entrinnen, war Lastyanax leise aus dem Unterschlupf gekrochen, um sich zu erleichtern und Holz zu suchen. Der Hund war ihm gefolgt.

Es war ein großer Hütehund mit dickem Fell und wolfähnlicher Statur, der auf den Namen Khatam hörte. Er hatte ein Ohr verloren und einige Schrammen abbekommen, als er seinen Herrn gegen Höhlenbären verteidigt hatte. An diesem Morgen schien auch er froh darüber, sich von Sopot entfernen zu können.

Gemeinsam steuerten sie auf einen kleinen Pass zu, hinter dem Lastyanax einen geschützten Hang und ein paar Tannen zu finden hoffte. Leichtfüßig auf seinen großen Tatzen, hinterließ Khatam so gut wie keine Spuren auf dem Schnee. Er erreichte den Pass vor Lastyanax und blieb abrupt stehen. Mit aufgestelltem Ohr und gerecktem Schwanz spähte er in die Ferne und begann zu knurren.

»Still, Khatam!«

Es war besser, den Berg nicht zu ärgern, und Sopot auch nicht, falls er inzwischen wach war. Khatam winselte und trat auf der Stelle, wie um seinen Begleiter zur Eile anzutreiben. Lastyanax beschleunigte seinen Schritt in den Schneeschuhen und konnte endlich sehen, was sich jenseits des Passes befand.

Einige Hundert riesige Vögel lagerten auf einem dreieckigen Felsplateau im Schnee. Lastyanax drückte sich sofort flach auf den Boden und zog Khatam mit sich. Der Hund knurrte leise, während sie beobachteten, wie uniformierte Gestalten zwischen fünf enormen Eishütten und den Raubvögeln hin und her liefen.

Lastyanax begriff, dass es sich um Rokhs handelte, eine Greifvogelart, die doch angeblich seit dem Krieg der vier Städte vor zwei Jahrhunderten so gut wie ausgestorben war. Wie manch anderer Minister hatte auch er sich die Haare gerauft, als der Basileus Lykurg im Tausch gegen ein sehr altes Exemplar zur Zierde seines privaten Zoos die Halbinsel Ogygia überlassen hatte. Lastyanax erinnerte sich wieder daran, was Arka gesagt hatte, als sie das Tier im Herrscherpalast gesehen hatten: »Lykurg hat noch jede Menge davon, und weniger klapprige.« Sie hatte recht.

Der Herrscher von Themiskyra hatte ein Heer von Flug-Soldaten aufgestellt. Und aller Wahrscheinlichkeit nach bereitete sich dieses Heer darauf vor, in Hyperborea einzufallen.

Diese Entdeckung war zugleich niederschmetternd und befreiend. Denn nun war er endlich in der Lage, eine Entscheidung zu fällen: Er konnte sich nicht länger erlauben, einem Hirngespinst hinterherzurennen.

»Wir gehen zurück nach Hyperborea«, teilte er dem Hund mit, der von den Raubvögeln noch immer ganz fasziniert zu sein schien.

Er kroch rückwärts durch den Schnee, damit die Wachen ihn nicht bemerkten. Sobald er außer Sichtweite war, eilte er zurück zum Unterschlupf. Khatam sprang kläffend um ihn herum.

Im Lager hatte Sopot gerade die Moschusochsen gesattelt. Da, wo die Wiederkäuer gegrast hatten, hatte er mit getrocknetem Dung ein Feuer entzündet, auf dem eine Kanne Tee dampfte.

»Immer selber Mann machen Anstrengung«, brummte der Karwan-Baschi, sobald Lastyanax in Hörweite war.

Der ignorierte den Vorwurf und verkündete:

»Wir kehren um und gehen zurück nach Hyperborea.«

Sopot tat so, als hätte er ihn nicht gehört, und belud weiter seine Moschusochsen. Dabei murmelte er etwas auf Riphäisch, wovon Lastyanax annahm, dass es keine Schmeicheleien waren.

»Wir kehren um und gehen zurück nach Hyperborea«, wiederholte er etwas lauter. »Sonst ein Mann nicht bekommen zweite Hälfte seiner Bezahlung«, fügte er hinzu, indem er das rudimentäre Hyperboreisch des Karwan-Baschis nachäffte.

Sopots vorübergehende Taubheit war im Nu geheilt. Mit wütender Miene und ausladenden Gesten zeigte er auf die Ballen, die er gerade auf seine Lasttiere packen wollte.

»Nein, nicht umkehren, Waren!«, rief er mit seinem kehligen Akzent. »Verkaufen in Khembala, dann zurückgehen nach Hyperborea.«

Lastyanax verstand, was er vorhatte: Fünfzehn weitere Tage marschieren, um nach Khembala zu gelangen, das geschützte Tal im Herzen des Gebirges, wo sein Volk überwinterte, und dort seine Waren zu verkaufen. Er hatte Sopot schon seit einer Weile im Verdacht, ihre Route absichtlich zu verlängern, damit sie Arka nicht einholten, ehe sie das Tal erreichten. Die Reaktion des Karwan-Baschis bestätigte nun diesen Verdacht. Plötzlich fühlte er sich, als hätte er die Nase in einen Pfeffersack gesteckt. Sopot blickte besorgt auf seine Stiefel, die in einer Pfütze versanken.

»Ich habe Sie dafür bezahlt, mich durchs Gebirge zu führen, nicht dafür, dass ich Sie nach Khembala begleite«, polterte Lastyanax. »Ich werde Ihnen die andere Hälfte der geschuldeten Summe nur geben, wenn sie mich *jetzt sofort* nach Hyperborea zurückbringen.«

Arka

Heftige Migräne presste Arkas Schädel zusammen wie ein Schraubstock. Der Schmerz war so stark, dass Arka nicht wagte, die Augen zu öffnen. Ihre Lider bildeten eine rote, leuchtende Barriere vor der gleißenden Sonne. In ihrem Kopf rumorte ein stetes Brummen. Ihr Körper in der Pelzkleidung schien so schwer zu sein, dass er sich den Unebenheiten des Bodens, auf dem sie lag, ohne die geringste Schwierigkeit anpasste. Ein Geruch nach Humus und Asche bahnte sich durch all diese Empfindungen einen Weg zu ihren Nasenlöchern.

Arka konnte sich nicht mehr daran erinnern, was sie ein paar Sekunden zuvor getan hatte, alles war vollkommen wirr. Noch halb in Trance, entschied sie, sich aufzusetzen und die Lider dabei geschlossen zu halten. Es fühlte sich an, als wäre ihr Körper in Tausende winzige Teilchen zerfallen, ehe er seine ursprüngliche Form wieder angenommen hatte. Endlich öffnete sie die Augen.

Ein großer scharlachroter Fleck prangte auf ihrer Pelzjacke. Mühsam zog Arka einen ihrer Fäustlinge aus, hob die Hand an die Nase und stellte fest, dass eine dicke Kruste geronnenen Blutes ihre untere Gesichtshälfte bedeckte.

Ihre Beine ruhten auf einem Teppich aus Farnen und Silphium. Sträucher wuchsen zwischen diesen Pflanzen, die typisch waren für einen Waldboden. Arkas Blick wanderte an den Stängeln empor. Um sie herum erhoben sich die verkohlten Reste riesiger Bäume wie schwarze Narben in all dem Grün. Die Migräne ließ endlich nach, und die Erinnerungen strömten auf sie ein. Hyperborea. Das Riphäengebirge. Penthesilea. Die Lawine.

Was machte sie an diesem Ort, während sie doch unter meterhohen Schneemassen begraben sein müsste? Wo war sie? Hatte sie sich die Lawine nur eingebildet? Oder träumte sie jetzt gerade?

Die verbrannten Bäume schienen wie Gespenster durch die niedrige Vegetation zu irren. Arkas Blick blieb an einem besonders dicken verkokelten Stumpf hängen, stummer Zeuge eines Brandes, dessen Spuren die Natur zu verwischen suchte. An seinen Wurzeln waren breite, von den Flammen geschwärzte Bretter unter Farnwedeln begraben. Sie hatte schon immer einen ausgezeichneten Orientierungssinn gehabt.

Sie befand sich im Wald der Amazonen, direkt neben den Überresten ihres Baumhauses.

Arka presste sich die Hände an die Schläfen. Sie konnte nicht im Wald der Amazonen sein, Tausende Meilen vom Riphäengebirge entfernt. Vielleicht lag sie noch immer unter der Lawine und fantasierte?

Dabei kam ihr alles sehr real vor, angefangen bei den Insekten, die ihr übers Gesicht krabbelten, bis zur Sonne, die ihre Kopfhaut wärmte. Und dann diese Symptome ... Ohnmacht, Kopfschmerzen, Nasenbluten. Die Nebenwirkungen eines ungewöhnlich starken magischen Aktes. Als wäre es ihr in dem Moment, als die Lawine sie verschlingen wollte, gelungen, sich aus den Bergen in den Amazonenwald zu teleportieren. Was menschenunmöglich war.

Da begriff Arka, dass ihr Lemurenvater ihr ein paar Kräfte vermacht hatte.

Petroklos

Je länger er hier gefangen saß, desto pessimistischer schätzte Petroklos seine Chance ein, irgendwann lebend aus dem Extraktor hinauszukommen. Seit der Geiselnahme einen Monat zuvor bot ihm das Gefängnis vielmehr immer neue Gründe zu sterben.

Nach ihrer Entführung aus dem Amphitheater hatten die Amazonen sie in Gruppen von jeweils dreißig Mann in die Gemeinschaftszellen gesteckt. Die Lebensbedingungen hier waren entsetzlich. Abgesehen vom Platzmangel, der sie dazu zwang, sich zum Schlafen Kopf an Fuß auf den Boden zu legen, war schnell klar geworden, dass die Amazonen nicht vorhatten, ihnen etwas zu essen zu geben. Da das Gefängnis von der hyperboreischen Polizei umstellt und damit von allen Versorgungswegen abgeschnitten war, hatten die Kriegerinnen beschlossen, den Großteil der vorhandenen Nahrungsmittel für sich zu behalten. Alle drei Tage bekam jede Geisel eine Ration trockenes Brot, das war alles. In der ersten Zeit ihrer Gefangenschaft hatte Petroklos solchen Hunger gehabt, dass er glaubte, verrückt zu werden. Nach etwa einer Dekade hatten die Magenkrämpfe nachgelassen. Jetzt lebte er mit einem beinahe unablässigen Schwindelgefühl, mit wackligen Knien und wattigem Kopf. Allerdings hätte er nie gedacht, dass er so lange ohne Wurststulle überleben könnte.

Der Vorteil dieser Diät war, dass gewisse Bedürfnisse sich von selbst erledigten – seit einer Dekade hatte sich keiner seiner Mitgefangenen mehr in die Ecke der Zelle gehockt. Das war eine Erleichterung, denn die Amazonen zwangen sie, ihre Exkremente mit der Hand zu beseitigen.

Da man den Magiern immerhin brackiges Wasser zugestand, blieb das Herein- und Herausschaffen von Flüssigkeiten dennoch ein logistisches Problem, mit dem er persönlich konfrontiert war. Wegen seines jungen Alters und seiner Teilnahmslosigkeit fanden die Amazonen, er sei als Wasserträger der vierten Ebene des Gefängnisses perfekt geeignet.

Jeden Tag musste er daher das Eis des Kanals, der das Gefängnis in der siebten Ebene versorgte, aufhacken, Holzeimer mit Wasser füllen, von denen er dann jeweils zwei in seine Etage schleppte. Auf einem quietschenden alten Karren transportierte er diese anschließend zu den verschiedenen Zellen der vierten Ebene. Bei jedem Halt nahm er auch die Eimer voller Urin in Empfang, die er am Ende seiner Runde in den Abort des Gefängnisses schüttete.

Es gab immer nur zwei Eimer in jeder Zelle: einen zum Trinken, den anderen zum Urinieren. Oft verlangten die Amazonen von Petroklos, die Behälter zu vertauschen – sie ließen keine Gelegenheit aus, um die Magier zu demütigen.

So verbrachte Petroklos einige Stunden am Tag damit, seinen Karren herumzuschieben, in dem diverse Flüssigkeiten fröhlich an die Eimerwände schwappten. Jede Unebenheit im Boden sorgte für einen Stoß, jeder Stoß für einen Spritzer, und jeder Spritzer tränkte seine Toga noch etwas mehr mit Urin. Petroklos fühlte sich langsam wie ein Obdachloser aus der ersten Ebene. Wenn er in seine Zelle zurückkehrte, fanden selbst seine Leidensgenossen, die sich immerhin seit dem Tag ihrer Geiselnahme nicht mehr gewaschen hatten, dass er stank.

Je schwächer er mit der Zeit wurde, desto schwerer fiel es ihm, seine undankbare Aufgabe zu erfüllen. Trotz alledem entdeckte Petroklos zu seiner eigenen Überraschung gewisse Vorteile an dieser sicher härtesten Sklavenarbeit, die er je im Leben hatte verrichten müssen.

Zuallererst erlaubte ihm sein Amt als Mundschenk des Kerkers, der überfüllten Zelle jeden Tag wenigstens für ein paar Stunden zu entkommen. Dann genoss er das Privileg, reines, nicht mit Urin vermischtes Wasser zu trinken. Dank seiner Selbstironie war es ihm sogar gelungen, die Amazone, die ihn überwachte, zu erweichen – irgendwann hatte sie ihm diskret ein Paar Handschuhe gegeben, damit er seine vom Eishacken mit Frostbeulen überzogenen Finger wärmen konnte. Und schließlich war ihm nicht mehr kalt, sobald er die Eimer schleppte und den Karren schob.

Das Schlimmste an seiner Gefangenschaft waren tatsächlich die arktischen Temperaturen. Als waschechter Hyperboreer hatte Petroklos noch nie in seinem Leben gefroren. Verwundert hatte er festgestellt, wie *müde* einen dieses Gefühl machen konnte. So fest er die Enden seiner Toga auch verknotete, damit kein bisschen Haut unbedeckt blieb, die Kälte kroch ihm bis ins Mark. Das Zittern, das ihn andauernd schüttelte, hinderte ihn am Schlafen und raubte ihm den letzten Rest Energie. Selbst wenn sich die Wärterinnen weit genug entfernten, dass er Magie hätte anwenden können, war er zu erschöpft, um auch nur den geringsten Zauber zu bewirken. Petroklos brauchte seine abgemagerten Arme gar nicht erst anzusehen, um zu wissen, dass er allmählich einem wandelnden Skelett ähnelte.

Da war er im Übrigen nicht der Einzige. Die neunundzwanzig Magier, die mit ihm in der Zelle saßen, sahen alle hundeelend aus. Und sie hatten noch Glück, denn bisher war keiner von ihnen gestorben. Während seiner Wasserträgerdienste hatte Petroklos einige Male mitbekommen, wie Amazonen leblose Körper aus den benachbarten Zellen schafften – der letzte war der Handelsminister gewesen.

Zum Mangel gesellte sich die Unsicherheit hinzu, welches Schicksal die Amazonen für sie bereithielten. Niemand kannte ihre Ziele, und die wenigen Magier, die gewagt hatten, sie danach zu fragen, hatten Lanzenhiebe als Antwort bekommen. Sie schienen auf etwas zu warten, doch worauf? Keine Information drang von außen in den Extraktor. Die Gefangenen konnten nur mutmaßen und schlussfolgern. Petroklos hatte das Gefühl, dass die Amazonen unruhiger wurden, als verspäte sich das Ereignis, mit dem sie gerechnet hatten. Ihr triumphaler Sadismus der ersten Dekaden hatte sich in nervöse Ungeduld verwandelt.

»Habt ihr gesehen? Sie magern auch ab«, hatte einer von Petroklos' Mitgefangenen geflüstert, als sie in der Zelle vor sich hin dämmerten.

Er nickte zu ihrer Wärterin hinüber, einer jungen Frau mit kurzen Haaren, deren Rüstung tatsächlich schon ziemlich lose an ihr hing. Es war die Amazone, die Petroklos ihre Handschuhe gegeben hatte. Sie war bei den Häftlingen eher beliebt, weil sie sie selten schlug und nicht nur zum Zeitvertreib quälte. Petroklos fragte sich manchmal, ob sie die Situation nicht genauso erduldete wie die Magier.

»Wenn sie ihr Essen auch schon rationieren, dann bedeutet das, dass die Vorräte zur Neige gehen …«, fuhr der Magier fort.

»Klappe!«, rief die Amazone und ließ ihre Lanze gegen die Gitterstäbe krachen.

Die Vibration des Metalls dröhnte durch die Zelle, in der niemand mehr einen Mucks machte. Nur ein alter, in eine

Ecke gekauerter Magier röchelte leise. Petroklos, der an der Wand lehnte, wandte sich dem blassblauen, halb von einer der Kuppeln des Magisteriums verdeckten Himmelsviereck zu. Was würden die Amazonen tun, wenn ihnen die Lebensmittel ausgingen? Er hielt sie für barbarisch genug, sich dem Kannibalismus hinzugeben. Hieß es nicht ohnehin schon, sie würden Männer als Tiere betrachten?

Sein in dem kleinen Stück durch die Schießscharte sichtbarer Außenwelt verlorener Blick blieb plötzlich an einem seltsamen Detail hängen. Ein großer Raubvogel kam auf den Extraktor zugeflogen. Während das Vieh sich näherte, erkannte Petroklos, dass es sehr viel gewaltiger war, als er zunächst angenommen hatte. Ehe er es genauer betrachten konnte, war es aus seinem Sichtfeld verschwunden.

»Hoffst du immer noch, dass dein Lasty dir zu Hilfe eilt? Wenn er noch lebt, hat er sich vermutlich längst diesen Weibern hier angeschlossen, zusammen mit seiner Amazonengöre.«

Verstört von der Größe des Raubvogels, senkte Petroklos seinen Blick auf Rhodopis, der ein paar Schritte von ihm entfernt auf dem Boden saß. Er fragte sich, warum er von all den Miteleven seines Jahrgangs ausgerechnet mit demjenigen in eine Zelle eingesperrt sein musste, den er am wenigsten leiden konnte.

»Belästige jemand anders, der nicht weiß, dass du nur deswegen so ätzend bist, weil du nicht mit dem Frust darüber klarkommst, dass Pyrrha dich abserviert hat«, war seine einzige Antwort.

»Ich hab mich oft gefragt, was sie von dem wollte«, fuhr Rhodopis unbeirrt fort. »Langweilig. Pedantisch. Die Nase immer in seinen Akten. Krumm obendrein, die Nase.«

»Lastyanax' Nase hat mehr Charakter, als du jemals haben wirst«, entgegnete Petroklos gereizt.

Rhodopis lachte spöttisch auf.

»Wenn dein Last uns befreien kommt, erinnere mich dran, ihm zu sagen, dass er bei dir mehr Chancen hat als bei Pyrha.«

Ohne einen weiteren Kommentar trat Petroklos an die Gitterstäbe, um die Diskussion zu beenden. Vor ihm lag das riesige Atrium des Gefängnisses, durchzogen von Stegen, die die Gänge miteinander verbanden. Er drückte die Stirn an das kalte Metall der Stäbe, um seine Schicksalsgenossen in den anderen Zellen zu betrachten. Die Wärterin warf ihm einen misstrauischen Blick zu, ehe sie das Interesse an ihm verlor. Trotz seiner Größe war Petroklos nie besonders respekteinflößend gewesen. Ein Nachteil, der sich hier im Gefängnis als echter Nutzen erwies.

Er wusste nicht, was aus Lastyanax geworden war, seit er, direkt nach der Geiselnahme, gemeint hatte, ihn auf der Kuppel des Magisteriums zu erkennen. Es gab keine Möglichkeit zu erfahren, ob sein Freund noch lebte. Seit einem Monat fragte er sich, was Lastyanax dazu bewogen haben mochte, sich selbst anzuzeigen, um sich mit seiner Elevin in der Arena wiederzufinden. Für einen außenstehenden Beobachter lag klar auf der Hand, dass Arka die Minister umgebracht und die Invasion der Amazonen vorbereitet hatte. Doch Petroklos war der Gerichtsprozess sehr übereilt erschienen, und die Spur des Lemuren war zu keinem Zeitpunkt erwähnt worden.

Er verfluchte innerlich Lastyanax und seine ewige Heimlichtuerei, als im Atrium plötzlich eine gellende Alarmglocke ertönte. Die Amazonen verließen ihre Posten in den Gängen, um zu den Toren zu stürzen. Verblüfft sah Petroklos seine Kerkermeisterin davonrennen. In den Zellen drängten sich die Magier an die Gitterstäbe.

»Jemand ist ausgebrochen«, vermutete Rhodopis laut, um den Alarm zu übertönen.

»Oder eingebrochen«, korrigierte ein Magier und deutete dabei auf den Eingang des Gefängnisses in der siebten Ebene.

Tatsächlich schien an diesem Ort, den ein Gewirr von Stegen vor Petroklos' Blicken verbarg, wildes Durcheinander zu herrschen. Mit gezückten Speeren begannen die Amazonen, immer vier Stufen auf einmal nehmend, die Treppen hochzusprinten. Petroklos dachte, dass sie sehr viel schneller gewesen wären, wenn sie die Levitatoren hätten nehmen können, doch das Blau-Erz machte diese unbenutzbar.

Endlose Minuten verstrichen, in denen die an die Stäbe gedrückten Magier nur erregte Schreie und das Klirren von Metall hörten. Während sie sich noch von Zelle zu Zelle fragten *Was ist los? Könnt ihr etwas sehen?*, segelte plötzlich eine Amazone durchs Atrium, ehe sie auf dem Grund des Gefängnisses aufschlug. Zwei weitere folgten. Einen Moment später stürmten blutüberströmte Amazonen die Treppen hinunter. Ihr offenkundiger Rückzug löste Freudenschreie unter den Magiern aus, die jedoch rasch erstarben, als die Kriegerinnen sich in Richtung der Zellen verteilten.

Petroklos sah ihre Wärterin kommen, zusammen mit Barkida, der Anführerin der Amazonen, die ihn gezwungen hatte, seinen Mechamagieprofessor über die Balustrade zu werfen. Geschlossen wichen er und seine Mithäftlinge zurück. Die beiden Frauen stürzten zur Zellentür, sperrten sie auf und hinter sich wieder zu.

»Den Ersten, der sich einen Schritt vorwagt, spieße ich auf!«, warnte Barkida mit vorgereckter Lanze.

Petroklos drückte sich an die Wand, sicher, dass sie nicht einen Augenblick zögern würde, ihre Drohung in die Tat umzusetzen. Seine Gehirnwindungen liefen heiß. Er wusste nicht, was hier gerade geschah, doch die Amazonen waren ganz eindeutig in einer misslichen Lage. Wenn sie beschlossen hatten, sich ins Innere der Zellen zurückzuziehen, so nah wie möglich bei ihren Geiseln, dann bedeutete dies, dass ihnen keine andere Fluchtmöglichkeit mehr blieb. Er schluckte und versuchte so wenig wie möglich aufzufallen. Ihre Chance auf Befreiung war noch nie so greifbar gewesen und die Wahrscheinlichkeit, dass man sie alle abschlachtete, noch nie so groß.

Dumpfes Trommeln erfüllte mit einem Mal das Gebäude, als ob Hunderte Stiefel auf den Stufen hämmerten. Gleich darauf hörte Petroklos Schläge, Schreie, Röcheln und andere schaurige Geräusche aus den oberen Etagen. Vom Gitter aus verfolgten die Amazonen aschfahl das Spektakel.

»Sie haben ihren Plan geändert«, flüsterte die Zellenwärterin mit den kurzen Haaren. »Sie haben beschlossen, sich uns vom Hals zu schaffen!«

»Ich hätte nicht gedacht, dass er das wagt«, spuckte Barkida aus. »Sein eigenes Kind …«

Ohne den Satz zu beenden, wirbelte sie herum. Ihr finsterer Blick, in dem namenloser Zorn brodelte, schweifte über die verängstigten Magier. Petroklos begriff, dass sie sie als menschliche Schutzschilde benutzen wollte. Hinter ihr erschienen die ersten Soldaten mit den braunen Umhängen der Themiskyrer auf der Treppe.

»Das ist sinnlos, Barkida, sie werden sie einfach töten, um an uns ranzukommen«, sagte die andere Amazone.

Wie zur Bestätigung ihrer Worte stürmten die Männer in Zehnergruppen zu den nächstgelegenen Zellen und begannen die Schlösser mit Streitäxten zu zertrümmern. Petroklos sah, wie sie in die Kerker eindrangen und, ohne mit der Wimper zu zucken, die Magier aufschlitzten, hinter denen sich Amazonen verschanzten. Der Gestank von Eingeweiden verbreitete sich im Atrium. Er hörte einige seiner Zellenkameraden stöhnen und in Tränen ausbrechen. Er selbst würgte und hätte sich erbrochen, wenn er irgendetwas im Magen gehabt hätte.

Ein Trupp Soldaten näherte sich ihrer Zelle, der letzten in der Etage. Barkida betrachtete wieder ihre Geiseln, als erwöge sie noch, sie als Schutzschilde zu gebrauchen. Nie zuvor hatte Petroklos' Herz so heftig gegen seine Rippen geschlagen. Zwischen zwei Schlägen verging jedes Mal eine Ewigkeit. Er zuckte zusammen, als die Amazone ihre Lanze zu Boden schleuderte.

»Sie werden euch weismachen, sie seien eure Retter, dabei haben sie das alles von Anfang an ausgeheckt«, stieß sie hervor.

Sie löste die Schnalle ihres Helms, packte ihn an seinem weißen Federbusch und legte ihn neben die Lanze. Ihre Kameradin tat es ihr gleich, ehe sie die Zellentür aufsperrte.

»Wir ergeben uns«, rief Barkida den themiskyrischen Soldaten zu, die angerannt kamen.

Diese unerwartete Kapitulation schien sie aus dem Konzept zu bringen. Nach kurzem Zögern betraten sie mit vorgereckten Lanzen das Verlies. Vier von ihnen drückten die Amazonen auf den Boden, während die anderen die Magier zurückdrängten.

Ein Mann um die sechzig mit kohlschwarzen Brauen und einer etwas raffinierteren Brünne als seine Schergen betrat mit gezücktem Dolch die Zelle. Er hielt eine an seinem Unterarm befestigte, mit Pfeilen bewehrte oreichalkene Manschette auf die Kriegerinnen gerichtet. Sein Blick wanderte von den Amazonen unter den Knien seiner Soldaten zu den Magiern, die noch immer an der hinteren Wand aufgereiht standen.

»Welch erfreuliches Wiedersehen, Philon«, warf Barkida, die Wange auf die Erde gedrückt, ihm spöttisch hin.

Diese bissige Bemerkung schien dem Neuankömmling nicht zu schmecken.

»Sperrt die da in eine Einzelzelle«, befahl er barsch, indem er auf Barkida zeigte.

Dann nickte er in Richtung der Amazone mit den kurzen Haaren.

»Und tötet die da.«

»Nein!«, schrie Barkida.

In einem letzten verzweifelten Aufbäumen versuchte sich ihre Gefährtin aus dem Griff der Flug-Jäger zu befreien. Doch die beiden Themiskyrer drückten sie mit ihrem Gewicht nieder. Einer zückte seinen Dolch, während der andere sie an den Haaren packte und ihren Kopf nach hinten riss. Voller Grauen sah Petroklos, wie ihre Augen in den Höhlen hin und her sprangen. Im nächsten Moment öffnete der Soldat ihr die Kehle von einem Ohr zum andern. Blut spritzte bis an die Füße der Magier, während die Amazone von Zuckungen geschüttelt wurde. Nie hätte Petroklos gedacht, dass der Tod so lange brauchen könnte, um einzutreten.

Der Themiskyrer mit den kohlschwarzen Brauen wandte sich an die entsetzten und verstörten Magier.

»Sie werden noch ein Weilchen hierbleiben. Zu Ihrer eigenen Sicherheit.«

Dann verließ er ohne weitere Erklärung die Zelle. Hinter ihnen führten die Soldaten Barkida im Genick gepackt ab, schleiften die getötete Amazone hinaus und verriegelten die Tür mit dem Schlüssel, den sie bei ihr gefunden hatten. Die Magier blieben in ihrem Kerker, die Füße in der Blutlache, und fragten sich, ob man sie gerade von den Amazonen erlöst hatte oder ob einfach nur ein noch schrecklicherer Eindringling an deren Stelle getreten war.

3

HYPERBOREA WIRD ES UNS DANKEN

Arka

Arka brauchte einen Moment, um sich von ihrer unverhofften Teleportation nach Arkadien zu erholen. Nur unter größter Anstrengung gelang es ihr, aufzustehen. Jeder einzelne Muskel war steif und schmerzte, und die geringste Unebenheit am Boden stellte für ihre wackeligen Beine eine Herausforderung dar. Mühsam bahnte sie sich einen Weg durch die Reste ihres Baumhauses, ein Durcheinander aus zerbrochenen Amphoren, rußgeschwärzten Balken und Schlingpflanzen, bis sie über einen kleinen blumenbewachsenen Erdhaufen stolperte, der Länge nach hinfiel und mit der Nase in den weichen Blättern des Elaphenkrauts landete. Ein paar Zoll von ihrem Gesicht entfernt, steckte ein rostiger Säbel im Boden. Amazonen ließen ihre Waffen nie grundlos zurück: Das hier war ein Grabhügel. Chirones Grab.

Arka wusste nicht, wer ihre Tutorin beerdigt hatte. Sie hatte immer geglaubt, von ihrem Leichnam wäre nichts übrig geblieben, nachdem der Brand hier durchgezogen war. Diese Erinnerung erschütterte sie. Sie rappelte sich auf und entfernte sich, so schnell es ging, von dem Grab und den Ruinen ihres alten Zuhauses.

Wie sie es zwei Jahre zuvor getan hatten, brachten ihre Füße sie instinktiv ans Ufer des Thermodon. Wenigstens der

Fluss hatte sich nicht verändert. Er floss immer weiter. Auf der anderen Seite erstreckte sich der unversehrte Teil des Waldes, in den sich die Amazonen nach dem Brand zurückgezogen hatten. Die Zweige der Eukalyptusbäume reckten sich über den Strom, als versuchten sie, die verkohlten Reste ihrer verschwundenen Artgenossen zu berühren. Das Wasser hatte einen Schutzwall gegen die Flammen gebildet. Indem Arka den Brandstifter verletzt hatte, hatte sie ihn daran gehindert, den Thermodon zu überqueren und den Rest des Waldes zu vernichten. Sie konnte sich einfach nicht mit dem Gedanken abfinden, dass dieser Mann, der Mörder Chirones, ihren Vater, den Lemuren, erschaffen hatte. Die Vorstellung, dass eine so enge Verbindung zwischen ihnen bestand, war ihr zutiefst zuwider.

Einen Tag und eine Nacht verbrachte sie an der Böschung. Trotz der beruhigenden Gegenwart des Wasserlaufs fühlte Arka sich wie eine Pflanze, die man zu unsanft umgetopft hatte. Bei der Teleportation aus dem Riphäengebirge hatte sie eine dicke Wurzel zurückgelassen: Zwerg. Auch wenn ihr Pferd manchmal verblüffend schlau sein konnte, war sie derart besorgt um sein Schicksal, dass sie, sobald sie sich dazu in der Lage fühlte, versuchte, in die Berge zurückzukehren. Doch sosehr sie sich auch auf ihr Ziel konzentrierte und von Kopf bis Fuß verkrampfte, ihre Teleportationsversuche führten zu nichts außer einer leichten Verspannung. Sie konnte nur hoffen, dass Zwerg irgendwie lebend aus dem Riphäengebirge herauskommen würde.

Und was war mit Penthesilea? Diese Frage kreiste unablässig durch ihre Gedanken. Ihre ehemalige Kameradin hatte einen »Meister« erwähnt. War auch sie lemurisiert worden? Das hätte ihr Wiederauftauchen nach den tödlichen Verletzungen, die sie in Napoca erlitten hatte, erklärt. Außerdem konnte Arka sich nicht vorstellen, dass sie sich dem Meister der Lemuren, dem Feind der Amazonen, aus freien Stücken angeschlossen hätte. Wenigstens würde sie selbst diese nun bald wiedersehen. Lediglich ein Flusslauf trennte sie noch von den Kriegerinnen.

Nur leider war der Fluss zu tief, um ihn zu durchwaten, und schwimmen konnte sie nicht. Sie hätte versuchen können, die Oberfläche gefrieren zu lassen, aber die Blaue Zone begann in der Mitte des Stroms, unter den Eukalyptuszweigen. Und es wäre sowieso zu gefährlich gewesen, Magie anzuwenden, nun, da sie wieder in Arkadien war. Trotzdem juckte es sie mehrmals, mit einem Fingerschnipsen ein Feuer zu entfachen, denn die Süßwassermollusken, die sie am Ufer sammelte – ein Überlebenstrick, den Chirone ihr beigebracht hatte –, roh zu essen kostete sie mächtig Überwindung. Die glibberige Konsistenz der Schnecken und Muscheln löste bei ihr einen Brechreiz aus.

Ein paar Erkundungsstreifzüge entlang des Thermodon brachten die Erkenntnis, dass die Eukalyptusstämme, die früher als Brücken gedient hatten, verschwunden waren. Sicher hatten die Amazonen sie entfernt, um den Fluss als natürliche Barriere zu nutzen. Die einzige Möglichkeit, ihn zu überqueren, war eine mehrere Meilen stromabwärts gelegene Furt. Ein gutes Amazonen-Streitross konnte die Distanz in ein paar Stunden zurücklegen. Ein dreizehnjähriger Zweibeiner brauchte dafür einen Tag.

Am Morgen nach ihrer Teleportation begab sie sich daher auf den Weg, in Hemd und Stiefeln, ihren Pelzmantel unter den Arm geklemmt. Je mehr sich der Fluss verbreiterte und zwischen aus dem Wasser ragenden Felsen schäumte, desto nervöser machte Arka die Aussicht, in die Gemeinschaft der Amazonen zurückzukehren. Ganz darauf konzentriert, dem Meister der Lemuren zu entkommen, hatte sie diesen Aspekt nicht bedacht – und schließlich hätte die Reise auch Monate dauern und ihr genug Zeit zum Überlegen lassen sollen.

Als sie daher die überschwemmten Steinplatten erreichte, die den Zugang zum südlichen Ufer ermöglichten, hatte sie das Gefühl, ihr Magen hätte sich in ein Nervenknäuel verwandelt. Die Furt wurde von einem kleinen Trupp Amazonen auf leichten Pferden bewacht. An ihren mit Blau-Erz besetzten Gürteln hingen Waldhörner – falls sie Alarm schlagen mussten –, und ihre spitz zulaufenden Helme glänzten im Sonnenlicht. Am Fluss wartete eine helotische Bäuerin vorn auf einem mit Kornsäcken beladenen Ochsenkarren auf die Erlaubnis, ihre Fracht abzuliefern. Kein Mann durfte den Wald betreten.

Die Amazonen gingen zur Seite, um die Bäuerin passieren zu lassen, die ihre Zugtiere in den Strom lenkte. Während die Ochsen mit schweren Schritten hinter den Bäumen am anderen Ufer verschwanden, entledigte Arka sich in einem Gebüsch ihrer Stiefel und des Pelzmantels, verbarg das Flügelarmband in ihrer Tasche und ging barfuß auf die Kriegerinnen zu.

Trotz der zwei Jahre, die vergangen waren, und all der Dinge, die sie seit ihrer Entführung aus dem Wald erlebt hatte, fühlte sie sich von den Älteren eingeschüchterter denn je. Auch wenn sie wirklich außerordentliches Pech hätte haben müssen, um unter den Tausenden von Kämpferinnen ihres Volkes ausgerechnet auf eine zu treffen, die sie kannte, war sie erleichtert, es mit völlig Fremden zu tun zu haben. Misstrauisch beobachteten die Amazonen sie, während sie näher trat. Arka hoffte, dass man ihr Hemd für eine arkadische Tunika halten konnte.

»Und«, empfing sie die größte der Kriegerinnen. »Was willst du?«

»Die Furt überqueren, um zu meinem Baumhaus zurückzukommen«, antwortete Arka mit etwas zu schriller Stimme.

»Bist du eine Schülerin? Was hattest du außerhalb des Waldes zu suchen?«

»Ja«, erwiderte Arka. »Aus dem dreizehnten Jahrgang. Ich bin flussaufwärts ins Wasser gefallen, und der Strom hat mich ans Nordufer getrieben«, improvisierte sie.

»Wer ist deine Mutter?«

»Ich bin das Mündel von Themis.«

Diese Lüge war ihr von ganz allein über die Lippen gekommen. Themis war eine alte Freundin von Chirone und die einzige Amazone, der ihr Schicksal möglicherweise nicht vollkommen gleichgültig war. Arka hatte sie nie besonders gemocht, aber sie wusste, dass sie sich auf ihre Diskretion verlassen konnte. Sie drückte hinter dem Rücken die Daumen, dass die Kriegerinnen ihre Erklärung schluckten.

»Kennt jemand diese Themis?«, fragte die große Amazone, an ihre Kameradinnen gewandt.

»Ich glaube, sie ist eine Veteranin der dritten Division«, antwortete eine. »Ich hab noch nie gehört, dass sie ein Mündel hat, aber auch nicht, dass sie keins hat.«

»Ich kann euch zu ihr bringen, wenn ihr wollt«, sagte Arka schnell.

»Nein, ist schon gut. Los, rüber mit dir, und pass in Zukunft auf, dass du nicht mehr in den Fluss fällst.«

Arka beeilte sich, an ihren Pferden vorbeizukommen, ehe sie es sich anders überlegen konnten. Das Wasser des Thermodon, der in den Bergen an der Südseite des Waldes entsprang, war eisig. Sie erschauerte, während sie bis zu den Oberschenkeln darin eintauchte. Ihre nackten Füße rutschten auf den unebenen und glitschigen Steinen am Grund des Flusses. Sie erreichte den Schatten der Bäume und hob den Blick zum verzweigten Astwerk. Die arkadischen Eukalyptusbäume hatten die Eigenschaft, die Wirkung des Blau-Erzes zu verbreiten. Mit einem Dutzend Klümpchen im Herzen einiger alter Hausbäume konnte man eine mehrere Hektar umfassende Blaue Zone erschaffen. Das Netz der Wurzeln und Zweige wirkte wie ein gigantischer Magie-Abwehr-Schild. Arka streifte die Wasseroberfläche mit den Fingern und versuchte unauffällig, ein Stück davon in Eis zu verwandeln. Nichts geschah. Sie war wirklich nach Hause zurückgekehrt, in den Wald der Amazonen.

Sie gelangte an die andere Seite. Von der Furt aus führten drei breite, unbefestigte Wege in den Wald. Arka warf einen Blick zurück und sah, dass die Wachen sie argwöhnisch beobachteten. Sie musste sich schnell für einen Weg entscheiden. Doch wohin sollte sie gehen? Ihre Tutorin war tot, ihr Baumhaus zerstört, und sie wusste nicht mal, wo ihre alte Gruppe trainierte, nun, da es am Nordufer nur noch verkohlte Baumstümpfe gab. Wieder kam ihr Themis in den Sinn. Sie kannte sie und erinnerte sich vage daran, wo sie wohnte, das war schon mal besser als nichts.

Sie schlug den linken Pfad ein und verzog jedes Mal das Gesicht, wenn ein Dorn ihr in die Fußsohle pikste. Durch das Leben in Napoca und anschließend in Hyperborea hatte sie die dicke Schicht Hornhaut verloren, die ihr früher erlaubt hatte, schmerzlos durch den Amazonenwald zu rennen. Ansonsten war sie erstaunt darüber, wie vertraut ihr noch immer alles war, was sie sah. Die Stämme, die an die hyperboreischen Türme erinnerten, die Baumhäuser, die hoch oben in den Eukalyptuskronen hingen wie die Knorren der napocanischen Eichen. Die Koppeln, deren Pfosten glattgeschmirgelt waren von den Pferden, die sich daran rieben. Die Schmieden und Gerbereien an den Bächen. Die Amazonen selbst.

Jedes Mal, wenn Arka einer von ihnen begegnete, empfand sie Stolz darüber, wie sehr sie sich von den napocanischen oder hyperboreischen Frauen unterschieden. Sie liefen mit ausgreifenden Schritten, brüllten Anweisungen von Baum zu Baum, preschten im Galopp durch den Wald, jagten Berglöwen und wilde Ziegen, tätowierten sich martialische Symbole auf die Unterarme und rülpsten, wenn ihnen danach war. Bei ihrem Anblick wusste Arka sofort wieder, warum sie immer eine echte Amazone hatte werden wollen.

Sie sah zwei von ihnen, die auf einer Lichtung Reitmanöver übten. Während Arka sie dabei beobachtete, stellte sie sich vor, wie sie mit Zwerg an ihrem Training teilnahm. Dann fiel ihr wieder ein, dass sie Tausende Meilen von dem Pferd trennten. Mit schwerem Herzen ging sie weiter und zwang sich, sich auf ihren Weg zu konzentrieren, um nicht zu viel an ihren Gefährten zu denken. Nach und nach kam ihr die Strecke wieder in Erinnerung: »Da ist diese steinige Passage … Und danach, ja, der Pfad rechts zur Klamm hinunter … Am Eukalyptus, in den der Blitz eingeschlagen hat, muss man abbiegen … und dann dem Bach folgen …« Der Tag neigte sich dem Ende zu, als sie an den Rand einer großen, grasbewachsenen Lichtung kam, die einige Holzfällerinnen erweiterten, indem sie die angrenzenden Bäume schlugen. Zuchtstuten mit blonden Flanken und schwarzen Mähnen weideten dort zusammen mit ihren Fohlen. Arka überquerte die Weide, wobei sie darauf achtete, nicht zwischen die Streitrosse und ihren Nachwuchs zu geraten. Endlich gelangte sie an den Fuß eines Eukalyptus, in dessen Krone eine baufällige Behausung hing.

Die Pflöcke, die normalerweise als Treppe dienten, waren durch schiefe Bretter ersetzt worden. Daran erkannte man, dass hier eine ältere Amazone wohnte. Arka erklomm die Stufen und ließ dabei ihre Hand über die helle Rinde gleiten, eine vertraute Geste, die sie glücklich machte wie das Wiedersehen mit einem alten Freund.

Auf halbem Weg blieben ihre Finger an einem kreuzförmigen Wulst hängen. Ein Blau-Erz-Klümpchen war hier tief in den Stamm getrieben worden. Im Lauf der Jahre war das Holz über die Einschließung gewachsen und hatte eine Narbe hinterlassen. Themis' Eukalyptus war einer der Dutzenden von Knotenpunkten, die die Blaue Zone überall im Wald aufrechterhielten, so wie Chirones vom Feuer zerstörter Baum es gewesen war. Arka setzte ihren Aufstieg fort und erreichte schließlich die wurmstichigen Bretter der Terrasse. Ohne sich anzukündigen, schlüpfte sie durch die Treppenluke: Das Knarren der Stufen hatte die Bewohnerin der Hütte sicher schon vorgewarnt. Einen Augenblick später kam Themis aus ihrer Bruchbude.

Hätte Arka sie mit einem Wort beschreiben müssen, so wäre es »gedrungen« gewesen. Sie hatte die untersetzte Statur der Heloten, kurzes weißes Haar, eine kleine platte Nase, schmale, durchdringende Augen und tiefe Falten im olivfarbenen Gesicht. Im Kampf hatte sie die Hälfte ihres rechten Ohres verloren. Ihre harten Züge wurden für einen kurzen Moment weich, als sie Arka erkannte. Der wurde in diesem

Moment bewusst, dass sie sich nie überlegt hatte, wie ihr Wiedersehen verlaufen würde.

»Guten Tag«, war alles, was sie hervorbrachte.

»Zwei Jahre habe ich dich nicht gesehen«, erwiderte Themis mit ihrer vom Rauchen heiseren Stimme.

Ihre Miene war schon wieder so finster wie eh und je.

»Du hättest mich besuchen kommen können«, fuhr die alte Amazone fort. »Ich dachte, du wärst mit Chirone bei dem Brand gestorben.«

»Offenbar bin ich das nicht«, erwiderte Arka, in der Defensive.

Themis runzelte die Brauen und kratzte sich am Kopf.

»Tatsächlich habe ich deine Knochen nie gefunden«, bestätigte sie. »Ich habe Chirones Überreste am Fuß eures Hausbaumes begraben, zusammen mit dem Säbel, den sie mir geschenkt hatte. Ab und zu gehe ich dort vorbei, wenn ich Lust habe«, präzisierte sie im selben barschen Ton.

Sie musterte Arka von Kopf bis Fuß, ehe sie fortfuhr:

»Du bist groß geworden. Aber muskulös bist du nicht gerade. Und immer noch ziemlich blass.«

Plötzlich wusste Arka wieder, warum sie Themis nie besonders gern gehabt hatte. Die alte Amazone trat näher an sie heran und nahm ihr riphäisches Hemdchen in Augenschein. Arka bemerkte, dass ein beginnender grauer Star ihre braune Iris zu trüben begann.

»Was hast du in den letzten zwei Jahren gemacht? Du warst nicht im Wald, wie?«

»Ich habe in einem Helotendorf im Osten gewohnt«, erfand Arka schulterzuckend.

Themis kniff die Augen zusammen.

»Du lügst. Du warst noch nie eine gute Lügnerin.«

»Das stimmt nicht, ich kann sehr gut lügen«, entrüstete sich Arka.

Dann wurde ihr ihre Dummheit bewusst, und sie schob schnell hinterher:

»Es bringt sowieso nichts, dir die Wahrheit zu erzählen, du würdest mir niemals glauben.«

Themis schnaubte und wandte sich wieder ihrem Baumhaus zu.

»Du hast immer nur gemacht, worauf du Lust hattest. Setz dich, ich bringe dir einen Tee.«

Überrascht von dieser Einladung, blieb Arka stehen, während sie die Amazone hinter den rissigen Brettern der Hütte hantieren hörte. Schließlich ließ sie sich auf einer der alten Baumscheiben nieder, die als Hocker dienten. Einen Moment später sprang sie schon wieder auf, als Themis, eine Kanne und zwei angeschlagene Schalen in der Hand, den Vorhang am Eingang zur Seite schob.

»Wie höflich du geworden bist«, spottete die Amazone. »Da, nimm eine Schale Tee. Ich habe ihn vorhin aufgebrüht, er müsste noch trinkbar sein.«

Arka setzte sich wieder und nippte an der bitteren Flüssigkeit, die ebenso lauwarm war wie der Empfang ihrer Gastgeberin. Der Aufguss, der getrocknete Eukalyptusblüten enthielt, kratzte in ihrem Hals. Beunruhigt stellte sie fest, dass sich bei ihr tatsächlich gewisse gute Manieren eingeschlichen hatten. Zum Beispiel hatte sie Lust, irgendetwas zu erzählen, nur um die Stille zu füllen. Doch sie beherrschte sich, um bei Themis nicht einen noch schlechteren Eindruck zu machen.

Dass diese sich so gar nicht für sie interessierte, erstaunte sie dennoch, und sie fragte sich, ob die alte Amazone vielleicht schon ein wenig senil geworden war. Oder vielleicht hatte die Einsamkeit sie noch schweigsamer werden lassen, als sie ohnehin gewesen war? Arka sah ihr dabei zu, wie sie ihre Pfeife stopfte und mit einem Luntenfeuerzeug anzündete. Ihre Gesten waren sicher und präzise. Themis schloss ihre Tabakdose wieder, ließ sich an die Wand des Baumhauses sinken und nahm einen tiefen Zug. Die trockenen Blätter knisterten im Pfeifenkopf.

»Warst du bei ihr?«

Mehr brauchte Themis nicht zu sagen, Arka wusste, worüber sie sprechen wollte.

»Ja«, antwortete sie. »Ich habe sie sterben sehen.«

Sie nahm einen großen Schluck Tee und hoffte, dass Themis es dabei bewenden lassen würde.

»Sag mir, wie sie gestorben ist.«

Arka senkte den Blick auf die aromatischen Blätter, die am Grund ihrer Schale schwammen. Sie fragte sich, ob es für sie genauso schlimm war, von der Ermordung ihrer Tutorin zu berichten, wie für Themis, ihr zuzuhören.

»Sie wurde von dem Themiskyrer getötet, der den Wald in Brand gesetzt hat. Er wollte sich das Blau-Erz-Klümpchen aus unserem Hausbaum holen. Chirone hat versucht, es zu verteidigen, doch er hat eine magische Explosion erzeugt. Sie wurde verbrannt und in die Luft geschleudert.

Themis nickte und nahm einen weiteren Zug.

»Und du, warum hast du überlebt?«

Es klang eher wie ein Vorwurf als wie eine Frage. Arka zog ihre Knie an die Brust. Wie oft hatte sie sich dasselbe gefragt? Lange Zeit hatte sie es für reines Glück gehalten, doch inzwischen wusste sie, dass Glück hier keine Rolle spielte.

»Wegen des Fluches«, antwortete sie.

»Wer hat dir von dem Fluch erzählt?«

»Chirone«, log Arka. »Kurz vor ihrem Tod.«

Die Amazone stieß ein Brummen aus, das sich in kleinen Rauchspiralen verflüchtigte.

»Sie hätte dir nicht davon erzählen sollen, du bist zu jung. Vor allem bist du nicht verflucht. Deine Mutter war Tochter von Heloten, kein Abkömmling der Gründerinnen.«

Diese Worte verblüfften Arka sehr. Chirone hatte ihr nie gesagt, dass ihre Mutter von der einheimischen Bevölkerung abstammte, und sie selbst hatte diese Möglichkeit nie in Betracht gezogen. Schließlich sah sie mit ihren blonden Haaren und den hellen Augen nicht gerade aus wie eine Helotin, auch wenn ihre Wangenknochen typisch arkadisch waren. Die Amazonen hatten alle mehr oder weniger helotisches Blut in sich, sei es, weil ihre Vorfahrinnen sich mit den Indigenen vermischt hatten, sei es, weil sie, wie Themis, aus den Dörfern rund um den Wald kamen. Auch hyperboreische Züge zeigten sich bei manchen Kriegerinnen – den Nachkommen der Gründerinnen. Bis jetzt hatte Arka geglaubt, zu diesen zu gehören und daher von mütterlicher wie von väterlicher Seite verflucht zu sein. Doch anscheinend betraf sie nur der Fluch ihres Vaters, der Spiegelfluch. Sie wollte lieber nicht wissen, was geschehen würde, wenn eine Amazone erführe, dass es ausreichte, sich ihrer zu entledigen, um dieser permanenten Bedrohung ein Ende zu setzen.

»Würden wir anders leben, wenn es den Fluch nicht gäbe?«, fragte sie zaghaft.

Themis stieß eine Rauchwolke aus.

»Nein. Die meisten von uns stammen nicht mehr von den Gründerinnen ab. Und außerdem leben wir schon zu lange mit dem Blau-Erz. Es gehört inzwischen zu uns.«

Diese Antwort hatte Arka nicht erwartet. Das brachte ihre Überzeugung ins Wanken, dass der Meister der Lemuren sie in Hyperborea festhalten wollte, damit der Fluch weiterbestand und die Amazonen unter seinem Joch leben mussten. Wenn die Kriegerinnen sich aber ohnehin mit ihrer Lebensweise abfanden, warum hatte er dann versucht, sie dort zu halten?

»Gut, also, warum bist du hergekommen?«, fragte Themis unvermittelt, wobei sie ihre Pfeife unsanft auf eine Baumscheibe legte.

Arka schrak aus ihren Gedanken.

»Ich weiß nicht, wo ich sonst hingehen soll«, antwortete sie.

»Wollen dich die Heloten nicht mehr?«, erwiderte die Amazone in ironischem Ton.

Da Arka ihr nur einen finsteren Blick zuwarf, schnalzte sie missbilligend mit der Zunge.

»Ich habe nichts zu verschenken«, knurrte sie, »schon gar nicht an eine Göre, die mich in zwei Jahren nicht ein einziges Mal besucht hat und das Blaue vom Himmel herunterlügt.«

Arka hatte keine große Hilfe von Themis erwartet, trotzdem hatte sie gehofft, dass sie ihr wenigstens für ein paar Tage Unterschlupf gewähren würde. Sie bereitete sich innerlich schon darauf vor, die Nacht am Fuß eines Baumes zu verbringen, als die Alte hinzufügte:

»Um dir Unterkunft und Verpflegung zu verdienen, wirst du also arbeiten müssen.«

Arka richtete sich auf und fragte sich skeptisch, welchen Handel sie ihr wohl vorschlagen würde. Die alte Amazone hatte sich erhoben, um eine Glühwürmchenlampe aus einem verschlossenen Eimer zu holen. Sie schüttelte das Ding, woraufhin die im Glas gefangenen Insekten zu leuchten begannen und einen unheimlichen Schimmer auf das faltige Gesicht der Kriegerin warfen. Themis ließ das Licht der Laterne über die wurmstichige Terrasse, das löchrige Dach und die breiten Ritzen in der Bretterwand gleiten.

»Hier gibt es jede Menge zu tun, und ich bin zu alt, um mich darum zu kümmern. Morgen werde ich der Schreinerin unseres Sektors ein paar Bohlen abhandeln. Du wirst mir all das hier reparieren. Und besser, du machst es sorgfältig, denn sonst kannst du dir eine andere Bleibe suchen. Einverstanden?«

»Ja«, antwortete Arka, nachdem sie eine Sekunde überlegt hatte.

»Sehr gut, dann hole ich jetzt etwas zu essen.«

Mit diesen Worten erhob sich Themis und verschwand hinter dem Türvorhang. Arka stieß einen Seufzer der Erleichterung aus. Sie legte ihr Kinn auf die Knie und atmete den benebelnden Duft ein, den die noch brennende Pfeife verströmte. Auf der Terrasse zu rauchen war auch Chirones liebster Zeitvertreib gewesen. Wie viele Abende mochten die beiden so zusammen auf ihren Baumscheiben gesessen und zugesehen haben, wie die Nacht sich über den Wald senkte? Arka wackelte mit den staubigen Zehen und dachte über die beiden nach. Amazonen-Beziehungen galten als dauerhaft, und doch hatten sich Themis und Chirone getrennt, bevor Arka das Mündel der Letzteren geworden war. Sie hatte immer geglaubt, dass Themis sie aus diesem Grund nicht leiden konnte, auch wenn sie dafür nie eine Bestätigung bekommen hatte. Es gab so viele Fragen, die der Tod ihrer Tutorin unbeantwortet gelassen hatte.

Die Amazone kam mit zwei Schüsseln kalter Suppe zurück. Sie reichte eine davon Arka, ehe sie sich wieder auf ihre

Baumscheibe setzte. Arka betrachtete das Gebräu: Wurzelschalen, so appetitanregend wie Fingernägel, schwammen in der fettigen Brühe. Doch sie hatte seit zwei Tagen nichts anderes als rohe Schnecken gegessen, und ihr Magen schrie vor Hunger. Sie verschlang die Bouillon mit ein paar gierigen Zügen.

»Warum habt ihr euch getrennt, Chirone und du?«, fragte sie ohne Überleitung, während sie sich den Mund mit dem Handrücken abwischte. »Weil Chirone mich aufgenommen hat?«

Themis, die lautstark ihre Suppe schlürfte, stieß ein heiseres Lachen aus.

»Du warst immer eine anstrengende Göre, aber ich hätte dich schon ertragen. Nein, das hatte nichts mit dir zu tun.«

Arka fühlte sich plötzlich ein wenig leichter.

»Habt ihr euch nicht mehr geliebt?«

»Wir haben nie aufgehört, uns zu lieben«, erwiderte Themis.

Mit einer ruppigen Geste stellte sie ihre leere Schale ab, um Arka zu bedeuten, dass sie nicht mehr dazu sagen würde.

»Bist du fertig?«, fragte sie und ergriff die Glühwürmchenlampe. »Gib mir deine Schüssel. Ich hole etwas für dich.«

Arka gehorchte und sah neugierig zu, wie die gebeugte Gestalt mit dem Geschirr im Innern der Hütte verschwand. Die Ritzen zwischen den Wandbrettern leuchteten in der Dunkelheit, während Geraschel aus der Baracke drang. Die alte Amazone kam wieder heraus, eine gefaltete Hängematte über dem Arm, die Lampe noch immer in einer Hand. In der anderen hielt sie ein blaues Klümpchen.

»Das habe ich ein Dutzend Schritte von Chirones sterblichen Resten entfernt gefunden«, sagte sie nur. »Es muss weggeschleudert worden sein, als der Brandstifter euren Hausbaum gesprengt hat. Es ist ganz sicher die einzige Sache, die nicht vom Feuer zerstört wurde. Da, nimm es.«

Sie hielt ihr das kleine Metallstück hin. Arka nahm es und drehte es zwischen ihren Fingern. Ein diffuser Schimmer ging von dem Klümpchen aus. Es war das Stück Blau-Erz, das sie immer an Chirones Gürtel gesehen hatte. Sie war erstaunt, dass Themis es aufbewahrt hatte, und gerührt, es von ihr zu bekommen. Die Amazonen hatten kein Eigentum, und das Konzept des Erbens war ihnen fremd. Wenn sie starben, wurden all ihre Habseligkeiten der Gemeinschaft übergeben, angefangen bei den Blau-Erz-Klümpchen. Arka hob den Blick zu der alten Kriegerin.

»Danke«, flüsterte sie.

Themis brummte eine unverständliche Antwort. Sie nahm ihre Pfeife wieder auf, rauchte noch ein Weilchen und ging dann ins Bett. Arka brachte die Hängematte auf der Terrasse an und wälzte sich in dem rauen Stoff, ohne Schlaf zu finden. Sie ließ das Blau-Erz-Klümpchen zwischen Daumen und Zeigefinger kreisen. Das Mondlicht glänzte auf seiner ungleichmäßigen Oberfläche. Arka hörte die heiseren Schreie der Ninoxe und das eigenartige Trillern der Kröten. Trotz Themis' kühlem Empfang, der unbequemen Hängematte und dem harten Leben der Amazonen fühlte sie sich plötzlich glücklich. Sie war die Tochter des Waldes, und sie war tief mit diesem Geflecht aus Wurzeln und Zweigen verbunden, das sie genährt und großgezogen hatte. Sie hatte erst zurückkehren müssen, um sich dessen voll und ganz bewusst zu werden. Sie schloss die Faust um das Klümpchen Blau-Erz, machte die Augen zu und schlief ein.

Embron und Tetos

Eine dichte Menschenmenge strömte in Richtung der nördlichen Stadtmauern, nicht weit von dem eingestürzten Turm entfernt. Seit einigen Stunden kündeten Herolde in den ersten Ebenen die prunkvolle Willkommenszeremonie für Lykurg an. Embron und Tetos setzten ihre Ellbogen ein, um einen Blick auf denjenigen zu erhaschen, den die Hyperboreer schon jetzt als ihren Befreier ansahen.

Der vergangene Monat war für jedermann hart gewesen. Zunächst hatte die Kälte viele Opfer unter den schwächsten Mitgliedern der Bevölkerung gefordert: Kleinkindern, Greisen und den armen Teufeln der ersten Ebene, die keine vier Wände hatten, in denen sie Schutz suchen konnten. Dann hatte der Hunger Einzug gehalten, denn die Karawanen kamen nicht mehr und die Klans hatten die in der Karawanserei gelagerten Vorräte an sich gebracht, die sie zu astronomischen Preisen verkauften. Die Ungewissheit über die Zukunft ihrer Stadt schließlich hatte die Moral der Hyperboreer vollends untergraben.

Als daher ein paar Tage zuvor um die hundert Rokhs am Himmel erschienen waren und Säcke mit Lebensmitteln über der hungernden Stadt abgeworfen hatten, war es den Menschen wie ein Wunder vorgekommen. Der Jubel setzte sich fort, als es der themiskyrischen Kohorte gelang, den Extraktor aus der Gewalt der Amazonen zu befreien, welche sie töteten oder einsperrten. Jetzt war die gesamte Stadt bereit, ihren Rettern zuzujubeln.

Embron und Tetos hatten es geschafft, sich der Befestigungsmauer zu nähern. Eine wahre Menschenflut besetzte das verschneite Gelände, das diese von den ersten Türmen trennte. Hinter den Zinnen des Wehrgangs erwartete ein Ehrenspalier, gebildet aus hyperboreischen Polizisten und themiskyrischen Flug-Jägern, die Ankunft Lykurgs. Am Ende dieser zweifachen Reihe stand ein Magier mit einer enormen Wampe.

»Wer ist das?«, fragte Tetos.

»Silenos, der stellvertretende oberste Richter«, antwortete Embron schulmeisterlich (diese Information hatte er gerade aus dem Wortwechsel zweier kleiner Mädchen aufgeschnappt). »Er ist der neue Eparch.«

»Und wo sind die anderen Magier?«

Nur wenige violette Togen mischten sich auf der Stadtmauer unter die zahlreichen braunen Umhänge der Flug-Jäger. Die Uniformen flatterten im Wind, der durch die Bresche in der Kuppel pfiff.

»Viele wurden im Extraktor umgebracht. Um die hundert, laut meinen Quellen«, erwiderte Embron.

Die Bewegung der Menge hatte eine hübsche junge Frau mit dunklen Haaren und grünen Augen in seine Nähe gespült, und er bemühte sich, sie mit seinem Wissen zu beeindrucken. Natürlich hütete er sich, zu erwähnen, dass seine Quellen die beiden Mädchen waren, die er soeben belauscht hatte.

»Ja, aber die, die nicht tot sind, wo sind die?«

»Na, die haben sich sicher wieder in die siebte Ebene abgesetzt, wie vorher auch«, improvisierte Embron mürrisch. »Guck mal, sieht aus, als würde hier der Basileus der Themiskyrer kommen.«

»Lykurg, der Polemarch?«

»Ja, ja, Lykurg, genau.«

»Der scheint aber nicht gut in Form zu sein. Da hat unser Basileus 'ne bessere Figur gemacht.«

»Dafür hat er sich von einer Göre umbringen lassen.«

»Einer Amazonengöre, das zählt nicht.«

»Was is'n aus der geworden?«

»Die wurde doch hingerichtet, oder nicht?«

Die beiden Polizisten unterbrachen sich, denn Silenos trat an den Rand der Befestigungsmauer, Lykurg an seiner Seite – der in der Tat nicht besonders gut beieinander wirkte. Wie ein Wickelkind eingemummelt in seine Pelze, stützte er sich auf den Arm eines Adjutanten. Silenos legte ihm freundschaftlich eine Hand auf die Schulter, ehe er einen magischen Schalltrichter ergriff und sich an die Menge wandte.

»Hyperboreer und Hyperboreerinnen! Die letzten Dekaden waren die schwersten unseres Lebens. Nie zuvor wurden der Mut und die Widerstandskraft unseres Volkes auf eine solche Probe gestellt. Beweinen wir unsere Toten, Opfer der Kälte und der Barbarei der grausamen Furien, die unsere Stadt überfallen haben. Feiern wir den Mut der themiskyrischen Soldaten und ihres Polemarchen. Sie waren unsere Freunde. Indem sie auf meinen Hilferuf reagierten, wurden sie zu unseren Brüdern. Ich freue mich, euch, dank ihnen, heute verkünden zu können, dass unsere Stadt nun vom Joch der Amazonen befreit ist!«

Vivat-Rufe erschollen aus der Menge und wurden von der Wehrmauer und der Kuppel zurückgeworfen. Embron und Tetos stimmten in das allgemeine Geschrei mit ein: »Es lebe Lykurg! Es lebe Themiskyra!« Mit warmherzigem Lächeln wartete Silenos, bis der Jubel sich legte, dann fuhr er fort:

»Durch den Tod unseres geliebten Basileus und der Ratsmitglieder stehe ich nun vor der gewaltigen Aufgabe, unsere

Stadt wiederaufzubauen. Doch was ist eine Stadt? Eine Stadt sind nicht Türme, Mauern, eine Kuppel, nein, eine Stadt ist sehr viel mehr als das, sie ist eine Gemeinschaft von Menschen, geeint durch den Wunsch nach Wohlstand, nach …«

Die Rede ging weiter. Die beiden Wachmänner hatten einige Schwierigkeiten ihren Windungen zu folgen; im Übrigen interessierte der Inhalt sie wenig. Embron versuchte die Aufmerksamkeit der jungen Dunkelhaarigen mit gezielten Blicken auf sich zu lenken, doch die lauschte dem neuen Eparchen so konzentriert, dass sie ihn nicht bemerkte. Enttäuscht begann er mit Tetos eine Unterhaltung über sein Lieblingsthema: den haargenauen Vergleich der Vorzüge ihrer jeweiligen Rüstungen. Nach einer hitzigen Debatte einigten sie sich darauf, dass die erzwungene Diät der letzten Dekaden einen positiven Effekt auf die Passform der Brustpanzer gehabt hatte. Embron wollte sich gerade zu der jungen Frau umdrehen, um zu sehen, ob sie seine brandneue Figur bewunderte, da drangen beunruhigende Brocken der Rede an sein Ohr.

»Wir werden die Kuppel wiederaufbauen. Alle gemeinsam. Das ist Teil unseres Schicksals als Hyperboreer. Dafür stehe ich ein: Gleich morgen wird eine Steuer erhoben, um unserer Stadt ihren kristallenen Glanz zurückzugeben.«

»Was soll das denn heißen? Die werden unseren Sold doch wohl nicht besteuern? Nachdem wir diesen Monat schon nicht bezahlt wurden …«

Silenos schien das knausrige Murren wahrzunehmen, das in der Menge anschwoll, denn er fügte sofort in gutmütigem Ton hinzu:

»Keine Sorge, es geht nicht darum, euch für den Wiederaufbau der Kuppel auch nur einen Heller aus der Tasche zu ziehen.« Tetos seufzte erleichtert auf. »Nein, nein, alles, was wir brauchen, ist eine Spende eurer … Anima. Wir werden in den nächsten Tagen beginnen, diese freiwillige Energie-Abgabe zu entnehmen. Dafür müsst ihr nur zum Eingang des Extraktors kommen, wo ein kurzer magischer Eingriff durchgeführt wird, schmerzlos und ohne jegliche Nebenwirkung, außer einer vorübergehenden Müdigkeit. Als Gegenleistung für diese Entnahme werden an alle, die ihren Beitrag leisten, kostenlose Lebensmittel ausgegeben.«

Bei dem Wort Lebensmittel tauschten Embron und Tetos begeisterte Blicke.

»Das klingt gut«, sagte Embron.

»Aber gilt das auch für Polizisten?«, fragte Tetos besorgt.

»Natürlich gilt das auch für Polizisten. Sie haben gesagt ›alle, die ihren Beitrag leisten‹, Idiot.«

»Ah, ja, du hast recht. Wann gehen wir hin?«

»Ich rate euch davon ab, dort hinzugehen.«

Überrascht wandten sich Embron und Tetos zu der dunkelhaarigen jungen Frau um, die sich in ihr Gespräch eingemischt hatte. Im Bruchteil einer Sekunde blendeten sie den Inhalt ihres Satzes und ihre verschlossene Miene aus und überzeugten sich davon, dass der kesse Vorstoß ein verkappter Anbandelungsversuch war. Embron brach plötzlich der Schweiß aus. Er durfte sich diese Gelegenheit für eine Eroberung auf keinen Fall entgehen lassen.

»Wollen Sie nach Hause? Wir können Sie begleiten, wenn Sie möchten.«

Die junge Frau warf ihnen einen nicht gerade freundlichen Blick zu.

»Nein, danke, nicht nötig«, erwiderte sie und wandte sich zum Gehen.

Embron und Tetos versuchten, ihr ihre Begleitung schmackhaft zu machen, indem sie ihr ein paar blumige Bemerkungen hinterherriefen, doch sie setzte ihren Weg fort und verschwand in der Menge.

»Die Frauen sind zurzeit ganz schön empfindlich«, kommentierte Embron.

»Das muss an der Kälte liegen«, bekräftigte Tetos. »Die sollten besser schnell die Kuppel reparieren.«

Pyrrha

Pyrrha verscheuchte die schlüpfrigen Anspielungen, die sie gerade gehört hatte, aus ihrem Kopf und ging zum nächstgelegenen Aufzug. Ihre Stiefel rutschten im halbgefrorenen Matsch der ersten Ebene. Der Grund der Stadt, der sie schon immer abgestoßen hatte, war seit der teilweisen Zerstörung der Kuppel noch hässlicher geworden. In den Straßen wimmelte es vor Menschen. Über allem hing ein widerlicher Geruch nach Urin, Schweiß und Rauch. Kinder grillten Ratten auf Feuern aus Müll, während ihre älteren Geschwister Löcher in die Luft starrten und dabei ihr letztes Blaues Lotusharz kauten; die Droge, die den Appetit unterdrückte, ließ sie ihre leeren Mägen vergessen.

Pyrrha trat auf einen gefrorenen Kanal und ließ zwei Eiskufen unter ihren Stiefeln sprießen. Während sie über die Wasserstraße glitt, ging ihr Silenos' Rede im Kopf herum. Es war das erste Mal seit ihrer Konfrontation vor ein paar Dekaden, dass sie den Lemuren wiedergesehen hatte. Wie Lastyanax hatte sie gehofft, die Kreatur wäre dem Brand des Turmes zum Opfer gefallen. Bei der Vorstellung, dass eine seelenlose Marionette den Körper ihres ehemaligen Professors benutzte, um Themiskyra zu dienen, drehte sich ihr der Magen um. Und dann diese Sache mit der Anima-Abgabe ...

Hier und da musste sie auf dem gefrorenen Kanal riesigen, mit Eis überzogenen leeren Panzern ausweichen. Bettler hatten in manchen von ihnen ihr Lager aufgeschlagen und die Kopf- und Schwanzlöcher mit Decken verhängt, um sich vor der Kälte zu schützen. Innerhalb eines Monats war Schildkrötenfrikassee zum Nationalgericht geworden. Keines der Tiere hatte die arktischen Temperaturen überlebt, die in der Stadt herrschten.

Pyrrha stieß sich noch ein paar Mal kräftig ab, ehe sie den Aufzug des südlichen Viertels erreichte. Die Maschine war unbenutzbar geworden. Ihre erstarrten Seile hingen neben dem gigantischen gefrorenen Wasserfall, der sich von der zweiten Ebene in den Kanal ergoss, ins Leere. Stufen waren ins Eis gehauen worden, damit die Menschen von einer Ebene zur anderen gelangen konnten. Banden hatten die Mautstationen in ihre Gewalt gebracht und verlangten von jeder Person, die die Treppe benutzte, sechs Borion. Doch die Gangster waren nervös: Man sah sie immer wieder besorgte Blicke gen Himmel richten, wie aufgeschreckte Murmeltiere. Die Themiskyrer hatten die Klans zerschlagen, die die Karawanserei kontrollierten, und es war nur eine Frage der Zeit, wann sie sich diejenigen vorknöpfen würden, die die Mautstationen besetzt hielten. Gegen ihre Rokhs konnte niemand etwas ausrichten.

Pyrrha zahlte dem schmächtigen Gauner, der das Kommen und Gehen überwachte, das Wegegeld und verwandelte ihre Kufen in Steigeisen, um nicht auszurutschen. Keuchend erklomm sie die Stufen bis zur zweiten Ebene. Dieselbe Prozedur wiederholte sie für die dritte und vierte Ebene, während ihre Gedanken um den Extraktor und seine Insassen kreisten.

Seit der Ankunft der Flug-Jäger hatten nur ein paar wenige Magier das Gefängnis verlassen dürfen. »Vorübergehende Sicherheitsmaßnahme«, gaben die Themiskyrer zur Antwort, wenn um ihre inhaftierten Angehörigen besorgte Familien nach dem Grund dafür fragten. Pyrrha hatte den Verdacht, dass sie nur diejenigen Magier freiließen, die den neuen Machthabern gewogen waren, wie zum Beispiel den Strategen. Sie hätte zu gerne mit Lastyanax darüber gesprochen, aber der war noch immer nicht von seiner sinnlosen Suche im Riphäengebirge zurückgekehrt. Pyrrha vermied es, an ihn zu denken, da in ihr dann jedes Mal eine Mischung aus Sorge und Wut hochkochte.

Dennoch bedauerte sie, dass sie niemanden hatte, mit dem sie eine Möglichkeit ausklügeln konnte, die siebenhundert Magier zu befreien. Sosehr sie das Problem wälzte und von allen Seiten betrachtete, ihr kam nicht die Spur eines brauchbaren Plans in den Sinn. Je mehr Informationen sie sammelte, desto unlösbarer erschien ihr die Aufgabe.

In Gedanken noch immer beim Extraktor, gelangte sie zur Vortreppe ihrer Großtante. Sie drückte die Tür auf und fand sich im Wohnzimmer wieder. Zwei ihrer Schwestern saßen an einem behelfsmäßigen Ofen und stritten sich um einen Pelzmuff, während ihre Mutter, hingegossen auf eine elegante Liege, die sie aus ihrer Villa in der siebten Ebene gerettet hatten, über ihre missliche Lage klagte. Wie immer forderte sie die gesamte Aufmerksamkeit der Großtante, der allmählich das Mitgefühl ausging.

»Mein armer Mann noch immer im Gefängnis … Mein Haus, geplündert von diesen themiskyrischen Bauerntrampeln … Meine Töchter, die im Umgang mit plebejischen Habenichtsen ihre gute Erziehung vergessen«, jammerte ihre Mutter und tupfte sich dabei mit einem seidenen Taschentuch die Tränen von den Wimpern.

»Pyrrha!«, rief sie aus, als sie ihre Tochter sah. »Wo warst du schon wieder?«

»Guten Tag, Mutter, guten Tag, Großtantchen, kümmert euch nicht um mich, ich bin gleich wieder weg«, warf sie ihnen im Vorbeigehen hin.

Sie schlüpfte rasch auf den Balkon der Wohnung, wobei sie sorgfältig jeden Blickkontakt vermied, und schloss seufzend die Tür hinter sich. Das Zusammenleben auf engem Raum gelang ihrer Familie nicht besonders gut – es war schwierig, sich mit drei Zimmern in der vierten Ebene zu begnügen, wenn man eine überdimensionierte Villa in der siebten gewohnt war.

Pyrrha zog ein Fernrohr aus der Innentasche ihres Mantels und trat an die Balustrade. Vor ihr erhob sich die schmucklose Silhouette des Extraktors, etwa fünfzig Schritt von dem Turm entfernt, in dem sie sich befand. Sie richtete das Teleskop auf die Spitze des Gefängnisses. Dort oben hockten die gigantischen Raubvögel der Themiskyrer und beäugten die Menschen unter sich wie Falken, die jeden Moment bereit waren, sich auf ihre Beute zu stürzen. Pyrrha senkte das Fernrohr auf die Schießscharten in der Höhe der vierten Ebene. Sie brauchte einen Moment, um das Fenster zu finden, das sie suchte.

Durch einen unglaublichen Glücksfall hatte sie entdeckt, dass ihre Tante genau gegenüber von Petroklos' Zelle lebte. Dies war die erste gute Nachricht, die seit Lastyanax' Aufbruch ihren Alltag ein wenig erhellt hatte. Petroklos lebte nicht nur, sondern es war ihr sogar gelungen, sich mit ihm zu verständigen.

Pyrrha nutzte eine alte, auf die Außenmauer der Wohnung gemalte Reklame, um mithilfe eines Siegels, das die Buchstaben der Werbeschrift umstellen konnte, Fragen zu formulieren. Dann wartete sie auf Petroklos' Antwort. Ein Zipfel seiner Toga rechts am Fenster hieß »ja«, ein Zipfel links am Fenster »nein«, ein Zipfel in der Mitte »ich weiß nicht«.

Diese beschränkten Antwortmöglichkeiten erschwerten den Informationsaustausch natürlich sehr. Noch dazu war das Fenster der Zelle so weit oben in der Wand angebracht, dass Petroklos nur hinaussehen konnte, wenn er sich auf die Zehenspitzen reckte, und daher jedes Mal befürchten musste, die Wachen auf sich aufmerksam zu machen. Zum Glück war er so ein langer Lulatsch, sonst hätte er das Fenster gar nicht erreichen können.

Dank dieser Methode hatte Pyrrha also ein paar Dinge in Erfahrung gebracht. Ihr Vater und alle ehemaligen Miteleven ihres Jahrgangs waren am Leben. Die Gefangenen wurden nicht gefoltert, doch man entzog ihnen regelmäßig Anima, was aufs Gleiche herauskam. Petroklos wusste weder, warum die Themiskyrer sie weiter festhielten, noch, ob sie vorhatten, sie irgendwann freizulassen. Dagegen schien er recht gut über die Organisation des Gefängnisses Bescheid zu wissen. Daher wollte Pyrrha nun herausfinden, aus wie vielen Soldaten eine Patrouille bestand und wie häufig diese vorbeikamen. Auf die Mauer hatte sie geschrieben: *Kontrollgang Nacht 30 Mn?* Petroklos hatte geantwortet, indem er einen Zipfel seiner Toga links ins Fenster legte.

Frustriert steckte Pyrrha ihr Fernrohr ein und kletterte auf den Mauervorsprung, über den sie zu der Reklame gelangte.

Sie hatte dort ein Wärmesiegel angebracht, um nicht auf dem vereisten Sims auszurutschen. Beim kleinsten Fehltritt drohte ein schwindelerregender Absturz. Zum Glück litt sie nicht unter Höhenangst …

Sie veränderte die Schrift, sodass sie anzeigte: *Kontrollgang 20 Mn?*

Zurück auf dem Balkon, holte sie ihr Fernrohr wieder heraus in der Hoffnung, Petroklos am Fenster zu sehen, doch er war nicht da. Enttäuscht kehrte sie in die Wohnung zurück, wich den Fragen ihrer Mutter aus, die sich wunderte, dass sie so oft frische Luft schnappte, grüßte ihre Tante und ging wieder raus auf die Straße.

Eine Stunde später erreichte sie die siebte Ebene, wo die Verwüstungen besonders sichtbar waren. Die Türen der Villen, zu denen sich die Plünderer gewaltsam Zutritt verschafft hatten, standen offen. Die seltenen Pflanzen der hängenden Gärten waren vor Kälte eingegangen. Der Frost hatte den Stein der Aquädukte gesprengt und an manchen Stellen nur stalaktitenbewehrte Eisbrücken hinterlassen.

Mit ihren Kufen glitt sie über eine dieser Eisbrücken zum Eingang der Zentralbibliothek, deren gold-blau verzierte Kuppel aussah, als hätte man sie weiß übertüncht. In ihrem Innern herrschten etwas mildere Temperaturen, da die verglasten Fenster den Wind abhielten. Zahlreiche Plünderer waren auf der Suche nach Brennmaterial hierhergekommen, sodass ganze Regalreihen bis auf ein paar vereinzelte Blätter leergeräumt waren. Pyrrha ließ ihre Kufen schmelzen und folgte einem der Gänge, wobei sie sich bemühte, nicht an all das Wissen zu denken, das in Rauch aufgegangen war. Sie bestieg einen Levitator und ließ sich zum Grund des Atriums bringen, den Blick in den Ellipsen des Astrolabiums verloren, das die Mitte des Gebäudes einnahm.

Die unterste Etage der Bibliothek befand sich auf Höhe der vierten Ebene und enthielt antike Dokumente, die zum Teil bis zur Gründung Hyperboreas zurückreichten. Einige alte Schriftrollen waren, geschützt durch Erhaltungssiegel, auf Lesepulten ausgestellt. Der Rest stapelte sich in hohen, im Halbdunkel liegenden Regalen – die fensterlose Etage wurde nur spärlich durch das übers Atrium hereinfallende Licht und ein paar trüb schimmernde Leuchtsphären erhellt.

Pyrrha lief durch das Labyrinth der Gänge und gelangte schließlich an ihr Ziel, eine runde mechamagische Tür, hinter der sich die kostbarsten und geheimsten Sammlungen befanden, darunter die Pläne des Extraktors. Sie hatte eine Dekade gebraucht, um das Öffnungssiegel zu entschlüsseln und neu zu konfigurieren. Nun legte sie eine Hand auf das Räderwerk und aktivierte es. Das runde Türblatt glitt zur Seite.

Doch Pyrrha kam nicht dazu, den Inhalt des Tresorraums zu sehen, denn eine üppige, grell geschminkte Gestalt mit kastanienbrauner Mähne schob sich in ihr Gesichtsfeld.

»Na endlich!«, rief Aspasia. »Seit Stunden warte ich auf dich, um dir etwas Wichtiges mitzuteilen. Du kannst dir nicht vorstellen, wie *lang-wei-lig* es ist, hier den ganzen Tag rumzuhocken, während du deine Streifzüge unternimmst. Wenn ich mir überlege, dass ich dir in dieses Rattenloch gefolgt bin, weil du mich überzeugt hast, dass wir uns blendend amüsieren würden mit deinen Magierbefreiungsgeschichten …«

»Ich habe ganz sicher nie behauptet, wir würden uns amüsieren, und im Übrigen habe ich auch nicht versucht, dich zu überzeugen, sondern du warst es, die unbedingt mitkommen wollte«, fiel Pyrrha ihr bissig ins Wort. »Wenn du dich langweilst, dann brauchst du nur in die vierte Ebene zu Mama und unseren Schwestern zurückzukehren, ich halte dich nicht davon ab.«

»O nein, das ist noch viel öder.«

Mit einem genervten Seufzer trat Pyrrha an ihrer kleinen Schwester vorbei in den Tresorraum. Hölzerne Nischen voller Schriftrollen bedeckten die Wände. Ein großer Tisch in der Mitte diente dazu, die Dokumente zu konsultieren. Und dort, vor einem ausgebreiteten Plan, stand …

Lastyanax. Pyrrha erstarrte, unfähig, auch nur einen Mucks oder eine Bewegung zu machen. Ihr ehemaliger Klassenkamerad schien sich ebenso in eine Statue verwandelt zu haben wie sie. Nur die Augen regten sich in seinem vor Erschöpfung eingefallenen Gesicht. Sie sprangen von Pyrrha zur Karte, von Pyrrha auf seine Füße, von Pyrrha zu den Regalen, als wäre jeder Anblick in diesem Raum erträglicher als ihrer.

Aspasias nörgelnde Stimme erhob sich in ihrem Rücken:

»Ich hab dir doch gesagt, dass ich dir was Wichtiges mitzuteilen habe, aber wie üblich hast du mir nicht zugehört.«

»Ich bin gerade erst wiedergekommen«, brachte Lastyanax endlich heraus, wobei er auf seine völlig verdreckte Pelzkleidung deutete.

Seine Haare waren zu lang, seine Haut gerötet von der Sonne, die der Schnee reflektiert hatte, und ein spärlicher Bart bedeckte sein Kinn. Pyrrha hatte ihn noch nie so struppig gesehen. Diese Details schossen ihr durch den Kopf, zusammen mit einem Wust widersprüchlicher Gedanken. Sie hatte Lust, zu verschwinden; ihn in die Arme zu schließen; ihn mit Vorwürfen zu überhäufen; ihm von all den Dingen zu erzählen, die seit seiner Abreise geschehen waren; ihn zu ignorieren; ihn zu fragen, wie es ihm im Riphäengebirge ergangen war. Wenn sie gekonnt hätte, hätte sie alles auf einmal getan. Stattdessen fragte sie ihn nur mit kühler, ruhiger Stimme, die nichts von ihrem inneren Tumult verriet:

»Wo ist deine Elevin?«

Lastyanax senkte den Kopf.

»Ich weiß es nicht. Ich habe es nicht geschafft, sie einzuholen. Ich glaube, es wäre mir gelungen, wenn wir über den Gletscher gegangen wären, aber der Bergführer wollte nicht …«

»Dann hast du mich ganz umsonst einen Monat lang im Stich gelassen?«, unterbrach Pyrrha ihn.

Langsam ordneten sich ihre Gedanken wieder. Im Hintergrund: eine kolossale Erleichterung darüber, dass er unversehrt von seiner unsinnigen Expedition ins Riphäengebirge zurückgekehrt war. Im Vordergrund: das Bedürfnis, ihm die Verzweiflung heimzuzahlen, in die sein Aufbruch nach der Gefangennahme der Magier und der Zerstörung des Turms sie gestürzt hatte. Lastyanax flüsterte:

»Es war ein Fehler. Es tut mir leid. Ich hätte auf dich hören sollen.«

Da Pyrrha ihn mit eisigem Schweigen strafte, fuhr er fort:

»Nachdem ich die Rokh-Geschwader mit Kurs auf Hyperborea gesehen hatte, habe ich versucht, so schnell wie möglich zurückzukommen. Wir hätten deswegen beinahe zwei Ochsen verloren …«

»Wie schön, dass du dir um zwei Viecher Sorgen gemacht hast«, spottete Pyrrha.

Lastyanax erwiderte nichts. Er wirkte vollkommen ausgelaugt. Pyrrha kochte innerlich; sie wünschte, er wäre besser in Form, damit sie ihn weiter zur Schnecke machen könnte, doch er schien bereit, jeden ihrer Vorwürfe widerstandslos hinzunehmen.

»Vielleicht schaffen wir es, alle aus dem Gefängnis zu befreien, jetzt, wo Lasty wieder da ist«, mischte Aspasia sich, in die Betrachtung ihrer Nägel vertieft, ein.

Pyrrha erdolchte sie mit ihrem Blick. Wie ein Ertrinkender an ein Stück Holz klammerte Lastyanax sich sofort an die Ablenkungsmöglichkeit, die ihre Schwester ihm geliefert hatte.

»Aspasia hat mir gesagt, dass du nach einem Weg suchst, in den Extraktor zu gelangen, um die Magier herauszuholen …«

»Ja, und wenig überraschenderweise ist dieser Plan ganz alleine schwer zu bewerkstelligen«, gab Pyrrha säuerlich zurück.

»Ich bin wohl nur zur Dekoration hier, oder was?«, maulte Aspasia.

Weder der eine noch die andere beachteten sie. Lastyanax sah Pyrrha mit entsetzlich betretener Miene an und wippte auf seinen Füßen.

»Ich bin froh, dass es dir gut geht«, brachte er endlich heraus.

»Das habe ich nicht dir zu verdanken.«

»Ich wollte jeden Tag umkehren«, fuhr er fort. »Du hast keine Ahnung, wie schwer es war, sich immer wieder zum Weitergehen zu entschließen, ohne zu wissen, was in Hyperborea los war, ob du in Gefahr warst, ob …«

»Du hättest einfach zurückkommen können!«, platzte es aus Pyrrha heraus. Sie hatte ruhig bleiben wollen, doch ihre Wut hatte die Oberhand gewonnen. Um sie herum flatterten Blätter, klappten Manuskripte auf, erzitterten Möbel.

»Dass du mich im Stich gelassen hast, um deine Elevin zu suchen, während hier alles den Bach runtergeht, na gut. Aber hast du mal an Petroklos gedacht? Er ist seit über einem Monat im Extraktor eingesperrt! Das Gleiche gilt für meinen Vater! Für alle anderen Magier! Du hast uns alle im Stich gelassen, Last!«

Bei jedem Satz krümmte Lastyanax sich ein wenig mehr zusammen, als träfen ihre Worte ihn direkt in die Magengrube. Pyrrha schloss die Augen und bemühte sich, den Groll zu beherrschen, den mehr als vierzig Tage Unsicherheit und Ohnmacht in ihr aufgestaut hatten. Es war sinnlos, weiter auf Lastyanax herumzuhacken. Sie warf ihm einen letzten verächtlichen Blick zu, ehe sie sich seufzend in einen Sessel fallen ließ.

»Woher wusstest du, dass ich hier bin?«, fragte sie.

Lastyanax war seine Erleichterung deutlich anzusehen. Er sammelte die im Raum verteilten Blätter auf, stapelte sie zu einem ordentlichen kleinen Haufen und setzte sich ebenfalls, mit zusammengepressten Knien, in einen Sessel. Seine Gesten waren äußerst behutsam, als wollte er um jeden Preis vermeiden, den fragilen Waffenstillstand, den Pyrrha ihm anbot, zu gefährden.

»Du hattest vor meiner Abreise davon gesprochen, die Pläne des Extraktors in der Bibliothek zu suchen. Daher dachte ich mir, dass ich dich hier vielleicht finden würde. Ansonsten wäre ich sicher auf die Idee gekommen, dich bei deiner Großtante zu suchen.«

»Falls du einen Ort zum Schlafen brauchst, sie nimmt dich bestimmt gerne bei sich auf«, gurrte Aspasia.

»Er kann zu seinen Eltern gehen«, erwiderte Pyrrha gereizt.

Ihr war bewusst, dass ihre Schwester Lastyanax' Rückkehr als exzellente Gelegenheit ansah, der Liste ihrer amourösen Abenteuer die Romanze mit einem entflohenen Kriminellen hinzuzufügen. Nur er begriff natürlich gar nichts.

»Silenos ist also mit den Themiskyrern zurückgekommen«, stellte Lastyanax fest.

»Messerscharf beobachtet.«

»Aber die Magier werden trotzdem noch festgehalten.«

Pyrrha nickte. Mit einer unwillkürlichen Geste fasste sie ihre Haare zusammen und drehte sie zu einem Knoten.

»Ein paar haben sie gehen lassen. Den Strategen und andere Halunken wie ihn. Alle, die den neuen Machthabern Treue geschworen haben. Die anderen sind immer noch eingesperrt.«

»Aspasia hat mir gesagt, dass du Silenos' Rede gehört hast. Wie war das?«

»Silenos ist an der Seite Lykurgs erschienen und hat die themiskyrisch-hyperboreische Freundschaft gepriesen«, antwortete Pyrrha bedrückt. »Wenn ich es nicht mit eigenen Augen gesehen hätte, würde ich nicht glauben, dass er ein Lemur ist.«

»Sein Meister hat ganze Arbeit geleistet«, kommentierte Lastyanax mit finsterer Miene. »Mit ihm als neuem Eparchen wird Hyperborea zum Protektorat Themiskyras ...«

»Das ist noch nicht alles«, fügte Pyrrha hinzu.

Sie berichtete von der Anima-Abgabe, die Silenos erwähnt hatte. Auch Lastyanax schien diese Information äußerst besorgniserregend zu finden. Da sie düstere Blicke tauschten, setzte Aspasia sich in den Sessel neben Lastyanax.

»Warum beunruhigt dich diese Sache mit der Anima-Abgabe so sehr, Last?«, fragte sie mit schmachtendem Augenaufschlag.

»Mit den Blau-Erz-Klümpchen aus den Gürteln der Amazonen können die Themiskyrer die Leistung der Extraktionsmaschine erhöhen …«, begann er.

»… und dank der Anima-Abgabe der Hyperboreer enorme Mengen Oreichalk herstellen«, ergänzte Pyrrha scharf, damit ihre Schwester endlich mit dem affigen Getue aufhörte. »Die Reparatur der Kuppel ist nur ein Vorwand. Mit diesem Oreichalk werden die Themiskyrer die Schlagkraft ihrer Armee vervielfachen. Sie werden unbesiegbar sein. Hyperborea wird seine Unabhängigkeit niemals zurückgewinnen.«

»Hach, bist du deprimierend, Schwesterchen«, gähnte Aspasia. »Und was machen wir jetzt? Weiter auf Pläne glotzen, ohne dass was dabei rauskommt? Weil deine Magierbefreiungsaktion …«

Ihre Bemerkung wurde mit betretenem Schweigen aufgenommen. Pyrrha starrte auf ihre Fingernägel, damit niemand die Zweifel in ihren Augen sehen konnte. Sie dachte an ihren Vater, an Petroklos, an ganz Hyperborea, die darauf warteten, gerettet zu werden. Sie weigerte sich, es laut auszusprechen, doch ihr Plan schien zum Scheitern verurteilt. Sie fühlte sich zugleich schuldig, dass sie noch nichts erreicht hatte, und machtlos angesichts der unüberwindlichen Aufgabe, die sie sich selbst aufgebürdet hatte.

Plötzlich kam ihr eine Idee. Silenos' Ankündigung hatte ihnen ein ehrgeiziges, aber erreichbares Ziel aufgezeigt, das für ihre Mitbürger und die im Gefängnis eingesperrten Magier wirklich etwas verändern konnte.

»Ich habe einen neuen Plan.«

Alkander

Alkander warf einen letzten Blick auf die Rokhs, die über der Kuppel schwebten. Kein schwarzer Raubvogel zeigte sich am blauen, vom Schillern des Adamants durchzogenen Morgenhimmel. Er löste sich von der Balustrade und überquerte den luftigen Platz, der sich vor dem Magisterium erstreckte. Penthesilea und Melanephelos waren noch immer nicht zurückgekehrt. Diese zu lange Abwesenheit begann ihn zu beunruhigen. Er hatte vollstes Vertrauen zu seiner Schülerin und wusste, dass sie stark genug war, um mit Arka fertig zu werden, doch diese hatte mehr als einmal unerwartete Reserven mobilisiert. Letztendlich war es ihm selbst nicht gelungen, sie aufzuhalten – wie konnte er dann davon ausgehen, dass Penthesilea dazu in der Lage wäre?

In solche Grübeleien versunken, stieg er die Stufen zum Magisterium hinauf. Die Türen standen seit der Geiselnahme offen. Eine von Stiefelabdrücken zerfurchte Schicht Raureif bedeckte den Schachbrettboden der Eingangshalle. Sein brauner Wollumhang streifte die Steinplatten, während er einen der vom Atrium abgehenden Flure hinunterstrebte. Der Stoff lag schwer wie ein Halseisen auf seinen Schultern. Alkander verachtete alles, was er symbolisierte: Korpsgeist, Konformismus, die bereitwillige Unterordnung unter die Obrigkeit. Ein Adjutant hatte ihm den Umhang am Vortag gebracht – das war Philons Art, ihn daran zu erinnern, dass er ihm Gehorsam schuldete.

Wenigstens schützte ihn die Uniform vor dem Wind, der durch die Arkaden des Magisteriums strich. Die Flug-Jäger, die er auf seinem Weg traf, betrachteten ihn mit Misstrauen und kaum verhohlener Geringschätzung. Die rötlichen Federn an seinen Schultern wiesen ihn als Mitglied des Diplomatischen Korps aus, einer Einheit mit nebulöser Zuständigkeit, deren Ruf als Abstellplatz für »Söhne von« jedoch außer Zweifel stand.

Alkander fragte sich, wie lange er noch von diesem Status profitieren würde. Sein Vater hatte nach Silenos' Rede tattriger denn je gewirkt. Philon hatte ihn im Herrscherpalast untergebracht, wo Alkander ihn besucht hatte. Lykurg schien dort bestens versorgt zu werden. Man konnte Philon nicht vorwerfen, er wolle den Niedergang desjenigen beschleunigen, zu dessen Nachfolger er bestimmt war. Er schien dem Ranghöheren sogar ergebener zu sein denn je. Alkander wusste, was hinter dieser Fürsorge steckte: Philon wollte die Rechtmäßigkeit seines Herrschaftsanspruchs untermauern, indem er aller Welt vor Augen führte, dass er der wahre geistige Erbe Lykurgs war.

Diese Legitimität war ihm unter den Hyperboreern jedoch nicht gewiss. Auf Befehl Philons hatten die Themiskyrer das Magisterium besetzt und führten sich in seinen Galerien auf, als wären sie die neuen Herren. Alkander spürte, wie sich ein gewisser Unmut unter den befreiten Magiern breitmachte, obwohl man ihnen hohe Posten im neuen politischen System versprochen hatte.

Als er in das Vorzimmer zum Kabinett des Eparchen kam, stieß er auf den Frustriertesten von ihnen. Lautstark und mit bebendem Schnurrbart machte der Stratege seinem Ärger darüber Luft, dass Silenos ihn noch nicht empfangen hatte.

»Ich bin der einzige verbleibende Minister des Rates! Ich habe die Geiselnahme überlebt! Es ist ungeheuerlich, dass man mich vor der Tür eines einfachen Professors warten lässt, der noch nie etwas anderes geleistet hat, als picklige Jugendliche in Schach zu halten!«

Er war im Extraktor derart abgemagert, dass Alkander sehen konnte, wie sich jeder einzelne Muskel an seinem Hals spannte, während er gegenüber einem Adjutanten auf seine Audienz beharrte. Doch der würde sie ihm nicht so bald gewähren. Denn Silenos, der auf Drängen der Oligarchen seine mantimniotische Wanne zu früh verlassen hatte, hatte seine Rede mit inneren Blutungen beendet, und Alkander hatte ihn wieder in die Wanne gelegt, damit er voll und ganz regenerieren konnte.

Alarmiert von den Schreien des Strategen, kam Philon aus dem Kabinett und grüßte diesen ehrerbietig. Mit dem Interesse eines Experten beobachtete Alkander, wie er dem entrüsteten Hyperboreer Honig ums Maul schmierte: *Ich bin untröstlich zu erfahren, dass mein Adjutant sich angemaßt hat, Ihnen den Zutritt zu diesem Kabinett zu verwehren ... Das ist unerhört ... Doch Silenos ist leider nicht hier, seit seiner Rede auf der Stadtmauer ist er indisponiert ... Er hat mir die Aufgabe übertragen, die Wiedereingliederung der Magier und die Kollekte der Anima-Abgaben zu organisieren ... Ich verhehle Ihnen nicht, dass es ihm noch nicht wirklich gelungen ist, sich über seine Rolle eines Vermittlers hinaus hervorzutun ... Meiner bescheidenen Meinung nach sollte man viel eher Ihnen den Wiederaufbau dieser schönen Stadt anvertrauen ... Was halten Sie im Übrigen von diesem Vorschlag? ...*

Ein paar wohlplatzierte Schmeicheleien später verließ der Stratege mit zufriedenem Lächeln das Vorzimmer. Dabei hatte er nicht mal einen Fuß ins Kabinett gesetzt.

»Die anderen Magier werden nicht so leicht zu manipulieren sein«, warnte Alkander.

»Deswegen werden sie auch noch eine Weile im Extraktor bleiben«, erwiderte Philon. »Wir werden sehen, wen wir kontrollieren können und zu welchem Preis.«

»Und die, die sich nicht kaufen lassen?«

»Die werden bedauerliche Komplikationen haben. Komm rein, wir haben auf dich gewartet.«

Er öffnete die Tür zum Kabinett wieder, und Alkander trat hinter ihm ein. Das Büro des Eparchen war unter einer kleinen Kuppel eingerichtet, die an ihrem höchsten Punkt von einem Oberlicht durchbrochen war. Die Adjutanten hatten die trapezförmigen Fenster mit Adamantscheiben verschlossen, um die Wärme zu bewahren. Über die gebogenen Wände zogen sich Regale aus edlem Holz voller politischer Abhandlungen. Dazwischen ausgesparte Nischen zierten Büsten von Mezentius, dem vorherigen Inhaber dieses Kabinetts, in stolzen Posen.

Den Schreibtisch von fürstlichen Ausmaßen hatte man an die Wand geschoben. An seinem Platz befand sich nun eine Maschine, bestehend aus einem Tisch und einem mit Schläuchen gespickten Helm an dessen Stirnseite. Die Schläuche führten zu einem kupfernen Destillierkolben, dessen Auslaufrohr in einer Metallkanüle endete, welche mit einem Messingbarren verbunden war. Direkt vor dem Barren schien eine leuchtend blaue Klinge mit feinen Oreichalkstreifen jederzeit bereit, die Verbindung zwischen Kanüle und Barren zu trennen. Vier Oligarchen diskutierten über diese Vorrichtung. Philon rieb sich gestelzt die haarigen Hände und räusperte sich.

»Da wir nun alle versammelt sind, schlage ich vor, dass wir zur Vorführung schreiten«, erklärte er.

Er gab einem jungen, von Akne geplagten Pagen, der ein wenig abseits stand, ein Zeichen.

»Phreton, sag den Soldaten, sie sollen die Versuchspersonen hereinbringen.«

Der Bursche schlug sich auf die Brust und machte eine Verbeugung. Als er sich wieder aufrichtete, hing ihm seine viel zu lange Tolle übers halbe Gesicht. Obwohl er sich offenbar beherrschen musste, sie sich nicht aus der Stirn zu streichen, hielt er die Hände an die Oberschenkel gepresst und verließ mit steifen Schritten das Kabinett.

»Ist das ein Hyperboreer?«, erkundigte sich einer der Oligarchen.

»Er ist der Sohn des früheren Eparchen«, antwortete Philon. »Ein tüchtiger und diensteifriger Junge. Ich habe beschlossen, die hyperboreische Gepflogenheit anzunehmen, sich einen Eleven zu suchen. Ich rate euch, es ebenso zu tun, denn die hiesige Aristokratie wird diese Anpassungsbemühung zu schätzen wissen, und vor allem ist sie weniger versucht, sich aufzulehnen, wenn wir ihre Sprösslinge in der Hand haben.«

Die Oligarchen wechselten ein paar zustimmende Kommentare. Einer von ihnen fragte Alkander, ob er auch plane, sich einen Eleven zu halten.

»Das ist bereits arrangiert«, antwortet der und dachte dabei an Arka.

Philon näherte sich dem seltsamen Gerät und legte eine Hand auf den Destillierkolben.

»Dieser Apparat hier befindet sich für gewöhnlich im Gefängnis. Er ermöglicht die Produktion von Oreichalk durch Anima-Extraktion. Mithilfe der Blau-Erz-Klümpchen, die wir unseren reizenden Soldatinnen abgenommen haben, bauen wir gerade ein leistungsfähigeres Modell. Dank der neuen Maschine können wir genug Oreichalk gewinnen, um diese

Stadt zu beherrschen, die Lage in Napoca wieder unter Kontrolle zu bringen und die Amazonen zu bezwingen. Sobald sie fertig ist, werden wir sie auf Hochtouren laufen lassen.«

»Mit welchen Spendern?«, wollte ein Oligarch wissen.

»Zuallererst mit den Magiern«, erwiderte Philon. »Die schließen wir alle mindestens einmal am Tag an. Durch die Müdigkeit nach der Extraktion werden sie sehr viel leichter in Schach zu halten sein. Doch dabei lassen wir es nicht bewenden. Wie ihr vor Kurzem gehört habt, werden wir auch Freiwillige heranziehen, die mit ihrer Animaspende etwas zur Restauration der Kuppel beitragen möchten.«

»Die Nebenwirkungen der Extraktion dürften ihren Enthusiasmus rasch dämpfen«, wandte Alkander ein. »Die kostenlosen Lebensmittel werden als Motivation nicht allzu lange ausreichen.«

Mit einstudierter Langsamkeit tätschelte Philon den kupfernen Destillierkolben.

»Exakt«, gab er zurück. »Daher schlage ich euch vor, eine List anzuwenden.«

Er nahm eine kleine Dose vom Schreibtisch und holte ein Kügelchen brauner Paste daraus hervor.

»Das hier ist Blaues Lotusharz. Es handelt sich dabei um eine starke Droge, die die lokalen Klans aus einer Wasserpflanze gewinnen. Wer sie konsumiert, hat keinen Hunger mehr und versinkt in einem seligen Dämmerzustand. Viele Hyperboreer sind begierig danach und würden alles tun, um sie zu bekommen. Vor ein paar Tagen haben wir den Klan mit den größten Vorräten zerschlagen. Dank dieser Reserven wird es ein Leichtes sein, die Lotusharzkauer zu regelmäßigen Animaspenden zu bewegen. Allerdings sind es nicht besonders viele«, fuhr er fort, »und die meisten werden aufgrund ihrer miserablen körperlichen Verfassung nicht mehr als drei oder vier Entnahmen überstehen. Daher müssen wir einen Weg finden, die Zahl der Abhängigen zu erhöhen.«

Er schwieg und machte mit nachdenklicher Miene, das Kinn zwischen den Fingern, ein paar Schritte durchs Zimmer, als wolle er seine Zuhörer ermuntern, mit ihm nach einer Lösung für das angesprochene Problem zu suchen.

»Wenn in den nächsten Tagen die ersten Freiwilligen kommen, dann, schlage ich vor, geben wir ihnen kleine Mengen von dem Harz. Das hat den doppelten Effekt, den Schmerz der Extraktion zu lindern und sie süchtig zu machen. Wenn alles gutgeht, ist binnen eines Monats ein Viertel der hyperboreischen Bevölkerung bereit, regelmäßig Anima zu spenden.«

An eine der Mezentius-Statuen gelehnt, beobachtete Alkander, wie sich die Oligarchen um das Blaue Lotusharz scharten. Er erinnerte sich mit Abscheu an Georgons Sucht und wie leicht er ihn hatte manipulieren können. Er sah die Unterwerfung Hyperboreas vor sich, weniger blutig zwar, aber nicht weniger vernichtend als die Belagerung Napocas.

»Ist der Reiz dieses Harzes wirklich so groß?«, wollte ein Oligarch wissen.

»Ich schlage euch vor, seine Wirkung an Probanden zu beobachten«, antwortete Philon.

Im selben Moment wurde an die Tür des Kabinetts geklopft.

»Da sind sie schon«, verkündete Philon. »Herein!«

Im Türrahmen erschien ein Trupp themiskyrischer Soldaten, die drei grobschlächtige Männer hereinführten: die Drillinge des Blauen-Lotus-Klans. Schweißperlen rannen über ihre wächsernen Gesichter. Ihre irren Blicke streiften Alkander, ohne ihn zu erkennen, zögerten auf der Extraktionsmaschine, um schließlich an der braunen Paste in Philons Hand hängenzubleiben.

»Sie können uns das Zeug unter die Nase halten, so viel Sie wollen, wir legen uns nicht wieder auf diese verdammte Maschine«, knurrte Alci.

Doch seine Augen kehrten unablässig zu dem Kügelchen zurück.

»Das ist euer Produkt«, antwortete Philon und ließ den Klumpen dabei demonstrativ zwischen seinen Fingern kreisen. »Harz von bester Qualität.«

»Das stimmt, es gehört uns, dieses Harz, Sie müssen es uns zurückgeben!«, trompetete Axi.

»Sehr gerne«, sagte Philon. »Sobald ihr auf der Maschine wart.«

»Geben Sie uns zuerst das Harz, dann sehen wir weiter«, rief Ari.

Philon hob eine buschige Augenbraue.

»Der Erste, der die Maschine benutzt, bekommt doppelt so viel wie die anderen«, versprach er.

Eine Sekunde verstrich, dann stürzten sich die Drillinge unter wildem Gebrüll und Flüchen auf das Gerät. Alci stieß seine beiden Brüder beiseite und setzte sich den Helm auf. Sofort züngelten Lichtfäden in Richtung der Schläuche und liefen im Destillierkolben zusammen. Fasziniert beobachtete Alkander, wie sich das Fluidum in dem bauchigen Gefäß sammelte und dann in den Messingbarren rann, um schließlich von der Blau-Erz-Klinge durchtrennt zu werden, die Philon betätigte.

Ein dumpfes Geräusch ertönte: Alci war auf der Maschine zusammengebrochen. Seine leichenhafte Blässe kontrastierte scharf mit dem Rot seiner verdrehten Augäpfel. Blut lief ihm in einem feinen Rinnsal aus der Nase und tropfte in den geöffneten Mund. Entsetzt beugten sich seine Brüder über ihn. Indessen hatte Philon den Messingbarren aus der Vorrichtung genommen und reckte ihn den Oligarchen entgegen.

»Unser Versuchskaninchen hat sich ein wenig zu sehr verausgabt, doch hier ist das Resultat: Oreichalk. Wie angekündigt, werden die ersten Barren dazu dienen, die Kuppel zu reparieren. Das ist notwendig, damit wir wieder Blauen Lotus pflanzen und die Harzvorräte aufstocken können. Anschließend widmen wir uns der Produktion von Waffen und Rüstungen.«

Er wandte sich zu den Soldaten um, die die beiden übrigen Drillinge in Schach hielten und den leblosen dritten Gauner misstrauisch beäugten.

»Werft ihn über die Brüstung. Behaltet die beiden anderen, um an ihnen die maximale Extraktionskapazität der neuen Maschine zu testen. Das sind nur Verbrecher, und sie haben zu viel gehört. Hyperborea wird es uns danken.«

4

DAS VERBORGENE ZIMMER

Arka

Am Tag nach ihrer Ankunft bei Themis wurde Arka von zwei schwarzen Kakadus mit regenbogenfarbenen Schwanzfedern geweckt, die über ihr schnatterten. Wie so oft in den vergangenen zwei Jahren hatte sie vom Amazonenwald geträumt. Ausgestreckt in ihrer Hängematte, den Blick auf die beiden Vögel gerichtet, die Eukalyptusfrüchte aufpickten, brauchte Arka eine ganze Weile, um zu begreifen, dass sie nicht mehr schlief, sondern sich wirklich und wahrhaftig in Arkadien befand. Um sie herum wiegten sich die Blätter in der morgendlichen Brise. Der Duft von feuchten Moosen und Flechten drang ihr in die Nase. Ab und an durchbrach ein Wiehern das Stimmengewirr der Tausenden wilden Tiere, die zugleich mit dem Wald erwachten. Nie war die Grenze zwischen Traum und Wirklichkeit so durchlässig gewesen.

»Bist du wach? Wurde auch langsam Zeit.«

Themis war an der Tür zur Terrasse erschienen, einen dampfenden Napf in der Hand. Arka setzte sich auf, ließ die Füße über den Hängemattenrand baumeln und rieb sich die Augen. Mit gekrümmten Schultern stellte die alte Amazone das Gefäß auf eine der Holzscheiben.

»Ich habe meinen Löffel zerbrochen, du wirst mit der Hand essen«, knurrte sie, ehe sie in ihre Hütte zurückkehrte.

Arka schlang ihre Mahlzeit allein hinunter, die Finger in der Stutenmilchgrütze, dem traditionellen Frühstück der Amazonen. Sie erinnerte sich daran, dass sie Chirone vorgeworfen hatte, sie würden immer dasselbe essen. Wie hatte sie sich nur darüber beschweren können? Zum Aroma nostalgischer Erinnerungen erhoben, war die graue Pampe plötzlich die köstlichste Speise der Welt.

Sie genoss gerade ihren letzten Happen, als Themis wieder auf die Terrasse kam, einen übelriechenden Eimer in der Hand. Die Amazone stellte ihre Last Arka genau unter die Nase, nahm einen Besen, der an der Wand des Baumhauses lehnte, und begann die Terrasse zu kehren.

»Wenn du runtergehst, leerst du meinen Nachttopf«, brummte sie. »Die Seilwinde ist verrostet, und ich kann die Treppe nicht mehr heruntersteigen, ohne beide Hände zu Hilfe zu nehmen.«

Mit gerümpfter Nase sah Arka der Amazone dabei zu, wie sie energisch die Terrasse fegte. In der Liste der ungenießbaren Tutoren, die sie gehabt hatte, drohte Themis Lastyanax den Rang abzulaufen. Plötzlich vermisste Arka den Magier schrecklich. Sie fragte sich, ob Themis die Leerstelle, die er hinterlassen hatte, ein wenig füllen könnte, so wie er zum Teil diejenige gefüllt hatte, die durch Chirones Tod entstanden war.

»Wie bin ich Chirones Mündel geworden?«, fragte sie unvermittelt.

Die Amazone fegte weiter gründlich mit denselben rhythmischen und präzisen Bewegungen.

»Das hat Chirone dir sicher erzählt«, antwortete sie.

»Sie hat mir nur gesagt, dass sie mich in der Nähe des südlichen Gebirges aufgelesen hat und dass mein Vater ein hyperboreischer Magier war …«

»Dann weißt du alles, was es zu wissen gibt«, beendete Themis das Gespräch, während sie einen Haufen trockener Blätter über den Rand der Plattform schob.

Sie setzte ihre Arbeit fort, ohne Arkas enttäuschten Gesichtsausdruck zu beachten. Die brachte ihre Schale zurück in den Wohnraum und brummte dabei leise ein »alte Ziege«. Neugierig sah sie sich um. Das Morgenlicht warf goldene Streifen auf den dunklen Fußboden und auf die dicken Äste, die das Zimmer von einer Wand zur anderen durchquerten. Dieses war schlicht und asketisch, genau wie seine Besitzerin: ein Wasserzuber in einer Ecke, ein paar rostige Waffen in der anderen, Gefäße für Nahrungsmittel und mit Wachs versiegelte Amphoren an der Wand aufgereiht. Außer dem Eingang gab es zwei Türöffnungen. Die eine, hinter einem Vorhang verborgen, führte zweifellos in Themis' Schlafkammer. Die andere war mit ein paar losen Brettern vernagelt.

Verwundert stellte Arka ihre Schale in einen Korb voll schmutzigen Geschirrs und schlich auf leisen Sohlen zu der Tür. So klein, wie diese Hütte war, überraschte es sie, dass Themis auf einen ganzen Raum verzichtete. Sie stellte sich auf die Zehenspitzen, um zwischen den Brettern hindurchzuspicken. Sie sah ein kleines, verfallenes Zimmer. Die Zeit hatte Löcher ins Strohdach gefressen, durch die Vögel und Feuchtigkeit eingedrungen waren. Der Fußboden, dessen Planken zum Teil schon abgestürzt waren, war hier und da mit weißen Kothaufen betupft. Ansonsten sah der Raum so aus, als hätte seit dem Fortgang seines Bewohners niemand mehr etwas darin angerührt. Eine mottenzerfressene Hängematte voller Blätter baumelte in der Mitte. Eine Steinschleuder mit rissigem Leder und ein schlaffer Kurzbogen hingen an einer Wand neben staubigen Regalen, die bunte Kiesel zierten. Auf einer Kleidertruhe stand ein kleines, grob geschnitztes Holzpferd. Andere Figuren aus Ästen und Rosshaar lagen auf dem Boden verstreut, halb unter fauligem Laub begraben. Arka fragte sich, warum es in Themis' Hütte etwas gab, was wie ein Kinderzimmer aussah. Sie hatte nie gehört, dass die Amazone eine Tochter gehabt hätte.

Nachdenklich wandte sie sich wieder der Küchennische im Wohnraum zu. Fliegen stoben aus dem Geschirrkorb auf, als sie ihn anhob, um ihn hinauszutragen. Themis hatte den Besen beiseitegestellt, um die Baumscheiben zu verschieben, die mit unangenehmem Knirschen über das Holz schrammten. Vielleicht hatte die alte Amazone doch gespürt, wie sehr ihre Antwort Arka enttäuscht hatte, denn sie sagte:

»Ich habe deinen Vater nie gesehen, falls es das ist, was du wissen möchtest. Eines Tages kam Chirone von der Jagd in den Bergen mit einem greinenden Balg zurück. Sie hatte den Wald verlassen, um einem Elaphen zu folgen, und war auf einen jungen Magier gestoßen, der ein Baby im Arm hatte. Er hat ihr erklärt, du seist die Tochter von Melanippe, und sie gefragt, ob sie sich um dich kümmern könne. Chirone hatte kaum Zeit, ja zu sagen und dich ihm abzunehmen, da war er schon verschwunden. Zumindest hat sie es mir so erzählt.«

Anstatt Arkas Wissensdurst zu stillen, warf diese Erklärung nur noch mehr Fragen auf. Wer war der junge Magier? Nicht der Meister der Lemuren, offensichtlich, denn der wollte sie aus dem Amazonenwald heraushalten. Auch nicht der Lemur selbst, der seinem Meister gehorchte. Während sie grübelte, wer sie wohl als Säugling Chirone anvertraut haben mochte, verschob Themis ein letztes Holzstück und streckte mit knackenden Wirbeln ihren gebeugten Rücken. Dann nahm sie den Besen, um den Schmutz, der sich unter den Baumscheiben angesammelt hatte, wegzukehren.

»An dir war nichts dran«, fuhr sie fort, »und da niemand dich stillen konnte, sagten die Heilerinnen, du würdest keine Dekade überleben. Doch Chirone ließ sich nicht entmutigen. Sie hat dich mit einer von ihr selbst erfundenen Mixtur ernährt, einer Mischung aus Stutenmilch, Haferbrei und Elaphenkrautsaft. Das alles kaute sie, ehe sie es dir in den Mund spuckte. Ihre Hingabe machte mir Angst. Zu der Zeit ging es Chirone nicht sehr gut. Ich war sicher, du würdest ihr unter den Händen wegsterben und sie würde sich nie wieder davon erholen. Aber du hast überlebt, und dafür bin ich dir dankbar. Auch wenn mir ein weniger anstrengendes Kind lieber gewesen wäre. Was hast du geplärrt, als du klein warst ... Zu deiner Verteidigung sei gesagt, dass ich dich nicht oft ertragen musste, ich sah Chirone nicht besonders häufig.«

Den Blick ins Leere gerichtet, hielt sie in ihrer Bewegung inne. Plötzlich fragte Arka sich, ob das Zimmer, das sie entdeckt hatte, womöglich etwas mit Chirones Depression und ihrer Trennung von Themis zu tun hatte. Sie wäre dieser Frage gerne nachgegangen, doch sie ahnte, dass sie nicht so oft die Gelegenheit bekommen würde, etwas über ihre Herkunft zu erfahren, also bohrte sie lieber in dieser Richtung weiter:

»Und meine Mutter?«

Themis seufzte.

»Niemand hat je verstanden, was mit Melanippe passiert ist. Vier Tage nachdem Chirone dich aufgenommen hatte, kamen helotische Bauern, um uns zu sagen, dass sie ihre Leiche in einer halb zerfallenen Hütte eines verlassenen Dorfes gefunden hätten, wo deine Mutter offenbar seit einigen Dekaden gelebt hatte. Sie war bei deiner Geburt gestorben. All das überraschte uns sehr. Man hatte nichts mehr von Melanippe gehört, seit sie zu einer Mission nach Napoca aufgebrochen war, und wir waren mehr oder weniger sicher gewesen, dass sie dort umgekommen war. Zu erfahren, dass sie nicht nur nach Arkadien zurückgekehrt war, sondern obendrein eine Tochter geboren hatte …«

Arka nickte. Diese Dinge wusste sie schon und noch mehr. Melanippe hatte Napoca verlassen, als sie erfahren hatte, dass der Vater ihres Kindes nur eine seelenlose Marionette war, ein *Lemur*, der Wiedergänger eines hyperboreischen Prinzen. Vermutlich hatte die Scham sie davon abgehalten, in den Wald zurückzugehen – doch das würde Arka niemals mit Sicherheit wissen.

Die alte Amazone klopfte ein paar Mal mit dem Besen auf die Dielen, um ihn von den toten Blättern zu befreien, die sich zwischen seinen Borsten verfangen hatten, dann lehnte sie ihn zurück an die Hüttenwand.

»Wer hat mir meinen Namen gegeben?«, fragte Arka plötzlich.

Themis rieb ihr verstümmeltes Ohr.

»Dein Vater. Das war eine der wenigen Sachen, die er zu Chirone gesagt hat, ehe er dich ihr übergab: ›Sie heißt Arka.‹ Er hat dir den Namen des Landes gegeben. Arka aus Arkadien. Nicht gerade einfallsreich. Gut, und wann leerst du nun meinen Nachttopf aus?«

Lastyanax

Lastyanax starrte auf das Kohlebecken, das im Tresorraum der Bibliothek stand, und wartete geduldig. Pyrrha hatte ein Aspirationssiegel auf der Metallschale angebracht, um den Rauch abzuführen. Seine Finger spielten mit dem Zettel, den Arka ihm, eingerollt in Mezentius' Ring, bei ihrer Abreise hinterlassen hatte. Seit über einer Viertelstunde hörte er zu, wie Pyrrha sich über ihre Schwester aufregte.

»Sie wollte uns unbedingt begleiten! Und jetzt kommt sie nicht mal zu unserer Verabredung! Auf sie ist wirklich kein Verlass!«

»Sei doch froh, du wolltest sie ja nicht zwischen den Füßen haben«, bemerkte Lastyanax diplomatisch.

Er senkte den Blick auf das Stück Papier und konnte es sich nicht verkneifen, noch einmal die wenigen, mit Fehlern gespickten Zeilen zu lesen:

Der meister der lemuhren is mit Silenos geflon un ich hab immer noch den Pfluch. Ich kere zu den Amazonen zurüg um in aufzuhahlten (den Pfluch). Es is gefehrlich für sie folgen sie mir nich. Ich lase ihnen den Rink hier um sie vor dem lähmur zu schüzen. Danke nochmahl führ ales was sie führ mich getan habn. Sie werden mir felen.

»Ja, aber das ist doch kein Grund«, gab Pyrrha böswillig zurück. »Verplempern wir jetzt unsere Zeit, indem wir auf sie warten, oder gehen wir?«

Sie schaute Lastyanax an, doch der starrte auf den Zettel. Er spürte wieder das tiefe Glücksgefühl, das ihn bei der ersten Lektüre erfüllt hatte, ehe Wut und Enttäuschung es verdrängten. Sein Blick wanderte zu dem Kohlebecken. Er streckte den Arm in Richtung der Flammen, das Papier zwischen den Fingerspitzen.

»Gut, wir haben lange genug gewartet. Kommst du?«

Blinzelnd sah Lastyanax zu Pyrrha, die jetzt auf ihn sauer zu sein schien.

»Ja«, sagte er und stand ruckartig auf. »Gehen wir.«

Nachdem er in seine Pelzkleidung geschlüpft war, folgte er ihr hinaus. Seine Finger kneteten in der Tasche den angesengten Zettel. Ein Levitator brachte sie zum Eingang der Bibliothek. Lastyanax zog sich die Kapuze tief in die Stirn, schlug den Kragen hoch bis zur Nase und verließ mit Pyrrha das Gebäude. Das arktische Klima Hyperboreas hatte zumindest ein Gutes: Er konnte mit vermummtem Gesicht herumlaufen, ohne Misstrauen zu erregen. Trotzdem war er jedes Mal nervös, wenn sie themiskyrischen Patrouillen begegneten.

Die Flug-Jäger hatten sich über die siebte Ebene hergemacht, die schönsten Villen beschlagnahmt und schienen alles dranzusetzen, sie vollends zu plündern. Auf ihrem Weg über die gefrorenen Kanäle sahen Pyrrha und Lastyanax mehrere Gruppen, die eifrig die Honigwein-Amphoren aus hyperboreischen Kellern leerten. Als sie am Haus von Pyrrhas Familie vorbeikamen, hörten sie ein Klirren. Themiskyrer hatten ein Instrument herausgeholt, das aus lauter gläsernen Pfeifen bestand. Sie machten sich einen Spaß daraus, mit den Pfeilen ihrer Manschetten auf die durchsichtigen Röhren zu zielen. Pyrrha verlangsamte ihren Schritt und sah dabei zu, wie sie die Wasserorgel, auf der sie ihre ganze Kindheit und Jugend über gespielt hatte, in einen Scherbenhaufen verwandelten. Sie sagte kein Wort, doch Lastyanax' Herz krampfte sich zusammen.

»He, Puppe, komm, wärm dich bei uns auf!«, rief ein Leutnant mit von Kälte und Honigwein gerötetem Gesicht. »Du wirst schon sehen, dass wir sehr viel mehr zu bieten haben als dein Hyperboreer da.«

Pyrrha warf Lastyanax einen Blick zu, der so viel hieß wie: ›Das lohnt sich nicht‹, und ging ohne eine Erwiderung weiter. Er zögerte kurz, hin- und hergerissen zwischen seiner Wut und dem Bewusstsein, dass es nicht sehr klug wäre, auf diese Provokation zu reagieren. Endlich folgte er ihr, ohne sich des Gefühls erwehren zu können, dass seine Besonnenheit nach Feigheit schmeckte.

Sie stiegen die Eisstufen an den Mautstellen hinunter und erreichten eine halbe Stunde später den Extraktor. Die Plebejer drängten sich vor dem großen Tor, grapschten nach den Brotlaiben, die die Flug-Soldaten am Eingang des Gefängnisses verteilten. Lastyanax und Pyrrha tauschten einen raschen Blick und traten dann zu dem keine zehn Schritte entfernt aufgebauten Volksküchen-Stand. Der appetitanregende Duft warmen Brotes stieg ihnen in die Nase, während sie in der Schlange warteten.

Eine Dekade war verstrichen, seit Silenos das Extraktionsprogramm angekündigt hatte. Der Mechanismus, den die Themiskyrer ausgeklügelt hatten, um die Hyperboreer dazu zu bewegen, ihre Anima zu spenden, war erschreckend effektiv. Dank einer strategisch neben dem Gefängnis platzierten Suppenausgabe strömten die Bedürftigen in die Nähe des Gebäudes. Der Duft des warmen Brotes überzeugte sie anschließend davon, sich in die Schlange der Animaspender vor dem Extraktor einzureihen. Blieb nur noch, ihnen nach der Extraktion ein Kügelchen Lotusharz in die Hand zu drücken, angeblich, um sie wieder aufzupäppeln, und die Sache war gelaufen: Die Freiwilligen wurden süchtig nach Anima-Abgaben. Man näherte sich dem Gefängnis wegen der Suppe, betrat es wegen des Brotes und kam wieder wegen des Harzes. Es war schwierig, dieser unerbittlichen Kette von Versuchungen zu entgehen.

»Wenn es mit der Extraktion in dem Tempo weitergeht, ist bald die ganze Stadt harzabhängig«, kommentierte Lastyanax finster. »Die Themiskyrer werden keinerlei Schwierigkeiten haben, Hyperborea zu beherrschen.«

»Aber alles wird wieder gut werden, sobald wir die Maschine sabotiert haben«, erwiderte Pyrrha überzeugt. »Ohne Blau-Erz-Klümpchen keine Extraktion mehr, ohne Extraktion kein Oreichalk, ohne Oreichalk keine Herrschaft.«

Lastyanax war nicht ganz so überzeugt von ihrer Überlegung, doch er hütete sich, ihr dies zu sagen. Sein Mitwirken an Pyrrhas neuem Plan entschädigte sie dafür, dass er Hyperborea verlassen hatte. Und außerdem hatte er auch keine bessere Idee, wie sie Petroklos helfen könnten.

Der Suppenstand bot ihnen eine willkommene Ausrede, um die Sicherheitsvorkehrungen in der ersten Ebene des Extraktors zu studieren. Lastyanax streckte seinen Napf hin, um eine Kelle Suppe zu bekommen. Die Brühe war so dünn, dass er den Boden des Topfes sehen konnte. Sobald seine Schale gefüllt war, ging er zu Pyrrha, die ihre Ration schon erhalten hatte und, an eine Mauer gelehnt, auf ihn wartete. Sie schlürften das Gebräu, ihre Schalen zwischen die Fäustlinge geklemmt, den Blick auf die mechamagische Tür des Gefängnisses gerichtet.

Seit die Themiskyrer sich der industriellen Produktion von Oreichalk verschrieben hatten, stand diese andauernd weit offen. Die erste Ebene des Gebäudes war eine unabhängige

Abteilung geworden, die ausschließlich der Extraktion diente. Durch den linken Türflügel kamen die Freiwilligen herein, rechts kamen die heraus, die man inzwischen die »Animinierten« nannte. Auf der Straße waren sie unschwer zu erkennen: Sie hatten alle dieselben dunklen Ringe um die Augen, denselben wächsernen Teint, dieselben vom Harz vergilbten Zähne. Diejenigen unter ihnen, die am schlimmsten abhängig waren, vergaßen, zu essen und sich warm anzuziehen, da sie keinen Hunger und keine Kälte mehr spürten. Das Einzige, was sie noch wahrnahmen, waren die Entzugserscheinungen. Also gingen sie wieder zum Gefängnis, einige mehrmals am Tag, um ihre Dosis Lotusharz zu bekommen.

Irgendwann schliefen sie auf der Straße ein, ein stumpfes Lächeln auf den Lippen. Man fand sie am nächsten Morgen, erfroren, doch noch immer lächelnd. In der städtischen Nekropole hatte man alle Hände voll zu tun.

Während Lastyanax und Pyrrha ihre Schalen leerten, prägten sie sich sorgfältig ein, wie viele Soldaten den Eingang bewachten und wann sie abgelöst wurden.

»In der ersten Ebene gibt es viel mehr Wachen als in den höheren Etagen«, bemerkte Pyrrha.

»Aber auch viel mehr Leute, die sie überwachen müssen«, gab Lastyanax zurück.

Anders als die übrigen Gebäude der Stadt, war das Gefängnis nur durch wenige, streng kontrollierte Stege mit den umliegenden Türmen verbunden. Nur die Türen der ersten Ebene waren für den gewöhnlichen Bürger erreichbar. Sie unterbrachen ihr Gespräch, da ein Herold vorbeikam, der aus vollem Halse schrie:

»EINE RATION FÜR JEDE EXTRAKTION! HOLT EUCH DEN LOHN!«

Die Themiskyrer hatten etwa ein Dutzend dieser Ausrufer engagiert, die unablässig durch die Stadt pilgerten. Der Herold entfernte sich wieder, während er seine Botschaft wiederholte.

»Wir könnten durch die Fenster klettern«, schlug Pyrrha vor.

»Sie haben Adamantscheiben und sind außer Reichweite«, wand Lastyanax ein.

Mit nachdenklicher Miene brach Pyrrha einen Eiszapfen ab, der von einem Mauervorsprung hing, und ließ ihn in ihrer Schale schmelzen.

»Es gibt eine Möglichkeit, sie zu erreichen«, entgegnete sie, während ein kleiner Wasserstrudel das Geschirr reinigte.

»Durch Levitation?«, fragte Lastyanax zweifelnd. »Wenn wir die Flügel des Ktesibios hätten, könnten wir zu einem der Fenster fliegen, aber …«

»Im Tresorraum der Bibliothek gibt es eine Kopie der Liste aller im Turm der Erfindungen aufbewahrten Gegenstände«, erklärte Pyrrha. »Ich habe sie mir ganz genau angesehen. Da wären ein paar Erfindungen dabei, die uns sehr nützlich sein könnten – Kletterhandschuhe zum Beispiel.«

»Willst du mir gerade sagen, dass wir in den Turm der Erfindungen einbrechen sollen?«

»Das macht den Kohl jetzt auch nicht mehr fett.«

Lastyanax hob den Blick zum Extraktor. Durch eine optische Täuschung sah es so aus, als würde er auf sie zu stürzen. Mit seinen scharfen Kanten und dem unverputzten Stein wirkte der Turm wirklich niederdrückend.

»Angenommen, wir würden es schaffen, diese Kletterhandschuhe an uns zu bringen, ohne uns erwischen zu lassen, würden die Fenster erreichen und irgendwie mit dem Adamant fertig werden«, fasste er zusammen. »Warum sollten wir von weiter oben einsteigen? Die Extraktionsmaschine befindet sich in der ersten Ebene.«

»Alle mechamagischen Türen des Gefängnisses werden sich schließen, falls ein Alarm ausgelöst wird. Einer von uns muss einen sicheren Fluchtweg bereithalten«, antwortete Pyrrha. »Und dabei möglichst noch Petroklos befreien ...«

Lastyanax hob den Kopf und begegnete ihrem Blick, ihre Augen funkelten plötzlich verwegen. Sein Herz schlug schneller. Nach kurzem Ringen mit sich selbst gelang es ihm, sich zu überzeugen, dass sein Puls nur auf die Aussicht, Petroklos zu befreien, reagierte.

»Weißt du, hinter welchem Fenster er ist?«, flüsterte er ohne allzu große Hoffnung.

»Vierte Ebene, dritte Etage, Nordwand, zehntes Fenster von rechts«, spulte Pyrrha ab.

Und da er sie verblüfft anstarrte, fügte sie spöttisch hinzu:

»Du glaubst doch nicht, dass ich einen Monat lang tatenlos rumgesessen, Trübsal geblasen und auf deine Rückkehr gewartet habe?«

Nun erfuhr Lastyanax, wie Pyrrha es geschafft hatte, mit Petroklos zu kommunizieren. Schier verrückt vor Freude, seinen Freund endlich selbst fragen zu können, wie es ihm ging, war er dennoch gekränkt darüber, dass sie ihn nicht schon eher eingeweiht hatte. Nachdem Pyrrha monatelang zum Nichtstun gezwungen gewesen war, genoss sie es jetzt offensichtlich, endlich am Zug zu sein. Während sie Lastyanax haarklein alles berichtete, was sie dank Petroklos über die Abläufe des Gefängnisses herausgefunden hatte, unterbrach sie sich plötzlich mit aschfahlem Gesicht.

»Was macht die dumme Gans denn da?«, zischte sie und starrte auf den Eingang des Gebäudes.

Als Lastyanax ihrem Blick folgte, sah er, wie eine vertraute Gestalt den Extraktor verließ. In silbrige Pelze gekleidet, das kastanienbraune Haar sorgsam geflochten, stach Aspasia aus der Schar der Animinierten heraus, die um das Gefängnis herumlungerten. Ihr blasser, fast durchscheinender Teint verriet, dass sie gerade auf der Extraktionsmaschine gelegen haben musste. Ehe er Pyrrha seine Beobachtung mitteilen konnte, lief die schon ihrer Schwester nach, die hinter einem Turm verschwand. Lastyanax musste beinahe rennen, um mit ihr Schritt zu halten. Pyrrha pflügte sich einen Weg durch die Menge und erreichte Aspasia am Ende der Straße. Ohne Umschweife packte sie sie am Zopf und zog sie hinter einen verlassenen Verkaufsstand.

»AUUUAAAA, was hat dich denn gebissen, bist du nicht mehr ganz bei Trost?«, kreischte ihre kleine Schwester mit zur Seite geneigtem Kopf.

Plötzlich wirkte sie gar nicht mehr so durchscheinend. Ihre Wangen liefen rot an, während sie versuchte, ihren Zopf aus Pyrrhas Umklammerung zu befreien, indem sie deren Finger mit den Nägeln traktierte. Die zerrte nur noch fester und zwang sie so, ihre Krallen wieder einzufahren. Eine Rauferei, durchsetzt von spitzen Schreien und fiesen Manövern, begann. Lastyanax stand daneben und fragte sich, ob er eingreifen sollte. Auch wenn ihr Kampfstil nicht ganz so zerstörerisch war wie Arkas, schienen sie doch in der Lage, einander ernsthaft weh zu tun. Nach reiflicher Überlegung entschied er, dass es vernünftiger sei, sich rauszuhalten und zuzusehen, wie die beiden Schwestern sich gegenseitig fertigmachten. Zwei Ohrfeigen, drei Bisse und ein böse platziertes Knie später trennten sich die Schwestern. Lastyanax vermochte nicht zu sagen, welche der beiden gewonnen hatte; jedenfalls hatten beide einen blutrünstigen Blick und völlig zerzauste Haare.

»Was hattest du an diesem Drecksort zu suchen?«, fauchte Pyrrha die Jüngere an.

»Ist das nicht offensichtlich, oder brauchst du eine Brille?«, gab Aspasia im selben Ton zurück. »Ich habe mir Anima entziehen lassen.«

»*Warum?*«

»Weil wir seit einem Monat sinnlos auf verstaubte alte Pläne glotzen, um zu kapieren, wie der Extraktor von innen aussieht! Und da hab ich mir gesagt, dann geh ich doch lieber mal rein.«

Diese Initiative erstaunte Lastyanax. Er hätte nie gedacht, dass Aspasia den Mut hätte, sich in den Extraktor zu wagen.

»Was fällt dir ein, so was zu tun, ohne es vorher mit mir zu besprechen?«, brachte Pyrrha tonlos hervor.

»Ich habe nicht mit dir darüber gesprochen, weil ich mir schon dachte, dass du was dagegen hättest«, schmollte Aspasia. »Es ist immer das Gleiche mit dir: Die tollen Ideen können nur von *Fräulein Pyrrha* kommen, man braucht immer *Fräulein Pyrrhas* Zustimmung, um irgendwas zu tun, niemand ist so nützlich wie *Fräulein Pyrrha.*«

Sie hob ihre Fellmütze vom Boden auf, klopfte sie ab und setzte sie mit einer würdevollen Geste wieder auf.

»Du solltest mich in Zukunft einfach ein wenig mehr beachten und mir interessantere Aufgaben geben, als Kleider bei meinem Schneider zu bestellen.«

Da ihre Antwort Pyrrha vorübergehend die Sprache verschlagen zu haben schien, fügte sie etwas ruhiger hinzu:

»Da waren jede Menge Leute, Obdachlose aus der ersten Ebene, verlauste Typen … Brrr, widerlich. Zum Glück haben sie mir direkt vor der Extraktion Blaues Lotusharz gegeben. Grandioses Zeug. Nicht zu vergleichen mit dem gestreckten Mist, den man bei den Festen in der siebten Ebene bekommt. Ich fühlte mich vollkommen entspannt und leicht, als ich rauskam … Bis eine rasende Furie über mich herfiel, natürlich«, schob sie mit einem bösen Blick auf ihre Schwester hinterher.

»Wie bescheuert bist du?!«, rief Pyrrha stinksauer. »Sie verteilen reines Harz, um die Leute abhängig zu machen, damit sie wiederkommen müssen …«

»Du bist doch nur neidisch, dass du nicht zuerst auf diese Idee gekommen bist, Schwesterchen«, konterte Aspasia selbstgefällig. »Und du wirst es gleich noch mehr sein, wenn ich dir sage, dass ich Rhodopis gesehen habe.«

Lastyanax' Ohren knirschten, als er diesen Namen hörte.

»In einer Zelle?«, fragte Pyrrha.

Aspasia lachte.

»Nein, als ob er da noch gefangen wäre! Der ist doch schlau. Die Themiskyrer haben ihn ziemlich schnell rausgelassen. Jetzt überwacht er die Anima-Extraktion. Wenn ihr meine Meinung wissen wollt, dann wird er rasch aufsteigen. Ich hab ihm übrigens gesagt, dass es ein Fehler von dir war, ihn sitzenzulassen, um Lasty bei seiner Ermittlung zu helfen.«

Lastyanax drehte sich so ruckartig zu Pyrrha um, dass er seine Wirbel knacken hörte. Sie hatte ihm nie gesagt, wann und wie ihre Beziehung zu Rhodopis geendet hatte, und er hätte nie zu träumen gewagt, dass es etwas mit ihm zu tun haben könnte. Die junge Magierin schien gleichzeitig rot und blass geworden zu sein; sie vermied sorgfältig, ihn anzusehen.

»Kurz«, fuhr Aspasia, die nicht merkte, was für ein Erdbeben sie gerade ausgelöst hatte, fort, »er hat mich durch den gesamten Teil des Gefängnisses geführt, in dem sie die Extraktion vornehmen. Ich kann euch jetzt genau sagen, wo sich die Maschine befindet und wie sie bewacht wird. Also, wer war heute nützlicher für unseren Plan?«

Pyrrha und Aspasia lagen sich auf dem gesamten Rückweg zur Bibliothek in den Haaren. Während sie die Ebenen erklommen, hörte Lastyanax mit halbem Ohr, wie sie sich sämtliche Kränkungen vorhielten, die sie einander zugefügt hatten, seit sie alt genug waren, sich in die Wange zu kneifen. Die Möglichkeit, dass Pyrrha sich seinetwegen von Rhodopis getrennt haben könnte, nahm seine Gedanken auf angenehme Weise in Beschlag. Die Schwestern waren an dem Punkt angelangt, wo Pyrrha Aspasias elften Geburtstag ruiniert hatte, indem sie ihrer Familie verkündet hatte, sie werde an der Attribution teilnehmen, als sie schließlich die siebte Ebene erreichten. Versunken in seine Träumereien, merkte Lastyanax nicht sofort, dass die beiden aufgehört hatten, sich zu zanken. Er drehte sich nach ihnen um. Sie waren an der Brüstung des Aquäduktes, auf das sie gerade eingebogen waren, stehen geblieben und starrten einträchtig in dieselbe Richtung.

»Was ist denn da los?«, hauchte Pyrrha.

In etwa fünfzig Schritt Entfernung zog eine Prozession von Frauen aus der hyperboreischen Aristokratie über den Kanal, der den Extraktor mit der siebten Ebene verband. Manche wurden von ihren Kindern und ihren Hausangestellten begleitet. Vor den geschlossenen Toren standen ein paar Flug-Jäger und beobachteten besorgt, wie sie näher kamen. Als die Frauen nur noch einen Steinwurf von den Wachen entfernt waren, trat einer von ihnen mit gezückter Lanze vor.

»Der Zutritt zum Gefängnis ist verboten«, sagte er mit drohender Stimme.

»Wir sind hier, um die Freilassung unserer Ehemänner, Söhne, Väter und Brüder zu verlangen«, erwiderte eine Aristokratin mittleren Alters, die die Prozession anführte.

Lastyanax erkannte die Schwester Zenodots, des Obersten Bibliothekars. Ihr Sohn Sterix, ein Eleve im ersten Jahr, den er oft mit Arka zusammen gesehen hatte, stand neben ihr und wirkte sehr nervös.

»Wir haben unsere Befehle«, gab der Themiskyrer zurück. »Niemand betritt das Gefängnis, niemand verlässt es. Gehen Sie wieder, oder wir sehen uns genötigt, entsprechende Maßnahmen zu ergreifen.«

Die Flug-Jäger hatten sich links und rechts neben ihrem Offizier zu einer abschreckenden Front aufgereiht.

»Warum haltet ihr die Magier gefangen?«, rief die Anführerin unbeeindruckt.

Der Soldat schien zu begreifen, dass sein Befehl nicht ausreichen würde, um die Hyperboreerinnen zur Umkehr zu bewegen.

»Wir haben es vorgezogen, einige der Magier zur Sicherheit noch ein wenig hier im Gefängnis zu behalten«, antwortete er. »Die Amazonen haben sie vollkommen verwirrt, wir müssen uns vergewissern, dass ihre geistige Gesundheit wieder ganz hergestellt ist, ehe wir sie zu ihren Familien zurückschicken können. Sie werden sehr gut behandelt, es gibt keinerlei Grund, sich Sorgen zu machen.«

Er war offenbar überzeugt, dass sein Versuch einer diplomatischen Lösung greifen würde. Nur leider schienen die Hyperboreerinnen von seiner Erklärung ganz und gar nicht überzeugt zu sein.

»Das haben wir alles schon gehört«, rief eine von ihnen.

»Das ist doch völliger Unfug!«, legte eine andere nach.

»Erst die Amazonen, dann ihr! Was haben wir seit eurer Ankunft denn gewonnen, könnt ihr uns das sagen?«

»Mein Sohn ist Kanalingenieur, er hat mit alldem nichts zu tun!«

»Mein Mann ist zweiundsiebzig Jahre alt und hat Herzprobleme!«

»Wir wissen nicht mal, ob sie noch leben!«

Protest erhob sich aus der Versammlung. Die Flug-Jäger wussten nicht, was sie tun sollten: Ihre Angreiferinnen hatten keine Waffen, doch sie strebten weiter auf ihre Lanzen zu, immer entschiedener und bedrohlicher.

»Das wird böse enden«, flüsterte Pyrrha, an die Brüstung gelehnt.

Der Kanal verengte sich vor den Toren wie ein Flaschenhals und zwang die Frauen so, sich dicht aneinanderzudrängen. Mit erhobenen Fäusten begannen sie zu skandieren:

»BE-FREIT DIE MA-GI-ER! BE-FREIT DIE MA-GI-ER!«

»Ich sage es Ihnen zum letzten Mal: Gehen Sie wieder nach Hause, sofort!«, polterte der Offizier.

Er hatte alle Diplomatie aufgegeben und streckte nun seine Lanze vor. Die ersten Frauen des Zuges waren einen Schritt von der Klinge entfernt stehen geblieben und überhäuften ihn mit Schmähungen. Ihre Gefährtinnen dahinter marschierten und skandierten weiter. Eine von ihnen stolperte gegen Sterix' Mutter. Lastyanax konnte nicht recht erkennen, ob diese auf die Lanze fiel oder ob der Soldat die Lanze nach ihr stieß. Jedenfalls entwich ihrem Mund ein schauriges Gurgeln.

Sterix schrie und fing seine Mutter auf, die zusammensackte; die schockierten und empörten Frauen scharten sich um ihre Mitstreiterin und beschimpften die Soldaten nun erst recht. Die wagten nicht mehr, ihre Waffen zu gebrauchen, und wichen in Richtung der Gefängnistore zurück. Lastyanax begann schon zu glauben, dass der Aufstand der Patrizierinnen Erfolg hätte, dass es ihnen gelingen würde, ins Gefängnis einzudringen und die Magier zu befreien.

In dem Moment kamen Themiskyrer, die die Ereignisse nicht verfolgt hatten, zur Verstärkung aus dem Gefängnis heraus und stachen blindlings mit ihren Lanzen in den Haufen. Schreie ertönten, Blut spritzte. Lastyanax sah, wie die Soldaten mehrere Hyperboreerinnen in die Tiefe stießen. Diejenigen, die noch über den Kanal heranmarschierten, kehrten um und flohen. Sofort nahmen Themiskyrer die Verfolgung auf. Ein Offizier, der zurückgeblieben war, brüllte:

»Was macht ihr? Lasst sie gehen!«

»Aber, Chef, es darf keine Zeugen geben!«, rief einer der Soldaten.

»Zu spät«, erwiderte sein Vorgesetzter.

Dabei zeigte er auf Lastyanax, Pyrrha und Aspasia, die die Szene voller Entsetzen von einem parallel verlaufenden Kanal beobachtet hatten.

»Nichts wie weg hier!«

Lastyanax drehte sich zu Pyrrha um, die unverständliche Worte murmelte, die Augen starr auf den Kanal gerichtet. Aspasia hatte ihre geschlossen, und Tränen liefen ihr über die Wangen. Die beiden Schwestern hielten sich an der Hand. Anders als Lastyanax waren sie im kleinen privilegierten Kreis der hyperboreischen Aristokratie aufgewachsen. Sie kannten viele der Personen, die vor dem Gefängnis gerade ihr Leben verloren hatten. In wenigen Minuten hatte sich dieser kleine Kreis als sehr viel weniger privilegiert erwiesen. Lastyanax schnappte Pyrrhas Hand und zog die beiden Schwestern weit weg von dem Massaker.

Alkander

Alkander schloss die Tür hinter sich. Die Adjutanten hatten seinen Vater in einem der kleineren Zimmer des Palastes untergebracht, das leichter zu heizen war als die großen. Die neuen trapezförmigen Scheiben vor den Fenstern waren beschlagen. Offenbar war hier den ganzen Tag noch nicht gelüftet worden: Die Luft war geschwängert von Kotgeruch, den auch die kostbaren Duftöle nicht übertünchen konnten.

In mehrere Lagen Pelz gewickelt, saß Lykurg in einem großen hölzernen Lehnstuhl und schnarchte. Töpfe mit Salben und eine Schale voller Marzipankugeln standen neben ihm auf einem Tischchen. Alkander ließ sich gegenüber dem Sessel nieder und betrachtete seinen schlafenden Vater. Seine Augenbrauen waren leicht hochgezogen, sein Mund halb geöffnet. Trotz der Falten und grauen Haare wirkte er jünger, als Alkander ihn je gesehen hatte. Er streckte die Hand aus und legte sie auf die knochige und etwas feuchte seines Vaters. Lykurg hob den Kopf, riss die Augen auf, mahlte mit den Kiefern, sah sich verwirrt um und schien endlich seinen Sohn zu bemerken.

»Al…kander«, artikulierte er mit demselben seligen Lächeln, das Alkander bei ihrem Wiedersehen im Riphäengebirge so verstört hatte.

»Vater.«

Er wusste nicht, was er hinzufügen sollte. Ein Jahr zuvor hätte er über die Situation in Hyperborea oder die Fortschritte seiner Untersuchungen zum Oreichalk berichtet. Doch jetzt, da Lykurg zu keiner rationalen Überlegung mehr fähig schien, was blieb da noch von ihrer Beziehung? Sein Vater lächelte immer weiter, als riete ihm eine Art Selbsterhaltungstrieb, diesen Ausdruck nicht abzulegen. Der Blick des Greises wanderte von Alkander zu der Schale voller Marzipan. Sein Sohn lächelte ebenfalls und tätschelte ihm die Hand.

»Möchtest du etwas davon?«, fragte er.

Er nahm eine der Kugeln und schob sie seinem Vater in den Mund, wobei er den Widerwillen unterdrücken musste, den dessen Abhängigkeit ihm einflößte. Lykurg kaute langsam und blinzelnd die Leckerei. Alkander nahm sich auch eine.

Da er nicht wusste, was er sonst tun sollte, begann er zu erzählen, was ihn beschäftigte. Er sprach von Hyperborea, von dem Massaker am Extraktor, den Kindern mit Frostbeulen an den Fingern, die in den Straßen bettelten, den leeren Schildkrötenpanzern, den Flug-Jägern, die den Zorn der Stadtbewohner jeden Tag ein bisschen mehr anfachten, indem sie sie wie ein unterworfenes Volk behandelten. Er sprach von Arka auf dem Weg nach Arkadien, von Penthesilea ... Er sprach auch über seine erste Begegnung mit ihm. Über den Tag, als seine Mutter ihn verlassen hatte, um ihn zu retten, womit sie gegen das Gesetz der Amazonen verstieß, das diese dazu verpflichtete, ihre männlichen Kinder zu töten, wohl wissend, dass sie selbst diesen Verrat nicht überleben würde. Lykurg schien ihm zuzuhören; jedenfalls schien die Stimme seines Sohnes ihm etwas zu sagen, denn er ließ ihn nicht aus den Augen. Ab und zu gab Alkander ihm eine Marzipankugel und nahm sich selbst auch noch eine.

Die Schale war fast leer, als jemand an die Tür klopfte. Alkander unterbrach seinen Monolog.

»Herein!«, sagte er.

Ein Junge betrat den Raum. Er versteckte die Pickel, die seine Stirn sprenkelten, hinter einer zu langen Tolle. Alkander erkannte Phreton, Sohn des früheren Eparchen und nun Philons Eleve. Seine tadellose Uniform passte nicht recht zu den geröteten Augen und den bis aufs Fleisch abgekauten Fingernägeln.

»Meister, der General würde sich gern mit Ihnen unterhalten.«

Alkander hatte schon mit dieser Aufforderung gerechnet. Er küsste seinen Vater auf die Stirn, der ihn plötzlich voller Kummer ansah, und folgte dem Eleven. Wider Willen tat es ihm leid, den alten Mann in seiner Einsamkeit zurückzulassen.

Zwanzig Minuten später erreichten sie Philons Büro im Magisterium.

Auf seinem Kurulischen Stuhl sitzend, die Finger unter dem Kinn verschränkt, sah der General mit verschlossener Miene aus dem Fenster. Ein Brief lag ausgerollt auf dem Schreibtisch. Alkander erkannte das in das erbrochene Siegelwachs geprägte Wappen: ein Wolf mit dem Schnabel eines Rokhs. Das Emblem Napocas, seitdem die Themiskyrer die Stadt erobert hatten.

»Gibt es Neuigkeiten aus Napoca?«, erkundigte er sich, während er näher trat.

Philon hob den Kopf und musterte ihn einen Moment. Anders als gewöhnlich, empfing er ihn weder mit freundlichen

Worten, noch bat er ihn, Platz zu nehmen. Alkander fühlte sich plötzlich wieder wie zur Zeit seiner Agoge, wenn er vom Ausbilder wegen mangelnder Disziplin zur Ordnung gerufen wurde. Er sah, wie sein Gegenüber auf die Armlehnen in Form eines Greifenkopfes trommelte.

»Ja, Neuigkeiten aus Napoca«, bestätigte Philon. »Und sie sind, gelinde gesagt, nicht besonders erfreulich.«

Mit einem Räuspern nahm er den Brief vom Tisch. Seine Sehkraft schien sich verschlechtert zu haben, denn er musste das Blatt mit gestrecktem Arm von sich halten und die Augenbrauen hochziehen, um ihn lesen zu können.

»Der Woiwod teilt mir mit, dass die Unruhen seit meiner Abreise wieder aufgeflammt sind. Kein Tag vergeht ohne einen Anschlag. Vor einer Dekade wurde eine unserer Kasernen mitten in der Nacht in Brand gesteckt. Zweiundsiebzig Soldaten sind im Feuer umgekommen. Und um dem Ganzen die Krone aufzusetzen, hat sich die Unterstadt wieder erhoben. Das ganze Gebiet ist durch Barrikaden abgeriegelt.«

Philon rollte den Brief so eng zusammen, dass er nur noch den Durchmesser eines Schreibrohrs hatte, als versuche er, mit ihm auch die Probleme verschwinden zu lassen, von denen darin zu lesen war.

»Anders ausgedrückt, die Situation in Napoca wird unhaltbar«, fasste er mit vor unterdrückter Wut bebender Stimme zusammen. »Und ich dachte, nach dem Tod des Mädchens vor knapp einem Jahr wäre es vorbei mit den Aufständen.«

Alkander hütete sich, ihm zu verraten, dass das besagte Mädchen noch am Leben war und in seinem Plan eine zentrale Rolle spielte. Philon hatte sich nie besonders für seine Strategie interessiert. Alles, was er wusste, war, dass seine falschen Amazonen die Magier gefangen genommen hatten. Nur Lykurg kannte die Details seines Plans. Doch seit dem Anfall schienen dessen Erinnerungen zu einer unförmigen Masse verschmolzen zu sein, aus der man nur schwerlich einzelne Elemente herauslösen konnte. Und so wusste niemand wirklich, wer Arka war, welche Macht sie besaß und wie sehr Alkanders Schicksal von ihrem abhing ... nicht einmal Arka selbst.

»Die Oligarchen raten mir, einen Teil unserer Flug-Jäger-Kohorte nach Napoca zurückzuschicken, um die Ordnung wiederherzustellen«, fuhr Philon fort. »Doch ich kann noch nicht riskieren, unsere militärische Präsenz in Hyperborea zu vermindern. Nicht, solange die Kuppel nicht repariert und unsere Macht gefestigt ist. Wir gehen hier wie auf rohen Eiern.«

Er stand unvermittelt auf und begann hinter dem Schreibtisch hin- und herzulaufen. Die Augen auf den Boden geheftet, fuhr er fort, wobei er jeden seiner Sätze mit erzürnten Gesten unterstrich:

»Die hyperboreischen Handwerkszünfte fürchten, dass wir ihnen höhere Steuern auferlegen, um die Armee zu finanzieren. Den Klans gefallen die Notstandsgesetze nicht. Die napocanischen Einwanderer hassen uns sowieso.«

»Das ist alles nichts Neues«, bemerkte Alkander.

Philon ignorierte seinen Kommentar.

»Die gesamte hyperboreische Aristokratie empört sich gegen uns und verlangt die Freilassung der Magier. Auch wenn es sich nur um Frauen handelt, beginnen ihre Klagen auf die Sympathie der Plebejer zu stoßen. Wenn die Plebejer schon anfangen, sich um das Schicksal der Magier zu sorgen, während wir sie gerade von deren Joch befreien wollten ...«

»Was am Eingang zum Gefängnis in der siebten Ebene passiert ist, hat unsere Akzeptanz unter der einheimischen Bevölkerung nicht gerade gefördert, so viel ist sicher«, bestätigte Alkander nüchtern.

Philon blieb stehen und betrachtete ihn mit eisiger Miene.

»Ich habe die Oligarchen aufgefordert, ein paar exemplarische Strafen zu verhängen, um den Hyperboreern zu zeigen, dass wir den ... Schnitzer ... unserer Soldaten nicht auf die leichte Schulter nehmen«, erwiderte er. »Doch dieser bedauerliche Zwischenfall ist bloß ein Detail, verglichen mit dem wahren Widerstand, auf den wir hier stoßen. All diese Unruhen sind abgestimmt und zielen nur auf eines: meine Machtübernahme in Hyperborea zu verhindern.«

Er hatte Alkander nicht aus den Augen gelassen. Der setzte sich mit einstudierter Langsamkeit auf einen der Stühle gegenüber dem Schreibtisch.

»Kannst du mir erklären, wie ich in Napoca und hier in so kurzer Zeit ein Komplott gegen dich hätte schmieden sollen?«, fragte er ruhig. »Ich habe vor weniger als zwei Dekaden vom Zustand meines Vaters erfahren. Ich bin nicht der glaubhafteste Verräter hier, und die Oligarchen wissen das.«

Philons Gesicht färbte sich grau. Alkander dachte, dass sein Vater nie den Fehler begangen hätte, einen Untergebenen, den er des Verrates verdächtigte, offen zu beschuldigen. Er hätte ihn diskret beseitigt, ohne ihm eine Möglichkeit zur Verteidigung oder zum Gegenangriff zu lassen, ohne Aufsehen zu erregen.

»Dank deiner ... *Diener* ... kannst du problemlos mit Napoca in Kontakt treten«, wandte der General ein, wobei er keinen Hehl aus seiner Verachtung für Alkanders magische Praktiken machte.

»Mein Lemur befindet sich in diesem Moment in einer mantimniotischen Wanne und wird frühestens in ein paar Tagen wieder in der Lage sein, sich zu dematerialisieren«, erwiderte Alkander.

»Wer sagt mir, dass du nicht einen zweiten erschaffen hast?«

Alkander lächelte. Er nahm ein Schreibrohr, das auf dem Tisch lag, und ließ es zwischen seinen Fingern kreisen.

»Wenn ich noch mal einen erschaffe, wirst du der Erste sein, der davon erfährt, das verspreche ich dir«, erklärte er. »Und die Teleportation von einer Stadt zur anderen hat ihre Grenzen. Je größer die Distanz, desto schwieriger ist es für den Meister, zu verfolgen, was sein Lemur tut.«

Seine Worte schienen Philon nicht zu überzeugen, doch immerhin sah er, dass sich Zweifel in dessen anklagenden Blick schlichen.

»Wie dem auch sei, diese ganze Operation war verfrüht«, urteilte der General knapp. »Ich habe es deinem Vater vor seinem Anfall gesagt. Wir hätten fünf Jahre warten sollen, so lange, wie es gedauert hätte, die Agoge der jungen Napocaner zu beenden und sie in die Armee einzugliedern. Das hätte uns erlaubt, Hyperborea mit ausreichender Truppenstärke zu belagern, um es unter unsere Kontrolle zu bringen. Stattdessen muss ich diese Stadt nun mit einer Handvoll Flug-Jägern in Schach halten.«

Seine Stimme triefte vor Galle. Er wandte sich wieder dem Fenster zu, die Hände im Rücken verschränkt. Die Adamantscheibe war von einer hauchdünnen Raureifschicht überzogen, hinter der die Landschaft verschwamm. Alkander schwieg, trotz des Zorns, der ihn packte. Nicht genug, dass Philon den Eroberungsplan, den er fünfzehn Jahre lang sorgfältig vorbereitet hatte, ruinierte, sondern er gab auch noch ihm die Schuld daran. Als der General, der ihm noch immer den Rücken zuwandte, wieder zu sprechen begann, klang seine Stimme noch eine Oktave tiefer:

»In tausend Jahren ist diese Stadt nicht eingenommen worden. Die Eroberung nun zu vollenden, würde Themiskyra zu einem Imperium erheben. Ich habe keine Wahl. Ich werde die Oreichalkvorräte nutzen müssen, um den Hyperboreern zu zeigen, wer jetzt das Sagen hat.«

Diese Schlussfolgerung überraschte Alkander zwar nicht, enttäuschte ihn darum aber nicht weniger. Hinter seinem diplomatischen Gehabe fehlte es Philon dramatisch an Finesse. Einen Moment lang war Alkander versucht, einfach aus der Stadt zu verschwinden. Zu sehen, wie Philon sich ganz allein in einen endlosen Bürgerkrieg lavierte, hätte ihn aufs Angenehmste für die Geringschätzung entschädigt, die der Oligarch ihm gegenüber stets gezeigt hatte. Doch dann hätte er sein Versprechen gebrochen, die Eroberung Hyperboreas nicht in einem Blutbad enden zu lassen. Außerdem hatte er keine Lust, tatenlos mitanzusehen, wie dieser Möchtegernfeldherr mit seinen groben Schnitzern fünfzehn Jahre minutiöser Arbeit zunichte machte. Er würde sich die Gelegenheit nicht entgehen lassen, ein für alle Mal zu beweisen, dass kein themiskyrischer Stratege ihm das Wasser reichen konnte, wenn es darum ging, mit der Psychologie der Menschen zu spielen.

»Es gibt eine andere Lösung«, erklärte er.

Philon drehte sich langsam zu ihm um. Alkander stand auf.

»Wir kontrollieren die Streitkräfte, die Verwaltung und die Kommunikationskanäle dieser Stadt«, zählte er auf, während er das Zimmer mit großen Schritten durchmaß. »Das ist viel und gleichzeitig zu wenig. Uns fehlt ein entscheidendes Detail, um Hyperborea friedlich einzunehmen.«

»Und das wäre?«

Alkander blieb stehen und sah ihn an, ein ironisches Lächeln auf den Lippen.

»Die Legitimität. Themiskyra hat keinerlei Berechtigung, diese Stadt zu regieren. Indem du dich ihr mit Gewalt aufzwingst, wiederholst du denselben Fehler, den mein Vater in Napoca begangen hat.«

Philon sah ihn aus tief umschatteten Augen düster an.

»Dein Lemur sollte uns diese Legitimität verschaffen«, warf er ihm vor. »Zumindest hast du es mir so verkauft.«

Alkander spürte, dass der General ihn auf der Stelle zum Tode verurteilt hätte, wenn er risikobereiter gewesen wäre.

»Mein Lemur ist eine Marionette, der Schatten eines Mannes, der zu seinen Lebzeiten niemals eine bedeutende politische Funktion innegehabt hat«, erwiderte er. »Selbst die dümmsten Hyperboreer würden letztlich an seiner Legitimität als Regent zweifeln. Nach dem, was auf dem Kanal des Extraktors passiert ist, kann zudem kein Themiskyrer und keine Person, die mit Themiskyra irgendwie gemeinsame Sache macht, darauf hoffen, von den Hyperboreern akzeptiert zu werden. Es sei denn …«

»Was?«, fiel Philon ihm schneidend ins Wort.

»Es sei denn, wir wiegen die Hyperboreer in dem Glauben, sie hätten ihn selbst erwählt.«

Philon blinzelte.

»Was willst du damit sagen?«

Alkander näherte sich dem Schreibtisch und entrollte ein Pergament, das auf der Seite des Generals lag. Es war eine

Karte in Form einer Scheibe, die die von Themiskyra kontrollierten Städte und die arkadischen Provinzen umschloss. Sein Finger legte sich auf ein paar gezackte Linien, die zwischen Napoca und Hyperborea eingezeichnet waren.

»Bei bestimmten riphäischen Völkern gibt es eine Regierungsform, die mich schon immer fasziniert hat«, erklärte er. »Im Frühling wird in jedem dieser Stämme derjenige gewählt, der das Jahr über regieren soll. Jeder Erwachsene verfügt über eine einzige Stimme, unabhängig von Geschlecht, Alter, Reichtum oder Herkunft.«

Die Hände noch immer im Rücken verschränkt, kniff Philon die Augen zusammen.

»Sprich weiter.«

»Wir könnten die Wahl eines neuen Basileus organisieren. Die Hyperboreer hegen einen Wunsch nach Gleichstellung, den die Magier nie erfüllt haben«, fügte Alkander hinzu. »Indem wir die erste herrschende Klasse wären, die ihnen die Möglichkeit gibt, ihre Meinung in einer Wahl auszudrücken, würden wir beträchtlich in ihrer Achtung steigen. Wenn du gewählt wirst, hast du die nötige Legitimation, um die Ordnung in der Stadt wiederherzustellen.«

Mit gerunzelten Brauen rieb Philon sich lange das Kinn, als wöge er Für und Wider dieses Vorschlags ab. Endlich setzte er sich wieder.

»Alles schön und gut, bis auf ein Detail: ›Wenn du gewählt wirst.‹ Wie garantierst du mir, dass das der Fall sein wird?«

»Indem wir Silenos benutzen, um deine Kandidatur zu unterstützen. Indem wir Herolde auf allen Ebenen deine Qualitäten preisen lassen. Indem wir jedem, der für dich stimmt, Brot und Harz versprechen. Indem wir, falls nötig, dein Porträt an jede Wand Hyperboreas plakatieren. Die Magier sind eingesperrt; kein anderer hyperboreischer Kandidat wird in der Lage sein, die gleichen Mittel aufzubieten.«

Philon trommelte mit den Fingerspitzen auf die Armlehnen und betrachtete nachdenklich die Decke.

»Und wenn die Hyperboreer doch einen anderen Kandidaten als mich wählen sollten?«

Alkander zuckte mit den Schultern.

»Dann können wir immer noch die Ergebnisse manipulieren. Wer sagt, dass bei dieser Wahl alles mit rechten Dingen zugehen muss?«

5

KLEIN-NAPOCA

Lastyanax

Kaum drei Tage hatten die Themiskyrer gebraucht, um das Aufflackern einer Revolte infolge des Massakers vor dem Gefängnis im Keim zu ersticken. Auch wenn die Plebejer die Aristokratie verabscheuten, hatte die Nachricht von den Morden an Frauen und Kindern die Gemüter doch aufgewühlt, und plötzlich war alle Welt solidarisch mit den Magiern und ihren Familien gewesen. Man war schließlich Hyperboreer.

Lastyanax hatte gehofft, das Drama wäre wenigstens dazu gut, den Widerstandsgeist seiner Mitbürger wachzurütteln. Aber leider hatten die Themiskyrer schnell den perfekten strategischen Gegenangriff gestartet, um sie ihre Entrüstung vergessen zu lassen. Mit zitternder Stimme hatte Silenos versichert, dass die Verantwortlichen für das Massaker exekutiert würden, und die Abhaltung von Wahlen angekündigt.

»Wahlen wofür?«, fragte Lastyanax Pyrrha, die mal wieder die Rede des Lemuren auf der Stadtmauer verfolgt hatte.

»Für einen neuen Basileus.«

Seufzend ließ sie sich im Tresorraum der Bibliothek in einen Sessel fallen. Aspasia war unterwegs, um bei einem Kürschner der ersten Ebene einen Flug-Jäger-Umhang in Auftrag zu geben. Lastyanax legte gerade letzte Hand an seinen

Plan der Extraktionsräume, den er dank deren Erkundungstour und der von Petroklos erhaltenen Informationen hatte anfertigen können. Pyrrha und er hatten die Vorbereitungen ihrer Aktion zur Sabotage der Extraktionsmaschine beinahe abgeschlossen. Sie mussten sich nur noch ein paar nützliche Dinge aus dem Turm der Erfindungen besorgen, Lastyanax' Uniform eines themiskyrischen Leutnants den letzten Schliff geben und eine Möglichkeit finden, unbemerkt die Adamantfenster zu überwinden.

»Wer kann für diese Wahl kandidieren?«, fragte Lastyanax.

»›Jedwede Person, die in der Lage ist, einen Beitrag in Höhe von fünfzehntausend Hyper zur Organisation der Abstimmung zu leisten‹«, zitierte Pyrrha.

»Anders gesagt, sehr wenige Personen«, übersetzte Lastyanax.

»General Philon stellt sich natürlich zur Wahl.«

Lastyanax nickte nachdenklich. Seit seiner Rückkehr nach Hyperborea hatte er sich über die fehlende politische Intelligenz der Themiskyrer gewundert. Diese war umso verwunderlicher angesichts des raffinierten Plans, den der Meister der Lemuren ausgeklügelt hatte, um die Stadt in die Knie zu zwingen. Der schien jedoch seit der Ankunft der Themiskyrer von der Bildfläche verschwunden zu sein. Lastyanax hatte sich sogar schon gefragt, ob Philon ihn vielleicht hatte umbringen lassen.

Er erinnerte sich an Silenos' Warnung, kurz bevor dieser lemurisiert worden war: ›Ich verdächtige Lykurg, einigen unserer Minister einen geheimen Gesandten geschickt zu haben, den ich fürchte. Ich erkenne seine Handschrift in den letzten Entscheidungen des Rates ... Passen Sie gut auf sich auf, Lastyanax, Sie stehen an vorderster Front. Dieser Gesandte ist ein genialer politischer Taktiker, und im Gegensatz zu Ihnen leiten ihn nicht nur die besten Absichten.‹ Der Meister der Lemuren war zurück.

»Die Themiskyrer wollen eine Volksabstimmung, um ihrem Anführer Legitimität zu verleihen«, sagte Lastyanax. »Das ist sehr schlau von ihnen. Wer ist wahlberechtigt?«

»Laut Silenos muss man in Hyperborea wohnen und volljährig sein. Ich weiß nicht, wie sie darauf kommen, dass ihr Kandidat den Sieg davontragen könnte. Die Leute werden das, was auf dem Kanal des Gefängnisses passiert ist, nicht so bald vergessen …«

»Du und die hyperboreische Aristokratie sicher nicht«, erwiderte Lastyanax. »Die Plebejer schon. Die Magier haben ihre Forderungen zu oft ignoriert, als dass sie sich diese Chance, ihre Meinung zu äußern, entgehen lassen würden, selbst wenn sie damit den themiskyrischen Kandidaten unterstützen.«

»Du warst nicht umsonst Ebnungsminister«, stellte Pyrrha fest.

Es klang wie eine Kritik.

»Ich kenne die prekären Lebensverhältnisse der unteren Ebenen besser als so gut wie jeder andere im Magisterium«, gab Lastyanax mürrisch zurück. »Bist du bereit, noch mal alle Mautstationen abzuklappern?«, fragte er dann unvermittelt.

»Wo willst du hin?«

»Meinen ehemaligen Arbeitgeber besuchen.«

»Palates?«, erwiderte Pyrrha verblüfft.

»Nein, den Glasmacher, der mir Napocanisch beigebracht hat. Wir werden ihn fragen, wie wir durch die Adamantscheiben kommen.«

Sie stiegen die Eisstufen wieder hinab bis nach Klein-Napoca. Lastyanax hegte gegenüber diesem Viertel der zweiten Ebene gemischte Gefühle. Seinen Ruf und seinen Namen verdankte es den vor langer Zeit aus Napoca eingewanderten kunstfertigen Gießern und Glasbläsern. Nach der Eroberung Napocas hatten dann zahllose Vertriebene hier Zuflucht gesucht und es in eine chaotische Anhäufung aus Metallgießereien und Glashütten verwandelt, eine Art Stadt in der Stadt, erfüllt vom Schnauben der Schmelzöfen, dem roten Schein der hoch erhitzten Legierungen und Glasmassen und der singenden Sprache ihrer Bewohner.

Nachdem er von zu Hause fortgegangen war, hatte Lastyanax in einer der Glasmanufakturen Zuflucht und Arbeit gefunden. Es wäre den Napocanern nie in den Sinn gekommen, einen *Noscut* wie ihn einzustellen, wenn er nicht so begabt in Magie gewesen wäre. Lastyanax hatte die Temperatur eines Schmelzofens ebenso im Griff wie ein erfahrener Handwerksmeister und kostete nur ein Zehntel von diesem. Darüber hinaus erledigte er noch all die anderen undankbaren Aufgaben eines Lehrlings. Der Besitzer der Glashütte, Comozoi, hatte nicht lange gebraucht, um festzustellen, dass er mit ihm einen guten Fang gemacht hatte.

Lastyanax hatte also das Jahr nach seinem dreizehnten Geburtstag in der Manufaktur verbracht, die er so gut wie nie verlassen hatte. Er schlief unter einer Werkbank und sparte jeden Chalkos seines mageren Lohns, um sich am Tag der Attribution die Passage in die siebte Ebene leisten zu können. Innerhalb von zwei Monaten hatte er Napocanisch gelernt. Seine wenigen freien Stunden widmete er dem Studium der Magie mithilfe der wenigen in dieser Sprache verfassten Lehrbücher, die sein Meister besaß. Während Lastyanax an sein Leben als Glasmacherlehrling zurückdachte, wurde ihm bewusst, dass seine Neigung, sich mit Leib und Seele in die Arbeit zu stürzen, gar nicht so eine tolle Eigenschaft war, wie er gemeint hatte: Am Ende nutzten ihn alle aus, sei es aus Habgier, wie Comozoi, sei es aus Faulheit, wie Palates.

Klein-Napoca war noch genauso chaotisch, wie er es in Erinnerung hatte. Die Lebendigkeit des Viertels schien auch kaum unter der Abkühlung, wie man inzwischen sagte, gelitten zu haben, denn die meisten seiner Bewohner kannten die Kälte außerhalb der Kuppel und wussten sich darauf einzustellen. Während er Pyrrha immer tiefer in ein Labyrinth aus – meist ohne Genehmigung erbauten – Kanälen und Brücken führte, fühlte Lastyanax sich so entspannt, wie er es seit Arkas Prozess nicht mehr gewesen war. Hier riskierte er ganz sicher nicht, an die hyperboreische Polizei oder die themiskyrische Armee verraten zu werden. Die Napocaner konnten weder die einen noch die anderen leiden.

Pyrrha schien seine Gelassenheit nicht zu teilen. Sie beäugte die Napocaner ebenso argwöhnisch wie diese sie. *Noscuts* ließen sich nur selten hier blicken, und trotz der dicken Pelzkleidung, die scheinbar alle gleichmachte, erkannte man sie schon von Weitem. Auch die Napocaner waren unverwechselbar mit ihrer kleinen, feingliedrigen Statur, den ebenmäßigen Zügen und der dunklen Haut. An ihren Armen trugen sie Reifen aus Gold oder Kupfer, deren Enden Wolfsköpfe mit aufgerissenem Maul darstellten. Gravuren dieser Tiere zierten jedes Türblatt, jeden Sims, jede Töpferware Klein-Napocas.

»Diese Leute versuchen wirklich überhaupt nicht, sich zu integrieren«, kommentierte Pyrrha, als sie an einer Gruppe Jugendlicher vorbeikamen, die vermutlich aus den Villen in der siebten Ebene geklaute Sachen zum Tausch anboten. »Man hat nicht den Eindruck, in Hyperborea zu sein. Sie machen sich nicht mal die Mühe, unsere Sprache zu sprechen.«

Lastyanax wünschte, sie würde etwas leiser reden. Er war solche Bemerkungen über Klein-Napoca gewohnt, sie waren in der siebten Ebene gang und gäbe. Die Hyperboreer betrachteten die Bewohner des Viertels nur als Parasiten, die von der Großzügigkeit der Stadt profitierten und Sand in deren Getriebe waren. Pyrrha, die in einer alteingesessenen Aristokratenfamilie groß geworden war, bildete leider keine Ausnahme von dieser Regel.

»Die meisten Leute in diesem Viertel mussten über Nacht aus ihrer Heimat fliehen«, erwiderte Lastyanax. »Die riphäischen Karwan-Baschis haben ihnen astronomische Summen abgeknöpft, um sie nach Hyperborea zu bringen. Bei ihrer Ankunft hatten viele nicht mehr genug Geld, um den Eintritt in die Stadt zu bezahlen. Der Basileus hat sich geweigert, sie hineinzulassen, und sie sind, nach allem, was sie durchgemacht hatten, vor Hunger und Kälte gestorben. Es ist wenig erstaunlich, dass die Überlebenden lieber unter sich bleiben wollten, schließlich haben wir ihnen keinen besonders freundlichen Empfang bereitet«, schloss er mit einem ernüchterten Schulterzucken.

Seine Beweisführung hatte ihre Wirkung nicht verfehlt: Pyrrha wirkte sauer darüber, dass sie ihm einen Punkt zugestehen musste. Da sie es jedoch ebenso wenig leiden konnte wie er, in einem Wortgefecht zu unterliegen, erwiderte sie:

»Wir sind nicht verantwortlich für das, was in Napoca passiert ist. Wir können nicht jeden Bedürftigen aufnehmen, der um Asyl bittet. Hyperborea ist nicht beliebig ausweitbar, die Türme sind bereits überbevölkert.«

Lastyanax hütete sich, sie darauf hinzuweisen, dass sechzig Bewohner der unteren Ebenen bequem in der Villa ihrer Familie Platz gefunden hätten. Er wusste, dass solche Argumente nie zu einer fruchtbaren Diskussion führten. Er selbst genoss das komfortable Leben in der siebten Ebene sehr. Also versuchte er einen anderen Ansatz.

»Wir tragen Mitverantwortung an dem, was in Napoca geschehen ist. Die Belagerung hat Monate gedauert, wir hätten eingreifen können. Doch der Rat entschied damals, es sei besser, den Dingen ihren Lauf zu lassen. Der Niedergang einer rivalisierenden Stadt diente unseren ökonomischen Interessen ...«

»Die Napocaner haben den Irrtum begangen, sich blind irgendwelchen Söldnern anzuvertrauen«, gab Pyrrha hitzig zurück. »Warum sollten wir das Leben unserer Wehrpflichtigen aufs Spiel setzen, um ein Problem zu lösen, das sie sich selbst eingebrockt haben? Sie haben keinen Finger krumm gemacht, uns nicht einen Heiler geschickt, als vor sechzig Jahren die letzte Pestepidemie in Hyperborea gewütet hat. Und während des Krieges der vier Städte, wer hat sich da gegen uns verbündet, na?«

Lastyanax zuckte mit den Achseln.

»Keine Gesellschaft ist ohne Fehler«, seufzte er.

Da er diese Diskussion schon hundert Mal geführt hatte, wusste er, wo sie sie hinbringen würde: nirgends. Irgendetwas hatten die Hyperboreer den Napocanern immer vorzuwerfen, egal ob zu Recht oder zu Unrecht. Wenn sich eine Krankheit ausbreitete, hieß es, sie käme aus Klein-Napoca. Die Bewohner der ersten Ebene beschuldigten die Napocaner, ihr Wasser zu verschmutzen, die der höheren Ebenen beschwerten sich über den Rauch der Schmelzöfen. Die Politiker gossen Öl ins Feuer, um die Aufmerksamkeit des Volkes von ihren eigenen Fehlern abzulenken. Die Napocaner waren die idealen Sündenböcke: Massenhaft eingewandert, kaum integriert, eng mit ihren Traditionen verbunden und berüchtigt für ihre Gerissenheit, konnten sie in der Stadt auf keinerlei Unterstützung zählen. Dennoch waren sie die einzige Hilfe, auf die Pyrrha und Lastyanax in ihrem Kampf gegen die Machtübernahme der Themiskyrer hoffen konnten.

Sie betraten eine Galerie, die der kreisrunden Form des Plateaus folgte, auf dem sie erbaut worden war. Ein eisiger Nordwind pfiff durch die Arkaden und verstärkte noch den Eindruck trostloser Leere, den die Marktstände ohne alle Waren hinterließen. Über den Platz spannte sich ein schneebedecktes Glasdach. Einzelne Flocken rieselten durch die hier und da zerbrochenen Scheiben. Schweigend durchquerten sie die Galerie, jeder in seine Gedanken versunken. Ein paar napocanische Gören, die in den verlassenen Ständen nach irgendetwas Verkäuflichem suchten, flitzten davon, als sie sie kommen hörten. Die Galerie mündete in einen gefrorenen Kanal, in den sie einbogen, um zu einem Turm zu gelangen, der auf der gesamten Höhe der zweiten Ebene mit rauchenden Schornsteinen gespickt war.

»Manchmal sage ich mir, man bräuchte eine Art Bündnis zwischen den Stadtstaaten«, sagte Lastyanax plötzlich.

»Einen Nichtangriffspakt?«, fragte Pyrrha skeptisch.

»Nein, noch mehr als das. Eine Art solidarische Gemeinschaft.«

Pyrrha lachte spöttisch.

»Das wird es niemals geben. Wir können schon froh sein, wenn wir es schaffen, die Kontrolle über unsere Stadt zurückzugewinnen und die Kuppel wieder aufzubauen.«

»Im Gegenteil, man muss gerade in Momenten der Krise die Politik neu denken«, grummelte Lastyanax und blieb vor dem Turm stehen. »Wir sind da.«

Vor ihnen, hinter einem halbkreisförmigen Eingang, tat sich eine Glasfabrik von beachtlichen Dimensionen auf. Ein großer, kegelförmiger Ofen nahm die Mitte der Werkstatt ein. Im Hintergrund, in einer von Stegen überragten Grube, erkannte Lastyanax Transmutationsbottiche. Überall schufteten Lehrlinge, öffneten die Klappen des Ofens, legten Holz nach, zogen Tiegel voll geschmolzener Glasmasse heraus. An den Seiten formten Handwerker die glühende Paste mithilfe von Glasmacherpfeifen. Ihre roten, von der Anstrengung geblähten Wangen glänzten vor Schweiß. Wogen heißer Luft schwappten aus dem Atelier in Lastyanax' Gesicht, während sein Rücken noch immer der Kälte draußen zugewandt war. Er trat ein. Die Glashütte war sehr viel größer geworden seit seinem Abschied vor sechs Jahren. Er erkannte keinen der Gesellen. Während diese begannen, ihnen nicht sehr freundliche Blicke zuzuwerfen, rief eine vertraute Stimme auf Napocanisch:

»Sieh an, Lastyanax, mein liebster Noscut. Was für eine schöne Überraschung!«

In der Tiefe der Werkstatt umrundete eine breite Gestalt einige mit Wasser gefüllte Kübel und kam auf sie zu. Comozoi war recht korpulent für einen Napocaner. Die fettigen Haare trug er im Nacken zu einem Knoten gebunden, um sie nicht anzusengen. Durch die Arbeit mit dem glühenden Glas war die Haut an seinen Händen rot und dick, sodass seine Finger an gegrillte Würstchen erinnerten.

Wenn er sich unterhielt, rückte Comozoi seinen Gesprächspartnern gern dicht auf die Pelle. Eine sehr unangenehme Angewohnheit, zumal er starken Mundgeruch hatte, was ihm jedoch weder seine Kunden noch seine Angestellten zu sagen wagten. Der Glasmachermeister wischte sich die Hand an der Lederschürze ab, ehe er die von Lastyanax ergriff, um sie auf napocanische Art zu drücken. Er beugte sich zu ihm und hauchte ihm eine stinkende Kostprobe seiner Verdauungsgase ins Gesicht:

»*Fehlt dir die Glasfabrik? Willst du wieder für mich arbeiten?*«

Es gelang Lastyanax, die Gestankwolke ohne ein Naserümpfen zu ertragen.

»*Ich fürchte leider, meine Tätigkeit als Glasbläserlehrling gehört der Vergangenheit an.*«

»*Ach ja, natürlich, die Toga, die Villa, die politischen Verpflichtungen, all diese schönen Dinge!*«, rief Comozoi und verpasste Lastyanax einen Klaps auf den Rücken, der ihn beinahe zu Boden warf. »*Und welch schmucke Begleitung*«, fuhr er mit einem vielsagenden Lächeln zu Pyrrha fort, die versuchte, der Unterhaltung zu folgen. »*Ist sie dein Schatz?*«

»*Nein*«, erwiderte Lastyanax und fügte entschieden hinzu: »Reden wir auf Hyperboreisch weiter.«

»Aber sicher, aber sicher«, antwortete Comozoi mit starkem Akzent. »Hoch erfreut, Sie kennenzulernen, Fräulein ...«

»Pyrrha«, ergänzte Pyrrha.

Comozois Lächeln wurde breiter und offenbarte einen Goldzahn und drei verfaulte Stümpfe. Lastyanax räusperte sich, ehe er fragte:

»Wie laufen die Geschäfte?«

»Sehr gut und zugleich sehr schlecht. Jetzt, da die Kuppel futsch ist, begreifen die Hyperboreer endlich, wie nützlich

Fenster sind. Scheiben haben sich noch nie so gut verkauft wie zurzeit. Hätte ich die Kuppel doch nur früher beschädigt …«

»Du warst es nicht, der sie beschädigt hat«, entgegnete Lastyanax.

»Und trotzdem verdiene ich nicht viel. Seit der Wert des Hyper abgestürzt ist, schröpfen mich die Zulieferer. Vor allem aber verlangen diese themiskyrischen Mistkerle von mir, dass ich ohne Gegenleistung Adamant produziere«, klagte er, wobei er mit beredter Geste auf die Transmutationsbottiche in der Grube deutete. »Sie beuten mich für einen Hungerlohn aus!«

»Das kommt mir bekannt vor«, kommentierte Lastyanax trocken.

Er näherte sich dem Steg, der die Grube überspannte, und warf einen Blick in einen der enormen Kessel, in dem eine rotglühende Substanz schwappte. Ein Arbeiter schob einen Karren mit einem Oreichalk-Quader über den Steg, bis er den Bottich erreichte, dann ließ er den Quader in die siedende Masse kippen. Ein paar Augenblicke später hatte sich das Metall aufgelöst.

»Wie wird Adamant hergestellt?«, wollte Pyrrha wissen.

»Das ist ein kompliziertes Verfahren«, brummte Comozoi. »Man muss sehr hoch erhitzter Glasmasse massives Oreichalk beimengen und die Mischung in einen Abkühlbehälter umfüllen, um sie sofort auszuhärten. So lässt sich die Legierung in flüssigem Zustand verfestigen, falls Sie wissen, was ich meine.«

Pyrrha schien weitere technische Fragen stellen zu wollen, doch Lastyanax beschloss, das Gespräch in eine andere Richtung zu lenken.

»Wie kommt es, dass die Themiskyrer euch genug vertrauen, um euch ihre Oreichalk-Quader zu liefern und euch den Adamant anfertigen zu lassen?«, fragte er.

»Sie haben keine Wahl, wir sind die Einzigen, die die nötigen Kenntnisse und Gerätschaften haben, um ihn herzustellen«, antwortete Comozoi mit einer bitteren Grimasse. »Aber uns vertrauen, nein, das tun sie nicht.«

Er hatte es kaum ausgesprochen, da hörte man das Getrappel eiliger Schritte, und die Gören, die Pyrrha und Lastyanax kurz zuvor in der Galerie gesehen hatten, kamen hereingestürmt. Sie hatten die aufgeregten Mienen von Kindern, denen Erwachsene eine wichtige Mission übertragen haben.

»Die Themiskyrer kreuz'n schon wieder auf!«, rief einer von ihnen auf Napocanisch.

Sofort hielten die Handwerker in ihrer Arbeit inne und blickten nervös zu Comozoi.

»Was ist los?«, flüsterte Pyrrha.

»Flug-Jäger sind im Anmarsch«, übersetzte Lastyanax.

»Was für eine Plage!«, murrte Comozoi. *»Sie werden mal wieder versuchen, uns zu provozieren. Reagiert einfach nicht, darauf warten sie nur!«*, schrie er, an seine Arbeiter gewandt. *»Der Erste, der ihnen antwortet, wird von mir gefeuert.«*

Dann zeigte er auf eine große hölzerne Kiste, in der Glasplatten gelagert waren, und sagte zu Lastyanax und Pyrrha:

»Tut so, als wärt ihr Kunden, die Scheiben kaufen wollen. Wenn sie spitzkriegen, dass ich Magier in meiner Glashütte empfange, dann kann ich mein Geschäft an den Nagel hängen.«

Pyrrha nickte und zog Lastyanax am Ellbogen zu der Kiste. Im selben Moment betraten vier Themiskyrer in braunen Umhängen das Atelier. Einer von ihnen, ein muskulöser Typ mit Kinnbart und einem Leutnantsabzeichen auf der Brust, rief in die Runde:

»Wirklich Pech für euch, was, Napocaner? Habt wohl gedacht, ihr könntet uns entwischen, indem ihr wie die Ratten eure Stadt verlasst, und dann finden wir euch hier wieder, als Schmarotzer Hyperboreas.«

Über ihre Arbeit gebeugt, gaben sich die Gesellen alle Mühe, ihn nicht zu beachten. Einige wirkten zornig, andere waren blass geworden. Keiner machte einen Mucks. Ein paar Schritte von Lastyanax und Pyrrha entfernt, überprüfte Comozoi die Temperatur des Ofens mit einem Thermoskop, wobei er seine Handwerker und die Flug-Jäger jedoch im Auge behielt.

»Ich bin hier, um die Arbeiten zu inspizieren«, fuhr der themiskyrische Leutnant fort, während er zwischen den Schmelztiegeln, den Wasserkübeln, den Behältern für die Glasmacherpfeifen und den Sandsäcken herumspazierte. »Wir haben den Hyperboreern versprochen, die Kuppel zu reparieren, was bedeutet, dass ihr Adamant produzieren müsst. Ich hoffe, ihr widmet euch dieser Aufgabe mit vollem Einsatz. Ach, sieh an …«

Er blieb vor einem Regal stehen, in dem zierliche Leuchtsphären aufgereiht waren.

»Was ist das denn? Kein Adamant, nicht wahr? Dann braucht ihr eure Werkstatt damit nicht vollzustellen.«

Er begann die Kugeln, eine nach der anderen, vom Regal zu schubsen. Die Handwerker zuckten jedes Mal zusammen, wenn sie auf dem Boden zersprangen. Schweißperlen rannen ihnen über die Stirn.

»Ach, es gefällt euch nicht, wenn man eure Arbeit zerstört?«, bemerkte der Themiskyrer. »Mir dagegen macht es

Spaß. Ich weiß, dass ihr alles Gold, das ihr einnehmt, zur Finanzierung der Attentate nach Napoca schickt. Drei meiner Kameraden sind beim Anschlag auf dem Markt vor vier Monaten ums Leben gekommen. Sie hatten Kinder zu ernähren.«

Brutal fegte er die letzten unversehrten Leuchtsphären vom Regal.

»Dass das klar ist: Ich habe keinerlei Respekt vor euch«, donnerte er, indem er sich wieder aufrichtete. »Eure Kameraden in Napoca mag ich nicht, aber ich respektiere sie. Sie sind wenigstens in ihrer Stadt geblieben. Sind nicht mit eingeklemmtem Schwanz abgehauen wie ihr.«

Da die Arbeiter noch immer nicht reagierten, näherte er sich einem hageren, nicht mehr ganz jungen Glasbläser, packte ihn am Kragen und zog ihn dicht vor sein Gesicht.

»Du da, wen hast du zurückgelassen, als du hergekommen bist? Eine Geliebte, eine Mutter?«

Der Arbeiter antwortete nicht, aber sein Teint wechselte von Rot zu Grau. Am Ende seiner Pfeife, die er zu drehen aufgehört hatte, verformte sich die glühende Glasmasse.

»Keine Sorge, wir haben uns schon um sie gekümmert«, höhnte der Leutnant, indem er ihn wieder von sich stieß.

Er setzte seinen Rundgang durch die Werkstatt fort. Der Ofen fauchte im Gleichklang mit der Spannung, die in dem Raum vibrierte. Lastyanax wurde bewusst, dass der Soldat jeden Moment bei ihnen vorbeikommen würde. Pyrrha und er mussten um jeden Preis wie normale Hyperboreer wirken.

»Diese Scheibe da würde sehr gut in unser Schlafzimmer passen«, sagte er, indem er eine Glasplatte nahm, die ihm besonders gelungen erschien.

Er begriff sofort, dass das ein Fehler gewesen war: Nicht nur war Pyrrha offenbar völlig verwirrt von seinem Vorstoß, sondern er hatte vor allem die Aufmerksamkeit des Leutnants auf sich gezogen. Der drehte sich zu ihnen um. Pyrrha warf ihm einen raschen und doch zu langen Blick zu: Ein schlüpfriges Lächeln malte sich auf dem Gesicht des Themiskyrers, als er ihn auffing.

»Welch hübsche grüne Äuglein.«

Er trat zu ihr. Seine drei Untergebenen tauschten ein amüsiertes Grinsen. Sie wussten, was er vorhatte. Lastyanax konnte es nur ahnen, doch allein der Gedanke erfüllte ihn mit Zorn.

»Dich hab ich schon mal gesehen«, fuhr der Leutnant fort, indem er sie eindringlich musterte. »In der siebten Ebene, als wir uns mit der Wasserorgel vergnügt haben. Diese Augen vergesse ich nicht so schnell. Was macht eine bildhübsche Hyperboreerin wie du bei diesem räudigen Pack? Hm?«

Er stand jetzt ganz dicht vor Pyrrha. Seine dicke Pranke legte sich auf ihren Unterarm. Lastyanax spürte, wie sie sich mit aller Gewalt beherrschte, um ihre Kräfte nicht gegen den zudringlichen Leutnant einzusetzen. Ihm war klar, was sie zurückhielt: Auf keinen Fall wollte sie einen Konflikt heraufbeschwören, der alle Aufmerksamkeit auf sie lenken würde, während sie gerade planten, die Extraktionsmaschine zu sabotieren. Lastyanax dagegen scherte sich nicht mehr um ihren Plan. Auf der Suche nach einer Möglichkeit, Pyrrha aus dieser unangenehmen Lage zu befreien, sprang sein Blick zwischen dem Leutnant, den drei Flug-Jägern und dem Rest des Ateliers hin und her.

In dem Moment ertönte eine donnernde Explosion.

»Was ist passiert?«, bellte der Themiskyrer.

Er hatte Pyrrha losgelassen. Die trat einen Schritt zurück, mit geballten Fäusten, und warf Lastyanax einen zugleich erleichterten und fragenden Blick zu. Dichter schwarzer Rauch drang aus einer der Ofenklappen. In wenigen Augenblicken erfüllte er das Atelier und verbarg die panischen Mienen der Arbeiter wie der Themiskyrer. Lastyanax hörte Comozoi brüllen:

»Raus hier! Der Ofen ist explodiert, gleich fliegt uns hier alles um die Ohren!«

Lastyanax sah den Leutnant mit den Soldaten hinausstürzen. Die Arbeiter folgten. Pyrrha ergriff seine Hand und zwang ihn, sich mit ihr auf den Boden zu kauern, unterhalb des Qualms.

»Hast du das getan?«, flüsterte sie.

»Nein, Comozoi, er war schneller als ich«, antwortete Lastyanax. »Komm mit, es gibt einen zweiten Ausgang.«

Gebückt, um den Rauch, der weiter aus dem Ofen quoll, nicht einzuatmen, führte er sie über einen der Stege. Vor ihnen wurde eine hölzerne Tür erkennbar. Er öffnete sie und zog Pyrrha durch einen langen Gang, der in ein kleines Lager mündete; sie stiegen eine Treppenflucht hoch, traten durch eine weitere Tür und waren draußen im Freien, auf einem umlaufenden Gang in Höhe der ersten Etage auf der anderen Seite des Turms.

Niemand war zu sehen. Pyrrha lehnte sich an die abgeblätterte Reklame, die an die Außenwand gepinselt war, um wieder zu Atem zu kommen. Lastyanax tat es ihr gleich. Nach einer Weile merkten sie, dass sie sich noch an den Händen hielten. Sofort ließen sie einander los. Pyrrha schloss die Augen.

»Geht's?«, erkundigte sich Lastyanax.

»Es könnte besser gehen«, erwiderte sie. »Ich hoffe, dass ich diesem Abschaum nie wieder begegne. Zum Glück hat er sich reinlegen lassen«, fügte sie hinzu.

Sie öffnete ihre andere Hand, die, die Lastyanax nicht gehalten hatte. Darin lag das Abzeichen eines Flug-Leutnants.

»Sobald Aspasia dir die Kleider von ihrem Schneider bringt, hast du eine vollständige Uniform, um ins Gefängnis reinzukommen.«

Ihre Augen blitzen schelmisch. Lastyanax' Herz setzte einen Schlag aus. Wie zuvor ihre Hände, schienen ihre Blicke sich nur widerstrebend voneinander zu lösen. Eine Sekunde, zwei Sekunden, drei Sekunden verstrichen. Lastyanax begann sich zu fragen, ob er seine Gedanken nicht doch einmal laut aussprechen sollte. Er raffte gerade seinen Mut zusammen, da räusperte sich Pyrrha.

»Wir müssen dem Glasmacher helfen, seinen Ofen zu reparieren. Es war sehr großzügig von ihm, ihn zu beschädigen, um für Ablenkung zu sorgen.«

Lastyanax schüttelte sich innerlich, um seine Fassung zurückzugewinnen, und erwiderte:

»Comozoi hätte seinen Ofen niemals für uns aufs Spiel gesetzt. In einer Kachel hat er eine Rauchsphäre verborgen, die er jederzeit zerbrechen kann, wenn unliebsamer Besuch kommt. Einmal habe ich erlebt, wie er sie bei einer Steuerinspektion eingesetzt hat. Ich wette, er wird gleich hier sein.«

Wie zur Bestätigung hörten sie Schritte im Gang hinter der Tür. Im nächsten Moment erschien Comozoi, das Gesicht schwarz vor Ruß.

»Weshalb bist du hergekommen, *Noscut*, außer, um mein Geschäft in Gefahr zu bringen?«, warf er ihm aufgebracht hin.

Pyrrha antwortete an Lastyanax' Stelle:

»Wir brauchen Ihre genauen Kenntnisse des Adamants, damit uns hier gelingt, was ihr in Napoca schon immer tun wolltet.«

»Und das wäre?«

»Die Stadt von den Themiskyrern befreien.«

Eine Stunde später waren die Flug-Jäger gegangen, das Atelier gelüftet und die Handwerker an ihre Arbeit zurückgekehrt. Pyrrha und Lastyanax waren auf ein Glas Histamidenlikör in eine ruhigere Ecke der Glasfabrik eingeladen worden. Comozoi servierte ihnen den grünlichen und dampfenden Trunk in kleinen Gläsern. Als Lehrling hatte Lastyanax das bittere Gebräu nie besonders gemocht, umso überraschter war er daher, dass es ihm nun schmeckte, als hätte die Zeit seinen Gaumen gelehrt, es zu schätzen. Comozoi schlürfte den Likör in großen Schlucken; Pyrrha beobachtete ihn mit angewiderter Miene und rührte ihr Glas nicht an.

»Aaaaaah«, machte der Napocaner, während er das leere Gefäß abstellte. »Gut, also, was wollt ihr über den Adamant wissen?«

»Wie zerbricht man eine Adamantscheibe?«, fragte Pyrrha.

»Mit einem brennenden Turm«, lachte Comozoi.

Da weder Lastyanax noch Pyrrha auf seinen Scherz eingingen, fügte er hinzu:

»Adamant ist ein nahezu unzerstörbares Material, so gut wie nichts kann ihm etwas anhaben. Außer …«

Er stand auf und verschwand in einem an die Werkstatt grenzenden Zimmer, dessen Tür hinter einem Vorhang verborgen war. Pyrrha und Lastyanax tauschten fragende Blicke. Gleich darauf kam Comozoi mit einer kleinen gläsernen Ampulle zurück, die eine durchsichtige, violett schimmernde Flüssigkeit enthielt.

»Bitte sehr!«, sagte er bedeutungsvoll und reichte Pyrrha das Fläschchen.

»Das ist eiskalt«, stellte sie fest, während sie sich die Ampulle vor die Augen hielt, um die Substanz in ihrem Inneren genauer zu betrachten. »Was ist das?«

»Flüssige Luft«, erklärte Comozoi und setzte sich wieder zu ihnen. »Soweit ich weiß, kann sie glühenden Adamant auflösen. Aber ich habe nur eine Phiole, und die möchte ich lieber behalten, tut mir leid«, schloss er, indem er die Hand wieder danach austreckte.

»Wie stellt man das her?«, fragte Pyrrha, ohne das Fläschchen aus den Augen zu lassen oder es ihm zurückzugeben. »Ich erinnere mich nicht, diese Substanz auf der Inventarliste des Turms der Erfindungen gesehen zu haben ...«

»Nicht alle Erfindungen stammen von Magiern, nur die nutzlosesten«, spottete Comozoi. »Ich weiß nicht, wie man flüssige Luft gewinnt«, fügte er hinzu und nahm ihr das Fläschchen mit einer brüsken Geste aus der Hand. »Ein Alchemist hat mir diese Phiole kurz vor der Plünderung Napocas anvertraut. Seine Werkstatt wurde von den Themiskyrern in Brand gesteckt, er hat das Fabrikationsgeheimnis mit ins Grab genommen.«

»Und was, meinst du, passiert mit *deiner* Werkstatt, sobald du ausreichend Adamant für die Reparatur der Kuppel produziert hast?«, fragte Lastyanax. »Du hast es ja vorhin gehört: Die Themiskyrer sind überzeugt, dass alles Gold, das du verdienst, die Attentate finanziert ...«

»Glaub nicht, dass ich darauf reinfalle«, entgegnete Comozoi herablassend.

»Sobald sie deine Dienste nicht mehr brauchen, kannst du alles vergessen, was du dir hier aufgebaut hast«, rief Lastyanax und deutete auf den Ofen, die Bottiche und die Dutzenden Arbeiter, die sich um sie herum zu schaffen machten.

»Versuch nicht, mich zu erweichen, *Noscut*. Ich habe nein gesagt.«

Frustriert suchte Lastyanax nach weiteren Argumenten, um den Glasmachermeister zu überzeugen, als Pyrrha sich einmischte:

»Sie haben die Phiole doch nicht nur herausgeholt, um sie uns unter die Nase zu halten. Wie viel wollen Sie?«

Ein amüsiertes Lächeln erschien auf Comozois Lippen.

»Deine Süße hier versteht mehr vom Geschäft als du«, sagte er auf Napocanisch zu Lastyanax.

»Sie ist nicht meine Süße«, erwiderte der. »Also, wie viel?«

Comozoi taxierte die beiden einen Moment, ehe er antwortete:

»Tausend Hyper.«

»Sie gehören dir«, sagte Lastyanax.

Sofort zischte Pyrrha ihm wütend zu:

»Das ist viel zu viel, wir hätten verhandeln müssen!«

»Zu spät«, erwiderte Comozoi und enthüllte dabei seinen Goldzahn. »Du warst noch nie gut darin, den Dingen ihren Wert beizumessen, *Noscut*, deine eigene Arbeit inbegriffen. *Der Handel ist besiegelt*«, fügte er auf Napocanisch hinzu. »Ihr bekommt die Ampulle, sobald ich die Hyper habe.«

Er steckte das Fläschchen in seine Schürzentasche und tätschelte zufrieden das Leder. Ebenso sauer auf Comozoi wie auf sich selbst, wollte Lastyanax gerade aufstehen, als der Glasmachermeister fragte:

»Sag mal, *Noscut* … Ich habe heute Morgen mit den anderen Handwerkern über etwas diskutiert, was dich interessieren könnte. Hast du von dieser Sache mit der Wahl eines neuen Basileus gehört?«

»Ja«, antwortete Lastyanax, der sich fragte, worauf der Glasmacher hinauswollte.

»Wir suchen einen Hyperboreer, der den Themiskyrern nicht nach der Pfeife tanzt«, fuhr er fort. »Und der genug Gold hat, um zu kandidieren.«

Überrascht rieb Lastyanax sich den Nacken.

»Ich dachte, du könntest die Hyperboreer nicht ausstehen«, sagte er nach einer Weile.

»Ich möchte lieber von einem Hyperboreer, den ich kenne, regiert werden, als von einem themiskyrischen General, glaub mir«, antwortete Comozoi und pulte sich dabei mit dem kleinen Finger im Ohr, was Pyrrha mit angewiderter Grimasse beobachtete. »Außerdem bist du wenigstens kein korrupter Politiker, du hast ein paar gute Dinge getan, während du Ebnungsminister warst. Das werden die Leute aus den unteren Ebenen nicht vergessen haben. Also, *Noscut*, willst du dich zur Wahl stellen?«

Lastyanax schüttelte den Kopf.

»Selbst wenn ich wollte, könnte ich nicht: Ich bin vom Gericht verurteilt worden.«

»Das passiert den Besten unter uns«, gab Comozoi lakonisch zurück, wobei er ein Kügelchen zutage gefördertes Ohrenschmalz wegschnipste. »Schade. Und du?«, fragte er, an Pyrrha gewandt.

Die hatte gebannt Comozois Reinigungsaktion verfolgt und hob nun überrascht die Augenbrauen.

»Ich?«

»Was ist, haben sie dich auch verurteilt?«

»Nein. Aber ich bin eine Frau.«

»Na und?«

Pyrrhas Gesicht hellte sich auf.

»Ich fange an, deinen ehemaligen Chef zu mögen«, sagte sie an Lastyanax gewandt, um dann mit einem Seufzen hinzuzufügen: »Die Leute werden niemals für eine Frau stimmen.«

»Warum nicht?«, erwiderte Comozoi. »Du bist jung, gebildet und du scheinst schlauer zu sein als mein Ex-Glasmacherlehrling hier, obwohl der gar nicht so dumm ist.«

»Zu reizend«, murmelte Lastyanax.

»Und außerdem bist du hübsch anzusehen.«

»Ich wüsste nicht, was das damit zu tun hat«, gab Pyrrha säuerlich zurück.

»Glaub mir hässlichem Tropf: Ganz gleich, ob du ein Mann oder eine Frau bist, Schönheit bringt dich im Leben weiter. Wenn du jetzt nicht versuchst, Basileus zu werden, welche andere Frau würde es tun?«

Lastyanax sah, dass er mit diesem Argument einen Treffer gelandet hatte. Pyrrha runzelte die Brauen und ließ sich nachdenklich gegen die Lehne ihres Stuhls sinken.

»Überlege es dir«, sagte Comozoi. »Wenn ihr morgen mit dem Geld für die Phiole zurückkommt, reden wir noch mal darüber.«

Schweigsam ließ sich Pyrrha von Lastyanax aus Klein-Napoca herausführen. Ebenso stumm erklomm sie eine Mautstation nach der anderen, um in die Bibliothek zurückzukehren. Lastyanax ließ sie grübeln, sicher, dass sie zum selben Schluss kommen würde wie er: Ihre Kandidatur für die Wahl des Basileus war zum Scheitern verurteilt. Umso überraschter war er, als Pyrrha sich, kaum waren sie im Tresorraum angekommen, die Blätter schnappte, die neben den Plänen des Extraktors herumlagen, und zu schreiben begann. Lastyanax tat so, als wolle er die Pläne studieren, um über ihre Schulter zu lesen, was sie notierte. Sie skizzierte ihre Ideen für ein politisches Programm. Nach langem Zögern setzte er sich ihr gegenüber und sagte, ohne Luft zu holen:

»Ich glaube, du solltest lieber nicht kandidieren. Es ist gefährlich, und du hast keinerlei Chance, gewählt zu werden.«

An Pyrrhas Miene erkannte er, dass er seine Bedenken falsch formuliert hatte: Aus ihren grünen Augen schossen Blitze.

»Was, du denkst, keiner würde mich wählen?«, fauchte sie. »Und ich würde keine gute Basilea abgeben?«

»Nein, natürlich nicht!«, rief Lastyanax. »Ich bin überzeugt, dass du fähiger bist als die meisten Magier, die das Magisterium in den letzten fünf Generationen hervorgebracht hat. Es ist nur ...«, er suchte nach den richtigen Worten. »Du weißt genauso gut wie ich, warum die Themiskyrer diese Wahlen vorgeschlagen haben: Sie wollen Philon auf den Thron des Basileus setzen, ohne dass irgendjemand dagegen auch nur das Geringste einwenden kann. Sie werden niemals einen anderen Kandidaten gewinnen lassen. Es wäre dumm von uns, das Gegenteil zu hoffen.«

Da sie nicht antwortete, fügte er abschließend hinzu:

»Ich habe Angst um dich, das ist alles.«

Seine Überlegungen schienen Pyrrha zu entmutigen. Sie begann die Ecke des Blattes zu kneten, auf das sie einen Moment zuvor noch ihre Notizen geschrieben hatte. Lastyanax nahm es sich übel, ihr den Wind aus den Segeln genommen zu haben, zumal er selten erlebt hatte, dass Pyrrha sich mit solchem Feuereifer auf ein Projekt stürzte. Er wusste, wie hart die Monate nach ihrer Abschluss-Disputation für sie gewesen waren, als all ihre ehemaligen Miteleven interessante

Posten im Magisterium bekamen, während sie zur Untätigkeit verdammt war.

»Dein Comozoi hat recht«, sagte sie schließlich mit einer entschlossenen Falte auf der Stirn. »Wenn ich es nicht tue, wird keine andere Frau es tun. Außerdem erinnere ich dich daran, dass wir gerade planen, in ein Gefängnis einzubrechen. Meine Kandidatur für die Wahl zum Basileus wird dagegen der reinste Spaziergang.«

Mit gewitztem Lächeln fügte sie hinzu:

»Du unterschätzt die Neigung der Männer, Frauen zu unterschätzen, Last. Sie werden in mir nie eine ausreichende Bedrohung sehen, um das politische Risiko einzugehen, mich aus dem Weg zu räumen. Eine vor der Wahl ermordete Kandidatin würde für Chaos sorgen. Ich riskiere also nichts.«

»… außer, wenn du gewinnst«, wandte Lastyanax ein.

Ein hartes Leuchten trat in Pyrrhas Gesicht, während sie ihre Ruhe zurückgewann. Sie beugte sich wieder über ihre Notizen und verkündete:

»Das wäre es wert.«

Arka

Arka verbrachte die meiste Zeit der beiden auf ihre Rückkehr folgenden Dekaden damit, alle Reparaturen durchzuführen, die das Baumhaus bitter nötig hatte. Sie erneuerte die wurmstichigen Stufen der Treppe, kalkte die Wände, schliff und ölte den Fußboden, entfernte den blauen Efeu, dessen Ranken das Stroh vom Dach rissen und setzte die rostige Seilwinde wieder instand. Obwohl sie nie einen besonderen Hang zum Arbeiten gehabt hatte, entwickelte sie einen überraschenden Eifer bei diesen Handwerkstätigkeiten, die sie daran hinderten, an Lastyanax, Zwerg, Penthesilea, Sterix, Kazik und all die Personen und Erinnerungen zu denken, die sie zurückgelassen hatte. Sie hämmerte, sägte, pinselte, schraubte von früh bis spät. Abgesehen von den kurzen Exkursionen zum Nachttopfleeren, Wasserholen oder um neue Bretter von der Schreinerin zu besorgen, entfernte Arka sich nicht vom Baumhaus. Sie hatte immer noch den Eindruck, ihr stünde »HYPERBOREISCHE ELEVIN« fett auf die Stirn geschrieben, auch wenn dieses unbehagliche Gefühl von Tag zu Tag abnahm.

Nach zwei Dekaden hatte sie alles repariert, was an der Hütte zu reparieren war. Einzig das verschlossene Zimmer entging ihrer Renovierungswut. Obwohl sie große Lust hatte, es anzugehen, fürchtete Arka, diese Kammer zu entweihen, die offenbar zu einer Art Heiligtum geworden war. Mehrmals fragte sie Themis, wem sie gehört hatte, doch sie erntete nur Schweigen.

Je gründlicher sie während ihrer Nächte unter freiem Himmel von Mücken zerstochen wurde, desto mehr verwandelte sich der Wunsch, das Zimmer zu renovieren, in eine fixe Idee. Nach langem Zögern gab Arka schließlich der Versuchung nach. Als die alte Kriegerin einmal fortgegangen war, um Elaphenkrautwurzeln auszugraben, riss sie die Planken herunter, mit denen die Tür vernagelt war, und begann die fauligen Blätter wegzufegen. Die Kammer erinnerte sie an ihre eigene, die beim Brand zerstört worden war. Außer dem kleinen Holzpferd fand sie in die Wände geritzte Zeichnungen von Tieren, einen Halsschmuck aus Kakadufedern, wie sie selbst auch mal einen für Chirone gebastelt hatte, und sogar ein Schatzkästchen ähnlich dem, das sie besessen hatte, gefüllt mit kleinen Kostbarkeiten: der abgestreiften Haut einer Tigerotter, am Ufer des Thermodon aufgesammeltem Bernstein und vier Milchzähnen. Alles wies darauf hin, dass ein Kind, eine Schülerin vielleicht, hier gewohnt hatte.

Ganz vertieft in das Geschicklichkeitsspiel mit Knöchelchen, die sie in einem alten Becher gefunden hatte, hörte sie nicht, wie Themis am späten Nachmittag zurückkehrte. Die alte Amazone fand sie mitten in dem Durcheinander auf dem Fußboden sitzend. Arka schrak hoch und erkannte an Themis' Miene sofort, dass sie einen schweren Fehler begangen hatte. Die Knöchelchen fielen ihr aus der Hand und regneten zwischen ihren Beinen auf die Planken.

»Was machst du da?«, fragte die Amazone mit tonloser Stimme.

»Ich dachte, ich sollte die ganze Hütte reparieren ...«

»Ich habe dir nie erlaubt, hier herumzuschnüffeln!«

Themis' sonst so tiefe und raue Stimme klang auf einmal schrill. Ihre Nasenflügel bebten, während sie sich, bleich vor Wut, in dem entweihten Raum umsah.

»Ich nehme dich bei mir auf, und du ... du ... Raus hier!«, bellte sie und packte Arka am Arm, um sie hinauszuzerren.

Arka riss sich los und wich auf allen vieren zurück.

»Wer hat hier gewohnt?«, rief sie, während sie sich wieder aufrappelte, entschlossen, eine Antwort zu erhalten.

»Verschwinde! ... Geh!«

Die Amazone versuchte erneut, sie aus der Kammer zu ziehen. Sie war noch immer sehr schnell. Doch Arka wich ihr aus, indem sie in die andere Ecke des Raums sprang, wo sie das Holzpferd vom Boden auflas.

»Wer war die Schülerin, die hier gelebt hat?«

Sie reckte Themis, die sie gerade schnappen wollte, das Figürchen entgegen.

»Deine Tochter?«

Ihre Frage schien Themis' Zorn wegzufegen. Sie ließ plötzlich die Schultern hängen. Ihre vom grauen Star getrübten Augen starrten das Pferd an, und sie beachtete Arka überhaupt nicht mehr, die sie, gespannt wie eine Bogensehne, musterte.

»Dieses Pferdchen habe ich ihr gemacht«, murmelte Themis. »Es war ihr Lieblingsspielzeug.«

Langsam nahm sie Arka die Figur aus der Hand und strich mit ihren schwieligen Fingern über die grob geschnitzte Oberfläche.

»Sie war nicht meine Tochter, aber es fühlte sich an, als wäre sie's.«

»Wessen Tochter war sie dann?«, wollte Arka wissen.

Mit einer ruppigen Geste gab die Amazone ihr das Holzpferdchen zurück.

»Räum das weg, und dann reden wir auf der Terrasse«, sagte sie nun wieder mit rauer Stimme. »Hier gibt es zu viele Erinnerungen, das macht mich ganz verrückt.«

Wie üblich ließ sich Themis Zeit mit ihren Enthüllungen. Sie gab Arka einen Haufen Saubohnen zum Auspulen und machte sich ihrerseits daran, ein Bund Elaphenkrautwurzeln zu putzen. Schweigend bereiteten sie das Abendessen zu. Arka hielt es vor Neugier kaum aus, doch sie wusste, dass Themis in der Lage war, ihr die Geschichte der Kammer gar nicht mehr zu erzählen, wenn sie jetzt den Fehler beging, sie noch einmal zu bedrängen. Als ihre Schüsseln leer waren, stopfte sich Themis eine Pfeife. Der Rauch vertrieb die Mücken, die über die Terrasse zu surren begannen. Endlich fing sie an, zu erzählen:

»Bevor du kamst, hatte Chirone ein Kind.«

Das haute Arka um. Nie hatte sie die Möglichkeit in Betracht gezogen, dass Chirone ein Kind gehabt haben könnte. Das Bild Chirones, die ein Baby mit unbestimmten Zügen im Arm hielt, ersetzte das der zurückgezogenen Einzelgängerin, das sie bisher immer vor Augen gehabt hatte, wenn sie an ihre Tutorin dachte. Eine seltsame Eifersucht beschlich sie. Chirone hatte einmal ein leibliches Kind gehabt, während sie selbst nur ihr Mündel gewesen war.

»Einen Sohn«, präzisierte Themis. »Als sie ihn verlor, versank sie in einer Depression. Ich habe versucht, sie da herauszuholen, doch es war zu schwer geworden, mit ihr zusammenzuleben. Schließlich haben wir uns getrennt.«

Sie klopfte die überschüssige Asche ihrer Pfeife am Terrassengeländer ab. Arka fiel wieder ein, was Poneria in ihrer ersten Mystografiestunde gefragt hatte: *Was machen sie mit den Jungen?* Sie wollte die Frage gerade wiederholen, als Themis fortfuhr:

»Ich bin nicht stolz darauf, dass ich aufgegeben habe. Chirone kam jahrelang nicht mehr auf die Beine. Wir sind uns wieder nähergekommen, als es ihr allmählich besser ging – etwa zu der Zeit, als sie dich bei sich aufnahm. Doch zu viel war passiert. Wir sind kein Paar mehr geworden. Wir blieben Freundinnen. Manchmal bedaure ich, nicht wieder mit ihr zusammengezogen zu sein. Vielleicht wäre sie bei dem Brand nicht gestorben, wenn ich bei ihr gewesen wäre.«

Mit ausdrucksloser Stimme berichtet, klang der Tod ihrer ehemaligen Gefährtin wie ein vermeidbarer Fehler, eine vorübergehende Unannehmlichkeit. Sie verstummte und wandte ihren verschwommenen Blick den Blättern zu, die im Abendlicht durchscheinend wurden. Wenn sie blinzelte, bildete sich ein glänzender Kranz am Rand ihrer Wimpern.

»Was ist aus Chirones Sohn geworden?«, fragte Arka.

Themis' feuchte Augen ruhten einen Moment auf ihr.

»Kennst du die Schlucht der Verlorenen Schülerinnen?«

Arka nickte zögerlich. Sie ahnte, wohin sie dieses Gespräch führen würde, und war nicht sicher, ob sie dort wirklich hinwollte.

»Das ist eine Schlucht irgendwo am Nordufer«, antwortete sie. »Man hat mich immer davor gewarnt, mich ihr zu nähern, weil böse Geister da ihr Unwesen treiben sollen.«

Themis entfuhr ein bitteres Lachen, das in einem rasselnden Hustenanfall endete. Arka sah schweigend zu, wie sie sich abmühte, ihre Lungen zu befreien. Schließlich spuckte die Amazone in ein Eukalyptusblatt, ehe sie mit noch rauerer Stimme erklärte:

»Immer dieselben Geschichten, die man erzählt, damit die Schülerinnen der Schlucht fernbleiben. Bis sie alt genug sind, um sich mit den helotischen Bauern zu vergnügen, schwanger werden, einen Jungen in die Welt setzen und man sie dann dort hinbringt, damit sie ihre Brut hineinwerfen.«

Da Arka stumm die Augen aufriss, fügte Themis hinzu:

»Das ist Chirones Schwester passiert vor beinahe vierzig Jahren. Sie hat es nicht ertragen und sich ein paar Dekaden später selbst in die Schlucht gestürzt. Chirone stand ihrer Schwester sehr nahe, es war ein Schock für sie. Als sie ihrerseits schwanger wurde, nachdem sie mit einem themiskyrischen Söldner rumgemacht hatte, schwor sie sich, dass ihr das nicht passieren würde. Daher hielt sie, als sie einen Jungen gebar, sein wahres Geschlecht vor allen geheim. Ungefähr zu der Zeit habe ich sie kennengelernt. Wir drei sind hier zusammen eingezogen. Ich hatte die ganze Zeit Angst, eine Ephorin könnte die Wahrheit über Kandri herausfinden. Dann hätten die Anführerinnen das Kind sofort in die Schlucht geworfen und Chirone den Kopf abgeschlagen. Doch der Trick funktionierte viele Jahre lang. Und dann, eines Tages – ich glaube, Kandri war gerade sieben geworden – kam es doch heraus. Um Kandris Leben zu retten, musste Chirone sie über Nacht dem Vater anvertrauen. Sie hat sie nie wiedergesehen und kam nie darüber hinweg.«

Themis nahm müde einen letzten Zug und legte die Pfeife auf dem Geländer ab.

»Kandri war auch ein ganz schöner Wildfang. Ihr zwei hättet gut zueinander gepasst.«

Arka dachte an Chirones Kind, eine kleine Gestalt mit undefinierten Zügen. Irgendwo auf der Welt gab es noch jemanden, der von ihrer Tutorin aufgezogen worden war. Es hätte sie nicht mehr verstören können, wenn sie erfahren hätte, dass sie einen leiblichen Bruder hatte.

»Deswegen hassen die Leute die Amazonen«, murmelte sie.

»Die Leute erlauben sich immer gern ein Urteil über die Sitten der anderen, anstatt vor der eigenen Tür zu kehren«, grummelte Themis. »Sieh dir doch die Hyperboreerinnen und die Napocanerinnen an, ihr Wert wird nur an ihrer Gebärfähigkeit bemessen. Man sperrt sie in ihre Häuser ein, damit sie die Bälger großziehen. Wer ist besser, hm?«

Bevor Arka antworten konnte, fügte sie hinzu:

»Jede Frau sollte selbst über ihren Unterleib bestimmen. Ich, zum Beispiel, wollte nie Kinder haben. Auch das wurde von den Anführerinnen nicht gern gesehen. Die hätten es lieber gehabt, dass alle Kriegerinnen ihrerseits kleine Kriegerinnen produzieren, anstatt Nachwuchs unter den helotischen Bauern rekrutieren zu müssen. Ganz gleich, ob jedes zweite Mal eine neue Leiche in der Schlucht dazukam.«

Sie erhob sich mit knackenden Wirbeln.

»Es ist nie gut, an seinen Erinnerungen festzuhalten. Ich hätte Kandris Zimmer längst umräumen sollen. Du bist jetzt hier, umso besser also, wenn du es benutzt. Wenigstens ist mir deine Hängematte dann nicht andauernd im Weg. Morgen machst du mit deiner Renovierung weiter.«

Phreton

Der Abend senkte sich über die Stadt und ließ die Eisplatten auf den Gehwegen zu noch tückischeren Fallen werden als bei Tage. In der vierten Ebene beeilten sich die Plebejer, von der Arbeit – so sie eine hatten – nach Hause zu kommen, um sich vor der Kälte in Sicherheit zu bringen, die noch um einiges zunahm, sobald es dunkel wurde. Phreton war auf den engen Aquädukten dieser Ebene immer etwas mulmig zumute: Sollte er ausrutschen, würden ihn die halb zerfallenen bis gar nicht mehr vorhandenen Brüstungen sicher nicht am Absturz hindern. Seit er sich auch in den unteren Etagen der Stadt bewegte, hörte deren Baufälligkeit nicht auf, ihn zu erstaunen. Vor der Abkühlung hatte er sich so gut wie nie tiefer als bis zur sechsten Ebene gewagt. Doch seitdem hatte sich so einiges verändert.

Der Tod seines Vaters, der Prozess, die Zerstörung der Kuppel … Im Laufe weniger Tage hatte er sämtliche Orientierungspunkte seines bisherigen Lebens verloren. Als General Philon, der die Stadt von den Amazonen befreit hatte, ihn daher gefragt hatte, ob er sein Eleve werden wolle, hatte er diese ausgestreckte Hand ergriffen, ohne groß nachzudenken. Jetzt bereute er es.

Auch wenn er sich nicht darüber beklagen konnte, wie sein Mentor ihn behandelte – er bekam ein eigenes Zimmer und eine schöne, warme, gut sitzende Uniform –, ließ Phreton sich doch nicht blenden. Er wusste, dass Philon ihn benutzte, um die Hyperboreer für sich zu gewinnen, indem er ihre Gepflogenheiten imitierte. Außerdem hatte ihn schnell der Verdacht beschlichen, dass die Entscheidung, die Magier »zu ihrer eigenen Sicherheit« weiter im Gefängnis zu behalten, den Themiskyrern mehr Spielraum verschaffte, um ihren Einfluss in der Stadt auszuweiten. Ein Verdacht, der zur Gewissheit geworden war, als die Flug-Soldaten auf dem Kanal des Gefängnisses hyperboreische Patrizierinnen niedergemetzelt hatten.

Phreton kannte einige von ihnen, Freundinnen seiner Mutter, Hausfrauen wie diese, die sich nur darum kümmerten, die hübschen Fassaden ihrer Villen und den guten Ruf der Familie aufrechtzuerhalten, ohne jegliches Interesse an den Geschäften des Magisteriums, in welchem sie sowieso nichts verloren hatten ... Nachdem die Themiskyrer vergeblich versucht hatten, den Zwischenfall zu vertuschen, stellten sie ihn als tragisches Versehen hin. Da Phreton all seine Zeit in ihrer Gesellschaft verbrachte und niemanden aus seinem alten Leben sah, hatte er diese Version der Dinge schließlich übernommen. Doch als Sterix' Name sich in die Litanei der zu Betrauernden reihte, begann sich Phretons moralische Ader, die er sonst nach Kräften zu ignorieren suchte, zu regen. Sicher, er hatte den Miteleven von der Liste seiner Freunde gestrichen, als der ihn wegen Arka und Kazik hatte sitzenlassen, aber er war doch immer noch sein Klassenkamerad, ein Junge aus seinen Kreisen, viel zu jung, um vor einem Gefängnistor aufgeschlitzt zu werden.

Seit der Tragödie wagte Phreton nicht mehr, den Kopf zu heben, wenn er die siebte Ebene durchquerte, aus Furcht, den vorwurfsvollen Blicken der Patrizierinnen, die dortgeblieben waren, zu begegnen. Daher war er immer erleichtert, wenn er für Philon kleine Aufträge in den unteren Ebenen erledigen musste. Dort war die Wahrscheinlichkeit gering, irgendwelche Bekannten zu treffen.

Nachdem die Wahlen angekündigt worden waren, hatte sein Mentor ihn schon mehrmals losgeschickt, um Informationen über seine politischen Widersacher einzuholen und dem Wahlvolk auf den Zahn zu fühlen. Phreton musste zugeben, dass der General sich alle Mühe gab, auf faire Weise zu gewinnen. Sobald er seine Kandidatur bekannt gegeben hatte, überschwemmten die themiskyrischen Soldaten die Stadt mit Plakaten und Flugblättern, die seine Verdienste priesen. An allen Ecken und Enden wurde man daran erinnert, dass die Reparatur der Kuppel dank ihm in Rekordzeit abgeschlossen sein würde. Philon ließ sich zu jeder Zunftversammlung einladen, um die Händler und Handwerker von den Vorzügen seiner Regierung zu überzeugen. Er ging sogar so weit, persönlich Brot an die Bürger zu verteilen.

Phreton stellte mit einer gewissen Bitterkeit fest, dass in den unteren Ebenen das Schicksal der im Extraktor gefangenen Magier und das Massaker an den Patrizierinnen recht schnell in Vergessenheit gerieten. Von jedem seiner Ausflüge ins Herz der Stadt kehrte er mit einer reichen Ernte guter Nachrichten zu seinem Meister zurück. Der General erfreute sich immer größerer Popularität. Wähler fanden ihn zugänglich, seriös, ernsthaft um ihr Wohlergehen besorgt. Dagegen fielen die wenigen Hyperboreer, die die fünfzehntausend Hyper für eine Kandidatur hatten aufbringen können, nicht ins Gewicht. Neben Philon stellten sich nur drei Männer zur Wahl: ein Honigweingroßhändler aus der sechsten Ebene, der Chef eines kleineren Klans aus der ersten Ebene und der Vorstand der Pelzhändlergilde, der dank der Abkühlung ein Vermögen gemacht hatte. Keiner von ihnen hatte seinen Wahlkampf über die eigene Ebene hinaus ausgeweitet, sodass sie in der Bevölkerung weitgehend unbekannt blieben. Die Stimmen gegen Philon würden sich also auf drei Kandidaten verteilen, wodurch die Chance, dass sich ein hyperboreischer Basileus durchsetzen würde, gegen null ging. Die Themiskyrer rieben sich die Hände.

Seit ein paar Tagen jedoch erschienen mysteriöse Plakate an den Mauern der Türme, die vermuten ließen, dass sich ein fünfter Kandidat bereit machte, die Arena zu betreten. Auf ihnen stand nur ein Satz:

HYPERBOREA ERWARTET EUCH

Darunter in kleinen Lettern ein Datum und eine Adresse.

Ein Gerücht besagte, dass dieser Kandidat aus den Reihen der Napocaner stammte. Sobald Philon davon Wind bekam, befahl er seinen Soldaten, die Plakate nachts diskret abzureißen, und trug seinem Eleven auf, zu dem angekündigten Treffen zu gehen.

Daher war Phreton an diesem Abend auf dem Weg zur Karawanserei. Gedrungener als die Türme und von einer kleinen Kuppel gekrönt, befand sich die Anlaufstelle für alle eintreffenden Karawanen etwas abseits der bebauten Fläche. Schwebende Kanäle verbanden sie mit dem Wassernetz der unteren vier Ebenen. Das Gebäude war von breiten, flachen Stufen umgeben, damit die Moschusochsen sie erklimmen konnten. Über diese gelangte man zu den Arkaden, hinter denen sich die Läden der Gilden befanden, wo die Großmarktpreise ausgehandelt wurden. Anschließend wurden die Waren so lange im Innern des Gebäudes gelagert, das in zahlreiche, gut vor Hitze und Licht geschützte Depots unterteilt war, bis Schildkröten sie zu den hyperboreischen Manufakturen transportierten. So war es zumindest vor der Abkühlung gewesen. Seit die Kuppel zerstört war, standen die Lager leer und die Karawanen kamen nur tröpfchenweise in die verlassenen Hallen.

Der mysteriöse Kandidat hatte die Karawanserei nicht zufällig als Versammlungsort gewählt: Man konnte sie mühelos von den vier unteren Ebenen aus erreichen. Keine physische Schranke verhinderte den Auf- oder Abstieg im Innern des Gebäudes, und die strengen Kontrollen, die das Magisterium üblicherweise an den Zugangskanälen durchführte, hatten sich beträchtlich gelockert. Daher näherte Phreton sich ihm nun über die vierte Ebene in einem dichten Strom Neugieriger, die alle wie er den neusten Anwärter auf die Nachfolge des Basileus sehen wollten.

Eine Kette leuchtender Kugeln schwebte auf Mannshöhe über den Außentreppen der Karawanserei, um die Neuankömmlinge zum Versammlungsort zu leiten. Phreton folgte dem Strom unter dem dunklen Bogen der Goldschmiedezunft hindurch und gelangte in eine große Lagerhalle, wo man die wenigen verbliebenen Säcke und Kisten an die Wände geschoben hatte. Unter der hohen Gewölbedecke erhellten Leuchtsphären eine in der Mitte des Raums aufgebaute Tribüne. Es war brechend voll. Das Publikum schien hauptsächlich aus den ersten Ebenen zu stammen, mit einem erheblichen Anteil von Napocanern. Phreton imitierte einige

Umstehende und kletterte auf die Warenkisten, um die Kanzel besser sehen zu können, auf die sämtliche Blicke gerichtet waren und wo der fünfte Kandidat jeden Moment erscheinen musste.

Der ließ jedoch auf sich warten. Nach einer halben Stunde war er noch immer nicht aufgetaucht. Als im Saal unzufriedenes Murren anschwoll, gingen alle Lichter gleichzeitig aus, bis auf eine Leuchtsphäre genau über der Bühne, die dadurch plötzlich von einer besonderen Aura umgeben zu sein schien. Aufgeregtes Flüstern breitete sich im Publikum aus. Phreton beeindruckte vor allem der technische Aspekt des Ganzen: Nur mit sehr komplexen Siegeln konnte man die Lichtintensität der Sphären im Voraus programmieren.

Nun erklomm eine Person die Stufen zur Tribüne. Als diese sich in den Lichtkegel bewegte, fiel Phreton die Kinnlade herunter.

»Guten Abend«, sagte Pyrrha und ließ ihre grünen Augen über die Zuhörer schweifen. »Danke, dass ihr so zahlreich gekommen seid.«

Ein erstauntes Raunen ging durch die Menge. Niemand hatte mit einer Frau gerechnet und einer jungen noch dazu. Phreton war am überraschtesten von allen. Seit der Beerdigung seines Vaters, des Eparchen, hatte er Pyrrha nicht mehr gesehen. Auch wenn er nur zu gut wusste, wie dreist sie sein konnte, wäre er nie auf die Idee gekommen, dass sie für die Wahl des Basileus kandidieren würde.

Sie hatten fünf Jahre unter einem Dach gelebt, solange sie Elevin seines Vaters gewesen war. Als sie am Tag nach der Attribution in Mezentius' Dienst getreten war, hatte er sie sofort verachtet: Von der Höhe seiner acht Jahre verurteilter er sie als bockige Pute, die ihm die ohnehin schon magere Aufmerksamkeit seines Vaters stahl. Diese Herablassung hatte sich mit der Zeit und in dem Maße, wie er in die Pubertät eintrat und Pyrrha siegreich daraus hervorging, in hoffnungslose Schwärmerei verwandelt. Sie dagegen schien für ihn nie etwas anderes empfunden zu haben als die Genervtheit einer großen Schwester gegenüber dem kleinen Bruder. Zum Glück hatte Phreton sich stets davor gehütet, ihr seine Gefühle zu offenbaren.

Das war bei ihm immer so: Wenn er eine Schwäche für jemanden hatte, dann setzte er alles daran, es sich nicht anmerken zu lassen. Arka hatte diese seltsame Philosophie zu spüren bekommen, bis zu dem Tag, an dem er, aufgewühlt vom Tod eines Vaters, der ihm nie die geringste Zuneigung gezeigt hatte, beschlossen hatte, seinem Vorbild nicht länger zu folgen. Doch dann hatte er erfahren, dass sie das Verbrechen begangen hatte, und diese Erkenntnis machte seine guten Vorsätze wieder zunichte.

Da das Murmeln langsam verstummte, ergriff Pyrrha das Wort. Dank eines kleinen magischen Megafons am Kragen ihres Pelzmantels füllte ihre Stimme mühelos die gesamte Halle.

»Viele von euch hier sind versucht, für General Philon zu stimmen, und man versteht, weshalb: Die Themiskyrer haben die Amazonen vertrieben, sie haben uns zu essen gegeben, als der Hunger uns bedrohte, sie sind sogar gerade dabei, unsere Kuppel zu reparieren. Trotz all dieser guten Gründe seid ihr heute Abend hier. Warum? Weil irgendetwas an dieser Kandidatur euch komisch vorkommt. Vielleicht findet ihr es seltsam, dass die bisherigen Regierenden noch immer eingesperrt sind, einen Monat nach ihrer angeblichen Befreiung. Vielleicht seht ihr die Schäden, die die Anima-Extraktion und die Verteilung des Lotusharzes anrichten. Vielleicht wundert ihr euch, warum fremde Soldaten sich anmaßen, unsere Mautstationen zu kontrollieren, unsere Gebäude zu besetzen und die Fragen einer Gruppe wehr- und harmloser Ehefrauen mit einem Blutbad zu beantworten. Oder vielleicht habt ihr Angst, Hyperborea könnte als Protektorat Themiskyras enden, ausgebeutet bis aufs Blut wie Napoca. Ich jedenfalls schon. Ich heiße Pyrrha, ich bin Hyperboreerin und ich bin besorgt.«

Phreton, der seit seiner Kindheit von Politik umgeben war, bewunderte diesen bescheidenen, an Fakten orientierten und wirkungsvollen Einstieg. Er bildete einen wohlüberlegten Kontrast zur elaborierten Inszenierung des gesamten Auftritts. Trotz der Dunkelheit, die im Saal herrschte, spürte er, dass jeder Zuhörer an Pyrrhas Lippen hing. Diese setzte ihre Rede mit klarer Stimme fort:

»Ich bin besorgt, weil die Themiskyrer unsere Leben so gründlich unter Kontrolle haben, dass sie überzeugt sind, sie könnten auch unsere Meinung kontrollieren. Wenn wir einen der ihren an die Spitze unserer Stadt wählen, werden wir sie darin bestätigen. Doch was sind die Alternativen? Nicht abstimmen und uns damit dieser Chance berauben, unsere Regierung selbst zu wählen? Sich nach dem Zufallsprinzip für einen der drei Gegenkandidaten entscheiden, deren Motivation und Ziele wir nicht kennen? All das wozu? Um wieder einen einzelnen Mann auf den Thron des Basileus zu heben, dem die Realität der unteren Ebenen fern ist und der sich weder vor dem Gesetz noch vor seinen Untertanen zu verantworten hat?«

Während sie sprach, wurden die Leuchtsphären allmählich wieder heller und ließen das bis dahin unsichtbare Publikum aus der Dunkelheit hervortreten. Pyrrha wirkte nun nicht mehr wie die einsame Akteurin auf einer entfernten Bühne, sondern wie der Mittelpunkt eines großen Diskussionsforums.

»Viele Jahre lang hatten wir das Glück, von einem aufgeklärten Herrscher regiert zu werden«, fuhr sie nach einer kurzen Pause fort. »Seine Nachfolger werden vielleicht weder dieselbe Weitsicht haben noch ein so langes Leben. Es ist nun Zeit, unseren Stadtstaat mit politischen Kontrollmechanismen auszustatten, die die Macht des Alleinherrschers beschränken. Darum habe ich beschlossen, euch einen anderen Weg vorzuschlagen. Einen Weg, der unsere Stadt in eine ganz neue Zukunft führt. Denn wenn ihr mir die Ehre erweist, für mich zu stimmen, so wird meine erste Amtshandlung sein, ein großes Gremium ins Leben zu rufen, zusammengesetzt aus gewählten Vertretern aller Bürgerinnen und Bürger sämtlicher Ebenen, das alle vier Jahre neu gebildet wird. Dieser Ebenenversammlung wird es obliegen, die Vorschläge eines Rates unter der Leitung des Basileus zu verbessern und darüber abzustimmen. So kann keine Entscheidung gefällt werden, die nicht wirklich dem Willen des Volkes entspricht.«

Nach diesem letzten Satz verstummte sie. Mehrere Sekunden verstrichen, dann begann das Publikum sie mit Fragen zu bestürmen:

»Wie viele Mitglieder soll diese Versammlung haben?«

»Aus welcher Ebene kommen Sie?«

»Wenn Sie gewählt werden, werden die Themiskyrer dann gehen?«

»Sind Sie nicht doch ein bisschen zu jung?«

»Seit wann kann eine Frau Basileus werden?«

Phreton hörte sie all diesen Menschen antworten, indem sie mal einen Punkt verständlich erläuterte, mal einen Angriff gekonnt abwehrte. Er war gleichzeitig erschüttert von dem, was sie da vorschlug – ein Parlament aus Plebejern, was war denn in sie gefahren? Sie hatte doch selbst stets auf die unteren Ebenen herabgesehen –, und beunruhigt bei dem Gedanken, dass er das, was er da hörte, seinem Meister würde berichten müssen. Ganz offensichtlich machte ihr populäres Programm sie zu einer gefährlichen Konkurrentin für Philon …

»Was hast du hier zu suchen?«

Phreton zuckte zusammen. Ein dünner junger Mann mit Adlernase war gerade neben ihn auf die Kisten levitiert. Lastyanax, Arkas Mentor, ehemaliger Ebnungsminister und verurteilt wegen Beihilfe zum Mord an seinem Vater. Phreton hatte ihn seit dem Prozess nicht mehr gesehen. Laut Zeugen war es ihm gelungen, dank des Greifs, der ihn hatte töten sollen, aus dem Amphitheater zu fliehen.

»Was tun *Sie* hier?«, entgegnete Phreton voller Herablassung, um dem anderen zu zeigen, dass er sich nicht einschüchtern ließ. »Sie werden von der Polizei gesucht.«

Plötzlich wünschte er, er hätte das Zerstörungssiegel noch, das er an dem Abend, als er Arka geküsst hatte, blöde auf einer Balustrade hatte liegen lassen. Die Leute um sie herum lauschten so gebannt Pyrrhas Antworten, dass sie keine Notiz von ihnen nahmen. Phreton konnte also nicht auf ihre Hilfe hoffen, falls Lastyanax ihn angreifen sollte. Dessen Mund verzog sich zu einem ironischen Lächeln. Er setzte sich auf eine der Lagerkisten, stützte den Ellbogen aufs Knie und rieb sich den Nacken.

»Die hyperboreische Polizei ist zu sehr damit beschäftigt, sich den Flug-Soldaten anzupassen, um mich zu verfolgen«, antwortete er. »Ich habe Pyrrha geholfen, dafür zu sorgen, dass dein neuer Arbeitgeber nicht endgültig die Kontrolle über diese Stadt übernimmt.«

Da begriff Phreton, woher die Idee einer Ebenenversammlung kam. Nur ein Emporkömmling aus den niederen Ständen wie Lastyanax konnte Pyrrha so eine Idee in den Kopf gesetzt haben. Aber warum verbündete sie sich mit dem, der geholfen hatte, ihren Mentor umzubringen? Während ihrer Elevenzeit hatte Mezentius Pyrrha mit mehr Respekt behandelt als seinen eigenen Sohn. Aus Phretons Sicht beschmutzte sie dessen Andenken, wenn sie sich weiter mit Lastyanax abgab. Er wusste, dass er versuchen sollte, ihn festzunehmen, doch der gefallene Magier war sechs Jahre älter als er und hatte einen vielleicht ebenso übertriebenen wie abschreckenden Ruf ...

»Sie muss ihre Kandidatur zurückziehen«, verkündete Phreton mit einem Nicken in Richtung Tribüne, wo Pyrrha weiter Fragen beantwortete. »Diese aufwieglerische Idee mit der Ebenenversammlung wird General Philon ganz und gar nicht gefallen.«

»Das wird sie nicht tun«, erwiderte Lastyanax. »Glaub mir, ich habe versucht, sie davon zu überzeugen.«

»Und warum sollte ich Ihnen glauben?«, gab Phreton voller Groll zurück. »Schließlich haben Sie Ihrer barbarischen Elevin geholfen, meinen Vater zu töten.«

»Arka hat deinen Vater nicht getötet«, widersprach Lastyanax.

»Wenn Arka es nicht war, dann waren Sie es«, spie Phreton aus. »Sie haben ihn gehasst.«

In diesen Worten steckte all die Bitterkeit, die ihn seit dem Tod seines Vaters zu ersticken drohte. Lastyanax kniff die

Augen zusammen. In der Lagerhalle ging der Austausch zwischen Pyrrha und ihren Zuhörern weiter. Der Lärm der Menge übertönte ihre Unterhaltung.

»Schau genau hin, wer von den Verbrechen profitiert«, erwiderte der Magier. »Weder ich noch Arka haben einen Nutzen aus dem Tod des Basileus und der Ratsmitglieder gezogen. Diese Morde waren nur dazu gut, das Magisterium in die Knie zu zwingen.«

Diese Worte verstärkten die Zweifel, die Phreton seit dem Blutbad am Extraktor plagten. Er wollte gerne glauben, dass Arka unschuldig war, doch wenn er Lastyanax' These folgte, so bedeutete dies, dass er zu Unrecht gegen sie ausgesagt hatte und dass er jetzt den Mördern seines Vaters diente. Das waren zwei zu schmerzliche Vorstellungen für sein ohnehin schon malträtiertes Gewissen.

Lastyanax schüttelte langsam den Kopf.

»Ich dachte mir schon, dass Philon heute Abend seine Spitzel hierherschicken würde. Es ist ein Glück, dass du einer von ihnen bist. Du musst deinen neuen Meister überzeugen, dass Pyrrha keinerlei Aussicht hat, die Wahl zu gewinnen, und dass es ihm mehr schaden als nützen würde, sie aus dem Weg zu räumen.«

Phreton fingerte nervös an seinen Pickeln herum und betrachtete den brechend vollen Saal, die Leute, die sich um die Tribüne drängten, Pyrrha, die vor Charisma strahlte.

»Hat sie wirklich keine Chance?«

Lastyanax schwieg einen Moment.

»Für Hyperborea hoffe ich, dass sie eine hat. Für sie hoffe ich, dass sie keine hat.«

Er erhob sich von der Kiste. Im Zentrum der Lagerhalle beendete Pyrrha die Versammlung, indem sie jeden Zuschauer aufrief, mit den anderen Hyperboreern über ihre Kandidatur zu sprechen. Ein ansteckender Optimismus hatte das Publikum erfasst. Die junge Magierin stieg von der Bühne und durchquerte die Menge Richtung Ausgang, wobei sie den Menschen, die sie umgaben, die Hände schüttelte oder ein paar Worte mit ihnen wechselte. Als Lastyanax sich abwandte, um zu ihr zu gehen, rutschte Phreton eine Frage heraus, die ihm seit dem Beginn ihrer Unterhaltung in der Kehle steckte.

»Wissen Sie, wo Arka ist?«

Lastyanax drehte sich um und sah ihn an. Entsetzt spürte Phreton, wie er rot wurde.

»Die Antwort auf diese Frage wüsste ich selbst gern«, erwiderte der Magier.

Und damit verschwand er in der Menge und ließ Phreton in einem moralischen Zwiespalt zurück, aus dem er sich nicht so bald befreien würde.

Als er, noch immer aufgewühlt von der Begegnung mit Lastyanax, ins Magisterium zurückkam, ging er direkt zu seinem Meister ins ehemalige Kabinett seines Vaters. Der General saß auf seinem Kurulischen Stuhl und war in die Lektüre irgendwelcher Berichte vertieft. Ein Mann, der Phreton als Alkander bekannt war, befand sich ebenfalls im Raum. Er saß auf dem Sims eines der trapezförmigen Fenster. Seine Hand wanderte zwischen seinem Mund und einer neben ihm stehenden Schale mit Konfekt hin und her. Phreton wusste nicht viel über Alkander, außer dass er in der themiskyrischen Hierarchie eine Sonderstellung einnahm. Er war weder Oligarch noch Offizier. Der General schien ihm zu misstrauen, doch er fragte ihn regelmäßig um Rat bezüglich der Wahlen. Phreton ahnte, dass sein Meister nur auf einen günstigen Moment wartete, ihn loszuwerden. Er machte sich bemerkbar, indem er vorschriftsmäßig grüßte.

»Rühren, Eleve«, sagte der General und hob den Blick zu ihm. »Nun, wer ist dieser geheimnisvolle Kandidat?«

Mit steifem Nacken fasste Phreton ihm die Ereignisse des Abends zusammen, wobei er sein Gespräch mit Lastyanax ausließ und die Begeisterung des Publikums herunterspielte. Er konnte sich nicht erlauben, Philon vollständig anzulügen: Wie Lastyanax angemerkt hatte, war er sicher nicht der einzige Spitzel vor Ort gewesen. Er hoffte, dass seinem Meister nicht auffiel, wie nervös er war – schließlich war er in Gegenwart der Themiskyrer nie entspannt. Als er den Bericht beendet hatte, trommelte der General auf die Armlehnen seines Stuhls.

»Eine Ebenenversammlung … das gefällt mir nicht, dieser Vorschlag könnte beim Pöbel Erfolg haben. Es ist sicher besser, wenn ich den Soldaten sage, sie sollen sich um diese Pyrrha kümmern.«

Eiskalter Schweiß lief Phreton den Rücken hinunter. Er wusste, dass sein Meister keinerlei Skrupel hatte, den Personen, die ihm im Weg standen, eine finale Anima-Extraktion zu verpassen – wie dem Strategen, der so unklug gewesen war, gegen Philon zu intrigieren. Pyrrha hatte ihn zwar nie beachtet, aber deswegen wollte er sie noch lange nicht auf der Extraktionsmaschine sehen.

»Es würde einen schlechten Eindruck machen, wenn die Kandidatin ausgerechnet jetzt verschwinden würde, Meister«, wagte er einzuwenden. »Im Gegenteil, sollte sie ein paar Stimmen mehr bekommen als Ihre anderen drei Gegenkandidaten, würde das die Glaubwürdigkeit Ihrer Wahl erhöhen.«

»Und wenn sie gewinnt?«

Phretons Hirn arbeitete auf Hochtouren.

»Sie wird nicht gewinnen«, versicherte er mit aller Überzeugungskraft, derer er fähig war. »Die Hyperboreer erwarten von ihren Frauen bescheidene Zurückhaltung, es wird ihnen nicht gefallen, dass eine von ihnen sich zur Wahl stellt. Und nach dem, was die Amazonen dieser Stadt angetan haben, werden sie noch weniger bereit sein, für eine Frau zu stimmen.«

»Ich habe das Wahlrecht für Frauen eingeführt, aufgrund gewisser Empfehlungen …«, bemerkte Philon und hob eine Augenbraue in Richtung Alkander, der der Unterhaltung nur mit einem Ohr zu folgen schien. »Die Hyperboreerinnen könnten geneigt sein, sich für ihre Geschlechtsgenossin einzusetzen.«

Alkander ignorierte seinen anklagenden Unterton und erhob sich vom Fensterbrett, nachdem er sich die letzte Nascherei aus seiner Schüssel einverleibt hatte.

»Ich teile die Ansicht deines Eleven«, sagte er mit vollem Mund. »Jetzt, da sie ihre Kampagne offiziell gestartet hat, ist es zu spät, sie loszuwerden, ohne dabei deinem Ruf zu schaden.«

Er streckte sich ungezwungen, während Phreton einen Seufzer der Erleichterung unterdrückte.

»Sie wird von den Napocanern unterstützt, nicht wahr?«, fuhr Alkander fort. »Dann spiele die Fremdenfeindlichkeit der Hyperboreer aus. Stelle sie als *die* Kandidatin der Napocaner dar. Setze das Gerücht in Umlauf, dass sie ihre Ebenenversammlung nur zu dem Zweck einführen will, die Napocaner an die Macht zu bringen. Und schon werden die Wähler nicht mehr für sie stimmen wollen.«

Bei diesen Worten grüßte er nachlässig und verließ ohne weitere Umstände den Raum. In seinem Kurulischen Stuhl versunken, das Kinn auf die verschränkten Hände gestützt, folgte der General ihm mit dem Blick wie einem gefährlichen Raubtier.

6

DIE RACHE DES ERZ-SCHÜRFERS

Arka

Seit ihrer Rückkehr in den Wald hatte Arka nichts mehr aus Hyperborea gehört. Je mehr Tage verstrichen, ohne dass irgendetwas sie an ihr Leben als Elevin erinnerte, desto mehr schien sich ihre Verbindung zur magischen Stadt aufzulösen, als ob die Zeit, die sie dort verbracht hatte, nicht real, sondern nur ein Traum gewesen wäre.

Als daher über die Semaphoren die Nachricht von der Einnahme der Stadt nach Arkadien gelangte, kam es Arka so vor, als erführe sie wie die anderen erst jetzt von den Ereignissen, die sie doch selbst miterlebt hatte. Es fiel ihr nicht schwer, Überraschung zu heucheln, als die Schreinerin des Sektors ihr erzählte, eine Gruppe unbekannter Amazonen habe die Magier als Geiseln genommen. Der ganze Wald fragte sich, woher diese Kriegerinnen kommen mochten. Das Gerücht kursierte, ihr Blau-Erz stamme aus dem von den Themiskyrern während des Brandes geraubten Vorrat. Arka hätte zu gern alles enthüllt, was sie über die Geiselnahme wusste, doch dann hätte sie auch von ihrer Erfahrung als hyperboreische Elevin und ihrer Fähigkeit zur Teleportation berichten müssen – zwei gute Gründe, nach einem Schnellverfahren vor dem Kriegsgericht enthauptet zu werden. Also beschränkte sie sich darauf, alle neuen Nachrichten aufmerksam zu verfolgen, die nicht lange auf sich warten ließen: Die Amazonen waren von der auf Rokhs angerückten themiskyrischen Armee niedergeschlagen worden. Lykurgs Soldaten kontrollierten jetzt die Stadt.

Obwohl Arka diese Entwicklung erwartet hatte, verstörte sie sie doch. Sie selbst war zur entfernten Zuschauerin von Ereignissen geworden, in denen sie kurz zuvor noch eine zentrale Rolle gespielt hatte. Lastyanax dagegen war zurückgeblieben, mitten im Geschehen, allein im Kampf gegen den Meister der Lemuren und die Themiskyrer. Jedes Mal, wenn sie an ihren Mentor dachte, beschlich sie das unangenehme Gefühl, etwas nicht zu Ende gebracht zu haben. Das schlechte Gewissen, ihn in den Wirren Hyperboreas im Stich gelassen zu haben, gewann an Boden.

Dabei plagten sie sehr viel konkretere Sorgen. Die Renovierung des Baumhauses war bald abgeschlossen, und Themis' Vorratskammer leerte sich zusehends.

»Wie kann man so viel verschlingen und dabei so ein Klappergestell sein?«, knurrte die Amazone, als sie einmal gemeinsam aus einem Napf Grütze aßen.

Arka hütete sich, ihr zu sagen, dass ihr Appetit niemals wirklich gestillt wurde. Nachdem sie monatelang die Festmahle von Lastyanax' Köchin Metanira genossen hatte, fiel es ihr schwer, sich wieder an die Amazonenkost aus Bohnen und magerem Fleisch zu gewöhnen.

Arka wunderte sich, dass Themis ihr noch nicht angekündigt hatte, dass sie bald gehen müsse, jetzt, da ihr Arrangement – Reparaturen gegen Nahrung – endete. Sicher fürchtete die Kriegerin die Aussicht, wieder ganz allein zu bleiben. Nur wenige Amazonen erreichten ein hohes Alter, und die, die es bis zum Ruhestand schafften, konnten nicht damit rechnen, dass die Gemeinschaft sich um sie kümmerte. Man betrachtete sie als zahn- und nutzlose Mäuler, die gestopft werden mussten.

Als Soldatin außer Dienst hatte Themis nur Anspruch auf ein Drittel der Ration, die einer aktiven Kriegerin zustand. Ihre karge Lebensweise und ihre Kenntnis der Nahrungsquellen des Waldes hatten ihr erlaubt, sich einen kleinen Vorrat an Lebensmitteln anzulegen, mit dem sie sie beide ernährte. Doch die Reserven gingen zur Neige. Als Arka Kandris letztes Spielzeug abgestaubt und eingeräumt hatte, stellte sie fest, dass sie keine Ausrede mehr hatte: Sie musste eine Stellung in der Gemeinschaft finden, die ihr eine Nahrungsration garantierte. Sie musste wieder Schülerin werden.

Leider war es nicht so einfach, in eine Klasse aufgenommen zu werden. Zwar unterließ es Themis aus Stolz, sich in anderer Leute Angelegenheiten zu mischen, doch die Trainerinnen waren gewiss neugieriger. Sie würden Arka fragen, woher sie kam, warum sie zwei Jahre lang nicht trainiert hatte, womit sie die Zeit seit dem Brand verbracht hatte. Selbst wenn sie sich eine solide Lügengeschichte zurechtlegte, war Arka nicht davor gefeit, sich zu verraten. Eine verdächtige Geste oder Bemerkung genügte, damit die Trainerinnen sie den Ephorinnen auslieferten.

In den folgenden Tagen ging sie mehrmals zur Übungslichtung des Sektors, um das Training heimlich aus einem Dickicht heraus zu verfolgen. Ihre Beobachtungen ermutigten sie nicht, sich den Lehrerinnen vorzustellen. Zum einen, weil diese nicht so wirkten, als würden sie eine aus dem Nichts aufgetauchte Schülerin mit offenen Armen empfangen, zum anderen, weil Arka sich angesichts der Dauer, Schwierigkeit und Intensität der Übungen, die die Auszubildenden absolvieren mussten, beinahe nach den öden Stunden zurücksehnte, die sie mit dem Abfassen von Berichten für Lastyanax verbracht hatte.

Um sich ihrem Niveau wenigstens anzunähern, beschloss sie, abends allein auf der verlassenen Lichtung mit der Ausrüstung, die dort blieb, und Themis' alten Waffen zu trainieren. Doch ihre Pfeile verfehlten das Ziel, ihre Säbelhiebe kratzten kaum an den Holzattrappen, und vom Gewicht des Schildes bekam sie Krämpfe im Arm. Sie musste zugeben: Ohne Magie, die ihr Kraft und Kühnheit verlieh, war sie nur noch eine mittelmäßige Kämpferin. Auf dem Rückweg zu ihrem Baum, in der Dämmerung, drosch sie mutlos mit dem Säbel auf die Farnwedel ein, und nachts lag sie wach und lauschte den Schreien der Ninoxe, während sie den Tag in Gedanken noch einmal durchkaute.

Eines Abends, als sie nach Hause ging, rief ihr eine große, hagere Amazone von der erleuchteten Terrasse ihres Baumhauses zu:

»He, Schülerin!«

Arka hob den Kopf und sah, dass die Kriegerin sich bereits bückte, um in die Treppenluke zu schlüpfen. Sie war ebenfalls alt, doch ihre Wohnung war viel größer und besser ausgestattet als die von Themis. Lianenbrücken führten sogar zu Anbauten auf den benachbarten Bäumen. Arka folgte dem Schatten der Amazone, der die um den Eukalyptus gewundene Treppe herunterkam. Als die Frau den Fuß des Baumes erreicht hatte und auf Arka zutrat, begriff diese, woher ihr für eine Kriegerin im Ruhestand ungewöhnlicher materieller Wohlstand rührte. An der Schulter ihrer edlen Tunika blitzte eine Spange in Form eines Beos. Der sprechende Vogel war das Emblem der Ephorinnen.

Kalter Schweiß bildete sich unter Arkas Achseln, während ein Lächeln das knochige Gesicht der Amazone verzog, ohne ihre Augen zu erreichen.

»Seit einigen Tagen sehe ich dich schon zu dieser späten Stunde hier entlanggehen …«, begann sie mit honigsüßer Stimme. »Warum bleibst du so lange nach den anderen noch auf der Übungslichtung? Bist du denn nicht müde, nachdem du den ganzen Tag trainiert hast?«

Im Wald der Amazonen lernten die kleinen Mädchen sehr früh, Angst vor den Ephorinnen zu haben. Die Mütter drohten ihren Töchtern, sie anzuschwärzen, wenn sie vergaßen, das Zaumzeug zu fetten oder den Pferden zu trinken zu geben. Arka dagegen hatte wirklich Grund, die Richterinnen des Waldes zu fürchten.

»Doch, aber ich möchte schnell aufsteigen«, antwortete sie mit dem naivsten Gesichtsausdruck aus ihrem Repertoire.

»Das ist doch wunderbar, du hast Ehrgeiz, Glückwunsch … Was für ein hübsches Schmuckstück du da trägst«, fügte sie hinzu, wobei sie mit ihren klauenartigen Fingern Arkas Handgelenk packte.

Mit einer raschen Geste hob sie ihren Arm und inspizierte das Flügelarmband mit zusammengekniffenen Augen, die Nase dicht am Metall. Sein bronzener Widerschein warf rötliche Flecken auf ihre groben Züge.

»Meine Mutter hat es mir gegeben«, log Arka und zog ihren Arm wieder zu sich heran. »Sie hat es einem Themiskyrer abgenommen.«

Sie bereute es, das Schmuckstück nicht in der Hütte gelassen zu haben. Den Hyperboreern mochte es nicht besonders aufgefallen sein, doch deswegen musste sie noch lange nicht mit einem magischen Objekt im Amazonenwald herumspazieren. Zum Glück verstanden die Kriegerinnen nichts von Magie.

»Das ist ein hübsches Armband«, wiederholte die Ephorin. »Ist es aus Oreichalk?«

Die Amazonen wussten wohl doch mehr über Magie, als sie angenommen hatte. Sie stellte sich so dumm wie möglich.

»Aus Ori-was? Ich weiß nicht, ich glaube, es ist aus Kupfer.«

Ihr Raubtierlächeln ins Gesicht zementiert, fragte die Ephorin weiter:

»Wer ist deine Mutter?«

Das Verhör nahm eine äußerst ungute Wendung. Arka konnte nicht behaupten, Themis' Mündel zu sein, wie sie es bei den Wachposten am Fluss getan hatte, denn die Ephorin wäre imstande, die alte Amazone selbst zu befragen. Und wenn Arka eines auf keinen Fall wollte, dann Themis in Gefahr bringen, nachdem diese sie bei sich aufgenommen hatte. Sie musste das Gespräch möglichst rasch beenden. Also verzog sie ihr Gesicht zu einer kummervollen Grimasse und sagte mit piepsendem Stimmchen:

»Sie ist tot.«

Dann tat sie so, als würde der Schmerz sie überwältigen. Selbstmitleid war im Wald nicht gern gesehen, aber immer noch besser, die Ephorin hielt sie für verweichlicht als für verdächtig. Da Arka nicht auf Befehl weinen konnte, verbarg sie das Gesicht in den Händen und schluchzte wimmernd.

»Ih-ihretwegen trainiere ich. Ich mö-öchte eine ebenso starke Krie-iegerin werden, wie sie es war«, fügte sie hinzu, wobei sie hoffte, die Dunkelheit würde ihre trockenen Augen vor dem forschenden Blick der Ephorin verbergen.

Um das Maß vollzumachen, schniefte sie lautstark und schnäuzte sich dann in den Saum ihrer Toga. Zum Glück hatte ihr ein vorübergehender Schnupfen die Nase gut gefüllt: Es klang sehr überzeugend. Die Inquisitorin schien dennoch nicht bereit, sie ziehen zu lassen. Arka bedauerte, dass sie keine Magie anwenden konnte, um sie loszuwerden.

Plötzlich war Hufgetrappel zu hören. Im nächsten Moment preschte ein Amazonenstreitross in gestrecktem Galopp an ihnen vorbei, die Nüstern vor Erregung gebläht. Es schlitterte um die Wegbiegung und verschwand im bläulichen Dunkel des Unterholzes.

»Khatanka!«, schrie die Ephorin und rannte ihm hinterher.

Die durchgegangene Stute stieß ein Wiehern aus, auf das sämtliche Pferde der Nachbarschaft antworteten. Völlig verdattert sah Arka die Inquisitorin ihrerseits hinter Bäumen verschwinden.

»Da hab ich aber Glück gehabt«, sagte sie laut zu sich selbst.

»Von wegen!«, widersprach eine Stimme in ihrem Rücken.

Arka zuckte zusammen und wirbelte herum. Die Haare voller Laub und mit äußerst grimmigem Gesicht kam Themis aus dem Gestrüpp. Zwei tote Hasen hingen an ihrem Gürtel.

»Ich war gerade auf dem Rückweg vom Steinhügel, wo ich die Fallen überprüft habe, da habe ich dich mit der alten Schreckschraube reden hören«, schimpfte sie. »Die war schon eine garstige Ziege, als wir noch Schülerinnen waren, und es ist mit der Zeit nicht besser geworden.«

»Du hast die Koppel ihrer Stute geöffnet«, begriff Arka.

»Wenn ich es nicht getan hätte, wäre es dir an den Kragen gegangen«, knurrte Themis. »Komm, wir sollten nicht hierbleiben.«

Sie zog Arka auf den Pfad, in die entgegengesetzte Richtung von der, in die die Ephorin und ihre Stute verschwunden waren. Im Wald war es mittlerweile ganz dunkel, doch sie kannten den Weg zu ihrem Baumhaus gut genug, um ihn blind zurückzulegen. Arka hörte das Rascheln der Farnwedel und das leise Klatschen der beiden toten Hasen gegen Themis' Beine.

»Was denkst du dir dabei, mit Oreichalk herumzulaufen?«, zischte die plötzlich.

»Du weißt, was das ist?«, fragte Arka verwundert.

»Natürlich weiß ich das«, gab die alte Amazone wütend zurück. »Meine Augen sind vielleicht nicht mehr besonders gut, aber mein Gedächtnis funktioniert noch tadellos. Ich hätte dich nie mit diesem vermaledeiten Armband rausgehen lassen, wenn ich erkannt hätte, dass es aus Oreichalk ist. Du bist verrückt! Wenn diese Schindmähre es noch einmal in die Finger kriegt, kann ich mich von den paar Jahren, die mir noch zu leben bleiben, verabschieden.«

Befangen spielte Arka einen Moment an dem Armband herum, ehe sie es auszog und in die Tasche steckte. Der vertraute Umriss des Eukalyptusbaums, der ihr Haus trug, zeichnete sich vor ihnen ab.

»Warum darf man hier kein Oreichalk haben?«, fragte sie.

Im Dunkeln erahnte sie Themis' zornigen Gesichtsausdruck. Ihr wurde bewusst, dass dieses »hier« die Existenz eines »dort«, wo das Tragen von Oreichalk kein Problem war, stillschweigend mit einschloss. Die alte Amazone stellte ihr wie üblich keine Fragen und antwortete nicht auf ihre. Als sie den Fuß des Hausbaums erreichten, hatte sie noch immer nichts gesagt. Arka stieg hinter ihr die Treppe hoch und bohrte weiter:

»Weil es ein magisches Metall ist?«

Themis erklomm weiter die Stufen, wobei sie sich an dem Handlauf festhielt, den Arka extra für sie am Stamm angebracht hatte.

»Wer wüsste besser als du, welches Unheil dieses Dreckszeug im Wald anrichten kann«, warf ihr die Amazone schließlich hin, als sie auf halber Höhe des Baumes angekommen waren.

»Der Magier, der den Wald angezündet hat, hat Oreichalk verwendet?«, rief Arka aus.

»Natürlich«, knurrte Themis. »Das ist die einzige Möglichkeit, um in einer Blauen Zone Magie anzuwenden. Er muss eine Art Rüstung aus massivem Oreichalk gehabt haben oder etwas Ähnliches.«

Sie waren bei der Eingangsluke angelangt. Glühwürmchen erhellten schwach die Terrasse. Mit steifen Bewegungen zog sich Themis auf die Plattform und verschnaufte kurz auf einer der Baumscheiben, mit gebeugtem Rücken und keuchendem Atem. Arka schlüpfte nach ihr durch die Öffnung und hockte sich im Schneidersitz auf den Boden. Sie sah zu, wie die alte Amazone die beiden Hasen an einem Haken aufhängte, der an einem Ast befestigt war.

»Warum rüsten die Themiskyrer dann nicht all ihre Soldaten mit massivem Oreichalk aus?«, fragte sie, während Themis sich zurück auf die Baumscheibe setzte.

Die alte Kriegerin nahm ihren Tabakbeutel vom Fenstersims.

»Nur die Hyperboreer kennen das Geheimnis seiner Herstellung«, antwortete sie und klemmte sich die Pfeife zwischen die Zähne. »Und das werden sie nicht so bald rausrücken. Denn so verdienen sie ein Vermögen mit ihren Barren.«

»Aber die Themiskyrer haben Hyperborea doch gerade unter ihre Kontrolle gebracht …«

Themis hob eine Augenbraue.

»Dann wirst du verstehen, warum die Ephorinnen äußerst nervös sind.«

Mit einer schnellen Geste entflammte sie ihr Luntenfeuerzeug und zündete sich die Pfeife an.

»Kurz, ich weiß nicht, wo du dieses Ding herhast, aber du solltest es besser umgehend verschwinden lassen. Zerstöre es oder verstecke es, das ist mir gleich. Hauptsache, es kommt mir nicht mehr unter die Augen.«

Den Kopf schwer von Gedanken, ging Arka in die Hütte, durchquerte den im Finstern liegenden Wohnraum und erreichte tastend Kandris Zimmer, in dem sie sich eingerichtet hatte. Sie ließ sich in die Hängematte fallen und zog das Armband aus ihrer Tasche. Ein schwacher Schimmer ging von dem Schmuckstück aus, als ob die Anima, mit der das Metall gesättigt war, auf den Kontakt mit ihrer Haut reagierte. Widerstrebend legte Arka ihren alten mechamagischen Gefährten in die Kiste zu Chirones Blau-Erz-Klümpchen und Kandris kleinen Schätzen.

Themis' Worte gingen ihr wieder und wieder im Kopf herum. Mit dem Blau-Erz, das der Meister der Lemuren gestohlen hatte, und dem Zugang zur Extraktionsmaschine, hatten die Themiskyrer alles, was sie brauchten, um die Oreichalkproduktion zu vervielfachen. Niemand außer Lastyanax würde sich ihnen in den Weg stellen. Arka wusste nicht, wie ihr Mentor sie ganz allein aufhalten sollte. Sie sollte bei ihm sein, um ihm zu helfen, doch Tausende von Meilen lagen zwischen ihnen, und sie hatte keine Ahnung, wie sie sich erneut teleportieren konnte. Daran, auf normalem Weg nach Hyperborea zurückzukehren, brauchte sie überhaupt nicht zu denken: Die Reise würde Monate dauern. Bis dahin hätte Lykurg längst genug Oreichalk hergestellt, um die Amazonen in die Knie zu zwingen …

In den folgenden Tagen versuchte Arka nicht an Hyperborea zu denken, doch der Name der Stadt raschelte in allen Blättern. Die Amazonen fürchteten, es bald mit einer durch das Oreichalk aus Hyperborea unbesiegbar gewordenen themiskyrischen Armee aufnehmen zu müssen. Diese Befürchtungen wurden bestätigt, als Königin Antiope befahl, massenhaft Wurfmaschinen zu bauen: Wozu sollten diese Verteidigungswaffen in Arkadien dienen, wenn nicht, um Rokhs im Flug abzuschießen? Das dumpfe Krachen gefällter Eukalyptusbäume begann durch den Wald zu hallen. Die Schreinereien und Schmieden liefen auf Hochtouren. Botinnen preschten mit verhängten Zügeln über die Wege.

Um dieser erdrückenden Atmosphäre zu entfliehen, der Ephorin nicht wieder in die Arme zu laufen und die Vorratskammer aufzufüllen, beschloss Arka, in den entlegensten Gebieten des Waldes jagen zu gehen. Trotz fehlender Übung war sie noch geschickt darin: Hasen hoppelten ihr in die Schlingen, ihre Reusen waren voller Forellen, und selbst ein Elaph ließ sich von einem Pfeil erwischen. Sie vervollständigte ihre Beute, indem sie an den Eukalyptusbäumen hochkletterte, um die Leberpilze zu sammeln, die an den Stämmen wuchsen. Themis zog den Tieren in der Zwischenzeit die Haut ab und tauschte die Felle gegen Mehl und Bohnen.

Die Amazone fertigte für sie eine Steinschleuder und zeigte ihr sogar, wie man diese benutzte, wobei sie sie jedes Mal einen Tollpatsch schalt, wenn der Stein aus dem Lederstreifen plumpste. Arka störte sich nicht daran: Sie gewöhnte sich langsam an die ruppige Art der alten Kriegerin. Die hätte lieber ihre Pfeife verschluckt, als sich ein freundliches Wort abzuringen. Trotzdem ließ auch sie manchmal das Visier herunter. So sagte sie während einer langen Übungsstunde, bei der sie Arka als blinden Aepyornis beschimpfte, unvermittelt:

»Kandri war fünf, als ich ihr die erste Schleuder schenkte.«

Arka ließ den Lederriemen, der um ihre Hand kreiste, schlaff herabfallen. Seit Themis ihr von Kandri erzählt hatte, hatte sie deren Namen nie wieder erwähnt. Arka erwartete, dass sie noch etwas zu Chirones Tochter sagen würde, doch es kam nichts mehr.

Sie standen am Ufer eines etwas abgelegeneren Flusses ihres Sektors. Themis hatte einen dicken Baumstamm in etwa fünfzig Schritt Entfernung zur Zielscheibe erklärt und einen Haufen kleiner ovaler Steine gesammelt. Jede Kerbe in der Rinde kam von ihren Beispielwürfen. Arka war es noch nicht gelungen, den Baum zu treffen. Das war umso frustrierender, als Themis wegen ihres grauen Stars nicht mehr besonders gut sah. Am anderen Ufer lümmelte ein Makakenrudel in der Sonne herum und begleitete jeden ihrer missglückten Versuche mit affigem Gelächter. Arka hätte gern auf dieses Publikum verzichtet.

»Was ist aus Kandri geworden?«, fragte sie, während sie die Schleuder erneut kreisen ließ.

Wie immer nahm Themis sich Zeit mit der Antwort. Sie sah zu, wie Arka ein weiterer Wurf misslang, ließ sie die Schleuder neu laden und knurrte schließlich:

»Wie ich dir schon gesagt habe, Chirone hat sie ihrem Vater anvertraut, einem themiskyrischen Söldner. Höher, den Ellbogen.«

Arka gehorchte und gab dem Geschoss einen letzten Drall, ehe sie das Ende der Schleuder losließ. Der Stein sauste davon und platschte ins Wasser, zwei Schritt von dem Stamm entfernt. Auf der Böschung gegenüber rollten sich die Makaken wiehernd über den Boden.

»Zackiger, die Bewegung des Handgelenks«, kritisierte Themis. »Mit solchen Schüssen erlegst du nicht mal einen Hasen.«

Verärgert nahm Arka einen neuen Stein und klemmte ihn in die Schleuder. Dann warf sie den Affen, die sich noch immer über sie lustig machten, einen wütenden Blick zu und fragte sich, ob sie nicht lieber diese als Zielscheiben wählen sollte.

»Und wo haben sie sich getroffen, Kandris Vater und Chirone? Auf einem Schlachtfeld?«

Themis wäre nicht Themis gewesen, wenn sie darauf geantwortet hätte. Sie schien sie nicht mal gehört zu haben. Arka hegte allmählich den Verdacht, dass sie immer dann die schwerhörige Alte spielte, wenn man ihr eine unangenehme Frage stellte. Wild entschlossen, eine Antwort zu bekommen, ließ sie die geladene Schleuder neben ihrem Bein baumeln und wartete. Ihr schweigender Gegenangriff funktionierte: Themis schnaubte verärgert.

»Sie sind sich keine zwei Meilen von hier begegnet.«

»Im Wald?«, fragte Arka verwundert. »Aber Männer dürfen doch nicht in den Wald.«

»Er war ein Kriegsgefangener.«

»Ich dachte, wir würden keine Gefangenen machen …«

»Ein paar schon.«

»Wozu?«

Themis schwieg einen Moment. Arka rechnete mit einer

ausweichenden Antwort und war daher erstaunt, als die Amazone sagte:

»Ich werde es dir zeigen. Dann hast du heute wenigstens etwas gelernt, auch wenn du immer noch nicht mit der Steinschleuder umgehen kannst.«

Sie nahm ihre Sachen und verließ ohne ein weiteres Wort die Böschung. Neugierig folgte ihr Arka durchs Dickicht. Eine Stunde später gelangten sie an den Rand einer Senke, die wie ein riesiges Loch im Waldboden klaffte. Das Gewölbe einer gigantischen Höhle war Tausende Jahre zuvor eingestürzt und hatte dort die kreisrunde Vertiefung mit schroffen Wänden hinterlassen. Von bröckeligen Stalaktiten gespickte Felsüberhänge rund um das Loch machten jeden Klettersuch unmöglich. Inmitten des Schlundes waren Eukalyptusbäume gewachsen, deren Zweige kaum bis auf Arka und Themis' Höhe reichten.

Diese näherte sich dem Rand und deutete mit dem Kinn auf etwas in der Tiefe.

»Guck, da sind welche.«

Arka trat neben sie und warf einen Blick hinunter. Am Grunde des Lochs befand sich ein halbes Dutzend in Lumpen gekleideter Männer, deren Haut so schwarz war, als hätten sie sich im Dreck gewälzt. Sie hockten auf Felsen und schienen zu warten. Diese männliche Präsenz unter den Eukalyptusbäumen wirkte auf Arka vollkommen unpassend. Bis zum Brand hatte sie nie einen Mann im Wald gesehen.

»Das da sind die Chefs«, erklärte Themis. »Sie haben das Privileg, ins Freie zu dürfen und vor allem die Verteilung der Nahrung zu kontrollieren, die sie einmal pro Dekade bekommen. Die anderen sind in der Mine.«

»Der Mine?«

Themis zeigte auf einen dunklen Spalt am Fuß der gegenüberliegenden Wand, halb hinter riesigen zugewucherten Felsen verborgen.

»Der Blau-Erz-Mine«, erklärte sie. »Die von den Gründerinnen seit ihrer Ankunft in Arkadien betrieben wird. Ein Klümpchen gegen die Freiheit, das ist der Handel, den man mit jedem Gefangenen abschließt, ehe er ins Loch wandert.«

Sie fügte hinzu:

»Natürlich werden sie reingelegt. Wenn ein Gefangener ein Klümpchen findet, holt man ihn zwar heraus, aber nur, um ihn zu enthaupten, sobald er außer Sichtweite der anderen ist. Ich verwette im Übrigen meinen Kopf darauf, dass alle Gefangenen ahnen, welches Schicksal sie erwartet. Aber sie versuchen trotzdem, Blau-Erz zu finden.«

»Warum?«

»Weil dir nach Monaten oder gar Jahren gewaltsamer Unterdrückung im Bauch einer Mine nichts anderes übrig bleibt, als dich an die absurde Hoffnung zu klammern, du könntest deine Freiheit zurückgewinnen.«

Ein Ausdruck bitterer Ironie legte sich auf Themis' Züge. Arka fühlte sich so schlecht wie damals, als sie von der Gewaltherrschaft der Themiskyrer in Napoca erfahren hatte. Erst die männlichen Neugeborenen und jetzt das. Sie begann an der Moral ihres eigenen Volkes zu zweifeln.

»Das letzte Blau-Erz wurde vor drei Jahren gewonnen, und selbst das war nur ein winziges Bröckchen«, fuhr Themis fort. »Die Ader ist erschöpft. Wir haben versucht, woanders Stollen zu graben, doch es hat nichts genützt. Und zur Krönung des Ganzen haben wir durch den Brand noch die dicken Klumpen der Knotenbäume verloren. Die Generalinnen haben versucht, den Verlust zu vertuschen, doch alle Amazonen wissen inzwischen, dass nicht mehr genug Blau-Erz da ist, um uns ausreichend vor Magie zu schützen. Und wenn die Themiskyrer nun noch anfangen, Oreichalk zu produzieren …«

Sie zuckte mit den Schultern, grimmig und schicksalsergeben zugleich.

»Antiope kann so viele Wurfmaschinen fertigen lassen, wie sie will, es wird nicht reichen, um uns gegen die Flug-Soldaten zu verteidigen«, schloss sie.

Arka bemerkte eine Bewegung auf dem gegenüberliegenden Felsen. Eine Amazone war zwischen den Eukalyptusstämmen aufgetaucht, gefolgt von drei vollbepackten Maultieren. Sie ging zu einem Flaschenzug, der über die Kante ragte und den Arka bisher nicht gesehen hatte, und begann die großen Säcke von den Rücken der Mulis auf die daran befestigte Plattform zu laden.

»Die Versorgungsoffizierin«, erklärte Themis, nachdem sie ins Unterholz zurückgewichen waren, um nicht entdeckt zu werden. »Einmal pro Dekade fragt sie die Gefangenen, ob ein Blau-Erz-Klumpen gefunden wurde, und lässt ihnen genug Nahrung für zwanzig Männer bis zu ihrer Rückkehr hinunter.«

Wie zur Bestätigung hörten sie die Amazone der Handvoll Männer unten in der Grube zurufen: »Ein Klumpen?« Das »Nein«, das einer von ihnen zur Antwort gab, hallte zwischen den Wänden wider. Die Versorgungsoffizierin schob nun die Plattform mit den Lebensmitteln über den Abgrund und ließ sie hinunter, indem sie an der Seilwinde kurbelte.

»Und was hat Kandris Vater mit alldem zu tun?«, wollte Arka wissen, während sie beobachteten, wie die Gefangenen sich die Säcke auf die Schultern luden, um sie in die Mine zu bringen.

»Er ist der Einzige, der aus dieser Hölle je lebend entkommen ist, vor sechsunddreißig Jahren«, brummte Themis. »Es war ihm gelungen, die damalige Versorgungsoffizierin als Geisel zu nehmen, um so zu fliehen.«

»Chirone?«, hauchte Arka.

Die Plattform des Flaschenzugs stieg inzwischen leer wieder zu der Amazone und ihren Mulis empor.

»Genau«, antwortete Themis. »Sie hat immer behauptet, er hätte sie überwältigt, aber ich bin mir fast sicher, dass sie ihn befreit hat. Jedenfalls wurde sie von ihm schwanger und hat neun Monate später Kandri geboren.«

Arka war immer verwirrter. Es fiel ihr schwer, sich Chirone mit ihrem nach Pfeife riechenden Atem und ihren Hühneraugen als junge, verliebte Amazone vorzustellen, die einem themiskyrischen Söldner zur Flucht verhalf.

»Haben sie sich wiedergesehen?«, fragte sie.

»Erst als Chirone ihm Kandri anvertraut hat, knapp acht Jahre später.«

»Wie hat sie ihn wiedergefunden?«

»Das war nicht besonders schwer. Er war inzwischen recht bekannt geworden.« Themis' Stimme war jetzt rau wie ein Reibeisen. Sie spuckte zur Seite aus.

»Dieser Söldner, der in der Mine jahrelang die Hölle durchlebte, ehe es ihm gelang, zu fliehen, war Lykurg. Er rächt sich dafür seit sechsunddreißig Jahren.«

Alkander

Am Abend vor der Abstimmung beschloss Alkander, eine Angelegenheit zu erledigen, die er seit mehreren Dekaden vor sich herschob. Er ging zum Palast des Basileus, um etwas Zeit mit seinem Vater zu verbringen – dessen Zustand sich unaufhaltsam verschlechterte –, und dann weiter zum Magisterium. Zwei Spitzel Philons, die ihm auf Schritt und Tritt folgten, schüttelte er im Labyrinth des Regierungsgebäudes ab.

Auch wenn er ihn andauernd um Rat fragte, vertraute Philon ihm nicht. Der General war selbst zu lange Lykurgs Stellvertreter gewesen, um den Hunger nach Ruhm und Anerkennung nicht zu fürchten, der am Ende jede rechte Hand umzutreiben beginnt. Dennoch wusste Alkander, dass Philon ihm erst einmal nicht gefährlich werden würde: Der General hatte Lykurg und Barkida in seiner Gewalt und war überzeugt, dass diese beiden Druckmittel ausreichten, um ihn zu kontrollieren.

Aus Alkanders Sicht musste man verrückt oder dumm sein, um zu glauben, man könne ihm sein Verhalten ungestraft diktieren. Der einzige Grund, warum er Philon diese Erpressung bisher durchgehen ließ, war sein Wunsch, Hyperborea einen dauerhaften inneren Frieden zurückzugeben. Außerdem bereitete es ihm nicht wenig Vergnügen, im Verborgenen die öffentliche Meinung zu beeinflussen.

Das Talent, Menschen zu manipulieren, hatte er von seinem Vater geerbt. Dank dieser Gabe war Lykurg vom einfachen Söldner zum Polemarch Themiskyras aufgestiegen. Er hatte seine Flucht aus dem Wald zum Mythos verklärt und die eingefleischte Ablehnung der Napocaner und der Hyperboreer gegen die Amazonen – ein Volk von Frauen, die die Männer als unterlegen betrachteten, was für eine Schande! – ausgenutzt, um die Macht seiner Stadt zu mehren.

Alkanders Groll auf die Kriegerinnen war dagegen rein persönlicher Natur: Sie hatten seine Mutter getötet. Besonderen Hass hegte er gegen die Königin. Hätte Antiope ihn an jenem schicksalhaften Tag, als er in den Fluss gesprungen war, nicht mit Melanippes Hilfe so sehr gedemütigt, hätte er vielleicht noch ein paar Jahre bei seiner Mutter leben können und vielleicht wäre ihm das Leid erspart geblieben, von Lykurg zu erfahren, dass diese von ihren Kampfgefährtinnen enthauptet worden war. Alkander hatte sich an Melanippe gerächt, indem er dafür gesorgt hatte, dass sie sich in seinen Lemuren verliebte. Er hatte Antiope bestraft, indem er die Prinzessin und Thronfolgerin zu seinem Schützling gemacht hatte. Seine beiden ehemaligen Kameradinnen hatten ihm die Mutter genommen; er hatte ihnen die Töchter geraubt.

Doch weder Penthesilea noch Arka hatte er im Moment unter Kontrolle. Während er den Vorplatz des Magisteriums überquerte, suchte er unwillkürlich den Himmel nach den schwarzen Schwingen seines Rokhs ab. Er musste wohl oder übel einsehen, dass Penthesilea entweder gescheitert war oder ihn verraten hatte. Zu viel Zeit war seit ihrer Abreise vergangen, als dass er noch hoffen konnte, sie mit Arka zurückkehren zu sehen. Er beruhigte sich mit dem Gedanken, dass Letztere Monate brauchen würde, falls sie vorhatte, den Wald der Amazonen zu erreichen. Lange genug, damit er sich selbst auf die Suche nach ihr machen konnte. Nur ein paar Tage wollte er noch in Hyperborea bleiben, um die Wahl erfolgreich abzuschließen. Außerdem gab es da noch eine andere Bedrohung, die er abwenden musste.

Er bog auf den Kanal ein, der zum Gefängnis führte. In der Nähe des Tores hatte die Brüstung dunkle Flecken. Den Flug-Soldaten, die ihn mit misstrauischen Blicken näher kommen sahen, zeigte Alkander sein Abzeichen des Diplomatischen Korps.

»Ich möchte zu der überlebenden Amazone«, verkündete er.

Sie ließen ihn kommentarlos eintreten. Ein Soldat begleitete ihn bis zu einem Verlies abseits der Gemeinschaftszellen, in denen die Magier eingesperrt waren. Die Tür öffnete sich mit quietschenden Angeln. Alkander trat ein und ließ sie von dem Soldaten hinter sich wieder zuschließen.

»Guten Tag, Barkida«, sagte er.

Sie lag ausgestreckt auf der hölzernen Pritsche unter der Schießscharte und hielt die Augen geschlossen. Alkander hatte sie seit zwei Dekaden nicht gesehen. Sie war abgemagert. Ihr dunkler Teint war grau geworden. Wäre sie nicht so dünn gewesen, hätte sie nicht auf dem Rücken gelegen, er hätte ihren leicht gewölbten Bauch vielleicht gar nicht bemerkt. Doch anstatt väterliche Gefühle in ihm zu wecken, erschien ihm diese Wölbung wie eine Anomalie. Er hatte Barkida mit dem Vergnügen eines Kindes, das einer Fliege die Flügel ausreißt, Männer zerstückeln sehen. Die Amazonen selbst konnten ihr ihre sadistische Neigung nicht mehr durchgehen lassen: Zehn Jahre zuvor hatten die Ephorinnen erfahren, dass sie die ihr anvertrauten Schülerinnen quälte. Deswegen hatte man sie aus dem Wald verbannt. Sie war grausam, sie war gnadenlos, und dennoch war sie schwanger.

Er lehnte sich an die Wand, ohne Barkida aus den Augen zu lassen. Schweigen breitete sich aus, unterbrochen vom fernen Klagen der gefangenen Magier. Grenzenlose Traurigkeit überkam Alkander. In mancher Hinsicht war Barkida seine

Seelenverwandte. Das Band zwischen ihnen war in den allerersten Stunden ihrer Leben als Schülerinnen geknüpft worden. Nachdem er jahrelang von ihr getrennt gewesen war, hatte er sich unendlich gefreut, als sie zu ihm nach Themiskyra gekommen war, entschlossen, sich an ihren ehemaligen Kameradinnen für ihre Verbannung zu rächen. Gemeinsam hatten sie die Einnahme Hyperboreas vorbereitet. Sie hatte ihm gesagt, wo genau sich die Knotenbäume des Waldes befanden, damit er das Blau-Erz stehlen konnte. Sie war es auch gewesen, die um die vierzig Themiskyrerinnen zu Amazonen ausgebildet hatte, bereit, die Magier gefangen zu nehmen. Es schien unvermeidlich, dass sie sich auch körperlich nähergekommen waren.

»Weißt du, was der größte Witz ist«, murmelte sie schließlich, die Augen noch immer geschlossen. »Philon hat mich nicht getötet, weil er überzeugt war, damit ein Druckmittel gegen dich in der Hand zu haben. Wenn er gewusst hätte, wie dringend du uns beide loswerden willst …«

Dabei zeigte sie auf ihren Bauch.

»Warum hast du ihm nichts von dem Fluch erzählt?«, fragte Alkander. »Vielleicht hätte er dir geholfen, zu fliehen.«

Ein Lachen schüttelte sie. Sie bedeckte ihr Gesicht mit den Händen, um es zu unterdrücken.

»Ahh«, seufzte sie schließlich. »Und wo, bitte schön, hätte ich hingehen sollen? Die Amazonen haben mich verbannt, meine Kriegerinnen sind tot, und mein Geliebter möchte mich umbringen …«

Endlich öffnete sie die Augen, drehte den Kopf und sah ihn an. Wie alle Heloten hatte sie schmale, leicht schräg stehende Augen, was ihr Gesicht besonders sanft wirken ließ. Kein bisschen Wut funkelte in ihrem Blick; er las darin nur Resignation. Alkander begriff, dass sie keinerlei Milde von ihm erwartete, da auch sie diese ihm gegenüber nicht gezeigt hätte. Dennoch hatte er das Bedürfnis, sich zu rechtfertigen.

»Ich hätte besser aufpassen sollen. Ich habe Fehler gemacht. Ich dachte nicht, dass Philon den Plan ändern würde«, erklärte er. »Der Tod deiner Kriegerinnen war zu keinem Zeitpunkt vorgesehen.«

»Vieles war nicht vorgesehen in deinem Plan«, spottete Barkida. »Welche Chance hatten meine Mädchen wirklich, lebend aus dem Extraktor herauszukommen? Welche Chance hatte ich, mich nicht in dieser Lage wiederzufinden, schwanger mit einem Kind, dessen Existenz deine eigene bedroht?«

Alkander sah sie nur finster an. Mit einem abgeklärten Lächeln wandte sich Barkida wieder den Schimmelflecken an der Decke zu.

»Es sind nicht deine Fehler, die meine Kriegerinnen getötet haben und mich gleich töten werden«, fügte sie hinzu. »Es ist deine Anmaßung. Du hast so lange mit deinen Lemuren gespielt, dass du inzwischen glaubst, man könnte alles kontrollieren. Tu jetzt, wofür du hergekommen bist, und dann vergiss mich.«

»Ich werde dich nicht vergessen.«

Der Satz war ihm unwillkürlich herausgerutscht, und er bereute es sofort. Barkida war nicht dumm, das war sie nie gewesen. Genau dafür liebte er sie.

»Wenn du unser ungeborenes Kind tötest, wirst du unsterblich bleiben, Alkander. Sicher wirst du mich irgendwann vergessen.«

Er näherte sich der Pritsche, kniete sich neben Barkida, zog eine kleine Phiole mit einer durchsichtigen Flüssigkeit aus seiner Pelzkleidung und legte sie auf ihren Bauch.

»Das ist Gift«, erklärte er. »Eine halbe Dosis wird eine Fehlgeburt auslösen. Eine ganze Dosis wird dich töten. Du entscheidest, ob du davon trinkst oder nicht.«

Da sie stumm blieb, fügte er hinzu:

»Ich komme dich ich einer Dekade wieder besuchen.«

Er präzisierte nicht, was er tun würde, wenn sie das Gift bis dahin nicht getrunken hätte. Sie wusste es. Beim Aufstehen küsste er sie auf die Wange. Ein salziger Geschmack blieb ihm auf den Lippen, während er das Gefängnis verließ.

Embron und Tetos

Wie alle Hyperboreer hatten Embron und Tetos viele Stunden lang über die Nachfolge des Basileus diskutiert. Der Herrscher hatte Hyperborea so lange regiert, dass sich die Menschen die Stadt ohne ihn ebenso wenig vorstellen konnten wie ohne ihre Kuppel. Die Ermordung des einen und die Zerstörung der anderen hatten die Hyperboreer ihres Anführers und ihres Daches beraubt. Daher hatte die Ankündigung der Wahl eines neuen Basileus eine willkommene Auflockerung der drückenden Atmosphäre in der Stadt gebracht.

Man war allgemein der Ansicht, dies sei eine gute Sache, selbst wenn die meisten Bürger gerne etwas mehr Auswahl gehabt hätten: Neben General Philon kandidierten nur zwei Händler, ein Ganove und eine junge Aristokratin um das Amt.

Embron und Tetos wussten nicht recht, woher dieser Eindruck kam, doch ihnen schien, der General sei am besten dazu geeignet, Basileus zu werden. Philon war alt, aber rüstig. Entschieden, aber verständnisvoll. Sicher, das Blutbad des Gefängniskanals hatte sein Ansehen als großer Retter ein wenig getrübt, doch niemand vergaß die Lebensmittel, die seine Flug-Soldaten über der Stadt abgeworfen hatten, ehe sie die Amazonen besiegt hatten. Es hieß sogar, er habe hyperboreische Wurzeln.

So einigten sich alle darauf, zu sagen, er sei der beste Kandidat, und für den Fall, dass daran noch jemand zweifelte, rief es eine Vielzahl von Herolden andauernd an jeder Kanalecke aus. Auch konnte man kaum eine Minute gehen, ohne an der Wand einen Philon-Spruch zu lesen: PHILON: DIE WAHL DES VOLKES, oder: MIT PHILON WIRD HYPERBOREA WIEDER GROSS. Und um schließlich die letzten Zauderer zu überzeugen, verteilten die Themiskyrer Honigwein an alle, die für ihren Kandidaten stimmten.

Um zu wählen, musste man eine farbige Keramikmarke in eine Urne werfen: Rot für Philon, Grün oder Orange für die beiden Kaufleute, Gelb für den Gauner und Blau für die Magierin. Anschließend bekam man einen nicht abwaschbaren Stempel auf den Handrücken, damit kein Schlitzohr mehrmals ankommen konnte.

An dem Wahlstand, zu dem Embron und Tetos gingen, mangelte es an grünen, orangefarbenen und blauen Marken, aber die beiden Polizisten hatten sich ohnehin für Rot entschieden. Sie warteten in der Schlange, während die Wähler vor ihnen ihre Marken in die Urne steckten.

Embron stieß Tetos mit dem Ellbogen an und flüsterte: »Was wählen die anderen?«

»Eher Rot, glaube ich.«

»Ah, siehst du, ich hab's dir doch gesagt, man muss Rot wählen«, gab Embron beruhigt zurück.

Nach einer Viertelstunde kamen sie endlich an den Tisch, hinter dem drei Flug-Soldaten saßen. Embron und Tetos fischten jeder eine Marke aus einer Vase und schoben sie in die Urne.

»Hat gewählt!«, rief einer der Themiskyrer. »Bitte sehr, das ist für euch, Kameraden!«

Er gab einen ordentlichen Schluck Honigwein in die Näpfe, die Embron und Tetos ihm eilig hinhielten. Die beiden tranken mit genüsslichem Schnalzen und streckten ihm dann ihre Handrücken hin, um die Stempel zu bekommen. Doch der Soldat zwinkerte verschwörerisch und flüsterte ihnen zu:

»Nicht nötig, Kameraden ... So könnt ihr noch mal wählen und euch ein zweites Gläschen abholen ...«

Embron und Tetos gingen hochzufrieden und kamen kurz darauf wieder, um noch zwei rote Marken einzuwerfen und ihren Durst zu stillen. Nach zwei Stunden Hin und Her waren sie blau wie die Haubitzen und überzeugter denn je vom Vorzug allgemeiner Wahlen.

Wieder torkelten sie Arm in Arm zum Wahlstand. Diesmal wartete vor ihnen ein altes napocanisches Ehepaar darauf, an die Reihe zu kommen. Sie hielten jeder eine blaue Marke umklammert und schienen die feuchtfröhliche Stimmung der beiden Polizisten nicht zu teilen. Als der Alte dran war, hielt einer der Flug-Soldaten seine Hand vor den Schlitz der Urne.

»Ihr Napocaner habt hier nichts zu suchen«, fuhr er ihn barsch an.

Der Alte mit seiner blauen Marke zwischen den Fingern bebte vor Empörung.

»Ich bin seit fünfzehn Jahren Hyperboreer, ich habe das Recht, zu wählen«, sagte er mit starkem Akzent.

»Du bist ein dreckiger kleiner Napocanerhund, und du glaubst ja wohl nicht im Traum, dass wir einen Schmarotzer wie dich einem ehrlichen hyperboreischen Bürger die Stimme wegnehmen lassen.«

Embron und Tetos nickten energisch, während der alte Mann seine Faust mit der blauen Marke darin reckte.

»Meine Enkelkinder sind hier geboren!«, protestierte er, heiser vor Zorn. »Ich bin Hyperboreer, und ich habe das Recht, zu wählen! Wie kommt ihr überhaupt dazu, es mir zu verbieten? Warum entscheiden Themiskyrer darüber, wer hier wählen darf und wer nicht? Glaubt ihr, keiner durchschaut euer Spiel? Ihr kauft unsere Stimmen mit Alkohol und unsere Anima mit Lotusharz!«

Embron und Tetos waren noch nicht betrunken genug, um nicht zu erkennen, dass ein Körnchen Wahrheit in seinen Worten steckte. Um sie herum blieben die Leute stehen, um ihm zuzuhören, Augenbrauen wurden gerunzelt, Gemurmel erhob sich. Die Flug-Soldaten schienen plötzlich etwas weniger selbstbewusst, als ob ihre braunen Umhänge und Falkenabzeichen nicht mehr so recht hierher passten. Sie tauschten verstohlene Blicke, dann standen sie alle gleichzeitig auf und kamen hinter dem Tisch hervor.

»Wir werden dich daran erinnern, wer du bist, Napocaner«, zischte einer von ihnen.

Und ohne viel Federlesens schlug er dem Mann die flache Seite seiner Lanze gegen die Schläfe. Stöhnend brach der Alte zusammen. Seine Frau hinter ihm schrie entsetzt auf. Als sie sich zwischen die Soldaten und ihren Mann stellte, stießen sie sie einfach zur Seite und begannen, den Bewusstlosen auszuziehen. Sie nahmen ihm seinen Pelzmantel, seine Fäustlinge, seine Stiefel und seine lederne Hose ab und boten sie den rundum stehenden Gaffern an.

»Wer will Stiefel? Hier, liebe Frau, wärmen Sie Ihren Kleinen mit einer schönen Mütze. Mein Herr, ein paar Handschuhe? Kommen Sie, Napoca gibt einen aus!«

In wenigen Augenblicken lag der Mann in Unterwäsche auf dem verschneiten Boden. Die Kälte rötete seine eingefallenen Wangen und seine hageren Beine. Der Verlust seiner Kleider schien ihm auch einen Teil seiner menschlichen Würde genommen zu haben: Er wirkte lächerlich und erbärmlich. Zwei Flug-Soldaten packte ihn unter den Achseln.

»Und jetzt bringen wir ihn dahin, wo er hingehört: Raus aus der Kuppel!«

»NEIN!«, schrie seine Frau.

Taub gegenüber ihren Drohungen und ihrem Flehen, zogen die Soldaten den Mann hinter sich her. Sein Kopf schlenkerte über den Schnee. Als die Frau versuchte, ihn an den Füßen festzuhalten, schlugen sie auch sie. Sie fiel in den Matsch und weinte, während die Flug-Soldaten ihren Mann zur nächsten Mautstation schleiften.

»Und ihr ... Polizisten ...«, schluchzte sie.

Embron und Tetos mochten keine Napocaner, doch die Szene, der sie gerade beigewohnt hatten, hinterließ auch bei ihnen einen schlechten Beigeschmack, als hätte sich der Honigwein, den sie getrunken hatten, in Essig verwandelt.

»Wir haben nichts getan«, verteidigte sich Embron.

Die alte Frau schluchzte weiter, ohne zu antworteten. Da wurde den beiden Polizisten bewusst, dass es vielleicht nicht genug gewesen war, nichts zu tun.

7

DIE SCHLUCHT DER VERLORENEN SCHÜLERINNEN

Arka

Große schwarze Schatten glitten über die Bäume. Die riesigen Pfeile der Wurfmaschinen prallten an ihren oreichalkenen Harnischen ab. Unter dem Kronendach herrschte Panik: Die Amazonen hasteten die Leitern ihrer Hausbäume hinauf und hinunter, legten in Windeseile ihre Kampfausrüstung an, holten sich hier ein Pferd, da eine Anweisung von den Rangoberen. Die Vögel landeten auf den Eukalyptusbäumen, und ihre Reiter begannen, geschützt von schillernden Rüstungen, an den Ästen hinunterzuklettern. Rasch verteilten sie sich im gesamten Wald, schälten die Rinde von den Knotenbäumen, um sich das Blau-Erz zu holen, töteten die Kriegerinnen, die erfolglos versuchten, mit ihren Lanzen die magische Abwehr der Brustpanzer zu durchbohren. Sie jubilierten, dass sie endlich in dieses widersinnige Frauenreich eindringen konnten, das ihnen aufgrund ihres Geschlechtes bisher verwehrt gewesen war, genau wie die Gründerinnen mehr als eineinhalb Jahrhunderte zuvor triumphierend die Staatsmänner Hyperboreas angegriffen hatten. Einer der Soldaten näherte sich Arka, ein Lächeln auf dem Gesicht. Die blauen Augen bildeten einen scharfen Kontrast zu seinem dunklen Teint. Arka erkannte ihn: Es war der Meister der Lemuren …

»Was wollt ihr hier?«

Laute Stimmen hallten durch Arkas Alptraum, aus dem sie langsam auftauchte, unfähig, zu sagen, ob es sich um eine mahnende Vorahnung oder um ein Hirngespinst handelte. Während sie in ihrer Hängematte erwachte, wurde ihr allmählich bewusst, dass im Baumhaus etwas Ungewöhnliches vor sich ging.

»Gib den Weg frei, sonst endest du auch auf dem Henkersklotz, Themis.«

Arka erkannte die Stimme der Ephorin des Sektors, dann hob sich der Vorhang vor ihrer Kammer. Eine Amazone in voller Rüstung und mit gezücktem Säbel erschien im Türrahmen. Plötzlich hellwach, sprang Arka aus der Hängematte und wich zur Wand zurück. Nun trat auch die Ephorin mit ihrer Spange in Form eines Beos ein. Hinter ihr versuchte sich Themis mit rotem Gesicht und zerzausten Haaren einzumischen:

»Sie hat verdammt noch mal das Recht hier zu sein, sie ist eine Schülerin!«

»Sie ist keine Schülerin«, fuhr die Ephorin ihr barsch über den Mund. »Ich habe mich bei allen Lehrerinnen erkundigt, diese Göre hat nie an einem Training des Sektors teilgenommen. Und ich bin sicher, ich habe sie Oreichalk tragen sehen, als ich ihr vor einer Weile begegnet bin …«

Mit zusammengekniffenen Augen inspizierte sie Kandris winziges Zimmer und schnüffelte dabei, als wolle sie die Witterung des Flügelarmbands aufnehmen. Starr vor Überraschung blickte Arka zwischen der bewaffneten Kriegerin und Themis hin und her. Die gab ihr ein Zeichen, das so viel hieß wie: ›Bring dich in Sicherheit.‹

Als die Amazone auf sie zutrat, sprang Arka aufs Fensterbrett, zog sich aufs Dach und blieb dort flach liegen. Da durchbohrte der Säbel die Strohdeckung genau vor ihren entsetzt aufgerissenen Augen. Sie schnellte auf die Füße, kletterte auf einen der Hauptäste des Baumes, hüpfte von dort aufs Terrassengeländer, schnappte sich das Tau der rostigen Winde, die sie repariert hatte, und seilte sich daran ab, die Füße an den Stamm gestützt. Über ihr erklangen die Flüche der Ephorin und das Getrappel von Stiefeln. Am Boden angekommen, sah sie sich hastig um. Eine Stute und ein Wallach warteten am Fuß des Baums auf ihre Besitzer. Arka löste ihre Zügel, sprang auf die Stute und gab dem Wallach einen kräftigen Tritt, damit er wegrannte. Sie hielt die Stute zurück, die ihrem Gefährten folgen wollte, und galoppierte dann mit ihr in die entgegengesetzte Richtung davon. Hinter sich hörte sie die Ephorin schreien:

»Khatanka!«

Besagte Khatanka war ein gutes Pferd, stark, aber leicht zu führen, ein echter Glücksfall für Arka. Sie lenkte das Tier auf einen gewundenen Pfad, die Nase in seiner Mähne vergraben, um den tiefhängenden Zweigen auszuweichen. Alles war viel zu schnell gegangen, als dass sie hätte nachdenken können. Sie wusste nicht, wohin, und begann schon, ihre Flucht zu bereuen. In rasendem Lauf legte die Stute mehrere Meilen unter den Eukalyptusbäumen zurück, dann machte der Weg eine Biegung, um einem breiten Bach zu folgen. Arka begann schon zu glauben, sie hätte ihre Verfolgerinnen abgehängt, als sie hinter sich Wasser spritzen hörte. Verzweifelt sah sie über ihre Schulter zurück: Flussabwärts erschien eine Reiterin. Die Amazone hatte ihren Wallach wieder eingefangen und preschte nun in gestrecktem Galopp den Bachlauf hoch.

Arka drückte der Stute ihre Fersen in die Flanken, um sie anzutreiben, doch an Zwergs Tempo kam das Tier nicht heran. Das Klatschen der Hufe im Wasser sagte ihr, dass die Amazone aufholte. Sie warf noch einen Blick über die Schulter und sah, wie der Wallach die Böschung erklomm und auf den Weg sprang. Die Augen starr auf Arka gerichtet, zog die Amazone den Säbel aus ihrem Gürtel. Ein paar Schritte später befanden sich die Nüstern ihres Pferdes schon auf Höhe der Kruppe von Arkas Stute. Während diese noch verzweifelt nach einer Möglichkeit suchte, die Kriegerin loszuwerden, beugte die sich vor und schnitt der Stute ins Sprunggelenk. Die wieherte vor Schmerz auf, ehe sie zusammenbrach. Arka wurde nach vorn geschleudert und kullerte über den Boden.

Als die Welt um sie herum aufhörte, sich zu drehen, sah sie die Hufe des Wallachs vor ihrer Nase tänzeln. Arka hob den Blick zu der Amazone, die vom Rücken des Pferdes auf sie herabsah. Mit der blutigen Spitze ihres Säbels deutete sie auf die Stute, die versuchte, sich trotz ihres durchtrennten Sprunggelenks wieder aufzurichten, und schüttelte vorwurfsvoll den Kopf.

»Dein kleiner Fluchtversuch hat uns soeben ein gutes Pferd gekostet. Wenn du noch einmal versuchst abzuhauen, werde ich keinerlei Skrupel haben, dich dafür bezahlen zu lassen.«

Arka lief die nächsten zwei Stunden hinter dem Wallach der Amazone her und fragte sich ängstlich, was sie erwartete. Ihre Hände waren mit einem Seil gefesselt, das am Sattelknauf der Amazone befestigt war. Die Worte, mit denen die Ephorin Themis gedroht hatte, gingen ihr nicht mehr aus dem Kopf: »Gib den Weg frei, sonst endest du *auch* auf dem Henkersklotz, Themis.« Man würde sie doch wohl nicht enthaupten? Ohne Magie fühlte sie sich so schrecklich hilflos. Plötzlich hätte sie alles dafür gegeben, wieder in Hyperborea zu sein, bei ihrem Mentor.

Die Amazone brachte sie in den Kommandosektor, so viel war klar. In dieser besonders feuchten Zone des Waldes waren die Bäume majestätisch, die Pferde wohlgenährt, die Hütten in den Zweigen geräumig. Und es herrschte ein unablässiges Kommen und Gehen von Botinnen, die für den Informationsaustausch zwischen dem obersten Heereskommando und dem Rest des Waldes sorgten. Die Hufe ihrer Reittiere trommelten auf das Pflaster alter Straßen, Überreste einer lange vor der Ankunft der Amazonen untergegangenen Zivilisation. Arka und ihre Eskorte folgten einer dieser Straßen und erreichten eine halbe Stunde später das Herz des Sektors, wo die Wurzeln der Würgefeigen die moosbewachsenen Ruinen zerfallener Paläste überwucherten. Brücken aus Lianen verbanden die Baumriesen miteinander, wodurch ein mehrere Morgen umspannendes Netz von Hütten entstand. Die Nase zum Blätterdach erhoben, stolperte Arka andauernd über das unebene Pflaster. Es kam ihr plötzlich so vor, als wäre sie zurück in Hyperborea und sähe aus der untersten Ebene zum ersten Mal die Türme und Kanäle.

Die Amazone hielt vor einem alten steinernen Bogen, der halb von der Vegetation verschluckt wurde. Ein Wachposten stand davor, die Lanze in der Hand.

»Was führt euch her?«

»Falsche Angaben und Pferdediebstahl«, antwortete die Amazone von der Höhe ihres Wallachs herab. »Eine Ephorin wird im Laufe des Abends kommen und einen detaillierteren Bericht abgeben. Sobald sie ein neues Pferd gefunden hat«, fügte sie mit einem vorwurfsvollen Blick auf Arka hinzu.

»Bring sie in eine Zelle«, erwiderte der Wachposten. »Du hast die Qual der Wahl, sie sind alle frei. Gestern haben wir eine Deserteurin enthauptet und drei Unruhestifterinnen über die Nordgrenze geschickt.«

»Aber ich habe …«, begann Arka.

»Du kannst dich morgen Abend vor dem Rat der Ephorinnen äußern«, schnitt ihr die Amazone das Wort ab. »Sie sind es, die über die Zukunft deines Kopfes entscheiden. Jetzt sei still.«

Sie zog abrupt an der Schnur, und Arka stolperte nach vorn. Durch den steinernen Bogen gelangten sie auf einen runden Platz aus gestampfter Erde, umgeben von halb unter Feigenbäumen begrabenen Ruinen. Ein großer Eukalyptus wuchs genau in der Mitte. Eiserne Käfige hingen von seinen Ästen. Wenige Schritte von seinem Fuß entfernt, stand ein alter Baumstumpf mit schwärzlichen Schlieren; darauf lag eine Axt. Arka schluckte.

Die Amazone saß ab, löste ein um den Baumstamm gewundenes Tau, das mithilfe eines Seilrollensystems den kleinsten Verschlag in Position hielt, und ließ diesen mit vor Anstrengung gespannten Muskeln herab. Als der Käfig den Boden erreichte, öffnete sie ihn, band Arkas Fesseln los und führte sie vor die Tür.

»Ich soll einen Tag und eine Nacht da drin verbringen?«, fragte Arka.

Statt einer Antwort stieß die Amazone sie hinein. Er war kaum groß genug, um sich hinzukauern. Arka setzte sich, die Knie unterm Kinn, die Arme um die Beine geschlungen, und sah zu, wie die Kriegerin das Tau, das den Käfig im Baum hielt, an den Sattel des Pferdes band. Auf ihren Befehl entfernte sich das Tier vom Stamm und zog so an dem Seil.

Durch die Gitterstäbe sah Arka, wie sich der Boden entfernte. Ihr Verlies schwebte an den Kronen der umstehenden Feigenbäume vorbei und stand schließlich zwischen den dicken Hauptästen des Eukalyptus still. Ein grünes Meer erstreckte sich vor ihr, das sich scharf gegen den blauen Himmel und die ockerfarbenen Berge, die am südlichen Waldsaum aufragten, abhob.

Am Fuß des Baumes rollte die Amazone das Seil wieder um den Stamm und schwang sich auf ihr Pferd. Arka sah seine längliche Silhouette unter den Feigenblättern verschwinden, dann ließ sie sich seufzend gegen die Käfigstangen sinken. Sie würde einen Tag und eine Nacht vierzig Schritt über der Erde verbringen, ohne Wasser und Essen, um auf den Urteilsspruch eines Rates alter Drachen zu warten, die dafür bekannt waren, dass sie gerne mal jemanden enthaupten ließen. Die Lage war alles andere als rosig.

»Ich habe schon mal einen Prozess überlebt«, murmelte sie, um sich Mut zu machen.

Aber in Hyperborea hatten der Fluch und Lastyanax sie beschützt. In Arkadien war ihre einzige Verbündete eine Kriegerin im Ruhestand, die sich nicht gern in anderer Leute Angelegenheiten mischte. Noch nie hatte Arka es so sehr bedauert, keine Magie anwenden zu können – wie einfach wäre es gewesen, die Stäbe ein wenig zu verbiegen und dann bis zu dem Ast, an dem ihr Käfig hing, zu levitieren ... Was die Teleportation anging, so brauchte sie gar nicht darüber nachzudenken: Selbst wenn sie gewusst hätte, was sie tun musste, um sich zu dematerialisieren, wäre es ihr in einer Blauen Zone natürlich nicht gelungen.

Zusammengekrümmt, versuchte sie, ihren Kerker bis zum Stamm des Eukalyptus schwingen zu lassen. Doch der war zu weit weg, und alles, was sie erreichte war, dass ihr schlecht wurde. Enttäuscht ließ sie die Beine ins Leere baumeln und lehnte ihre Stirn an die Gitterstäbe. Da Flucht keine Option war, würde sie den Rat der Ephorinnen von ihrer Loyalität gegenüber dem Volk der Amazonen überzeugen und ihnen erklären müssen, warum sie die letzten zwei Jahre nicht zum Training erschienen war.

Ihr Hirn arbeitete den Rest des Tages auf Hochtouren, um sich schlaue Lügengeschichten auszudenken. Die Sonne, die den Käfig durch die Eukalyptuszweige hindurch sprenkelte, trocknete ihre Kehle aus. Kakadus und eine Makakenfamilie kamen, um ihre Zelle zu inspizieren; sie verscheuchte sie mit ein paar Beschimpfungen. Abends türmten sich rosa und violett getönte Wolken am Himmel. Schwerer, warmer Sommerregen fiel und troff von den Blättern. Die Nacht brachte ein kühles Lüftchen mit sich, das ihr die nasse Kleidung an die Haut klebte. Arka kauerte sich in eine Ecke ihres Käfigs und lauschte dem Schwirren der Fledermäuse, die die funkelnden Glühwürmchenwolken am Rand der Blätterkrone durchstießen.

Zerschlagen vor Müdigkeit und Durst begann sie zu fantasieren. Sie dachte an ihren Traum der letzten Nacht, an Lastyanax, der allein in Hyperborea geblieben war, an die falschen Amazonen, die den Extraktor gestürmt hatten, an die Blau-Erz-Klümpchen, ihr Flügelarmband, den Spiegelfluch, an den Meister der Lemuren, an die magische Kraft ihres Vaters … Sie war endlich in einen fröstelnden und unruhigen Schlaf gesunken, als plötzlich die Schreie verängstigter Makaken um sie herum erklangen. Arka öffnete die Augen, mit brennender Kehle, leerem Magen und voller Blase. Im Osten, über den dunklen Baumkronen, zog bläulich der Morgen auf.

Mit einem Mal merkte sie, dass ihr Kerker wackelte. Verwirrt sah sie nach unten: Eine große Amazone war dabei, mithilfe ihres Pferdes den Käfig herunterzulassen. Eine Glühwürmchenlampe auf dem Henkersklotz vertrieb die Dunkelheit, die zu dieser Stunde noch unter dem Blätterdach herrschte.

Arkas Puls beschleunigte sich. Sie hätte nicht gedacht, dass der Rat der Ephorinnen sich so früh versammeln würde, um über sie zu richten; sie war noch nicht bereit, ihnen gegenüberzutreten. Sie versuchte, ihre Gedanken zu ordnen, sich an die unbeholfenen Rechtfertigungen zu erinnern, die sie sich stundenlang zurechtgelegt hatte. Die Amazone, die sie abholte, war nicht dieselbe wie am Vortag. Trotzdem kam sie ihr irgendwie bekannt vor. Als der Käfig die Höhe ihres Gesichtes erreichte, erkannte Arka sie: Es war die Königin Antiope.

Verblüfft starrte sie sie an, während der Verschlag mit unheimlichem Quietschen am Boden aufsetzte. Vor dem Brand hatte sie die Herrscherin manchmal gesehen, wenn diese dem Training ihrer Tochter beiwohnte. Die Königin tätschelte die Schulter ihres Pferdes und näherte sich dann Arka, die Glühwürmchenlampe in der Hand. Die Lumineszenz der Insekten beleuchtete ein paar weiße Strähnen an ihren Schläfen, die vor der Zeit das dunkle, geflochtene Haar durchzogen. Ihre von breiten Reifen umschlungenen Arme trugen die Narben einer kampferprobten Kriegerin. Um ihre Taille lag der mit Edelsteinen und einem Blau-Erz-Klümpchen, so groß wie ein Entenei, besetzte königliche Gürtel. Arkas Blick blieb daran hängen: Sie fand plötzlich, dass er dem des Basileus ziemlich ähnelte.

»Themis ist heute Nacht zu mir gekommen, um deine Begnadigung zu erbitten«, begann Antiope. »Normalerweise mische ich mich nicht in die Arbeit der Ephorinnen ein, doch ich war überrascht, von deiner Rückkehr zu uns zu erfahren, Arka, Tochter der Melanippe.«

Tausend Fragen purzelten durch Arkas Kopf.

»Sie kannten meine Mutter?«, war alles, was sie mit krächzender Stimme hervorbrachte.

»Wir waren befreundet«, antwortete die Königin. »Als Schülerinnen besuchten wir dieselbe Klasse, wie meine Tochter und du.«

Sie musterte Arka aufmerksam durch die Stäbe des noch immer geschlossenen Käfigs.

»Das letzte Mal, als ich von dir gehört habe, warst du mit Penthesilea in Napoca.«

Da verstand Arka, warum die Königin der Amazonen sich für ihr Schicksal interessierte: wegen der Prinzessin. Antiope wusste, dass sie und ihre Tochter nach dem Brand von Flug-Soldaten entführt worden waren, dass sie gemeinsam aus Themiskyra geflohen waren und in Napoca Unterschlupf gefunden hatten. All das hatte Penthesilea ihr in einem verschlüsselten Brief berichtet, in dem sie sie anflehte, sie zurück nach Arkadien zu holen. Monate später hatten sie die ernüchternde Antwort der Königin erhalten: *Bleib, wo du bist, es wird dir ohne Hilfe nicht gelingen, dich durch die themiskyrische Provinz zu schlagen, und ich kann das Leben meiner Kriegerinnen nicht für dich riskieren.* Jetzt, da sie von Arkas Heimkehr erfahren hatte, musste Antiope sich fragen, was aus ihrer Tochter geworden war. Als hätte sie ihre Gedanken gelesen, fragte die Königin:

»Wie kommt es, dass du ohne Penthesilea zurückgekehrt bist?«

Unter ihrem forschenden Blick begriff Arka, dass sie äußerst bedacht sein musste, was nicht gerade ihre größte Stärke war. Sie durfte weder von ihrem Leben in Hyperborea erzählen noch der Königin sagen, dass deren Tochter vielleicht lemurisiert worden war. Wenn sie sich eine winzige Chance erhalten wollte, im Wald zu bleiben, dann musste sie sie davon überzeugen, dass sie während der zwei Jahre im Exil nicht mal im Entferntesten etwas mit Magie zu tun gehabt hatte.

»Wir wurden bei den Unruhen in Napoca vor einem Jahr getrennt«, begann sie. »Ich … ich habe versucht, sie wiederzufinden, aber vergebens. Ich weiß nicht, was aus ihr geworden ist. Es war zu gefährlich, allein in der Stadt zu bleiben. Also habe ich beschlossen, mein Glück zu versuchen und durch die themiskyrische Provinz hierher zurückzukommen.«

Antiope maß sie einen langen Moment mit unergründlichem Blick. Arka hatte eine emotionalere Reaktion erwartet, immerhin war sie vermutlich die erste Person seit Ewigkeiten, die ihr von Penthesilea berichtete.

»Die Themiskyrer sind es nicht gewohnt, Mädchen deines Alters allein reisen zu sehen«, sagte die Königin endlich. »Wie ist es dir gelungen, unbemerkt zu bleiben?«

Es verwirrte Arka, dass sie sich so gar nicht für das Schicksal ihrer Tochter interessierte.

»Ich habe unter freiem Himmel geschlafen und auf Bauernhöfen Essen gestohlen«, antwortete sie mit einem Schulterzucken. »Ein Kinderspiel war das nicht, die Themiskyrer hätten mich ein paar Mal fast erwischt.«

»Warum hast du niemanden über deine Rückkehr informiert?«

»Ich hatte Angst, man könnte mich verdächtigen, eine Verräterin oder Spionin zu sein, und mich enthaupten«, sagte sie mit einem vielsagenden Nicken zu dem Henkersklotz.

Die Königin betrachtete sie weiter schweigend, und Arka fragte sich, ob sie nicht ein bisschen zu dreist gewesen war.

»Dann hast du meine Tochter also seit deiner Abreise aus Napoca nicht gesehen?«, schloss die Königin.

›Dass mir nie wieder jemand sagt, ich wäre eine schlechte Lügnerin‹, beglückwünschte sich Arka insgeheim. Sie hatte die Königin der Amazonen an der Nase herumgeführt.

»Haben Sie Neuigkeiten von Penthesilea?«, fragte sie mit Unschuldsmiene, wobei sie sich bemühte, nicht an die maskierte Kriegerin zu denken, die sie im Riphäengebirge angegriffen hatte.

Antiope seufzte und stellte die Laterne auf den Boden. Jetzt, da die Morgenröte die Wipfel der Bäume entflammte, erloschen die Glühwürmchen. Arka erwartete, dass die Königin verneinte. Umso erstaunter war sie, als diese sagte:

»Sie dient inzwischen dem Themiskyrer, der das Feuer im Wald gelegt hat. Ich habe den Brandstifter von seiner Mutter getrennt, als er noch ein Kind war, und aus Rache hat er mir Penthesilea weggenommen, um sie als sein Mündel anzunehmen. Dieser Dreckskerl hat mir meine eigene Tochter zur Feindin gemacht.«

Arka brannte vor Neugier. Wieso wusste Antiope, dass ihre Tochter dem Meister der Lemuren diente, woher kannte sie diesen und warum hatte sie ihn von seiner Mutter getrennt? Doch sie kam nicht dazu, diese Fragen zu stellen.

»Genug geredet«, bestimmte Antiope brüsk. »Es ist Zeit, über dein Schicksal zu entscheiden.«

Arkas Blut gefror ihr in den Adern. Die Königin näherte sich dem Käfig und ging in die Hocke, um mit Arka auf Augenhöhe zu sein.

»Das Urteil, das der Rat der Ephorinnen heute Abend sprechen wird, dürfte kaum zu deinen Gunsten ausfallen. Um die Freundschaft zu ehren, die deine Mutter und mich verband, würde ich dir gern das Leben retten. Doch obgleich ich die Königin bin, muss ich mich der Entscheidung der Ephorinnen beugen …«

Arkas Blick glitt unwillkürlich über den Henkersklotz. Man konnte ihr nicht einfach den Kopf abhacken, oder doch? Diese absurde Möglichkeit erschien ihr auf einmal entsetzlich realistisch. Sie dachte an den beim Angriff der Amazonen auf Hyperborea enthaupteten Wachmann, dessen Kopf über die Stufen des Amphitheaters gekullert war. An den verblüfften Ausdruck auf seinem Gesicht, die Augen, die sich noch in den Höhlen bewegt hatten …

»… wenn diese erst einmal getroffen ist«, beendete Antiope ihren Satz. »Daher werde ich dir eine Bestrafung auferlegen, die dir erlaubt, ihrem Urteil zu entgehen.«

Arka fühlte sich verloren.

»Was soll das heißen?«

»Ich verbanne dich, Arka. Verlasse den Wald vor der Mittagsstunde und kehre nie wieder hierher zurück.«

Mit diesen Worten öffnete die Königin die Käfigtür. Benommen blieb Arka an die Stäbe gedrückt sitzen. Verbannt? Wie konnte sie verbannt werden? Sie war doch gerade erst wieder nach Hause gekommen. Dieses Wort erschien ihr plötzlich bar jeden Sinns. Da die Königin ungeduldig zu werden schien, kroch sie mühsam aus ihrem Kerker, die Muskeln steif von der zusammengekauert verbrachten Nacht. Der Urteilsspruch wirbelte in ihrem Kopf herum. Sie war aus dem Wald verbannt. Was sollte nun aus ihr werden? Verbannt, verbannt, verbannt. Wie aus weiter Ferne drang die Stimme der Königin durch all die Echos an ihr Ohr:

»Bedauere dein Schicksal nicht zu sehr. In ein paar Dekaden werden die Rokhs über dem Wald auftauchen, und du kannst dich glücklich schätzen, nicht mehr bei uns zu sein.«

Unfähig, die ganze Tragweite ihrer Bestrafung zu erfassen, stammelte Arka:

»Kann ich irgendetwas tun, um nicht mehr verbannt zu sein?«

»Du kannst nichts tun«, verneinte Antiope knapp.

Sie ging zu ihrem Pferd und saß mit einer geschmeidigen Bewegung auf. Da drang schlagartig die Erkenntnis in Arkas Bewusstsein, dass die Königin im Begriff war, zu gehen, und dass sie nie wieder eine Gelegenheit haben würde, um Gnade zu bitten. Ein Adrenalinstoß riss sie aus ihrer Benommenheit. Nach Napoca und Hyperborea würde sie nun auch der Wald verstoßen. Sie konnte nicht noch ein Zuhause verlieren. Sie musste verhandeln, die Königin irgendwie überzeugen, dass sie sie eines Tages zurückkehren ließ. Da blieb ihr Blick an dem schimmernden Blau-Erz-Klümpchen ihres Gürtels hängen.

»Und wenn ich es schaffen würde, euch das Blau-Erz zurückzubringen, das die Themiskyrer euch gestohlen haben? Wäre ich dann nicht mehr verbannt?«

Die Königin musterte sie schweigend von der Höhe ihres Pferdes herab.

»Dann wären die Amazonen gerettet, oder?«, beharrte Arka.

»Wenn es dir durch ein Wunder gelänge, uns das Blau-Erz zurückzubringen, dann würde sicher keine Ephorin Einspruch gegen deine Begnadigung erheben«, antwortete Antiope. »Aber das wirst du nicht schaffen. Setze nicht sinnlos dein Leben aufs Spiel, das ich soeben verschont habe.«

Sie nahm die Zügel ihres Pferdes, das ungeduldig mit den Vorderhufen scharrte.

»Manchmal gleitet unsere Welt einen so steilen Abhang hinunter, dass wir sie nicht aufhalten können«, philosophierte sie. »Man muss wissen, wann der Zeitpunkt gekommen ist, zu retten, was noch zu retten ist. Also, rette dich, Arka, Tochter der Melanippe, und blicke nicht zurück.«

Mit diesen Worten galoppierte sie davon und ließ Arka allein mit ihrem Urteil.

Python

Das gedämpfte Getrappel von Hufen im Schnee hallte durchs Gletschertal. Am Hang erschien ein Pferd, dessen weißes Fell mit der Umgebung verschmolz. Der metallische Helm seiner Reiterin dagegen blitzte in der Sonne. Zusammengerollt auf der glatten Oberfläche des Sees, sah Python das Gespann in ihre Richtung hinabsteigen.

Das Pferd bemerkte sie zuerst. Es blieb wie angewurzelt stehen, die schwarzen Augen weit aufgerissen, die struppigen Ohren dem Reptil zugewandt. Jetzt gewahrte auch seine Reiterin den ungewöhnlich geformten Eishügel auf dem zugefrorenen See.

Ich werde dir die Wahl lassen, verkündete Python. *Die Wahl deiner Zukunft.*

Das Pferd schnaubte, doch seine Reiterin blieb reglos. Nur das Weiß ihrer Augäpfel bewegte sich hinter den Sehschlitzen. Die Schlange entrollte ihren langen Körper und begann sich in Richtung des Gletschers im Herzen des Riphäengebirges zu winden.

Wenn du umkehrst, wirst du in Freiheit leben, in einem anderen Land, ohne Meister und ohne Reue. Du wirst keinen der Menschen, die du gekannt hast, wiedersehen.

Sie glitt über den See in die andere Richtung, kaum ein Dutzend Schritt an der Reiterin und ihrem Pferd vorbei.

Wenn du nach Hyperborea weiterziehst, wird der Meister der Lemuren leben. Arka und du werdet für immer unter seinem Joch bleiben.

Sie kehrte in die Mitte des Sees zurück und rollte sich langsam, Windung für Windung wieder zusammen.

Wenn du hierbleibst, wird der Meister der Lemuren sterben, du wirst Arka wiedersehen, und ihr werdet gemeinsam in den Wald der Amazonen zurückkehren.

Ihre Zunge zuckte zwischen den durchscheinenden Giftzähnen.

Also, wofür entscheidest du dich?

Arka

Nachdem die Königin gegangen war, entfernte Arka sich vom Eukalyptus mit den Käfigen, ohne von der Wächterin, die sie dabei beobachtete, behelligt zu werden. Sie löschte ihren Durst an einer Tränke, dann verließ sie den Kommandosektor, wobei sie sich immer wieder umsah, überzeugt, dass die Ephorinnen sie verfolgen und zurück in den Käfig stecken würden. Doch niemand kam, um sie festzunehmen, und sie gelangte ungehindert in Themis' Sektor. Unterwegs wurde sie unablässig an alles erinnert, was sie am Wald liebte. Den Gesang der Vögel, das Rauschen der Blätter, das Klappern der Hufe, das Murmeln der Bäche, das Knarzen der Baumhäuser, all diese Geräusche bildeten zusammen eine einzigartige Symphonie, die in ihrem Innersten widerhallte. Und jetzt war sie daraus verbannt.

Als sie Themis' Hausbaum erreichte, hielt sie einen Moment an dessen Fuß inne und fragte sich, ob sie den Ansatz eines Planes, den sie im Sinn hatte, wirklich in die Tat umsetzen würde. Sie hätte gern länger darüber nachgedacht, aber Antiope hatte ihr nur bis zum Mittag Zeit gegeben, um den Wald zu verlassen.

»Arka!«

Arka hob den Kopf und sah Themis, die sich mit ungläubiger Miene über das Terrassengeländer beugte.

»Ich komme«, antwortete sie.

Schnell erklomm sie die Stufen. Als sie oben war, packte Themis sie an den Schultern und drückte sie unbeholfen an sich. Diese unerwartete Geste ließ den Damm brechen, mit dem Arka ihre Verzweiflung in Schach hielt, seit die Königin das Urteil gesprochen hatte. Beschämt merkte sie, wie ihr die Tränen in die Augen traten. Trotz all der Ernüchterungen, die sie erfahren hatte, seit sie zurückgekommen war, blieben die Amazonen doch ihr Volk, im Guten wie im Schlechten.

»Antiope hat mich verbannt«, schniefte sie, während sie sich aus Themis' Umarmung löste. »Sie hat gesagt, entweder das, oder die Ephorinnen werden mich enthaupten. Ich muss den Wald bis zum Mittag verlassen haben.«

Obwohl Themis ihre Gefühle wie üblich nicht zeigte, erriet Arka, dass diese Ankündigung ein Schock für sie war.

»Meine einzige Möglichkeit, aus der Verbannung zurückzukehren, ist, den Themiskyrern das Blau-Erz wieder abzunehmen«, fuhr sie fort und wischte sich dabei über die Augen. »Also werde ich das tun. Ich werde nach Hyperborea gehen und das Blau-Erz zurückbringen.«

An Themis' Gesichtsausdruck erkannte Arka, dass diese sie nicht für fähig hielt, einen solchen Plan umzusetzen. Die Amazone schien hin- und hergerissen zwischen dem Wunsch, sie davon abzubringen, und ihrer Aversion gegen jede Form der Einmischung in das Leben anderer.

»Weißt du überhaupt, wo Hyperborea liegt?«, fragte sie schließlich.

»Ich weiß, wie ich hinkomme«, wich Arka gekränkt aus.

Während der Nacht, die sie in vierzig Schritt Höhe grübelnd verbracht hatte, waren ihr ein paar Ideen gekommen.

»Und weißt du auch, wie du dir das Blau-Erz zurückholen kannst?«

Diesen Teil ihres Plans hatte Arka noch nicht so genau ausgearbeitet. Sie rechnete damit, dass Lastyanax ihr helfen würde, wenn sie erst einmal in Hyperborea wäre.

»Ich werde den Themiskyrer finden, der uns die Klumpen gestohlen hat, und ihn zwingen, sie uns wiederzugeben«, sagte sie entschieden. »Aber ich brauche etwas von hier, um das zu schaffen …«

Ohne Themis Zeit für eine Erwiderung zu lassen, schlüpfte sie in Kandris Zimmer. Der Mittag rückte näher, und sie durfte keine Zeit mehr verlieren. Sie schwang sich auf ihre Hängematte und hob den Arm über den Kopf. Ihre Finger tasteten über die Deckenbalken, bis sie das Schatzkästchen fanden. Sie öffnete es und entnahm ihm das Flügelarmband.

»Dieser alte Drache hat dich nicht ohne Grund verhaftet, wie? Dein Oreichalk kommt nicht von ungefähr. Du hast dich nach dem Brand mit Magie beschäftigt.«

Arka drehte sich um. Themis stand im Türrahmen und betrachtete das Flügelarmband mit finsterem Blick. Noch am Vortag hätte Arka ihr mit einer Lüge geantwortet. Doch seitdem hatte die Amazone das Risiko auf sich genommen, die Königin Antiope höchstpersönlich aufzusuchen, um sie vor den Ephorinnen zu retten. Und sie hatte sie in den Arm genommen.

»Ja«, gestand Arka, indem sie von der Hängematte sprang.

So tief waren der Hass gegenüber Magie und die Angst davor in der arkadischen Kultur verwurzelt, dass selbst eine bodenständige Amazone wie Themis bei dieser Aussage zusammenzuckte. Ihre Reaktion verletzte Arka. Von der Türschwelle aus musterte die Kriegerin sie doppelt wachsam.

»Die Kinder des Waldes, die man aus der Blauen Zone entlässt, entwickeln beinahe immer starke magische Kräfte«, sagte sie. »Das scheint eine Art Gegenreaktion auf ihre Unterdrückung zu sein.«

»Genau so war es bei mir«, stimmte Arka mit düsterer Miene zu und trommelte dabei auf das Flügelarmband.

Während des Brandes hatten sich ihre Fähigkeiten zum ersten Mal gezeigt. Der Meister der Lemuren hatte gerade Chirone getötet, nachdem er das Blau-Erz in ihrem Hausbaum neutralisiert und so die Blaue Zone des Sektors ausgeschaltet hatte. Arka hatte sich mit dem Brandstifter einen verzweifelten Kampf geliefert und ihm eine so tiefe Wunde in der Brust zugefügt, dass sie in der Überzeugung geflohen war, er würde nicht überleben – aber er hatte überlebt. Das war ihr erster magischer Akt gewesen. Als die Flammen endlich erloschen waren, hatte sie mit niemandem über den Kampf gesprochen, um den Amazonen ihre Gabe nicht zu verraten. Daher wussten diese nicht, welche Rolle sie bei der Eindämmung des Brandes gespielt hatte.

»Deswegen entledigen wir uns der männlichen Babys lieber, als sie irgendwann aus der Blauen Zone hinauszulassen«, brummte Themis. »Vor allem die Nachkommen der Gründerinnen. Es gibt keinen schlimmeren Feind für die Amazonen als einen vor Kräften strotzenden Sohn des Waldes, der von seiner Mutter verlassen wurde und durch den Fluch dazu bestimmt ist, sie zu töten.«

Während sie dies sagte, starrte sie sie eindringlich an, als wolle sie ihr damit irgendetwas zu verstehen geben. Ein Gedanke regte sich in Arkas Kopf. Ihre Augen schweiften über Kandris Zimmer und all die Dinge darin, mit denen Chirones Kind gespielt hatte, bis es sieben Jahre alt wurde. Sie dachte an Chirone selbst, ihr zerfurchtes Gesicht, ihre blauen Augen.

»Chirone war eine Nachfahrin der Gründerinnen«, begriff sie.

Arkas Blick fiel auf das Blau-Erz-Klümpchen ihrer Tutorin, das in der geöffneten Schatztruhe in ihrer Hand lag.

»Als sie starb, befand sie sich nicht mehr in einer Blauen Zone«, flüsterte sie.

Ihr Atem ging schneller. Von Anfang an hatte sie die Wahrheit direkt vor der Nase gehabt, und doch hatte sie sie nicht erkannt. Das Gesicht des Meisters der Lemuren, das sie in der vorletzten Nacht in ihrem Alptraum wiedergesehen hatte, stand ihr nun klar vor Augen. Bronzefarbene Haut, braunes Haar … Blaue Augen. Chirones Augen. Arkas Tutorin war von ihrem eigenen Sohn getötet worden. Der Meister der Lemuren war Kandri.

»Warum hast du mir das nicht gesagt?«

Arka spürte Zorn in sich aufwallen. Sie wusste nicht genau, warum sie es Themis so übelnahm; vielleicht, weil sie die Einzige war, der sie die eigene Ahnungslosigkeit jetzt noch vorwerfen konnte. Chirone hatte ihr nie von Kandri erzählt, der Meister der Lemuren hatte sich wohlweislich gehütet, sie über seine arkadischen Wurzeln aufzuklären, und Themis hatte zahlreiche Gelegenheiten, ihr das, was sie gerade von ihr erfahren hatte, zu sagen, ungenutzt verstreichen lassen.

»Es hätte nichts an deinem Leben geändert noch daran, was passiert ist«, knurrte die Amazone. »Der Fluch erfüllt sich immer, wenn man ihm die Möglichkeit dazu lässt.«

»Warum reden wir dann jetzt darüber?«, rief Arka wütend.

»Weil ich alt bin, weil ich nicht mehr besonders gut sehe und weil es nicht schlecht wäre, wenn du wiederkämst, um mir auf meine alten Tage beizustehen«, erwiderte Themis. »Aber du wirst nicht wiederkommen können, wenn es dir nicht gelingt, das Blau-Erz zurückzuholen, und du wirst es nicht zurückholen können, ohne dir über die Kräfte dessen, der es gestohlen hat, im Klaren zu sein.«

Darauf wusste Arka nichts zu erwidern. Die Amazone trat ins Zimmer, nahm die Steinschleuder vom Haken, hob das Schatzkästchen auf, das Arka aus der Hand gerutscht war, und nahm Chirones Blau-Erz-Klümpchen heraus. Sie gab Arka die Waffe und das Stück Erz und sagte:

»Solange er vom Oreichalk geschützt ist und kein Kind hat, wird er unsterblich bleiben. Es sei denn, er bekommt ein Blau-Erz-Klümpchen mitten in die Brust.«

Arkas Blick wanderte von der Schleuder zu Themis.

»Du willst, dass ich Kandri töte?«

»Kandri ist an dem Tag gestorben, als sie zu ihrem Vater gebracht wurde«, entgegnete Themis düster. »Er hat sie zum Instrument seiner Rache an den Amazonen gemacht. Selbst wenn es dir gelänge, uns das Blau-Erz zurückzubringen, wäre der Magier, der sie geworden ist, noch immer eine Gefahr für uns. Ich möchte, dass du dafür gewappnet bist, ihn aufzuhalten, ehe er uns alle vernichtet.«

Arka ließ ihren Blick durch das Zimmer schweifen, das sie so sorgfältig renoviert hatte. Sie hatte so viel Zeit mit Kandris alten Habseligkeiten verbracht, dass diese ihr irgendwie vertraut vorkam, fast wie eine Freundin. Das Bild, das sie sich von dem kleinen Mädchen gemacht hatte, passte nicht zu dem des Meisters der Lemuren. Des Mannes, der ihre Tutorin ermordet, ihren Vater lemurisiert und Lastyanax gequält hatte. Ihre Augenbrauen zogen sich zusammen. Sie band sich die Steinschleuder um die Taille und steckte das Blau-Erz-Klümpchen in die Tasche.

»Sag mir, wie ich zur Schlucht der Verlorenen Schülerinnen komme.«

Die Sonne stand bereits im Zenit, als Arka den Fluss erreichte. Die Furt konnte sie diesmal nicht benutzen: Antiope hatte ihr keinen Passierschein gegeben, und die Wachposten würden ganz sicher keine Schülerin aus dem Wald hinauslassen. Doch ihre Gespräche mit Themis hatten sie auf eine Idee gebracht, wie sie den Thermodon überqueren könnte.

Sie pflückte Binsen und flocht eine grobe Halskette, während der Fluss zu ihren Füßen rauschte. Als sie fertig war, holte sie das Armband aus ihrer Tasche und drückte das Siegel. Mit einem vertrauten Rascheln entfalteten sich die Schwingen. Themis hatte recht: Auf massives Oreichalk hatte eine Blaue Zone keinen Einfluss. Arka packte eine Feder und zog mit aller Kraft daran, um sie vom Rest der Rüstung zu lösen. Der scharfe Rand der Feder schnitt ihr in die Hand.

Sie nahm Chirones Blau-Erz aus der Tasche und wickelte es in das feine Metallplättchen, bis sie eine kleine kupferfarbene Kugel hatte. Dann band sie das neutralisierte Stück Erz an die geflochtene Kette und hängte sich diese um den Hals. Mit den oreichalkenen Flügeln auf dem Rücken ging sie zu einem Felsen, der aus dem Wasser ragte, und hob ab.

So kurz ihr Flug war, strengte er sie doch sehr an, so als hätte ihre Anima an Kraft verloren. Arka überlegte, dass das etwas mit der Blauen Zone zu tun haben musste. Sobald sie am Nordufer gelandet war, fuhr sie ihre Schwingen wieder ein und ging Richtung Furt. Ihre Pelzkleider warteten noch in dem Gebüsch auf sie, vor den Blicken der Wachposten geschützt. Sie waren nur voller welker Blätter, und eine Horde Kellerasseln hatte darin ihr Lager aufgeschlagen. Arka nahm die Kleider und marschierte los.

Themis hatte ihr erklärt, wie sie zur Schlucht der Verlorenen Schülerinnen kam, doch der Waldbrand hatte alle Wegmarken ausgelöscht, an denen sie sich früher orientiert hatte. Zum Glück floss der Nebenarm des Thermodon, der die Schlucht gegraben hatte, nach wie vor zwischen den verkohlten Stümpfen. Arka stieg über die langen Schachtelhalme, die an der Uferböschung wuchsen, und folgte seinem Lauf. Als das Flusstal enger wurde, erklomm sie einen der Steilhänge und setzte ihren Weg dort oben fort.

Die ganze Zeit über dachte sie an den Meister der Lemuren. Der wahre Grund, warum er wollte, dass sie in Hyperborea blieb, erschien ihr nun sonnenklar: Sie war die Trägerin des Spiegelfluchs, das Bindeglied, durch das die vom Basileus gegen die Amazonen verhängte Bestrafung fortdauerte. Solange sie sich jedoch in einer Blauen Zone befand, war der Fluch vorübergehend aufgehoben, und er selbst wurde wieder sterblich.

Dennoch hatte sie keine Wahl: Um den Amazonen das

Blau-Erz wiederzubeschaffen, musste sie nach Hyperborea zurückkehren. Kurz streifte sie der Gedanke, bis ans Ende ihrer Tage allein an einem abgeschiedenen Ort zu leben, mit dem Blau-Erz-Klümpchen von Chirone zum Schutz vor dem Fluch. Doch sie war oft genug davongelaufen. Außerdem, wenn ihr Plan funktionierte, würde sie Lastyanax wiedersehen …

Vor ihr öffnete sich die Landschaft, je höher sie kam. Durch das Fehlen der Bäume hatte sie eine außergewöhnlich weite Sicht. Am ehemaligen Waldsaum hatten Heloten begonnen, die verkohlten Stümpfe auszugraben, um ihre Felder auf den durch die Asche fruchtbar gewordenen Boden auszudehnen.

Endlich gelangte sie auf einen großen, flachen Felsvorsprung. Eine von Rauch geschwärzte Steinpyramide bestätigte ihr Gefühl, dass sie das Ziel erreicht hatte. Sie näherte sich dem Rand und blickte nach unten. Zu ihrer großen Erleichterung sah sie nur den Fluss, der zwischen den Felsen schäumte. Die Schlucht, die sich mittlerweile außerhalb der Blauen Zone befand, war seit dem Brand nicht mehr benutzt worden. Sicher waren alle Gebeine von Aasfressern oder Hochwasser fortgetragen worden.

Arka zog ihre lederne Hose an und den Pelzmantel, die sie die ganze Zeit unter dem Arm gehabt hatte. Sofort erstickte sie die arkadische Sonne mit ihren unerbittlichen Strahlen. Sie näherte sich erneut dem Abgrund, hob einen Kiesel auf und ließ ihn über die Schlucht levitieren, bis ihre Anima die Kontrolle darüber verlor und er abstürzte. Ein paar Sekunden verstrichen, ehe Arka ein Platschen hörte. Sie schätzte die Tiefe der Schlucht auf etwa vierzig Schritt: ein ganz sicher tödlicher Sturz.

In dem Käfig hatte sie Zeit gehabt, darüber nachzudenken, wie es zu ihrer Teleportation aus dem Riphäengebirge nach Arkadien gekommen war. In dem Moment, als die Lawine sie erreichte, hatte sie an Chirone gedacht, und die magische Kraft des Lemuren hatte sie zu deren Grab gebracht. Alles schien darauf hinzuweisen, dass ihr diese Gabe nur zur Verfügung stand, wenn sie in unmittelbarer Todesgefahr schwebte … Als ob der Fluch beschloss, ihr als letztes Mittel diese Fähigkeit zu verleihen, damit sie überleben konnte.

Das war natürlich nur eine Vermutung. Um ihre Hypothese zu überprüfen, musste sie lediglich an Lastyanax denken und in den Abgrund springen.

Die Füße an der Felskante, schloss sie die Augen und versuchte sich ihren Mentor vorzustellen. Sie rief sich die Geste in Erinnerung, mit der er beim Nachdenken seine gebrochene Nase rieb; seine Leidenschaft für dicke, einschläfernde Akten; die beiden verschiedenen Brauntöne seiner Augen; das sadistische Vergnügen, mit dem er ihre Abschriften durchstrich … und wie er in die Arena des Justizturms getreten war, um mit ihr zusammen dem Tod die Stirn zu bieten.

»Noch nie habe ich so sehr gehofft, Sie wiederzusehen, Meister«, flüsterte sie.

Dann ließ sie sich vom Felsen fallen.

Lastyanax

Im Tresorraum der Zentralbibliothek saß Lastyanax in einem Sessel und sah Pyrrha dabei zu, wie sie ihre Plakate zerknüllte und sie mit verdrossener Miene ins magische Kohlebecken warf. Die verknitterten Blätter gingen darin in Flammen auf, ohne Rauch zu entwickeln.

»Diese Wahlen waren gefälscht«, versuchte er sie aufzumuntern, »das weißt du genauso gut wie ich. Die Flug-Soldaten haben systematisch alle Leute davon abgebracht, jemand anderen als Philon zu wählen. Es ist schon beachtlich, wie viele Stimmen du dennoch bekommen hast.«

»Ich weiß, dass es idiotisch ist«, sagte sie. »Aber ich hatte wirklich gehofft, ein besseres Ergebnis zu erzielen.«

Die letzten Tage waren heftig gewesen. Die Themiskyrer hatten alles getan, um Pyrrha in ein schlechtes Licht zu rücken, indem sie sie als von den Napocanern manipulierte, geltungssüchtige, ausschweifende Erbin darstellten. Aspasia war direkt eifersüchtig auf den neuen verwegenen Ruf ihrer Schwester geworden. Mithilfe der Bewohner Klein-Napocas hatten sie versucht, dieser Verleumdungskampagne entgegenzuwirken, indem sie Flugblätter verteilten und von Tür zu Tür gingen, um mit den Leuten zu sprechen. Immer wieder hatten sie dabei Zusammenstöße mit Flug-Soldaten riskiert. Trotz allem hatten ihre Anstrengungen nicht ausgereicht: Das Wahlergebnis war soeben verkündet worden. Pyrrha hatte gerade mal ein Fünftel der Stimmen auf sich vereinen können, weit mehr zwar als die Händler und der Ganove, aber doch nur ein Bruchteil dessen, was Philon bekommen hatte. Dieser würde am übernächsten Tag zum neuen Basileus geweiht werden.

Auch wenn er das niemals laut zugegeben hätte, war Lastyanax vom Ausgang der Wahl erleichtert. Er wusste nicht, welches Wunder die Themiskyrer dazu hätte bewegen sollen, sich mit Pyrrha als neuer Basilea abzufinden.

»Das Schlimmste an der Sache ist, dass ich Petroklos im Stich gelassen habe«, klagte Pyrrha. »Wir sind mit seiner Befreiung keinen Deut weitergekommen.«

Von Schuldgefühlen gequält, biss sie sich in die Faust und wippte vor und zurück. Lastyanax hütete sich, ihr zu sagen, dass ihn dieselben Zweifel geplagt hatten, als er aufgebrochen war, um Arka zu suchen. Er beschloss, dass es Zeit war, sie auf andere Gedanken zu bringen.

»Dein Sabotageplan funktioniert noch immer«, sagte er streng. »Und übermorgen werden die Themiskyrer gezwungen sein, einen Teil ihrer Truppen zur Absicherung der Ernennungszeremonie des Basileus abzuziehen. Das Gefängnis wird also weniger gut bewacht sein. Das ist der ideale Zeitpunkt, um zur Tat zu schreiten.«

Er beugte sich zur Seite und hob einen Beutel mit mechamagischen Werkzeugen vom Boden auf, den er in Erwartung dieses Gesprächs bereitgelegt hatte. Schraubenschlüssel waren für Pyrrha das, was für Petroklos Pastetenbrötchen waren: das perfekte Antriebsmittel.

»Wir müssen nur noch das Material aus dem Turm der Erfindungen besorgen und meine Flug-Soldaten-Uniform abholen, dann kann es losgehen«, fasste er zusammen. »Ich werde deine mechamagischen Fähigkeiten brauchen, um die Türen aufzukriegen.«

Pyrrhas Miene hellte sich langsam auf.

»Du hast recht. Brechen wir ins Archiv der Erfindungen ein.«

Sie schnappte sich ihre mechamagische Werkzeugtasche und stürmte aus dem Tresorraum. Lastyanax folgte ihr, wobei er sich fragte, ob ihre plötzlichen Sabotagegelüste wirklich daher rührten, dass sie weitermachen wollte, oder ob sie nicht einfach eine Flucht nach vorn waren. So oder so war es besser, sie rasch einzuholen.

Zwanzig Minuten später erreichten sie den Turm der Erfindungen. Das Gebäude stach aus der hyperboreischen Architektur heraus: Seine unteren Etagen bestanden aus einem dicken, mit Reliefs verzierten Pfeiler, der in der siebten Etage von einem riesigen, fensterlosen Kubus gekrönt wurde. Seit Jahrhunderten bewahrten die Magier hier die Erfindungen ihrer Eleven auf sowie jeden Einfall, der der Stadt vielleicht einen technologischen Vorteil verschaffen konnte. Normalerweise war der Turm gut bewacht, doch die jüngsten Ereignisse hatten seinen Schutz wohl etwas in den Hintergrund treten lassen, was Lastyanax und Pyrrha nur recht sein konnte.

Sie betraten das Vestibül. Die Vorhalle des Gebäudes führte zu einer imposanten, goldenen mechamagischen Tür, die von zwei Pilastern aus Granit eingerahmt wurde. Ein Bodenmosaik zeigte eine Allegorie des Erfindergeistes: einen alten Magier mit einem Zirkel. Lastyanax stand am Eingang Schmiere, während Pyrrha Werkzeuge aus ihrem Beutel holte. Nachdem sie ein paar Metallteile abmontiert hatte, legte sie ein silbernes Hörrohr an den Türmechanismus. Mit halb geschlossenen Augen setzte sie die Rädchen in Bewegung.

»Brauchst du Hilfe?«, fragte Lastyanax nach einer Weile.

»Schhhh«, flüsterte Pyrrha, »ich komme gerade an die knifflige Stelle. Drei Zacken auf dem fünften Zahnrad, zwei auf dem dritten … Das hätten wir.«

Sie richtete sich wieder auf und legte die Handfläche an das große Siegel in der Mitte der Tür. Ein Klicken ertönte. Die Zahnräder begannen sich zu drehen, Federn spannten sich, Bolzen rasteten ein und der gesamte Türflügel glitt zur Seite.

Dahinter hatte Lastyanax ein gigantisches, mit sagenhaften Maschinen gefülltes Lager erwartet. Stattdessen war da nur ein kleiner, vollkommen leerer viereckiger Raum. Im Schachbrettmuster des Fußbodens spiegelte sich das Licht einer Leuchtsphäre, die unter dem Deckengewölbe schwebte. In jeder der vier Wände befand sich eine mechamagische Tür identisch der, die Pyrrha gerade neu konfiguriert hatte.

»Hm«, machte die junge Magierin und runzelte die Brauen.

»Gehen wir hinein«, sagte Lastyanax, doch Pyrrha hielt ihn zurück.

»Einen Moment.«

Sie wandte sich um und streckte den Arm in Richtung des Mosaiks in der Vorhalle. Die Steinchen, die den Kopf des Magiers bildeten, lösten sich ab und wirbelten herum, ehe sie sich auf dem Boden wieder neu anordneten. Die Allegorie des Erfindergeistes ähnelte nun aufs Haar einer jungen Magierin mit grünen Augen.

»So ist es viel besser«, kommentierte Pyrrha, dann erst betrat sie den Raum.

Lastyanax folgte ihr lächelnd. Als sich die Tür hinter ihnen schloss, war Lastyanax froh, dass er nicht unter Klaustrophobie litt. Er drehte sich einmal um sich selbst: die vier Wände waren nicht mehr voneinander zu unterscheiden.

»Was machen wir jetzt?«, fragte Pyrrha. »Ich kann ja wohl nicht all diese Siegel neu konfigurieren? Das würde ewig dauern …«

Kaum hatte sie den Satz beendet, öffnete sich die mechamagische Tür zu ihrer Linken. Sie zuckten zusammen. Im Türrahmen erschien ein bleicher Mann mit langem Gesicht und krummem Rücken. Er war in mehrere Schichten Kleidung gehüllt und wirkte ebenso überrascht von dieser Begegnung wie sie. Lastyanax kam er irgendwie bekannt vor.

»Wer seid ihr? Was tut ihr hier?«, rief der Mann.

»Wir sind Magier«, antwortete Pyrrha. »Die einzigen, die nicht im Extraktor eingesperrt wurden. Und wer sind *Sie*?«

Das schien den Neuankömmling zu verwirren. Er befeuchtete seine Lippen, während sein Blick zwischen den beiden hin- und herwanderte.

»Ich bin der Wärter dieses Archivs. Aber ihr habt meine Frage nicht beantwortet: Was tut ihr hier?«

Lastyanax und Pyrrha wechselten einen raschen Blick. Wie weit konnten sie ihm vertrauen? Lastyanax aktivierte unauffällig das Zerstörungssiegel an seinem Finger. Pyrrha zwinkerte zustimmend.

»Wir sind hier, um im Rahmen eines Auftrags für das Magisterium ein paar Objekte zu holen«, sagte sie, indem sie ihren Siegelring vorzeigte.

Lastyanax zog ein Pergament aus seiner Tasche und entrollte es mit einer zackigen Bewegung.

»Könnten Sie uns helfen, diese Sachen hier zu finden?«

Der Wärter nahm zögernd das Pergament, als könne er sich daran verbrennen, und überflog die Liste der gesuchten Dinge:

»Kletterhandschuhe und Knieeisen, in Ordnung. Blendgranate, mhm, ich weiß, wo die ist. Graphomant, o ja, eine sehr schöne Erfindung. Horlogium, immer nützlich. Animafänger – das ist eine neuere Erfindung, scheint mir …«

Das Pergament noch immer in der Hand, hob er den Blick zu Pyrrha und Lastyanax.

»Ich muss gestehen, dass mir nicht recht wohl bei dem Gedanken ist, euch zu helfen … Wissen die Themiskyrer Bescheid über diesen … *Auftrag*?«

»Die Themiskyrer haben nicht zu entscheiden, welche Gegenstände den Turm der Erfindungen verlassen«, entgegnete

Pyrrha. »Das ist Sache der Magier. Helfen Sie uns nun oder nicht?«

Lastyanax fürchtete einen Moment, ihr scharfer Ton könnte den Wärter brüskieren. Doch der schob das Pergament in seinen Ärmel.

»Also gut. Folgt mir. Ich bringe euch zu den Sachen.«

Er machte auf dem Absatz kehrt und legte die Hand ans Siegel der Tür, durch die er gerade gekommen war. Der Mechanismus reagierte sofort und gab den Weg in einen identischen Raum frei, mit dem einen Unterschied, dass sich in der Mitte seines Schachbrettbodens alle möglichen Objekte stapelten. Manche erinnerten an Alltagsgegenstände – Schuhe, Bücher, Körbe, Besteck. Andere, mit Schläuchen, Ventilen, Zylindern gespickte, ähnelten gar nichts, was man kannte. Pyrrha wurde wie magnetisch von den Erfindungen mit den kompliziertesten Mechanismen angezogen, doch Lastyanax hielt sie am Ärmel zurück.

»Wir wollen uns hier nicht aufhalten«, sagte er mit einem Kopfnicken zu ihrem Führer, der schon die Hand an die Tür in der Wand gegenüber legte.

Sie fanden sich in einem weiteren Raum wieder. Der Wärter tauchte seinen Arm in einen Haufen Erfindungen und zog eine Art Metallhülse daraus hervor, auf die ein Siegel graviert war.

»Blendgranate«, verkündete er, indem er ihnen das Objekt reichte.

»Ich habe den Eindruck, dass wir nicht mal ein Zehntel der hier gelagerten Erfindungen nutzen«, bemerkte Lastyanax, während er dem Mann in den nächsten Raum folgte.

»Die meisten enthalten Oreichalk und sind sehr teuer zu reproduzieren«, erklärte der Wärter. »Und das Magisterium hat in seiner konservativen Haltung entschieden, nur wenige Patente zu verkaufen. Dieser Turm ist ein Friedhof menschlicher Ideen«, klagte er.

So viel Poesie hatte Lastyanax von einem einfachen Aufseher nicht erwartet, aber schließlich kam er selbst auch aus der ersten Ebene. Sie setzten ihren Weg durch eine Vielzahl von Sälen fort, die mit den unterschiedlichsten Dingen vollgestopft waren. Pyrrha schien gegen den unbezwingbaren Drang anzukämpfen, sämtliche Erfindungen auseinanderzunehmen. Der Wärter fand für sie die Kletterhandschuhe – mit denen man mühelos jedwede Oberfläche erklimmen konnte –, das Horlogium – einen kleinen mechanischen Apparat, der die Zeit genauso exakt anzeigte wie eine Wasseruhr – und Pyrrhas Animafänger, dessen zweiter Prototyp beim Einsturz des Turms verschwunden war. Lastyanax steckte all diese Dinge in eine Umhängetasche, die er extra dafür mitgenommen hatte.

»Und der Graphomant«, verkündete der Mann schließlich und hielt ihnen zwei lange oreichalkene Zylinder voller kleiner Buchstaben auf Tasten aus Elfenbein hin.

Pyrrha schnappte sich einen davon und begann die Tasten zu verschieben, um einen Satz zu bilden. Sofort erschien dieselbe Buchstabenkombination auf Lastyanax' Zylinder.

»Und wo geht es jetzt wieder raus?«, fragte der, während er das Gerät in seine Umhängetasche schob. In der endlosen Folge identischer Räume hatte er jegliche Orientierung verloren.

»Da entlang«, antwortete der Wärter.

Er öffnete eine weitere Tür und lud sie mit einer Geste ein, den Raum dahinter zu betreten, der ein Dutzend in seltsamen Posen erstarrte Automaten enthielt. Noch immer ganz in den Graphomanten vertieft, ging Pyrrha durch die Tür. Lastyanax zögerte, plötzlich beunruhigt. Es war das erste Mal seit Beginn des Rundgangs, dass ihr Führer ihnen den Vortritt ließ.

Ein Klicken ertönte. Er drehte sich um.

Der Wärter hatte seinen linken Ärmel hochgeschoben und die Manschette an seinem Handgelenk entblößt. Die Waffe war auf Lastyanax gerichtet, dem das Blut in den Adern gefror. Pyrrha hob endlich die Augen vom Graphomanten und wurde bleich.

»Wir hätten Ihnen niemals vertrauen dürfen«, fauchte sie.

»Sie sind nicht der Wärter des Archivs, Sie sind sein Leiter«, begriff Lastyanax endlich. »Vor einem knappen Jahr wurden Sie vom Gericht zu lebenslanger Haft verurteilt, weil Sie Konstruktionspläne an Themiskyra verkauft hatten.«

Das letzte Mal hatte Lastyanax von dem Magier gehört, als er den Extraktor besucht hatte, um etwas mehr über Blau-Erz zu erfahren. Im Gefängnis hatte der Mann etliche Kilo abgenommen. Ohne seine Toga noch dazu hatte Lastyanax ihn nicht erkannt.

»Ich wurde befreit, als die Amazonen alle Gefangenen rausließen, um die Magier an ihrer Stelle in die Zellen zu sperren. Ein willkommener Rollentausch«, bemerkte der Leiter. »Ich rate Ihnen, Ihrer Gefährtin rasch beizuspringen, junger Mann«, fügte er mit einem Blick auf Pyrrha hinzu. »Georgons Automaten sind nicht sehr geduldig.«

Im selben Moment war in dem Raum, in dem Pyrrha sich befand, ein vielstimmiges Knirschen zu hören. Lichter entzündeten sich in den runden Augen der Automaten. Die Androiden richteten sich auf und ließen ihre metallischen Gelenke knacken. Ihre Köpfe und Oberkörper, die die Form umgedrehter Pyramiden hatten, wandten sich Pyrrha zu. Mit schreckgeweiteten Augen umklammerte die junge Magierin den Graphomanten in ihrer Hand und wich in eine Ecke des Raums zurück. Lastyanax' Blick sprang zwischen Pyrrha, den Automaten, der Tür, dem Archivleiter und seiner Manschette hin und her. Ein Pfeil kam aus der Waffe geschossen, streifte sein Ohr und bohrte sich in den Türpfosten.

»Das nächste Mal ziele ich nicht daneben«, warnte ihn der Magier, den Arm noch immer ausgestreckt.

Lastyanax trat durch die Tür zu Pyrrha. Ihnen gegenüber schüttelten die Automaten die Köpfe, als versuchten sie, ganz wach zu werden.

»Warum?«, fragte er heiser, während sich die magische Tür zwischen sie und den Archivleiter schob.

»Ich ahne, dass ihr etwas gegen unsere Freunde, die Themiskyrer, im Schilde führt, und möchte doch nicht, dass sie uns wieder verlassen«, antwortete der Magier. »Zum einen sind sie mir sehr wohlgesinnt, seit ich ihnen vor einem Jahr die Pläne für diese Erfindung hier gegeben habe«, er tätschelte die Manschette an seinem Handgelenk. »Zum anderen müsste ich wieder in meine Zelle, wenn alles zur Normalität zurückkehren würde. Nein danke.«

Die Tür schloss sich endgültig und ließ Lastyanax und Pyrrha allein mit den Androiden zurück. Die Arme der Automaten streckten sich und nahmen die Form von Sensen an. Schwankend auf ihren Gelenkbeinen kamen sie näher, die Klingen nach vorn gereckt.

»Wir könnten die Leuchtsphäre kaputt machen«, flüsterte Pyrrha hastig, »dann würden sie uns nicht mehr sehen.«

»Das würde nichts nützen, bestimmt erspüren sie unsere Anima. Wir müssen hier raus, und zwar schnell.«

»Ich kann keine Tür in ein paar Sekunden rekonfigurieren«, erwiderte Pyrrha.

»Dann rekonfigurieren wir sie eben nicht.«

Er hob den Siegelring und legte ihn an die Tür zu ihrer Rechten. Mit gewaltigem Krachen zerbarst der Schließmechanismus unter einem Regen von Metallsplittern.

»Du hast zu viel Zeit mit deiner Elevin verbracht!«, rief Pyrrha, als sie durch die Bresche kletterten.

Sie fanden sich in einem anderen Raum wieder. Hinter ihnen nahmen die Automaten die Verfolgung auf. Lastyanax sprengte eine weitere Tür, dann noch eine und noch eine. Die Automaten folgten ihnen von Raum zu Raum, trampelten über die Erfindungen und zersäbelten die Luft mit ihren Klingenarmen.

»Ich halte nicht mehr lange durch!«, keuchte Pyrrha.

»Wir müssen irgendwie den Ausgang aus diesem Labyrinth finden«, erwiderte Lastyanax, während er den x-ten Schließmechanismus zerstörte.

Beunruhigt stellte er fest, dass die Breschen, die das Zerstörungssiegel riss, immer kleiner wurden. Außer Atem durchquerte er das nächste Zimmer und sprengte die gegenüberliegende Tür. Die Metallteile barsten und enthüllten eine Ziegelmauer. Pyrrha prallte in vollem Schwung gegen seinen Rücken.

»Wir haben die Wand erreicht«, verkündete Lastyanax dämlich.

»Messerscharf beobachtet«, spottete Pyrrha mit pfeifendem Atem. »Da lang!«, rief sie dann und zeigte auf die heile Tür zu ihrer Rechten. »Wenn wir immer der Außenmauer folgen, kommen wir zum Ausgang zurück.«

Lastyanax wischte sich den Schweiß von der Stirn und betrachtete das Zerstörungssiegel. Er vermutete, dass die Animareserve des Rings so gut wie erschöpft war.

»Worauf wartest du noch?« schrie Pyrrha.

Mit einer Handbewegung türmte sie die Erfindungen vor der Bresche auf, durch die die Automaten ihnen gerade folgen wollten. Als die Androiden gegen die improvisierte Barrikade stießen, begannen sie alles kurz und klein zu hacken. Lastyanax nahm die Umhängetasche ab und holte die Kletterausrüstung heraus.

»Zieh das an«, sagte er, während er Pyrrha die Sachen in die Hand drückte. »Du kletterst aufs Dach des Turms, dahin können dir die Automaten nicht folgen.«

Er hängte ihr die Tasche um die Schulter, dann setzte er das Zerstörungssiegel an die Wand. Ein paar Ziegel brachen und öffneten die Mauer nach draußen. Lastyanax setzte das Siegel ein zweites Mal an, um das Loch zu vergrößern: Sie befanden sich direkt am Abgrund, weit über den nächsten, unter ihnen liegenden Kanälen. Eisige Kälte schlug ihnen ins Gesicht.

»Kommt gar nicht infrage, dass ich dich hier zurücklasse!«, verkündete Pyrrha kategorisch.

Ihre dunklen Locken wirbelten im Wind und verdeckten immer wieder ihre Augen.

»Es ist gefährlicher, dort hochzuklettern«, log Lastyanax. »Ich würde es selbst tun, wenn ich schwindelfrei wäre.«

»Ich hab dir gesagt, du sollst nicht den Helden spielen, das ist lächerlich.«

»Dann bin ich gerne lächerlich«, gab Lastyanax ungeduldig zurück. »Ich kann mich mit dem Zerstörungssiegel verteidigen, und mit etwas Glück stürzen die Automaten bei dem Versuch, dir zu folgen, in die Tiefe. Los jetzt!«

Er hatte noch nie so energisch mit ihr gesprochen. Zu seiner größten Erleichterung schien sein eindringlicher Ton

Pyrrha zu überzeugen. Sie schlüpfte in die Handschuhe und schnallte sich die Knieeisen an.

»Ich rate dir, lebend aus diesem Turm herauszukommen«, warnte sie ihn.

Dann drehte sie sich um und tastete mit einer zitternden Hand über die Außenmauer. Lastyanax fürchtete einen Moment, dass sie sich nicht weiter vorwagen würde, doch sie streckte ein Bein hinaus und stützte ihr Knie auf die Backsteine. Wenige Sekunden später war sie nach oben verschwunden.

Hinter ihm schepperte es. Er fuhr herum: Die Automaten hatten die Barriere aus Objekten überwunden. Erfindungen rutschten über den Schachbrettboden bis an seine Füße. Lastyanax hob eine Teleskoplanze auf, das einzige Ding, das er zu bedienen wusste. Er fuhr die Waffe aus und fuchtelte damit herum, ohne wirklich zu glauben, dass er die Androiden damit beeindrucken könnte. Wie um seine Befürchtung zu bestätigen, kamen sie mit ihren die Luft peitschenden Sensenarmen immer näher. Eine Klinge traf seine Waffe und ließ ihn mit einem Lanzenstumpf in der Hand zurück. Den warf er einem Androiden an den Kopf, wo er mit einem enttäuschenden Klong! abprallte. Den anderen Erfindungen, die er nach den Automaten warf, erging es auch nicht besser: Georgon musste seine Maschinen mit einem Schutzsiegel ausgestattet haben.

Schließlich zog Lastyanax sich Mezentius' Ring vom Finger und warf ihn auf den Automaten, der ihn gerade mitten entzweischneiden wollte. Es gab eine gewaltige Explosion, der Android wurde in tausend Stücke gesprengt, und der Ring zerbröselte zu Staub. Von der Druckwelle nach hinten geschleudert, spürte Lastyanax, wie sein Absatz ins Leere trat. Als er einem weiteren Sensenhieb auswich, merkte er voller Entsetzen, dass er die Balance verlor. Mit den Armen rudernd, versuchte er vergeblich, die Kippbewegung seines Körpers aufzuhalten. Im nächsten Moment stürzte er in die Tiefe.

Ein Schrei entfuhr ihm, während er sah, wie sich sein Ausgangspunkt in rasendem Tempo entfernte. Ein paar Automaten purzelten hinter ihm her in den Abgrund. Oben auf dem Turm der Erfindungen wurde Pyrrhas vor Entsetzen verzerrtes Gesicht immer kleiner.

Plötzlich wurden seine Wirbel gestaucht. Lastyanax fragte sich, ob er endlich auf dem Boden aufgeschlagen war, ehe ihm bewusst wurde, dass sich sein Körper wieder in der Senkrechten befand und dass ihm offenbar Flügel gewachsen waren. Arme hielten seine Taille gepackt. Er verrenkte sich den Hals, um über seine Schulter ein wunderbar vertrautes Gesicht zu erkennen.

»War wohl höchste Zeit, dass ich zurückkomme, was, Meister?«

8

ABSCHIED UND WIEDERSEHEN

Arka

Weniger als eine Stunde war vergangen, seit Arka auf dem Turm der Erfindungen wieder zu sich gekommen war. Von Kopfschmerzen, Übelkeit und Schwindel an den Boden gefesselt, hatte sie sich eine ganze Weile gefragt, warum sie sich ausgerechnet hier rematerialisiert hatte – ihr Mentor war jedenfalls nirgends zu sehen. Dann, während sie am Rand des Dachs einen Weg nach unten suchte, hatte eine Explosion ein Loch in die Mauer des Gebäudes gerissen, und dahinter waren Pyrrha und Lastyanax erschienen. Arka hatte keine Zeit gehabt, zu überlegen, wie das alles zusammenhing: Ihr Meister war, von den Automaten bedrängt, in den Abgrund gestürzt, und sie war sofort hinterhergesprungen.

Jetzt rang sie mit aller Kraft darum, weder Lastyanax loszulassen noch die Kontrolle über ihre Flügel zu verlieren. Mit jeder unbedachten Bewegung drohten sie an einem Turm zu zerschellen. Unter ihren Händen spürte sie Lastyanax' Herz rasen wie das eines panischen Kaninchens. Zum Glück hielt er still und sagte nichts, sodass Arka sich auf den Flug konzentrieren konnte. Als sie jedoch die Stalaktiten eines Aquäduktes rammten, konnte er einen Schrei nicht unterdrücken. Benommen von dem Stoß, versuchte Arka in Richtung Stadtmauer zu steuern. Zwischen Türmen und Kanälen hindurchkurvend, verloren sie in schwindelerregendem Tempo an Höhe.

Endlich öffnete sich die vereiste Prärie vor ihnen. Arka ließ Lastyanax in eine Schneewehe fallen, die sich an der Befestigungsmauer gebildet hatte, und beendete ihren Flug hundert Schritt weiter mit ein paar Purzelbäumen. Sie fuhr ihre Schwingen wieder ein, drehte sich auf den Rücken und breitete die Arme aus. Sie fühlte sich vollkommen ausgepumpt. Über ihr glänzte die Kuppel unter einem blauen Himmel. Hier und da war der Adamant mit Raureif überzogen. Hyperborea, endlich.

Sie rieb sich energisch die Stirn, um die Migräne zu vertreiben. Wieder hoffte sie, dass ihre miserablen Flugkünste einem äußeren Einfluss geschuldet waren – der Erschöpfung durch die Teleportation zum Beispiel – und nicht dem Verlust ihrer Kräfte. Doch diese Frage hob sie sich lieber für später auf, jetzt hatte sie Dringenderes zu erledigen. Zuallererst: ihren Mentor wiederfinden.

Sie erhob sich mit dem Gefühl, hundert Jahre gealtert zu sein. Bei jedem Atemzug stieß sie dicke Wolken aus, die die vereiste Ebene und, ein Stück weiter entfernt, die Türme verschleierten. Der Wind schien sich seit ihrer Abreise ein wenig gelegt zu haben, und die Stadt war weiß getüncht worden. Die Luft war trocken und kalt, jegliche Vegetation war verschwunden. Unter der Kuppel kreisende Rokhs waren das einzige bewegte Element in dieser zu Kristall erstarrten Szenerie. Der Kontrast zum warmen, üppig grünen Wald war umso frappierender.

»Warum bist du zurückgekommen?«

Arka drehte sich um. Zwanzig Schritt von ihr entfernt stand Lastyanax und sah sie ungläubig an. Sein Gesicht war fast so weiß wie der Schnee, der seine Kapuze füllte. Er hatte zu lange Haare, eine rote Nase und zitternde Knie. Sie konnte sich nicht erinnern, ihn jemals in einem so erbärmlichen Zustand gesehen zu haben, außer vielleicht nach seinem Flug mit dem Greif. Flugkunststücke waren definitiv nicht sein Ding.

»Ich …«, begann sie.

Dann unterbrach sie sich und suchte in der Form ihrer Stiefel nach einer Eingebung, wie der Satz weitergehen könnte. Sie hatte Lust, ihm von ihrem Aufenthalt bei den Amazonen zu erzählen, von ihrer Verbannung und dem Blau-Erz, doch eine vorsichtige Stimme flüsterte ihr ein, ihre Lemurengaben lieber nicht sofort zu erwähnen. Lastyanax' Vertrauen zu ihr hatte zwar ihre Amazonen-Identität und ihre Verurteilung wegen Mordes überstanden, aber ihm das nun auch noch ohne jede Vorbereitung zuzumuten, war sicher zu viel. Besser, man ließ es langsam angehen.

»Ich dachte mir, Sie würden ohne meine Hilfe nicht überleben«, sagte sie angeberisch. »Und anscheinend hatte ich recht. Springen Sie öfter mal aus der siebten Ebene, Meister?«

Sie hob den Kopf, sicher, in seinen Augen die gewohnte, leicht genervte Nachsicht zu lesen, doch sein kalter Blick überraschte sie. Mit verschlossener Miene starrte er sie lange an, ehe er sagte:

»Danke für deine Hilfe.«

Ohne ein weiteres Wort setzte er sich auf den Boden und zog einen seiner Stiefel aus, um ihn vom Schnee zu befreien. Verwirrt, schrieb Arka seine Reaktion der traumatisierenden Luftakrobatik zu, die er soeben vollführt hatte. Während er seinen Stiefel ausleerte, trat sie zu ihm.

»Und, was ist so passiert, seit ich gegangen bin?«

Lastyanax antwortete nicht, sondern schüttelte weiter den Stiefel. Seine Züge wurden immer härter. Als kein Schnee mehr aus dem Schuh kam, zerrte er ihn sich wieder über den Fuß.

»Was machen wir jetzt, Meister? Pyrrha wiederfinden?«

Endlich hatten Lastyanax' Zehen die Stiefelspitze erreicht, und er stand ruckartig auf.

»Warum bist du nicht zu mir gekommen, ehe du die Stadt verlassen hast?«

»Ich …«

»Ist dir klar, dass ich dich im Riphäengebirge gesucht habe? Dass ich einen Monat mit einem widerwärtigen Karwan-Baschi durch diese vermaledeiten Bergen geirrt bin? All das, damit du jetzt mir nichts, dir nichts wieder in Hyperborea auftauchst …«

Der Zorn ließ seine Stimme so sehr anschwellen, dass er sich unterbrach. Verblüfft wusste Arka nicht, was sie ihm antworten sollte. Sie begann zu begreifen, dass ihr Wiedersehen mit Lastyanax sich nicht so gestalten würde, wie erhofft. Sie war erstaunt, zu erfahren, dass er nach ihr gesucht hatte, und noch erstaunter, dass er ihr dies übelnahm. Immerhin hatte sie ihm doch eine Nachricht hinterlassen.

»Ich hab Sie nie darum gebeten, mir zu folgen«, entgegnete sie. »Ich hab Sie in meinem Brief sogar extra aufgefordert, mir *nicht* zu folgen.«

»Meinst du dieses Geschmier hier?«

Mit einer wütenden Geste zog Lastyanax einen zerknitterten Fetzen Papier aus seiner Tasche. Arka erkannte die paar Zeilen, die sie vor ihrer Flucht aus Hyperborea hastig hingekritzelt hatte. Plötzlich wurde ihr bewusst, dass sie etwas mehr Sorgfalt auf ihren Abschiedsbrief hätte verwenden können. Trotzdem begann Lastyanax' Reaktion ihr auf die Nerven zu gehen.

»Ich habe einige Gefahren auf mich genommen, um Ihnen dieses Geschmier, wie Sie es nennen, zukommen zu lassen. Und es ist nicht meine Schuld, wenn Sie entschieden haben, das Gegenteil von dem zu tun, was ich Ihnen geschrieben habe, und mir zu folgen ...«

»Ich bin dein Mentor, du hast mir gar nichts vorzuschreiben!«

»Sie sind nicht mehr mein Mentor, das haben Sie mir selbst gesagt!«

Lastyanax schien etwas erwidern zu wollen, doch er verzichtete darauf. Mit zusammengekniffenen Lippen schloss er die Faust um den Zettel.

»Sehr gut, in diesem Fall ...«

Er warf das Stück Papier weg wie irgendwelchen Müll, machte kehrt und marschierte in Richtung der Türme davon. Sprachlos sah Arka ihm hinterher. Sie konnte nicht fassen, dass er ging, einfach so, ohne ihr weitere Fragen zu stellen, ohne die Lügengeschichten zu entlarven, die sie ihm auftischte, wie er es immer getan hatte. Zorn packte sie. Sie hatte ihr Leben riskiert, in der Hoffnung, ihn wiederzusehen, und er behandelte sie wie eine launische Göre.

Plötzlich hasste sie alles an ihm, von seinem aufgeblasenen Stolz bis zu seiner gebrochenen Nase. Sie verspürte den unbändigen Drang, Beleidigungen zu schreien und irgendwo mit der Faust draufzuhauen. Um sich Luft zu machen, nahm sie eine Handvoll Schnee und schleuderte ihn mit aller Kraft nach Lastyanax. Der Schneeball traf ihn im Nacken. Er japste und drehte sich um, bleich vor Wut. Arka hatte schon den nächsten Schneeball geformt, wohl wissend, dass ein weiterer

Wurf die Hoffnung, sich mit Lastyanax wieder zu versöhnen, endgültig zunichtemachen würde.

»Sie wissen gar nicht, wie hart es auch für mich war!«, schrie sie, heiser vor Enttäuschung.

»Das ist mir so was von schnuppe!«, blaffte Lastyanax zurück.

Eine Schneewoge erhob sich vor seinen Füßen und rollte bis zu Arkas Stiefeln. Sie hatte ihn noch nie so aufgebracht erlebt. Einen Moment lang starrten sie einander mit mörderischen Blicken an. Dann riss er sich mühsam zusammen. Als er wieder sprach, war seine Stimme zugeschnürt wie ein Paket, das jeden Moment zu platzen droht.

»Pyrrha sitzt auf dem Turm der Erfindungen fest, zwischen blutrünstigen Automaten, die sie in Scheiben schneiden wollen, und einem zu den Themiskyrern übergelaufenen Magier, ich habe also sehr viel Wichtigeres zu tun, als mich um die Stimmungsschwankungen einer undankbaren Elevin zu kümmern. Wir beide rechnen ab, sobald sie in Sicherheit ist. Bis dahin, bleib hier, geh zurück in die Berge, folge mir ... mach, was du willst, es ist mir egal, aber *halt vor allem den Mund.*«

Kaum hatte er den Satz beendet, lief er in Richtung der Türme davon. Arka kochte vor Wut; sie hätte ihn am liebsten beim Wort genommen und wäre gegangen. Als sie sich endlich entschied, ihm zu folgen, war er bereits im Schatten der Türme verschwunden. Sie stürmte in eine vom Rauch der Kohlebecken vernebelte Straße der ersten Ebene. Er war nirgends zu sehen. Arka schaute sich panisch um, da bemerkte sie ein kupferfarbenes Blitzen an einer Kreuzung. Lastyanax stand dort mit einem seltsamen Zylinder in der Hand, den er anstarrte, als erwarte er, dass er ihm etwas mitteilte. Sie erreichte ihn, als er gerade zur nächsten Mautstation abbog. Er schien sie kaum wahrzunehmen.

»Was ist das?«, fragte sie.

Er wandte ihr kurz das Gesicht zu, mit gerunzelten Brauen, als hätte sie ihn in einer schwierigen Überlegung unterbrochen. Arka schielte auf den Zylinder. Mit den Elfenbeintasten des Apparates hatte er geschrieben: KOMME DIR ZU HILFE.

»Eine Erfindung desselben Mechamagiers, der deine Flügel erschaffen hat«, antwortete Lastyanax endlich, ohne langsamer zu werden. »Man kann damit Nachrichten austauschen. Alles, was du darauf schreibst, erscheint auch auf einem zweiten Zylinder. Den hat Pyrrha.«

Dann hüllte er sich wieder in Schweigen und ging noch etwas schneller. Arka musste beinahe rennen, um nicht zurückzubleiben. Jede Faser ihres Körpers schrie vor Erschöpfung. Nie hätte sie gedacht, dass es ihr einmal schwerfallen könnte, mit ihrem Stubenhocker von einem Mentor Schritt zu halten. Um sie herum schien die erste Ebene überschwemmt von Harzkauern mit stumpfen Mondgesichtern. Auf den zugefrorenen Kanälen waren Boote und Panzer toter Schildkröten im Eis eingeschlossen. In großen Buchstaben an die Wände gemalte Inschriften kündigten die Wahl eines neuen Basileus an und forderten die Passanten auf, für einen gewissen Philon zu stimmen. Arka fragte sich gerade, wer das wohl sein mochte, als sie einen erleichterten Seufzer hörte. Sie sah zu Lastyanax, der lächelnd den Zylinder anstarrte.

»Sie hat es geschafft, zu entkommen!«

»Wer?«, fragte Arka. »Pyrrha?«

»Nein, die Königin der Amazonen«, erwiderte Lastyanax bissig. »Natürlich Pyrrha. Wir treffen sie in der Bibliothek.«

Noch immer lächelnd, klimperte er wieder auf seinem Zylinder herum, ohne ihr die geringste Aufmerksamkeit zu schenken. Arka fand das extrem unhöflich. Da er jedoch schon wieder in sehr viel besserer Verfassung zu sein schien als nach seiner Notlandung in der Schneewehe, beschloss sie, ihm weitere Fragen zu stellen.

»Und was haben Sie im Turm der Erfindungen gemacht?«

Er ignorierte sie, die Nase über seinen Zylinder gebeugt. Endlich steckte er ihn wieder ein und sagte:

»Warte hier auf mich. Da ich schon mal in der ersten Ebene bin, will ich schnell etwas holen.«

Dann verschwand er ohne weitere Erklärungen in einer Seitengasse. Beleidigt, dass er sie hier einfach so abgestellt hatte, ließ Arka sich auf den Rand des Kanals plumpsen und stützte das Kinn in die Fäuste. Sie hätte die Hand dafür ins Feuer gelegt, dass Lastyanax sie extra schmoren ließ, um sich für ihre Abreise zu rächen. Das war fies.

Sie schlug ihren Kragen bis zur Nase hoch und betrachtete die Vorübergehenden, wobei sie sich besorgt fragte, ob die hyperboreische Polizei sie noch immer wegen des Mordes am Basileus suchte. Vor ihr hockte ein Junge am Boden und grillte eine Ratte in einem Stück Schildkrötenpanzer. An der Wand hinter ihm empfahl die hundertste Werbeschrift, für General Philon zu stimmen.

»Wann ist diese Wahl?«, fragte sie den Jungen und zeigte auf die Mauer.

»Aus welchem Mustopf kommst du denn, dass du das nicht weißt?«, erwiderte der Junge, während er weiter den Stock drehte, auf den er die Ratte gespießt hatte. »Die Ergebnisse wurden heute bekannt gegeben. Der Themiskyrer da, Philon, hat gewonnen. Übermorgen wird er zum Basileus geweiht.«

Da seine Ratte gar war, löschte er das Feuer mit einer Handbewegung und zog den Stock heraus. Den Schwanz der Ratte zwischen seinen geröteten Fingern, ließ er aus dem Eis des Kanals zwei Kufen entstehen und befestigte sie an seinen zusammengeflickten Schuhen. Arka beobachtete ihn interessiert. Mangels Ausbildung durch das Magisterium hatten die meisten Bewohner der Stadt nur sehr geringe Kenntnisse und Fertigkeiten in Magie, auch wenn manche Handwerkszünfte ihren Gesellen ein fachspezifisches Wissen vermittelten. Wie sie vor etlichen Monaten festgestellt hatte, war es für ein Kind aus der ersten Ebene sehr schwer, Eleve zu werden. Der Junge mit der Ratte war sicherlich sehr viel talentierter als viele ihrer ehemaligen Miteleven, aber er war am falschen Ort geboren worden. Arka sah zu, wie er sich auf seine Eiskufen stellte und, an der Ratte nagend, über den Kanal glitt. Diese neue Fortbewegungsart erschien ihr grandios.

Sie versuchte, sich ebenfalls Kufen zu formen. Leider war die Beherrschung des Wassers nie ihre Stärke gewesen, und die Erschöpfung durch die Teleportation schien ihre magischen Kräfte zu beeinträchtigen. Sosehr sie sich konzentrierte, das Eis wollte nicht die von ihr gewünschte Form annehmen, die Kufen waren mal zu dick, mal zu dünn.

»Das erinnert mich an deine erste Prüfung bei der Attribution.«

Arka hob den Kopf und sah Lastyanax mit einem großen, weichen Paket unter dem Arm. Ohne ein weiteres Wort legte er das Paket auf den Boden, hockte sich vor ihre Füße, hob nacheinander ihre Stiefel und ließ zwei perfekte Kufen entstehen, die sich genau an ihre Sohlen schmiegten. Dann machte er dasselbe bei seinen eigenen Schuhen. Arka richtete sich mit etwas wackeligen Beinen auf und begann mit rudernden

Armen auf dem Eis hin und her zu schlittern. Nach ein paar ungeschickten Versuchen hatte sie den Dreh raus.

»Ich habe eine Dekade gebraucht, um mich auf Kufen so zu bewegen«, kommentierte Lastyanax frustriert vom Rand des Kanals aus.

»Jeder hat eben andere Begabungen, Meister«, erwiderte Arka und kam mit einem eleganten Bremsschwung vor ihm zum Stehen. »Soll ich Ihnen helfen, auf die Füße zu kommen?«

»Mach es nicht noch schlimmer«, brummte Lastyanax und rappelte sich allein auf. »Komm, Pyrrha erwartet uns in der Bibliothek. Ich erklär dir, was hier seit deiner Fahnenflucht passiert ist.«

»Geben Sie's zu, Sie sind froh, dass ich Ihnen wieder Gesellschaft leiste«, sagte Arka, während sie in Richtung der Mautstation zur zweiten Ebene liefen.

»Deine Gesellschaft geht mir auf die Nerven.«

»Dann sind Sie eben froh, dass meine Gesellschaft Ihnen wieder auf die Nerven geht.«

»... Kann schon sein, ja.«

Sie erklommen die Ebenen über die Eisstufen, die man in die gefrorenen Wasserfälle gehauen hatte. Arka fühlte sich völlig zerschlagen von dem Aufstieg, doch sie bemühte sich, es nicht zu zeigen. Flug-Soldaten überwachten die Mautstationen, und die hyperboreische Polizei stand zum Schein daneben. Ihre Anwesenheit schien Lastyanax jedoch nicht zu stören: »Die Einzigen, die uns erkennen könnten, sind die Magier, und die Magier haben den Extraktor noch immer nicht verlassen«, erklärte er. Er berichtete Arka von allem, was während ihrer Abwesenheit geschehen war: Der Ankunft der Themiskyrer, der fortgesetzten Haft der Magier, dem Bau der neuen Extraktionsmaschine, der großzügigen Ausgabe des Blauen Lotusharzes, dem Sabotageplan, den Wahlen und schließlich dem Zwischenfall im Archiv der Erfindungen. Bei jeder Mautstation regte er sich über ihre Inkompetenz auf, half ihr aber dennoch, die Kufen wieder an- und abzulegen. Bis sie in der siebten Ebene ankamen, war Arka so ziemlich auf dem neusten Stand der Ereignisse. Lastyanax und Pyrrha hatten einen Plan zur Sabotage der Extraktionsmaschine ausgeheckt: Perfekt, da kam sie ja genau richtig, um ihnen zu helfen und die Blau-Erz-Klümpchen zurückzuholen. Der Meister der Lemuren war vorübergehend von der Bildfläche verschwunden, auch wenn er im Hintergrund sicher weiter die Fäden zog. Und der Papiertiger Lastyanax schien sich zu Arkas größter Verwunderung in einen tollkühnen Gesetzlosen verwandelt zu haben.

»Wie meinst du das: ›Ich hätte nie gedacht, dass Sie ohne Ihren Papierkram leben können‹?«, wiederholte er empört, als sie ihm diesen letzten Gedanken mitteilte.

Sie hatten die Bibliothek beinahe erreicht.

»Der Einbruch und die Sabotage, das sieht Ihnen gar nicht ähnlich, Meister«, antwortete Arka. »Konnten Sie wenigstens Pyrrha damit beeindrucken?«

Unter der Kapuze, die sein Gesicht verbarg, schleuderten Lastyanax' Augen Blitze. Doch er kam nicht dazu, etwas zu erwidern, denn Pyrrha war gerade am Eingang zur Bibliothek erschienen. Sie stürzte sich auf ihn und drückte ihn so fest, dass er schmerzhaft das Gesicht verzog. Zum ersten Mal, seit Arka ihren Mentor die junge Magierin anschmachten sah, dachte sie, dass er vielleicht eine Chance bei ihr haben könnte. Die beiden lächelten jeweils über die Schulter des anderen.

Doch als sie sich voneinander lösten, hatten sie wieder todernste Mienen, und keiner wusste von dem seligen Ausdruck, der das Gesicht des anderen einen Moment zuvor erhellt hatte. Arka fand es entsetzlich frustrierend, das mit anzusehen.

»Ich habe versucht, so schnell wie möglich vom Dach herunterzuklettern, um die Eingangstür zu blockieren und den Leiter des Archivs einzuschließen, aber er war schon auf und davon«, sagte Pyrrha zu Lastyanax. »Mit etwas Glück denkt er, die Automaten hätten uns den Garaus gemacht. Aber die Themiskyrer werden irgendwann merken, dass wir nicht im Turm der Erfindungen getötet wurden. Wir müssen unseren Plan übermorgen unbedingt umsetzen.«

»Wir haben jetzt alles, was wir brauchen«, antwortete Lastyanax, wobei er das Paket unter seinem Arm tätschelte. »Und sogar Verstärkung«, fügte er mit einem Blick auf seine Elevin hinzu.

Pyrrha sah sie misstrauisch an und enthielt sich jeglichen Kommentars. Sie schien nicht begeistert von ihrer Anwesenheit. Arka scherte sich nicht darum: Ihr Mentor wollte ihre Hilfe, das war alles, was zählte.

Sie folgte den beiden Magiern in die Zentralbibliothek. Auch wenn dieser Ort für sie mit der Erinnerung an endlose, sterbenslangweilige Büffelei verknüpft war, bekümmerte sie der Zustand der Regalreihen. Sie kamen in den Tresorraum, wo ihr Mentor und Pyrrha ihren Sabotageplan ausgeheckt hatten. Erst als sie gemütlich in einem Sessel saß, den Bauch mit trockenen Keksen gefüllt und endlich bereit, sich nach zwei Tagen ununterbrochener Strapazen auszuruhen, wandte sich Lastyanax an sie.

»Jetzt bist du an der Reihe. Erklär mir, was du wirklich seit deiner Abreise gemacht hast.«

»Na ja, wie ich schon sagte, ich bin ins Gebirge gegangen und hab dann beschlossen, wieder zurück…«

»Du hast Eukalyptusblätter in deiner Kapuze«, schnitt Lastyanax ihr das Wort ab. »Im Riphäengebirge wachsen keine Eukalyptusbäume.«

Arka fühlte sich ertappt und war zugleich stolz auf ihren Mentor. Lastyanax hatte das Märchen entlarvt, das sie ihm aufgetischt hatte.

»Seit wann kennen Sie sich mit Pflanzen aus?«

»Seit ich eine Enzyklopädie über Botanik gelesen habe.«

»Natürlich«, murmelte Arka. »Versuch nicht, vom Thema abzulenken.«

Arka runzelte die Brauen und schielte verstohlen zu Pyrrha, die das Gespräch äußerst aufmerksam verfolgte. Ihr war nicht wohl bei dem Gedanken, Lastyanax von ihren Lemurengaben zu erzählen, doch sie kannte ihn gut genug, um zu wissen, dass er sich wenigstens bemühen würde, ihr zu glauben. Bei Pyrrha dagegen war es etwas anderes. Die Magierin schien nicht viel Sympathie für sie übrig zu haben.

»Du kannst Pyrrha ebenso vertrauen wie mir«, sagte Lastyanax, scharfsinnig wie immer.

Arka war nicht überzeugt, doch sie konnte sich ihr Publikum nicht aussuchen. Sie nahm ihren letzten Rest Energie zusammen und atmete tief ein.

»Ich war nicht die ganze Zeit im Riphäengebirge. Ich bin in den Amazonenwald zurückgekehrt.«

Arka sah, wie Lastyanax versuchte, das arithmetische Problem zu lösen, das sich aus ihrer nur zweimonatigen Abwesenheit und den Tausenden zwischen Hyperborea und Arkadien liegenden Meilen ergab.

»Durch Teleportation«, ergänzte sie.

Lastyanax sah sie ungläubig an.

»Ich habe Ihnen doch gesagt, mein Vater war ein Lemur.«

Die beiden Magier ließen sie nicht mehr aus den Augen, während sie mit gesenktem Kopf berichtete, was ihr seit ihrem Kampf mit dem Meister der Lemuren widerfahren war, bei dem sie sich zum letzten Mal gesehen hatten. Sie erzählte von Themis, von ihren Schwierigkeiten, bei den Amazonen ein normales Leben aufzunehmen, von ihrer Verbannung und ihrem Ziel: das Blau-Erz wiederzubeschaffen, um nach Arkadien zurückkehren zu können. Sie verschwieg, was sie über den Meister der Lemuren erfahren hatte, sowie Themis' indirekten Mordauftrag. Das war ihre persönliche Angelegenheit, und sie hatte keine Lust, Lastyanax da mit hineinzuziehen. Schließlich hob sie den Kopf wieder. In Lastyanax' Gesicht standen Zweifel geschrieben; Pyrrha musterte sie mit unverhohlenem Misstrauen.

»Angenommen, es gelänge uns tatsächlich, die Extraktionsmaschine zu sabotieren, und all das sollte wahr sein …«, begann sie.

»All das *ist* wahr«, verteidigte Arka sich sofort.

»… haben wir dennoch ganz bestimmt nicht vor, das Blau-Erz irgendwem zu geben«, fuhr Pyrrha fort. »Und schon gar nicht den Amazonen.«

Kategorischer konnte man nicht sein. Arka sah ihren Mentor hilfesuchend an, doch der schien ebenso wenig bereit, ihr das Erz zu überlassen.

»Was wollt ihr denn damit machen?«, fragte sie.

»Nichts«, war Lastyanax' Antwort. »Wir haben beschlossen, es an einem Ort zu lagern, wo niemand es finden und an sich bringen kann. Das Blau-Erz ist eine viel zu gefährliche Waffe, um einfach so in Umlauf zu bleiben.«

»Es ist keine Waffe«, widersprach Arka mit gerunzelten Brauen. »Es ist ein Schutz gegen Magie.«

»Magie ist das Natürlichste auf der Welt«, entgegnete Pyrrha.

»Das sagt ihr nur, weil ihr Hyperboreer seid und keine Ahnung habt, was es heißt, einem Magier die Stirn zu bieten, wenn man selbst keine Magie anwenden kann.«

Vor ihrem geistigen Auge sah Arka Bilder im Krieg verstümmelter Amazonen. Auch wenn es ihr selbst gelungen war, sich die Magie zum Verbündeten zu machen, so verstand sie doch die Angst und Abscheu, die diese Fähigkeit bei all jenen hervorrief, die sie nicht beherrschten.

»Genau, wir sind Hyperboreer. Und wir haben keinerlei Interesse daran, den Amazonen zu helfen. Sie sind ein barbarisches Volk.«

»Wir sind keine Barbaren!«

Der Aufschrei war Arka beinahe wider Willen herausgerutscht. Sie wusste nicht genau, wen sie eigentlich überzeugen wollte: Pyrrha oder sich selbst? Eine unangenehme kleine Stimme sagte ihr, dass sie ohne das Eingreifen von Themis und Antiope keinen Kopf mehr hätte, um überhaupt noch etwas zu sagen. Und sowieso war sie viel zu erschöpft, um die passende Retourkutsche zu finden und es Pyrrha heimzuzahlen. Lastyanax hob beschwichtigend die Hand.

»Es wird langsam spät, und der Tag war für uns alle anstrengend. Wir werden morgen weiter darüber reden, wenn wir uns ausgeruht haben.«

Pyrrha und Arka sahen sich noch einen Moment herausfordernd an, dann sagte die Magierin schließlich:

»Du hast recht. Ich gehe zu meiner Großtante, meine Familie macht sich bestimmt schon Sorgen.«

»Ich bringe dich lieber hin, für den Fall, dass du Flug-Soldaten begegnest.«

Lastyanax deutete auf eine Bank, auf der eine Decke aus Moschusochsenwolle lag, und sagte zu Arka:

»Da kannst du schlafen. Es ist nicht besonders komfortabel, aber etwas Besseres kann ich dir nicht anbieten.«

Arka verkniff sich die Bemerkung, dass sie die letzten Dekaden in einer Hängematte geschlafen hatte. Die Hyperboreer wussten gar nicht, was mangelnder Komfort wirklich war. Sie kannten keine Erde, keinen Regen, keine Bäume, keine wilden Tiere, sie kannten weder den Rhythmus der Jahreszeiten noch Demut gegenüber der Natur; sie waren auch Barbaren, auf ihre Weise. Plötzlich fehlte ihr der Wald mehr, als er es in den zwei Jahren ihrer Abwesenheit je getan hatte. Vermutlich, weil sie noch am Morgen den Duft der Eukalyptusblätter in der Nase gehabt hatte. Zu ausgelaugt, um noch ein Wort zu erwidern, rollte sie sich auf der Bank zusammen, schlief sofort ein und träumte von Arkadien.

Lastyanax

»Du hättest mich nicht begleiten müssen«, sagte Pyrrha entschieden. »Ich kann mich sehr gut selbst verteidigen, wenn es nötig ist.«

Sie glitten auf ihren Kufen in Richtung der Mautstation zur sechsten Ebene. Es war immer noch kalt, doch der Wind hatte deutlich nachgelassen, ein Zeichen dafür, dass das Loch in der Kuppel beinahe verschlossen war. Das Licht des Vollmonds schillerte auf dem Eis der verlassenen Kanäle. Lastyanax irritierte Pyrrhas Bemerkung ein wenig.

»Ich weiß«, brummte er. »Ich brauchte nur eine Ausrede, um mit dir allein zu sprechen, ohne Arka. Ich wollte deine Einschätzung der Situation hören.«

»Meine Einschätzung ist, dass deine Elevin ein unerschöpflicher Quell von Scherereien ist«, gab Pyrrha wie aus der Pistole geschossen zurück.

Lastyanax wollte etwas erwidern, doch tatsächlich gab es darauf nicht viel zu erwidern. Seit Arka in sein Leben getreten war, war es nur immer komplizierter geworden.

»Ich glaube, wir sollten sie aus unserem Plan raushalten, bis wir das Blau-Erz weggeschafft haben«, fügte Pyrrha hinzu. »Sie wäre imstande, es uns zu klauen und es allein nach Arkadien zurückzubringen.«

Auch da wusste Lastyanax nicht, wie er hätte widersprechen sollen. Er hätte gern gesagt, dass Arka so etwas niemals tun würde, doch sie hatte schon sehr viel überraschendere Dinge getan.

»Es ist in jedem Fall besser, sie rauszuhalten«, kürzte er die Sache ab, während sie sich der Mautstation näherten. »Vom Blau-Erz einmal abgesehen, ist sie draufgängerisch genug, um uns in Gefahr zu bringen und den Plan zu ruinieren. Morgen vor Tagesanbruch komme ich mit der gesamten Ausrüstung zu dir in die vierte Ebene, und übermorgen starten wir dann von dort aus, um sicher zu sein, dass sie uns nicht folgt.«

»Gute Idee.«

Sie hatten die Mautstation fast erreicht, wo ein halbes Dutzend Flug-Soldaten rund um ein Kohlebecken Philons Wahlsieg feierten. Als diese sahen, dass sich ihnen eine junge Frau näherte, empfingen sie sie mit schlüpfrigen Bemerkungen. Zum Glück waren sie zu beschwipst, um wirklich eine Bedrohung darzustellen.

»Mir wäre trotzdem nicht wohl gewesen, dich um die Zeit ohne Begleitung hier draußen zu wissen«, bemerkte Lastyanax, sobald sie den Fuß der gefrorenen Treppe erreicht hatten.

»Nicht ich muss mich anpassen, sondern die müssen sich ändern«, erwiderte Pyrrha, während sie ihre Stiefel mit Eiskufen versah.

Lastyanax ahnte, dass die Frustration über ihre Wahlniederlage sie gerade wieder voll erwischt hatte. Für den Fall ihres Sieges hatte sie geplant gehabt, einige Basileikas – die hyperboreischen Gesetze – zu reformieren, um für mehr Gleichberechtigung der Frauen zu sorgen. Schnell lenkte er das Gespräch wieder auf den Sabotageplan, damit sie nicht zu lange auf ihren trüben Gedanken herumkaute. Während sie die beiden folgenden Mautstationen passierten und die vierte Ebene durchquerten, gingen sie noch mal alle Details der für den übernächsten Tag vorgesehenen Operation durch. Pyrrha zählte auf, welche Hilfsmittel sie brauchen würden:

»Graphomant, Ampulle mit flüssiger Luft, Zerstörungssiegel ...«

»Ich habe Mezentius' Ring nicht mehr«, fiel Lastyanax plötzlich ein. »Er ist mir vom Finger gerutscht, als ich die nächste Tür zerstören wollte«, log er spontan. »Ich stand zwischen den Automaten und dem Abgrund ... Deswegen bin ich abgestürzt.«

Nachdem er nun schon mehrmals von seiner Elevin gerettet worden war, begann er zu verstehen, warum Pyrrha es so sehr hasste, wenn er meinte, den Helden spielen zu müssen. Umso mehr hätte es sie aufgeregt, zu erfahren, dass er von der so gut wie aufgebrauchten Animareserve des Zerstörungssiegels gewusst hatte. Er machte ein zerknirschtes Gesicht, während Pyrrha den Verlust des Rings beklagte.

»Na gut, sei's drum, es wird auch ohne gehen, er war nur zur Absicherung im Notfall gedacht«, sagte sie schließlich. »Ich kannte den Mechanismus gut genug, um einen neuen bauen zu können, doch dafür bräuchte ich Oreichalk ... Apropos Oreichalk, meinst du, du könntest uns das Armband deiner Elevin besorgen?«, fügte sie nebenbei hinzu. »Es könnte uns helfen, falls etwas schiefgeht.«

Lastyanax verdächtigte Pyrrha, dass sie weniger am Gebrauch der Flügel interessiert war, als daran, sie zu zerlegen, um ihren Mechanismus zu erforschen.

»Arka hat es immer am Handgelenk, ich könnte es ihr nicht wegnehmen, ohne sie aufzuwecken«, erwiderte er kopfschüttelnd. »Und ich werde sie nicht im Stich lassen und ihr dann auch noch das Armband klauen.«

»Stimmt, sie könnte es dir übelnehmen, dass du sie einfach so allein zurücklässt«, bemerkte Pyrrha.

»Dann wären wir quitt«, knurrte Lastyanax.

Sie waren vor dem Turm angelangt, in dem Pyrrhas Familie lebte. Dahinter ragte die massige Silhouette des Extraktors auf, dessen Schießscharten von innen durch die großen, Tag und Nacht brennenden Leuchtsphären des Atriums erhellt wurden. Auf dem Steg, der zur Wohnung der Großtante führte, zeichnete sich eine an die Brüstung gelehnte Gestalt ab: Eingemummelt in ihre Pelzkleidung, erwartete Aspasia die Rückkehr ihrer Schwester.

»Ich werde ihr erzählen, was heute alles passiert ist«, sagte Pyrrha. »Wir sehen uns morgen früh hier wieder. Gute Nacht.«

»Gute Nacht«, erwiderte Lastyanax, enttäuscht, dass sie sich so rasch verabschiedete.

Wie immer hätte er sich gern ein wenig vom Plan entfernt

und stattdessen über seine Gefühle geredet. Er tröstete sich mit dem Gedanken, dass der Zeitpunkt ohnehin ungünstig gewesen wäre: Sicher, der Vollmond strahlte, und sie waren gerade dem Tod von der Schippe gesprungen, aber Aspasia beobachtete sie.

Für die Rückkehr wählte er andere Mautstationen, um nicht den Verdacht der Flug-Soldaten zu erregen, die ihn auf dem Hinweg gesehen hatten. Er erreichte die Bibliothek und stieg in ihre finsteren Eingeweide hinab, begleitet von der Leuchtsphäre, die Pyrrha und er beim Hinausgehen am Eingang zurückgelassen hatten. Vor dem Tresorraum angekommen, löschte er die Kugel und aktivierte das Schließsiegel der Tür, die zur Seite glitt, um ihn einzulassen. Drinnen glomm noch etwas Glut im magischen Kohlebecken und warf einen rötlichen Schein auf Arka, die unter ihrer Decke schnarchte. Selbst schlafend wirkte sie noch erschöpft. Die Bank drückte ihre Wange etwas höher und ihr Augenlid an der Schläfe schräg nach oben. Lastyanax fand plötzlich, dass sie einer Südländerin ähnelte, trotz der blonden Haare, die sie von ihrem hyperboreischen Vater geerbt hatte. Mit einem Seufzer ließ er sich in den Sessel fallen und fragte sich, durch welch verschlungene Wege des Schicksals er für eine halblemurische Amazonenschülerin verantwortlich geworden war. Aber war er überhaupt noch verantwortlich für sie? War er es je gewesen? Er spürte, dass Arka sich durch ihre Rückkehr in den Wald verändert hatte, wie ein Haustier, das wieder verwilderte, wenn man es in der Natur aussetzte.

Er band sich das Horlogium ans Handgelenk und programmierte es, um ein paar Stunden in dem Sessel zu schlummern.

Das Vibrieren der Erfindung weckte ihn kurz vor Morgengrauen. Arka schlief noch immer fest. Pyrrha hatte recht, sie würde ihm böse sein, wenn sie aufwachte, doch er hatte keine Wahl. Er stand auf und begann lautlos die Ausrüstung und die Pläne des Extraktors einzupacken. Als er alles in einem großen Beutel verstaut hatte, legte er ein bisschen Geld – das aus den Truhen von Pyrrhas Familie stammte, da sein eigenes Konto bei der Hyper-Bank gesperrt worden war – neben seine Elevin. Die Münzen klimperten. Für einen Moment fürchtete er, Arka würde aufwachen, doch sie grunzte nur.

Den Beutel über der Schulter, hielt er auf der Schwelle der mechamagischen Tür noch einmal kurz inne. Der Gedanke, dass er seine Elevin vielleicht zum letzten Mal sah, durchzuckte ihn. Wenn die Sache im Extraktor schiefging …

»Pass auf dich auf, Arka«, flüsterte er, ehe er die Bibliothek endgültig verließ.

Am selben Abend saß Lastyanax auf dem Balkon der Großtante in der vierten Ebene, gegenüber dem Extraktor. Pyrrha und er hatten den Tag damit verbracht, die letzten Vorbereitungen für ihre Aktion zu treffen. Die Risse in dem mit Schnee beladenen Balkon beunruhigten ihn ebenso wie die Gleichgewichtsübung, die die junge Magierin vollführte. Auf einem breiten, um den Turm herumlaufenden Sims stehend, arrangierte sie die Buchstaben einer alten, abgeblätterten Werbeinschrift an der Wand neu, die die Vorzüge einer Creme auf Seerosenwurzelbasis anpries. Lastyanax blickte in den Abgrund unter ihren Füßen und schluckte.

»Wird dir nie schwindelig?«, fragte er.

»Ich erinnere dich daran, dass ich in der siebten Ebene aufgewachsen bin«, erwiderte Pyrrha. »Nur die aus der ersten haben Höhenangst.

Sie legte die Hand auf das Siegel, das sie unter der Werbeschrift gezeichnet hatte, und aktivierte es. Die Buchstaben schienen über die Mauer zu kriechen, ehe sie ihre Wanderschaft in einem HEUTE NACHT beendeten. Pyrrha kam zurück auf den Balkon und setzte sich neben Lastyanax. Gemeinsam starrten sie erwartungsvoll auf das zehnte Fenster von rechts in der dritten Etage. Das Fenster, hinter dem sich Petroklos befand.

Eine Viertelstunde später hatte ihr Freund noch kein Lebenszeichen von sich gegeben. Lastyanax taten schon die Augen weh vom vielen Starren auf den Adamant, der immer mehr mit dem Turm verschmolz, je weiter die Dämmerung voranschritt. Er begann sich ernsthaft Sorgen zu machen, als endlich ein Togazipfel in der rechten Ecke des Fensters erschien.

»Petroklos«, hauchte Pyrrha.

»Es ist so weit«, sagte Lastyanax und schlug seine Fäustlinge aneinander, um seine von der Kälte steifen Finger zu wärmen.

Er wollte gerade den Balkon verlassen, da hielt Pyrrha ihn am Arm zurück. Überrascht sah Lastyanax zu ihr auf. Sie hielt ihn noch immer fest. Da wurde ihm bewusst, dass dieser ungestörte Moment auf dem Balkon vielleicht der letzte war, den sie noch hätten. In wenigen Stunden würden sie in den Extraktor eindringen, jeder auf seinem Weg. Trotz ihrer Bemühungen und sorgfältigen Vorbereitung blieben noch zu viele Unwägbarkeiten, um sicher sein zu können, dass sie ihn auch wieder verlassen würden.

»Als du auf die Suche nach deiner Elevin gegangen bist, hast du mir Mezentius' Ring dagelassen«, sagte Pyrrha langsam. »Ich habe ihn eingehend untersucht. Und ich habe etwas entdeckt: Er passt sich dem Finger der Person, die ihn trägt, automatisch an. Es ist eine sehr subtile mechamagische Anpassung, so subtil, dass du sie selbst nicht bemerkt hast.«

Sie sah ihn vorwurfsvoll an.

»Das Zerstörungssiegel ist dir nicht vom Finger gerutscht«, schloss sie. »Du hast mich gestern angelogen. Du wusstest, dass seine Animareserve beinahe aufgebraucht war.«

Verärgert von ihrem anklagenden Ton, zog Lastyanax seinen Arm weg. Da hatte er gedacht, endlich sei die Gelegenheit gekommen, ihr seine Gefühle zu offenbaren, und stattdessen musste er sich nun rechtfertigen wie ein ertapptes Kind.

»Es war die richtige Entscheidung«, erwiderte er. »Du hättest mich sonst nicht zurückgelassen, und wir wären beide umgekommen.«

»Und was hätte ich ohne dich schon anfangen sollen?«, gab Pyrrha zurück.

»Ich bin sicher, du hättest den Plan erfolgreich durchgezogen«, entgegnete er, entschlossen, ihr zu beweisen, wie vernünftig seine Überlegung gewesen war. »Letztendlich warst du es, die ihn ausgetüftelt hat. Du hättest einen Eleven aus dem vierten Jahr als Ersatz für mich finden können und …«

»Ich meinte nicht den Plan, Last.«

Dieser Satz verschlug ihm die Sprache. Er hob den Kopf. Pyrrha sah jetzt zu Petroklos' Fenster hinüber. Lastyanax ließ sie nicht aus den Augen. Sein Herz und sein Magen schienen sich in einem rasenden Tanz zu drehen.

»Stimmt es, was Aspasia neulich gesagt hat?«, fragte er. »Hast du Rhodopis verlassen, weil …«

»Ich habe Rhodopis verlassen, weil er den Gedanken nicht ertragen hat, dass ich dir bei deiner Ermittlung helfe«, unterbrach Pyrrha ihn. »Er war schrecklich eifersüchtig auf dich, und ich hasse so etwas. Aber wenn du von mir hören möchtest, dass du mir etwas bedeutest, dann ja, du bedeutest mir etwas. Es wäre also nett von dir, wenn du nicht bei jeder Gelegenheit, die sich bietet, versuchen würdest, dich zu opfern.«

Einige Dekaden zuvor hätte Lastyanax ihre Zurechtweisung übergangen und nur eines gehört: Er bedeutete Pyrrha etwas. Doch in den eineinhalb Monaten an ihrer Seite hatte er gelernt, ihre Charakterschwächen besser zu durchschauen. Er wusste, was sie ihm gerne sagen wollte, doch weil sie Pyrrha war und weil er bloß Lastyanax war, wagte sie nicht, einfach nur ihre Gefühle auszudrücken, ohne ihnen eine Kritik hinzuzufügen. Als ob sie ihn erniedrigen musste, um die Kontrolle über eine Situation zu behalten, die sie nicht vorhergesehen hatte.

Daher endete ihr Gespräch in einer enttäuschenden Mischung aus frustriertem Schweigen und Groll. Lastyanax verließ die Terrasse und legte sich auf die Matte, die die Großtante im Wohnzimmer für ihn ausgerollt hatte. Eine ganze Weile geschah nichts, dann hörte er, wie Pyrrha den Raum durchquerte. Auf seiner Höhe angekommen, wurden ihre Schritte langsamer. Er spürte ihre Blicke glühend in seinem Nacken und hoffte plötzlich mit aller Kraft, dass sie sich zu ihm auf den Boden legen und sich an ihn schmiegen würde. Doch sie entfernte sich und ging zu ihrer Schwester ins Bett.

Arka

Ein paar Stunden zuvor

Als Arka mit dem Gefühl erwachte, zehn Jahre geschlafen zu haben, entdeckte sie, dass die Pläne, die Erfindungen und Lastyanax aus dem Tresorraum verschwunden waren. Ihr Meister hatte ihr etwas Geld und eine Nachricht, bestehend aus drei lächerlichen Worten, als Rechtfertigung dagelassen: *Zu deiner Sicherheit.*

Arka war zuerst angewidert von seiner Heuchelei. Er wusste doch, dass der Fluch sie beschützte, also war er ganz eindeutig nicht um ihre Sicherheit besorgt, sondern nur um das Blau-Erz. Bestimmt hatte Pyrrha ihn davon überzeugt, sie aus ihrem Vorhaben rauszuhalten. Bei dem Gedanken, dass sie diese Entscheidung hinter ihrem Rücken gefällt hatten, während sie schlief, fühlte Arka sich verraten und auch ein bisschen dumm. Wie immer war sie nicht vorausschauend genug gewesen. Als sie Themis' Baumhaus verlassen hatte, war ihr alles so klar erschienen: Sie würde nach Hyperborea zurückkommen, sie würde Lastyanax treffen, gemeinsam würden sie das Blau-Erz zurückholen und den Meister der Lemuren töten. Jetzt hatte ihr Mentor sie im Stich gelassen, Pyrrha und er würden das Blau-Erz wer weiß wo verbuddeln, und der Meister der Lemuren war nirgends zu sehen.

Nicht nur Lastyanax' mangelndes Vertrauen verletzte sie, sondern auch seine Entscheidung, auf ihre Hilfe zu verzichten, obwohl sie ihm jedes Mal den Hals gerettet hatte, wenn sie in eine gefährliche Situation geraten waren. »Als er beinahe unter Palates' Gerümpel begraben worden wäre, wer hat ihn da rausgeholt? Und als der Greif ihn mitgenommen hat, wer ist ihm hinterhergeflogen, hm? Und gestern, wer hat ihn da daran gehindert, in der ersten Ebene aufzuklatschen?«, wetterte Arka, während sie wütend ihre Stiefel wieder anzog. Ein Stimmchen in ihrem Kopf flüsterte, dass er oft nur ihretwegen in diese gefährlichen Situationen geraten war, doch sie ignorierte es. Sie zerriss Lastyanax' Nachricht und warf die Fetzen in das Kohlebecken, das er für sie wieder angeheizt hatte. Dann stürmte sie aus dem Tresorraum, fest entschlossen, ihren Mentor zu finden, um ihm zu beweisen, dass es ein Fehler gewesen war, sie auszuschließen.

Vor dem Gebäude angekommen, schlug ihr die Kälte entgegen. Der trostlose Anblick der Kanäle nahm ihr den Schwung, der sie eben noch angetrieben hatte. Sie hatte keine Ahnung, wo sich Lastyanax versteckte. War er überhaupt in der siebten Ebene? Sie kam am Bergfried vorbei, wagte jedoch nicht, hineinzugehen – seit dem Prozess wohnte Lastyanax dort sowieso nicht mehr –, und begann über die Kanäle auf dem Gipfel der Stadt zu irren, die Kapuze tief ins Gesicht gezogen, um es vor den wenigen Passanten zu verbergen, denen sie begegnete. Die Wärme und das Grün Arkadiens fehlten ihr. Sie mochte nicht darüber nachdenken, was sie tun sollte, wenn Lastyanax das Blau-Erz tatsächlich verschwinden ließ und ihr so jede Möglichkeit nahm, wieder zu ihrem Volk zurückzukehren.

Als sie auf den Rand der Türme zusteuerte, erschien am Ende eines Kanals eine Patrouille von Themiskyrern, deren Schultern durch Feder-Epauletten an ihren Umhängen noch breiter wirkten. Arka überlegte kurz, umzukehren, doch das hätte Verdacht erregt. Während sie an ihr vorbeigingen, riss einer der Soldaten ihr unvermittelt die Kapuze vom Kopf.

»Schau an, das kommt selten vor, dass man ein Mädchen hier allein herumlaufen sieht. Wie heißt du? Du bist sicher ganz gut gebaut unter deinen Fellklamotten.«

Arka war so geschockt von dieser Bemerkung, dass sie nicht wusste, wie sie reagieren sollte. Wenn er sie beleidigt hätte, dann hätte sie ihm drei Ohrfeigen verpasst, aber so? Sie fühlte sich plötzlich schmutzig, als ob die Art, wie die Soldaten sie ansahen, sich auf das Bild auswirkte, das sie selbst von sich hatte: Ein frisches, wehrloses Stück Fleisch, das jedem zur Verfügung stand.

»Interessierst du dich jetzt schon für kleine Gören?«, lachte einer seiner Kameraden. »Lass sie in Frieden, die ist zu jung.«

»Alte mag ich auch, brauchst nur deine Mutter zu fragen«, erwiderte der Soldat, indem er sich von Arka abwandte.

Die Themiskyrer entfernten sich unter weiteren derben Scherzen. Arka brauchte eine Weile, ehe ihre Beine ihr wieder gehorchten, die vorübergehend gelähmt zu sein schienen. Während sie versuchte, das widerliche Gefühl abzustreifen, das die Bemerkung des Soldaten ausgelöst hatte, und sich dafür schämte, dass es ihr nicht ganz gelang, tauchte vor ihren Augen etwas auf, das dieses Ereignis in den Hintergrund treten ließ. Ihre Schritte hatten sie dahin geführt, wo zuvor Silenos' Turm gestanden hatte.

Die Kanäle, die das Gebäude mit dem Rest der Stadt verbunden hatten, waren nur noch mit Eiszapfen gespickte Stümpfe. Ganz unten, in der ersten Ebene, bildeten die Reste des eingestürzten Turms einen Wall aus Trümmern, der bis an den Fuß der Kuppel reichte, wo die Arbeiter aufgeräumt hatten, um entlang der Bresche ihre Gerüste zu errichten. Erschüttert von dem Anblick, setzte Arka sich auf eine Brüstung. Am Tag zuvor hatte sie wegen ihrer Müdigkeit und der Diskussion mit Lastyanax nicht allzu sehr an die Tragödie gedacht. Jetzt kam die Erinnerung an diejenigen zurück, die versucht hatten, den Flammen zu entkommen. Wenn sie nicht gewesen wäre, wäre der Turm nie eingestürzt, seine Bewohner wären nicht gestorben, die Kuppel nicht beschädigt worden.

»Es ist nicht meine Schuld«, flüsterte sie. »Ich habe das nie gewollt.«

Dennoch fühlte sie sich schuldig, ebenso absurd schuldig wie unter dem wollüstigen Blick des Themiskyrers, als ob sie zum Teil verantwortlich wäre für dieses Drama und diesen Blick. Dabei fand sie, wenn sie nach den Wurzeln des Übels suchte, jene nicht in ihren Entscheidungen, sondern in denen des Meisters der Lemuren. Er war verantwortlich dafür, dass Chirone tot war, dass der Wald gebrannt hatte, dass der Turm in die Kuppel gestürzt war und dass die Themiskyrer über die Kanäle Hyperboreas spazierten. Dass er von seiner Mutter verlassen und von einem kriegerischen Vater aufgezogen worden war, änderte nichts daran. Er war nicht mehr Kandri, er war der Meister der Lemuren, und sie würde seinen Machenschaften ein Ende bereiten.

Ganz auf diesen Entschluss konzentriert, verließ sie die Stelle wieder, an der der Turm eingestürzt war. Da Lastyanax sie das Blau-Erz nicht nach Arkadien bringen lassen würde, war dies das Einzige, was sie tun konnte, um ihrer Rückkehr nach Hyperborea wenigstens irgendeinen Sinn zu geben.

Sie musste nur noch den Meister der Lemuren finden. Ihr Mentor hatte ihr gesagt, dass Silenos bei verschiedenen von Themiskyrern gehaltenen Reden zugegen gewesen war. Vielleicht manipulierte ihn sein Meister, verborgen in der Menge, wie ein machtgieriger Marionettenspieler. Wenn sie am nächsten Tag zu Philons Inthronisierung gehen und den Lemuren angreifen würde, dann würde ihr Feind sicher aus der Deckung kommen, um ihn zu verteidigen, wie er es getan hatte, als seine Kreatur in der Gewalt des Animafängers gewesen war. Doch dieses Mal hätte er den Überraschungseffekt nicht auf seiner Seite, und sie hätte Chirones Blau-Erz-Klümpchen, um mit ihm abzurechnen.

Sie schob jeglichen Gedanken an das, was sie danach tun sollte, beiseite und ging zur nächsten Mautstation, um in die unteren Ebenen zu kommen.

Der Weg war lang und kostete sie alles Gold, das Lastyanax ihr dagelassen hatte. Sie überlegte kurz, ob sie nicht ihre Flügel benutzen sollte, um schneller voranzukommen und noch ein paar Münzen zu behalten, doch sie fürchtete sich plötzlich davor, als hätte ihr Körper vergessen, wie fliegen ging. Es gelang ihr auch nicht, Eiskufen für ihre Stiefel zu formen, egal, wie sehr sie sich konzentrierte. Dass sie im Modellieren eine Null war, reichte nicht als Erklärung dafür aus: Irgendetwas stimmte nicht mit ihren Kräften. Sie wusste nicht, ob das eine vorübergehende oder eine bleibende Schwäche war; in jedem Fall aber bedeutete es, dass ihr im Kampf gegen den Meister der Lemuren nur sehr begrenzte Mittel zur Verfügung standen.

Als sie an die Zahlstelle zur ersten Ebene kam, musste sie hinter einem Konvoi aus Schlitten warten, die mit riesigen Adamantblöcken beladen waren. Arbeiter ließen sie mithilfe der Schildkrötenwinden einzeln hinunter. Unten auf dem gefrorenen Kanal warteten andere, von Moschusochsen gezogene Schlitten auf die Ladung.

»Arka?«

Sie hob den Kopf.

»Kazik!«

Mit einem Arbeiteroverall bekleidet, ein zusammengerolltes Pergament unter dem Arm, starrte ihr Freund sie verblüfft an. Vor Verwunderung verschwanden seine dicken Brauen hinter den schwarzen Haaren. Arka hüpfte vor Freude und vergaß für einen Moment ihre Mordpläne. Dann erinnerte sie sich daran, was sie in Kaziks Augen sein musste: Eine kriminelle, wegen der Ermordung des Basileus gesuchte Amazone. Sie kannte ihren ehemaligen Miteleven gut genug, um zu wissen, dass er imstande war, sie anzuzeigen. Die Vorsicht gebot ihr, sich schleunigst aus dem Staub zu machen, aber sie war einfach zu glücklich, ein vertrautes Gesicht zu sehen. Ein paar Augenblicke lang musterte Kazik sie schweigend. Arka konnte förmlich sehen, wie sein Hirn arbeitete, um sorgfältig die moralische Entscheidung abzuwägen: Sollte er sie anzeigen oder nicht? Sie beschloss, seine Überlegung zu unterbrechen, indem sie ihm eine simple Frage stellte, wie er sie liebte:

»Was machst du?«

Sie zeigte mit dem Kinn auf seine Kollegen, die weiter die Adamantblöcke abseilten.

»Ich helfe beim Wiederaufbau der Kuppel«, antwortete er. »Da der Kuppelbaumeister noch nicht wieder freigelassen wurde, brauchte man jemanden, der sich mit ihrer Architektur auskennt, um die Pläne zur Reparatur des Adamants anzufertigen. Da sind sie«, fügte er hinzu und zeigte auf die Rolle unter seinem Arm, ehe er ohne Umschweife fragte: »Hast du den Basileus getötet?«

Überrumpelt, zögerte Arka kurz, ehe sie ihm die Wahrheit sagte:

»Ja, aber es war keine Absicht.«

Ihre Antwort schien die Gleichung, die Kazik beschäftigte, nicht zu vereinfachen. Seine Augenbrauen bildeten eine durchgängige Welle auf seiner Stirn.

»Hast du den Amazonen geholfen, die Magier einzusperren?«

»Nein«, antwortete Arka. »Und es waren keine echten Amazonen. Sie wurden angeheuert, um die Magier gefangen zu nehmen und alle glauben zu machen, die Themiskyrer wären Hyperborea zu Hilfe geeilt.«

Sie senkte die Stimme, da eine Patrouille Flug-Soldaten an ihnen vorbeikam. Kazik machte ein todernstes Gesicht.

»Dann hatte Sterix vermutlich recht«, sagte er.

»Womit?«

»Sein Vater hätte nicht im Extraktor bleiben dürfen, er hätte befreit werden müssen.«

»Ganz sicher«, stimmte Arka zu und fragte sich, warum Kazik plötzlich ein Gesicht machte wie drei Tage Regenwetter. »Wo ist Sterix?« Sie sah sich um.

Sie war so daran gewöhnt, die beiden Jungen zusammen zu sehen, dass sie sich nicht gewundert hätte, wenn er aus irgendeinem Seitenkanal aufgetaucht wäre, seine ewige Wollmütze auf dem Kopf, und ihr vom neusten originellen Einfall seiner sprudelnden Fantasie erzählt hätte.

»Er befindet sich im Kolumbarium«, antwortete Kazik.

»Im was? Im Kolum...«

Arka blieb das Wort im Hals stecken. Die Zeit schien stillzustehen, die Luft wurde dünn, die ganze Welt verstummte. Ihr war gerade wieder eingefallen, was das Kolumbarium war.

Es war die Totenstätte Hyperboreas.

»Was willst du damit sagen?«, hauchte sie.

Kazik trat von einem Fuß auf den anderen, sah sich um und entrollte plötzlich den Plan, den er unterm Arm gehabt hatte, um ihn Arka zu zeigen.

»Die Ausbesserung der Kuppel ist beinahe beendet«, ratterte er los. »Die Arbeiter haben das durch den Einsturz des Turms zerstörte Stück Stadtmauer wieder aufgebaut, und die napocanischen Glashütten haben zehntausend Blöcke Adamant geliefert …«

Er fuhr fort mit seinen Erklärungen, erläuterte jedes kleine Detail, jede Kante und jeden Winkel. Arka sah ihn an, ohne zuzuhören. Ihr war klar, dass dieser unvermittelte Themenwechsel nur seine Art war, einem schwierigen Problem auszuweichen, überzeugt, dass der Plan der Kuppel sie brennend interessieren und von ihrer Frage ablenken würde. Doch Arkas Gedanken hatten sich kein Stück von Sterix und dem Kolumbarium wegbewegt. Schließlich nahm sie Kazik den Plan aus der Hand, rollte ihn zusammen und gab ihn ihm zurück.

»Erzähl mir, was mit Sterix passiert ist«, sagte sie.

Mithilfe präziser Fragen zog sie ihm schließlich die ganze Geschichte aus der Nase: Wie Sterix seine Mutter und andere Patrizierinnen zum Eingang des Extraktors in der siebten Ebene begleitet hatte, um die Befreiung der Magier zu fordern. Wie die Situation aus dem Ruder gelaufen war und zur blutigen Ermordung einiger der Aristokraten, darunter Sterix und seine Mutter, geführt hatte. Während Kazik ohne erkennbare Emotionen berichtete, nahm die Wahrheit vor Arkas innerem Auge langsam Gestalt an. Der unbekümmerte, gutgelaunte Sterix war von den Themiskyrern getötet worden, als er seinem Vater zu Hilfe kommen wollte.

Die Arbeiter hatten inzwischen alle Adamantblöcke umgeladen und riefen nach Kazik, der Arka ansah, als fürchte er, sie würde noch genauere Details zum Tod ihres Freundes von ihm hören wollen. Doch alle Fragen der Welt hätten die Leere in Arkas Brust nicht füllen können.

»Geh nur und repariere die Kuppel«, sagte sie.

»Was hast du vor?«, erkundigte sich Kazik.

Selbst er hatte die eiskalte Entschlossenheit bemerkt, die ihrer Stimme plötzlich einen harten Klang verlieh.

»Etwas, das den Themiskyrern nicht gefallen wird«, sagte sie nur. »Möchtest du es wissen?«

Kazik dachte kurz nach, ehe er antwortete:

»Nein, lieber nicht.«

Das war seine Art, ihr zu sagen, dass er sie unterstützte. Wie üblich hielt er sich nicht lange mit gesellschaftlichen Konventionen auf, sondern stieg einfach die Eisstufen zu den Arbeitern hinunter. Arka sah zu, wie sich die Schlitten ruckend in Bewegung setzten und in den Straßen der ersten Ebene verschwanden. Sie passierte ihrerseits die Mautstation, mit trockenen Augen, doch das Herz voller Tränen. Die Dinge geschahen viel zu schnell. Kazik ließ zu, dass sie gegen die geltende Ordnung verstieß; Sterix war tot. Alles um sie herum schien sich aufzulösen.

Den Rest des Tages verbrachte sie damit, von der gefrorenen Pferderennbahn aus die Lage an der Stadtmauer auszukundschaften. Flammenbanner in den Farben Hyperboreas und Themiskyras waren entlang der Wände angebracht worden. Auf dem Wehrgang hatte man einen riesigen, mit goldenen geometrischen Formen bestickten Baldachin errichtet. Darunter stand ein mit dem Fell eines Albinogreifs bedeckter Ebenholzthron. Zu beiden Seiten des Baldachins erwarteten

Sitzreihen die Würdenträger, genau wie beim Großen Preis des Basileus.

Sobald Arka herausgefunden hatte, wo sie sich aufstellen musste, um die beste Sicht zu haben, entfernte sie sich in Richtung der Stallungen. Sie betrat das Gebäude, in dem sie Sterix zum ersten Mal gesehen hatte, blieb vor Zwergs leerer Box stehen und fragte sich, ob sie ihn wohl auch für immer verloren hatte.

»Wer hätte das kedacht!«

Arka zuckte zusammen und blickte Richtung Eingang. Kaul war in dem dämmrigen Gang aufgetaucht. Die Mütze, die er trug, verbarg seine Glatze, was die Ähnlichkeit mit seinem Sohn nur noch verstärkte. Er wirkte verblüfft, sie hier zu sehen.

»Wo warst du denn abkeblieben? Lasty sucht dich schon die kanze Zeit überall!«, rief er. »Und wo ist dein alter Klepper?«

»Ich habe Zwerg verloren, ich weiß nicht, wo er ist«, antwortete Arka. »Wissen Sie, wo Lastyanax ist?«

»Keine Ahnunk, er sakt mir nicht, wo er seine Take verbrinkt«, erwiderte Kaul, der enttäuscht schien, Zwerg nicht zu sehen. »Meiner Meinunk nach macht er zu kefährliche Sachen, um seinem Vater davon zu erzählen. Jedes Mal, wenn er zu Hause vorbeikommt, habe ich Ankst, ihn nie wiederzusehen. Kut, also, wie keht es dir?«

Kauls Bemerkung brachte Arka einen Umstand zu Bewusstsein, den sie erfolgreich verdrängt hatte, seit sie beschlossen hatte, den Meister der Lemuren zu töten: Sie hatte einen Punkt erreicht, an dem es kein Zurück mehr gab. Ihre Kräfte waren zu geschwächt und ihr Vorhaben zu riskant, als dass sie hoffen konnte, es lebend zu überstehen. Die Begegnung mit Kaul war sicher ihre letzte Chance, Lastyanax eine Nachricht zu übermitteln. Sie zog das Flügelarmband von ihrem Handgelenk, das sie sowieso nicht mehr benutzen konnte, und hielt es dem Pferdetrainer hin.

»Geben Sie das hier Lastyanax und sagen Sie ihm, es tut mir leid, dass ich ihn hab fallenlassen wie eine alte Socke.«

Dann verließ sie schnell den Stall, um keine weiteren Erklärungen liefern zu müssen.

Draußen war es dunkel geworden. Ihr Magen schrie vor Hunger; außer ein paar trockenen Keksen zum Frühstück hatte sie den ganzen Tag nichts gegessen. Sie hatte auch kein Geld mehr, um in die siebte Ebene zurückzukehren. Nach kurzem Zögern beschloss sie, die Nacht in Zwergs Box zu verbringen. Sie versteckte sich und wartete, bis Kaul die Stallungen verließ – was er bald tat, mit einem verwunderten Blick auf das Armband, das sie ihm gegeben hatte –, dann schlich sie sich wieder hinein. Nachdem sie sich aus einem Rest gammligem Stroh in Zwergs Box ein notdürftiges Lager hergerichtet hatte, rollte sie sich in ihren Pelzkleidern zusammen und dachte an Sterix, an Lastyanax und an das, was sie morgen tun würde.

Die Situation hatte zumindest ein Gutes: Sie hatte wirklich absolut nichts mehr zu verlieren.

9

DIE SABOTAGE

Lastyanax

Nach dem missglückten Gespräch mit Pyrrha dachte Lastyanax die ganze Nacht an all das, was sie sich hätten sagen können, und an all die schönen Momente, die sie hätten teilen können, wenn sie beide etwas weniger stolz gewesen wären. Vor Morgengrauen rüttelte Pyrrha ihn sanft an der Schulter. Lastyanax blinzelte, geblendet von der kleinen Leuchtsphäre in ihrer Hand.

»Es ist Zeit«, sagte sie und klopfte auf das Horlogium, das sie an sich genommen hatte.

Sie machten sich schweigend bereit. Pyrrha legte die Kletterausrüstung an, Lastyanax die Flug-Leutnant-Uniform. Als er sie am Tag zuvor anprobiert hatte, hatte Aspasia ungefähr hundert Mal wiederholt, wie gut sie ihn »kleidete«. Pyrrha hatte sich mit einem kleinen Lächeln begnügt. An diesem Morgen jedoch lächelte sie nicht. Lastyanax hatte immer wieder den Eindruck, dass sie ihm etwas sagen wollte. Er selbst suchte nach einem geeigneten Moment, um die frostige Stimmung zwischen ihnen zu vertreiben, doch sie waren zu schnell mit ihren Vorbereitungen fertig. Nur als Aspasia auf der Türschwelle erschien, entspannte sich die Atmosphäre kurz.

»Seid vorsichtig, alle beide.«

Sie umarmte erst ihre Schwester, dann Lastyanax, wobei sie ihn sehr viel länger an sich drückte, als es ihm für eine schlichte Freundschaftsbekundung angemessen schien. Pyrrha nahm Aspasias unpassendes Verhalten offenbar als Vorwand, um nicht mit Lastyanax zu reden, während sie die Wohnung verließen und die Ebenen der in Dunkelheit gehüllten Stadt hinabstiegen.

Eine halbe Stunde später erreichten sie den Fuß des Extraktors. Selbst mitten in der Nacht kamen die süchtigsten der Animinierten weiter hierher. Ihre ausgemergelten Silhouetten zeichneten sich dunkel gegen den Lichtschein ab, der durch die offenen Türen des Gefängnisses nach außen drang. Vor den Mündern der wenigen am Eingang postierten Flug-Soldaten hingen weiße Atemwolken. Lastyanax' Puls beschleunigte sich. Die Uniform, die Aspasia für ihn bestellt hatte, war perfekt, das ans Revers gesteckte Abzeichen echt, doch er selbst hatte nichts von einem Flug-Leutnant. Er überlegte, dass es noch nicht zu spät war, umzukehren, Hyperborea zu verlassen, mit Pyrrha, Arka und seinen Eltern in eine andere, vom schwarzen Schatten Themiskyras verschonte Stadt zu ziehen. Doch dann würden die Flug-Soldaten seine Heimat weiter auspressen, Petroklos im Gefängnis eingesperrt bleiben und der Schatten Themiskyras sich immer mehr ausbreiten. Er hatte wirklich keine Wahl.

Er wünschte nur, er hätte ebenso viel Mut, mit Pyrrha zu sprechen, wie er gleich aufbringen würde, um den Extraktor zu betreten. Sie drückte sich mit ihm an eine halb im Dreck der ersten Ebene versunkene Tür. Er spürte ihre Schulter an seiner. Ihre Finger in den Fäustlingen berührten sich beinahe. Er hätte Jahre so stehen bleiben können, aber Pyrrha sah auf das Horlogium und flüsterte:

»Der nächste Kontrollgang der Wache vor Petroklos' Tür ist in zwanzig Minuten. Wir müssen jetzt los.«

Ihre Stimme klang aufgeregt.

»Wir treffen uns in der vierten Ebene, mit Petroklos.« Sie packte seine Hand.

»Ja«, hauchte Lastyanax.

»Und wenn ich nicht da bin, mach weiter«, fügte Pyrrha hinzu. »Der Plan ist wichtiger als ich.«

Lastyanax schüttelte langsam den Kopf.

»Was sollte ich ohne dich schon anfangen?«

Er küsste sie auf die Schläfe und ging zum Gefängnistor.

Pyrrha

Pyrrha sah, wie Lastyanax sein Abzeichen vorzeigte und den Extraktor betrat. Mit der Spitze ihres Fäustlings berührte sie ihre Schläfe. Die letzten Dekaden waren so rasend schnell vergangen, dass ihr gar nicht bewusst geworden war, wie sehr sie jeden Moment in seiner Gesellschaft genossen hatte, selbst wenn sie sich stritten. Am Abend zuvor auf dem Balkon war es ihr nicht gelungen, ihren Stolz zu überwinden, um es ihm zu sagen. Jetzt hätte sie es ihm am liebsten hinterhergeschrien, doch es war zu spät. Lastyanax war im Gefängnis verschwunden, und sie musste ihrerseits hineingehen, über die vierte Ebene.

Sie lief um den Extraktor herum zur Rückwand. Ihre Finger flogen rasch über die Tasten des Graphomanten: BEGINNE AUFSTIEG. Lastyanax hatte den anderen Zylinder in seiner Uniform versteckt. Sie klemmte den Apparat hinter ihren Gürtel und hängte sich den Beutel über die Schulter. Dann stieß sie kräftig die Luft aus, um sich Mut zu machen, und kletterte los. Ihre Handschuhe und Knieeisen hefteten sich wie Saugnäpfe an den glatten Stein. Erstaunt über die Mühelosigkeit, mit der sie vorankam, erklomm Pyrrha die Mauer. Sie zwang sich jedoch, nicht in den Abgrund unter ihren Füßen zu blicken.

Etwa zehn Minuten später erreichte sie das Fenster der vierten Ebene. Ein Stück violetter Toga lag auf dem Sims. Hinter der Scheibe befand sich eine große, leere, teilweise von den Leuchtsphären des Atriums erhellte Zelle, auf deren Boden die Gitterstäbe einen gestreiften Schatten warfen. Es war die Zelle, in der Petroklos seit beinahe zwei Monaten mit anderen Magiern eingesperrt war.

Wie Pyrrha erwartet hatte, waren die Bewohner des Kerkers für ihre tägliche Anima-Extraktion in die erste Ebene gebracht worden. Sie nahm die Spitze ihres Kletterhandschuhs zwischen die Zähne und zog daran. Den Handschuh im Mund, holte sie ein Stück Kreide aus dem Beutel, malte ein Wärmesiegel auf die Scheibe und aktivierte es.

Das Siegel saugte einen Teil ihrer Energie auf, während das Fenster rot zu schimmern begann. Schnell nahm Pyrrha die Phiole, die sie Comozoi für ein Vermögen abgekauft hatten, aus dem Beutel. Die violetten Reflexe der flüssigen Luft schillerten wie ein phosphoreszierender Pilz. Sie zerbrach die Ampulle an der glühenden Scheibe.

Der heiße Adamant zischte leise. Dann begann er zu schmelzen, wobei er sich in einem funkelnden Farbenspiel aus Rot- und Violetttönen mit der flüssigen Luft verband. Pyrrha wäre ein etwas diskreterer Einstieg lieber gewesen. Da, wo er an der Mauer heruntertropfte, fraß der geschmolzene Adamant Löcher in den Stein.

Als die alchemistische Reaktion beendet war, war ein ganzes Stück der Scheibe zerflossen und saß nun wie eine transparente Kappe an der Wand darunter. Pyrrha ließ noch einen Moment verstreichen, ehe sie das, was vom Fenster übrig war, berührte: Die Oberfläche war ausreichend abgekühlt, dass sie hindurchklettern konnte. Sie sah aufs Horlogium und wartete, an die Mauer geschmiegt.

Wie vorgesehen, kam eine Minute später ein Wachmann an Petroklos' Zelle vorbei. Pyrrha hörte das Rascheln seines Umhangs und lauschte mit klopfendem Herzen. Der Wachmann wurde vor der Zelle langsamer, dann setzte er seinen Rundgang fort. Er hatte das Loch im Adamant nicht bemerkt. Sie zog ihren Handschuh wieder an, rückte den Umhängebeutel zurecht, und nachdem sie sich vergewissert hatte, dass sich niemand auf dem an die Zelle grenzenden Gang befand, schlüpfte sie durch die Öffnung hinein. Sobald sie wieder festen Boden unter den Füßen hatte, zog sie den Graphomanten aus ihrem Gürtel und schrieb: BIN IN ZELLE. Dann näherte sie sich der Gittertür, wobei sie aufpasste, dass kein Wachmann sie vom Atrium aus sehen konnte, und öffnete ihre Tasche voll mechamagischem Werkzeug.

Ein paar Minuten später ergab sich das Schloss mit einem befriedigenden Klick. Pyrrha packte ihre Werkzeuge ein und tippte TÜR ENTRIEGELT auf dem Graphomanten. Lastyanax antwortete: NEHME BLAU-ERZ. Pyrrha nickte. Bis jetzt lief ihr Plan reibungslos. Sie griff wieder in ihren Beutel und holte eine große Kugel daraus hervor, in der ein grauer Nebel waberte.

Die Idee, eine Rauchsphäre einzusetzen, hatten sie von Comozoi geklaut. Ein simples, aber wirkungsvolles Mittel, das Lastyanax ermöglichte, sich, von Rauchschwaden verborgen, unbemerkt durchs Gefängnis zu bewegen. Pyrrha öffnete die Zellentür und schleuderte die Kugel ins Atrium. Gleich darauf erhob sich schwarzer Qualm. Die Flug-Soldaten in den Gängen deuteten auf die Rauchsäule und begannen in alle Richtungen zu rennen. Pyrrha wich mit klopfendem Herzen in die Zelle zurück. Jetzt blieb ihr nur zu hoffen, dass Lastyanax es im Levitator bis zu ihr schaffen würde, zusammen mit Petroklos und dem Blau-Erz.

Plötzlich zerbrach eine andere Kugel, gefüllt mit violettem Dunst, zu ihren Füßen. Pyrrha sprang nach hinten, doch es war zu spät: Der süßliche Geruch des Betäubungsgases stieg ihr in die Nase. Mit benebelten Sinnen und wattigen Beinen versuchte sie sich am Zellengitter festzuhalten. Dahinter stand ein Mann, halb in dem Qualm verborgen, der bereits in die Zellen drang.

»Guten Tag, Pyrrha«, sagte eine vertraute Stimme. »Wie schön, dich wiederzusehen.«

Pyrrha konnte gerade noch ihren Exfreund erkennen, ehe sie das Bewusstsein verlor.

Lastyanax

Mit einem Knoten im Magen und feuchten Händen ging Lastyanax auf den Eingang des Gefängnisses zu. Als er die Wachen erreichte, rechnete er damit, sofort entlarvt zu werden. Doch die Flug-Soldaten empfingen ihn mit militärischem Gruß, den er mit einem schlichten Kopfnicken erwiderte, wie er es bei den Leutnants auf der Straße gesehen hatte.

Während er das Gefängnis betrat, dankte er Pyrrha im Stillen für das Abzeichen. Seine neuen Kameraden wunderten sich offenbar, wer er war, doch keiner wollte riskieren, durch eine falsche Frage den Zorn eines Ranghöheren auf sich zu ziehen.

In dem langen Gang warfen ein paar Leuchtsphären ihr bleiches Licht auf die Schlange der Animinierten. Einer hinter dem anderen warteten die harzsüchtigen Hyperboreer, dass sie bei der Extraktionsmaschine an die Reihe kamen. Lauter teilnahmslose, hohlwangige Gestalten zogen an Lastyanax vorbei, während er ins Innere des Gebäudes vordrang. Es herrschte kein so großer Ansturm wie tagsüber, doch trotz der sehr frühen Stunde riss der Strom der Animaspender nicht ab. In regelmäßigen Abständen passierte Lastyanax Soldaten, die sich grüßend auf die Brust schlugen. Er hörte, wie sie Wetten zu den Nutzern der Extraktionsmaschine abschlossen.

»Den da seh ich heut schon zum zweiten Mal, der macht's nicht mehr lang. Ich wette um einmal Stiefelpolieren, dass er in drei Tagen nicht mehr da ist.«

»Die Wette gilt. Der hat noch ein bisschen was auf den Rippen, ich wette, dass er noch mindestens vier Tage durchhält.«

Durch seine Uniform hindurch spürte Lastyanax, wie sich die Tasten des Graphomanten bewegten. Diskret schielte er unter seinen Umhang und las: BEGINNE AUFSTIEG. Er bewegte die Tasten, um die Nachricht zu löschen. Ihm blieben fast fünfzehn Minuten, um das Blau-Erz zu erreichen.

Am Ende des Flurs standen zwei Soldaten mit länglichen Geräten in der Hand, die an Metallspatel erinnerten, und tasteten die Körper der Animinierten ab. Lastyanax brach der kalte Schweiß aus. Von dieser Sicherheitsmaßnahme hatte Aspasia nichts erzählt. Er verlangsamte seinen Schritt, so weit dies möglich war, ohne Verdacht zu erregen, und versuchte zu begreifen, wozu die Spatel dienten. Er erkannte, dass Siegel in sie eingraviert waren. Als er nur noch ein paar Schritte von den Soldaten entfernt war, gelang es ihm, diese teilweise zu entziffern: Es waren Anziehungssiegel.

Die Soldaten, die ihn näher kommen sahen, richteten sich auf und schlugen sich auf die Brust, während die Animinierten ungeduldig von einem Fuß auf den andern traten: Sie wollten möglichst schnell die Sicherheitsschleuse durchqueren, um zum Extraktionssaal zu kommen. Einer der Soldaten trat auf Lastyanax zu.

»Mit Verlaub, Leutnant, eine neue Sicherheitsmaßnahme«, sagte er, indem er den Spatel hob.

Lastyanax setzte eine autoritäre Miene auf und räusperte sich.

»Was ist das, Soldat?«, fragte er mit möglichst tiefer Stimme, um älter zu wirken.

»Ein Oreichalkmagnet. Den benutzen wir seit drei Tagen. Befehl von ganz oben.« Er zeigte mit dem Finger zur Decke.

Ein Adrenalinstoß durchzuckte Lastyanax. Der Graphomant in der Innentasche seines Umhangs enthielt Oreichalk. Da der Soldat sich ihm mit dem Spatel näherte, zog er die Erfindung unter seinem Umhang hervor.

»Ich muss dieses Gerät zum Leiter des Extraktionssaals bringen. Das ist ein neues Messinstrument, mit dem man die genaue Menge Anima bestimmen kann, die ein Mensch enthält. Der Mechanismus ist aus Oreichalk.«

Die Soldaten verstanden nicht genug von Magie, um das, was er da behauptete, infrage zu stellen – zumindest hoffte er dies. Unschlüssig musterten die beiden Männer den Zylinder von allen Seiten. Der Themiskyrer, der auf Lastyanax zugetreten war, kratzte sich mit dem Griff seines Spatels am Kopf.

»Aber der Leiter ist noch nicht da, Chef, es ist zu früh, erst wenn die Wachablösung kommt.«

Das wusste Lastyanax selbst: Bei ihrem Besuch im Extraktor hatte Aspasia sich genau über Rhodopis' Arbeitszeiten informiert.

»Er wird bald kommen«, erwiderte er und wischte den Einwand mit einer Handbewegung weg.

In vertraulichem Ton, als verrate er eine nur für die obersten Hierarchieebenen bestimmte Information, fügte er flüsternd hinzu:

»Da wir einige für die Freiwilligen recht … *intensive* … Versuche durchführen werden, hat der Leiter den Termin so früh anberaumt, damit es nicht zu viele Zeugen gibt.«

Die Blicke der Soldaten wanderten zu den bleichen Gestalten der Animinierten, die sie aus wenigen Schritten Entfernung stumpf beobachteten. Dann traten sie beiseite, um Lastyanax durchzulassen.

»Ah, in Ordnung, wir haben verstanden, Chef. In dem Fall, gehen Sie ruhig. Und verzeihen Sie, dass wir Sie aufgehalten haben.«

Lastyanax steckte den Graphomanten zurück in seine Tasche und erwiderte:

»Es war richtig, dass ihr mich überprüft habt. Vorsicht ist besser als Nachsicht. Weiter so, Soldaten!«

Mit vor Stolz geröteten Wangen strafften die beiden die Schultern und schlugen sich auf die Brust. Lastyanax ging durch die Tür. Er bedauerte, dass Pyrrha nicht hier war, um sein schauspielerisches Talent zu bewundern.

Wie Aspasia berichtet hatte, war der Teil des Gefängnisses, der der Anima-Extraktion diente, seit seinem letzten Besuch vollkommen umgebaut worden. Damals hatte es nur eine kleine Maschine in einem engen Raum mit abgeblätterten Wänden gegeben. Nun hatte man alles so arrangiert, dass eine ständige doppelte Extraktion möglich war: die der Freiwilligen im Erdgeschoss und die der Magier ein Stockwerk höher, im Atrium. Lastyanax hatte soeben den Bereich für die Freiwilligen betreten. Die Animinierten kamen zunächst in eine großzügige Garderobe, wo sie ihre Mäntel an Kleiderhaken hängten, ihre dreckigen alten Stiefel in Fächer stellten und Hauben aufsetzten, ehe sie durch die nächste Tür gingen.

Lastyanax folgte ihnen und kam in den Extraktionssaal. Rund dreißig Operationstische waren in dem großen, kreisrunden Raum aufgestellt, und ein unangenehmer Geruch hing in der Luft, eine Mischung aus alchemistischen Produkten und Körpersäften. Die Animinierten lagen Harz kauend auf den Tischen, während ihre Anima durch mit Schläuchen gespickte Helme auf ihren Köpfen abfloss. Die Schläuche schlängelten sich über den Boden, wo sie in ein Rohr mündeten, das in der Decke des Saals verschwand. Man hätte sie für die Wurzeln eines gigantischen Baums halten können.

Von den Freiwilligen strömte eine solche Menge Anima zu dem zentralen Rohr, dass die Schläuche zuckten und die Leuchtsphären manchmal flackerten. Lastyanax fühlte, wie seine eigene Anima mit der in dem Saal zirkulierenden Energie mitschwang.

Wie Pyrrha und er vorausgesehen hatten, waren nur wenige Soldaten anwesend. Zum einen wegen der frühen Stunde, zum anderen, weil ein Teil der Truppen abgezogen worden war, um bei der Inthronisierung des neuen Basileus für Ordnung zu sorgen. Nur drei Themiskyrer kümmerten sich um die Extraktion.

Der erste führte die Animaspender zu den freien Tischen, gab jedem Neuankömmling ein Stück Harz, setzte ihm einen Helm auf den Kopf und startete eine magische Stoppuhr, um die Dauer der Extraktion zu überwachen. Sobald ein Klingeln ertönte, kam der zweite Mann, um den Helm abzunehmen und dem Animinierten beim Aufstehen zu helfen, damit er in die Garderobe zurückkehren konnte. Der dritte entfernte, mit Wassereimer und Lappen bewaffnet, Blut und Erbrochenes der Unglücklichen, deren Körper die Extraktion nicht gut vertragen hatten.

Sie verrichteten ihre Aufgaben schnell, ein Auge immer auf der Wasseruhr, wie Akkordarbeiter. Anstelle der üblichen braunen Umhänge trugen sie weiße Kittel, ähnlich denen der Heilermagier. Lastyanax vermutete, dass ein paar schlaue themiskyrische Köpfe die Freiwilligen beruhigen wollten, indem sie der Extraktion einen medizinischen Anstrich gaben.

Seine Ankunft löste bei den drei Assistenten fiebrige Nervosität aus. Sie hielten in ihrer Arbeit inne und schlugen sich auf die Brust, wobei sie auf die Wasseruhr schielten, als fürchteten sie, man werde ihnen ihre Bummelei vorwerfen.

»Macht weiter, Soldaten«, sagte Lastyanax mit möglichst tiefer Stimme.

Die Themiskyrer gehorchten. Lastyanax sah, dass sie fragende Blicke tauschten, während sie zwischen den Operationstischen herumliefen. Die Hände auf dem Rücken verschränkt, tat er so, als würde er den Raum inspizieren, überprüfte hier ein in einen Helm graviertes Siegel, dort ein Bündel Schläuche. Sein Ziel war die Tür am anderen Ende des Saals.

»Last.«

Das Blut gefror ihm in den Adern, als er seinen Namen hörte. Er sah sich um. Zwei Tische weiter starrte ihn ein Animinierter aus glasigen Augen an. Der Aspirationshelm wirkte riesig auf seinem Kopf. Lastyanax brauchte einen Moment, um zu begreifen, mit wem er es zu tun hatte: Es war Philipides, ein ehemaliger Stallbursche seines Vaters, einer dieser jungen Verlierer der ersten Ebene, die sich bei den Ställen herumdrückten, in der Hoffnung, mit Pferderennen zu Ruhm und Geld zu kommen.

Als Kind hatte Lastyanax oft die Boxen mit ihm zusammen säubern müssen. Sie hätten Freunde werden können, wenn Philipides nicht eifersüchtig gewesen wäre. Kaul verbrachte einen Großteil seiner Zeit damit, Lastyanax zu trainieren, aus dem er einen Reiter machen wollte; der lernte dieses Metier, das sein Vater ihm aufzwang und das er verachtete, nur äußerst widerwillig. Philipides dagegen wünschte sich nichts sehnlicher, als auf ein Pferd zu steigen, und tat alles, um es sich zu verdienen. Die Ungerechtigkeit dieser Situation hatte einen Keil zwischen sie getrieben, woran auch die Schubkarren voller Pferdeäpfel nichts ändern konnten.

Da Philipides drauf und dran schien, noch einmal nach ihm zu rufen, trat Lastyanax schnell zu ihm, ehe die Assistenten etwas mitbekamen. Zum Glück waren die gerade mit einem Freiwilligen beschäftigt, der sich übergeben musste.

Als Lastyanax noch bei seinen Eltern lebte, war Philipides schon eine halbe Portion gewesen. Er bekam nie genug zu essen, behauptete aber, er hielte sich absichtlich zurück, um im Sattel leichter zu sein. Nun war er nur noch ein Sack Knochen mit riesigen Augen. Mit vom Harz verklebter Zunge brachte er mühsam heraus:

»Was machsu hier? Wasn dis fürne Uniform?!«

Lastyanax betrachtete den Helm. Bei dem Gedanken an das, was Philipides erwartete, wurde ihm schwindelig.

»Warum bist du hergekommen«, zischte er. »Das wird dich umbringen.«

Unfähig, den Anblick länger zu ertragen, nahm er ihm kurzerhand den Helm vom Kopf. Die Assistenten hatten es bemerkt und sahen mit gerunzelten Brauen zu ihnen herüber.

»Fahrt mit eurer Arbeit fort, ich befrage nur diesen Freiwilligen hier.«

Nach kurzem Zögern wandten sich die drei Themiskyrer wieder ihren Aufgaben zu. Inzwischen schien Philipides eine Spur von Bewusstsein wiedererlangt zu haben. Blinzelnd sagte er:

»Daran ist dein Alter schuld. Er hätte mich nur mit Erlösung starten lassen müssen, anstatt diese Göre ins Rennen zu schicken. Ich hätte den Preis bestimmt gewonnen.«

Lastyanax wusste nicht, was er sagen sollte.

»Aber dein Alter hat nie an mich geglaubt«, fuhr Philipides Harz kauend fort. »Darum hat's mir gereicht, und ich bin gegangen. Aber ich hab keine Arbeit mehr gefunden. Und als die Kuppel kaputt ging, wurde alles noch schwerer. Also hab ich mir gesagt, ich könnte Brot kriegen, wenn ich Anima spende … Ich hätte das verdammte Harz nie nehmen sollen.«

Er kaute weiter auf dem Kloß herum. Brauner Saft lief ihm aus dem Mundwinkel.

»Ich weiß nicht, was du hier machst, aber setz mir den Helm wieder auf«, fügte er hinzu. »Man bekommt noch eine Ration Brot, wenn man die Extraktion bis zum Schluss durchzieht. Ich hab zwar selbst keinen großen Hunger mehr, aber ich geb's meiner kleinen Schwester.«

Lastyanax wusste, dass er die Extraktion nicht länger unterbrechen konnte, ohne das Misstrauen der Themiskyrer noch zu verstärken. Er gehorchte schweren Herzens. Sobald Philipides den Helm wieder auf dem Kopf hatte, versank er erneut in einem stumpfen Dämmerzustand. Mit klopfendem Herz trat Lastyanax ein paar Schritte zurück.

Plötzlich spürte er, wie sich die Tasten des Graphomanten in seiner Tasche bewegten. Er schielte unter den Umhang und las: BIN IN ZELLE. Pyrrha war sicher schon dabei, die Tür zu entriegeln. Ihm blieben zehn Minuten, um ins Atrium zum Kern der Maschine zu gelangen. Das Ticken der magischen Stoppuhren verstärkte noch seine Nervosität. Wenn er sich nicht beeilte, würde ihr ganzer Sabotageplan ins Wasser fallen.

Er setzte seinen Weg zur Tür am anderen Ende des Raums fort. Sie war mit einem klobigen Mechanismus verschlossen. Rhodopis hatte Aspasia bei ihrer Gefängnisbesichtigung gezeigt, wie diese Schlösser funktionierten. Mit einem Gedanken an die Dummheit seines ehemaligen Miteleven nahm Lastyanax sein Abzeichen vom Revers und schob es in den dafür vorgesehenen Schlitz. Ein leises »Klick« war zu hören, dann legte er die Hand auf die Klinke und öffnete die Tür.

Vor ihm tat sich ein kaltes, stilles Treppenhaus auf. Er ging die Stufen hoch und stieß auf eine weitere verriegelte Tür, die er mit seinem Abzeichen öffnete, um endlich vor dem Herzstück der Maschine zu stehen.

Der mitten in einem achteckigen Raum mit verglasten Wänden aufgestellte Destillierkolben brummte wie ein dicker Käfer. Er war mit dem Rohr des Extraktionssaals für die Freiwilligen sowie mit einem zweiten Rohr verbunden, das aus der Decke kam. Der Raum lag etwas erhöht im Zentrum des Atriums, wie ein Kontrollturm. Obwohl Lastyanax den Innenhof des Gefängnisses schon einmal gesehen hatte, war er immer noch beeindruckt von seinen ungeheuren Ausmaßen. Hunderte von Zellen gingen von seinen Wänden ab. Auf jeder Ebene umgaben ihn breite Gänge, während schmalere Metallstege den Zugang zu den verschiedenen Etagen ermöglichten. Von Themiskyrern betätigte Levitatoren bewegten sich in dem gigantischen Atrium hinauf und hinunter, und inmitten dieses luftigen Balletts schwebten Leuchtsphären, so groß wie Schildkröten, die ihr kaltes Licht auf die Gefangenen warfen.

Gut dreißig derselben waren mit Handschellen an Extraktionstische gefesselt. Ein leerer Levitator wartete darauf, sie in ihre Zellen zurückzubringen. Die Schläuche der Helme auf ihren Köpfen führten alle zu dem erhöhten Raum, in dem Lastyanax sich befand.

Er erkannte einige der hageren Gestalten, denen man Anima entzog. Eine besonders lange erregte vor allem seine Aufmerksamkeit: Auf einem Tisch, der zu kurz war für seine schlaksigen Beine, lag Petroklos und wartete auf das Ende seiner Extraktion. Er war abgemagert, bleich, schmutzig, aber er war da. Trotz des Helms, der seine Anima absaugte, sah er sich besorgt nach Lastyanax um. Der wäre am liebsten zur Scheibe gestürzt, um nach ihm zu rufen.

Stattdessen näherte er sich dem Destillierkolben, der unter der in ihn strömenden Anima zu pulsieren schien. An seinem Auslaufrohr wartete ein stattlicher Messingblock darauf, noch mehr Energie aufzunehmen. Es war den Themiskyrern gelungen, die Blau-Erz-Klümpchen einzuschmelzen und so ein großes Fallbeil herzustellen. Oreichalkstreifen überzogen die mit einem Hebel verbundene blaue Klinge. Sie schien darauf zu lauern, die Metallkanüle, die den Barren mit dem Auslaufrohr verband, durchzuschneiden wie eine Nabelschnur.

»Grüß Sie, Leutnant. Entschuldigung, ich hab Sie nicht gleich gesehen.«

Lastyanax zuckte zusammen und blickte auf. Ein Themiskyrer war hinter dem Destillierkolben aufgetaucht. Wie seine Kollegen im Extraktionssaal trug er einen weißen Kittel. Lastyanax schlüpfte wieder in seine Rolle eines Oberaufsehers.

»Ich bin hier, um die Maschine zu inspizieren, Soldat.«

»Jawohl, Leutnant. Wenn es Ihnen recht ist, wechsle ich eben mal den Block, der da ist voll.«

Mit diesen Worten ließ er das Blau-Erz-Beil herabsausen. Als die Klinge die Metallkanüle abtrennte, erzitterte der Destillierkolben und die Schläuche, die den Raum strahlenförmig umgaben, wanden sich zuckend. Im Atrium verzogen die auf den Tischen liegenden Magier vor Schmerz das Gesicht.

Ohne sich darum zu scheren, wälzte der Assistent den Oreichalk-Quader auf einen Karren und setzte einen neuen Messingblock an seine Stelle.

»So, das kommt jetzt direkt in die zweite Ebene, wo sie den Adamant produzieren«, sagte er, während er den Karren an die Wand schob. »Wir liefern hier am laufenden Band, es gibt keine Vorräte«, präzisierte er stolz.

Während der Mann die Verbindung zwischen dem neuen Block und dem Destillierkolben überprüfte, musterte Lastyanax das am Kopf der Maschine angebrachte Messgerät. Eine Nadel oszillierte auf der Anzeigetafel. Er begriff, dass es sich um ein Mantimeter handeln musste, das die Menge der in den Destillierkolben strömenden Anima anzeigte. Er kniff die Augen zusammen und zwang das Räderwerk des Apparates, den Zeiger ganz nach rechts zu bewegen, wo auf der Skala das Wort GEFAHR stand.

»Die Maschine überhitzt gerade«, verkündete er.

Der Themiskyrer kam sofort zu ihm. Lastyanax sah, wie er beim Anblick des Messinstruments bleich wurde. Ganz offenkundig war der Mann nicht dafür qualifiziert, diese Art von Problem zu lösen. Um vor dem Ranghöheren nicht als vollkommen inkompetent dazustehen, klopfte er auf die Anzeige, legte ein Ohr an den Destillierkolben, zog eine x-beliebige Schraube nach, kratzte sich am Kinn und machte ein Gesicht, als würde er intensiv nachdenken. Schließlich gab er sich geschlagen.

»Ich verstehe das nicht, Leutnant, der Zeiger stand am Ende der letzten Extraktion links, ich sehe nicht, warum er sich bewe…«

»Mir ist ganz gleich, wo er vorher stand«, schnitt Lastyanax ihm das Wort ab. »Ich will nur, dass er wieder dahin zurückkehrt, wo er sein sollte. Sehen Sie draußen nach, ob es irgendein Problem mit den Extraktionstischen gibt.«

Wieder stellte er verwundert fest, wie viel leichter es ihm fiel, selbstsicher aufzutreten, wenn er vorgab, ein anderer zu sein. Eilig verließ der Assistent den Raum durch eine Tür, die ins Atrium führte. In dem Moment fühlte Lastyanax, wie sich die Tasten unter seinem Umhang bewegten. Er betrachtete den Graphomanten. TÜR ENTRIEGELT, hatte Pyrrha geschrieben. Für ihn war der Zeitpunkt gekommen, die Maschine zu sabotieren. NEHME BLAU-ERZ, schrieb er schnell zurück.

Ohne zu zögern, nahm er ein Stück von dem soeben produzierten Oreichalk-Quader und formte daraus einen Schraubenschlüssel. Dann trat er zu dem Fallbeil aus Blau-Erz, um es von seinem Gestell abzuschrauben. Diese Operation war umso beschwerlicher, als er jeden Moment fürchten musste, den Soldaten zurückkommen zu sehen. Doch trotz seiner zitternden Hände gaben die Schrauben schließlich nach und die Klinge fiel herunter.

Im selben Moment schrillte eine Alarmglocke durchs Gefängnis. Die von Oreichalk gestreifte Blau-Erz-Klinge in den Händen, richtete Lastyanax sich auf. Im Atrium, inmitten der an ihre Tische gefesselten Magier, erhob sich eine riesige Rauchsäule. Pyrrha hatte die Rauchsphäre geworfen.

Hektisch rannten die Flug-Soldaten über Gänge und Stege. Innerhalb weniger Augenblicke war das Atrium in dichten Qualm gehüllt. Jenseits der Scheiben konnte Lastyanax niemanden mehr erkennen, aber er hörte die Magier husten und die Flug-Soldaten herumschreien. Er musste jetzt Petroklos holen und mit ihm zu Pyrrha in der vierten Ebene stoßen.

Er ging zu der Tür, die der Themiskyrer gerade benutzt hatte, und öffnete sie. Rauch drang herein, er musste husten und seine Augen brannten. Er hielt sich den Kragen seiner Uniform vor den Mund, um besser atmen zu können, und konzentrierte sich. Gleich darauf war er von einer Blase frischer Luft umgeben. Der von seiner Anima zurückgedrängte Qualm umkreiste ihn wie ein hungriges Raubtier.

Während der Alarm weiterschrillte, hastete er die Stufen hinunter, die ins Atrium führten. Um ihn herum war alles schwarz geworden. Zum Glück hatte er sich die Räumlichkeiten gut eingeprägt. Er ging zwischen den Tischen hindurch und zählte dabei seine Schritte. Die Luftblase, die ihn umgab, enthüllte auf seinem Weg die ausgezehrten Gesichter der Magier. Die husteten sich die Lunge aus dem Leib. Lastyanax wusste, dass der Rauch nicht schädlich war, aber er hatte dennoch ein schlechtes Gewissen, dass er seinen Kollegen diese weitere Quälerei zumutete. Einige von ihnen sprachen ihn verblüfft an:

»Lastyanax! Was machen Sie hier?«

»Sind Sie auch zu den Themiskyrern übergelaufen?«

»Dieser Rauch … Kommen Sie etwa, um uns zu befreien?«

»Holen Sie uns hier heraus!«

Lastyanax zwang sich, ihren Blicken auszuweichen, und ging schneller. Er war erschüttert, wie abgemagert sie alle waren. Ihre Togen sahen aus wie alte Lumpen. Sie hatten nichts mehr mit den Männern zu tun, die ihn zwei Monate zuvor zum Tode verurteilt hatten.«

»Lasty!«

Der an einen Tisch gekettete Petroklos war im Sichtfeld seiner Blase aufgetaucht. Lastyanax stürzte zu ihm, überglücklich, dass er endlich mit ihm sprechen konnte. Doch Petroklos schien nicht so froh, ihn zu sehen.

»Last, Rhodopis weiß Bescheid«, sagte er hastig und schüttelte dabei seinen behelmten Kopf. »Er hat unsere Kommunikationsmethode entdeckt. Seit Tagen antwortet der Schuft an meiner Stelle auf Pyrrhas Fragen. Ich glaube, er will sie in der vierten Ebene verhaften. Du musst schleunigst mit dem Blau-Erz abhauen.«

Lastyanax gefror das Blut in den Adern. In dem Moment hörten sie Schreie und das Hämmern schwerer Stiefel. Eine Schar Flug-Soldaten stieg die Metalltreppen ins Atrium hinunter.

»Ich kann dich nicht einfach hier…«

»Verschwinde mit dem Blau-Erz, sonst war alles umsonst!«

Lastyanax verdrängte seine aufsteigende Panik und zwang sich, nachzudenken. Er konnte nicht, wie vorgesehen, den

Levitator nehmen, um in die vierte Ebene zu gelangen. Er konnte das Gebäude auch nicht über die erste Ebene verlassen, da sich das mechamagische Eingangstor automatisch schloss, sobald Alarm ausgelöst wurde. Kurz, er saß im Gefängnis fest. Das Blau-Erz dagegen konnte sich noch bewegen …

»Wir kommen hier irgendwie raus, das verspreche ich dir«, sagte er zu Petroklos.

Dann machte er kehrt und steuerte, noch immer im Schutz seiner Luftblase, auf den Levitator zu, der sich vor ihm im Rauch abzeichnete. Er betrat die Plattform und stellte den Hebel des Schaltpults auf Ebene sieben. Dann drückte er das Startsiegel, und der Levitator setzte sich in Bewegung.

Es war eine klapprige alte Maschine, die nur langsam vorankam. Dabei vibrierte sie so sehr, dass Lastyanax' Zähne aufeinanderschlugen. Während er in die Rauchsäule schwebte, hörte er einen der Soldaten rufen:

»Er hat den Levitator genommen!«

Blindlings abgeschossene Pfeile pfiffen dicht an seinen Ohren vorbei und prallten vom Metallgestell des Geräts ab. Lastyanax wartete noch einen Augenblick, ehe er von der Plattform sprang, wobei er hoffte, dass er nicht von einem verirrten Pfeil getroffen würde.

Wegen des Qualms hatte er den Abstand zum Boden falsch eingeschätzt, und sein Flug dauerte länger als gedacht. Er dämpfte den Aufprall mit einer Levitation und nahm die Blau-Erz-Klinge, die er unten zurückgelassen hatte, wieder an sich. Er hörte, wie die Flug-Soldaten zwischen den Extraktionstischen herumirrten und riefen: »Er flieht mit dem Levitator!« Seine Finte hatte funktioniert. Dank der Orientierungspunkte, die er sich eingeprägt hatte, fand er schnell zum

Raum mit dem Destillierkolben zurück. Dieser war inzwischen auch voller Rauch. Lastyanax rannte zur Tür, über die man wieder in den Extraktionssaal für die Freiwilligen gelangte. Daneben schimmerte rötlich der für die Glashütten der zweiten Ebene bestimmte Oreichalk-Quader. Lastyanax stürzte sich darauf, die Blau-Erz-Klinge in der Hand.

Plötzlich wurde der Qualm mit einem schlürfenden Geräusch aus dem Raum gesaugt. Lastyanax drehte sich um. Drei Flug-Soldaten waren im Türrahmen erschienen, die Manschetten an ihren Handgelenken auf ihn gerichtet. Ein dritter Mann in themiskyrischer Uniform trat hinter ihnen ein. Im Arm hielt er eine Glaskugel mit einem Loch, in dem die Rauchschwaden wirbelnd verschwanden.

Mit strahlendem Lächeln rief er:

»Laaaast! Wie geht's, Großer?«

Arka

Am Tag der Inthronisierung erwachte Arka in Zwergs Box aus unruhigem Schlaf. Draußen hinter der Kuppel graute zaghaft der Morgen. Ein paar Frühaufsteher waren schon unterwegs Richtung Stadtmauer, um sich einen guten Platz für die Zeremonie zu sichern. Zum ersten Mal seit beinahe zweihundert Jahren gab es die Inthronisierung eines neuen Basileus zu erleben. Arka vergewisserte sich, dass ihr aus dem Oreichalkplättchen gebastelter Anhänger noch immer das Stück Blau-Erz enthielt, und verließ das Rennbahngelände. Nachdem ihr Magen die ganze Nacht geknurrt hatte, war sein Protest endlich verstummt. Anscheinend hatte er akzeptiert, dass er keine Nahrung bekommen würde.

Einige Zuschauer hatten sich schon zu Füßen der Stadtmauer versammelt, als Arka dort ankam. Viele hatten Stühle, Decken und selbstwärmende Bettflaschen dabei, um so komfortabel wie möglich auf den Beginn der Zeremonie zu warten. Der Tag brach gerade erst an, nur die Spitzen der Türme waren in rosa Morgenlicht getaucht. Beamte des Herrscherpalastes in prunkvollen Togen und mit schweren Kopfbedeckungen, die feierlich sein sollten, in Arkas Augen jedoch nur albern wirkten, machten sich auf der Befestigungsmauer zu schaffen. Um sie herum kommentierten die Gaffer jedes Ding und jeden zeremoniösen Schmuck. Amateurhistoriker zogen Vergleiche zu den Chroniken der letzten Inthronisierung.

Ein Stück entfernt zeichneten sich die Umrisse des eingestürzten Turms im diesigen Morgen ab. Kazik und seine Kollegen hatten ganze Arbeit geleistet: Die Bresche war beinahe vollständig mit Adamantblöcken verschlossen. Arka bemerkte, dass die Temperatur allmählich wieder stieg. Tropfen fielen von den Eiszapfen, die an der Stadtmauer hingen.

Eine halbe Stunde verging, in der sie aus dem Schnee drei scharfkantige, ovale Steine ausgrub. Unterdessen strömten immer mehr Zuschauer heran und drängten sich an der Wehrmauer. Die Sonne erreichte nach und nach die unteren Ebenen, deren Wandbemalungen sie zum Glänzen brachte.

Eine weitere halbe Stunde verging. Die Menschenmenge war jetzt so groß, dass Arka sich fragte, wie sie ihre Schleuder benutzen sollte, die im Moment noch gut unter ihrer Pelzkleidung verborgen war. Als sie nach einer Möglichkeit suchte, sich ein wenig Platz zu verschaffen, erhob sich plötzlich Gemurmel. Arka stellte sich auf die Zehenspitzen, um zu sehen, was los war.

Über die Köpfe der Umstehenden hinweg sah sie, wie sich die mit goldenen Greifen verzierte königliche Sänfte, getragen von acht Männern, der Stadtmauer näherte. Die Sänfte, deren Insasse hinter seidenen Vorhängen verborgen war, bewegte sich durch ein doppeltes Spalier aus Flug-Soldaten und hyperboreischen Polizisten in glänzenden Uniformen. Flöten und Leiern, begleitet von den kräftigen Akkorden einer Wasserorgel, bildeten die musikalische Untermalung dieses triumphalen Einzugs.

Die Sänfte wurde die Treppe zum Wehrgang hochgetragen. Ein Schwarm Tauben flog auf, als sie mit im Sonnenlicht funkelnden Vergoldungen oben auf der Mauer zum Stehen kam – die Themiskyrer zogen wirklich alle Register. Arka musterte die Sitzreihen, doch sie konnte Silenos nirgends entdecken. Die Vorhänge der Sänfte wurden zur Seite geschoben, und General Philon stieg heraus. Mit stolzer Haltung und gravitätischer Miene erklomm er die wenigen Stufen zur Bühne. Man hatte seidige Rokhfedern an seine königliche Stola genäht, um an seine fremde Herkunft zu erinnern.

Im selben Moment erschien ein dickbäuchiger Mann in prachtvoller violetter Samttoga mit Hermelinbesatz am Rand der Mauer. Arkas Puls beschleunigte sich, während sie zusah, wie Silenos feierlich die jubelnde Menge begrüßte und sich dann neben den auserkorenen Basileus auf die Bühne stellte. Sie schob die Hand hinter ihren Kragen und holte unauffällig die Schleuder heraus. Dann zog sie den rechten Fäustling aus und fischte einen der drei Steine, die sie aufgelesen hatte, aus ihrer Tasche.

Ein Beamter reichte dem Lemuren eine goldene Schatulle. Silenos öffnete ihren Deckel und entnahm ihr einen schweren Gürtel aus Oreichalk und Lapislazuli, denselben, den der vorherige Basileus beim Pferderennen getragen hatte. Mit gebeugtem Knie, die Handflächen gen Himmel gewandt, hob der Lemur den königlichen Gürtel über seinen Kopf. Arka trat einen Schritt zur Seite, um mehr Platz für ihre Schleuder zu haben. Philon breitete vor der Menge die Arme aus. Arka ließ den Lederriemen kreiseln.

Als der Lemur dem Themiskyrer den Gürtel um die Taille legte, flog plötzlich ein Schneeball in Richtung des Baldachins. Rufe erklangen an mehreren Stellen aus der Masse der Zuschauer:

»WIR WOLLEN THEMISKYRA NICHT!«

»BEFREIT DIE MAGIER!«

»NEIN ZU PHILON!«

Arka erkannte bei einigen Stimmen den napocanischen Akzent, aber nicht nur. Hyperboreer aller Schichten protestierten gegen den neuen Basileus. Weitere Schneebälle wurden geworfen. Sie prallten vor ihm ab oder schienen mitten in der Luft abgelenkt zu werden. Arka fluchte: Ein Schutzfeld umgab den auserkorenen Herrscher. Damit hätte sie rechnen müssen.

Die Situation begann aus dem Ruder zu laufen. Tumult und Schreie zeigten an, dass es zu Raufereien zwischen Philon-Gegnern und Philon-Befürwortern kam. Arka war sich nicht mehr sicher, ob, wenn sie den Lemuren nun angriff, sein Meister sie in dem herrschenden Chaos überhaupt entdecken würde. Es war besser, einen günstigeren Moment abzupassen. Da Flug-Soldaten in die Menge stürmten, um sich die Unruhestifter zu schnappen, verbarg sie die Schleuder wieder unter ihrem Mantel und versuchte aus dem Pulk herauszukommen.

Doch auch wenn sie gewachsen war, war sie immer noch kleiner als die meisten Leute um sie herum. Die Schreie verwandelten sich in Gebrüll, die Menge in ein wogendes Meer, und Arka wurde in der ausbrechenden Panik hin und her gerissen. Eingeklemmt zwischen ihren Nachbarn, berührte sie den Boden nicht mehr und konnte kaum noch atmen. Angst schnürte ihr die Kehle zu. Sie hatte keine Ahnung, wie sie sich aus dieser Masse menschlicher Leiber befreien sollte, die sie zu zerquetschen drohten.

Plötzlich krachte eine Hand auf ihren Arm. Arka hatte das Gefühl, von einem Nudelholz plattgewalzt zu werden, während die Hand sie durch die Menge zerrte. Gerade als sie sich fragte, ob sie je wieder Luft bekommen würde, ließ der Druck der Körper nach. Arka atmete ein paar Mal tief ein und aus und blickte sich um. Sie hatte den Rand der Zuschauermenge erreicht. Um sie herum flohen die Menschen vor den Ausschreitungen, deren Epizentrum sich am Fuß der Befestigungsmauer befand. Und vor ihr …

»Silenos hat dich im Gedränge entdeckt, aber es hätte keinen guten Eindruck gemacht, wenn er sich mitten in der Zeremonie dematerialisiert hätte, um dich herauszuholen.«

Der Meister der Lemuren lächelte sie an, die Hand noch immer fest um ihren Arm geschlossen.

10

DIE GESICHTER UNTER DEM EIS

Pyrrha

»Pyrrha … Wach auf, verflixt! Pyrrha …«

Pyrrha spürte, dass jemand sie an der Schulter berührte. Sie blinzelte. Die Zelle, in der Rhodopis sie betäubt hatte, nahm um sie herum langsam Konturen an. Eine schlaksige Silhouette beugte sich über sie. Sie brauchte eine Weile, um zu begreifen, wem diese Silhouette und die große Hand gehörten, die sie schüttelte.

»Tut das gut, dich wiederzusehen!«, rief Petroklos und drückte sie so fest an sich, dass er sie beinahe erstickte.

Pyrrha hätte nie gedacht, dass die Umarmung eines Jungen, der einen derartigen Gestank verströmte, sie so glücklich machen könnte. Und zugleich so niedergeschlagen. Denn wenn Petroklos hier war, dann hieß das, dass es Lastyanax nicht gelungen war, ihn aus dem Extraktionssaal zu befreien. Aber wo war Lastyanax? Sie sah niemand sonst in der Zelle.

»Lass mich los, ich krieg keine Luft mehr«, nuschelte sie, den Mund in Petroklos' violetter Toga vergraben, deren Geruch ihrer Nase wahrlich nicht schmeichelte.

Aus der Umarmung befreit, ordnete sie ihre Gedanken und fragte:

»Wo ist Lastyanax? Was ist passiert?«

»Ich weiß verdammt noch mal nicht, wie er es gemacht hat, aber dieser dreckige kleine Verräter von Rhodopis hat unsere Verständigungsmethode entdeckt und begriffen, was wir vorhatten. Vor ein paar Tagen hat er uns alle in eine andere Zelle verlegt. Sicher, um sich als mich auszugeben und dir zu antworten ... Kurz, die Themiskyrer wussten über alles Bescheid. Sie haben uns in der ersten Ebene geschnappt. Mich haben sie hier eingesperrt und Last wer weiß wohin gebracht.«

Pyrrha richtete sich mühsam auf. Während sie bewusstlos war, hatte Petroklos sie auf eine Pritsche gelegt, damit sie nicht zu sehr auskühlte. Die Sonne war aufgegangen, und ein zaghaftes Zwielicht kroch durchs Fenster herein.

»Was hat Rhodopis mit ihm vor?«

»Ihn dazu bringen, dass er ihm sagt, wo er das Blau-Erz versteckt hat«, antwortete Petroklos.

Verblüfft fragte Pyrrha:

»Das haben sie nicht mehr?«

»Nein, Lasty hat's geschafft, es zu verstecken, ehe die Themiskyrer uns erwischt haben. Und jetzt will unser ehemaliger Miteleve, dass er ausspuckt, wo. Ah, der elende Mistkerl! Ich hätte seinen heimtückischen Kopf in den Pipieimer tunken sollen, als ich noch Gelegenheit dazu hatte.«

»Den Pipieimer?«

»Das Herzstück meines neuen Amtes«, erwiderte Petroklos. »Die Amazonen haben mich zum Verantwortlichen für die Harnwasserentsorgung ernannt, und da ich mich auf diesem Posten gut bewährt habe, haben die Themiskyrer mir angeboten, ihn weiter zu bekleiden, als sie hier die Führung übernommen haben. Eine erfolgreiche Umschulung.«

Pyrrha verstand nichts von dem, was er sagte, doch bei Petroklos war so ein Redeschwall immer ein gutes Zeichen.

Und wenn Rhodopis herausfinden wollte, wo sich das Blau-Erz befand, dann hieß das zumindest, dass Lastyanax es hatte verstecken können. Sie fragte sich nur, wie es ihm gelungen war, mehrere Pfund Blau-Erz in einem Gefängnis voller Themiskyrer zu verbergen, und vor allem, wie weit Rhodopis gehen würde, um ihm diese Information zu entreißen. Niemand wusste besser als Pyrrha über die verkappte Feindseligkeit Bescheid, die zwischen den beiden ehemaligen Klassenkameraden schwelte. Ihre Rivalität reichte zurück bis zu den Attributionsprüfungen, bei denen Rhodopis Lastyanax' Nase gebrochen hatte. Jetzt, da sie gegnerischen Lagern angehörten, fürchtete sie, zu sehen, wohin diese alte Rivalität noch führen würde.

»Wie lange ist es her, seit Rhodopis Lastyanax weggebracht hat?«

»Etwa zwei Stunden, würde ich sagen.«

Pyrrha stand auf und näherte sich dem Fenster. Eisige Luft drang durch das in den Adamant geschmolzene Loch herein. Rhodopis hatte sich nicht die Mühe gemacht, diesen Ausweg zu versperren. Er hatte Pyrrha nur ihre Kletterausrüstung weggenommen, das Horlogium, den Graphomanten und den Beutel, den sie über der Schulter getragen hatte. Panik beschlich sie. Sie hatte keine Möglichkeit mehr, zu fliehen, sich zu verteidigen oder Lastyanax zu helfen. Ihr Plan war ins Wasser gefallen, und sie waren den Themiskyrern ausgeliefert. Sie setzte sich zurück auf die Pritsche neben Petroklos, verbarg ihr Gesicht in den Händen und murmelte:

»Wie hat er bloß herausgefunden, dass wir kommen würden?«

»Dank deiner Schwester.«

Sie hob ruckartig den Kopf. Rhodopis war hinter den Gitterstäben der Zelle erschienen, begleitet von zwei Flug-Soldaten. Eine Mischung aus Wut und Angst packte Pyrrha. Sie hielt Rhodopis nicht für fähig, ihr etwas anzutun, doch zugleich war sie nicht sicher, ob dieser Rhodopis hier, der drei Dekaden lang unter der Willkür der Amazonen gelitten hatte und nun eine themiskyrische Uniform trug, noch dieselbe Person war, die sie gekannt hatte.

»Ich hätte nicht gedacht, dass Aspasia so weit gehen würde, ihre eigene Schwester an den Feind zu verkaufen«, hauchte Petroklos.

»Sie hat mich bestimmt nicht verkauft!«, erwiderte Pyrrha, obwohl der Gedanke auch ihr schon gekommen war.

»Deine Schwester ist eine hirnlose Pute«, sagte Rhodopis.

Zwar hatte Pyrrha gegenüber ihrer Familie und ihren Freunden selbst immer diese Ansicht vertreten, doch ihm stand es nicht zu, so etwas zu behaupten.

»Aspasia ist sehr viel schlauer, als du denkst!«, rief sie.

Hinter den Gitterstäben legte Rhodopis den Kopf in den Nacken und brach in Gelächter aus.

»Dann musst du mir mal erklären, wie sie auch nur eine Sekunde glauben konnte, dass ich auf ihre Nummer reinfallen würde. ›Oh, Rhodopis, könntest du mir das Gefängnis zeigen?‹«, äffte er Aspasia mit Falsettstimme nach. »Sie hat sich mir noch mehr an den Hals geschmissen als früher, wenn ich dich bei deinen Eltern besucht habe.«

Er ließ Pyrrha nicht aus den Augen und schien sich an ihrer Abscheu zu weiden. Sie schämte sich plötzlich, dass sie Rhodopis' übertriebene Selbstsicherheit jemals anziehend gefunden hatte.

»Kurz, ich habe sofort begriffen, dass sie herumspionieren wollte, und dachte mir, dass ganz bestimmt du dahintersteckst«, fuhr Rhodopis fort. »Sicherheitshalber habe ich deshalb deinem dicken Kumpel Petroklos einen Besuch abgestattet, und da habe ich euren Trick entdeckt«, schloss er, indem er auf das Stück violetter Toga deutete, das noch immer in der Ecke des Fensters hing.

»Was hast du mit Lastyanax gemacht?«, fragte Pyrrha.

»Ich werde euch zu ihm bringen«, antwortete Rhodopis, der enttäuscht darüber schien, dass ihre Stimme brüchig klang vor Wut und Sorge.

Er gab den beiden Flug-Soldaten ein Zeichen. Der eine nahm mit seiner Pfeilmanschette Petroklos ins Visier, während der andere die Tür entriegelte und mit zwei Paar Eisenhandschuhen die Zelle betrat. Er ging zu Pyrrha und legte ihr die Handschuhe an, die verhinderten, dass man Siegel zeichnen konnte. In Gedanken an die abschussbereiten Pfeile ließ sie ihn gewähren. Sie konnte es nicht erwarten, Lastyanax zu sehen, und zugleich wusste sie, dass Rhodopis sie nur als Druckmittel benutzen wollte. Immerhin bedeutete dies, dass Lastyanax ihnen noch nicht verraten hatte, wo das Blau-Erz versteckt war.

Der Themiskyrer packte Pyrrha und Petroklos an den Schultern und schob sie aus der Zelle. Draußen auf dem Steg hielt der andere Flug-Soldat sie noch immer mit seiner Manschette in Schach. Petroklos knurrte:

»Ich warne dich, Rhodopis, wenn du Lasty auch nur ein Haar gekrümmt hast, dann …«

»Sprich besser keine Drohungen aus, die du nicht wahrmachen kannst«, schnitt Rhodopis ihm das Wort ab. »Los, gehen wir.«

Eine Hand an Pyrrhas Rücken, führte Rhodopis sie zur nächsten Treppe, über die man den eine Etage höher gelegenen Hauptgang der vierten Ebene erreichte. Sie hatte es schon immer gehasst, dass er meinte, sie auf diese Weise überallhin dirigieren zu müssen, als bräuchte es seine Entschlusskraft, damit sie durch eine Tür ging oder eine Schildkröte bestieg.

Ihre Schritte hallten über den Metallsteg. Links und rechts von ihnen marschierten die beiden Flug-Soldaten, ihre Waffen im Anschlag. An die Gitter der Zellen gedrückt, folgten die Magier ihnen mit den Blicken. Pyrrha hätte gerne über eine Fluchtmöglichkeit nachgedacht, doch es gelang ihr einfach nicht, sich zu konzentrieren.

Sie kamen zur Haltestelle eines Levitators, der ein halbes Dutzend Personen transportieren konnte. Von Rhodopis hineingeschoben, lehnte Pyrrha sich an das Gitter.

»Warum hast du die Seiten gewechselt?«, fragte sie, während der Rest der Gruppe den Levitator bestieg.

Rhodopis betätigte die Hebel, ehe er antwortete:

»Ich habe nicht die Seite gewechselt, ich diene noch immer Hyperborea. Die Themiskyrer haben uns befreit. Ohne sie würde ich immer noch in diesem Gefängnis hungern und die Anwesenheit deines Kumpels hier ertragen.«

Er schien ihren Widerspruch förmlich herauszufordern.

»Schöne Befreiung«, spottete Petroklos mit einem Schulterzucken, die Hände in den Eisenhandschuhen. »Du leckst ihnen die Stiefel, seit sie gekommen sind, und trotzdem erlauben sie dir anscheinend noch nicht mal, das Gefängnis zu verlassen.«

»Ich kann das Gefängnis verlassen, wann ich will«, entgegnete Rhodopis. »Ich habe hier lediglich Verpflichtungen.«

Während er dies sagte, schielte er unwillkürlich zu den Themiskyrern, die sie noch immer schweigend begleiteten.

»Und deine beiden Lakaien hier helfen dir, uns besser zu verraten, oder passen sie eher auf, dass du die Anweisungen der Oligarchen befolgst?«, fragte Petroklos.

»Ich befolge nicht die Anweisungen der Oligarchen, ich gehorche unserem neuen Basileus«, gab Rhodopis zurück. »Tut mir leid, euch enttäuschen zu müssen, aber die Bewohner dieser Stadt haben ihren Herrscher gewählt, und das ist General Philon. Wann werdet ihr endlich einsehen, dass ihr die Verräter seid?«, fügte er in überlegenem Ton hinzu. »Euer geliebter Lastyanax hat einer Amazone dabei geholfen, das gesamte Magisterium einzusperren und die Kuppel zu zerstören. Und jetzt hat er euch zu dieser Sabotageaktion angestiftet, damit wir sie nicht reparieren können.«

»Lastyanax hat Hyperborea niemals verraten, der Prozess gegen seine Schülerin und der Überfall der Amazonen waren von den Themiskyrern inszeniert, um das Magisterium auszuschalten«, knurrte Pyrrha. »Und diese Wahlen waren ein einziger Betrug: Die Leute wurden mit allen Mitteln daran gehindert, jemand anderen als Philon zu wählen. Außerdem«, fuhr sie fort, »weißt du ganz genau, dass die Themiskyrer sich nicht damit begnügen werden, mit all dem Oreichalk das Loch in der Kuppel zu schließen. Sobald sie repariert ist, werden sie ein Heer aus hyperboreischen Wehrpflichtigen aufstellen, um weitere Städte zu erobern. Du willst Krieg? Den wirst du bekommen.«

Ohne etwas zu entgegnen, aktivierte Rhodopis das Siegel des Levitators, so als hätte er nichts gehört. Die Maschine stieg auf zur siebten Ebene.

»Ich weiß, es ist hart, Pyrrha, aber du musst akzeptieren, dass du verloren hast. Als ich von deiner Kandidatur für die Wahl des neuen Basileus gehört habe, hatte ich Mitleid mit dir. Ich wusste, dass du enttäuscht werden würdest. Was hast du bekommen – ein Fünftel der Stimmen? Georgon hatte recht, man hätte dir nie erlauben sollen, Elevin zu werden. Das ist dir zu Kopf gestiegen. Du wirst wieder lernen müssen, wo dein Platz ist: Du gehörst ins Haus, mit einem Mann und Kindern, wie die anderen Patrizierinnen. Glaub mir, da wird es dir besser gehen.«

»Pyrrha hat einen Sitz im Magisterium tausendmal mehr verdient als du oder ich«, empörte sich Petroklos. »Sie …«

»Lass gut sein, Petroklos«, sagte Pyrrha leise.

Sie konnte nicht verhindern, dass sie sich gekränkt fühlte. Dabei waren es weniger Rhodopis' Worte, die sie trafen, als sein Ton: Als hätte er, nachdem er sie zuerst angehimmelt hatte, nun aus verletzter Eitelkeit beschlossen, sie als minderwertiges Geschöpf zu betrachten. Sie fand sich unendlich dumm, dass sie je etwas für ihn empfunden hatte. Sie schluckte die Galle runter, die ihr die Kehle hochstieg.

In einem Gewirr aus metallischen Stegen, Gängen und Gitterstäben glitten die Etagen des Gefängnisses an ihnen vorüber. Endlich wurde der Levitator langsamer und stoppte an einer Haltestelle. Über einen weiteren Gang gelangten sie zu einer gepanzerten Tür. Dahinter war ein Knistern zu vernehmen, gefolgt von einem Röcheln. Nie hatte Pyrrha Lastyanax einen so animalischen Laut ausstoßen hören, und doch wusste sie sofort, dass er von ihm kam. Eine Stimme bellte:

»Wo ist das Blau-Erz?«

Die Stille, die darauf folgte, war noch schrecklicher mit anzuhören als jedes Stöhnen. Ein gedämpfter Schlag drang durch die Tür. Lastyanax ächzte. Pyrrha drehte sich zu Rhodopis um, die Hände noch immer in den Eisenhandschuhen gefangen. Ein so heftiger Zorn hatte sie gepackt, dass ihre

Anima ihr die Haare zu Berge stehen ließ. Die Themiskyrer hielten sie an den Armen zurück.

»Wie kannst du es wagen, das zu tun?«, fauchte sie. »Ihr habt fünf Jahre lang zusammen studiert!«

»Nichts zwingt ihn, zu leiden«, wies Rhodopis den Vorwurf zurück. »Er braucht mir nur zu sagen, wo das Blau-Erz ist.«

»Hast du uns deswegen hergebracht? Willst du uns auch foltern?«

»Ich habe euch vorhin gehört, ich weiß, dass ihr keine Ahnung habt, wo das Blau-Erz ist«, erwiderte Rhodopis nur.

Er öffnete die Tür, deren Angeln unheimlich quietschten. In der Gefängniszelle lag Lastyanax mit abgewandtem Gesicht zusammengekauert auf dem Boden. Vor ihm standen zwei mit Blitzspeeren bewaffnete Flug-Soldaten. Sie gingen zur Seite, um Rhodopis vorbeizulassen, der Lastyanax mit dem Fuß anstieß, damit er sich umdrehte. Endlich konnte Pyrrha sein Gesicht sehen. Seine Lider waren von Schlägen so geschwollen, dass er die Augen nicht öffnen konnte. Seine Nase blutete, und die aufgeplatzte Lippe enthüllte einen fehlenden Zahn.

»Wie geht's, Last?«, fragte Rhodopis.

»Wie einem, dem man gerade zum zweiten Mal die Nase gebrochen hat«, antwortete Lastyanax mit näselnder Stimme.

»Wo hast du das Blau-Erz versteckt?«

»An einem unauffindbaren Ort. Irgendwo zwischen deinem Anstand und deinem Talent als Magier.«

Rhodopis lachte und ging neben ihm in die Hocke.

»Schau mal, wer da ist.«

Mit den Daumen zog er ihm die Lider hoch und drehte dann seinen Kopf zur Seite. Lastyanax' Pupillen weiteten sich, als er Petroklos und Pyrrha erkannte. Die versuchte vergeblich, sich nicht anmerken zu lassen, wie sehr es sie schmerzte, ihn so zu sehen. Sie war es, die Lastyanax in ihren Plan, die Extraktionsmaschine zu sabotieren, mit hineingezogen hatte. Ihre Schuld war es, wenn dieser nicht funktioniert hatte. Sie hatte nicht gründlich genug überlegt, was alles passieren konnte; sie hätte besser vorbereitet sein müssen.

»Sieht aus, als hätte Rhodopis sich mächtig ins Zeug gelegt, Lasty«, versuchte Petroklos mit schriller Stimme zu scherzen. »Er will wohl auf keinen Fall, dass seine Vorgesetzten ihn für einen Versager halten.«

Rhodopis stand ungerührt auf und wischte sich den Schmutz von den Händen.

»Nun, da das Trio endlich wieder vereint ist, können wir ernsthaft miteinander reden, *Lasty*. Ich werde meine themiskyrischen Freunde bitten, sich um deine beiden Komplizen zu kümmern, damit du uns endlich sagst, wo du das Blau-Erz versteckt hast.«

Kalter Schweiß lief Pyrrha den Rücken hinunter. Rhodopis gab einem der Flug-Soldaten ein Zeichen, der sich ihr mit seinem Blitzspeer näherte. Pyrrha versuchte, die Woge der Panik zu unterdrücken, die sie beim Anblick der bläulich zuckenden Entladungen erfasste.

»Ist gut, hör auf.«

Alle wandten sich zu Lastyanax um, der sich auf die Seite rollte und mit schmerzverzerrtem Gesicht aufrichtete. Mit einem Arm hielt er sich die Rippen.

»Ich werde euch sagen, wo das Blau-Erz ist.«

»Nein, sag's ihm nicht!«, schrie Pyrrha.

»Es bringt nichts, weiter die Helden zu spielen«, fuhr Lastyanax näselnd fort. »Wir haben getan, was wir konnten.«

Der Widerspruch, den Pyrrha gerade äußern wollte, blieb ihr im Hals stecken. Diese Sätze passten überhaupt nicht zu Lastyanax. Mit siegreichem Lächeln befahl Rhodopis dem Flug-Soldaten, seinen Blitzspeer von Pyrrha zu entfernen, die ihr Bestes tat, um nicht zu zeigen, wie erleichtert sie war. Wie alle anderen hing sie an Lastyanax' geschwollenen Lippen.

»Also?«, fragte Rhodopis.

»Ich habe es in einen Levitator gelegt, den ich in die siebte Ebene geschickt habe«, erklärte Lastyanax mit zerknirschtem Gesicht. »Meine Elevin hat es dort in Empfang genommen.«

Zum ersten Mal erlebte Pyrrha, dass Lastyanax die Wahrheit mit Füßen trat. Er war derart anständig, dass sie bis jetzt geglaubt hatte, er wäre überhaupt nicht imstande, zu lügen. Selbst beim Prozess gegen seine Elevin war er nicht von den Tatsachen abgewichen, um sie zu schützen. Jetzt log er, ohne mit der Wimper zu zucken, ohne jegliches Zögern, außer dem, das er vortäuschte, um Rhodopis glaubhaft zu machen, dass er das Versteck des Blau-Erzes nur widerstrebend preisgab.

»Wie konnte deine Elevin ins Gefängnis hinein- und wieder herauskommen, ohne dass irgendjemand sie gesehen hat?«, fragte der mit gerunzelten Brauen.

»Sie hat die siebte Ebene mit ihren Flügeln des Ktesibios erreicht und wieder verlassen.«

»Warum hat Pyrrha dann in der vierten Ebene auf dich gewartet?«

»Wir hatten zwei mögliche Auswege für das Blau-Erz eingeplant, falls etwas schiefgehen sollte.«

Pyrrha bemühte sich, ein undurchdringliches Gesicht zu machen, obwohl ihr das Blut in den Schläfen pochte. Rhodopis schien nicht ganz und gar überzeugt von Lastyanax' Erklärungen, doch auch er hielt ihn für unfähig, zu lügen.

»Wo hat deine Elevin das Blau-Erz hingebracht?«

»Sie hat sich durch das Loch in der Kuppel aus der Stadt geschlichen, um es im Gletscher in der Nähe der Karawanenroute zu verstecken.«

»Wo im Gletscher?«

»Der Gletscher ist riesig«, antwortete Lastyanax. »Das kann ich dir nicht so einfach erklären, ich muss es dir vor Ort zeigen.«

Pyrrha wusste, woher Lastyanax die Idee mit dem Gletscher hatte: Sie hatten geplant, das Blau-Erz in dem gefrorenen See zu versenken, um es ein für alle Mal loszuwerden. Rhodopis begann in der Zelle hin und her zu gehen.

»Er wirkt nervös«, flüsterte Petroklos Pyrrha zu. »Seine Chefs werden nicht erfreut sein, zu hören, dass das Blau-Erz ins Riphäengebirge verduftet ist.«

Er hatte den Satz gerade laut genug ausgesprochen, dass Rhodopis ihn hören konnte. Der blieb stehen und sah drei der vier anwesenden Soldaten an.

»Ihr drei, ihr nehmt zwei Rokhs und bringt den da« – er deutete auf Lastyanax – »zum Gletscher, damit er uns zeigt, wo das Blau-Erz ist.«

Dann wandte er sich an den vierten Themiskyrer.

»Du bleibst vor der Zelle und passt auf, dass die beiden hier nicht abhauen«, befahl er. »Wenn das Blau-Erz in drei Stunden nicht wieder aufgetaucht ist, lässt du sie exekutieren.«

Bleierne Stille senkte sich über die Zelle. Selbst Petroklos hatte es die Sprache verschlagen. Rhodopis zwang Lastyanax aufzustehen. Er überragte ihn um einen Kopf und schien bestens in Form zu sein. Lastyanax dagegen konnte sich kaum auf den Beinen halten. Er wackelte mit dem Kopf, als wäre das Gewicht seines eigenen Schädels zu schwer für ihn. Dabei warf er Pyrrha einen eindringlichen Blick zu, den nur sie bemerkte, sah zur Decke und spreizte diskret sieben Finger ab.

»Los, gehen wir.« Rhodopis packte ihn im Nacken. »Keine Spielchen, Lasty.«

Pyrrha nickte unmerklich. Lastyanax ließ sich in den Gang ziehen. Die Flug-Soldaten folgten ihm, und Pyrrha und Petroklos blieben allein zurück, die Hände noch immer in den Eisenhandschuhen gefangen. Die Tür fiel mit einem Klacken ins Schloss, das wie ein Todesurteil klang.

»Gut«, sagte Pyrrha, »wir haben drei Stunden, um uns zu überlegen, wie wir aufs Dach des Gefängnisses kommen.«

Lastyanax

Lastyanax war für Petroklos und Pyrrha ein enormes Risiko eingegangen. Jetzt war es zu spät, um es sich anders zu überlegen: Er musste den ungefähren Plan durchziehen, den er im Kopf hatte. Im Moment tat er das am besten, indem er so schwach und wehrlos wie möglich wirkte.

Das war nicht schwer. Der Schmerz seiner gebrochenen Nase strahlte in Stirn und Kiefer aus. Er konnte nur mühsam atmen wegen der Fußtritte, die er in die Rippen bekommen hatte. Die Stromstöße der Blitzspeere hatten ihm die Handflächen versengt, wo sie wieder ausgetreten waren. Mit der Zunge tastete Lastyanax vorsichtig nach der Lücke, die sein ausgeschlagener Zahn hinterlassen hatte. Er brauchte sich nicht im Spiegel zu sehen, um zu wissen, dass er keinen schönen Anblick bot. Kurz durchzuckte ihn der Gedanke, dass sein Aussehen Pyrrha abstoßen könnte. ›Um ästhetische Fragen kümmern wir uns später‹, entschied er dann.

Auf dem ganzen Weg durch die siebte Ebene des Gefängnisses hielt Rhodopis ihn im Nacken gepackt wie eine Lumpenpuppe. Er schien entschlossen, das Blau-Erz so schnell wie möglich wiederzubekommen. Sicher hoffte er, das Metall zu finden, ehe die Oligarchen von Philons Inthronisierung zurückkamen. Diese Eile war Lastyanax' bester Verbündeter: Rhodopis hatte schon mehrere Fehler begangen, indem er Pyrrha und Petroklos zu ihm gebracht, sie dann zusammen in der Zelle gelassen und ihnen gesagt hatte, wie viel Zeit ihnen blieb … und indem er nicht die Vorsichtsmaßnahme ergriffen hatte, seine Eskorte zu verstärken. Trotzdem waren drei Flug-Soldaten plus Rhodopis immer noch zu viele bewaffnete Männer, um es allein mit ihnen aufzunehmen. Während sie die Direktionsräume durchquerten, um aufs Dach zu gelangen, beschloss Lastyanax, den Druck noch etwas zu verstärken.

»Petroklos hat recht, deine Vorgesetzten wissen noch nichts von dem, was im Extraktor passiert ist, stimmt's? Sie werden nicht erfreut sein, es zu erfahren.«

»Bis dahin wirst du mir das Blau-Erz zurückgebracht haben«, erwiderte Rhodopis mit etwas gezwungener Selbstsicherheit. »Ich kenne dich, du würdest niemals das Leben der beiden da aufs Spiel setzen.«

Sie stiegen eine Treppe hoch und kamen auf die Dachterrasse des Gefängnisses. Die strahlende Sonne blendete Lastyanax. Er drehte sich um sich selbst und betrachtete die verschneite Turmlandschaft. Unendlich viele Tröpfchen funkelten wie Lichttränen. Das Innere der beinahe vollständig reparierten Kuppel war leicht beschlagen: Nur durch ein Dreieck, das aus dieser Entfernung winzig wirkte, drang noch ein wenig kalte Luft herein.

Auf dem Dach, zwischen Bänken und gefrorenen Springbrunnen, putzte sich ein halbes Dutzend Rokhs die Federn. Sie hatten die Rücken den warmen Sonnenstrahlen zugewandt, ihre Klauen waren an den Zinnen des Extraktors angebunden. Halb aufgefressene Tierkadaver lagen auf den vereisten Steinplatten verstreut. Lastyanax betrachtete das enorme Federvieh. Er bedauerte immer mehr die Eingebung, die ihn dazu gebracht hatte, von Gletschern und Flügen außerhalb der Kuppel zu sprechen. *Er* war nicht in der siebten Ebene aufgewachsen, und Arkas jüngste Luftakrobatiknummer hatte seine Höhenangst nicht geheilt. Rhodopis wandte sich an einen der drei Flug-Soldaten, die ihn begleiten sollten, einen Mann mit groben Zügen und dem Abzeichen eines Leutnants.

»Du fliegst vorweg mit Lastyanax, der dir sagt, wo es langgeht – stimmt's, Last? Ihr beiden folgt ihnen.«

An Lastyanax gerichtet fügte er hinzu:

»Vergiss nicht: Wenn ihr in drei Stunden nicht zurück seid, lasse ich die anderen hinrichten.«

Er tätschelte ihm gönnerhaft den Nacken und trat beiseite. Lastyanax hatte erwartet, dass er mit ihnen kommen würde. Erlaubten die Themiskyrer Rhodopis etwa nicht, das Gefängnis zu verlassen? Umso besser.

Der Leutnant packte ihn an der Schulter und stieß ihn zum nächsten Rokh, einem Tier mit goldbraunen Federn und gelbem Schnabel. Es war bereits gesattelt. Als sein Reiter einen Befehl pfiff, kauerte es sich auf den Boden. Der Themiskyrer half Lastyanax aufzusitzen. Dessen Knie schlotterten so sehr, dass die Steigbügel wackelten, als er seine Füße hineinschob. In dieser Position schmerzten seine Rippen noch mehr. Mit ruppigen Gesten zerrte der Themiskyrer breite Gurte um seine Beine fest. Die Lederriemen gruben sich in Lastyanax' Schenkel, doch der nahm diesen Schmerz erleichtert hin: Wenigstens riskierte er nicht, während des Flugs aus den Steigbügeln zu rutschen. Der Leutnant saß nun seinerseits vor Lastyanax auf. Er zurrte seine eigenen Gurte fest, ergriff die am Schnabel des Tieres angebrachten Zügel und hob einen Daumen, um anzuzeigen, dass sie startklar waren. Die beiden Flug-Soldaten auf dem zweiten Rokh erwiderten seine Geste.

Der Flug-Leutnant stieß einen Pfiff aus, den Lastyanax sich genau anhörte. Sofort erhob sich der Vogel, wobei er seine Passagiere kräftig durchschaukelte, dann hüpfte er an die Dachkante. Bei jedem Sprung des Tieres spürte Lastyanax, wie sich sein Magen umdrehte und die Rippen auf seiner Lunge Trommel spielten. Ehe er noch schätzen konnte, wie weit der Boden entfernt war, schwang sich der Vogel schon in die Lüfte.

Ohne das Trauma seiner vorigen Flugerfahrungen hätte dieses Erlebnis ihn vielleicht in Euphorie versetzt. Die langen Schwingen des Raubvogels glitten butterweich durch die Luft. Verglichen mit den Hopsern auf der Dachterrasse, war diese Fortbewegung unglaublich geschmeidig. Die Stadt schien eine weitere Dimension bekommen zu haben. Türme und Kanäle verloren ihre Konturen, während der bis dahin flache Himmel unter der Kuppel sich plötzlich entfaltete.

Leider war Euphorie nicht wirklich das, was Lastyanax empfand. Trotz der Gurte und Steigbügel, die seine Beine an den seidigen Flanken des Rokhs in Position hielten, war ihm der Abgrund unter seinen Füßen allzu bewusst. Sobald er hinunterblickte, hatte er das Gefühl, von der Tiefe angezogen zu werden. Er hätte sich gern irgendwo festgehalten, doch dafür kam nur der Themiskyrer vor ihm infrage, und den wollte er lieber nicht berühren. Er schlug den Kragen seiner Flug-Leutnant-Uniform hoch, um sich vor dem Wind zu schützen. Sosehr er sich auch hinter dem Themiskyrer zusammenkauerte, die Kälte, die ihm in die Ohren pfiff, war unerbittlich.

Der Raubvogel glitt durch die Öffnung in der Kuppel, dicht gefolgt von dem zweiten Reittier. Vor ihnen breitete sich die winterstarre Ebene aus, ebenso weit, eintönig und verschneit, wie als er sie zu Fuß durchquert hatte. Jetzt trauerte er der Kälte im Innern der Kuppel nach, über die er sich eben noch beklagt hatte: Hier draußen peitschte ihm ein derart eisiger Wind ins Gesicht, dass er das Gefühl hatte, jemand würde ihm die Wangen mit einem Bügeleisen verbrennen. Seine Augen begannen zu tränen, und Eiskristalle bildeten sich an seinen Wimpern. Ihm taten die Zähne, die Ohren, die Rippen und die Nase weh, ihm tat einfach alles weh. Er schloss die Augen, lehnte sich so weit zu dem Flug-Leutnant hin, wie es möglich war, ohne ihn zu berühren, und betete, dass diese Qual so schnell wie möglich vorübergehen möge.

Der Weg dauerte eine halbe Stunde, die ihm wie eine Ewigkeit vorkam. Als der Raubvogel endlich zum Gletscher hinabschwebte, waren Lastyanax' Augen so voller Tränen und Eis, dass er nur eine weißliche Masse zwischen zwei Bergen erkennen konnte. Ein paar Schritt über dem Eis blieb der Raubvogel in der Luft stehen, der zweite tat es ihm nach. Der Leutnant wandte sich zu Lastyanax um und fragte:

»Also, wo ist nun das Blau-Erz?«

Lastyanax blinzelte und sah sich um.

»Da unten im Tal«, rief er. »Am Fuß des Gletschers.«

Der Leutnant nahm Kurs auf das Ende des Gletschers, das sie in wenigen Augenblicken erreichten. Weiße Felshänge ragten steil über einem gefrorenen, schwarzen See auf. An dessen Ufern hatte Lastyanax in der zweiten Nacht seiner Irrfahrt unter dem Sternenhimmel auf das Ende der Schlaflosigkeit gewartet.

»Liegt das Blau-Erz im See?«, schrie der Leutnant, um die Windstöße zu übertönen, die die Schwingen ihrer Reittiere aufwirbelten.

»Nein«, erwiderte Lastyanax, »es ist in einer Gletscherspalte versteckt. Ich zeige Ihnen, wo. Wir müssen landen.«

Der Themiskyrer machte den anderen ein Zeichen, und nach einem kurzen Sturzflug, der Lastyanax das Gefühl gab, sein Magen würde in den Himmel katapultiert werden, setzten die beiden Raubvögel ein Dutzend Schritt von den Felsen entfernt auf. Der Leutnant sprang aus dem Sattel und löste Lastyanax' Gurte. Der ließ sich über die seidigen Federn des Rokhs gleiten und brach auf der gefrorenen Seeoberfläche zusammen. Sein Begleiter packte ihn am Ellbogen und zwang ihn, aufzustehen. Lastyanax war froh, wieder festen Boden unter den Füßen zu spüren. Die beiden anderen Themiskyrer kamen zu ihnen.

»Also, das Blau-Erz?«, wiederholte der Leutnant ungeduldig.

Lastyanax nahm all seinen Mut zusammen. Seine Eskorte stand neben ihm, wachsam, aber nicht so sehr, dass sie ihn mit ihren Waffen in Schach hielten. Indem er seine Schwäche übertrieben hatte, hatte er sie in die Irre geführt.

Jetzt oder nie.

Hinter ihnen begann das Eis unter den Füßen der Rokhs zu schmelzen. Sie hüpften mit ausgebreiteten Schwingen, um der unangenehmen Pfütze auszuweichen. Gleich darauf schnellten zwei Wassertentakel aus dem Boden und schlangen sich um ihre Klauen. Die Vögel schlugen kreischend mit den Flügeln, um sich zu befreien.

Die Aufregung der Tiere hatte die Flug-Soldaten für einen Moment abgelenkt. Zu spät begriffen sie, dass es eine Finte gewesen war. Als sie sich mit gezückten Manschetten wieder zu Lastyanax umdrehten, hatte dieser bereits eine Eiswand um sich herum errichtet. Die Pfeile bohrten sich in den gefrorenen Schutzwall und hinterließen darin feine, sternförmige Risse. Mit einer Geste stieß Lastyanax die Wand in Richtung der Soldaten. Sie rutschte übers Eis und begrub die drei Themiskyrer unter sich. Lastyanax stampfte mit dem Fuß auf. Unter den Flug-Soldaten riss die etwa einen Schritt dicke Eisdecke des Sees. Er stampfte noch einmal. Die Schollen brachen auseinander und sanken unter dem Gewicht der Soldaten, die schreiend ins Wasser stürzten.

Lastyanax näherte sich der Fläche, die er gerade aufgebrochen hatte. Die Themiskyrer bemühten sich, aus dem Wasser zu kommen, doch die Eisblöcke, an denen sie Halt suchten, glitten unter ihren Armen weg und stießen gegen sie. Ihre Manschetten, ihre Stiefel, ihre Umhänge zogen sie in die Tiefe.

Lastyanax wusste, was ihm noch zu tun blieb. Alles in ihm wehrte sich dagegen. Wenn er seinen Plan zu Ende brachte, würden ihn den Rest seines Lebens Schuldgefühle quälen. Wenn nicht, würde er Pyrrha und Petroklos verlieren.

Lastyanax streckte die Hand aus. Die Eisschollen begannen sich eine nach der anderen wieder zusammenzufügen. Die Flug-Soldaten, die darum kämpften, die Köpfe über Wasser zu halten, beschimpften ihn. Er beschleunigte den Vorgang. Die Eisdecke schloss sich wieder. Lastyanax sah die angstverzerrten Gesichter der Themiskyrer. Dicke Luftblasen entwichen ihren Mündern und schmiegten sich von unten ans Eis. Sie schlugen dagegen, schossen Pfeile, um es zu durchbohren. Lastyanax konnte den Blick nicht von diesem entsetzlichen Schauspiel abwenden. Noch mehr Blasen entwichen ihren geöffneten Mündern, als würden sie lautlos schreien. Sie zuckten krampfartig. Ein paar Sekunden später rührten sie sich nicht mehr. Ihre Gesichter waren noch für einen kurzen Moment unter dem Eis zu sehen, dann versanken ihre Körper im schwarzen Wasser.

Lastyanax stolperte nach hinten, Schweiß rann ihm übers Gesicht. Er wollte sich übergeben, auslöschen, was er gerade gesehen hatte. Er hockte sich auf die Fersen und schloss die Augen, verfolgt von den Bildern seines Verbrechens.

Bisher war er immer überzeugt gewesen, zum Wohl der Allgemeinheit zu handeln, doch diese Überzeugung geriet nun ins Wanken. War er wirklich auf der Seite der Guten? War es richtig gewesen, den Themiskyrern das Blau-Erz nicht wiederzugeben, obwohl sie es bis jetzt nur dazu benutzt hatten, die Kuppel zu reparieren? War die Ordnung, die die Themiskyrer etablieren wollten, wirklich so schlecht, dass er sich anmaßen durfte, kaltblütig drei Menschen zu töten, um es zu verhindern?

Er hätte gern eindeutige Antworten auf diese Fragen gefunden, doch die gab es nicht. Die moralische Gleichung war zu komplex, um sie mit Ja oder Nein zu lösen. Für den Moment durfte er nur an Pyrrha und Petroklos denken. Rhodopis hatte ihm drei Stunden gegeben, um mit dem Blau-Erz zurückzukommen. Die erste davon war bereits verstrichen.

Lastyanax erhob sich umständlich und wandte sich zu den beiden Rokhs um. Die starrten mit gereckten Hälsen auf die Eisdecke, als wunderten sie sich, ihre Reiter nicht wieder auftauchen zu sehen.

Lastyanax näherte sich einem von ihnen. Der Rücken des Tiers war viel zu hoch, als dass er ihn hätte erreichen können. Er versuchte den Befehl nachzuahmen, der es dazu brachte, sich hinzukauern, aber er hatte noch nie besonders gut pfeifen können. Der Rokh putzte sich mit dem Schnabel das Gefieder, als hätte er nichts gehört.

Bei dem anderen Tier hatte Lastyanax auch nicht mehr Erfolg. Er versuchte, bis zum Sattel zu levitieren, doch dieses Kunststück erschreckte den Vogel, der aufflog und sich ein paar Dutzend Schritt entfernt wieder niederließ. Angst kroch ihm in die Glieder. Selbst wenn er irgendwie auf eins dieser Viecher raufkäme, hatte er nicht die leiseste Ahnung, wie man sie dazu bewegte, loszufliegen.

Als er sich seinen Plan überlegt hatte, war er davon ausgegangen, dass er mit einem der Rokhs nach Hyperborea zurückkehren könnte. Doch offenbar hatte er seine Fähigkeiten überschätzt. Das Transportmittel war zwar da, aber er wusste nicht, wie man es bediente, und die Zeit schritt unerbittlich voran. Von Panik ergriffen, begann er auf dem Eis hin und her zu laufen. Das konnte nicht sein … Es musste eine Lösung geben … Er konnte nicht drei Menschen umsonst getötet haben … schlimmer noch, Pyrrha und Petroklos damit ebenfalls zum Tode verurteilt zu haben … Er musste nur … nur …

Lastyanax stieß einen verzweifelten Schrei aus, der die Vögel aufscheuchte und von den Felswänden widerhallte. Das Echo, das die Berge ihm zurückwarfen, erinnerte seltsam an ein Wiehern. Verwundert richtete er sich auf und spähte zum Ufer.

Eine struppige Kreatur beobachtete ihn vom Rand des Sees aus mit aufgestellten Ohren. Das Pferd, mit dem Lastyanax' Vater den Großen Preis des Basileus gewonnen hatte, war wirklich unverkennbar. Er hatte keinen Schimmer, wie Arkas Pony hierherkam, doch seine Anwesenheit war ein Geschenk des Himmels.

Das war eine Konstante in der Beziehung zu seiner Elevin: Sie hörte nicht auf, ihn zu verblüffen.

Lastyanax rannte zum Ufer. Er konnte zwar nicht mit Rokhs umgehen, mit Pferden aber schon. Endlich zahlte es sich aus, dass er seine ganze Kindheit über die Reitleidenschaft seines Vaters hatte erdulden müssen. Als er noch etwa zehn Schritt von Zwerg entfernt war, wurde er langsamer und sagte in beruhigendem Singsang:

»Bleib schön hier, jaaa, so ist's gut.«

Zwerg ließ ihn näher kommen, wobei er ihn aus seinen schwarzen Augen unverwandt ansah. Lastyanax hatte Pferde nie für besonders schlau gehalten, doch dieses hier schien über so manche Dinge sehr viel besser Bescheid zu wissen als er. Sogar so viel besser, dass er sich blöd dabei vorkam, diesen schmeichelnden Ton anzuschlagen, mit dem sein Vater widerspenstige Tiere besänftigte.

»Guuut so, Alterchen, schön stehen bleiben, guuut.«

Aus gebührendem Abstand betrachtete er aufmerksam das Pferd. Es hatte weder Zaumzeug noch Sattel, und Lastyanax hatte keine Ahnung, wie er es lenken sollte. Außerdem wusste er von Arkas häufigem Geplapper über ihr spezielles Verhältnis zu Zwerg, dass er keinen anderen Reiter außer ihr akzeptierte. Tatsächlich schien er nicht geneigt, Lastyanax aufsitzen zu lassen. Er hatte die Ohren nach hinten angelegt, und sein Schweif peitschte durch die Luft. Seine ganze Haltung drückte aus, dass Lastyanax ein doppelter Salto bevorstand, wenn er so unvorsichtig wäre, sich auf seinen Rücken zu schwingen.

Der atmete tief durch. Er war an einem Punkt angelangt, wo ihm jedes Mittel recht war. Selbst mit einem Pferd zu diskutieren.

»Wir gehen zurück nach Hyperborea, um Pyrrha und Petroklos zu retten«, erklärte er.

Die Ohren noch immer angelegt, schnaubte Zwerg und schüttelte den Kopf, als würde ihn dieser Plan nicht überzeugen.

»Und dann suchen wir Arka?«, versuchte Lastyanax sein Glück.

Sofort zeigten Zwergs Ohren zur Kuppel. Ohne weiteres Zögern hievte Lastyanax sich auf seinen Rücken. Er saß noch nicht ganz, da galoppierte Zwerg schon los in Richtung Hyperborea.

11

ZWERGS RÜCKKEHR

Pyrrha

Pyrrha und Petroklos saßen allein in einem Verlies, das üblicherweise Gefangene beherbergte, die zu gefährlich oder zu privilegiert waren, um in Gemeinschaftszellen untergebracht zu werden. Das war ein Vorteil, denn so konnten sie miteinander reden, ohne von dem Wachposten im Flur gehört oder gesehen zu werden.

Pyrrha tigerte durch den engen Raum und versuchte, einen Fluchtplan auszuarbeiten. Zuerst mussten sie die Eisenhandschuhe loswerden. Sie hob ihre Hände vors Gesicht, um das Siegel, das in diese speziell für Magier konzipierten Handschellen eingraviert war, genau zu studieren. Ein Schutzsiegel mit doppelter Umschlingung, natürlich. Sie konnte es also weder durchstreichen noch ein anderes Siegel daneben zeichnen, das wäre zu simpel gewesen. Allerdings konnte sie versuchen, es zu rekonfigurieren ... Doch dafür brauchte sie einen spitzen Gegenstand. Während sie überlegte, jammerte Petroklos:

»Was hat Lasty sich gedacht, wie wir aus dieser Dreckszelle ausbrechen sollen? Unsere Hände sind gefesselt, es gibt eine gepanzerte Tür und einen Wärter davor, der uns mit Argusaugen überwacht, ganz abgesehen von all seinen Kollegen zwischen uns und dem Dach, und obendrein wissen wir nicht mal, wie man raufkommt, auf dieses Dach ...«

»Ich weiß, wie«, erwiderte Pyrrha und blieb stehen. »Ich habe den Plan des Extraktors auswendig gelernt. Was unsere Hände angeht …«

Anstatt den Satz zu beenden, schnappte sie mit dem Mund nach einer Locke, die aus ihrem Haarknoten hing. Petroklos sah sie ungläubig an.

»Also echt, Pyrrha, ich bin ja der Erste, der versteht, dass man es mit leerem Magen nicht aushält, aber wenn du jetzt anfängst, deine Haare zu essen, dann mache ich mir doch langsam Sorgen.«

Pyrrha antwortete nicht, sondern löste weiter ihren Knoten, indem sie mit dem Mund an den Strähnen zog. Nach einer Weile fielen zwei kleine Gegenstände auf den Boden: Eine Nadel und ein Stück Kohle.

»Es ist wirklich verrückt, was man so alles in lockigen Haaren verstecken kann«, sagte sie und spuckte die Strähnen aus, die noch an ihren Lippen klebten.

Am Boden kauernd, hob sie die Nadel mit dem Mund auf, wobei sie versuchte, nicht an den ekligen Dreck zu denken, der dort klebte. Petroklos verfolgte die Operation mit zweifelnder Miene.

»Ich freue mich zu hören, dass du endlich Frieden mit deiner Löwenmähne geschlossen hast, aber ich sehe noch nicht, inwiefern uns das weiterbringt …«

»Mmmmh«, machte Pyrrha, die Anstecknadel zwischen den Zähnen.

Es war ihr gelungen, diese zu öffnen, sodass die Spitze herausstach. Sie näherte sich der Pritsche, die in der Zelle stand, legte die Handschuhe darauf, beugte sich über das Siegel und begann mit ihrer Gravurarbeit. Mithilfe der Nadelspitze verwandelte sie die Schild-Glyphe in eine Kerzen-Glyphe, das

Symbol der Selbstzerstörung. Es war eine mühsame Arbeit, die äußerst exakt ausgeführt werden musste. Der kleinste falsche Strich konnte die Bedeutung des Siegels verändern, und zwar mit sofortiger Wirkung, da dieses bereits aktiviert war. Petroklos hatte inzwischen verstanden, was sie vorhatte, und beobachtete sie schweigend.

Nach zwanzig Minuten hatte Pyrrha Krämpfe in den Kiefermuskeln. Sie musste nur noch einen Strich ziehen, um das Kerzensiegel zu vollenden.

»Bist du ganz sicher, dass du damit nicht auch deine Hände zerstörst?«, fragte Petroklos.

Sie tauschten einen Blick. Dann beugte sich Pyrrha mit bleichem Gesicht wieder hinunter und beendete die Gravur.

Sofort zerfielen die Handschuhe zu metallischem Staub, der ihr durch die Finger rieselte. Pyrrha seufzte erleichtert und schüttelte ihre steifen Hände, um die Verkrampfung zu lösen. Dann drehte sie sich mit gezückter Nadel zu Petroklos um.

»Jetzt bist du dran.«

Dieses Mal ging es wesentlich schneller. Nach fünf Minuten war Petroklos seine Fesseln los. Er rieb sich die Handgelenke.

»Gut, da wir also unsere Fingerfertigkeit wiederhaben, was machen wir jetzt?«

»Ich sehe zwei Möglichkeiten«, sagte Pyrrha. »Entweder wir locken den Wachmann in die Zelle und versuchen ihn auszuschalten …«

»Ich war nie ein Befürworter direkter Konfrontation.«

»… oder wir machen ein Loch in diese Mauer«, schloss Pyrrha, indem sie auf die rechte Zellenwand deutete.

»Ich kenne ein paar Magier, die versucht haben, auf diese

Weise zu fliehen, aber das ist unmöglich. Die Mauern sind mit Adamant verstärkt«, erwiderte Petroklos.

»Nur die Außenwände und die Böden zwischen den Ebenen«, widersprach Pyrrha. »Die anderen Wände sind aus einfachem Stein, da die Adamantherstellung zu kostspielig ist. Wenn wir also ein Loch zur Nachbarzelle öffnen, in der Hoffnung, dass diese leer ist, könnten wir anschließend ein weiteres in die Decke machen, um in den Verwahrungsraum zu gelangen, wo die Wärter alle persönlichen Dinge lagern, die den Gefangenen bei ihrer Ankunft abgenommen werden. Mit etwas Glück finden wir dort, was wir brauchen, um uns zum Dach durchzuschlagen.«

»Woher weißt du das alles?«

»Wie gesagt, ich habe den Plan des Extraktors auswendig gelernt. Last kennt ihn auch. Deshalb weiß er, dass wir eine Chance haben, aufs Dach zu gelangen.«

»Dein Plan setzt allerdings eine beträchtliche Portion Glück voraus«, bemerkte Petroklos, wobei er sich nervös am Kopf kratzte. »Ich bin nicht gerade ein Glückspilz, wie du weißt, sondern ziehe eigentlich eher Pech an. Warum warten wir nicht in aller Ruhe hier auf Lasty?«

»Weil er damit rechnet, dass es mir gelingt, uns aufs Dach zu bringen, und weil ich damit rechne, dass er dort oben zu uns stößt«, antwortete Pyrrha.

»Und wenn in der Nachbarzelle jemand ist?«

»Dann hoffen wir, dass er sich kooperativ verhält.«

Da Petroklos keine weiteren Einwände mehr zu haben schien, hob sie das Stück Kohle, das aus ihren Haaren gefallen war, vom Boden auf und stellte sich vor die Wand. Mit sicherer Geste malte sie einen perfekten Kreis und begann Glyphen hineinzuzeichnen.

»Hübsch«, lobte Petroklos, als sie so gut wie fertig war. »Du solltest mit einem Wellenkreis noch einen Lautlosbefehl hinzufügen, damit wir nicht die Aufmerksamkeit unseres Freundes vor der Tür auf uns ziehen …«

»Und ich dachte, du hättest im Mystografieunterricht immer nur geschlafen«, kommentierte Pyrrha lächelnd, während sie seinen Rat befolgte.

»Meine narkoleptische Neigung hindert mich nicht daran, bisweilen aufmerksam zuzuhören«, entgegnete Petroklos.

Als Pyrrha ihr Siegel beendet hatte, klopfte sie sich die Kohle von den Fingern. Sie tauschte noch einen Blick mit Petroklos, dann legte sie die Handfläche an den großen Kreis voller Glyphen. Sofort entzog ihr das Siegel große Mengen Energie. Sie musste sich zwingen, nicht in die Knie zu gehen. Die Mauer bebte leicht, und die Wand innerhalb des Kreises zerbröselte in einer Staubwolke. Sobald der Staub sich verzogen hatte, war ein rundes, etwa einen Schritt tiefes Loch zu sehen. Vom anderen Ende dieses kurzen Tunnels aus betrachtete sie eine Frau mit olivfarbener Haut und schwarzen Haaren aus verblüfft aufgerissenen schrägen Augen. Petroklos wurde grün im Gesicht.

»O nein.«

»Schau an, ist das nicht Pipieimer?«, rief ihre Nachbarin durch das Loch.

Petroklos wandte sich zu Pyrrha um, die die Szene sprachlos verfolgt hatte.

»Pyrrha, darf ich dir Barkida vorstellen, die einzige Überlebende der Geiselnehmerinnen und die grausamste von ihnen.«

»Du schmeichelst mir, Pipieimer«, erwiderte die Gefangene heiter. »Irre ich mich, oder habt ihr vor, zu fliehen?«

»Ja, aber nicht mit dir«, gab Petroklos sofort zurück. »Nach allem, wozu du mich gezwungen hast …«

»Tststs, jetzt ist es zu spät, wählerisch zu sein, Pipieimer«, unterbrach ihn Barkida. »Wenn ihr nicht kooperiert, rufe ich die Wachen.«

Ohne Petroklos Zeit für eine Antwort zu lassen, schlüpfte Pyrrha in das Loch und krabbelte zur Nachbarzelle.

»Im Moment sieht es erst mal so aus, als hätten wir alle drei dasselbe Ziel«, erklärte sie, bei Barkida angekommen. »Keiner von uns hat ein Interesse daran, es zu vermasseln, weil wir Zeit mit unnützen Diskussionen verlieren. Euren Konflikt können wir später lösen.«

Barkida musterte sie berechnend, dann wandte sie sich wieder an Petroklos, der noch immer zögerte, die Zelle zu wechseln.

»Na los, komm schon, Pipieimer, ich verspreche dir, dass ich brav bin, zumindest bis wir draußen sind.«

Petroklos' Blick wanderte zwischen Barkida und Pyrrha hin und her. Endlich faltete er seinen langen Körper zusammen und robbte murrend durch den Tunnel.

»Wenn ich geahnt hätte, dass ich mit dieser durchgeknallten Henkerin ausbrechen würde …«

Während er sich mit finsterer Miene wieder aufrichtete, stieg Pyrrha auf die Pritsche an der Wand, um das gleiche Siegel noch einmal an die Decke zu zeichnen. Barkida sah ihr interessiert dabei zu.

»Was machst du da?«

»Ich zeichne ein Siegel, um in den Verwahrungsraum zu gelangen, der genau über deiner Zelle liegt«, antwortete Pyrrha, ohne innezuhalten. Ihre Schulter schmerzte von der anstrengenden Haltung.

»Ich dachte, es gäbe keine Magierinnen in Hyperborea.«

»Ich bin eine Ausnahme.«

Barkida und Petroklos warteten schweigend, während sie das Siegel fertigzeichnete. Als sie ihre Arbeit beendet hatte, drehte sie sich zu den beiden um und sagte:

»Jetzt bleibt uns nur zu hoffen, dass der Raum leer ist.«

»Ich will ja nicht pessimistisch sein, aber bisher habe ich meinem Ruf als Pechvogel wirklich alle Ehre gemacht«, erwiderte Petroklos mit einem vielsagenden Blick auf Barkida.

Um das Gezänk der beiden im Keim zu ersticken, legte Pyrrha die Hand an das Siegel, ehe die Amazone antworten konnte. Wieder bebte das Mauerwerk, und die Decke zerbröselte innerhalb des Kreises. Petroklos, der unter dem Loch stand, war von oben bis unten mit weißem Staub bedeckt. Während er krampfhaft hustete, trat Barkida neben ihn und flüsterte:

»Manchmal, Pipieimer, sollte man einfach zusehen, dass man nicht im falschen Moment am falschen Ort rumsteht. Sonst ist das nicht Pech, sondern Dummheit.«

»Manchmal, Barkida, sollte man einfach ein bisschen diplomatisches Geschick beweisen«, konterte Petroklos grimmig und klopfte sich den Kalk aus den Haaren.

»Was meinst du damit?«

»Pyrrha und ich können levitieren, du hingegen wirst nie ohne unsere Hilfe da hochkommen.«

Barkida grinste. Statt einer Antwort sprang sie auf die Pritsche, von da auf Petroklos' Schultern, der überrascht aufschrie, und dann in das Loch an der Decke, an dessen Wänden sie sich mit Armen und Beinen abstützte. Im nächsten Moment zog sie sich auf den Fußboden des Verwahrungsraums.

»Hier ist niemand«, verkündete sie spöttisch. »Kein Pech, Pipieimer, nur Dummheit.«

»Hört endlich auf, ihr helft niemandem mit eurer dämlichen Streiterei«, knurrte Pyrrha. »Ihr könnt euch von mir aus die Augen auskratzen, wenn wir erst mal hier draußen sind, aber bis dahin, bleibt bei der Sache!«

Mit diesen Worten konzentrierte sie sich ganz auf ihre Anima und begann zu schweben. Nach der Aktivierung der beiden Siegel kostete es sie große Anstrengung, hoch genug zu levitieren. Endlich bekamen ihre Finger den Rand des Lochs zu fassen, und sie zog sich keuchend das letzte Stück hoch in einen großen, durch ein Fenster erhellten Raum voller Regale, in denen beschriftete Kästen aufgereiht waren. Wie Barkida schon gesagt hatte, war außer ihnen niemand da.

»Jetzt du, Petroklos.«

Geschwächt vom Hunger und den täglichen Anima-Extraktionen, schaffte Petroklos es nicht, sich mehr als einen Schritt vom Boden zu entfernen. Pyrrha und Barkida mussten sich weit hinunterlehnen, um seine Arme zu packen und ihn hochzuziehen. Oben angekommen rollte er sich kreideweiß und mit zitternden Knien auf den Rücken und schloss die Augen. Er sah so mitgenommen aus, dass selbst Barkida sich eine spöttische Bemerkung verkniff.

»Geht's?«, fragte Pyrrha.

»Es wird noch besser gehen, wenn ich erst drei Pastetenbrötchen gegessen und fünfzehn Stunden geschlafen habe«, schnaufte Petroklos.

»Bald«, ermutigte ihn Pyrrha. »Halte noch ein bisschen durch.«

Sie stand auf und schloss sich Barkida an, die in den Kästen wühlte. Die Amazone hatte schon eine beeindruckende Sammlung von Dolchen verschiedenster Größe herausgesucht, ehemaliges Eigentum der Ganoven, die vor der

Ankunft der Magier die Zellen bevölkert hatten. Pyrrha jubelte innerlich, als sie in einer der Kisten ihren Beutel fand. All ihre mechamagischen Werkzeuge waren noch darin, eine Blendgranate, der Animafänger, das Horlogium und eine Betäubungskugel. Die Kletterausrüstung und der Graphomant waren verschwunden, vermutlich hatte Rhodopis sie konfisziert.

Barkida und sie trugen ihre Beute neben dem noch immer ziemlich blassen Petroklos zusammen, der sich aufgesetzt und an ein Regalgestell gelehnt hatte. Pyrrha nahm das Kohlestück und begann den Teil des Gefängnisses, in dem sie sich befanden, auf den Boden zu zeichnen.

»Wir sind hier, in der zweiten Etage der siebten Ebene, und wir wollen da hin, aufs Dach des Turms.« Sie deutete auf die entsprechenden Stellen ihres Plans. »Dafür müssen wir zwei Etagen überwinden und das Dachgeschoss durchqueren. Im Stockwerk über uns befinden sich die Gemeinschaftsräume der Gefängniswärter – genauer gesagt, die Küche der Kantine.«

»Die Küche …«, wiederholte Petroklos mit verträumtem Blick.

»Darüber liegt die Wohnung des Gefängnisdirektors. Wir können also durch zwei weitere Löcher in den Decken zu den Direktionsräumen gelangen, doch dann müssen wir irgendwie über den Flur zur Tür aufs Dach kommen.

»Warum?«, fragte Barkida.

»Weil das Dach mit Adamant verstärkt ist, da kann man kein Loch reinmachen«, erklärte Pyrrha.

»Ich meine, warum gehen wir aufs Dach? Warum verlassen wir das Gefängnis nicht über den Kanal in der siebten Ebene?«

»Weil der Kanal auf jeden Fall bewacht wird und weil ein Freund uns in … mittlerweile einer Stunde auf dem Dach erwartet«, antwortete Pyrrha, nachdem sie das Horlogium konsultiert hatte. »Er wird uns von dort oben wegbringen. Allerdings ist zu erwarten, dass wir in den Direktionsräumen ein paar Themiskyrern begegnen werden«, fügte sie hinzu.

»Ich kümmere mich um die Themiskyrer«, verkündete Barkida und testete mit dem Daumen die Schärfe eines der Dolche. »Kümmert ihr euch darum, dass ich da hochkomme.«

»Dann müssen wir durch die Kantine.«

»Die Mittagspause endet gerade«, sagte Barkida nach einem raschen Blick zum Fenster, vor das die im Zenit stehende Sonne einen kleinen Lichtfleck malte. »Besser, wir warten hier noch eine halbe Stunde, bis die Köche alles aufgeräumt haben und gegangen sind. Die Themiskyrer haben keinerlei Grund, den Verwahrungsraum zu betreten, da im Moment keine Gefangenen aufgenommen oder entlassen werden.«

Pyrrha nickte.

»Warten wir also.«

Barkida hockte sich auf ein Regal und beobachtete von diesem Hochsitz aus Petroklos, während sie mit ihren Dolchen herumspielte. Pyrrha überwachte die beiden misstrauisch aus dem Augenwinkel. Sie spürte, dass der Groll des einen und die Grausamkeit der anderen jeden Moment wieder aufflammen konnten. Sie warteten seit einer Viertelstunde, als Barkida verächtlich mit dem Kinn auf Petroklos deutete, der noch immer auf dem Boden saß.

»Was hast du, Pipieimer? Du siehst besorgt aus.«

»›Sie werden euch weismachen, sie seien eure Retter, dabei haben sie das alles von Anfang an ausgeheckt‹«, zitierte Petroklos. »Das waren deine Worte, ehe die Flug-Soldaten dich festgenommen haben. Was meintest du damit?«

»Genau das, was ich gesagt habe«, erwiderte Barkida mit einem gelangweilten Seufzer. »Dass die Themiskyrer hinter der Geiselnahme steckten. Wir haben alle für sie gearbeitet.«

»Ich dachte, die Amazonen würden den Themiskyrern nicht dienen«, mischte sich Pyrrha ein.

»Ich wurde aus dem Wald verbannt. Ich war die einzige echte Amazone unter den Kriegerinnen, die das Amphitheater gestürmt haben. Alle anderen waren junge Frauen, die ich in den letzten vier Jahren in Themiskyra ausgebildet habe. Die Amazonen haben in Wahrheit nichts mit dieser Operation zu tun. Im Übrigen haben die Themiskyrer vor, in Arkadien einzumarschieren, sobald sie genug Oreichalk produziert haben.«

Pyrrha runzelte die Brauen. Dieselbe Vermutung hatte Lastyanax immer wieder geäußert, doch sie war bisher noch nicht ganz davon überzeugt gewesen – zum Teil, weil sie wusste, dass diese Theorie von Arka stammte. Sie fand, dass Lastyanax' Elevin etwas zu großen Einfluss auf ihn hatte. Das war auch einer der Gründe, warum sie sich so kategorisch dagegen gewehrt hatte, Arka das Blau-Erz zu überlassen.

»Warum hilfst du den Themiskyrern, dein eigenes Volk zu vernichten?«, fragte sie.

Plötzlich schien die ganze spöttische Überlegenheit, die Barkida seit ihrer Begegnung zur Schau trug, dahin zu sein. Sie schwieg einen Moment.

»Weil sie mich verbannt haben.«

»Endlich mal eine vernünftige Entscheidung«, murmelte Petroklos.

Barkida ignorierte ihn.

»Nur jemand, der selbst im Wald gelebt hat, kann verstehen, wie schmerzhaft es ist, dort herausgerissen zu werden«, erklärte sie bitter. »Mir wäre lieber gewesen, sie hätten mich hingerichtet. Verbannung ist schlimmer als Tod.«

Pyrrha dachte an Arka und an die Verzweiflung in ihren Augen, als sie ihnen im Tresorraum der Bibliothek von ihrer Verbannung erzählt hatte. Sie hatte sie verdächtigt, ihnen etwas vorzuspielen.

»Warum haben die Themiskyrer dich am Leben gelassen?«, fragte Petroklos.

»Weil ich ihnen lebend mehr bringe als tot«, antwortete Barkida.

Sie zeigte auf ihren Bauch. Pyrrha bemerkte seine leichte Wölbung, obwohl die Amazone ansonsten kein einziges Gramm Fett am Körper hatte.

»Ich bekomme ein Kind von Alkander, dem Sohn Lykurgs. Philon ist vollkommen abhängig von Alkanders Fähigkeiten und seinem Scharfsinn, doch er traut ihm nicht über den Weg. Indem er mich als Geisel nahm, glaubte Philon, ihn in der Hand zu haben. Der Idiot.«

»Du bist schwanger?«, fragte Petroklos verblüfft.

»Ja. Wundert dich das, Pipieimer?«

»Ich dachte nicht, dass du genug Liebe in dir hättest, um ein Kind zu bekommen«, gab Petroklos zurück.

»Liebe ist nicht unbedingt notwendig, um ein Kind zu machen«, erwiderte Barkida mit freudlosem Lächeln.

Pyrrha warf einen Blick auf das Horlogium und verkündete:

»Die halbe Stunde ist um, gehen wir.«

Wieder zeichnete sie ein Siegel an die Zimmerdecke. Dank der Regale hatten sie diesmal keinerlei Schwierigkeiten, die darüber liegende Etage zu erreichen. Und noch einmal hatten sie Glück: Die Küche war leer. Der mit einem großen, steinernen Herd und riesigen Töpfen ausgestattete Raum war durch eine Art Tresen vom Speisesaal getrennt. Petroklos stürzte sich auf einen Laib Brot, der auf der Arbeitsfläche liegengeblieben war, und schob sich die Hälfte direkt in den Mund.

»Gükiger Greif, wach für eine Wonge!«, seufzte er, die Augen ekstatisch zum Himmel erhoben.

Es gab einen Moment der Panik, als sie hörten, wie ein Soldat die Kantine betrat. Sie duckten sich alle drei hinter den Tresen und warteten mit klopfenden Herzen. Zum Glück war der Themiskyrer anscheinend nur gekommen, um etwas zu holen, das er vergessen hatte. Sobald er verschwunden war, richtete sich Pyrrha mit einem Seufzer der Erleichterung wieder auf.

»Gut, jetzt also zu den Direktionsräumen. Beeilen wir uns, ehe die Themiskyrer eines unserer Löcher entdecken.«

Sie kletterte auf den Tresen und zeichnete ein weiteres Siegel an die Decke. Währenddessen ging Barkida zum Herd, auf dem eine dicke Suppe vor sich hin brodelte. Sie zog eine Phiole mit einer durchsichtigen Flüssigkeit aus ihrem Kragen und goss diese in den Topf.

»Was machst du da?«, fragte Petroklos.

»Ich gebe die Liebe zurück, die man mir geschenkt hat. Ein kleiner Abschiedsgruß an meine ehemaligen Waffengefährten.«

Mit diesen rätselhaften Worten trat sie zu ihnen unter das neue Loch, das Pyrrha geschaffen hatte, und hievte sich vom staubbedeckten Tresen aus in die nächste Etage. Die junge Magierin tat es ihr gleich, gefolgt von Petroklos, der sich mit einem Nudelholz bewaffnet hatte. Sie fanden sich in einem Kabinett voller Papierstapel wieder, das anscheinend seit Beginn der Abkühlung nicht mehr benutzt worden war.

»Jetzt wird es spannend«, flüsterte Pyrrha und bezog sich dabei auf die mentale Karte des Gefängnisses in ihrem Kopf. »Wenn wir diesen Raum verlassen, kommen wir in einen Korridor. Den müssen wir nach rechts gehen, dann das Schloss der Tür an seinem Ende knacken und eine Treppe hochsteigen, die schließlich zum Ausgang führt. Wenn alles gutgeht, begegnen wir niemandem und treffen Lastyanax auf dem Dach.

»Und wenn nicht alles gutgeht?«, erkundigte sich Petroklos.

»Bleiben wir erst mal optimistisch«, antwortete Pyrrha ausweichend. »Ich gehe vor mit der Blendgranate, dem Animafänger und meinem mechamagischen Werkzeug, um das Schloss aufzubrechen. Barkida, du bleibst hinter mir mit den Dolchen. Petroklos, du bildest das Schlusslicht mit der Betäubungskugel. Sobald wir auf der Treppe sind, wirfst du sie, um die Themiskyrer aufzuhalten, die versuchen werden, unsere Verfolgung aufzunehmen.«

»Die Kugel werfen, in Ordnung, verstanden«, antwortete Petroklos und schloss konzentriert die Augen. »Wann geht's los?«

»Jetzt«, erwiderte Pyrrha. »Die drei Stunden sind beinahe um.«

Sie legte die Hand auf die Türklinke und sah Barkida fragend an, die seltsamerweise nicht reagiert hatte. Die Kriegerin musterte sie mit einem unergründlichen Gesichtsausdruck.

»Du hast das Herz einer Amazone«, sagte sie plötzlich.

Pyrrha runzelte die Stirn, unschlüssig, ob sie sich über dieses Kompliment freuen sollte oder nicht, und öffnete die Tür. Der Flur davor war leer. Alle Sinne zum Zerreißen gespannt, schlichen sie nach rechts. Als sie die Tür erreicht hatten, holte Pyrrha ihr mechamagisches Werkzeug heraus und machte sich daran, das Schloss zu öffnen. Sie hatte es fast geschafft, da erklangen Schritte am anderen Ende des Gangs, der eine Biegung machte, und eine allzu vertraute Stimme sagte nervös:

»Sie sind noch immer nicht zurück? Das kann nicht sein, das würde er nicht riskieren …«

In dem Moment erschien Rhodopis, gefolgt von einem themiskyrischen Offizier. Dem Magier fiel vor Verblüffung die Kinnlade herunter, als er Petroklos mit seiner Nudelholz-Keule, Barkida mit den Dolchen und Pyrrha mit ihrem mechamagischen Einbrecherwerkzeug dort stehen sah.

»Schließt die Augen!«, zischte diese ihren Komplizen zu.

Sie entsicherte die Blendgranate und schleuderte sie auf Rhodopis. Durch ihre geschlossenen Lider nahm sie den Lichtblitz der alchemistischen Reaktion wahr. Als sie sie wieder öffnete, pressten sich Rhodopis und der Offizier die Hände auf die Augen und schrien vor Schmerz. Pyrrha verlor keine Sekunde, knackte das Schloss und stieß die Tür auf.

Sie gelangten in ein großes Treppenhaus, das der Krümmung des Turms folgte. Von unten kamen vier bewaffnete Flug-Soldaten, durch die Schreie alarmiert, heraufgestürmt.

»Die Kugel, Petroklos!«

Der warf den Soldaten die Betäubungskugel vor die Füße. Während das einschläfernde Gas die Themiskyrer in violetten Dunst hüllte, stürzten die Flüchtenden, immer vier Stufen auf einmal nehmend, Richtung Dach. Vor dem Ausgang angekommen, drehte sich Barkida mit gezückten Dolchen um, während Pyrrha mit ihrem mechamagischen Werkzeug das nächste Schloss in Angriff nahm. Sie hörte, wie die Amazone hinter ihr mit einem Themiskyrer kämpfte, dem es gelungen war, den Dunst zu durchqueren, ohne ihn einzuatmen. Sie konzentrierte sich auf das Schloss, und ein paar Klicks später öffnete sich die Metalltür. Vor ihnen lag das Dach des Turms, besetzt von vier Rokhs und sechs Soldaten, die sich verblüfft zu ihnen umdrehten. Pyrrha und Petroklos zögerten kurz, doch Barkida zog sie mit sich nach draußen. Ihre Dolche waren voller Blut.

»In Deckung, schnell!«, rief sie und deutete auf eine große Holzbank in der Nähe.

Sie warf sie mit einem Fußtritt um, Pyrrha und Petroklos hechteten dahinter. Im nächsten Augenblick erzitterten die Bretter mit lautem Plonk! – Plonk! – Plonk! unter den Salven, die die Flug-Soldaten aus ihren Manschetten auf sie abfeuerten. Pyrrha holte ihren Animafänger heraus und schleuderte die goldene Scheibe über die Bank hinweg. Sie kehrte nicht zurück, einen Themiskyrer hatte sie also erwischt. Blieben noch fünf, alle außer Reichweite ihrer Kräfte. Verzweifelt deformierte sie wenigstens das Schloss hinter sich, damit nicht noch weitere Soldaten zur Verstärkung kommen konnten.

»Wo steckt jetzt euer Freund?«, schrie Barkida, um die Einschläge der Wurfgeschosse zu übertönen.

»Er müsste längst hier sein«, erwiderte Pyrrha, ohne ihr Entsetzen verbergen zu können.

Die Amazone ballte die Fäuste um ihre blutverschmierten Dolche.

»Also hattest du doch recht, Pipieimer: Du bringst Unglück.«

Lastyanax

Zwei Stunden zuvor

Lastyanax verstand nicht, wie er sich über die Rokhs hatte beschweren können. Verglichen mit dem Flug, war der halsbrecherische Ritt über die verschneite Ebene eine sehr viel traumatisierendere Erfahrung. In chaotischem Galopp stolperte das Pferd querfeldein, strauchelte in Schneewehen, rutschte über Eisplatten. Mit derart verkrampften Oberschenkeln, dass sie wie Feuer brannten, kämpfte Lastyanax jede Sekunde darum, nicht herunterzufallen. Seine Rippen taten ihm entsetzlich weh. Unter anderen Umständen hätte er sich schon längst zu Boden gleiten lassen. Doch Pyrrhas und Petroklos' Rettung hing vom Tempo des Ponys ab und von seiner Fähigkeit, auf dessen Rücken zu bleiben.

Vor ihm wurde die Kuppel zusehends größer. Zwerg schnaufte immer heftiger, während seine Hufe unerbittlich gegen die Unebenheiten des Geländes antrommelten. Er schien ebenso entschlossen wie Lastyanax, Hyperborea so schnell wie möglich zu erreichen. Doch als die Stadttore endlich erkennbar wurden, drängte sich diesem die Erkenntnis auf, dass ihre Probleme damit noch nicht gelöst waren.

Die Tore wurden von einem Dutzend Flug-Soldaten bewacht, die sie von Weitem heranpreschen sahen und sofort mit vorgereckten Lanzen eine schützende Abwehr bildeten. Lastyanax hätte gern an Zwergs Zügeln gezogen, um ihn zu einem langsameren Gang zu bewegen, doch da waren keine Zügel. So oder so bezweifelte er, dass er ihn von seiner Sicht einer angemessenen Vorgehensweise überzeugen könnte. Zwerg schien entschlossen, die Stadt einfach im Sturm zu nehmen, und so sah Lastyanax die lanzengespickte Abwehrformation rasend näher kommen.

»Ich weiß nicht, was du vorhast, aber ich bin keine Amazone!«, schrie er.

In einem Winkel seines Bewusstseins regte sich Sorge darüber, dass er mit einem Pferd sprach. Der Rest war gelähmt vor Angst. Als Zwerg nur noch drei Sprünge von den Soldaten entfernt war, kam Lastyanax endlich wieder zu sich und machte eine Geste. Sofort bewegte sich der Schnee unter den Füßen der Soldaten. Drei von ihnen verloren das Gleichgewicht und stürzten. Durch diese Bresche sauste Zwerg wie ein Wirbelwind in die Stadt.

»Das nächste Mal, wenn du Lust auf ein Selbstmordkommando hast, sag vorher Bescheid!«, rief Lastyanax, während das Pferd mit unvermindertem Tempo auf die Türme zu raste.

Dann bog es auf das Brachland ab und galoppierte am Rand der Bebauung weiter. Da begriff Lastyanax, wo es sie hinbrachte: zum Reitstall. Gleich darauf galoppierte das Pferd auf den Hof und stemmte vor einem gefrorenen Misthaufen alle vier Hufe in den Boden. Mit einem Salto landete Lastyanax in den Pferdeäpfeln.

»Auuu«, stöhnte er.

»Lasty?!«

Lastyanax rollte sich auf den Rücken und erkannte seinen Vater, der, eine Schubkarre vor sich herschiebend, näher kam. Natürlich war er beim Reitstall. Kauls Augen begannen zu strahlen. Lastyanax dachte, er würde sich freuen, ihn zu sehen, doch dann wurde ihm bewusst, dass sein Vater etwas anderes, sehr viel Wichtigeres als seinen Sohn wiedergefunden hatte: Zwerg.

»Er ist wieder da!«, rief der Trainer, ließ seine Schubkarre los und stürzte zu dem Pony, das den Hof bereits nach Hafer oder Stroh absuchte.

Zwerg sah die Gefahr einer Liebkosung kommen und zeigte ihm vorbeugend die Kruppe, bereit, ihm einen Huftritt zu verpassen. Daher änderte Kaul vorsichtshalber den eingeschlagenen Kurs und wandte sich seinem Sohn zu.

»Was machst du mit dem verflixten Zwerk? Und was ist dir passiert, Söhnchen?«, fügte er hinzu, als er Lastyanax' blutverkrustete Nase bemerkte. »Hast du dich keprükelt?«

»Das ist eine sehr lange Geschichte, und ich habe sehr wenig Zeit«, antwortete Lastyanax, während er sich, völlig zerschunden von dem Höllenritt, aufrappelte.

Er musste sofort in die siebte Ebene und irgendeine Möglichkeit finden, aufs Dach des Gefängnisses zu gelangen, ohne dass man ihn dabei festnahm …

»Hat Arka dir Zwerk kekeben?«, fragte Kaul weiter. »Ich hab sie kestern kesehen, ich weiß nicht, was sie vorhatte, aber es sah so aus, als hätte sie irkendwas nicht kanz Hasenreines im Sinn.«

Diese Bemerkung riss Lastyanax aus seinen Grübeleien.

»Du hast Arka gesehen?«

»Ja, und übrikens hat sie mir kesakt, ich solle dir saken, es täte ihr leid, dass sie dich einfach so fallenkelassen hat wie eine alte Socke. Wenn du mich frakst, dann klinkt das alles kar nicht kut. Ich hab das Kefühl, sie braucht Hilfe, du solltest sie suchen kehen. Sie hat mir auch ein Armband kekeben, falls du damit was anfanken kannst.«

»Sie hat dir ein Armband gegeben?«, wiederholte Lastyanax. »Wo ist es?«

Überrascht von der Reaktion seines Sohnes, klopfte Kaul seine Pelzkleidung ab und brummte dabei:

»Ja, wo hab ich's denn nur hinkesteckt? Aber freu dich lieber nicht zu früh, das ist sicher Ramsch, dafür bekommst du keinen Chalkos auf dem Markt. Ah, da ist es ja.«

Er zog ein kupferfarbenes Schmuckstück aus seiner Tasche und reichte es Lastyanax, der seinen Augen nicht traute. Arka hatte ihn aus der Patsche gerettet: Jetzt wusste er, wie er das Dach des Gefängnisses erreichen konnte. Doch wozu war sie in die erste Ebene gekommen und warum hatte sie ihr Flügelarmband zurückgelassen? Er betrachtete das Schmuckstück mit widersprüchlichen Gefühlen. Er musste Arka wiederfinden und hoffen, dass sie in der Zwischenzeit keine Gelegenheit gehabt hatte, eine Dummheit zu begehen. Es war ja auch nicht so, als ob er eine Wahl hätte, schließlich hatte er es Zwerg versprochen. Doch erst musste er Pyrrha und Petroklos retten.

»Papa, du musst etwas für mich tun«, sagte er, indem er das Armband anlegte. »Etwas sehr Wichtiges. Du musst nach Klein-Napoca gehen, zu einem Glasmacher namens Comozoi. Sag ihm, er soll in den letzten Oreichalk-Quader reinschauen, den er heute Morgen aus dem Gefängnis bekommen hat. Sag ihm, ich verlasse mich darauf, dass er das, was er darin findet, von den Themiskyrern fernhält.«

Mit diesen Worten rannte er davon. Eine Sonnenuhr an der Mauer der Stallungen sagte ihm, dass die drei Stunden beinahe vorbei waren. Ein Stückchen entfernt im Hof hatte Zwerg etwas gefrorenes Heu gefunden und kaute zufrieden darauf herum.

»Danke«, rief Lastyanax ihm zu.

Dann raste er in Richtung der Türme davon, wobei er sich schwor, dass er gerade zum letzten Mal mit einem Pferd gesprochen hatte. Ein paar Minuten später erreichte er eine

Mautstelle. Lastyanax wusste nicht, ob er es dem Adrenalin oder seiner Wanderung durchs Riphäengebirge zu verdanken hatte, jedenfalls war er noch nie im Leben so schnell gerannt. Zum Glück hatte Rhodopis ihm die Uniform nicht abgenommen. Er zeigte dem Themiskyrer an der Mautstelle sein Leutnantsabzeichen und nahm dann immer vier Eisstufen auf einmal nach oben.

Gegen Ende der Treppe keuchte er und hielt auf jeder Stufe inne. Sein Naturell eines stubenhockenden Intellektuellen und der Schmerz in seinen Rippen hatten wieder die Oberhand gewonnen. Lastyanax schleppte sich zu einem einsamen Kanal am Rand der Türme und kletterte auf die Balustrade. Er blickte auf seine Füße, die über den Abgrund ragten, und schwankte, von Schwindel gepackt, vor und zurück. Mit klopfendem Herzen und schlotternden Knien drückte er das Siegel des Armbands.

Sofort verwandelte sich das glatte Oreichalk in eine Vielzahl kupferner Federn, die sich über seine Arme, dann seine Brust ausbreiteten, um schließlich zwei glänzende Flügel an seinem Rücken zu bilden. Staunend beobachtete Lastyanax dieses mechamagische Phänomen. Einen Moment zuvor hatte er nicht gewusst, wie er sich in die Tiefe stürzen sollte, jetzt erschien es ihm vollkommen selbstverständlich, als besäßen die Flügel auch noch die magische Eigenschaft, ihrem Träger das Vertrauen eines Vogels zu verleihen. Ganz sicher war das so, dachte Lastyanax. Er verstand jetzt besser, woher Arka ihre ungeheure Kühnheit nahm.

Ohne weiteres Zögern warf er sich nach vorn.

Die ersten Sekunden des Fluges waren entsetzlich. Er geriet ins Trudeln und verlor in null Komma nichts fünfzehn Schritt Höhe. Sein Magen hing ihm zwischen den Knien. Kaum hatte

Lastyanax sich wieder in eine horizontale Position gebracht, raste ihm ein Turm entgegen. Er wich ihm in letzter Sekunde aus und fand sich über dem Brachland zwischen der bebauten Fläche und der Stadtmauer wieder.

Der Boden kam gefährlich näher. Lastyanax erschreckte eine Herde Moschusochsen, als er knapp über ihre Köpfe sauste. Er sah die Tiere panisch davongaloppieren, während ihn sein Schwung, der Krümmung der Kuppel folgend, wieder emportrug. Die schöne Selbstsicherheit, die er empfunden hatte, als er die Flügel aktivierte, war verpufft. Er wusste nicht mal mehr, warum er flog.

In dem Moment sah er wieder Pyrrha und Petroklos in der Gefängniszelle vor sich. Er konnte sich wirklich nicht den Luxus erlauben, Angst zu haben. Wenn seine Elevin in der Lage war, diese Flügel zu beherrschen, dann war er es auch.

Indem er all seine Animaressourcen aufbot, brachte er jede einzelne Feder wieder unter seine Kontrolle. Wie flogen Vögel noch mal? Ah ja, sie schlugen mit den Flügeln. Lastyanax probierte es und gewann ein wenig an Höhe, doch kostete es ihn Unmengen magischer Energie. Keuchend ließ er sich einen Moment durch die Luft gleiten, um neue Kräfte zu sammeln. Beim zweiten Versuch rief er sich das Bild der fliegenden Rokhs in Erinnerung und versuchte, ihre geschmeidigen Bewegungen zu imitieren. Dieses Mal überwand er ungefähr die Höhe einer Ebene.

Er wiederholte die Operation ein paar Mal. Als er die siebte Ebene erreichte, hatte er die Stadt einmal fast vollständig umrundet.

Er schwang sich noch etwas höher, ehe er Richtung Extraktor beidrehte, dessen düstere Silhouette die Türme überragte. Auf dem Dach herrschte großer Tumult. Lastyanax' Herz begann zu rasen. Pyrrha, Petroklos und eine Frau in roter Gefangenenkluft hatten es geschafft, auf das Dach des Turms zu gelangen. Sie hatten die Tür zur Terrasse verformt, damit man sie nicht mehr öffnen konnte. Verschanzt hinter einer umgekippten Bank, boten sie sechs Flug-Soldaten die Stirn. Einen von ihnen hielt Pyrrhas Animafänger in Schach; die anderen überzogen die Bank mit einem Pfeilhagel. Vier Rokhs standen in ihrer Nähe, die Füße an den Zinnen festgebunden.

Lastyanax wurde bewusst, dass er keine Ahnung hatte, wie Arka mit ihren Schwingen landete. Doch es war zu spät, sich mit der Theorie zu befassen, er würde direkt zur Praxis übergehen. Seine Brust streifte die Zinnen, die das Dach umgaben; dann glitt er über die verschneiten Steinplatten wie eine Robbe über eine Sandbank. Der Oreichalk ließ um ihn herum Funkengarben aufstieben. Seine Fahrt endete an der Brüstung; er war am Leben und sehr erstaunt darüber.

Sein fulminanter Auftritt hatte die Themiskyrer für einen Moment abgelenkt. Diese Gelegenheit nutzte die rote Unbekannte, um sich auf sie zu stürzen. Lastyanax begriff, dass es sich um eine Amazone handelte. Sie durchbohrte einen ersten Soldaten mit ihrem Dolch, nutzte die Manschette an seinem Arm dann, um zwei weitere niederzustrecken, und schützte sich mit deren Körpern vor den Pfeilen der übrigen. Pyrrha ließ inzwischen die Bank zu den beiden Themiskyrern levitieren, die noch nicht außer Gefecht waren, und riss sie damit um. Lastyanax hörte sie auf den Boden krachen. Endlich tauchte auch Petroklos auf, ein Nudelholz schwingend, das er auf den Kopf des vom Animafänger blockierten Soldaten sausen ließ. Der verdrehte die Augen und brach zusammen. Triumphierend schnappte sich Petroklos die goldene Scheibe.

»Schön, dich wiederzusehen, Lasty«, rief er seinem Freund

zu, der versuchte, seine Flügel zu entwirren. »Du kommst genau richtig.«

»Spart euch die Begrüßungszeremonie für später auf, die Tür wird nicht mehr lange halten«, fuhr die Kriegerin dazwischen.

Tatsächlich waren vom Ausgang donnernde Schläge zu hören. Petroklos wandte sich wieder an Lastyanax.

»Lasty, das ist Barkida, eine meiner ehemaligen Schinderinnen«, erläuterte er lakonisch. »Also, wir haben es geschafft, aufs Dach zu kommen, wie gewünscht. Was ist jetzt dein Plan?«

»Ich …«

Lastyanax unterbrach sich. Er hatte damit gerechnet, auf den Schwingen eines Rokhs zurückzukehren, um mit Petroklos und Pyrrha davonzufliegen. Jetzt brachte er es nicht fertig, zu sagen: ›Keine Ahnung.‹ Die Amazone schien seine Not zu erraten. Sie ging zu dem Vogel, der ihr am nächsten stand, band ihn los und packte die Zügel.

»Ich kann nur eine weitere Person hinter mir auf den Sattel nehmen«, verkündete sie.

Sie musterte die drei Hyperboreer.

»Pipieimer, du kommst mit mir«, entschied sie.

Petroklos wirkte geschockt, dass sie ihn ausgewählt hatte. Er drehte sich zu Lastyanax und Pyrrha um. Diese kam den anderen zuvor:

»Geh mit Barkida. Last hat die Flügel, und ich kann versuchen, Rhodopis zu erweichen. Du warst lange genug in diesem Gefängnis.«

»Aber ich …«

Lastyanax nickte und schob Petroklos in Richtung der Amazone.

»Geht in die zweite Ebene zu Comozoi, meinem ehemaligen Arbeitgeber. Er hat das Blau-Erz. Nehmt es und schafft es so weit wie möglich von Hyperborea weg. Das bringt mehr, als hierzubleiben.«

Barkida packte Petroklos an der Schulter und zog ihn zu dem Vogel. Der Magier ließ es stumm mit sich geschehen. Pyrrha und Lastyanax sahen zu, wie er hinter der Kriegerin aufsaß. Die Tür krachte und bog sich unter den Schlägen. Als der Rokh an den Rand des Daches trat, rief Petroklos:

»Ihr seid das Beste, was mir in meinem ganzen Leben passiert ist!«

Im nächsten Moment schwang sich der Raubvogel in die Lüfte und ließ Pyrrha und Lastyanax allein auf dem Dach zurück.

»Ich habe keine Lust, Rhodopis zu erweichen«, sagte Pyrrha. »Schaffst du es, mit mir zusammen zu fliegen?«

Sie hatte den Satz noch nicht beendet, da stieg Lastyanax schon auf eine der Zinnen und reichte ihr die Hand, um ihr hochzuhelfen. Dann schloss er sie, so fest es ging, in seine Arme.

»Lass mich nicht los«, hauchte Pyrrha an seinem Hals.

»Jetzt, da ich endlich mal eine Entschuldigung habe, dich in meinen Armen zu halten? Keine Sorge!«

In dem Moment gab die Tür zur Terrasse nach und Flug-Soldaten stürmten aufs Dach. Umgeben von themiskyrischen Uniformen starrte ein aschfahler Rhodopis die beiden auf der Brüstung an.

»Schießt sie ab!«

Als Lastyanax sprang, konnte Pyrrha einen panischen Schrei nicht unterdrücken. Pfeile surrten über sie hinweg.

Lastyanax versuchte sich auf seine Flugbahn zu konzentrieren. Sie fielen und fielen, doch zum Glück hatte er eine Lücke im engmaschigen Netz der Türme und Kanäle anvisiert. Drei Ebenen hatten sie schon im Sturzflug zurückgelegt, ehe es ihm gelang, ihr Tempo zu drosseln. Als er gerade all seine Energie zusammennahm, um den Slalom durch den Türmewald zu meistern, zischte genau vor seinen Augen ein Pfeil durch die Luft.

»Sie folgen uns mit ihren Rokhs!«, schrie Pyrrha.

Im nächsten Moment machte es PLONG!, und Lastyanax konnte seinen rechten Flügel nicht mehr bewegen: Ein Pfeil war ins Gelenk eingedrungen. Es gelang ihm gerade so, das Gleichgewicht halten, um zwischen den Türmen durchzusegeln, die Rokhs dicht auf den Fersen.

Lastyanax peilte einen Kanal in Klein-Napoca an, in der zweiten Ebene, etwa fünfzig Schritt unter ihnen. Das war viel zu kurz, zu nah, zu gefährlich, doch er hatte keine Wahl.

Kurz vor der Landung zwang er die Flügel, sich so zu verformen, dass sie zwischen ihnen und dem Eis einen Schutzschild bildeten. Der Zusammenstoß war heftiger als erwartet. Pyrrha schrie auf. Die Flügel knirschten über die gefrorene Oberfläche des Kanals. Als sie endlich zum Stillstand kamen, waren sie völlig verbeult. Zum Glück hatte ihr magischer Schutz einen Großteil des Aufpralls abgefangen.

Vorsichtig löste Lastyanax seine Arme. Pyrrha kämpfte mit zusammengebissenen Zähnen gegen den Schmerz.

»Mein Bein … Irgendwas ist gebrochen«, stöhnte sie.

Im selben Moment hörten sie neben sich Geschosse einschlagen. Lastyanax drehte den Kopf und sah drei Rokhs im Sturzflug herabstoßen.

»Rhodopis kommt, wir müssen hier weg«, drängte er.

»Ich kann nicht«, presste Pyrrha hervor. »Bring dich in Sicherheit.«

Lastyanax schloss die Flügel um sie. Er hörte, wie die Mechanik jaulend protestierte, während sich der Oreichalk zu einem Kokon verformte, auf den Pfeile niederprasselten. Lastyanax hatte noch nie Regen erlebt, aber er stellte sich vor, dass sich so ein über einem Haus niedergehendes Unwetter anfühlen musste. Pyrrhas vor Schmerz verzerrtes Gesicht war ganz dicht an seinem. Sie versuchte, etwas zu sagen.

»Ich liebe dich.«

Lastyanax hatte sich so lange gewünscht, diese drei Worte zu hören, dass er sich nun wunderte, wie einfach und selbstverständlich sie klangen. Da dies seine letzte Chance war, es zu tun, küsste er ihre nassen Lider, ihre Wangen, ihren Mund. Sie erwiderte seine Küsse. Es fühlte sich an, als würden sie jeden Moment in ein Stückchen Ewigkeit verwandeln. Das Oreichalk verformte sich weiter unter den Einschlägen, die auf seinen Rücken hämmerten und das Schutzschild des Flügelarmbands immer mehr schwächten. Irgendwann würde das Metall nachgeben.

Als Lastyanax sich gerade auf den vernichtenden Treffer gefasst machte, hörte er Schüsse und Rufe, unterbrochen von wütendem Zischen. Er wagte nicht, seinen Ohren zu trauen. Mühsam verdrehte er den Hals und öffnete mit einem magischen Impuls einen Spalt in den verbeulten Flügeln. Auf dem Kanal bot eine Schar Napocaner den drei Rokhs und ihren Reitern die Stirn. Sie kämpften mit Schilden und Leuchtsäbeln, die so aussahen, als wären sie seit der Belagerung ihrer Stadt nicht mehr benutzt worden. Mitten unter ihnen erkannte er Comozoi und Kaul.

»Was ist los?«, flüsterte Pyrrha.

»Das ist mein Vater!«

Lastyanax hätte nie gedacht, dass er diesen Satz eines Tages so voller Stolz aussprechen würde. Er nutzte den Umstand, dass die Themiskyrer abgelenkt waren, um sich die Flügel von der Brust zu reißen. Einen legte er zum Schutz über Pyrrha, den anderen nahm er selbst als Schild und schloss sich den Kämpfenden an. Er ließ eine riesige Welle aus dem gefrorenen Kanal herausschießen und hüllte einen der Rokhs in Eis. Die beiden anderen wichen zur Seite. Plötzlich verdunkelte ein Schatten den Himmel. Er dachte, die Themiskyrer hätten Verstärkung bekommen, aber nein: Barkida und Petroklos waren auf dem Rücken ihres Raubvogels zurückgekommen und griffen den zweiten Rokh an. Sie verwickelten ihn in einen Luftkampf zwischen den Kanälen. Der dritte Vogel brachte sich etwas weiter oben in Sicherheit. Auf ihm saß Rhodopis hinter dem Flug-Soldaten, der das Tier lenkte. Lastyanax hörte diesen rufen:

»Es sind zu viele, wir müssen Verstärkung holen.«

»Nein!«, erwiderte Rhodopis. »Wenn wir sie jetzt entkommen lassen, finden wir das Blau-Erz nie wieder!«

Er erspähte Lastyanax im Pulk der Napocaner und zeigte auf ihn.

»Schnapp ihn dir!«

Überrumpelt sah Lastyanax die Krallen des Raubvogels auf sich zuschießen. Gerade als das Tier ihn packen wollte, stürzte sein Vater vor und stieß ihn zur Seite. In dem Durcheinander schloss es seine Klauen um Kaul und hob wieder ab.

»PAPA!«, schrie Lastyanax.

Hoch oben in seinem Sattel bemerkte Rhodopis, dass der Rokh Kaul ergriffen hatte, der ein entsetztes Gesicht machte, und brach in Gelächter aus.

»Ist das dein Alter, Last? Ergib dich, oder ich lass ihn in die Tiefe stürzen.«

Seine Drohung wurde mit entsetztem Schweigen aufgenommen. Barkida und Petroklos waren im Ringen mit dem zweiten Rokh hinter den Türmen verschwunden. Nur der Flügelschlag von Rhodopis' Reittier war noch zu hören. Lastyanax betrachtete seinen Vater, dessen kahler Schädel vor Schweiß glänzte. Kaul fuchtelte mit seinem Leuchtsäbel, wagte jedoch nicht, ihn gegen den Raubvogel einzusetzen, an dessen Leben auch seines hing.

»Kib ihm nicht nach, Last!«, schrie er.

Lastyanax schüttelte den Kopf und warf das Stück Oreichalk weg.

»In Ordnung, ich ergebe mich.«

Trotz der Bewegung des Vogels, der mit rüttelnden Schwingen in der Luft stand, und trotz des Abgrunds unter ihm, wirkte Kaul plötzlich vollkommen ruhig.

»Ich bin stolz auf dich, mein Junke!«, rief er, »Sak deiner Mutter, dass ich sie liebe.«

Ehe Lastyanax reagieren konnte, bohrte er seine Klinge in die Brust des Rokhs, der einen Todesschrei ausstieß. Die Schwingen des Vogels erschlafften. Der Schwerkraft ausgeliefert, riss er die drei Menschen, die er transportiert hatte, mit in seinem Fall. Lastyanax sprang brüllend ans Geländer. Er konnte nicht glauben, dass es sein Vater war, der da zusammen mit dem Rokh zwischen Türmen und Kanälen immer kleiner wurde, dass wirklich er es war, der dort unten am Boden der ersten Ebene zerschellte. Das konnte schlichtweg nicht sein. Ein Vater konnte nicht einfach so sterben.

Arka

Zwei Stunden zuvor
Arka betrachtete den Meister der Lemuren.

Bei ihren bisherigen Begegnungen – zwei Jahre zuvor im Wald der Amazonen und vor zwei Monaten in Silenos' Turm – hatte sie nicht die Muße gehabt, ihn sich genauer anzusehen. Er war um die dreißig, athletisch, hatte kurz geschnittenes Haar und einen gestutzten Bart. Die Amazonen, die etwas älter waren als Arka, hätten ihn sicher attraktiv gefunden. Eine Menge kleiner Details waren ihr plötzlich vertraut: die hohe Stirn, die gekrümmte Nase, die Form seiner Hand, die noch immer ihren Arm gepackt hielt ... Und die hellblauen Augen, dieselben wie Chirone. Lauter Hinweise auf eine Verwandtschaft, die Arka nur widerstrebend akzeptierte. Sie hatte plötzlich den Eindruck, ihre Tutorin wäre von den Toten zurückgekehrt und sähe sie an. Doch die Person, die da vor ihr stand, war nicht Chirone. Es war Kandri, der Mörder Chirones, ihr Sohn, der Eroberer Hyperboreas, der Meister der Lemuren.

Er schien ihre Bestürzung zu bemerken, interpretierte sie jedoch falsch.

»Keine Angst, ich werde dir nichts tun.«

Dieser Satz weckte Arka aus ihrer Benommenheit. Sie war in eine Schlucht gesprungen, um ihn zu töten. Er sollte lieber Angst haben, nicht sie. Im Bruchteil einer Sekunde legte ihr Gehirn ihr eine Bewegungsabfolge zurecht. Sie würde ihm den Daumen verdrehen und ihm gleichzeitig einen kräftigen Tritt in die Weichteile verpassen, dann würde sie das Blau-Erz herausholen und ...

Der Meister der Lemuren unterbrach ihre Überlegung durch einen völlig unerwarteten Zug: Er ließ sie los.

»Komm mit, wir reden an einem ruhigeren Ort.«

Die Feierlichkeiten zur Thronbesteigung des neuen Basileus waren wieder aufgenommen worden. Leiern, Flöten und Orgel spielten mit doppeltem Elan, um die Tumulte zu übertönen, die noch immer hier und da unter den Zuschauern aufflammten. Flug-Soldaten schleiften die letzten Krawallmacher fort von der Menge. Eine Kakofonie aus Schreien, Beleidigungen und Musik dröhnte in ihren Ohren.

»Ich habe keine Lust, mit Ihnen zu reden«, fauchte Arka.

Das war natürlich eine Lüge. Sie hätte ihn nur zu gerne gefragt, ob er sich an Chirone erinnerte, wie es ihm ergangen war, nachdem er den Wald verlassen musste ... ob er wusste, dass er seine Mutter getötet hatte. Doch diese Fragen waren gefährlich, denn sie konnten das schwache Band verstärken, das in Arkas Geist noch immer zwischen dem Meister der Lemuren und der kleinen Kandri mit dem Holzpferdchen bestand. Und wenn es eines gab, was Arka unbedingt vermeiden wollte, dann war es der Gedanke, dass sie drauf und dran war, Chirones Tochter zu töten.

Außerdem wäre es ihm schon einmal um ein Haar gelungen, sie zu manipulieren, sie durfte sich auf keinen Fall umstimmen lassen.

»Und wenn ich dir sage, dass ich deinen Mentor gefangen halte und ihn köpfen lasse, sobald du nur den kleinsten Widerstand leistest, würde dich das davon überzeugen, mit mir zu reden?«, fragte der Meister der Lemuren.

Ein Bleiklotz schien in Arkas Magen zu plumpsen. Ihr Blick wanderte unwillkürlich zum Extraktor. War Lastyanax' Plan gescheitert?

»Was sagt mir, dass Sie nicht lügen?«

Der Meister der Lemuren lachte amüsiert und stülpte sich die Kapuze seines Umhangs wieder über.

»Nichts, aber du würdest es nicht darauf ankommen lassen, oder?«

Er zwinkerte ihr zu und schlug den Weg zu den Türmen ein.

Zögernd fragte Arka sich, ob er ihr absichtlich den Rücken zuwandte. Ihre Finger spielten in der Tasche mit den drei spitzen Steinen. Plötzlich war ihre ganze mörderische Entschlossenheit dahin. Der Meister der Lemuren hatte recht, sie würde Lastyanax' Leben nicht aufs Spiel setzen, obwohl er so feige gewesen war, sie einfach sitzenzulassen.

Sie ließ die Steine in ihrer Tasche. Da ihr Gegner nicht vorzuhaben schien, sie in irgendeiner Weise zu zwingen, konnte sie ihm auch folgen. Sie würde den passenden Moment abwarten, um ihn zu töten.

Schnell lief sie hinter ihm her, um ihn einzuholen.

»Ich freue mich, dass du bereit bist, mir zu folgen.«

»Sie hätten mich auch mit Gewalt wegschleppen können, das wär aufs Gleiche rausgekommen«, gab Arka zurück, angewidert von dem herzlichen Ton, den er angenommen hatte, als hätte er ihr einen gewöhnlichen Spaziergang vorgeschlagen. »Ich hab keine Wahl, ich muss Ihnen folgen.«

»Man hat immer eine Wahl. Du, zum Beispiel, hättest nicht nach Hyperborea zurückkommen müssen.«

»Ich hatte nicht wirklich Lust, zurückzukommen«, erwiderte Arka.

»Warum hast du es dann getan?«, fragte der Meister der Lemuren.

»Um Sie zu töten.«

Das hatte Arka einfach so rausgehauen, ohne sich um die Reaktion ihres Gegenübers zu scheren. Der prustete.

»Hier wirst du mich niemals töten können.«

Sie hatten den Schatten der Türme erreicht. Die Straßen waren voller Menschen, die sich vor den Krawallen in Sicherheit gebracht hatten. Sie kommentierten die Zeremonie und fragten sich, ob sich die Lage wieder so weit beruhigt hatte, dass sie zur Stadtmauer zurückkehren konnten. Arka hielt sich im Kielwasser des Meisters der Lemuren, der die Menge mühelos zerteilte. Die Leute schienen vor ihm zurückzuweichen, als ob irgendein Instinkt ihnen sagte, dass es besser sei, diesem Mann nicht zu nahe zu kommen. Er kam Arka vor wie ein Berglöwe in einer Herde Elaphen. Sie berührte die Binsenschnur mit dem Anhänger an ihrem Hals, um sich Mut zu machen.

»Das werden wir ja sehen«, murmelte sie. »Wo bringen Sie mich hin? Zum Extraktor?«

»Nein, in die siebte Ebene. Dort ist jemand, den ich dir gern vorstellen möchte«, antwortete der Meister der Lemuren.

Das heitere Lächeln war aus seinem Gesicht gewichen. Neugieriger, als sie zugeben mochte, folgte Arka ihm durch die wuseligen Straßen. Sie kamen an eine Mautstelle. Der Meister der Lemuren zeigte den Soldaten sein Abzeichen, die ihn daraufhin, nicht ohne Arka ein paar verwunderte Blicke zuzuwerfen, passieren ließen. Die fragte sich, welchen Rang der Meister der Lemuren in der themiskyrischen Armee wohl innehatte. Das Fußvolk grüßte ihn militärisch, doch seine Uniform ähnelte überhaupt nicht der der Offiziere, die sie auf den Straßen gesehen hatte.

Sie passierten eine weitere Mautstation und folgten dann einem Kanal in der dritten Ebene, auf dem vor der Abkühlung immer ein üppiger Markt stattgefunden hatte. Die bunten Sonnensegel der kleinen Stände flatterten im Wind. Obwohl die Auslagen dort nun mehr als spärlich waren, verkrampfte sich Arkas Magen bei ihrem Anblick. Es kostete sie große Anstrengung, sich weiter auf den Meister der Lemuren zu konzentrieren. Der war ihrem Blick gefolgt und hielt vor der Bude eines Bäckers.

»Hast du Hunger?«

Ohne Arkas Antwort abzuwarten, beugte er sich über den Verkaufstisch und wählte ein halbes Dutzend Brötchen aus. Seine themiskyrische Uniform und sein Abzeichen schienen den Bäcker zu beunruhigen, der die Bestellung widerstrebend entgegennahm. Arka ahnte, dass sein Stand schon mindestens einmal von Flug-Soldaten geplündert worden war. Tatsächlich entspannte er sich, als der Meister der Lemuren ein paar Münzen aus der Tasche holte, ehe er fünf der sechs Brötchen Arka hinhielt, die sich alle Mühe gab, zu verbergen, wie sehr ihr das Wasser im Mund zusammenlief. Das letzte behielt er für sich und biss hinein.

»Ich weiß nicht, was ich an dieser Stadt mehr liebe, ihre Architektur oder ihre Küche«, sagte er mit einem wohligen Seufzer.

Arka war aufmerksam genug, um zu begreifen, dass er sie mit der Nahrung zu ködern versuchte wie ein Tier. Trotzdem hatte sie Hunger. ›Ich muss wieder zu Kräften kommen‹, überzeugte sie sich schließlich und biss gierig in das erste Brötchen.

»Die Architektur haben Sie ja schon ordentlich verwüstet«, bemerkte sie mit vollem Mund.

»Das war keine Absicht«, gab der Meister der Lemuren zurück. »Es wäre übrigens nie passiert, wenn du bei mir geblieben wärst, anstatt unbedingt abhauen zu wollen. Und das nur, um wieder hierher zurückzukommen«, betonte er.

Der riesige Happen, den Arka sich gerade in den Mund gestopft hatte, bekam plötzlich einen bitteren Beigeschmack.

»Und das Feuer im Wald, war das auch keine Absicht?«, erwiderte sie. »Denn Sie scheinen ziemlich gut darin zu sein, Brände zu legen, aber weniger gut darin, sie zu löschen.«

Er ging weiter Richtung Mautstation zur vierten Ebene. Arka merkte, dass sie einen empfindlichen Punkt getroffen hatte. Sie beschloss, nachzubohren. Wie schon bei ihrer Begegnung in Silenos' Turm, versuchte der Meister der Lemuren auch jetzt wieder, ihr Zutrauen zu gewinnen. Na, sie würde schon dafür sorgen, dass er es noch bereute.

»Sie haben meine Tutorin getötet und meinen Hausbaum zerstört«, fügte sie hinzu, nachdem sie ihm, die Hände voller Brötchen, hinterhergetrottet war. »Wissen Sie, wie sich das anfühlt, seine Familie und sein Zuhause am selben Tag zu verlieren?«

»Glaub mir, ich kenne diesen Schmerz sehr gut«, antwortete der Meister der Lemuren.

Seine ruhige Selbstsicherheit schien unter Arkas scharfen Fragen langsam zu bröckeln. Er konnte nicht ahnen, dass sie ganz genau wusste, was er damit meinte.

»Warum haben Sie den Wald dann abgebrannt?«, beharrte sie.

»Ich habe einen Teil des Waldes abgebrannt, um die Blau-Erz-Klümpchen zu bekommen«, erwiderte er. »Soweit mir bekannt ist, hatten die Amazonen keine oder so gut wie keine Verluste zu beklagen. Wäre deine alte Tutorin nicht so dumm gewesen, sich in ihrem Baumhaus zu verschanzen, dann hättest du sie nicht verloren …«

Arka realisierte verblüfft, dass er die wahre Identität seines Opfers nicht kannte. Wie hätte er auch ahnen können, dass er seine Mutter getötet hatte? Wie hätte er sie wiedererkennen sollen? Laut dem, was Themis erzählt hatte, waren zwischen Kandris erzwungenem Abschied vom Wald und dem Brand über fünfundzwanzig Jahre vergangen ...

»Sie hat versucht, das Blau-Erz zu verteidigen, das Sie uns stehlen wollten«, warf Arka ihm hin.

Am Ende des Kanals erschien die Mautstelle zur vierten Ebene.

»Ich habe das Blau-Erz genommen, um Hyperborea zu retten.«

»Das ist Ihnen ja bestens gelungen. Es war noch nie so schön hier«, spottete sie und deutete mit einer ausladenden Bewegung auf die vor Frost erstarrte Umgebung.

»Das ist nichts im Vergleich zu dem, was passiert wäre, wenn Themiskyra Hyperborea belagert hätte«, entgegnete er.

Er hatte den Satz automatisch abgespult, als wäre diese Rechtfertigung eine Art persönliches Mantra von ihm geworden. Arka runzelte die Brauen und stopfte sich das dritte Brötchen in den Mund.

»Dach letchte Mal haben Chie mir diches Märchen auch chon aufcheticht«, artikulierte sie mit vollen Backen.

Da der Meister der Lemuren sie nicht zu verstehen schien, schluckte sie und sagte deutlicher:

»Ohne Ihren *Plan* wäre es Themiskyra niemals gelungen, Hyperborea zu erobern.«

Der Meister der Lemuren schwieg so lange, bis sie eine Patrouille Flug-Soldaten hinter sich gelassen hatten. Dann blieb er stehen und sah Arka direkt an.

»Du hast in Napoca gelebt«, sagte er. »Du hast gesehen, welche Wunden der Krieg dort hinterlassen hat. Die Stadt hat die Hälfte ihrer Einwohner verloren, und die andere Hälfte wurde ausgeraubt, vergewaltigt, gefoltert. Nur Jungen unter sieben Jahren wurden bei der Plünderung verschont. Weißt du, warum?«

Arka erinnerte sich nur allzu genau an diesen Aspekt ihrer Zeit in Napoca. Sie starrte auf ihre Faust, die eines der Brötchen umklammerte.

»Um sie zu Soldaten zu machen«, antwortete sie mit gesenktem Blick.

»Ganz genau. Von klein auf gedrillte Soldaten, die ihre Ausbildung nun beinahe abgeschlossen haben. Mit diesen napocanischen Rekruten wäre es für Themiskyra ein Leichtes gewesen, Hyperborea einzunehmen. Es hätte nur um die hunderttausend Leben mehr gekostet.«

Er ging weiter. Wütend biss Arka in das vierte Brötchen. Die Soldaten an der Mautstelle ließen sie passieren, und Arka erklomm hinter dem Meister der Lemuren die Treppe. Sie war dabei so auf ihr Gespräch konzentriert, dass sie ein paar Mal beinahe auf den Stufen der Eiskaskade ausgerutscht wäre.

»Was kümmert Sie das?«, fragte sie schnaufend. »Sie haben doch keinerlei Respekt vor dem Leben der Menschen.«

»Da täuschst du dich, ich habe großen Respekt vor dem Leben der Menschen.«

Er wartete, bis Arka ihn eingeholt hatte.

»Ich erkenne nur, wann eine Gesellschaft vor dem Untergang steht, und ich habe keine Angst, Entscheidungen zu treffen, die kein anderer treffen möchte, um die Mehrheit zu retten. Ich töte hundertmal lieber einen Menschen, als das

Leben von hundert Menschen zu riskieren, indem ich ihn verschone.«

Arka lachte grimmig.

»Hören Sie überhaupt, was Sie da sagen? ›Ich habe keine Angst, Entscheidungen zu treffen, die kein anderer treffen möchte, um die Mehrheit zu retten.‹ Ich wette, alle Tyrannen denken wie Sie. Mit solchen Grundsätzen kann man alles rechtfertigen.«

Sie merkte, dass sie einen Treffer gelandet hatte, denn der Meister der Lemuren antwortete nicht sofort. Er setzte sich an den Rand des gefrorenen Kanals und ließ aus dem Eis Kufen entstehen. Sein Gesicht war verschlossen. Arka stand hinter ihm und fragte sich wieder, ob nun der geeignete Moment gekommen war, ihn zu töten. So über seine Stiefel gebeugt, wirkte er verwundbar. Die Soldaten an der Mautstelle, die sie gerade passiert hatten, waren ganz aufs Würfelspiel konzentriert. Sie fingerte an ihrem Anhänger herum. Sie bräuchte nur das Oreichalkplättchen aufzubiegen, das das Blau-Erz-Klümpchen neutralisierte, seinen Kopf zu packen und …

»Bei der Belagerung Napocas war ich noch ein ganz junger Offizier«, sagte der Meister der Lemuren unvermittelt.

Er hatte die Eiskufen an seinen Sohlen befestigt. Die Ellbogen auf die Knie gestützt, betrachtete er die Türme, die sich jenseits des Kanals erhoben.

»Es war mein erster Einsatz, und wie alle Grünschnäbel war ich sehr aufgeregt, übereifrig und auch unsicher. Man hatte mir das Kommando über eine Kompanie erfahrener Soldaten übertragen. Ich musste Männer anführen, die älter waren als ich. Das war eine große Verantwortung. Ich rechnete damit, mich im Kampf an ihrer Seite schnell beweisen zu müssen.«

Arka ließ ihren Anhänger los. Es war schon schwer für sie,

den Meister der Lemuren zu töten; doch ihn kaltblütig und hinterrücks zu töten, während er von seinen Erinnerungen erzählte, war unmöglich. Seine Verletzlichkeit war sein bester Schutz. Sie setzte sich neben ihn an den Rand des Kanals. Der Meister der Lemuren hob den Blick, und wieder verwirrte sie seine Ähnlichkeit mit Chirone.

»Doch die Belagerung zog sich monatelang hin, und ich musste mit der Frustration meiner tatenlosen Soldaten klarkommen und mit meiner auch. Das war sehr schwer. Alle wollten nur eins: dass sich die Tore Napocas endlich öffneten und es etwas zu tun gäbe. Bis dahin vertrieben wir uns die Zeit, so gut es ging. Wir provozierten die Bogenschützen auf den Stadtmauern, spielten Karten, tranken. Das militärische Feldlager war zu einer Art Stadt außerhalb der Stadt geworden. Viele Zivilisten der umliegenden Dörfer gingen darin ein und aus. Händler, die ihre Waren verkauften, Marketenderinnen, die ihre Reize anboten, Laufburschen, die für eine Münze oder etwas zu essen Besorgungen machten.«

Arka fragte sich, worauf er hinauswollte. Gedankenverloren sah er ihr dabei zu, wie sie versuchte, sich ebenfalls Kufen zu modellieren.

»Einer dieser Burschen kam oft zu meiner Kompanie«, fuhr er fort. »Er hieß Bikili, doch alle nannten ihn Bik. Die Soldaten mochten ihn gern. Sie bezahlten ihn für unsinnige Dienste. Das amüsierte sie und lenkte sie ab, und es ernährte den Jungen, kurz, es waren gute Momente. Bik war unser Maskottchen geworden. Niemand wusste, woher er kam, und keinen interessierte es. Bis zu dem Tag, an dem die Stadt endlich fiel.«

Arka war es noch immer nicht gelungen, ihre Stiefel in Schlittschuhe zu verwandeln. Mit einer zerstreuten Geste ließ der Meister der Lemuren zwei Kufen aus dem Eis entstehen und befestigte sie an ihren Sohlen. Sie sah zu ihm auf. Sie ahnte, dass die Fortsetzung seiner Geschichte schwer zu ertragen sein würde.

»Wenn man beim Militär ist, dann rechnet man damit, schreckliche Dinge zu sehen und zu tun«, nahm er den Faden wieder auf. »Was in Napoca geschah, übertraf meine schlimmsten Erwartungen. Die Soldaten hatten sich über Monate gelangweilt und dem Moment entgegengefiebert, da sie sich endlich an den Napocanern abreagieren konnten. Ich habe Offiziere gesehen, die ihre Truppen zu Enthauptungswettbewerben anstachelten. Ich habe Männer Leichen schänden und Menschen bei lebendigem Leib anzünden sehen. Es ging nur noch darum, wer die meisten Napocaner so grausam wie möglich abmetzelte. Auf den Straßen floss so viel Blut, dass man meinen konnte, ein roter Regen wäre über der Stadt niedergegangen.«

Er schloss mit gequältem Gesicht die Augen, als hätten sich die Bilder der Eroberung in seine Netzhaut eingebrannt. Arka wusste nicht, ob er ihr etwas vorspielte oder nicht. Sie hatte den Eindruck, dass er zugleich falsch und aufrichtig, mitfühlend und gleichgültig sein konnte. Er fuhr fort:

»Doch der schlimmste Moment kam erst, als die Soldaten meiner Kompanie Bik in der Stadt trafen. Niemand hatte gewusst, dass er Napocaner war – er war so dürr, dass er jeden Tag durch das Fallgitter geschlüpft war, durch das der Fluss die Stadt verließ. Meine Soldaten rasten vor Zorn. Sie fühlten sich betrogen. Als ich sie fand, hatten schon zehn ihre Wut erbarmungslos an ihm ausgelassen, und es ging immer weiter. Ich befahl ihnen aufzuhören, aber es war zu spät, Bik war bereits tot. Er war acht Jahre alt gewesen.«

Der Meister der Lemuren fuhr sich mit der Hand über die Augen und schloss:

»Nach der Belagerung wollte ich meine Soldaten dem themiskyrischen Militärgericht übergeben, doch meine Vorgesetzten erwiderten, sie hätten nicht gegen das Gesetz verstoßen. Nur Jungen unter sieben Jahre waren per Dekret der Oligarchie geschützt. Der Rest der Bevölkerung war Freiwild, das man den Soldaten zum Fraß vorwarf. Nach der Plünderung wurde ich nach Hyperborea entsandt, um das Magisterium zu beruhigen und den Napocanern die Schuld an dem Massaker zuzuschieben. Ich war sehr überzeugend.« Er lächelte bitter.

»Was haben Sie ihnen gesagt?«

»Einen Teil der Wahrheit. Ich habe ihnen gesagt, dass der damalige Woiwod für die Eskalation der Gewalt verantwortlich sei. Dass man ihn mehrmals aufgefordert habe, sich zu ergeben, und er sich jedes Mal geweigert habe. Dass er lieber sein Volk verhungern lassen wollte, als seinen Kopf zu verlieren. Dass er das Massaker provoziert habe.«

Er lächelte abgeklärt, als er Arkas entsetzte Miene sah.

»Und die Minister waren dumm genug, Ihnen zu glauben?«, fragte sie fassungslos. »Es sind so viele napocanische Flüchtlinge in die Stadt gekommen, der Rat muss doch gewusst haben, was passiert ist ...«

»Er wollte es nicht wissen«, erwiderte der Meister der Lemuren schulterzuckend. »Es ist immer viel einfacher, den Tätern zu glauben, als den Opfern zu helfen.«

Er erhob sich, kerzengerade auf seinen Eiskufen. Je länger diese Unterhaltung dauerte, desto angewiderter war Arka vom Wesen der Menschen.

»Sie sind abscheulich, genau wie der Rat, genau wie die

Themiskyrer«, äußerte sie kopfschüttelnd. »Ihr seid alle abscheulich.«

Ihr Ausbruch schien den Meister der Lemuren zu amüsieren, was ganz und gar nicht Arkas Absicht gewesen war. Sie hatte den Eindruck, er finde ihr Gespräch unterhaltsam, als wäre er ein wohlmeinender Lehrer und sie eine naive Schülerin.

»Vielleicht bin ich abscheulich, aber findest du nicht, das ist eine etwas einseitige Beurteilung all jener, die so handeln wie ich?«

Er begann mit geschmeidigen Bewegungen übers Eis zu gleiten. Man konnte meinen, er wäre mit Kufen an den Füßen zur Welt gekommen. Verärgert über seinen herablassenden Ton, folgte Arka ihm.

»Der Krieg rechtfertigt unsere Lebensweise, und unsere Lebensweise rechtfertigt den Krieg«, fuhr er fort, die Hände im Rücken verschränkt. »Ohne Feinde keine Armee, ohne Armee keine Ordnung, ohne Ordnung kein Themiskyra. Es ist nicht so, dass die Themiskyrer den Krieg wollen, es ist so, dass sie nicht ohne ihn leben können.«

Die Kanäle zogen im Rhythmus seiner Sätze vorbei. Seine Stimme hatte einen beinahe hypnotischen Klang angenommen. Sie erinnerte sich, dass seine Worte sie schon einmal gefesselt hatten, beim Kampf in Silenos' Villa.

»Aber da erzähle ich dir nichts Neues, oder? Schließlich bist du selbst von klein auf indoktriniert worden.«

»Was heißt das, ›indoktoriniert‹?«, fragte Arka mit gerunzelten Brauen.

»Man hat dir beigebracht, den Anführerinnen zu folgen, den Krieg zu lieben, das Gefühl zu haben, dass du immer auf der richtigen Seite der Geschichte stehst.«

»Ich bin nicht indo…«

Arka unterbrach sich. Die Worte waren plötzlich aus ihrem Mund gewichen wie Wasser aus einem gesprungenen Gefäß. Sie sah ihre Kindheit im Herzen des Waldes in einem ganz neuen Licht. Ihre älteste Erinnerung war die an den Tag ihres ersten Unterrichts. Ihr Spielzeug, Miniaturwaffen. Die Pferde, die Schmieden, die Trainingslichtungen … Alles im Wald diente dem Krieg. Sosehr sie sich auch gegen die Gedanken des Meisters der Lemuren wehrte, sie begannen sich in ihren Kopf einzuschleichen.

»Die Amazonen führen Krieg, ja, aber weil sie keine Wahl haben«, entgegnete sie, nachdem sie sich wieder gefangen hatte. »Ansonsten gäbe es uns schon lange nicht mehr. Alle wollen uns vernichten.«

Ihr Gegenargument klang falsch in ihren eigenen Ohren. Es schien direkt aus dem Mund ihrer Lehrerin zu kommen, als sie noch Amazonenschülerin gewesen war. Der Meister der Lemuren schnipste es kurzerhand beiseite:

»Wie, glaubst du, haben sich die Amazonen vor einem Jahrhundert in Arkadien niedergelassen? Haben sie die Heloten höflich gefragt, ob sie ihren Wald benutzen dürfen? Nein, sie haben sich mit Gewalt aufgedrängt. Sie haben die Heloten von deren Grund und Boden vertrieben, haben ihre Töchter entführt und jeden getötet, der dagegen protestiert hat. Und dann nutzen sie den Widerstand, dem sie begegnen, als Rechtfertigung für ihre Anwendung militärischer Gewalt.«

»Aber …«, begann Arka.

»Wenn der Krieg zwischen Amazonen und Themiskyrern morgen enden würde, dann könnten sie nicht mehr behaupten, sie würden die helotischen Dörfer beschützen«, fuhr der Meister der Lemuren erbarmungslos fort, ohne ihr Zeit für einen Einwand zu lassen. »Sie müssten ihre Waffen niederlegen, den Heloten ihr Land wiedergeben und eine neue Art zu leben finden. Doch welche Amazonengeneralin will ihre Kriegerinnen schon in Bäuerinnen verwandeln? Welcher themiskyrische Oligarch seine Soldaten in Händler?«

Arka antwortete nicht, sondern hüllte sich in Schweigen. Sie glitten weiter durch die Ebenen. Schließlich tauchte der Palast des Basileus riesig zwischen den Türmen auf. Von den Umfriedungsmauern spien in Stein gehauene Greife Eisfontänen in die Kanäle, die das Gebäude umgaben. Im Patio überragten schneebedeckte Palmwedel und baumhohe Farne die Terrassendächer. Arka blieb stehen.

»Warum gehen wir dorthin?«

Die Erinnerungen an die letzten Momente, die sie im Herrscherpalast verbracht hatte, überfielen sie. Der in seinem Blut liegende Basileus. Die Erben in ihren Sarkophagen. Der Lemur, der flüsterte ›Leb wohl, meine Tochter‹, ehe er verschwand. Wenn es in Hyperborea einen Ort gab, an den sie nie wieder einen Fuß setzen wollte, dann diesen.

»Weil die Person, die ich dir gerne vorstellen würde, dort ist«, antwortete der Meister der Lemuren.

Ohne eine weitere Erklärung glitt er über den Kanal zu dem kleinen Innenhafen. Der Palast hatte einiges von seiner Pracht eingebüßt. Wie überall waren auch hier die meisten Pflanzen vor Kälte eingegangen und die Mosaikböden gesprungen. Am Steg angelangt, ließ der Meister der Lemuren seine Kufen schmelzen und ging die Treppe hoch, die zum Eingang führte. Während Arka ihm folgte, dachte sie daran, wie sie vor ein paar Monaten mit Lastyanax hergekommen war. Sie traten durch die Türen aus edlem Holz, die lose in den Angeln hingen, und durchquerten eine Flucht noch immer reich dekorierter Vorzimmer, auch wenn der Frost einige Wandmalereien zerstört und Plünderer Kunstobjekte fortgeschleppt hatten.

Als sie den Säulengang zum Patio erreichten, stießen sie auf einen warm eingemummelten alten Mann in einem Schwebestuhl, den ein blutjunger Adjutant schob. Als der Alte den Meister der Lemuren sah, begann sein Gesicht zu strahlen.

»Alkander«, krächzte er.

›Alkander, Kandri‹, dachte Arka sofort. Ein weiterer Beweis, dass der Meister der Lemuren Chirones Sohn war. Sie hätte seinen Vornamen lieber nicht gekannt. Alkander umzubringen war sehr viel schwerer, als sich den Meister der Lemuren vom Hals zu schaffen.

»Das ist die Person, die ich dir vorstellen wollte«, flüsterte der, wobei er Arka von der Seite ansah. »Lykurg, mein Vater.«

Wie vor den Kopf gestoßen, sah sie ihn zu dem Greis treten, um ihn zu begrüßen. Ganze Städte zitterten vor diesem Namen. Während ihres gesamten Aufenthalts in Napoca hatte Arka den Polemarch immer als den obersten Feind betrachtet, den es niederzuwerfen galt, den Verursacher aller Übel. Nach ihrer Rückkehr in den Wald hatte sie eine andere Facette des Tyrannen kennengelernt: die des ehrgeizigen jungen Söldners, den Chirone aus einem arkadischen Bergwerk befreit hatte. Und nun saß er hier vor ihr, grau und gebeugt in seinem Stuhl, mit zitternden Händen und Borsten, die ihm aus Ohren und Nasenlöchern wuchsen. Während der Adjutant sich zum Gruß auf die Brust schlug, küsste der Meister der Lemuren seinen Vater auf die Stirn.

»Wie geht's dir, Vater?«

»Er isst ordentlich und schläft gut«, antwortete der Adjutant an dessen Stelle. »Heute Morgen wäre er beinahe an seinem Marzipan erstickt, aber mir ist gelungen, es ihn wieder ausspucken zu lassen. Es ist gefährlich, wenn er etwas in den falschen Hals kriegt … Haben Sie gehört, was heute Morgen im Extraktor passiert ist?«

Er hatte die Frage hastig hinterhergeschoben, als hätte er dem Bedürfnis, sich über das aktuelle Geschehen zu unterhalten, nicht widerstehen können. Arka nahm an, dass er sich hier so ganz allein mit dem senilen Tattergreis zu Tode langweilte.

»Nein«, antwortete Alkander.

»Hyperboreischen Magiern ist es gelungen, die Extraktionsmaschine zu sabotieren und mit dem Blau-Erz zu fliehen. Sie werden in der ganzen Stadt gesucht.«

Arkas Herz machte einen riesigen Satz in ihrer Brust. Lastyanax hatte es geschafft, und der Meister der Lemuren hatte gelogen: Er hatte ihren Mentor nicht in seiner Gewalt.

»Im Extraktor herrscht eine Riesenaufregung«, fuhr der Adjutant fort, der offenbar ein großes Mitteilungsbedürfnis hatte. »Die Generäle fordern Köpfe. Zum Glück war ich dort heute nicht eingeteilt. Meiner Meinung nach …«

»Danke für die Information, Soldat«, unterbrach Alkander ihn in eisigem Ton.

Er war sichtlich angespannt. Aus dem Augenwinkel betrachtete er Arka, der in diesem Moment mehrere Dinge klar wurden. Erstens, der Meister der Lemuren hatte begriffen, dass er ihr gegenüber kein Druckmittel mehr hatte. Zweitens, sie selbst war zum Druckmittel gegen Lastyanax geworden. Wenn der Meister der Lemuren sie in seine Gewalt brächte, würde er sie dazu benutzen, ihren Meister zur Rückgabe des Blau-Erzes zu zwingen. Drittens, sie war ihm nicht gewachsen. Er hatte seinen Lemuren und seine Kräfte, und sie besaß nur ein Blau-Erz-Klümpchen und nicht genug Mut, um ihn damit kaltblütig anzugreifen. Kurz, sie saß mal wieder gewaltig in der Patsche. Besser, sie machte sich davon, solange sie noch die Gelegenheit dazu hatte, und ging Lastyanax helfen. Gemeinsam hatten sie eher eine Chance, den Meister der Lemuren zu besiegen.

»Sie können den Polemarch in seine Gemächer zurückbringen«, befahl Alkander dem Adjutanten.

Der schlug sich auf die Brust und nahm lustlos die Griffe des Schwebestuhls, offensichtlich enttäuscht, dass die Unterhaltung schon beendet war. Lykurg warf seinem Sohn einen verlorenen Blick zu, während der junge Bursche ihn umdrehte. Diesen Moment wählte Arka, um nach vorn zu stürzen. Sie kickte dem Adjutanten die Beine weg, packte den Stuhl, klammerte sich an seine Lehne und stieß sich mit dem Fuß von der Wand ab.

Der Stuhl levitierte mit Arka und Lykurg an Bord durch den Säulengang. Der alte Mann stöhnte erschrocken auf. Sie glitten am Meister der Lemuren vorbei, der die Hand hob, um eine Explosion auszulösen, sich dann jedoch zurückhielt. Er wollte seinen Vater nicht in Gefahr bringen. Genau damit hatte Arka gerechnet.

Als der Schwebestuhl das Ende der Galerie erreichte, setzte sie kurz einen Fuß auf und stieß sich Richtung Ausgang ab. Blitzschnell glitten sie durch die Reihe der Vorzimmer. An die Lehne gekrallt, die Nase über Lykurgs graues Haar gebeugt, starrte Arka die Tür an und betete, dass sie sie so schnell wie möglich erreichen würden.

Plötzlich durchquerten sie einen Staubwirbel. Als der Stuhl gerade zur Tür hinausschweben wollte, schlossen sich deren Flügel krachend. Arka stemmte die Fersen in den Boden, damit der alte Mann nicht ungebremst gegen das Holz prallte. Aus dem Gleichgewicht gebracht, kippte er dennoch nach vorn und stürzte auf die Fliesen.

Arka schnellte herum. Silenos war mitten in dem Vorzimmer aufgetaucht, ein boshaftes Lächeln im Gesicht, während Alkander von hinten angerannt kam. Der Lemur hob einen Finger. Sofort bewegte sich der Boden unter ihren Füßen und Arka fand sich neben Lykurg wieder, der jammernd nach seinem Sohn rief.

Arka schob die Hand unter ihren Kragen und zog den Anhänger heraus. Als der Lemur sich auf sie stürzte, bog sie das Oreichalkplättchen auf.

Im nächsten Moment löste Silenos sich in eine Wolke kleinster Partikel auf, die durch den Raum schwebten. Benommen sah Arka den Staub zurück zur Erde sinken. In einem Wimpernschlag hatte die Blaue Zone den Lemuren vernichtet.

Der Meister der Lemuren wirkte sprachlos über das, was mit seinem Diener geschehen war. Arka begriff, dass sie nicht mehr auf eine freundliche Annäherung hoffen konnte. Er hob den Arm, und ein Feuerball entstand in seiner Handfläche.

»Ich habe Blau-Erz«, rief sie, indem sie das Klümpchen schwenkte.

Der Meister der Lemuren hielt inne.

»Das Blau-Erz kann mir nichts anhaben«, sagte er.

»Ihnen nicht, aber mir«, entgegnete Arka. »Und Sie wollen doch nicht, dass mir etwas zustößt, während ich in einer Blauen Zone bin, nicht wahr? Sie brauchen mich, um den Fluch aufrechtzuerhalten.«

»Alkander ... weh ... Alkander ...«

Lykurg, der noch immer am Boden lag, rief seinen Sohn zu Hilfe, und dieser wandte sich ihm zu. Arka nutzte den Moment der Ablenkung, um auf die Füße zu springen. Die Finger fest um das Blau-Erz-Klümpchen geschlossen, rannte sie Richtung Patio. Sie beschleunigte, sauste unter dem Bogen durch, der hinausführte, und landete mitten in dem kristallisierten Miniaturdschungel.

Der große Baum, den sie an dem Abend, an dem sie den Basileus getötet hatte, heruntergeklettert war, bot die beste Möglichkeit, aus dem Patio hinauszukommen. In unvermindertem Tempo raste sie die Wege entlang, rutschte über gefrorene Platten, sauste durch den Pavillon, wo Lastyanax und sie auf die Rede des Basileus gewartet hatten, und erreichte den Baum. Sie wollte gerade hochspringen, um sich am untersten Ast hinaufzuziehen, da ertönte ein gewaltiges Knacken. Starr vor Schreck sah Arka, wie der Stamm zerbrach. Die Krone neigte sich immer schneller zur Seite.

Sie wich zurück und wirbelte herum. Mit vorgereckter Hand hatte der Meister der Lemuren den Baum wie ein Stöckchen umgeknickt. Das Ausmaß seiner Kräfte setzte Arka in Erstaunen. Sie kannte niemanden, der aus dieser Entfernung einen solchen magischen Akt vollbringen konnte, nicht mal Lastyanax. Er näherte sich, die Augen starr auf sie gerichtet.

Sie zog die Schleuder aus ihrem Kragen, nahm einen Stein aus der Tasche und legte ihn in die Lederschlaufe. Er sauste los und wurde kurz vor der Brust ihres Gegners abgelenkt. Ein zweiter Stein beendete seine Flugbahn in den verschneiten Pflanzen, ein dritter zerbarst in der Luft.

Atemlos öffnete Arka die linke Hand. Ihr blieb nur das Blau-Erz-Klümpchen, das in ihrer Handfläche schimmerte wie ein Stück arkadischer Himmel. Der Meister der Lemuren war bloß noch ein paar Schritte entfernt. Sie legte das Metall in die Leerschlaufe und ließ ihre Waffe kreisen. Mit einer blitzschnellen Bewegung des Handgelenks schleuderte sie ihr Projektil.

Die Zeit schien zu zersplittern. Arka sah das Klümpchen auf den Kopf ihres Gegners zurasen. Ein perfekter Wurf. Der Meister der Lemuren machte eine Geste, um das Geschoss von seiner Bahn abzulenken, doch es setzte seinen Weg fort, unempfindlich gegen seine Magie. Plötzlich schob sich ein metallischer Umriss zwischen das Blau-Erz und ihr Ziel. Das Klümpchen prallte ab und wurde weit weggeschleudert, aufs Dach des Palastes.

Penthesilea rückte ihren von dem Zusammenstoß deformierten Helm zurecht. Sie war aus einem seitlichen Weg aufgetaucht. Einen Blitzspeer in der Hand, stellte sie sich Arka entgegen.

»Halte sie auf«, befahl Alkander.

Mit dem Fuß kickte Arka einen abgebrochenen Ast vom Boden hoch und parierte den ersten Lanzenhieb der Prinzessin. Dann folgte ein Angriff auf den nächsten. Penthesileas Blitzspeer wirbelte so schnell herum, dass Arka keine Zeit hatte, Magie einzusetzen. Mit jedem Vorstoß zwang die Prinzessin sie, einen Schritt weiter zurückzuweichen. Arka brauchte all ihre Kraft und Konzentration, um ihr die Stirn zu bieten. Penthesilea war schon immer die bessere Kämpferin gewesen, und sie war noch besser geworden, seit sie das letzte Mal gegeneinander gefochten hatten.

Penthesilea versetzte ihr einen so gewaltigen Schlag, dass Arkas Ast zerbrach. Sie stürzte vor, um einem seitlichen Angriff auszuweichen, rollte auf den Rücken, damit Penthesilea sie nicht am Boden aufspießte, versuchte vergeblich, der Prinzessin die Beine wegzukicken, sprang wieder auf die Füße, entging einem erneuten Vorstoß, indem sie blitzschnell den Oberkörper wegzog, stolperte über ihren zerbrochenen Stock und fiel rücklings hin.

Sofort richtete Penthesilea den Blitzspeer auf ihre Kehle. Keuchend schielte Arka auf die bläulichen Lichtbogen, die kaum einen Zoll von ihrem Hals entfernt zuckten. Sie beschloss, ihre letzte Karte auszuspielen.

»Ihre Mutter wäre nicht gerade stolz, wenn sie wüsste, was aus Kandri geworden ist«, sagte sie und hob den Blick zum Meister der Lemuren.

Sie sah, dass er bleich wurde.

»Was willst du damit sagen?«

In dem Moment ertönte ein »Wrusch« in dem leeren Patio.

Ein Zittern ging durch Arkas Trommelfelle. Der Meister der Lemuren hatte sich aufgerichtet, um zu lauschen. Erneutes »Wrusch, wrusch« drang an ihre Ohren. Die Farnwedel links von Arka raschelten. Sie erwartete, die Eisschlange, der sie ihre Ankunft in Hyperborea verdankte, daraus auftauchen zu sehen. Doch die Kreatur, die aus dem Gebüsch kroch, war längst nicht so groß wie Python. Es war eine Miniaturausgabe von Python, eine kleine Eisschlange, die jedoch immer noch dick genug war, um Arka die Knochen zu brechen, wenn sie beschlossen hätte, sie mit ihren Windungen zu umschlingen. Ihre schwarze Zunge züngelte Richtung Penthesilea, die ihr die Waffe entgegenstreckte. Sofort ließ Penthesilea den Blitzspeer los, der knisternd zu Boden fiel.

Arka konnte ihr Gesicht hinter der Maske nicht sehen, doch sie erriet, dass das Reptil sie hypnotisiert hatte. Als Nächstes wandte sich die Schlange Alkander zu und ließ ihre gespaltene Zunge vorschnellen.

Ich werde dir zeigen, was sie damit sagen will, Kandri.

Der Blick ihrer geschlitzten Pupillen begegnete dem Alkanders, dessen Züge sich sogleich entspannten. Dann sah die Schlange Arka an. Ihr großer dreieckiger Kopf schwang hin und her. Die Welt schien mit einem Mal auf die lidlosen Augen des Reptils zusammengeschrumpft zu sein.

Auch du wirst in die Vergangenheit reisen.

12

DIE VERGESSENE ERINNERUNG

Arka

Arka hatte das Gefühl, in Tausende Teile zu zerfallen, wie bei ihren beiden Teleportationen zwischen Hyperborea und Arkadien. Nur dass die Auflösung diesmal nicht körperlich, sondern mental war. Es war, als würden sich sämtliche Winkel ihres Geistes, selbst die, von deren Existenz sie nichts gewusst hatte, plötzlich entfalten. Der Patio wich einem langen Tunnel aus Lichtern und Schatten. Arka materialisierte sich wieder auf festem Grund, neben dem Meister der Lemuren. Dieser schien ebenso verwirrt wie sie von dem Geschehen.

Sie befanden sich in der Nähe eines Bergdorfes, hinter einer halb eingestürzten Hütte. Ein großer Sandsteinfelsen überragte die an ihn geschmiegten Häuser. Die Landschaft um sie herum war zerschnitten in grüne Hochebenen, die sich scharf vom Ocker der Hänge abhoben. Ziegenherden weideten auf den weniger steilen Almen, ehe diese abrupt in von Eukalyptushainen bewachsene Schluchten stürzten.

Arka sog tief die trockene Bergluft ein. Sie spürte den Wind in ihren Haaren und die Unebenheiten des steinigen Geländes unter ihren Stiefeln. Trotz dieser Wahrnehmungen fühlte sie sich seltsam losgelöst von sich selbst, wie ein an die Wand geworfener Schatten. Alkander pflückte einen Grashalm und rieb ihn versonnen zwischen Daumen und Zeigefinger.

»Wo sind wir?«, fragte Arka.

»Irgendwo in den Bergen Arkadiens, südlich des Amazonenwaldes«, antwortete er.

Immer verwirrter hob Arka den Blick zu den Hochebenen, die den Horizont versperrten. Ihr wurde bewusst, dass sie deren geometrische Formen schon vom Wald aus betrachtet hatte. Alkander hatte recht, sie waren in Arkadien. Der Meister der Lemuren ließ den Grashalm los, den der Wind davontrug, und schnipste dann mit den Fingern. Nichts geschah. Arka nahm an, dass er versucht hatte, eine Flamme zu entzünden.

»Sind wir in einer Blauen Zone?«

»Ich glaube nicht«, erwiderte Alkander. »Ich glaube, wir sind in einer Erinnerung.«

Arka verstand nun besser dieses seltsame Gefühl, nicht ganz bei sich zu sein, als wäre ihrem Körper bewusst, dass sie sich nicht in der richtigen Zeit befand. Die Eisschlange hatte sie in die Vergangenheit versetzt.

»Wessen Erinnerung?«

»Deiner.«

Überrascht kramte Arka in ihrem Gedächtnis. Sie konnte sich nicht entsinnen, jemals in den Bergen gewesen zu sein. Sicher, Chirone und sie waren manchmal in der Nähe der südlichen Grenze zum Jagen gegangen, doch die alte Amazone hätte sie niemals den Waldsaum übertreten lassen. Und seit dem Brand war Arka nur immer weiter nach Norden gereist.

»Sind Sie sicher, dass wir nicht eher in Ihrer Erinnerung sind?«, fragte sie mit gerunzelten Brauen. »Ich bin hier noch nie hergekommen«, erklärte sie kategorisch.

»Im Gegenteil, du bist hier *auf die Welt* gekommen.«

Er trat zu dem Mäuerchen, das den Hof vom Hauptweg des Dorfes trennte, und sprang darüber. Arka folgte ihm, hin- und hergerissen zwischen Furcht und Neugier.

Das Dorf – nicht mehr als eine Handvoll Ziegenhütten – schien seit Jahren verlassen zu sein. Disteln wuchsen im steinernen Becken der versiegten Quelle in seiner Mitte. Unkraut hatte die Spaliere der kleinen Gemüsegärten überwuchert. Überall lagen Ziegenköttel herum, als kämen nur noch die Tiere zum Weiden hierher.

Ganz verlassen war das Dorf jedoch nicht. Ein Mann stand vor der Tür derjenigen Bruchbude, die Witterung und Verwahrlosung am besten standgehalten hatte. Arka spürte, wie sich ihre Nackenhaare aufstellten: Sie erkannte seine blonden Haare, seine grauen Augen und das auf die Schläfe tätowierte Siegel.

Es war der Lemur. Ihr Vater.

Einen Moment lang stand Arka einfach nur mit hängenden Armen da und starrte ihn an. Sein Gesicht zeigte noch nicht die seltsamen Risse, die sie im Mausoleum gesehen hatte, kurz bevor er sich selbst getötet hatte.

»Syramos …«

Arka wandte sich zu Alkander um. Auch er schien berührt von der Anwesenheit seiner Kreatur. Er betrachtete den Lemuren mit einer Mischung aus Wehmut und … Schuldgefühlen? Arka hatte nicht erwartet, diesen Ausdruck auf dem Gesicht ihres Gegners zu finden. Alkander näherte sich seinem Geschöpf und wiederholte dessen Namen. Der Lemur zeigte keine Reaktion, als hätte er ihn nicht gehört. Alkander wedelte mit einer Hand vor seinen Augen, ohne auch nur ein Blinzeln auszulösen. Mit traurigem Blick drehte er sich wieder zu Arka um.

»Wir sind in dem arkadischen Dorf, in das deine Mutter geflohen ist, nachdem sie herausgefunden hatte, dass Syramos ein Lemur war«, erklärte er.

Seine Stimme hallte durch das verlassene Dorf, doch nur Arka schien sie zu hören. Der Lemur wartete noch immer starr und ausdruckslos vor der Hütte.

»Sie hatte sich hochschwanger hierher verkrochen in der Hoffnung, ich würde sie nicht finden«, fuhr Alkander fort. »Sie wusste, dass ich die Absicht hatte, dich zu holen, und wollte es verhindern. Doch ich habe erfahren, wo sie sich versteckte, und habe Syramos losgeschickt. Als er wieder zurückkam, sagte er mir, er sei zu spät gekommen, deine Mutter sei bei der Geburt gestorben und du seist vor seiner Ankunft schon in den Wald gebracht worden.«

Wie zu sich selbst fügte er hinzu:

»Ein Lemur dürfte eigentlich nicht lügen können. Aber ich hatte immer den Verdacht, dass er mir an jenem Tag nicht die Wahrheit gesagt hat.«

Als wäre das Echo seiner Worte durch die Zeit gedrungen, rührte sich der Lemur endlich und schob die Tür auf, um die Ziegenhütte zu betreten. Alkander folgte ihm. Arka holte tief Luft, ehe auch sie hineinging.

In dem Raum herrschten Gestank und Dunkelheit. Die einzige Lichtquelle war ein Loch, das ein Unwetter in dem mit flachen Steinen gedeckten Dach hinterlassen hatte. Alle Gerüche, die der menschliche Körper hervorbringen konnte, waren in dem Raum vereint: eine Mischung aus Schweiß, Urin, Exkrementen … Blut. Dabei gab es so gut wie nichts in der Hütte. Ein paar rudimentäre Möbel und, in einer Ecke, ein Haufen fleckiger Laken. Syramos stand reglos da, wie eine an der Decke aufgehängte Marionette. Etwas abseits wartete sein Meister darauf, was er als Nächstes tun würde.

Die Kreatur näherte sich dem Haufen, ging in die Hocke und hob einen Zipfel des Lakens an.

Arka wurde übel.

Unter dem verschmierten Tuch kam die Leiche einer Frau zum Vorschein.

Ihre großen braunen Augen starrten zur Decke. Ihre feinen dunklen Zöpfe waren wie die Strahlen einer schwarzen Sonne um ihren Kopf herum ausgebreitet. Das Laken enthüllte ihre von einer Tunika aus grobem Stoff bedeckte Brust. Sie hatte die Hände auf ihren runden Bauch gelegt, wie um den Schmerz zurückzuhalten. Ihr Unterleib verschwand unter dem blutverschmierten Tuch.

Syramos' Gesicht zeigte keinerlei Regung. Dennoch rann ihm eine Träne über die Wange, die von dem Loch im Dach erhellt wurde. Er verscheuchte eine Fliege von der Stirn der leblosen Frau.

»Das ist meine Mutter.«

Arka hatte diese Worte gestammelt. Sie stand zwei Schritte von der Leiche entfernt und starrte jene Melanippe an, die sie nur vom Hörensagen kannte. Eine bis dahin nicht vorhandene Leere brach in ihrem Innern auf. Plötzlich vermisste sie diese Mutter, die sie nie zuvor gesehen hatte.

»Ihretwegen ist sie gestorben«, fügte sie hinzu. »Sie haben sie getötet.«

Der Meister der Lemuren schüttelte den Kopf.

»Nein, du hast sie getötet.«

Im selben Moment bewegte sich das Laken über Melanippes Beinen. Ein leises Wimmern drang darunter hervor. Syramos schlug es ganz zur Seite. Zwischen den blutigen

Schenkeln der toten Frau regte sich ein kleines rotes, zerknautschtes Geschöpf. Vom Licht gestört, öffnete es weit den Mund und fing an zu greinen.

Verblüfft sah Arka-der-Gegenwart, wie der Lemur Arka-der-Vergangenheit in die Arme nahm. Es schien unmöglich, dass an diesem schmutzigen, elenden Ort irgendetwas überlebt haben konnte. Doch da war sie, ein plärrendes Baby, das, kaum geboren, schon strampelte wie ein aufgewecktes Wölfchen. Alkanders Worte legten sich immer weiter über die Szene, die sich vor ihren Augen abspulte: ›Du hast sie getötet.‹

Ungerührt trennte Syramos mit den Zähnen die dicke, blaugraue Schnur durch, die das Baby noch mit seiner Mutter verband, und verknotete sie auf dessen Bauch. Die Lippen voller Blut, richtete er sich wieder auf und riss mit präzisen und sparsamen Gesten das Laken in Streifen. Darin hüllte er das Baby ein, das noch immer in seinen Armen schrie. Als er damit fertig war, hatte Arka-der-Vergangenheit aufgehört zu weinen. Sie öffnete ihre wimpernlosen Augen und betrachtete Syramos oder die Spinnweben an der Decke, das war schwer zu sagen. Den Lemuren schien das nicht zu berühren. Er stand auf und ging zwischen Alkander und Arka-der-Gegenwart hindurch zur Tür, ohne sie zu bemerken.

Ehe er den Raum verließ, hielt er wider Erwarten inne und wandte sich noch einmal zu Melanippes leblosem Körper um. In seine Armbeuge geschmiegt, sah auch Arka-der-Vergangenheit ihre Mutter an und speicherte das Bild in einem Winkel ihres Gedächtnisses, wo es beinahe vierzehn Jahre lang verborgen bleiben würde. Die Lider des Lemuren flackerten kurz. Dann trat er durch die Tür, und die Erinnerung verwandelte sich.

Jetzt standen sie an einem Berghang, am Rand eines Kiefernwaldes. Die Sonne, die hinter den Gipfeln unterging, sprenkelte Felsen und Aloepflanzen golden. Weiter unten im Tal wichen die Kiefernnadeln den hellen Kronen der Eukalyptusbäume.

Syramos saß auf einem großen Stein, ein paar Schritte von Alkander und Arka-der-Gegenwart entfernt. Er hielt Arka-der-Vergangenheit noch immer im Arm und schien wieder auf etwas zu warten. Noch ganz verwirrt von der veränderten Szenerie, zuckte Arka-der-Gegenwart zusammen, als Alkander bemerkte:

»Dann war er es also, der dich in den Amazonenwald gebracht hat. Ich hatte ihm für diesen Auftrag ziemlich freie Hand gelassen. Die Distanz zwischen uns war zu groß, als dass ich ihn genau hätte kontrollieren können. Das war ein Fehler von mir.«

Es schien ihm schwerzufallen, sich den Verrat seines Dieners einzugestehen. Arka spürte, wie eine unerwartete Wärme sie durchströmte. Auch wenn die ausdruckslosen Züge des Lemuren keinerlei Gefühl erkennen ließen, hatte er Arka-der-Vergangenheit nicht im Stich gelassen. So wie an dem Abend im Mausoleum, war es Syramos an jenem Tag für einen kurzen Moment gelungen, sich von der Gewalt zu befreien, die sein Meister über ihn hatte. Wie sie es auch drehte und wendete, Arka konnte dafür nur eine Erklärung finden: Er hatte versucht, sie zu retten.

»Das war kein Fehler von Ihnen. Er hat sich Ihnen einfach widersetzt«, sagte sie.

»Syramos wusste, dass du deine Rolle letztendlich spielen würdest«, entgegnete Alkander sofort. »Der Fluch findet immer einen Weg, sich zu erfüllen, wenn ein Mitglied der Nachkommenschaft sich außerhalb einer Blauen Zone aufhält. Er wollte dir nur ein paar Jahre Freiheit gönnen, ehe du den Basileus töten würdest.«

Arka fragte sich, warum er versuchte, den Akt der Liebe des Lemuren gegenüber seinem Kind zu schmälern. Syramos saß noch immer reglos da. Er wiegte lediglich Arka-der-Vergangenheit von Zeit zu Zeit, wenn sie zu strampeln begann.

»Weshalb betritt er den Wald nicht?«, fragte sie.

»Weil er ein Lemur und der Wald eine Blaue Zone ist«, antwortete Alkander. »Du hast doch selbst gesehen, was vorhin mit Silenos passiert ist ...«

»Worauf wartet er dann?«

Sie hatte den Satz kaum beendet, da zischte ein Pfeil an ihrem Ohr vorbei. Einen Augenblick später sprang ein Elaph aus dem Kiefernwald und floh so schnell den Abhang hinauf, dass es aussah, als flöge er über die Felsen. Arka hörte ein Murren aus dem Wald.

»Der Mistkerl! Na, da kann ich mir wohl nur noch meinen Pfeil zurückholen.«

Arkas Herz setzte einen Schlag aus. Diese Stimme hätte sie unter Tausenden erkannt. Eine Frau erschien zwischen den Stämmen, mit einem Bogen in der Hand und einem Gürtel mit Blau-Erz-Klümpchen um die Taille. Ihr Haar war noch schwarz, den Schmiss auf der Nase hatte sie schon. Ihre Augen waren so blau wie der Himmel. Arkas Blick verschwamm. Sie hätte nie gedacht, dass sie ihre Tutorin noch einmal wiedersehen würde, doch da war sie, quicklebendig in den Mäandern der Vergangenheit.

Am Waldrand blieb Chirone stehen. Sie hatte Syramos entdeckt. Schnell spannte sie einen neuen Pfeil in den Bogen und nahm den Mann ins Visier.

»Wer sind Sie?«, rief sie energisch. »Was tun Sie hier?«

Der Lemur erhob sich und legte Arka-der-Vergangenheit behutsam auf den Stein. Chirones Augen weiteten sich, als sie begriff, dass dieses kleine verschnürte Päckchen ein Baby war. Syramos wich ein Dutzend Schritte zurück. Ohne die Sehne ihres Bogens loszulassen, trat die Amazone aus dem Schatten der Bäume, um sich Arka-der-Vergangenheit zu nähern.

»Mama!«

Arka drehte sich zu Alkander um. Der Meister der Lemuren sah Chirone an. Seine blauen Augen, die denen der Mutter glichen, waren weit aufgerissen. Plötzlich schien ihn Kummer zu überwältigen. Arka wusste, weshalb: Diese Chirone hier war sehr viel jünger als die Chirone des Waldbrands. Sie schlug in seiner Erinnerung die Brücke zwischen der jungen Frau, die er als Kind gekannt hatte, und der ausgedienten Kriegerin, die er getötet hatte. Er hatte soeben begriffen, dass er seine Mutter getötet hatte.

Die Erinnerung lief unbeirrt weiter ab. Die Amazone nahm den Säugling auf den Arm.

»Wer ist dieses Baby? Warum lassen Sie es hier?«, fragte sie Syramos, der sich immer noch zwölf Schritt entfernt in gebührendem Abstand zum Blau-Erz hielt.

»Es ist Melanippes Tochter«, antwortete er mit seiner ausdruckslosen Stimme. »Sie gehört Ihnen.«

Chirones Augen wanderten zwischen dem Gesicht des Babys und dem des Lemuren hin und her. Arka erinnerte sich, was Themis ihr erzählt hatte: Erst als Chirone sie bei sich aufnahm, hatte sie begonnen, den Schmerz über Kandris Verlust zu überwinden.

»Warum lassen Sie sie hier?«, wiederholte die Amazone. »Wo ist Melanippe? Wer ist ihr Vater?«

Syramos antwortete nicht sofort.

»Ihr Vater ist ein hyperboreischer Magier«, sagte er schließlich.

»Wie heißt sie?«

Erneute Pause.

»Sie heißt Arka.«

Chirone beugte sich über das Neugeborene, das wieder zu strampeln begonnen hatte.

»Und Sie, wer sind Sie?«

Ein Windstoß war die einzige Antwort. Zugleich mit Chirone hob Arka den Blick zu Syramos: Er war verschwunden.

Leb wohl, meine Tochter.
Es war eine Freude, dich kennenzulernen.

Alkander

Alkander hatte das Gefühl, sich rückwärts durch den Tunnel zu bewegen, seinen Geist wieder einzufalten und in seinen Körper zurückzukehren. Der Patio tauchte erneut vor seinen Augen auf, die während der Trance offen geblieben waren. Die Bilder der Erinnerung schienen wie auf Transparentpapier darüber zu liegen. Die Schlange war verschwunden und hatte nur eine gewellte Spur im Schnee hinterlassen. Arka lag noch immer auf der Erde, die Augen voller Tränen. Neben ihr kniete Penthesilea. Ihr metallisches Gesicht war starr zu Boden gerichtet.

Alkander hatte alle Mühe, sich nicht von dem Ansturm der Gefühle überwältigen zu lassen, der in ihm tobte. Sein ganzes Leben lang hatte er geglaubt, seine Mutter wäre von den Amazonen hingerichtet worden, nachdem sie ihn ausgesetzt hatte, so wie sein Vater es ihm gesagt hatte. Doch das stimmte nicht. Jahrelang hatte er die Kriegerinnen für einen Mord gehasst, den diese nicht begangen hatten. Dieser Hass hatte ihn schließlich dazu gebracht, den Wald mit rachsüchtiger Freude anzuzünden, wobei nur ein einziger Mensch getötet wurde, eine alte, in seinen Augen unbedeutende Amazone … seine eigene Mutter.

Sosehr er sich selbst zur Vernunft rief, die Schuldgefühle fraßen ihn auf. Dabei konnte er nichts dafür, dass er seine Mutter nicht erkannt hatte. Er hatte sie seit sechsundzwanzig Jahren nicht gesehen. Wie hätte er die Verbindung zwischen der jungen Kriegerin aus seiner Kindheit und der faltigen Alten ziehen sollen, die sich zwischen ihn und das Blau-Erz gestellt hatte? Und warum hatte sie ihn nie besucht? Sie wusste doch, dass er bei seinem Vater lebte, sie hätte zu ihm kommen können. Wieso hatte sie ihm nicht wenigstens geschrieben?

Er ging mit großen Schritten auf dem Weg hin und her und zerrte dabei an seinem Kragen. Seine eigenen Gefühle erstickten ihn; ein Röcheln drang aus seiner Kehle. Im Augenwinkel sah er, dass Arka sich wieder bewegte. Voller Zorn ließ er den Blitzspeer, den Penthesilea hatte fallen lassen, zu sich levitieren und näherte sich der Tochter des betrügerischen Lemuren.

»Wenn du noch einmal versuchst zu fliehen, dann hacke ich dir die Beine ab«, bellte er, indem er die Waffe auf sie richtete.

Noch nie hatte er so mit ihr gesprochen.

»Meister, die Generäle wünschen Sie zu sehen.«

Alkander drehte sich um. Ein junger Page war gerade im Patio erschienen: Phreton, der Eleve des Generals. Er stand stocksteif ein paar Schritte entfernt. Sein Blick wanderte immer wieder zu Arka. Er schien fassungslos, sie hier zu sehen.

»Sag ihnen, das kann warten«, warf Alkander ihm mit dumpfer Stimme hin.

»Die Oligarchen haben beschlossen, sich in der letzten Abendstunde zu versammeln, um mit Ihnen zu sprechen, Meister«, erwiderte Phreton vorsichtig. »Im Basileiken-Saal des Palastes. Es geht um die Ereignisse im Extraktor.«

Alkander war kurz davor, ihn einfach kaltzumachen. Phreton schien die Wut zu spüren, die in ihm brodelte, und wich einen Schritt zurück. Alkander zwang sich, durchzuatmen. Er musste unbedingt die Kontrolle über seine Gefühle und diese Situation zurückgewinnen. Ganz offensichtlich wollte Philon ihm die Sabotage der Extraktionsmaschine anlasten. Er wäre ein Idiot, wenn er diese Gelegenheit, ihn sich vom Hals zu schaffen, nicht nutzen würde.

»Gut, ich werde die Oligarchen und den neuen Basileus im Basileiken-Saal treffen, zusammen mit meinem Vater«, erklärte er. »Wenn sie mich schon anklagen wollen, dann sollen sie es vor ihrem wahren Anführer tun«, fügte er hinzu.

Phreton öffnete den Mund, behielt seinen Einwand dann jedoch lieber für sich. Er schlug sich auf die Brust, machte auf dem Absatz kehrt und ging zurück Richtung Eingang. Alkander wartete, bis er sich entfernt hatte, ehe er sich wieder Arka zuwandte, die dem Pagen mit weit aufgerissenen Augen hinterhersah. Ohne viel Federlesens verpasste er ihr einen Schlag mit der flachen Seite des Blitzspeers. Lichtbogen züngelten um sie herum. Sie wurde einen Moment lang von Zuckungen geschüttelt. Als er sicher war, dass sie bewusstlos war, nahm er die Waffe herunter.

»Penthesilea«, sagte er.

Die Prinzessin war noch immer wie gelähmt von den Erinnerungen, die die Schlange in ihr wachgerufen hatte. Alkander hätte mit ihr darüber sprechen sollen, doch dafür war jetzt keine Zeit.

»Kann ich mich auf dich verlassen?«

Sein scharfer Ton schien Penthesilea aus ihrer Benommenheit zu reißen.

»Ja«, sagte sie, indem sie sich wieder aufrichtete. »Immer, Meister.«

»Dann pass auf Arka auf und sorge dafür, dass sie nicht wieder zu sich kommt, ehe ich zurück bin. Ich werde mich um sie kümmern, sobald ich das Problem mit den Oligarchen geregelt habe.«

Ohne eine weitere Erklärung verschwand er durch die Menagerie voller erfrorener Bäume und Tiere. Sein Weg führte ihn an einem Pavillon auf einem Platz vorbei, der umgeben war von baumhohen, vom Frost verschrumpelten Farnen. Dort auf den Steinplatten erhob sich die Statue eines kleinen Mädchens mit traurigem Blick. Sie war das Abbild eines der dreizehn Kinder des Basileus, die die Amazonen ermordet hatten. Ihre langen steinernen Haare waren mit Schnee überpudert. Einem plötzlichen Impuls folgend, trat Alkander an den Sockel der Statue und rieb über den von Moos und Raureif bedeckten Marmor. Die Gravur eines Namens wurde sichtbar.

Syramos hatte seiner Tochter den Namen seiner Schwester gegeben, die er mehr als ein Jahrhundert zuvor verloren hatte. Darin sah Alkander einen weiteren Verrat. Nicht nur hatte der Lemur ohne sein Wissen Gefühle entwickelt, sondern er war der Familie aus seinem früheren Leben nach wie vor verbunden geblieben, ohne dass sein Meister davon erfahren hatte.

Alkander ging weiter durch den künstlich angelegten Wald, unter den Säulen hindurch, die den Patio umgaben, eine Treppe hinauf und gelangte schließlich in die Gemächer des früheren Basileus. Der Adjutant, der ihm mit einem Tablett entgegenkam, sagte ihm, sein Vater befände sich in seinem Zimmer.

»Es geht ihm nicht besonders«, fügte er hinzu. »Der Sturz vorhin hat ihn mitgenommen. Meiner Meinung nach …«

»Verschwinde«, schnitt Alkander ihm das Wort ab.

Der Adjutant schien zu begreifen, dass es besser war, die Anweisung umgehend zu befolgen, und machte sich eiligst davon. Alkander lief den Flur zum königlichen Schlafzimmer hinunter, öffnete die Tür und betrachtete seinen Vater, der in dem Himmelbett lag. Lykurg wirkte tatsächlich geschwächt durch die Aufregung, die Arka ihm zugemutet hatte. Wachsbleich und in dicke Kissen versunken, schien er mit jedem Atemzug gegen den endgültigen Schlaf anzukämpfen. Alkander fühlte sich zerrissen zwischen dem Wunsch, den verletzlichen Greis zu beschützen, und seinem Groll gegenüber einem Vater, der ihn sein ganzes Leben lang hatte glauben lassen, seine Mutter sei tot.

Er setzte sich in einen Sessel neben den schlafenden Polemarchen. Der Zorn, der ihn angetrieben hatte, war kalter Entschlossenheit gewichen.

»Vater, ich habe eine Möglichkeit gefunden, mich von deinem lästigen rechten Arm zu befreien«, verkündete er. »Doch dafür brauche ich deine Hilfe.«

Phreton

Der Basileiken-Saal war seit Jahrzehnten nicht benutzt worden. Mit blauen Mosaikfliesen und Arabesken aus Blattgold geschmückt, enthielt das langgestreckte Audienzzimmer als einziges Mobiliar einen königlichen Diwan. In den ersten Jahren seiner Regentschaft hatte der ehemalige Basileus hier die Beschwerden seiner Untertanen angehört, diesen von seinen Vorgängern übernommenen Brauch jedoch bald abgeschafft, um sich nur noch mit dem Rat zu besprechen. Zu der Zeit, als der Saal noch benutzt wurde, platzierten sich die hyperboreischen Würdenträger, die den Audienzen beiwohnten, ihrem Rang entsprechend um die marmorne Empore. Die weniger bedeutenden Magier standen auf einer Galerie über dem Saal, nahe genug, um hören zu können, zu weit weg, um gesehen zu werden.

Hinter der Balustrade dieser Galerie versteckt, verfolgte Phreton die Versammlung der Oligarchen. Durch die Fenster fiel abendliches Licht in den Raum. Sie hatten keine Scheiben, doch die Temperatur war milder geworden, dank der fortschreitenden Reparatur der Kuppel. Zusammengesunken auf dem königlichen Diwan, erwartete der Polemarch Lykurg die Ankunft Philons und der Oligarchen. Sein Sohn

Alkander wartete ebenfalls in einem der Stühle, die die Adjutanten hergebracht hatten. Er rieb seinen kurzen Bart und blickte immer wieder zur Tür. Auf Phreton wirkte er ziemlich nervös.

Er selbst wäre es an seiner Stelle gewesen: Der neue Basileus war fuchsteufelswild geworden, als er vom Verschwinden des Blau-Erzes, ausgerechnet am Tag seiner Inthronisierung, gehört hatte.

»Hinter alldem steckt Alkander, dieser Verräter, von Anfang an hat er gegen mich intrigiert!«, hatte er gebrüllt, als Phreton ihm die Nachricht in seinem Kabinett im Magisterium überbracht hatte.

Philon hatte seinen Eleven damit beauftragt, alle Oligarchen sowie Alkander selbst vorzuladen. Als Versammlungsort hatte er den Basileiken-Saal gewählt, um seine Übernahme der Herrschaft in Hyperborea und Themiskyra mit großem Pomp zu markieren. Von der Bescheidenheit, die er noch am Morgen bei seiner Amtsweihe zur Schau getragen hatte, war nichts mehr zu spüren. Im Blick seines Meisters sah Phreton Träume von Imperien und ewiger Herrschaft.

Ein paar Monate zuvor hätte ihn der Gedanke, für einen so ehrgeizigen Mentor zu arbeiten, noch begeistert. Inzwischen hätte er viel für ein ganz gewöhnliches Leben in einer friedlichen Stadt gegeben. Er hatte den Eindruck, zwischen die Zahnräder einer höllischen Maschinerie geraten zu sein, die ihn jeden Moment zermalmen konnte.

Seine Verwirrung hatte noch zugenommen, als er Arka im Patio in der Gewalt Alkanders entdeckt hatte. Seine ehemalige Mitelevin war von der Bildfläche verschwunden, nachdem man sie wegen des Mordes an seinem Vater zum Tode verurteilt hatte. Phreton begriff nicht, warum er ihr nun hier begegnete. Sie selbst wirkte erstaunt, ihn im Dienst der Themiskyrer anzutreffen.

Gleich nachdem er seine Vorladung überbracht hatte, hatte Phreton sich hinter den Bäumen versteckt, um zu sehen, was Alkander mit Arka machte. Der Magier hatte Arka mit dem Blitzspeer bewusstlos geschlagen, dann hatte seine merkwürdige Assistentin mit dem Metallhelm sie in einen an den Patio grenzenden Raum geschleift. Phreton musste sich zwingen, sich daran zu erinnern, dass Arka seinen Vater getötet hatte und daher seine Hilfe nicht verdiente. Er war gegangen und hatte seine ehemalige Mitelevin in den Fängen der behelmten Frau zurückgelassen.

Die Oligarchen kamen jetzt in den Saal. Phreton kauerte reglos hinter der Balustrade, während sie auf den Stühlen Platz nahmen, die im Halbkreis vor dem kaiserlichen Diwan aufgestellt worden waren. Niemand bemerkte ihn. Er war ziemlich gut darin, sich zu verstecken.

Philon betrat als Letzter den Basileiken-Saal. Er hatte die prunkvollen Gewänder abgelegt, die er während der Inthronisierung getragen hatte, und nur den Lapislazuli-Gürtel anbehalten. Er schritt durch den Kreis der Stühle und setzte sich neben Lykurg auf den königlichen Diwan – ein Zeichen, dass es für ihn nicht mehr infrage kam, sich wie ein gewöhnlicher Oligarch behandeln zu lassen. Der Titel des Basileus von Hyperborea verlieh ihm einen Rang, der dem des Polemarchen von Themiskyra ebenbürtig war.

Von der Höhe der Empore ließ Phretons Mentor den Blick über die kleine Versammlung schweifen, bis er bei Alkander hängenblieb. Sein Tick, sich die Hände zu reiben, war schlimmer geworden. Immer wieder berührte er seinen Gürtel, wie um sich zu vergewissern, dass er noch da war. Das königliche Attribut verbreitete um ihn herum einen unsichtbaren Schutzschild – eine Eigenschaft, die sich bei der Zeremonie als sehr nützlich erwiesen hatte, als die Aufwiegler angefangen hatten, Schneebälle und andere Geschosse nach ihm zu werfen. Kein aus der Ferne gegen ihn geführter Angriff konnte ihm etwas anhaben.

»Der Ernst der Lage, in der wir uns befinden, ist euch sicher bekannt«, begann er.

Seine Stimme hallte durch den großen, kalten Saal, vor dessen Ausgang ein Trupp Flug-Soldaten wartete.

»Heute Morgen während meiner Inthronisierung wurde das Blau-Erz, das sich im Extraktionssaal des Gefängnisses befand, gestohlen«, fuhr Philon fort. »Den Tätern – es handelt sich dabei um die einzigen beiden hyperboreischen Magier, die wir nicht einsperren konnten – ist es gelungen, zu fliehen. Unsere Soldaten suchen sie, doch für den Moment sind sie unauffindbar. Hinzu kommt noch, dass die übrigen Magier vom Verschwinden des Blau-Erzes erfahren haben. Ohne die Anima-Extraktionen, um sie ruhigzustellen, werden wir sie bald nicht mehr so leicht unter Kontrolle halten können.«

Er hörte auf, sich die Hände zu reiben, und legte sie vor seiner Brust aneinander.

»Es ist undenkbar, dass die beiden Hyperboreer allein in der Lage waren, den Sicherheitsapparat des Extraktors auszutricksen. Sie kannten die Aufteilung der Räume, die Zeiten, zu denen die Wachen ihre Kontrollgänge durchführen. Sie hatten zweifellos einen Informanten auf höchster Ebene. Jemanden, der ein Interesse daran hat, meine Macht zu unterminieren. Jemanden, der gerne dank seines Dieners Herr über Hyperborea bleiben und bald durch Erbfolge in Themiskyra die Macht übernehmen würde.«

Alle Blicke waren nun auf Alkander gerichtet. Philon hatte seinem Eleven gesagt, dass der Angeklagte sicher seine Unschuld beteuern würde, doch der blieb ungerührt.

»Unterschätze mich nicht«, warnte er den General nur. »Du bist mir nicht gewachsen, Philon.«

»Zu deinem Unglück habe ich erfahren, dass dein Diener heute zerstört wurde«, entgegnete der neue Basileus mit triumphierender Grimasse. »Und ich erinnere dich daran, dass dein Vater von einer möglichen Auflehnung deinerseits *sehr*, *sehr* betroffen wäre.«

Während er dies sagte, tätschelte er Lykurg, der neben ihm saß, freundlich die Schulter. Phreton sah den Alten lächeln. Er schien nicht zu begreifen, was geschah. Philon zeigte auf Alkander und sagte, an den Trupp Flug-Soldaten gewandt:

»Verhaftet ihn!«

Sofort stürmten die Themiskyrer in den Audienzsaal, mit vorgereckten Blitzspeeren und Manschetten. Alkander versuchte nicht, sich zu verteidigen. Sie ergriffen ihn und drückten ihn auf den Boden.

»Lasst meinen Sohn los!«

Phreton blickte verblüfft zum königlichen Diwan. Lykurg hatte sich erhoben, zitternd und mit meckernder Stimme. Er hielt Philon am Ärmel gepackt. Die versammelten Oligarchen zogen die Augenbrauen hoch. Seit mehreren Dekaden hatte ihn niemand mehr aufstehen sehen und schon gar nicht einen vollständigen Satz aussprechen hören. Philon schien der Überraschteste von allen. Noch überraschter war er, als Lykurg mit einer blitzschnellen Geste den Dolch packte, den er am Gürtel trug, und ihn ihm in die Brust rammte.

Phreton unterdrückte einen Aufschrei. Die Oligarchen erhoben sich ihrerseits unter entsetzten Ausrufen. Im nächsten

Moment verflüchtigte sich Lykurg in einem Staubwirbel und tauchte hinter ihnen wieder auf. Aus zwei aufgeschlitzten Kehlen spritzten Blutfontänen auf den Boden. Lykurg verschwand erneut, rematerialisierte sich ein paar Schritte weiter und setzte sein Massaker an der themiskyrischen Oligarchie fort. Alkander nutzte das Durcheinander, um sich aus dem Griff der Soldaten zu befreien. Er brach einem von ihnen das Genick, schnappte sich dessen Blitzspeer und verpasste drei anderen einen Stromstoß. Phreton beobachtete die Szene hinter der Balustrade versteckt, halbtot vor Angst, betend, dass weder der Magier noch das Monster auf die Idee kämen, den Blick zu heben. Während Lykurg die letzten im Basileiken-Saal anwesenden Männer niedermetzelte, näherte sich Alkander Philon, der auf den Stufen der Empore im Todeskampf zuckte.

»Du hast gewagt … Vater in Lemuren … verwandeln«, stammelte der neue Basileus, während ihm Blut aus den Lippen quoll.

»Ich habe dir gesagt, du sollst mich nicht unterschätzen.«

Mit einer Drehung seines Handgelenks versetzte Alkander ihm den Gnadenstoß.

Lastyanax

Die Stunden, die auf Kauls Absturz folgten, waren verworren. Lastyanax hörte gemurmelte Beileidsbekundungen und merkte, dass man ihn durch das Gewirr der Gassen Klein-Napocas führte. Er verstand nichts, sah nichts. In ihm war nur Leere. Jede Sekunde hämmerte ihm ein, dass er nie wieder mit seinem Vater sprechen würde.

Erst als der Abend sich über die Stadt senkte, begann er die Welt und die Menschen um sich herum wieder wahrzunehmen. Er hockte in Comozois Glashütte, in einem mit verstaubten alten Gerätschaften vollgestopften Raum, auf einem umgedrehten Eimer. Petroklos war bei ihm. Nervös spähte sein Freund durch das von Spinnweben verhangene Fenster. Der flüchtige Schatten der über der Stadt patrouillierenden Rokhs verdunkelte die Umgebung von Zeit zu Zeit.

»Sie wissen, dass wir in Klein-Napoca sind, wir können nicht mehr lange hierbleiben«, murmelte er.

»Wo ist Pyrrha?«, wollte Lastyanax wissen.

Petroklos drehte sich zu ihm um und schien erfreut, endlich eine Frage aus seinem Mund zu hören.

»Comozois Frau kümmert sich noch um ihr Bein. Sie müsste bald wieder bei uns sein.«

Wie zur Bestätigung seiner Worte wurde die Tür des Schuppens geöffnet, und die junge Magierin humpelte mit geschientem Bein auf einer Krücke herein. Ein Glasmacherlehrling folgte ihr, offensichtlich überglücklich, sich um eine Patientin wie Pyrrha kümmern zu müssen. Der Junge und Petroklos halfen ihr, auf dem einzigen halbwegs heilen Stuhl im Raum Platz zu nehmen und das Bein auf einem Eimer abzulegen. Als der Lehrling ihr eine dampfende Tasse reichte und sie fragte, ob sie noch irgendetwas brauche, nahm Petroklos ihn an den Schultern und schob ihn zum Ausgang.

»Ist schon gut, danke, du kannst jetzt gehen«, sagte er, indem er die Tür hinter ihm schloss.

Ein süßlicher Geruch stieg aus Pyrrhas Tasse auf. Petroklos zog die Nase kraus.

»Sag nicht, du trinkst da gerade …«

»Einen Sud auf der Basis von Blauem-Lotus-Saft, genau«, antwortete Pyrrha seufzend. »Um die Schmerzen zu lindern. Es wirkt ausgezeichnet. Comozois Frau hat mir versichert, dass die Dosis zu schwach ist, um eine Abhängigkeit zu erzeugen.«

»Ich hoffe, die Heilermagier wären derselben Ansicht«, kommentierte Petroklos schnaubend. »Ich kenne nichts Gefährlicheres als eine selbsternannte Quacksalberin der zweiten Ebene.«

»Immerhin hat die selbsternannte Quacksalberin mein Schienbein gerichtet«, bemerkte Pyrrha grimmig. »Wo ist Barkida?«

»Das letzte Mal, als ich mit ihr gesprochen habe, versuchte sie gerade, ihren Rokh zwischen zwei Transmutationsbottichen unterzubringen. Comozoi war nicht gerade begeistert.«

»Warum wohl?«, sagte Pyrrha. »Du spricht jetzt mit Barkida?«

Petroklos zuckte mit den Schultern.

»Ohne ihre Hilfe hätten wir das niemals alle lebend überstanden.«

»Nicht alle«, murmelte Lastyanax.

Petroklos und Pyrrha drehten sich traurig und voller Mitgefühl zu ihm um. Pyrrha nahm seine Hand und sah ihn aus ihren großen grünen Augen an. Er wusste, er hätte sie fragen müssen, wie sie sich fühlte, ob die Schmerzen erträglich waren, wie lange es dauern würde, bis ihr Bein geheilt wäre … Aber er konnte an nichts anderes als an seinen Vater denken.

»Es ist meine Schuld. Ich hätte niemals … Er …«

Lastyanax verstummte, unfähig, das, was er empfand, in Worte zu fassen.

»Es war seine Entscheidung«, sagte Pyrrha. »Er war glücklich, das für dich tun zu können.«

Lastyanax schüttelte den Kopf. Ihm war gerade bewusst geworden, dass er seiner Mutter die Nachricht von Kauls Tod würde überbringen müssen. Und wie sollte er seinen Leichnam bergen, jetzt, da er die Themiskyrer auf den Fersen hatte?

»Ich habe ihm nicht mal gesagt, dass ich ihm nicht mehr böse bin.«

»Ich bin sicher, das wusste er«, erwiderte Pyrrha. »Glaub mir, deine Gefühle sind nicht so schwer zu entschlüsseln, Last.«

Er lächelte durch seine Tränen. Sie beugte sich zu ihm und küsste ihn. Trotz der grenzenlosen Trauer, die ihn erfüllte, machte ihn diese Geste unendlich glücklich. Petroklos räusperte sich.

»He, ich bin auch noch da.«

Wieder ging die Tür auf, und Comozoi kam herein. Pyrrha und Lastyanax lösten sich voneinander. Der Glasmacher hielt eine große blaue, mit Oreichalkstreifen überzogene Klinge in den Händen.

»Ahh, es scheint dir ja schon wieder etwas besser zu gehen, *Noscut*«, begrüßte er Lastyanax. »Kurz bevor dein Vater uns gebeten hat, dir zu Hilfe zu kommen, hatte er mir gesagt, ich solle in dem Oreichalk-Quader nachsehen, den das Gefängnis heute früh geliefert hatte. Ich habe das hier gefunden. Ich weiß, es ist nicht der richtige Moment, dir Fragen zu stellen, aber … was mache ich damit?«

Lastyanax betrachtete das Blau-Erz. Er war plötzlich außerstande, irgendeine Entscheidung zu treffen. Er fühlte sich wie eine heruntergebrannte Kerze.

»Wir denken darüber nach«, antwortete Petroklos an seiner Stelle und nahm die Klinge. »Geben Sie uns ein wenig Zeit.«

Comozoi nickte, wirkte aber nicht erfreut.

»Gut, ähm, *Noscut* ... Das ist zwar gerade nicht so passend, nach dem, was mit deinem Alten passiert ist und so, aber du musst uns sagen, was ihr vorhabt. Verstehst du, jetzt, da wir euch geholfen haben, werden wir sämtliche Themiskyrer auf dem Hals haben, und zwar schneller, als ein Karwan-Baschi braucht, um dich über den Tisch zu ziehen. Ich gebe uns maximal zwei Tage, bis sie kommen und hier alles auf den Kopf stellen.«

»Wir denken darüber nach«, sagte Petroklos noch einmal. »Aber erst mal müssen wir schlafen. *Ich* muss vor allem schlafen. Sie haben nicht zufällig ein paar Betten in dem Kramladen hier?« Er musterte das Gerümpel um sich herum.

Widerwillig stöberte Comozoi irgendwo ein paar alte Matten voller Flöhe für sie auf. Petroklos und Lastyanax halfen Pyrrha, es sich auf einer davon gemütlich zu machen, und legten sich dann selbst hin. Ausgelaugt von der langen Haft, begann Petroklos sofort zu schnarchen, dass die Wände wackelten. Auch Pyrrha, die den Sud aus Blauem-Lotus-Saft getrunken hatte, schlief, Lastyanax' Hand haltend, rasch ein. Nur der blieb wach und spulte in Gedanken immer wieder sämtliche Erinnerungen an seinen Vater ab. Er wäre jetzt gern bei seiner Mutter gewesen. Fragte sie sich, warum ihr Mann nicht heimkam? Hatte man ihr Kauls Leichnam gebracht? Irgendwann nickte er doch ein, mit nassem Gesicht, unfähig, die Tränen zurückzuhalten, die immer weiter über seine Wangen liefen.

Am nächsten Morgen, als sie gerade aufgestanden waren, mit zerschlagenen Gliedern und schwerem Kopf, kam Comozoi wieder mit besorgter Miene herein.

»Da ist ein *Noscut*, der euch sehen möchte«, rief er noch von der Tür aus.

Pyrrha runzelte die Brauen.

»Was hat das zu bedeuten?«

Statt einer Antwort trat Comozoi beiseite, um einen Jungen in themiskyrischer Uniform vorbeizulassen. Lastyanax erschrak, als er Phreton erkannte. Pyrrha versuchte von ihrem Stuhl aufzustehen, doch das geschiente Bein hinderte sie daran. Sie stöhnte vor Schmerz und legte die Hände an ihr Knie, ehe sie Phreton anherrschte:

»Dreckiges kleines Miststück! Philons Eleve zu werden ... Du solltest dich schämen, zu den Themiskyrern übergelaufen zu sein, sie sind es, die deinen Vater auf dem Gewissen haben!«

Rote Flecken erschienen auf Phretons Wangen. Der Eleve sah mitgenommen aus, als hätte er die ganze Nacht nicht geschlafen. Lastyanax fiel wieder ein, dass die beiden fünf Jahre unter einem Dach verbracht hatten, Pyrrha als Mezentius' Elevin, Phreton als sein Sohn. Dieses lange Zusammenleben hatte Spuren hinterlassen.

»Das wusste ich nicht, okay?«, entgegnete Phreton. »Ich dachte wie alle anderen, Arka hätte ihn umgebracht. Jetzt beginne ich daran zu zweifeln.«

Lastyanax rieb seine roten Augen und richtete sich auf. Dank Arka hatten sein Vater und er sich wieder angenähert, dank ihr hatte er die siebte Ebene erreichen und seine Freunde retten können. Sein Vater hatte gesagt, er solle sie suchen gehen. Wo mochte sie sein?

»Warum bist du hergekommen? Woher wusstest du, dass wir hier sind?«, fragte Pyrrha in aggressivem Ton.

»Aspasia hat mir gesagt, dass ich euch vielleicht hier finden könnte«, erwiderte Phreton ungeduldig. »Hört zu, ich habe nicht viel Zeit. Lykurgs Sohn ... ein gewisser Alkander ... hat die gesamte themiskyrische Oligarchie ermordet, im Basileiken-Saal des Palastes. Sogar Philon, meinen Meister, den neuen Basileus. Ich war dort und hab alles gesehen.«

Seine Worte wurden mit Grabesstille aufgenommen.

»Die *gesamte* Oligarchie?«, wiederholte Pyrrha schließlich.

»Sogar Lykurg?«, fragte Comozoi hoffnungsvoll.

»Nein, ihn nicht«, erwiderte Phreton. »Ich weiß, es klingt verrückt, aber ... Lykurg ist zum Monster geworden. Ich weiß nicht, wie ich es sonst ausdrücken soll. Eine Stunde vorher war er noch ein Tattergreis, der sich nicht mehr bewegen und kaum noch sprechen konnte, und dann hat er sich plötzlich in Luft aufgelöst und ist überall wieder erschienen, um die Oligarchen niederzumetzeln. Sein Sohn hat ihm die Befehle gegeben. Ich schwör's euch, ich hab alles mit angesehen. Ich bin die ganze Nacht in meinem Versteck geblieben, aus Angst, sie könnten mich entdecken und auch noch umbringen. Sie haben die Leichen weggeschafft, und dann hat Lykurg die Offiziere einberufen und die Oligarchen und Philon eines versuchten Staatsstreichs bezichtigt. Er ist jetzt der wahre Herrscher Hyperboreas.«

Während er sprach, fingerte Phreton an seinen Pickeln herum. Sein Blick sprang hin und her, als verfolgten ihn noch immer die Bilder der abgeschlachteten Oligarchen. Pyrrha, Lastyanax und Petroklos sahen einander an. Lastyanax wusste, dass sie alle dasselbe dachten: ›Lemur.‹ Lykurgs Sohn war der Meister der Lemuren.

»Warum erzählst du uns das?«, fragte Comozoi.

Phreton warf dem Glasmacher einen nervösen Blick zu, ehe er sich an Lastyanax wandte: »Ich bin eben genau wegen Arka hier. Lykurgs Sohn, Alkander, hält sie im Palast des Basileus gefangen. Ich weiß nicht, was er mit ihr vorhat, aber ... sie braucht Ihre Hilfe.«

Wieder wurde es still. Nach einer Weile sagte Pyrrha in schneidendem Ton:

»Falls du es nicht bemerkt haben solltest, ich habe ein gebrochenes Bein, Lastyanax hat gerade seinen Vater verloren, und wir werden in ganz Hyperborea gesucht. Du dagegen hast Zugang zum Palast des Basileus. Also reiß dich zusammen und tu endlich mal etwas Mutiges.«

Phreton kratzte inzwischen wie besessen an seinen Pickeln. Er sah Lastyanax an, der bisher geschwiegen hatte.

»Sie ist Ihre Elevin. Ich kann unmöglich allein mit Alkander fertig werden. Er hat gerade sämtliche Oligarchen getötet. Sie müssen mir helfen.«

»In Ordnung.«

Es waren die ersten Worte, die Lastyanax seit Beginn der Unterhaltung sprach.

»Last, das ist Selbstmord«, protestierte Pyrrha. »Du kannst dein Leben nicht einfach so aufs Spiel setzen, nachdem dein Vater sich gerade für dich geopfert hat.«

Obwohl Lastyanax dieses Argument von ihr erwartet hatte, traf es ihn hart. Er suchte nach den richtigen Worten.

»Einer der letzten Sätze, die mein Vater zu mir gesagt hat, war, dass Arka seiner Meinung nach irgendetwas Gefährliches vorhabe und dass ich ihr helfen solle«, erklärte er. »Sicher hatte sie beschlossen, den Meister der Lemuren herauszufordern. Ich muss sie finden.«

Er fühlte sich zu nichts in der Lage, doch Arka retten, ja, das konnte er versuchen. Es war der letzte Wille seines Vaters gewesen. Selbst wenn dies bedeutete, dass er an einen der bestbewachten Orte Hyperboreas vordringen und es mit dem gefährlichsten Themiskyrer aufnehmen musste …

»Es könnte eine Falle sein«, beharrte Pyrrha, ohne ihn aus den Augen zu lassen.

»Wenn die Themiskyrer wüssten, dass ihr hier seid, dann bräuchten sie mich nicht, um euch herauszulocken«, meldete sich Phreton zu Wort.

»Wie willst du überhaupt zum Palast kommen, Last?«, fragte Petroklos. »Du wirst in der ganzen Stadt gesucht.«

Lastyanax stand auf und begann, hin und her zu laufen und sich den Nacken zu reiben, wie immer, wenn er nachdachte. Die anderen sahen ihm dabei zu, ohne ihn zu unterbrechen. Er war ihnen dankbar für ihr Schweigen. Nach einer Weile blieb er stehen und fragte Comozoi:

»Kann ich noch einmal auf Klein-Napoca zählen?«

»Nach dem Gefecht gestern stecken wir sowieso bis zum Hals mit drin in eurer Geschichte«, brummte der Glasmacher, ehe er mit einem Lächeln, das seinen Goldzahn entblößte, hinzufügte: »Außerdem träumen wir seit fünfzehn Jahren davon, es den Themiskyrern heimzuzahlen, die Gelegenheit werden wir uns bestimmt nicht durch die Lappen gehen lassen. Wie ist dein Plan, *Noscut*?«

»Petroklos hat recht, ich werde den Palast nicht erreichen können, wenn die ganze Stadt nach mir sucht«, antwortete Lastyanax. »Wir brauchen also eine Ablenkung. Eine wirkungsvolle Ablenkung. Eine Ablenkung, die nicht bloß eine Ablenkung ist.«

»Und zwar?«

Lastyanax holte tief Luft. Er würde überzeugend sein müssen.

»Diesmal werden wir die Magier wirklich aus dem Extraktor befreien«, sagte er. »Der Zeitpunkt ist ideal. Die Themiskyrer haben gerade eine neue Führung bekommen und müssen sich neu organisieren. Seit gestern gibt es kein Blau-Erz mehr im Gefängnis, was bedeutet, dass die Magier einen Tag lang nicht an die Extraktionsmaschine angeschlossen wurden und eher dazu in der Lage sind, Widerstand zu leisten. Und vor allem, wenn wir jetzt keinen Gegenangriff starten, dann werden die Themiskyrer uns vernichten.«

»Wie willst du das schaffen?«, fragte Petroklos.

»Meine Idee ist ganz einfach. Erster Schritt: Ein Kommando von Napocanern stürmt das Gefängnis über die zweite Ebene.«

»Der Eingang ist durch eine mechamagische Tür geschützt«, wandte Pyrrha ein. »Bis wir die überwunden haben, haben die Rokhs uns längst alle getötet.«

»Deswegen werden wir Rauchsphären benutzen, um Angriffe aus der Luft zu verhindern«, entgegnete Lastyanax.

Er sah die Magierin an.

»Glaubst du, du könntest aus dem massiven Oreichalk, das gestern vom Gefängnis geliefert wurde, ein paar Zerstörungssiegel anfertigen?«

Sie antwortete zögernd:

»Die werden nicht so stark sein wie das von Mezentius, aber ja, ich kann es tun.«

»Dann ist das Problem mit der Tür gelöst«, sagte Lastyanax. »Zweiter Schritt: Sobald die Napocaner im Gebäude sind, teilen sie sich in Gruppen auf und befreien die Magier mithilfe der Zerstörungssiegel rasch aus ihren Zellen.«

Lastyanax wandte sich an Petroklos. Er sah müde aus, aber entschlossen.

»Es tut mir leid, dich das zu fragen, aber …«

»Aber ich kenne das Gefängnis in- und auswendig und kann den Napocanern am besten dabei helfen, sich in dem höllischen Gebäude zurechtzufinden«, vollendete Petroklos den Satz. »Ist schon in Ordnung, Lasty, ich habe auch noch ein Hühnchen mit diesen themiskyrischen Rüpeln zu rupfen. Ich gehe mit ihnen.«

Lastyanax nickte.

»Dritter Schritt: Die Napocaner und die Magier, die deutlich in der Überzahl sein werden, verlassen das Gefängnis.«

Er räusperte sich in dem Bewusstsein, dass dieser Teil nicht ganz so überzeugend war wie der Rest, und schloss:

»Das wäre der grobe Plan.«

»Wie kannst du sicher sein, dass die Themiskyrer sie nicht daran hindern werden, das Gefängnis zu verlassen?«, fragte Pyrrha sofort.

»Weil ich mir ihren Befehlshaber vorknöpfen werde«, antwortete Lastyanax. »Ich werde den Meister der Lemuren töten. Lykurg wird mit ihm sterben.«

»Ich komme mit dir«, sagte eine Stimme

Lastyanax drehte sich um. Barkidas Silhouette zeichnete sich gegen den Türrahmen ab.

»Glaub mir, Magier, du wirst meine Hilfe brauchen, um Alkander zu besiegen.«

13

SCHARLACHBLAU

Arka

Als Arka wieder zu sich kam, war sie in dem Pavillon in der Mitte des Patios an den Boden gekettet. Wasser tropfte von einem Eiszapfen, der am Palmenkapitell einer Säule hing. Die Tropfen zerplatzten wie kleine kalte Geschosse auf ihrer Stirn.

Das Licht kam von der anderen Seite: Entsetzt stellte Arka fest, dass eine Nacht vergangen war, seit der Meister der Lemuren sie mit dem Blitzspeer überwältigt hatte. Ihre Glieder waren steif und schmerzten, und ihr Kopf fühlte sich an wie in einen Schraubstock gespannt. Arka blinzelte und versuchte sich aufzurichten, doch die Ketten, mit denen sie gefesselt war, erlaubten ihr nicht die kleinste Bewegung. Sie drehte den Kopf. Auf dem Boden hockend, malte Alkander mit Kreide ein Siegel um ihren Körper, während Penthesilea sie mit gezücktem Blitzspeer im Auge behielt.

»Sie ist aufgewacht«, verkündete sie mit ihrer dumpfen Stimme.

Der Meister der Lemuren sah von seiner Arbeit auf und begegnete Arkas Blick. Sein Gesicht war rotbraun gesprenkelt, und er schien die ganze Nacht nicht geschlafen zu haben.

»Dann können wir anfangen«, sagte er.

Arka spürte, wie Angst in ihr aufwallte.

»Was haben Sie mit mir vor?«

Alkander zeichnete den letzten Strich des Siegels und stand auf. Nachdem er sich die Kreide von den Fingern geklopft hatte, holte er einen Oreichalkbarren aus seiner Tasche.

»Du bekommst eine schöne Tätowierung aus massivem Oreichalk«, antwortete er. »Von nun an wird das Blau-Erz auch dir nichts mehr anhaben können.«

Mit vor Entsetzen geweiteten Augen betrachtete Arka den Barren.

»Sie wollen das in meine Haut schmelzen?«

»Ich behaupte nicht, es wäre eine angenehme Erfahrung. Doch ich mute dir nichts zu, was ich mir nicht auch selbst auferlegt habe.«

Zur Untermalung dieser Worte rollte er den Ärmel seiner themiskyrischen Uniform hoch. Über den entblößten Unterarm wanden sich merkwürdige rötliche Arabesken, vermischt mit Glyphen und Umschlingungen. Endlich verstand Arka, warum die Blauen Zonen seine Kräfte nicht beeinträchtigten: Durch diesen Eingriff in seinen eigenen Körper hatte er sie wirkungslos gemacht.

»Das war von Anfang an Ihr Ziel, oder?«, warf sie ihm wütend vor. »Das ganze Gequatsche, dass sie mit mir reden und mir Ihren Vater vorstellen wollten, war nur Ablenkung. Sie wollten mich bloß hierherlocken.«

Der Meister der Lemuren zog ein seltsames kleines Gerät mit einer langen Nadel aus seiner Tasche.

»Je mehr du dich wehrst, desto schmerzhafter wird es«, war seine einzige Antwort. »Penthesilea, zieh sie aus.«

Arka sah, wie ihre frühere Gefährtin sich näherte. Ihre Angst verwandelte sich in Verzweiflung. Die Vorstellung, dass man ihr das Oreichalk unter die Haut spritzen würde, erfüllte sie mit Grauen, und so mit ausgebreiteten Armen und Beinen an den Boden gefesselt, fühlte sie sich vollkommen ausgeliefert. Ihre Kleider waren die letzte Bastion. Penthesilea kniete sich neben sie mit einem Dolch in der Hand und begann, ihren Mantel aufzuschneiden.

»Wem helfen Sie, indem Sie das tun?«, versuchte Arka Alkander zu provozieren. »Wem nützt Ihre Unsterblichkeit? Der Mehrheit oder nur Ihnen ganz allein?«

Da der Meister der Lemuren sie ignorierte, wählte Arka einen neuen Angriffswinkel.

»Reicht es Ihnen nicht, Ihre eigene Mutter umgebracht zu haben? Müssen Sie jetzt auch noch deren Mündel quälen?«

Alkander schien die mit seinem Muttermord verknüpften Schuldgefühle hinter sich gelassen zu haben, oder er gab sich alle Mühe, wegzuhören. Jedenfalls reagierte er nicht. Verzweifelt suchte Arka ein anderes Argument zu ihrer Verteidigung, als sich plötzlich Schritte näherten.

»General Alkander.«

Überrascht verrenkte sich Arka den Hals. Ein themiskyrischer Offizier hatte den Pavillon betreten; nach seinem Gesichtsausdruck zu schließen, brachte er schlechte Nachrichten. Arka fragte sich, warum der Meister der Lemuren nun den Titel »General« trug. Da wurde ihr bewusst, dass die rotbraunen Sprenkel auf seinem Gesicht Blut waren. Was hatte er mit den Oligarchen gemacht?

»Was gibt es, Soldat?«, fragte er den Themiskyrer.

»Der Extraktor wurde erneut angegriffen, Herr General.«

»Von wem?«

»Den Napocanern, Herr General. Sie sind aus Klein-Napoca gekommen und haben die Tore in der zweiten Ebene gesprengt. Sie sind dabei, das Gefängnis unter ihre Kontrolle zu bringen. Wir glauben, dass bereits um die hundert Magier befreit wurden.«

»Wie konnten sie so leicht hineinkommen?«

»Ein Viertel unserer Truppen war in der ganzen Stadt unterwegs, um das Blau-Erz zu suchen, Herr General. Zahlreiche der im Gefängnis diensthabenden Soldaten hatten obendrein Magenprobleme, die Suppe war wohl schlecht, Herr General. Und die ganze Befehlskette ist durcheinander, seit … nun, seit der Polemarch und Sie die Führung der Truppen wieder übernommen haben.«

Alkander nahm einen tiefen Atemzug. Sein Blick wanderte von Arka zu Penthesilea. Er legte den Barren und das kleine Gerät auf den Sockel der Palmensäule.

»Behalte sie im Auge, ich komme wieder.«

Arka sah ihm hinterher, während er sich entfernte. Sie fragte sich, ob Lastyanax etwas mit dieser neuen Entwicklung zu tun hatte. Jedenfalls verschaffte sie ihr einen Aufschub, um nach einer Fluchtmöglichkeit zu suchen. Sie zog an ihren Ketten, doch die waren zu fest im Boden verankert, als dass sie sie mit ihrer Magie hätte ausreißen können. Sie ließ den Kopf zurücksinken und betrachtete den gewaltigen Eiszapfen, der genau über ihr von der Decke hing.

»Wie hast du es geschafft, aus der Lawine herauszukommen?«

An die Säule gelehnt, den Blitzspeer in der Hand, betrachtete Penthesilea sie. Zumindest vermutete Arka es, denn der Helm verdeckte ihr Gesicht. Ihre Augen blieben im Dunkel der in das Metallgesicht geschnittenen Sehschlitze verborgen.

»Wie hast du es gemacht?«, fragte Penthesilea noch einmal. »Ich habe zwei Tage lang im Schnee gesucht, ohne eine Spur von dir zu finden.«

Arka kniff die Augen zusammen und fixierte wieder den Eiszapfen. Sie hatte sich mit der Tatsache abgefunden, dass die Person, die sie bewachte, ihr zumindest zum Teil fremd war. Sie war vielleicht keine Lemurin, doch sie war auch nicht mehr ganz die Prinzessin. Die Ereignisse hatten sie verändert, und zwar nicht nur körperlich.

»Ich erzähle dir, wie ich das mit der Lawine gemacht habe, wenn du mir erklärst, wie du Napoca überlebt hast und warum du jetzt *ihm* dienst«, knurrte sie. »Er ist es, der den Wald angezündet hat. Er ist der Feind der Amazonen.«

»Das Schicksal der Amazonen interessiert mich nicht mehr«, antwortete Penthesilea vollkommen ungerührt.

»Warum?«, fragte Arka, gereizt und ungläubig. »Was ist passiert? Und könntest du vielleicht mal diesen Helm abnehmen? Ich habe das Gefühl, mit einer Rüstung zu reden.«

Sie hatte das so gefragt, wie sie Sterix gefragt hätte, warum er immer eine Mütze trug – eine Marotte, deren Ursprung sie nun, da er tot war, niemals erfahren würde. Das lange Schweigen, das folgte, machte ihr klar, dass Penthesileas Helm nicht einfach nur ein Teil ihrer militärischen Ausrüstung war. Er verbarg etwas.

»Passiert ist, dass du mich in Napoca im Stich gelassen hast«, antwortete Penthesilea schließlich mit ausdrucksloser Stimme. »Was meinen Helm angeht ... Willst du dir wirklich anschauen, was von meinem Gesicht übrig ist?«

Arka sah sich selbst wieder, wie sie floh, während die Wölfe des Woiwod ihre Zähne in Penthesileas Gesicht schlugen und es in eine Masse rohen, blutenden Fleisches verwandelten ... Niemals hätte sie gedacht, dass ihre Gefährtin diese Verletzungen überleben könnte, doch die Prinzessin oder das, was von ihr übrig war, hatte überlebt. Arka schluckte und nickte.

Sie vermutete, dass Penthesilea nicht mit dieser Antwort gerechnet hatte.

»Also dann.«

Die Prinzessin legte ihre Hände an den Helm und zog ihn langsam aus. Arka erinnerte sich an ihr Gesicht: haselnussbraune Augen, eine Flut dunkler Locken, runde, weiche Wangen, die mit ihrem sehr entschiedenen Charakter kontrastierten.

Die Haare, die Wangen und ein Auge waren verschwunden.

Die untere Hälfte ihres Gesichtes war durch einen Abguss aus Oreichalk ersetzt worden, in dem eine halbmondförmige Öffnung als Mund diente. Wulstige Haut umgab diese Prothese. Zwei Löcher ersetzten die Nase. Das linke Jochbein war eingesunken und hatte den Augenbrauenbogen mitgerissen. Ein Lid war über die leere Augenhöhle gezogen worden. Wie um noch das letzte Detail auszulöschen, das die Bisse verschont hatten, hatte sie ihre Haare abrasiert, was die seltsame, zerbrechliche Rundung ihres Schädels entblößte.

Es war nichts geblieben von Penthesilea außer einem Auge, das Arka anstarrte.

»Da siehst du, was du zurückgelassen hast.«

Ihre Stimme kam aus dem Loch der Prothese und klang wie wenn jemand ins Horn eines Moschusochsen blies. Sie schien die Luft aus ihren Lungen dank eines verborgenen Mechanismus modulieren und dadurch Worte bilden zu können. Arka schwieg lange, unfähig, einen Ton hervorzubringen.

»Ich dachte nicht, dass du überleben würdest«, flüsterte sie schließlich.

»Ich hätte nicht überleben dürfen, doch du kennst inzwischen den Fluch«, erwiderte Penthesilea.

Sie legte ihren Helm auf den Sockel der Säule.

»Nach dem Angriff der Wölfe habe ich unvorstellbare Qualen gelitten«, fuhr sie fort. »Ich konnte nicht sterben, ich konnte nicht leben, ich war ein Fetzen Fleisch, der an nichts anderes als Schmerz denken konnte. Ich würde noch immer leiden, wenn Alkander nicht gewesen wäre. Er war es, der mich aufgenommen und mich in Themiskyra monatelang gepflegt hat; er hat mir ermöglicht, wieder so etwas Ähnliches wie ein Leben zu führen, dank dieser Prothese.«

Sie deutete auf den Abguss aus Oreichalk.

»Ohne sie kann ich weder essen noch sprechen und nicht einmal richtig atmen. Ich bin abhängig von ihr.«

Arka holte tief Luft, bemüht, ihre Stimme zu beherrschen.

»In Ordnung, ich verstehe, warum du dich ihm gegenüber zu Dank verpflichtet fühlst. Aber das erklärt nicht, warum du ihm *hilfst* ...«

»Du bist nicht die Einzige, die mich fallengelassen hat«, antwortete Penthesilea.

Ihr einziges Auge schimmerte so düster, dass Arka plötzlich ahnte, was für eine Art Erinnerung die Schlange in ihr geweckt hatte.

»Anfangs ertrug ich den Gedanken nicht, einem Themiskyrer etwas zu schulden«, fuhr die Prinzessin mit dieser mechanischen Stimme fort, die Arka das Gefühl gab, mit einem Lemuren zu sprechen. »Ich dachte, er würde mich gegen meinen Willen in Themiskyra festhalten. Und dann, eines Tages, hat er mir gesagt, es stehe mir frei, zu den Amazonen zurückzukehren, wenn ich wolle.«

»Das hat er nur gesagt, um dich für sich einzunehmen«, sagte Arka. »Er manipu...«

»Nur dass er mir alles gegeben hat, was ich für die Reise brauchte«, unterbrach Penthesilea sie. »Ein Pferd, Verpflegung, Passierscheine, alles. Also bin ich nach Arkadien zurückgekehrt. Unterwegs behielt ich meinen Helm auf, um die Menschen nicht zu erschrecken. Ich konnte es nicht erwarten, wieder in den Wald zu kommen. Ich sagte mir, dass man mich dort so akzeptieren würde, wie ich bin – es gibt schließlich so viele vom Krieg entstellte Amazonen. Dass meine Mutter glücklich wäre, mich lebend wiederzusehen. Doch ich täuschte mich.«

Penthesilea schloss ihr Auge, als wäre es plötzlich zu schmerzhaft, diese Erinnerungen wachzurufen.

»Am Rand des Waldes weigerten sich die Wachen, mich durchzulassen. Sie erkannten mich natürlich nicht. Sie wussten nicht mal, wie alt sie mich schätzen sollten. Schließlich konnte ich sie davon überzeugen, meine Mutter zu holen.«

Penthesilea nahm ihren Helm wieder auf und drehte ihn zwischen den behandschuhten Händen. Man hörte ein leises Klicken. Arka begriff, dass Penthesilea nicht nur ihr Gesicht verloren hatte, auch ihre Finger waren durch mechamagische Prothesen ersetzt worden.

»Mir wäre lieber gewesen, meine Mutter hätte mich nicht erkannt«, fuhr sie fort. »Das wäre weniger schwer zu ertragen gewesen als ihre Zurückweisung. Doch als sie begriff, dass meine Prothese aus Oreichalk ist und dass ich nicht ohne sie leben kann, hat sie den Wachen befohlen, mir den Zutritt zum Wald zu verwehren. Sie hat nicht einmal versucht, mit mir zu reden. Es war, als wäre ich in ihren Augen wirklich gestorben. Sie hat mich lieber verleugnet, als mich in den Wald zu lassen.«

Arka dachte an das Gespräch, das sie vor ihrer Verbannung mit Antiope geführt hatte. Die Königin hatte gesagt, der Meister der Lemuren hätte ihr die Tochter weggenommen;

sie hatte nicht erwähnt, dass er ihr eine Chance gegeben hatte, sie wiederzusehen ... Eine Chance oder eher einen Test. Der Meister der Lemuren wollte sehen, ob sie ihre Prinzipien verleugnen würde, um ihre Tochter zurückzubekommen. Antiope hatte sich für ihre Prinzipien entschieden. Arka hätte gern etwas gesagt, doch dazu gab es nichts zu sagen.

»Danach wollte ich mich umbringen, aber ich hatte keine Möglichkeit, es zu tun. Ich kann dem Fluch nicht entrinnen, meine Prothesen aus Oreichalk verhindern es. Also bin ich nach Themiskyra zurückgekehrt. Mein Meister erwartete mich. Er hat mich gefragt, ob ich ihm helfen wolle, Hyperborea und Arkadien zu erobern. Ich habe ja gesagt.«

Sie fuhr mit dem Finger über die Sehschlitze ihres Helms.

»Weißt du, was das Komischste an der Geschichte ist? Anfangs hat er sich um mich gekümmert, weil er dachte, ich wäre du.«

Mit diesen Worten setzte sie den Helm wieder auf, und Arka begriff, dass sie ihn nicht mehr absetzen würde.

»Jetzt antworte mir: Wie hast du die Lawine überlebt?«, fragte die Prinzessin.

Arka wandte sich ab und sah wieder zu dem Eiszapfen, der über ihr von der Säule hing. Was Penthesilea nicht wusste, war, dass sie seit dem Beginn des Gesprächs versuchte, mit ihrer so weit wie möglich ausgedehnten Anima das Stück Eis dort oben zu lösen. Vor ihren Teleportationen wäre ihr dies in einer Sekunde gelungen.

»Ich werde es dir zeigen«, sagte Arka.

Der Eiszapfen löste sich von dem Kapitell und fiel senkrecht herunter. Arka sah seine Spitze auf ihre Brust zu rasen und betete, dass ihre Lemurenkräfte sie nicht im Stich lassen würden. Sie schloss die Augen.

Nichts geschah.

Verblüfft öffnete sie sie wieder.

Der Eiszapfen war einen Fingerbreit vor ihrem Brustbein in der Luft stehen geblieben.

Arka hob den Kopf und stellte verzweifelt fest, dass der Meister der Lemuren zurückgekommen war. Mit vorgereckter Hand stieß er den Eiszapfen weg, der neben ihr zerbrach. Er wirkte fassungslos über das, was sie getan hatte.

»So weit würdest du gehen, um mich zu schwächen?«

In einer Hinsicht zumindest beruhigte Arka seine Reaktion: Er wusste offenbar nichts von ihrer Teleportationsfähigkeit. Ansonsten gab es keinen Grund zur Erleichterung. Sie hatte ihre einzige Fluchtmöglichkeit verspielt.

In dem Moment wirbelte ein Windstoß den Schnee von den Bäumen des Patios auf. Ein Rokh war soeben gelandet. Und mit ihm …

Lastyanax. Ihr Mentor saß rittlings hinter einer rot gekleideten Frau, die ihr irgendwie bekannt vorkam. Er hatte ein Schwert aus Oreichalk gezückt.

»Lassen Sie meine Elevin frei!«, rief er, während er aus dem Sattel sprang.

Arka war zugleich begeistert und entsetzt von diesem Auftritt mit Pauken und Trompeten. Das hätte selbst sie beim besten Willen nicht weniger diskret hinbekommen. Die Reiterin des Vogels entsicherte ihre Manschette und nahm Alkander damit ins Visier. Jetzt erkannte Arka sie: Es war die Anführerin der falschen Amazonen, die die Magier gefangen genommen hatten. Was tat sie an Lastyanax' Seite?

»Weg von der Kleinen, Alkander«, sagte die Frau in Rot.

Arka hätte gerne angemerkt, dass sie keine Kleine mehr war, doch dafür war jetzt nicht der richtige Moment. Der

Meister der Lemuren sah seine Gegnerin an, als hätte er am liebsten Lastyanax das Schwert entrissen und es ihr mitten ins Herz gebohrt.

»Du hättest diese Stadt besser verlassen sollen, statt hierher zurückzukommen, um mich zu verraten, Barkida«, knurrte er.

»Vertausche nicht die Rollen, du bist es, der mich verraten hat, indem du meine Kriegerinnen getötet und mir nahegelegt hast, den Inhalt dieses Fläschchens zu trinken«, entgegnete Barkida kalt. »Weg von der Kleinen, ich sage es nicht noch einmal.«

»Sonst was?«, fragte Alkander höhnisch. »Du kannst nicht ...«

Barkida ließ ihn den Satz nicht beenden und schoss. Im selben Moment nahm ein Staubwirbel direkt vor ihm Gestalt an. Lykurg erschien, und der Pfeil bohrte sich mit einem dumpfen Geräusch in dessen Brust. Fassungslos sah Arka, wie der Polemarch den Pfeil aus seinem Körper zog wie einen Splitter, während er auf Barkida zuging. Alkander hatte einen neuen Lemuren erschaffen, aus seinem eigenen Vater.

Barkida feuerte eine Pfeilsalve ab, die Lykurg nicht aufhielt. Er riss sie alle aus seinem Fleisch und bewaffnete sich selbst damit, um mit der Faust voll blutender Spitzen zuzuschlagen. Sie wehrte den Hieb mit ihrer Manschette ab. Unterdessen hatte Lastyanax sich auf Alkander gestürzt. Der Meister der Lemuren sprang zur Seite und Lastyanax krachte, von seinem eigenen Schwung mitgerissen, gegen einen Baum. Er schien sein Schwert kaum halten zu können. Entsetzt sah Arka zu, wie er einen neuen, unkoordinierten Angriff startete, dem Alkander lächelnd auswich. Der wirkte wie eine Katze, die mit einer wütenden Maus spielt.

Da hörte sie neben sich ein leises Knistern. Arka wandte den Kopf und sah, dass Penthesilea hinter einem Lichtschleier erstarrt war, der von einer sich drehenden Scheibe über ihrem Kopf herabfiel. Der Animafänger. Im nächsten Augenblick trat Phreton in ihr Blickfeld. Arka riss die Augen auf, während er sich einen Finger auf die Lippen legte.

»Kein Wort, Nummer 43!«, flüsterte er.

Er hob die Kreide vom Boden auf, hockte sich neben ihre rechte Hand und begann ein Siegel auf die Kette zu zeichnen. Mit klopfendem Herzen drehte Arka sich wieder zu Lastyanax um. Ihr Meister schien den Plan, Alkander mit seinem Schwert zu treffen, aufgegeben zu haben, und lieferte sich mit ihm nun ein lautes und spektakuläres magisches Duell. Der Schnee verwandelte sich in Eisklingen, die Bäume in Brandfackeln und die Steinfliesen in Wurfgeschosse. Der Meister der Lemuren wehrte mühelos sämtliche Attacken ab, ohne zu merken, dass sie ihn nur ablenken sollten. Ein paar Schritte von ihnen entfernt, hatte Barkida Lastyanax' Schwert an sich genommen und kämpfte gegen den Lemuren, der sich unablässig um sie herum teleportierte. Jeder ihrer Hiebe zerteilte nur die Luft.

Es machte leise »Kling«. Arka blickte wieder zu Phreton, der es geschafft hatte, die Kette an ihrer linken Hand zu öffnen. Darauf brach er die Kreide entzwei und reichte Arka eine Hälfte, ehe er sich an ihren Fußfesseln zu schaffen machte. Mit der freien Hand zeichnete Arka ein Zerstörungssiegel auf die Kette an ihrem linken Handgelenk.

Ein paar Sekunden später sprang sie auf die Füße. Mitten im Patio kämpften Barkida und Lastyanax inzwischen Rücken an Rücken, sie mit dem Schwert gegen Lykurg, er mit seinen magischen Kräften gegen Alkander. Der Animafänger drehte sich immer langsamer über Penthesilea.

»Da lang«, flüsterte Phreton in drängendem Ton und deutete auf die Vegetation um den Pavillon.

Arka folgte ihm ins eisstarre Dickicht. Als sie gerade hinter den verschneiten Blättern verschwanden, hörten sie den Animafänger zu Boden fallen. Sofort schrie Penthesilea:

»Sie flieht!«

Arka warf einen Blick zurück. Zwischen den weiß bereiften Palmen hindurch sah sie, wie Alkander und sein Lemur sich zu Penthesilea umwandten. Dieser Moment der Ablenkung kam sie teuer zu stehen: Barkida schnellte vor und durchbohrte Lykurg mit dem Schwert. Der Lemur senkte den Blick auf die Klinge. Staub begann aus der Wunde zu rieseln.

»Nein!«, schrie Alkander.

Rund um das Schwert entstand ein Krater in Lykurgs Brust. Er wurde größer, fraß sich ins Fleisch des Lemuren. Sein Oberkörper zerbröselte, die Beine gaben nach, der Kopf fiel in den Schnee, und bald waren da nur noch seine Stirn und die Augen, die Alkander anstarrten. Auch sie lösten sich schließlich auf und hinterließen nichts als ein Häufchen Staub auf dem Boden.

Der Eroberer Napocas war dahingegangen.

Fassungslos drehte Arka sich zu Phreton um, der mit kugelrunden Augen auf den Staub glotzte.

»Das Schwert ... Es ist aus Blau-Erz unter dem Oreichalk, oder?«

Alkander, in der Mitte des Patios, wirkte abgrundtief verzweifelt. Arka fragte sich, ob er seinen Vater nicht in einen Lemuren verwandelt hatte, um ihn noch etwas länger bei sich zu haben.

Barkida nutzte die Situation, um das Schwert wieder zu packen und sich auf den Meister der Lemuren zu stürzen.

Doch Penthesilea ging dazwischen. Sie wehrte den Schlag mit ihrem Blitzspeer ab, wirbelte den Arm durch die Luft und landete noch einen Treffer.

Barkida brach, von Zuckungen geschüttelt, zusammen. Lichtblitze züngelten über ihren Körper. Alkander, der aus seiner Benommenheit erwacht war, ließ das Schwert zu sich levitieren und hielt es auf Lastyanax gerichtet. Seine Haltung war nicht mehr lässig. Arka begriff, dass er aufgehört hatte zu spielen und dass er ihren Mentor jetzt erledigen würde.

Lastyanax hüllte sich in Nebel, um sich in einen leeren Käfig der Menagerie zu flüchten. Doch Penthesilea trat ans Gitter und hielt, ohne zu zögern, den Blitzspeer daran. Lichtbögen begannen über die Stäbe zu zucken. Lastyanax saß in der Falle.

Arka wollte zu ihm stürzen, doch Phreton hielt sie am Ärmel fest.

»Er interessiert sie nicht, sie haben es auf dich abgesehen!«, flüsterte er. »Lastyanax will nur, dass wir Zeit gewinnen, damit wir verschwinden können. Wir müssen hier weg!«

»Nein!«, erwiderte Arka. »Wenn wir den Meister der Lemuren jetzt nicht aufhalten, dann wird es uns nie mehr gelingen. Ich brauche Blau-Erz.«

»Wir haben keins mehr. Alles Blau-Erz aus dem Extraktor wurde eingeschmolzen, um das Schwert zu schmieden«, gab Phreton gereizt zurück. »Ich warne dich, wenn du jetzt nicht mitkommst, dann gehe ich ohne dich, ich hab heut schon genug risk…«

Arka hörte ihn nicht mehr. Sie betrachtete Lastyanax in seinem Käfig, Barkida auf dem Boden, den Vogel Rokh, der ungerührt den Kampf verfolgte, und das Dach des Palastes.

Als sie Chirones Klümpchen auf Alkander geschleudert hatte, war es dorthin abgelenkt worden.

»Es gibt noch Blau-Erz, ich muss es nur holen«, murmelte sie.

Ohne eine weitere Erklärung tauchte sie ins Gestrüpp ein.

»Arka!«, japste Phreton leise.

Sie ignorierte ihn und schlängelte sich durch den gefrorenen Wald, dessen Deckung sie nutzte, um sich näher an den Rokh heranzuschleichen. Durch die Blätter sah sie, wie Alkander, das Schwert in der Hand, zu erkennen versuchte, wo sie sich befand. Hinter ihm bewachte Penthesilea Lastyanax in seinem Käfig.

»Komm da heraus, Arka, oder du kannst deinem Mentor Lebewohl sagen!«, donnerte der Meister der Lemuren.

Arka wählte diesen Moment, um aus dem Unterholz hervorzubrechen und sich auf den Vogel Rokh zu stürzen. In vollem Lauf packte sie den Steigbügel, um sich damit in den Sattel zu schwingen. Sie ergriff die Zügel und pfiff den Befehl zum Abheben, den sie unzählige Male in Themiskyra gehört hatte. Mit rauschenden Flügeln entwand sich der Raubvogel der Schwerkraft.

Lastyanax

Durch die Stäbe, über die bläuliche Blitze zuckten, sah Lastyanax seine Elevin mit dem Rokh davonfliegen. Ein bitterer Geschmack stieg ihm in die Kehle. Auch wenn er gekommen war, um sie zu befreien, so hatte sie ihn doch ein weiteres Mal enttäuscht. Sie war gegangen, ohne auch nur zu versuchen, sich von ihm zu verabschieden. Phreton und er waren fallengelassen worden wie zwei alte Sock...

Er unterbrach sein stillschweigendes Lamento. Arka war gerade mitten im Flug aus dem Sattel gesprungen und mit einem Purzelbaum auf dem Dach des Palastes gelandet. Seine Freude darüber, dass sie ihn nicht hängenließ, wich umgehend Missbilligung. Er war gekommen, um sie zu retten, und jetzt ruinierte sie alles. Warum floh sie nicht, die dumme Gans?

Arka war hinter dem Rand des Dachs verschwunden. Ein paar Augenblicke später erschien sie wieder auf einem marmornen Greif, der über die Außenmauer des Palastes ragte. Gut sichtbar in ihrer Hand hielt sie ein Klümpchen Blau-Erz. Lastyanax ahnte, dass sie etwas vorhatte, was ihm nicht gefallen würde.

»Hinter mir geht es sieben Ebenen in die Tiefe. Wenn Sie Lastyanax nicht freilassen, dann springe ich!«, rief sie dem Meister der Lemuren herausfordernd zu.

Lastyanax hatte das Gefühl, seine Eingeweide würden sich in Stein verwandeln. Auch der Meister der Lemuren schien die Drohung ernst zu nehmen. Er machte ein paar fahrige Schritte, sah zu Lastyanax, dann zu Arka und antwortete schließlich im selben Ton:

»Das wagst du n...«

»Denken Sie an den Eiszapfen«, schrie Arka.

Auf dem Kopf der Statue hockend, erinnerte sie an einen prahlerischen Spatz. Lastyanax begriff, dass sie, sobald Alkander ihn freigelassen hätte, dem Fluch ein Ende setzen wollte, indem sie sich in einer Blauen Zone das Leben nahm.

»Tu das nicht, Arka!«, brüllte er.

Sie beachtete ihn nicht, vollkommen konzentriert auf ihr Willensduell mit dem Meister der Lemuren.

»Lass ihn frei«, sagte der zu seiner behelmten Kampfgefährtin.

Die entfernte den Blitzspeer von den Stäben und öffnete die Tür.

»Komm raus.«

Lastyanax gehorchte. Als er am Meister der Lemuren vorüberging, überlegte er kurz, ob er versuchen sollte, ihn zu entwaffnen, um das Schwert wieder an sich zu bringen. Doch der schloss die Faust fester um den Griff, als hätte er seine Gedanken gelesen.

»Legt eure Waffen hin und lasst ihn gehen«, verlangte Arka.

Lastyanax spürte einen leichten Druck in seinem Rücken.

»Verschwinde!«, befahl Alkander.

Lastyanax bewegte sich so langsam wie möglich Richtung Ausgang des Patios und suchte dabei fieberhaft nach einer Möglichkeit, die Situation zu retten. Er sah Barkida, die noch immer bewusstlos am Boden lag. Er wusste, dass Phreton dort irgendwo im Gebüsch versteckt war, doch von dieser Seite war nicht viel Hilfe zu erhoffen.

Ein metallisches Scheppern war zu hören. Lastyanax blickte zurück. Alkander hatte das Schwert fallen lassen, und seine Kumpanin hatte ihren Blitzspeer eingefahren.

»So, jetzt ist er frei, und wir haben die Waffen weggelegt«, rief er Arka zu. »Er kann ohne Furcht den Palast verlassen, sofern du sofort da runterkletterst und zu mir kommst.«

Arka schien plötzlich zu zögern. Auf dem Kopf des Greifs kauernd, wiegte sie sich einen Moment vor und zurück, als wolle sie ausprobieren, bis wohin ihr Körper der Schwerkraft standhalten konnte. Ihr Blick blieb an Lastyanax' hängen.

»Leben Sie wohl, Meister«, sagte sie mit etwas zittriger Stimme.

Dann, als hüpfte sie in eine Pfütze, sprang sie in den Abgrund.

»Nein!«

Lastyanax und der Meister der Lemuren hatten gleichzeitig geschrien. Sie machten eine Bewegung, als müssten sie nur den Arm ausstrecken, um Arka zu retten. Doch diese entfernte sich immer schneller durch die Ebenen bis zum finalen Aufprall …

Lastyanax sank im Schnee auf die Knie. Er hatte auf ganzer Linie versagt. Es war ihm nicht gelungen, den letzten Willen seines Vaters zu erfüllen. Arka war tot, und der Meister der Lemuren lebte immer noch.

Ein Windstoß blies ihm ins Gesicht.

Lastyanax hob den Kopf.

Vor Alkander war soeben ein Staubwirbel erschienen. Die Partikel verdichteten sich zur Gestalt eines dreizehnjährigen Mädchens mit ungekämmten Haaren. Ehe Lastyanax begreifen konnte, was geschah, hatte Arka das Schwert aufgehoben und es mit aller Kraft in Alkanders Bauch gerammt.

Arka

Die Zeit schien stillzustehen. Über die Klinge gekrümmt, sah Alkander Arka aus weit aufgerissenen Augen an. Chirones Augen. Arka hatte das Schwert bis zum Schaft versenkt. Sie spürte den Körper ihres Gegners an ihrer Hand und das Blut, das bereits aus der Wunde zu rinnen begann. Ihre Kräfte waren von der Teleportation aufgezehrt worden. Sie musste sich am Schwert festhalten, um nicht zusammenzubrechen.

Im nächsten Moment wurde sie zur Seite katapultiert. Mit einem verzweifelten Schrei hatte sich Penthesilea zwischen Alkander und sie geworfen. Das Blut rann jetzt in Strömen durch seine Finger.

»Zieh es raus«, presste er aschfahl hervor.

Penthesilea packte den Griff und zog an der Waffe, die scharlachrot wieder auftauchte. Alkander schwankte, über seine Wunde gekrümmt. Dicke Blutstropfen zerplatzten im Schnee. Dennoch schien das Entfernen der Waffe die Blutung nicht verstärkt zu haben.

Da fielen Arka Penthesileas Worte wieder ein: ›Ich konnte nicht sterben, ich konnte nicht leben, ich war ein Fetzen Fleisch, der an nichts anderes als Schmerz denken konnte.‹ Jetzt, da das Blau-Erz seinen Körper wieder verlassen hatte, wurde Alkander erneut durch den Fluch geschützt. Nichts konnte ihn töten. Im Übrigen hatte er schon begonnen, sich zu behandeln. Der Geruch von versengtem Fleisch hing in der Luft. Um seine Finger herum verschmorten die blutverschmierten Kleider. Er war dabei, seine eigene Verletzung auszubrennen.

Arka wusste, was sie tun musste: den Fluch außer Kraft setzen. Gegen ein unkontrollierbares Zittern ankämpfend, ergriff sie den Anhänger, den Alkander ihr unklugerweise gelassen hatte, und bog das Oreichalkplättchen auf. Das Blau-Erz-Stück, das sie während ihres Sturzes wieder darin eingeschlossen hatte, kam zum Vorschein. Strahlend und blau, wie die Augen der Amazone, die es jahrzehntelang getragen hatte, wie die Augen ihres Sohnes, der nicht sterben wollte.

Alkander stürzte vor, um es ihr zu entreißen.

Da bohrten sich drei Pfeile in seinen Brustkorb. Halb aufgerichtet, den Arm vorgestreckt, war Barkida wieder zu sich gekommen. Der Meister der Lemuren hickste und taumelte einen Schritt zurück.

Endlich begann sein Körper aufzugeben. Rosa Spucke erschien auf seinen Lippen. Blut strömte wieder aus seiner Wunde. Der Schnee um ihn herum färbte sich purpurrot. Er ging zu Boden, zusammengekauert wie ein sterbendes Tier.

Ein unmenschlicher, metallischer Laut durchbrach die Stille des Patios. Es war Penthesilea, die geschrien hatte. Die Prinzessin warf ihren Blitzspeer von sich und sank auf die Erde, die Hände um ihren Helm geklammert, wie ihr Meister vor Schmerz gekrümmt.

Barkida war aufgestanden. Tränen liefen ihr über die Wangen, als sie sich neben Alkander kniete. Der letzte Rest Bewusstsein war dabei, ihn zu verlassen. Sein Gesicht schien nur noch aus dem Weiß seiner Augen zu bestehen. Blutblasen quollen aus seinem Mund. Arka hörte ihn hauchen:

»Warum weinst du, wenn du mich tötest?«

»Weil ich dich dennoch geliebt habe.«

Der Meister der Lemuren schloss die Augen, und Arka wusste, dass nun wirklich alles vorbei war.

14

DIE TOGAVERLEIHUNG

Lastyanax

Manchmal ist man darüber erstaunt, dass man einfach ohne Reue und Bedauern ein lange Zeit gereiftes Projekt aufgibt. Als Lastyanax an diesem Tag mit Pyrrha zur ersten Ratssitzung seit dem Ende der Abkühlung ging, stellte er amüsiert fest, wie leicht es ihm fiel, eine Situation anzunehmen, die er ein paar Monate zuvor noch als frustrierend empfunden hätte. Neben ihm kritisierte Pyrrha beim Durchblättern die Notizen, die er für sie vorbereitet hatte. Sie saß in einem Schwebestuhl, ihr Bein vor sich ausgestreckt.

»Du hast die Zusammenfassung der Finanzierungsmöglichkeiten für die Kanalreparaturen vergessen«, meckerte sie. »Ah, nein, da ist sie ja! Was für ein Chaos, diese Mappe ...«

Lastyanax wusste, dass seine Mappe perfekt sortiert war und dass Pyrrhas Ungnädigkeit sich immer noch etwas verschlimmerte, wenn sie unter Druck stand. Während sie sich weiter durch die Gänge des Magisteriums bewegten, nahm er ihre Hand.

»Es wird schon gutgehen«, sagte er.

»Das ist leicht gesagt. Du bist ja nicht der, der diesen Rat leiten muss«, grummelte sie. »Ich habe noch nie an einer Sitzung teilgenommen.«

Über ihrer Toga trug sie den mit Lapislazuli und Elektrum

besetzten Gürtel des Basileus. Auf ihre Bitte hin hatte man ein paar Jadesteinchen hinzugefügt. Um den Unterschied zum vorigen Basileus zu verdeutlichen, wie sie behauptete. Lastyanax hegte jedoch den Verdacht, dass sie vor allem ihre Augen zur Geltung bringen wollte.

»Deine Minister ebenso wenig«, erwiderte er. »Und wenn ich nicht überzeugt wäre, dass du das brillant meistern wirst, dann hätte ich mir nie die Mühe gemacht, diese Notizen vorzubereiten«, fügte er mit einem Lächeln hinzu. »Du bist zu undankbar.«

Sie waren vor der mechamagischen Tür des Ratssaals angelangt. Pyrrha öffnete den Mund, um etwas zu entgegnen, doch er überrumpelte sie mit einem Kuss.

»Ich warne dich, das wird nicht jedes Mal funktionieren«, brummte sie der Form halber. »Was hast du?«

»Meine Nase«, jammerte Lastyanax und hielt sich den höckerigen Nasenrücken. »Sie ist noch nicht wieder ganz verheilt, manchmal tut es weh, wenn wir uns küssen.«

»Geschieht dir recht.«

Mit diesen einfühlsamen Worten reckte sie sich zur mechamagischen Tür und legte die Handfläche an das Schließsiegel. Der Ratssaal tat sich vor ihr auf, ebenso üppig und grün wie vor der Abkühlung. Seine Adamantverglasung hatte ihn vor dem arktischen Klima geschützt. Ansonsten war nichts mehr so wie vorher. Keiner der sieben Magier, die die neue Basilea erwarteten, hatte zu Lastyanax' Zeit als Ebnungsminister einen Sitz im Rat gehabt. Seine ehemaligen Kollegen waren alle dem Meister der Lemuren zum Opfer gefallen oder im Extraktor getötet worden.

Auch wenn die Umstände, die dazu geführt hatten, tragisch waren, begrüßte Lastyanax die neue Situation. Während sich die mechamagische Tür hinter Pyrrha schloss, dachte er über die neue politische Ordnung nach, die seit ein paar Dekaden in Hyperborea herrschte.

Auf den Gängen des Magisteriums verhedderten sich die Abgeordneten der Ebenenversammlung in ihren Togen. Die meisten von ihnen stammten aus den unteren Ebenen und hatten keine Ahnung vom Leben auf dem Gipfel der Stadt. Ebenso wenig wie ihre Assistenten. Sie trugen ihre Amtsbefugnis mit einer gewissen Unbedarftheit zur Schau, die einen angenehm frischen, wenn auch etwas chaotischen Wind in die hyperboreische Politik brachte. Lastyanax war sich durchaus bewusst, dass auch dieses neue System nicht davor gefeit war, mit der Zeit ebenso elitäre Strukturen auszubilden wie das alte Magisterium. Doch vorerst stellte er voller Stolz fest, dass die Ebenenversammlung hielt, was sie versprochen hatte. Mit zwanzig gewählten Deputierten pro Ebene waren die Plebejer noch nie so gut repräsentiert gewesen.

Diese kleine Revolution war dank des Machtvakuums, das auf die Zerschlagung der themiskyrischen Streitkräfte gefolgt war, möglich gewesen. Als ranghöchstes noch lebendes Mitglied des Magisteriums hatte Lastyanax so lange einen Übergangsrat geführt, bis die Wahlen zum neuen Basileus organisiert waren. Auch wenn die Idee zu dieser Wahl vom Meister der Lemuren stammte, war sie dennoch gut. Pyrrha hatte erneut kandidiert und war dieses Mal mit großer Mehrheit gewählt worden. Die bedingungslose Unterstützung der Bewohner Klein-Napocas (und eines guten Teils der weiblichen Wählerschaft) hatten sicherlich dazu beigetragen.

Tatsächlich wurden die Napocaner inzwischen als Helden der Stadt gefeiert. Nachdem sie den Extraktor gestürmt hatten, war es ihnen mit Unterstützung der befreiten Magier gelungen, die Flug-Soldaten niederzuschlagen. Die letzten Einheiten, die in der siebten Ebene erbittert Widerstand leisteten, hatten sich schließlich ergeben, als sie begriffen, dass Lykurg und sein Sohn nicht mehr da waren, um die Truppen zu befehligen. Ein paar Offiziere hatte man ins Gefängnis gesteckt, der Rest der Armee war geflohen. Was Penthesilea und Barkida betraf, so waren sie seit dem Tod des Meisters der Lemuren unauffindbar. Trotz des Drängens der Magier hatte Lastyanax keine besonderen Anstrengungen unternommen, sie suchen zu lassen.

In Napoca hatte der Fall der Oligarchie den Widerstandskämpfern ermöglicht, den Woiwod abzusetzen. Die Rückkehr zur Freiheit verlief allerdings nicht reibungslos: Lastyanax hatte von Säuberungsaktionen gehört. Er hoffte, dass die Stadt diese neuen Spannungen überwinden würde, doch nach fünfzehn Jahren gewaltsamer Unterdrückung war es nicht leicht, zum Frieden zurückzufinden.

Auf seinem Weg zur Rotunde des Magisteriums begegnete er einigen Magiern. Manche von ihnen grüßten ihn überschwänglich, da sie sich der Rolle, die er bei ihrer Befreiung gespielt hatte, bewusst waren, andere dagegen würdigten ihn keines Blickes. In ihren Augen hatte er seine Kaste verraten, indem er die Wahl einer Frau zum Stadtoberhaupt und von Plebejern zu Abgeordneten unterstützt hatte. Manch einer fragte sich noch, welche Verantwortung ihm bei der Abfolge von Ereignissen zukam, die zum Fall Hyperboreas geführt hatten. Das war auch einer der Gründe, warum Lastyanax sein Amt als Minister nicht weiter bekleiden wollte. Ein zweiter war die Überzeugung, dass seine Beziehung zu Pyrrha die Spannungen innerhalb des Rats nicht überleben würde.

»*Weise Entscheidung*«, hatte Comozoi gesagt, dem es gelungen war, sich zum Deputierten der zweiten Ebene wählen zu lassen.

Als Lastyanax die Rotunde erreichte, traf er auf Zenodot, den alten Bibliothekar. Durch die Entbehrungen während der Gefangenschaft im Extraktor hatte er seine schöne weiße Mähne verloren. Nichtsdestotrotz hatte er zu seiner alten Leidenschaft zurückgefunden. Im Moment versuchte er Lastyanax jedes Mal, wenn er ihm über den Weg lief, davon zu überzeugen, dass sich alle Hyperboreer, die seine Bücher als Brennmaterial missbraucht hatten, vor Gericht verantworten müssten.

»Ahhh, Lastyanax, mit Ihnen wollte ich gerade sprechen …«

»Es tut mir wirklich leid, Zenodot, aber ich bin sehr in Eile, ich muss zu einer Sitzung.«

Lastyanax bemühte sich nach Kräften, den erzürnten Blick des Magiers zu ignorieren, während er sich rasch entfernte. Seine Schritte führten ihn zum Vorplatz des Magisteriums. Dort hielt er einen Moment inne, um die milde Luft zu genießen. Lichtreflexe auf dem Adamant ließen die reparierte Kuppel schillern. In den hängenden Gärten und auf den Terrassen erblühte die Vegetation nach und nach zu neuem Leben. Die Abkühlung hatte viele Spuren hinterlassen, doch langsam erholte sich die Stadt, mit jeder neuen Knospe und jedem Gerüst. Lastyanax staunte über die Widerstandskraft Hyperboreas und seiner Einwohner.

Er stieg die Stufen des Magisteriums hinunter und winkte einen Fährmann herbei. Das Wasser rann wieder durch die Kanäle, doch keine einzige Schildkröte hatte die Kälte überlebt.

»Wo soll's denn hingehen?«, fragte der Fährmann, während er seinen Kahn mit einer Stange an den Rand manövrierte.

»In die erste Ebene des Kolumbariums«, antwortete Lastyanax und stieg ein.

Der Bootsführer brachte ihn von einer Mautstelle zur nächsten. Man hatte die Aufzüge etwas umgebaut, um sie an die neuen Transportmittel anzupassen. Da diese zudem langsamer waren als die Schildkröten, hatte Lastyanax alle Zeit der Welt, sich die Stadtviertel anzusehen. In den oberen Ebenen hatten die wohlhabenden Familien ihre während der Abkühlung verlassenen Wohnungen und Villen wieder bezogen. Handel und Handwerk kamen erneut in Schwung. Weiter unten war der Himmel wie früher vom Rauch der Schornsteine verdunkelt, und die alchemistisch verunreinigten Abwässer der Manufakturen wurden ungefiltert in die Kanäle geleitet. Die Karawanen waren zurückgekehrt und drängten sich vor den Toren der Stadt, beladen mit Nahrungsmitteln, Holz und Rohstoffen. Alles in allem fand das Leben zur Normalität zurück, die weder besser noch schlechter war als vorher. Lastyanax hoffte, dass es den neuen Abgeordneten gelingen würde, die Gleichstellung der Ebenen durchzusetzen, um die er während seiner kurzen Zeit als Minister so mühsam gerungen hatte.

Als das Boot vor dem Kolumbarium hielt, neigte sich der Nachmittag dem Ende zu. Lastyanax bezahlte den Fährmann und ging auf das Gebäude zu. Der schlichte Turm war in regelmäßigen Abständen von schmalen, dreieckigen Fenstern durchbrochen. Reliefs mit Trauerszenen zierten seine Mauern. Am Eingang kaufte Lastyanax einem Jungen eine etwa faustgroße Leuchtsphäre ab.

Wie auch bei anderen öffentlichen Gebäuden in Hyperborea, nahm ein riesiges Atrium die Mitte des Kolumbariums ein. Durch eine gläserne Fensterrose oben im Turm fiel bunt schillerndes Licht auf die zigtausend Wandnischen hinter Reihen umlaufender Gänge. Gelblich glimmende Kugeln schwebten vor den Grabstätten. Je dunkler es draußen wurde, desto mehr erinnerten sie an tanzende Glühwürmchen in einem Bienenstock voll trauriger Waben.

Lastyanax ging die Treppe hoch, die sich rund um das Atrium emporschraubte. Der Architekt der Nekropole hatte das Ideal verfolgt, jedermann gleich zu behandeln: Von der ersten bis zur siebten Ebene hatten alle Grabnischen dieselben Dimensionen. Doch die der ersten Ebene waren größtenteils staubig und schlecht gepflegt. Die wenigen reich dekorierten Kammern gehörten Ganoven. Den Familien der ersten Ebene fehlten meist die Mittel, die Gräber für längere Zeit zu pachten, und so wechselte die Belegung häufig. Dagegen ruhten in manchen Nischen der obersten Ebene, wo man auch Palates bestattet hatte, seit Jahrhunderten die gleichen Gebeine. Mit Quasten geschmückte Samtvorhänge umrahmten die Steinplatten, auf denen die Namen der Verstorbenen in goldenen Lettern prangten, und davor schwebten riesige Leuchtsphären aus den besten Glasbläsereien der Stadt.

Während Lastyanax einem Gang in der ersten Ebene folgte, fragte er sich, warum seine Mitbürger so viel Wert darauf legten, sich selbst im Tod noch voneinander zu unterscheiden. Als er sein Ziel erreichte, hatte er die Antwort noch immer nicht gefunden. Er setzte sich im Schneidersitz auf den Boden, hob die Hände wie eine Schale und ließ die kleine Kugel vor der Nische schweben. Seiner Mutter die Nachricht von

Kauls Tod zu überbringen war das Schwerste gewesen, was er je hatte tun müssen. Vom Kummer überwältigt, hatte Chariklo den vielen Problemen, die der Tod ihres Mannes und die täglichen Sorgen aufwarfen, vollkommen hilflos gegenübergestanden. So hatte Lastyanax sich zwischen den Sitzungen des Übergangsrates um sie gekümmert. Diese Belastung hatte ihm paradoxerweise geholfen, mit seinem eigenen Schmerz fertig zu werden.

Er hob den Blick zu den Nischen der siebten Ebene. Irgendwo dort oben befand sich Rhodopis' Grabstätte. Auch wenn er ihm einen großen Teil der Verantwortung für den Tod seines Vaters zuschrieb, fiel es Lastyanax schwer, sich damit abzufinden, dass sein ehemaliger Miteleve nicht mehr da war. Fünf Jahre Rivalität und zwei Nasenbrüche hatten ihrer Beziehung doch eine gewisse Tiefe verliehen.

»Ah, Sie sind auch da, Meister.«

Lastyanax hob den Kopf. Arka stand neben ihm, ein Holzfigürchen in der Hand. Auch sie war gekommen, um Kauls Grab zu besuchen.

»Ich dachte nicht, dass ich um diese Zeit noch jemanden hier treffen würde«, fügte sie hinzu, während sie sich zu ihm auf den Boden setzte.

Lastyanax sah zur Fensterrose und stellte fest, dass es draußen tatsächlich beinahe dunkel war. Ganz in Gedanken versunken, hatte er nicht gemerkt, wie spät es geworden war.

»Was ist das?«, fragte er mit einem Blick auf die Figur.

Sie war ganz offensichtlich selbstgemacht. Lastyanax erriet, dass sie ein Tier darstellen sollte, doch welches, hätte er unmöglich sagen können.

»In Arkadien haben wir keine Leuchtsphären, darum hinterlassen wir auf den Gräbern kleine Gegenstände, die an die verstorbene Person erinnern«, erklärte sie, während sie ihre Gabe mit einer feierlichen Geste vor der Nische abstellte.

»Und was soll das hier sein?«

»Sind Sie blind, oder was? Ein Pferd!«

»Aha.«

Arka murrte zutiefst gekränkt, während sie ihr Holzpferd zurechtrückte. Lastyanax fühlte sich seltsam glücklich. Er hatte das Gefühl, zu seinen besten Zeiten als Mentor zurückgekehrt zu sein.

»Warum hast du mir Lebewohl gesagt, auf dem Dach des Palastes, bevor du gesprungen bist?«, fragte er plötzlich.

Arka zuckte mit den Schultern.

»Ist doch klar, oder? Damit es glaubwürdiger wirkte.«

»Niemand hat erwartet, dass du dich teleportieren würdest«, bemerkte Lastyanax.

Auch wenn Arka ihm ihre Theorie zu dieser merkwürdigen Fähigkeit erläutert hatte – geerbt von ihrem Vater, ausgelöst durch den Fluch –, war sie ihm noch immer nicht ganz geheuer. Er kam nicht umhin zu denken, dass sie nicht vollkommen menschlich war. Arka schien das viel weniger zu kümmern als ihn. Sie störten nur die körperlichen Folgen ihrer Dematerialisierungen.

Seit ihrer letzten Teleportation konnte sie keine Magie mehr anwenden. Jedes Mal, wenn sie es versuchte, wurde ihr schwindelig, als hätte ihre Anima zu viel durchgemacht, um die kleinste weitere Verrenkung zu ertragen. Lastyanax hatte sie dabei beobachtet, wie sie versuchte, Gegenstände im Bergfried, in den sie nach der Flucht der Themiskyrer wieder eingezogen war, levitieren zu lassen. Entweder blieb Palates' Krimskrams am Boden liegen, oder Arka kippte selbst um.

Sie stand weinend wieder auf und probierte es erneut. Dieser Anblick tat Lastyanax in der Seele weh.

Die Beine an die Brust gezogen, das Kinn auf den Knien, schien Arka dieselben Bilder im Kopf zu haben. Sie kaute mit trauriger Miene auf einer Haarsträhne herum.

»Ich hab viel nachgedacht, Meister«, sagte sie nach einer Weile. »Da ich nicht mehr zaubern kann, glaube ich nicht, dass ich weiter Ihre Elevin sein kann.«

Sie holte tief Luft. Lastyanax wusste, was folgen würde, auch wenn er es lieber nicht hören wollte.

»Es ist Zeit für mich, nach Arkadien zurückzukehren. Helfen Sie mir, Pyrrha davon zu überzeugen, dass sie mich das Blau-Erz mitnehmen lässt.«

Lastyanax fühlte sich, als hätte er einen Schlag gegen die Brust bekommen. Ein Teil von ihm redete sich ein, dass er nur die richtigen Argumente anbringen müsste, um sie umzustimmen.

»Du musst nicht unbedingt zaubern, um meine Elevin zu sein«, sagte er mit größtmöglicher Überzeugungskraft. »Du musst nicht mal meine Elevin sein, um hierzubleiben. Du bist hier zu Hause, in Hyperborea, im Bergfried.«

›Bei mir‹, hätte er gern hinzugefügt. Doch aus einem dummen Schamgefühl heraus hielt er sich zurück.

Arka schüttelte den Kopf.

»Ich gehöre nicht mehr in diese Stadt. Die Magier werden nie aufhören, mich zu verdächtigen, dass ich die Amazonen hierher zurückgebracht habe. Jedes Mal, wenn ich einem begegne, kommt es mir vor, als säße ich wieder auf der Anklagebank. Und ich habe einen Basileus getötet.«

»Das war Notwehr«, wandte Lastyanax ein.

»Egal, sie werden mir niemals vertrauen«, erwiderte Arka

entschieden. »Selbst Phreton redet nicht mit mir, obwohl er Sie geholt hat, um mir zu helfen.«

Ganz abgesehen von der Frage, ob sie in Hyperborea einen Platz hatte oder nicht, ahnte Lastyanax, dass sie unter der Einsamkeit litt. Ihr Freund Sterix lebte nicht mehr. Kazik hatte nach dem Tod seines Mentors die Elevenzeit abgebrochen, um sich ganz der Instandhaltung der Kuppel zu widmen. Die anderen Eleven misstrauten ihr. Die siebte Ebene war noch nie ein sehr einladendes Umfeld gewesen, doch man musste zugeben, dass Arkas Leben dort besonders schwierig geworden war.

Trotzdem kam er nicht umhin, ihre Entscheidung, die Stadt zu verlassen, auch sich selbst vorzuwerfen. Er hatte als Mentor versagt, hatte sie nicht zum Bleiben bewegen können. Zugleich verstand er nicht, was Arka dazu veranlasste, zu ihrem Volk zurückkehren zu wollen. Sie selbst hatte zugegeben, dass ihr kurzer Aufenthalt in Arkadien nicht so verlaufen war, wie sie es sich gewünscht hätte.

»Der Wald ist mein Zuhause«, antwortete Arka schlicht, als er ihr die Frage stellte. »Wie Hyperborea für Sie. Es ist nicht schlechter oder besser als hier, aber dort habe ich meine Wurzeln, um wachsen zu können, verstehen Sie?«

Lastyanax war sich nicht sicher, ob er sie verstand.

»Und außerdem ist es der einzige Ort, an dem ich unbehelligt von dem Fluch leben kann«, fügte sie hinzu.

Der Fluch. Wie immer kamen sie darauf zurück. Wenn Lastyanax eines bei seiner Elevin begriffen hatte, dann, dass sie sehr an ihrer Freiheit hing. Arka wollte den Lauf ihres Schicksals selbst bestimmen. Wie hätte er, der sich so sehr gegen die Zukunft gewehrt hatte, die die erste Ebene für ihn vorsah, dagegen etwas einwenden können?

»Pyrrha selbst hat mir gesagt, dass sie überlegt, das Blau-Erz als diplomatisches Geschenk nach Arkadien zurückzuschicken«, teilte er ihr daher mit. »Sie steht diesbezüglich in Briefkontakt mit Königin Antiope.«

Arka warf ihm einen verdutzten Blick zu. Das war der erste friedliche Kontakt mit den Amazonen, seit die Gründerinnen Hyperborea verlassen hatten. Lastyanax wusste nicht, was Pyrrha zu diesem Umdenken bewogen hatte, vermutete aber, dass ihre Begegnung mit Barkida im Extraktor dabei eine Rolle spielte.

»Dann kann ich dich also nicht davon abhalten, zu gehen«, fuhr er nach längerem Nachdenken fort, ehe er lächelnd hinzufügte: »Aber ich kann deinen Abschied noch ein wenig hinauszögern: Das Magisterium hat beschlossen, Petroklos für seine besonderen Verdienste den Magiertitel zuzuerkennen, obwohl der Faulpelz nie seine Erfindung fertiggestellt hat. Die Togaverleihung findet in einem Monat statt. Metanira hat sofort verkündet, dass sie zu diesem Anlass ein Festessen zubereiten wird und keinerlei Widerrede duldet. Wirst du mit uns feiern?«

Arka begann von einem Ohr zum andern zu grinsen.

»Zu einem ordentlichen Festschmaus sage ich niemals nein, das wissen Sie doch, Meister.«

Lastyanax hätte der Zeit gern befohlen, langsamer zu verstreichen. Die Tage bis zu Arkas Abreise zerrannen wie Sand zwischen seinen Fingern. Er war zu sehr von den Verpflichtungen gegenüber seiner Mutter und von der Arbeit an Pyrhas Seite im Magisterium eingenommen, um die letzten Dekaden mit seiner Elevin so genießen zu können, wie er gewollt hätte. Im Übrigen schien diese auch gut beschäftigt zu sein.

Sie war andauernd in Hyperborea unterwegs, um alles Nötige für ihre Heimreise nach Arkadien zu besorgen. Ihre Ausrüstung häufte sich wild durcheinander im Atrium des Bergfrieds. Auch wenn er wusste, dass sein Ärger darüber *nicht ganz* rational war, hatte er das Gefühl, Palates' ausuferndes Gerümpel würde wieder Einzug in seinen Lebensraum halten.

Als er jedoch am Morgen der Togaverleihung Arkas Sachen sorgfältig verpackt im Vestibül liegen sah, vermisste er plötzlich das Chaos. Er hatte sich mit seiner Elevin um zwölf Uhr an der Tür verabredet, aber sie kam eine Viertelstunde zu spät, wie er erwartet hatte. Sie trug ihre Elevenkleidung, eine weiße Tunika mit orangefarbenem Gürtel. Ganz ohne Fleck. Sogar ihre sorgfältig geflochtenen Haare wirkten einigermaßen sauber. Das berührte ihn umso mehr, als Arka normalerweise nicht auf solche Dinge achtete. Er hatte seine violette Toga an, auf die er in letzter Zeit gerne verzichtete. Jetzt, da er sich an die Kälte gewöhnt hatte, erstickte er schier unter dem schweren Stoff. Meister und Elevin verließen den Bergfried und machten sich zum letzten Mal gemeinsam auf den Weg Richtung Magisterium.

Als sie den Hörsaal erreichten, in dem die Zeremonie stattfand, hatte diese schon begonnen. Petroklos' und Pyrrhas Familien, Lastyanax' Mutter und alle Magier ihres Jahrgangs hatten sich in dem kleinen Halbrund versammelt. Lastyanax nickte seinen ehemaligen Miteleven zu, während er zu den Plätzen in der ersten Reihe ging, die Chariklo für sie freigehalten hatte. Als er seine Arme auf das vollgekritzelte Schreibpult legte, fühlte er sich plötzlich in seine letzten Mystografiestunden zurückversetzt, bebend vor Ungeduld, endlich seinen Abschlussvortrag zu halten. Wie viel hatte sich seitdem verändert!

Da Petroklos seit dem Mord an Trierios keinen Mentor mehr hatte, hatte Pyrrha sich erboten, die Zeremonie zu leiten. Sie hatte auch beschlossen, selbst Mentorin zu werden, und Phreton zu ihrem Eleven erwählt. Lastyanax wusste nicht, was bei dieser Entscheidung den Ausschlag gegeben hatte: der Wunsch, das Andenken ihres ebenfalls ermordeten Meisters Mezentius zu ehren, oder die Lust, Phreton zu tyrannisieren, nachdem sie fünf Jahre lang seine Arroganz hatte ertragen müssen. Ihr neuer Eleve folgte ihr überallhin, mit Armen voller Akten und angestrengter Miene. Jetzt stand er neben dem Podium und betrachtete nervös den vollen Saal. Lastyanax vermutete, dass einige Magier ihm sein kurzes Intermezzo auf Seiten der Themiskyrer noch nicht verziehen hatten. Vielleicht hatte Pyrrha ihn auch deswegen zu ihrem Eleven gemacht, um ihn besser vor Racheakten schützen zu können.

Lastyanax sah, wie Phreton die Kinnlade runterklappte, als er Arka bemerkte, die mit ihren ordentlich frisierten Haaren und der sauberen Tunika kaum wiederzuerkennen war. Er beugte sich zu ihr und machte sich einen albernen Spaß daraus, an ihren Zöpfen zu ziehen.

»Auaaaa, heeeeee, was soll denn das?«, motzte Arka sofort.

Mit verschmitztem Grinsen wandte Lastyanax sich wieder der Zeremonie zu. Nach den üblichen feierlichen Worten über die Pflichten, die der Titel eines Magiers mit sich brachte, steckte Pyrrha Petroklos den mit einem Greif verzierten Siegelring an den Finger, dann überreichte sie ihm eine violette Toga.

»Möge diese dir mehr Glück bringen als die von Trierios.«

Petroklos schlüpfte in die Toga, wobei er sich in den weiten Ärmeln verhedderte. Als sein verstrubbelter Kopf endlich aus dem richtigen Loch herauskam, applaudierten die Anwesenden. Pyrrha und er stiegen vom Podium hinunter und wurden von den vielen Menschen empfangen, die ihm gratulieren und vor allem die Gelegenheit nutzen wollten, mit der neuen Basilea zu sprechen.

»Ich bezweifle, dass auch nur halb so viele gekommen wären, wenn du nicht hier wärst«, sagte Petroklos laut, während sie zu Lastyanax und Arka gingen.

Wie üblich scherte er sich nicht darum, wie die Leute, die sich um sie herum drängten, seinen Kommentar aufnahmen.

»Mir war jedenfalls nicht so viel Aufmerksamkeit vergönnt«, bemerkte Lastyanax in Erinnerung daran, wie er seinen Siegelring bekommen hatte – auf die Schnelle und ganz ohne Zeremonie, direkt nach der Ermordung seines Meisters Palates.

»Da seht ihr mal, wie recht ich hatte, meine Zeit nicht mit einer Erfindung zu verschwenden. Bummelei ist eine Qualität, die viel zu oft unterschätzt wird«, sagte Petroklos mit feierlichem Ernst.

»Von dir schon mal nicht«, erwiderte Pyrrha lächelnd, ehe sie verstummte, die Augen auf die hinteren Reihen des Hörsaals gerichtet.

Lastyanax folgte ihrem Blick. Mit offenem Haar und koketter Miene redete Aspasia dort oben mit einem ihrer ehemaligen Miteleven. Sie hörten sie sagen:

»... wenige wissen, dass Pyrrha, Lastyanax und Petroklos bei der Befreiung der Magier nur eine Nebenrolle gespielt haben. Ich dagegen habe mein *Leben* riskiert, um die entscheidenden Informationen einzuholen ...«

»Entschuldigt mich kurz«, murmelte Pyrrha, »ich hole meine Schwester, ehe sie noch erzählt, sie hätte das Rad und den Lidschatten erfunden.«

Als sie alle in den Bergfried kamen, hatten Metanira und Aous schon mitten im Atrium einen langen Tisch gedeckt. Das durch die Öffnung im Dach hereinfallende Licht setzte die mit Speisen vollgestellte Tafel wirkungsvoll in Szene. Die Köchin hatte sich mächtig ins Zeug gelegt, um Petroklos' und Arkas Lieblingsspeisen zuzubereiten.* Die beiden betrachteten das Festbankett verzückt und stürzten sich darauf. Pyrrha, Aspasia und Lastyanax setzten sich etwas gesitteter an ihre Plätze. Phreton hatte die Aktenstapel, die er für seine Mentorin bearbeiten musste, vorgeschoben, um die Einladung auszuschlagen.

»Das hat man davon, wenn man die größten Vielfraße, die die Stadt je gesehen hat, zu sich zum Essen einlädt«, grummelte Lastyanax, als er sah, wie seine Elevin und Petroklos sich die Bäuche vollschlugen.

»Ich hab für gen Recht meinech Lebench genug Verchicht geübt«, verteidigte sich Petroklos mit vollem Mund.

»Das ist meine letzte hyperboreische Mahlzeit«, schob Arka hinterher.

Pyrrha lehnte ihren Kopf an den von Lastyanax und nickte in Richtung seiner Elevin, die zum dritten Mal ihren Teller füllte.

»Sie wird dir fehlen, was?«

Lastyanax nickte.

»Also, dann erzähl mir mal, wie du es anstellen wirst, in deinen Barbarenwald zurückzukommen«, wandte sich Petroklos, ein Hühnerbein schwingend, an Arka.

»Ich breche morgen auf und folge der Karawanenroute bis

* »Höchste Zeit, euch so richtig aufzupäppeln! Solange ich lebe, wird sich nie wieder ein Themiskyrer zwischen euch und einen Teller stellen!«

Napoca. Dort sind ein paar Leute, die ich gern wiedersehen würde, jetzt, da die Themiskyrer die Stadt nicht mehr kontrollieren. Dann wandere ich zur Mündung des Thermodon, von wo aus ich mit einem Boot den Fluss hinauf nach Arkadien fahre.«

»Und wie lange brauchst du für diese Expedition?«

»Monate«, erwiderte Arka.

»Wärst du mit deinen Flügeln nicht viel schneller?«

»Schon, aber mein Mentor hat sie kaputt gemacht«, antwortete Arka mit einem vorwurfsvollen Seitenblick auf Lastyanax. »Außerdem will ich Zwerg auf keinen Fall hierlassen.«

»Wo wir gerade von deinen Flügeln reden, Arka ...«

Alle Gesichter wandten sich Pyrrha zu. Sie schob eine Hand in die Tasche ihrer Toga und zog ein kupfern schimmerndes Armband daraus hervor.

»Da ich für ihre Zerstörung mit verantwortlich war und um mich ein wenig zu entspannen, habe ich beschlossen, sie zu reparieren«, sagte sie, indem sie Arka das Schmuckstück über den Tisch reichte. »Ich habe sie noch ein wenig verbessert«, fügte sie mit leicht überlegener Miene hinzu.

Lastyanax dachte, dass er sich immer noch mehr in Pyrrha verliebte. Nur sie war in der Lage, die raffinierteste mechamagische Erfindung aller Zeiten zur Entspannung zu reparieren.

Ungläubig nahm Arka das Armband. Sie näherte ihren Daumen dem eingravierten Siegel, um es zu aktivieren, zögerte einen Moment und ließ es dann sein.

»Ich kann es nicht mehr benutzen, und außerdem darf ich es da, wo ich hingehe, gar nicht bei mir haben. Oreichalk ist im Wald verboten. Besser, Sie behalten es.« Sie gab Pyrrha das Armband zurück.

Pyrrha war nicht leicht zu beeindrucken, doch Lastyanax sah, dass diese Geste sie berührte.

»Auf jeden Fall sollte man Lasty die Flügel besser nicht geben, der ist noch nicht wieder bereit, sie zu gebrauchen«, bemerkte Petroklos vom anderen Ende des Tisches.

»O nein, bloß nicht«, bestätigte der.

Er hatte fest vor, den Rest seines Lebens in direktem Bodenkontakt zu bleiben.

Der Tag ging viel zu schnell vorbei. Sie deckten den Tisch ab, räumten die Stühle weg, und Arka legte sich schlafen. Am nächsten Morgen in aller Frühe half Lastyanax ihr, das Reisegepäck zu einem Boot zu tragen, das er für sie bestellt hatte. Der Fährmann brachte sie durch die Stadt zur ersten Ebene. Arka sagte nichts, aber Lastyanax sah, dass ihre Augen begierig die letzten Eindrücke Hyperboreas in sich aufnahmen, um sie wie einen kostbaren Schatz im Gedächtnis zu bewahren. Um sie herum erwachten die Straßen in der entspannten Atmosphäre einer Stadt in Friedenszeiten.

Sie erreichten die Stallungen und verstauten die Ausrüstung auf Zwergs Sattel und in den Packtaschen. Mit besonderer Vorsicht befestigte Arka ein langes Paket auf dem Rücken des Pferdes. Es war das Blau-Erz-Schwert, das Comozoi aus der von Lastyanax im Extraktor entwendeten Klinge geschmiedet hatte. Lastyanax gefiel der Gedanke nicht, dass Arka mit dieser Waffe reiste. Wenigstens riskierte sie nichts, solange das Oreichalk das Blau-Erz umschloss … bis zu ihrer Rückkehr in den Wald der Amazonen.

Sie hatten Zwerg fertig beladen. Arka nahm die Zügel und führte ihn hinaus. Lastyanax ging mit gerunzelten Brauen neben ihr.

»Ich verstehe immer noch nicht, warum dein Pferd am Fuß des Gletschers auf mich gewartet hat«, murmelte er. »Als hätte es gewusst, dass ich es brauchen würde, um so schnell wie möglich nach Hyperborea zurückzukommen.«

»Zwerg ist ein halbes Einhorn, er hat besondere Kräfte«, antwortete Arka ohne den Hauch eines Zweifels in der Stimme.

»Genau wie deine hellsehende Schlange …«

»Arka!«

Sie drehten sich zum Eingang der Ställe um. Phreton war gerade gekommen, schwitzend und keuchend, als wäre er durch alle sieben Ebenen hergerannt. Lastyanax sah, wie der Eleve mit ziegelrotem Gesicht zu Arka trat, die verblüfft die Augen aufriss.

»Es tut mir leid, dass ich beim Prozess gegen dich ausgesagt und so lange gebraucht habe, um zu verstehen, dass ich unrecht hatte«, sagte Phreton in einem Rutsch.

»… und dass du versucht hast, mein Armband zu zerstören, mich als strubbelige Pennerin bezeichnet und Kazik monatelang gepiesackt hast?«

»Ja, auch das tut mir leid.«

Der Eleve richtete sich auf, mit etwas weniger roten Wangen und selbstbewussterem Blick.

»Wann kann ich dich in Arkadien besuchen kommen, Nummer 43?«

»Sobald ich die Amazonen davon überzeugt habe, Jungen im Wald zu dulden«, erwiderte Arka mit einem schiefen Lächeln.

»Dann gib dir mal Mühe«, sagte Phreton ernst.

Nach kurzem Zögern streckte er die Hand aus und drückte ihre auf hyperboreische Art.

»Bis demnächst, Nummer 43.«

Er nickte zum Abschied, machte kehrt und ging zurück Richtung Stadt. Lastyanax drehte sich zu Arka um, die ihren Miteleven hinter den Stallungen verschwinden sah.

»Hast du wirklich vor, die Amazonen in diesem Punkt umzustimmen?«

»Hyperborea hat es immerhin geschafft, einen weiblichen Basileus zu wählen. Nichts ist unmöglich«, entgegnete Arka fröhlich.

Sie verließen ebenfalls das Reitgelände und liefen durch das frische Gras der Weideflächen zum Westtor. Zwerg hielt immer wieder an, um die Nase in die zarten Halme zu stecken. Die Moschusochsen folgten ihnen friedlich wiederkäuend mit den Blicken. Lastyanax hatte plötzlich Lust, mit seiner Elevin aufzubrechen und all die Gegenden zu besuchen, durch die sie reisen würde. Mit einem Mal fühlte er sich ganz klein als Hyperboreer.

»Und Sie, Meister, was werden Sie tun?«, fragte Arka, als hätte sie seine Gedanken gelesen. »Ich meinte jetzt, wo Sie kein Minister mehr sind und so.«

»Ich denke, ich werde mich der Diplomatie widmen. Wir müssen es fertigbringen, einen dauerhaften Frieden zwischen Hyperborea, Napoca, den Resten Themiskyras und den Amazonen herzustellen.«

»Viel Glück«, erwiderte Arka ironisch.

»Das wird nicht von heute auf morgen gelingen«, sagte Lastyanax. »Dafür braucht man einen längeren Atem, genau wie du.«

Sie hatten das Westtor erreicht. Lastyanax zeigte den Zöllnern, die die Ausreise kontrollierten, seinen Siegelring, dann ging er mit seiner Elevin bis zu der goldenen Linie, die die

Stadtgrenze markierte. Vor ihnen öffnete sich die kalte und trostlose reifbedeckte Ebene. Lastyanax atmete tief den Wind ein, der bis zu ihm wehte. Die Welt dort draußen erschien ihm merkwürdigerweise nicht mehr so feindselig wie zuvor. Vielleicht, weil er sich hinausgewagt hatte.

Er hatte keine Abschiedsworte vorbereitet. Arka ebenso wenig. Daher sahen sie sich nur an, zuerst verlegen ob ihres Schweigens, dann froh darüber. Worte hätten dem, was sie empfanden, nichts hinzufügen können. Endlich umarmte Lastyanax seine Elevin und drückte sie an sich. Er hörte sie schniefen. Sie lösten sich voneinander. Arka lächelte mit geröteten, glänzenden Augen, dann nahm sie Zwergs Zügel. Ohne weitere Formalitäten wandte sie sich ab und machte sich auf den Weg Richtung Gebirge.

Während Lastyanax auf die Türme zustrebte, begannen die Tränen, die er zurückgehalten hatte, in seinen Augen zu brennen. Bis er die Straßen der ersten Ebene erreichte, rannen sie ihm heiß über die Wangen. Es war, als hätte er einen bodenlosen Sack Traurigkeit angestochen, in dem sich Schmerz, Einsamkeit, Wehmut mischten … und irgendwo auf dem Grund die Freude darüber, all diese Gefühle und noch mehr empfunden zu haben.

Seine Tränen versiegten an einer Straßenecke. Eine Szene vor ihm hatte seine Stimmung mit einem Schlag aufgeheitert. Über einen Kanal gebeugt, setzte eine alte Plebejerin eine Flotte klitzekleiner Schildkröten ins Wasser.

»Wo kommen die denn her?«, fragte er die Frau staunend.

»Ich habe während der Abkühlung ein paar Schildkröteneier in einem magischen Nest aufbewahrt«, gab sie zur Antwort. »Das werden hübsche Dinger, nicht?«

EPILOG

Arka

Ein paar Monate später

Die zarten Halme auf Chirones Grabhügel wiegten sich im Wind. Spätsommerliche Vegetation hatte die rundum verteilten Bretter vollständig überwuchert. Niemand, der es nicht wusste, hätte unter dem Pflanzenteppich je ein niedergebranntes Baumhaus vermutet.

Arka kniete sich hin und benutzte ihr Blau-Erz-Schwert als Schaufel, um in die schwarze, lockere Erde neben dem Grab ein Loch zu buddeln. Mit einem Schleifstein hatte sie die Oreichalkschicht entfernt, die die Klinge überzog. Jetzt leuchtete das Metall blau in der Sonne. Arka war glücklich, dass sie hierher zurückgekommen war, mit dem Schwert. Sie hatte ihren Teil der Vereinbarung mit Antiope erfüllt. Sie würde ihr Leben als Schülerin wieder aufnehmen können, am Training teilnehmen, mit Zwerg Reitmanöver üben und zwischen all den martialischen Beschäftigungen versuchen, die Amazonen davon zu überzeugen, dass man sehr wohl leben konnte, ohne Krieg zu führen. Und außerdem gab es mindestens eine Person, die hoffte, dass sie in den Wald zurückkam. Die Gewissheit, erwartet zu werden, war das kostbarste Gut, das Arka kannte. Nach der monatelangen Reise konnte sie es kaum erwarten, Themis endlich wiederzusehen.

Das Loch war jetzt tief genug. Arka stemmte sich am Schwertgriff hoch und trat zu Zwerg, der ein paar Schritte entfernt graste. Aus einer seiner Packtaschen holte sie ein längliches Objekt, kniete sich damit wieder vor das Loch und faltete das Tuch, in das es eingewickelt war, auseinander.

Ein mit Elfenbeintasten bedeckter Oreichalkzylinder kam zum Vorschein. Lastyanax musste ihn in ihr Gepäck geschmuggelt haben, als er vor Petroklos' Togaverleihung auf sie gewartet hatte. Arka hatte den Gegenstand eine Dekade nach ihrer Abreise entdeckt, als sie auf dem Grund der Taschen nach Zunder gesucht hatte. Sie hatte auch eine Nachricht gefunden.

Arka,
ich weiß, du darfst kein Objekt aus Oreichalk mit in den Wald nehmen, also vergrabe den Graphomanten irgendwo in der Nähe des Waldrands an einem Ort, wo du ihn sicher wiederfindest. Ich behalte den anderen Zylinder bei mir. Wenn du irgendwann einmal Hilfe brauchst, weißt du, an wen du dich wenden kannst.

Dein Mentor, für immer,
Lastyanax

Arka las die Nachricht noch ein paar Mal, ehe sie sich dazu durchrang, sie wieder in den Stoff zu legen und den Graphomanten darin einzuschlagen. Sie vergrub das Paket in der dunklen Erde mit dem Gefühl, dort auch all ihre Erinnerungen an Hyperborea zu begraben. Dann stand sie auf, klopfte sich den Dreck von den Händen, nahm das Schwert und machte sich auf Richtung Furt.

Personen aus Band 1

Antiope: Königin der Amazonen und Penthesileas Mutter.

Ari, Axi und Alci: drei Brüder, Ganoven von beschränkter Intelligenz, Mitglieder des Blauen-Lotus-Klans.

Aspasia: Pyrrhas jüngere Schwester.

(Der) Basileus: Herrscher Hyperboreas mit ungewöhnlich langer Lebenserwartung. Er hat die Gründerinnen des Amazonenwaldes mit einem Fluch belegt, der sie dazu verdammt, von ihren eigenen Nachkommen getötet zu werden. Um dies zu tun, musste er sich selbst durch den sogenannten Spiegelfluch das gleiche Schicksal auferlegen. Im ersten Band wird er von Arka, seiner Enkelin, in Notwehr getötet.

Chariklo: Lastyanax' Mutter.

Chirone: Arkas Tutorin. Sie wurde bei dem Brand getötet, der den Amazonenwald zum Teil zerstört und zu Arkas Reise nach Norden geführt hat.

Embron und Tetos: zwei Polizisten, die gut geölte Rüstungen lieben.

Georgon: Mechamagieprofessor, der bei der Geiselnahme der Magier getötet wurde.

Kaul: Lastyanax' Vater. Er trainiert Rennpferde in der ersten Ebene Hyperboreas.

Kazik: Eleve im ersten Jahr und ein Freund von Arka.

Ktesibios: legendärer Mechamagier, Erfinder von Arkas Flügelarmband.

Lykurg: Polemarch von Themiskyra, berühmt-berüchtigt für die Eroberung Napocas.

Melanippe: Amazone und Arkas Mutter.

Metanira: Lastyanax' laute Köchin.

Mezentius: Eparch von Hyperborea und Pyrrhas Mentor, der im ersten Band ermordet wurde.

Palates: Ebnungsminister und Lastyanax' Mentor, der im ersten Band ermordet wurde.

Penthesilea: Amazonenprinzessin. Ist mit Arka in Napoca, ehe sie dort tödlich verwundet wird.

Philipides: Stallbursche.

Phreton: Eleve im ersten Jahr und Sohn von Mezentius.

Poneria: Elevin im ersten Jahr.

Python: die Eisschlange kennt Vergangenheit, Gegenwart und Zukunft der Menschen, die ihr begegnen.

Rhodopis: ehemaliger Miteleve von Lastyanax und Pyrrha.

Silenos: Mystografieprofessor, der von Alkander in einen Lemuren verwandelt wurde.

Sterix: Eleve im ersten Jahr und ein Freund von Arka.

Syramos: Sohn des Basileus und Arkas Vater, nachdem er von Alkander in einen Lemuren verwandelt wurde.

Trierios: Kolonialminister und Petroklos' Mentor, der im ersten Band ermordet wurde.

Zenodot: Oberster Bibliothekar von Hyperborea.

Zwerg: Arkas Pferd. Nicht besonders umgänglich.

Orte

Städte und Provinzen

Arkadien: südliche Provinz, in der der Amazonenwald liegt.

Hyperborea: in sieben Ebenen gegliederter Stadtstaat im Norden, der durch eine riesige Adamantkuppel vor Kälte und Angreifern geschützt wird.

Khembala: Stadt, in der die riphäischen Karawanenführer überwintern.

Klein-Napoca: in der zweiten Ebene von Hyperborea gelegenes Viertel der napocanischen Einwanderer.

Napoca: Stadtstaat, den die Themiskyrer unter ihre Herrschaft gebracht haben.

Riphäengebirge: Gebirgskette im Süden Hyperboreas.

Themiskyra: ehemaliger Militärstützpunkt Napocas.

Unterstadt: Armenviertel von Napoca.

Türme

Archiv der Erfindungen: Turm in Hyperborea, in dem die Erfindungen der Eleven aufbewahrt werden.

Bergfried: Name der Villa, die Lastyanax von seinem Mentor geerbt hat.

Extraktor: Bezeichnung für das Gefängnis Hyperboreas.

Hyper-Bank: hyperboreische Bank.

Karawanserei: Gebäude, das die Karawanen und ihre Waren beherbergt.

Kolumbarium: Friedhof Hyperboreas.

Magisterium: Turm in Hyperborea, in dem die politischen Instanzen und die Verwaltung der Stadt untergebracht sind.

Turm der Gerechtigkeit: Sitz der hyperboreischen Justiz. Auf der Spitze des Turms der Gerechtigkeit befindet sich das Amphitheater, in dem die Attribution der Eleven stattfindet.

Wasserturm: Bezeichnung für den Palast des Basileus.

Glossar

Adamant: durchscheinendes, sehr beständiges Material, aus dem die hyperboreische Kuppel gefertigt wurde.

Aepyornis: großer arkadischer Laufvogel.

Anima: weder greif- noch sichtbares Medium, das einen Körper mit magischer Energie versorgt.

Baumhaus: in den Baumkronen befindliche Behausung der Amazonen.

Blau-Erz: blaues Metall, das Magie unwirksam macht.

Blaue Zone: Bereich, in dem Magie unwirksam ist.

Blaues Lotusharz: schmerzstillendes Rauschmittel, das aus einer Wasserpflanze (dem Blauen Lotus) gewonnen wird.

Blitzspeer: Dienstwaffe der hyperboreischen Polizei, durch die Gegner einen starken elektrischen Schlag bekommen. Blitzspeere können wie Teleskopstöcke zusammengeschoben werden.

Brünne: Brustpanzer, der aus Leder gefertigt wird, welches mit Metallschuppen bedeckt ist.

Chiton: Leinentunika.

Dekade: zehn Tage umfassender Zeitabschnitt.

Eisenhandschuhe: starre Handschuhe, die Magiern wie Handschellen angelegt werden, damit sie keine Siegel zeichnen können.

Elaph: arkadische Hirschart.

Elaphenkraut: arkadische Pflanze, deren Wurzel essbar ist.

Ephedrapulver: stimulierendes Mittel, das aus einer Landpflanze (der Ephedra) gewonnen wird.

Erfindung: magisches Objekt, das jeder Eleve am Ende seiner Ausbildung entwickelt.

Flügelarmband: mechamagisches Armband, das sich in ein Paar Schwingen verwandeln kann.

Goryt: Köcher für Pfeil und Bogen, der am Gürtel getragen wird.

Graphomant: eine Erfindung, die die Kommunikation auf Distanz mittels zweier zylindrisch geformter Tastaturen ermöglicht.

Hausbaum: Baum, in dessen Krone eine Amazone ihre Behausung errichtet.

Histamiden: Juckreiz auslösende arkadische Pflanze.

Horlogium: Erfindung, die die Zeit anzeigen kann.

Hydrotelegramm: besonderes hydraulisches Kommunikationssystem Hyperboreas.

Hyper, Borion, Chalkos: hyperboreisches Geld.

Kurulischer Stuhl: Amtsstuhl hoher hyperboreischer Funktionäre.

Manschette: magisches Teil der Rüstung, das den Unterarm umschließt und Pfeile abfeuern kann.

Mantimniotische Wanne: von Heilermagiern benutzte Wanne zur Regeneration geschädigter Organe.

Jubiläum: Geburtstag des Basileus, anlässlich dessen in ganz Hyperborea ein Karneval veranstaltet wird.

Levitator: mechamagische Erfindung, mit der man sich in Türmen von oben nach unten bewegen kann.

Ninox: arkadischer Nachtvogel.

Oreichalk: kupferfarbenes Metall, das sehr stark auf Magie reagiert und seine eigene Animareserve besitzt. Man unterscheidet das **herkömmliche Oreichalk** vom **massiven Oreichalk**, welches deutlich wirkungsvoller ist.

Rokh: riesiger themiskyrischer Raubvogel.

Siegel: aus **Glyphen** und **Umschlingungen** bestehende Anweisung, die auf ein Ding gezeichnet oder darin eingraviert werden kann, um ihm bestimmte Eigenschaften zu verleihen.

Semaphor: Apparat, der dazu dient, mittels optischer Signale Informationen über große Entfernungen zu übermitteln.

Silphium: Gewürzpflanze.

Wasserorgel: hyperboreisches Musikinstrument.

Woiwod: Regent Napocas.

Das Magisterium

Der Basileus: Alleinherrscher Hyperboreas.

Die Magier: Würdenträger Hyperboreas, die über ausgezeichnete magische Kenntnisse verfügen. Sie sind zum größten Teil für das Gemeinwesen tätig: *Chefarchitekt, Oberster Bibliothekar, Graf der Gewässer, Kuppelbaumeister, Leiter des Archivs der Erfindungen, Archivare, Heiler* etc.

Die Eleven: Magierschüler, die mithilfe des als Attribution bezeichneten Turniers ausgewählt werden.

Die Professoren: Magier, die mit der Ausbildung der Eleven betraut sind. Die Eleven des ersten Lehrjahres haben zwei: einen Professor für Mystografie (magisches Schreiben) und einen Professor für Mechamagie (magische Konstruktionstechnik).

Die Mentoren: Bezeichnung für die Magier, denen Eleven zugeordnet wurden. Zusammen bilden sie das Mentorenkollegium. Dieses Kollegium ernennt jeden neuen Minister des Rates mit einer Stimmenmehrheit.

Die Beamten: Personen, die damit betraut sind, Beschlussfassungen des Rates umzusetzen. Bei den Ranghöchsten handelt es sich um Magier.

Die Minister: Magier, die die Aufgabe haben, den Basileus bei seiner politischen Entscheidungsfindung zu beraten. Zusammen bilden sie den Ministerrat, der für gewöhnlich einfach nur Rat genannt wird und jede Dekade (also alle zehn Tage) zusammenkommt. Der Rat setzt sich aus sieben Ministern zusammen:

dem Eparchen: Vorsitzender des Ministerrats, der außerdem für die allgemeine Stadtverwaltung zuständig ist;

dem Strategen: Minister für Kriegsangelegenheiten;
dem Obersten Schatzmeister: Minister für die Finanzen;
dem Ebnungsminister: verantwortlich für die Gleichheit der Ebenen;
dem Handelsminister;
dem Kolonialminister.
Der Amtsschreiber: Beamter, der für die Protokollierung der Diskussionen im Rat verantwortlich ist.

Der Wald der Amazonen

Ephorin: Richterin und Sittenwächterin der Amazonen.
(Die) Gründerinnen: die ersten aus Hyperborea kommenden Amazonen, die sich in Arkadien niederließen.
Heloten: Ureinwohner Arkadiens.
Thermodon: Fluss, der durch den Amazonenwald fließt.

Themiskyra

Agoge: themiskyrische Militärausbildung.
Flug-Soldat: Lenker eines Rokhs. Höhere Ränge tragen die Bezeichnung **Flug-Leutnant** etc.
Oligarch: themiskyrischer General.
Polemarch: Herrscher von Themiskyra.

Danksagung

Ein Jahr des Schreibens liegt hinter mir. Ein schwieriges Jahr, da es recht herausfordernd war, Beruf, Privatleben und die Arbeit an *Das Mädchen des Waldes* miteinander zu vereinen. Wenn es mir dennoch gelungen ist, diese Unternehmung zu Ende zu bringen, dann nur dank der Unterstützung, dem Verständnis und der Ermutigung vieler Menschen, darunter:

Victoire und Maman, die schon immer meine Leserinnen und Motivations-Coaches waren und sich bei Erscheinen von Band 1 außerdem noch als Literaturagentinnen versucht haben, sowie Papa und Hadrien, meinen beiden anderen familiären Stützpfeilern.

Das Team von Hachette Romans, das der *Stadt ohne Wind* einen tollen Start beschert hat, trotz der Widrigkeiten von Covid-19, und besonders Isabel Vitorino, die es verstanden hat, mich mit unvergleichlichem Feingefühl zu motivieren.

Mathilde, Charlotte und Charles de Lagausie, deren ebenso wohlwollende wie sorgfältige Beta-Lektüren mir ermöglicht haben, einen ersten hinkenden Entwurf auf stabile Füße zu stellen.

Irène Chanrion, Stella, Louise Mas, Marie Bailly und alle Schreibfedern, die sich erboten haben, *Das Mädchen des Waldes* gegenzulesen.

Philippine Ravillion und Solène Bernard, die sich mit Feuereifer in die Beta-Lektüre gestürzt haben.

Guillaume Morellec, der der *Stadt ohne Wind* zwei wunderbare Buchcover beschert hat.

Meine Kollegen Abrial und Gabriel, die meine Produktivitätsflauten in den dunkelsten Stunden des Schreibens ohne Murren ertragen haben.

Alle Literaturblogger:innen, Bookstagrammer:innen, Booktuber:innen und andere Vorkämpfer:innen, die ihre Begeisterung für Band 1 geteilt haben und deren Beiträge mir während der Korrekturdurchgänge Kraft gegeben haben. Wenn die Jugendliteratur der Welt- und Verlagskrise noch immer widersteht, dann ist das auch euer Verdienst.

Und schließlich danke ich meinen Figuren Arka und Lastyanax, die ich nun nach Jahren gemeinsamer Abenteuer auf den verschlungenen Wegen meiner Fantasie verlasse. In einer Zeit, in der die virtuelle Welt immer mehr Konsistenz annimmt, stelle ich mir gerne vor, dass auch papierne Wesen ihr eigenes Dasein führen können. Guten Wind!

Die Originalausgabe erschien 2020 unter dem Titel
La ville sans vent. La fille de la forêt bei Hachette.

Erste Auflage 2022
Deutsche Erstausgabe

Satz: Greiner & Reichel, Köln
Druck: GGP Media GmbH, Pößneck
Dieses Buch wurde klimaneutral produziert:
climatepartner.com/14438-2110-1001.
Printed in Germany
ISBN 978-3-458-17982-5

www.insel-verlag.de